U0737175

首部抗洪题材长篇历史小说

力挽风暴

梁金才 ◎ 著

合肥工业大学出版社

图书在版编目(CIP)数据

力挽风暴/梁金才著. —合肥:合肥工业大学出版社,2015.12
ISBN 978 - 7 - 5650 - 2561 - 7

Ⅰ.①力⋯　Ⅱ.①梁⋯　Ⅲ.①长篇小说—中国—当代　Ⅳ.①I247.5

中国版本图书馆 CIP 数据核字(2015)第 306217 号

力 挽 风 暴

梁金才　著			责任编辑　疏利民		

出　版	合肥工业大学出版社		版　次	2015 年 12 月第 1 版	
地　址	合肥市屯溪路 193 号		印　次	2016 年 7 月第 1 次印刷	
邮　编	230009		开　本	710 毫米×1010 毫米　1/16	
电　话	总　编　室:0551 - 62903038		印　张	35.75	
	市场营销部:0551 - 62903198		字　数	420 千字	
网　址	www.hfutpress.com.cn		印　刷	合肥创新印务有限公司	
E-mail	hfutpress@163.com		发　行	全国新华书店	

ISBN 978 - 7 - 5650 - 2561 - 7　　　　　　　　定价: 58.00 元
如果有影响阅读的印装质量问题,请与出版社市场营销部联系调换。

内容简介

　　《力挽风暴》这部长篇小说是弘扬正能量的文学作品。本书讲述宋代在黄河、淮河、焦岗湖畔的历代英豪，为救灾民与贪官污吏作斗争的精彩故事。书中英雄们冒着血雨腥风、倾家荡产甚至掉脑袋的风险，挽救了百姓的生命，干出了惊天动地的事迹。

上部　《黄河浪沙》

　　本部讲述公元1118年，黄河岸边居住着一对姐妹，姐姐孙丽娘、妹妹孙丽萍。因为黄河岸边多年遭受自然灾害，当地百姓过着饥寒交迫的生活。经媒婆介绍，姐姐许配给当地郎中何佳坤，妹妹许配给当地财主张志思。

　　娶亲当天，由于姐姐对婚配不满，最终抢了妹妹的花轿。婚后姐姐好吃懒惰，日子过得很差。而妹妹勤劳贤惠，与家人共同努力，取得家财万贯。妹妹的丈夫何佳坤在每年洪水来临之际，都组织当地百姓抗洪，这一事迹得到了皇上的嘉奖。

　　当地官员为了私吞救灾白银，千方百计陷害何家。由于姐姐对妹妹的嫉妒，与贪官勾结，致使妹妹一家除小女何春芝以外，均被害。孙丽娘见事闹大，后悔莫及，为了挽救妹妹一家，孙丽娘最后与贪官污吏同归于尽。

中部 《淮河风情》

本部讲述了淮河岸边老百姓抗击洪水的动人故事。同时讲述何佳坤的小女儿何春芝，由黄河岸边前往寿春投亲的艰辛历程。在途中，她险些被暴风雪冻死，险些被恶狼咬死，险些被强盗杀死。到了寿春她才得知，未来的公公梁慷程与婆婆何佳莲刚进寿春时，发现一户人家办丧事，他们抬的棺材下流着鲜血。经梁慷程判断，棺材里的人还活着，最后他打开棺材救出母子。梁慷程医术精湛的消息很快传开，但由于各种原因，后来被当地恶霸残害。

何春芝在寿春不见亲人，寸步难行。她风餐露宿，饥饿缠身，受尽折磨。后来一代清官张天伦从京城来到寿春执政，何春芝才与结发的梁盛堂团聚。

张天伦在寿春期间，当地恶霸焦望江为了争权夺势，千方百计想陷害张天伦。但张天伦不顾自身安危和病魔的缠身，拼命地带领百姓抗灾、造田，挽救了无数百姓的生命和财产，他的行为感动了宋徽宗。宋徽宗亲临寿春，将张天伦接回京城治病。

下部 《焦岗湖畔的春风》

本部讲述了梁盛堂、何春芝一家迁徙到焦岗湖青冈城的经过。上辈的精湛医术在他们手里得到了传承。好景不长，淮河常年诱发洪水，而焦望江的儿子焦际波，一旦得知洪水到来，就将淮河大堤扒开，让洪水进入焦岗湖。他认为这样能使一些鱼虾进入焦岗湖，却使许多家庭家破人亡。同时，焦际波得知梁盛堂的小女儿梁邦霞貌若天仙，硬是请求当地名人前往梁家为儿子提亲。焦际波为了表示诚意，发誓以后绝不把洪水引进焦岗湖。由于老百姓的期盼，万般无奈之下，梁盛堂只好将小女儿嫁到焦家。

第二年，梁邦霞七月怀胎，老天并不争气，淮河再次遭受洪水。然而焦际波不信守承诺，带着人将淮河大堤扒开。挺着大肚子的梁邦霞得知后，跌跌撞撞前往阻止，但焦际波不听。无奈，梁邦霞跳进缺口，以死捍卫大坝。焦际波恼羞成怒，举起铁锹拍在梁邦霞的头上，梁邦霞受重击而亡，焦际波后悔莫及。

暴雨连绵，洪水猛涨，眼看洪水逼近青冈城。老百姓纷纷来到寺庙求神保佑，却不起效果。梁盛堂的几个儿子见了十分恼火，将庙里的神仙塑像搬到洪水边，希望神仙能拯救人间磨难……

这三部小说讲述几代人人生的风雨历程，讲述了古老的中华民族抗击天灾人祸的惊天壮举，是不多见的抗灾题材小说，情节跌宕起伏具有超强的震撼力。

主题歌

力挽风暴 | 梁金才

人间愿望有多少，

天上星星数不清。

每个人的心中都有个美好的愿望，

那就是生活过得幸福平安。

虽然我们拥有万水千山，

但时常被那无情的灾难吓破了胆。

灾难压进门，让人丢掉魂。

狂风暴雨袭大地，

任凭乌云作乱天。

多少英雄为饥饿抗争，

多少英雄在守护家园。

哪怕是死神的魔剑刺来，

我们也要冲向前。

我们与灾魔厮杀，

我们与死神争战。

哪怕是流尽最后一滴血和汗，

我们精神永不变……

大爱无止境，沧海映蓝天。

雄心立大志，慷慨为奉献。

我们永战洪峰浪潮之巅，

把幸福平安带给您，把快乐欢笑留在人间。

主题歌

劈波斩浪为梦想 | 梁金才

寒风吹在脸上，
留下一瓦的冰霜。
风暴刮在身上，
刻下千古的沧桑。
黄河之水怒涌不败，
激起那千层的波浪。
虽然那只是点点滴滴，
可那是精神，
那也是力量。
为了希望，
有一种精神叫气魄！

为了梦想，

有一种力量叫担当！

为了国泰民安，

有一群人为她劈波斩浪。

为了美好生活，

有很多人加入这一行当。

让我们共同努力并肩拼搏！

努力实现人类共同的幸福梦想。

序

他用爱心打造精神力量的家园 陈士根

　　《力挽风暴》这部小说，不仅题材新颖，故事情节也十分精彩。作者以现代抗灾视角为引线，写了一部古代民间与洪水抗争的故事。这是一部弘扬古老民族文化、展示当今社会和谐之美的精品力作。作品中那种大爱精神，是过去、现在和将来人类必不可缺的精神文明支柱。

　　当今世界，风云莫测，灾难频仍。地震、海啸、干旱、洪涝、泥石流……天灾人祸每年都在肆虐着地球，危害人类。这些自然灾害大有愈演愈烈之势。由于人类破坏大自然的速度加快，大自然也对人类进行超速性、毁灭性的报复。这不得不让人类重新认识它的严峻性，自觉地保护地球，捍卫地球这个人类赖以生存的家园。而这种保护和捍卫更需要人类高度的团结协作，需要高度的责任感和无畏的抗争精神才能延续地球新的文明。

纵观人类发展史，无论是图腾崇拜的过去还是科学发达的今天，在一步步向前发展的过程中，除了劳动，还需要一种精神的力量来支撑，这种精神支撑转化的力量，使人类从钻木取火到现代文明。人类有了精神和力量，才能克服重重困难艰险，见到风雨之后的彩虹；才能从低级文明走向一个高度文明，实现人类的和谐和人本文化的发展。

从历史文明的演变足迹来看，传说中的女娲补天、大禹治水，从菩提树到月亮宝石，从阿拉丁神灯到芝麻开门，不论是离奇的神话，还是一般的百姓传记，无不诠释着一种精神。人类在这种精神力量的支撑中驰骋，实现了人类无数个梦想。

作者带着一种对人类的大爱和虔诚之心，耗时七年写下了《力挽风暴》这部小说。小说在语言表达上通俗易懂，故事情节感人肺腑。作为一个仅有初中文化程度的农民来说，写这样的历史题材作品，本身就有一种精神力量支撑着他。作者从来没有写过一篇文章或发表过作品，但他创作的初衷就是父辈们的精神鼓励和自身力量的支撑。整部小说，通过一群小人物抗击洪水、救民于水火之中的事例，通过紧凑的故事要素和起伏跌宕的故事情节，讴歌了民族团结力量和抗灾斗志。

之前，作者梁金才先生与我从未谋面，彼此都不了解。当我读完《力挽风暴》这部作品时，我惊奇地发现，这样类型的文学作品我从来没有见过，这是一部大型的抗灾剧本，拍成电影肯定精彩！因为一个地地道道的农民，在农忙之余笔耕不辍，完成了一部具有历史性、政治性、思想性以及文学特色浓厚的作品，而且文字通俗易懂，让我刮目相看。我为自己发现这样一个有才华的同龄人而感到自豪，也为他的作品闪耀精神力量的光芒而感到由衷的敬佩。

读完这部小说后，我掩卷沉思，小说中的人物历历在目，个性特点非常鲜明，他们随着故事的发展，起伏、跌宕、栩栩如生。虽说是一群普通人物，但作者运用白描手法，用人物对话和简洁叙事的描写，塑造了一个又一个鲜活的人物形象。以何佳坤、梁慷程、梁盛堂、何春芝、梁邦风、梁邦霞、张天伦和佛道教界尼姑、张九公、徐八公等一群具有正义感，带有美好灵魂的人物群体，成为作品的主角。同时，小说用犀利的笔锋揭示了封建社会统治阶级贪婪地欺压百姓、鱼肉灾民的丑恶嘴脸，还有一批弃恶扬善、逐步走向光明的人物。特别是书中仔儿、春芝、邦风等几个孩子的出现，使小说更加增强了精神活力。小说通过不同人物的刻画，抨击了封建社会的腐朽思想，揭露了贪官污吏的罪恶本质，以大爱精神力量弘扬真善美，鞭挞假丑恶。小说中的人物忠奸分明，丑恶易辨，通过各种人物的不同遭遇和故事的深入浅出，让读者产生了强烈的共鸣。

小说以粮食、玉龙杯精神为主题，阐述了国以法为本、民以食为天这个千古不变的人本文化真理。

梁金才先生笔下的《力挽风暴》之三部曲《黄河浪沙》《淮河风情》《焦岗湖畔的春风》具有它的整体性和连续性，讴歌了三代人为黎民百姓生存、抗击天灾的英雄气概。这是一部再现大禹治水、弘扬治水精神和民族之魂的鸿篇巨制；是一部抗击自然灾害、保护人类自然生存环境的典型教材；也是凝聚人心、团结抗灾、传承中华美德的好作品。

作者梁金才（又名淮上水）曾经说过这样一句话："人类就是在天堂里生活，也要下地狱去看看。这样才能认识到我们的幸福生活来之不易，才能倍加珍爱我们的美好家园。"

　　梁金才先生，是生活在社会基层的农民，用他的智慧和锐利的目光，从抗击自然灾害这个角度选题，使得小说成为当今文坛里很难寻觅的文学作品，对今后中华民族乃至世界人民团结抗灾起到了发人深省的作用。他用大爱诠释人与自然和谐共存的真谛，精心打造了人类精神力量的家园。

2015 年 6 月 18 日于安徽淮南毛集

目　录

中部　淮河风情

下部　焦岗湖畔的春风

上　部　黄　河　浪　沙

第一章　吉日姐妹同时出嫁
　　　姐姐争坐妹妹花轿

　　公元1118年4月，天气晴朗，遥远的天空中飘着朵朵白云，像盛开的棉花，分外美丽。黄河岸边的几棵老柳树显得十分孤独，一阵风吹来，才得以甩开身子。几只燕子，飞得很低很低，像是在寻找什么。黄河水用力拍打着沙堤，好像要到对面去看看。

　　在山东黄河岸边一个小村庄里，一座座房屋东倒西歪不成样子。在村头的田间里，时而传来皮鞭的抽打声，时而传来叫哭骂声。远远望去，只见一对姐妹在耕田，掌犁的是姐姐，名叫孙丽娘，在前面拉犁的是妹妹，名叫孙丽萍，虽然她们破衣遮体，但美丽的容貌让人心动。

　　姐姐孙丽娘不停地用皮鞭抽打着妹妹，叫嚷："还不用力拉，不然这地什么时候才能耕完啊？"

　　说完她再次用皮鞭抽打在妹妹身上，而妹妹也想拉动犁子，可每迈一步都很艰难。由于皮鞭的抽打，妹妹脸上流淌的不知是汗水还是泪水。妹妹不停地用力拉，却不见耕犁前进，最后因用力过猛摔倒在地。姐姐见妹妹摔在地上，便抄起皮鞭来到妹妹身边狠狠地抽打她！妹妹被打得在地上乱滚乱爬，随后姐姐的头颤抖地摇了几下，扔下皮鞭，上前抱起妹妹痛哭起来。

不一会儿，姐姐站起身来，把皮鞭向妹妹手中一放，叫道："起来，你掌着，我来拉！"

姐姐用尽全身力气也同样拉不动，只见姐姐咬着牙回头叫道："打呀！用皮鞭打我！"

而妹妹扬起皮鞭又收了回来，姐姐见了回头骂道："死丫头，你怎么不打我？再不打，回头我踢死你！"

妹妹听后，轻轻地打了几鞭，却并没有打在姐姐的身上，姐姐咬紧牙关拼命地用力拉，妹妹在后面也不停地用力推。刚走几步，突然，绳子断了，顿时孙丽娘摔在地上，不知所措的妹妹急忙上前想扶起姐姐，姐姐抬起一脚将妹妹踹出丈外，姐妹俩坐在地上痛哭起来。

这时，一位姓胡的媒婆路过，上前说："女孩子家逞什么强，没有爹娘真是可怜，明天我就去为你俩提亲，希望你俩都能嫁出去。"

经媒婆介绍，姐妹俩分别许给当地的两个富贵人家。孙丽娘许给何家药铺何佳坤做妻子，孙丽萍说给街上一家饭店名叫张志思的做妻子。商定了好日子之后，两姐妹同时出嫁。

娶亲当天，孙家那破旧的院门内外热闹非凡，唢呐连天响。可这时，孙丽娘在房间坐立不安，心想：我是孙家大女儿，婆家应该让我挑选，怎么把我选给何家，他是个卖药的，药味难闻。嫁给张家吧，但是张家已经同意迎娶妹妹。如果妹妹嫁到张家，有吃有喝多痛快，而我嫁到何家则要一天到晚与药材相伴，到那时我可就要受苦了。不行，说什么我也不能嫁到何家。于是她找到媒婆，要求让自己嫁到张家，媒婆坚决不允，说："丽娘啊丽娘，你什么时候才能让着妹妹一点，常言道'姐大如父母'，现在婚配已定，绝不能反悔！"

门外的两个新郎，一个是张家二少爷张志思，虽然个头不高但看起来十分机灵，不过在众人面前却显露出几分傲气；另一个是何家少爷何佳坤，一看就知道他是一个忠厚才子。他们俩各骑着一匹骏马，在门外等着新娘上轿，可是等了好长时间也不见新娘出现，两边的唢呐不得不互相比试，好像要吹破天。

一直到午时初，媒婆才出来喊道："新娘准备入轿！孙家大女儿孙丽娘嫁入何家先行上轿，孙家二女儿孙丽萍嫁入张家随后上轿。"

两个新娘由伴娘搀扶着，很有秩序地进入轿内，还没等喊"起轿"，只见孙丽娘从前面轿子里蹿了出来，口中还不断地叫嚷："我不想嫁到何家，我是孙家大女儿，嫁到谁家任我挑选！"

大家顿时都静下来，吹鼓手也被这突如其来的变故而惊呆，停止了吹打。马背上的何家少爷很不是滋味，在众人面前脸面尽失，显得很不自在，而张志思坐在马背上却傲气倍增。只见孙丽娘顶着盖头，向妹妹的轿子走去，她来到张家的轿门前，把轿门打开，双手伸入轿内把妹妹双手紧紧抓住，用尽全力将妹妹孙丽萍从轿中甩出。由于用力过猛，孙丽萍被甩得像陀螺一样旋转着，头上的盖头也随风飘起，正巧落在何家少爷的手中。"扑通"一声，孙丽萍不偏不倚地摔倒在何家少爷的马前，半天都没爬起来。她疼痛万分，泪水从眼眶内不断地涌出。她回头望了望姐姐，只见姐姐大摇大摆地钻进张家的花轿。马背上的张志思显得更加自豪，认为自己比何佳坤高贵得多。何佳坤则感到十分心酸，在马背上拿着孙丽萍的盖头不知所措。

僵持了一会儿，看到趴在地上的新娘伤心痛苦的样子，何佳坤勉强从马背上跳下来，上前将孙丽萍扶起。这时何佳坤无意中看了孙丽萍一眼，顿时被她的美貌惊呆，心想在这穷家破院，竟然生出如此美丽的姑娘，如果能把她娶回家，也是我的福分，于是他看了看手中的盖头。

这时孙丽萍才发现，将自己扶起身的竟然是一个英俊潇洒的公子，还穿着新郎官服，她不知道是张家公子还是何家公子，在痛苦中露出几分羞涩。就在这时，媒婆灵机一动，向何家公子赔礼说："何公子，真不好意思，我也不知道事情会闹成这样，这是孙家二小姐，长得十分漂亮，也很贤惠，如果你不嫌弃就把她娶回去吧。"

何佳坤拱手说："好心的婆婆，谢谢你的操劳，我已经被孙家大小姐搞得颜面尽失，如果再让二小姐伤害我一次，那我简直就是无脸见人了。"

媒婆上前拉住孙丽萍的手说："何家公子是个好人，如果你嫁到他家一定会幸福的。"

孙丽萍用手擦了擦脸上的泪水，顺着指缝又看了一眼何佳坤，说："我现在无亲可靠，自己也做不了主，全凭婆婆安排。"

媒婆面带喜色地说："那我就替你做主了，你就上何家的花轿吧。"

孙家二小姐情绪安稳了许多，站起身来甩了甩头发，拍去身上的尘土，向何家花轿走去。就在这时，何佳坤突然喊道："站住！"

在场的人都愣住了，孙丽萍顿感震惊，心想：难道我就这么命苦，连何家公子也不愿娶我？

第二章　丽萍为家努力付出
　　　　勤劳儿媳得到母爱

　　只见何佳坤紧走几步上前拉住孙丽萍的手说："这个轿子已不能再坐，请您骑上我的白马，咱们共同回家。"

　　听到新郎的一番话，愣住的媒婆等众人恍然大悟，十分惊喜。之后唢呐声、锣鼓声、响彻云霄……

　　孙丽萍嫁到何家后，何佳坤看到自己的娘子既美貌如仙，又懂情顺理，心里美滋滋的。

　　而孙丽娘到了张家后，一个人在洞房里闷得慌，于是来到客厅，闻到酒菜的香味，顿时嘴馋，随手拿起一个鸡腿就啃，还要了一壶酒边吃边喝，嘴里不断地说："各位亲朋好友，今天是我大喜的日子，请你们多吃多喝，不要客气。"

　　客人们都抬起头惊讶地望着新娘，议论纷纷。坐在上座的公公婆婆感到十分尴尬，心想怎么娶个这样的儿媳妇，但是在众人前也不好说什么。

　　张家大少爷张志恒，是本县的一个差官，听说弟弟张志思娶亲，就赶回来帮忙。见到这一情景，他十分生气，感觉孙丽娘很丢人现眼，急忙叫妻子胖妞上前，把孙丽娘带回房间。胖妞刚想起身上前劝说，被新郎张志思拦住，他醉醺醺地说："我知道自己也不是什么好东西，吃喝嫖赌都占全了。娶她做妻子，也只是挂个牌子，随她去吧。"

经过一段时间的相处，何家婆婆认定丽萍是个好儿媳，便如亲闺女一样相待。

一天，孙丽萍打扫厨房时，感觉有些饥饿，发现灶台上放着几个馒头，她不由自主地将手伸了过去。这时婆婆走过来叫道："丽萍!"孙丽萍一阵惊慌，把手缩回来，不小心将一摞碗碰到地上。婆婆急忙走上前去，问道："孩子，你怎么回事，我叫你一声就吓成这样?"

孙丽萍一边收拾摔破的碗，一边说："我以为是姐姐叫我。"

婆婆沉思了一会，走上前拉住孙丽萍的手道："孩子，这是你的家，想吃就吃，你怕什么?"

丽萍急忙说："对不起，我把碗打破了。"

婆婆温和地说："孩子，打破几个碗不要紧，千万不要伤到自己。娶亲所发生的事佳坤已经告诉我，你在家时是不是经常受你姐姐的气呀?说来与我听听。"

婆媳俩收拾好破碎的碗，孙丽萍低着头与婆婆来到客厅。婆婆又问道："孩子，你在家的日子是怎么过的?"

丽萍说："我爹娘去世后，两个弟弟被人带往寿春，姐姐也想跟随但被拒绝，姐姐与寿春来的长辈大吵了一架，叫道：'男孩子是人，我们女孩子也是人。为什么不带上我们?'长辈见姐姐大怒，劝说道：'女孩家是菜籽命，落在什么地方都能生存。再说，这黄河岸边还有几亩良田需要耕种。'所以家里只剩下我和姐姐，那次南下寿春没去成，她便拿我出气。一次我和她一起去耕田，因家穷无耕牛，就用人力拉，姐姐在后掌着犁子，让我在前方用力拉。我根本拉不动犁子，姐姐在后一边叫骂，一边用皮鞭抽打我。她见我实在拉不动，就骂我是个没用的东西。我知道在她心中憋着一口气，无法发泄出来，就只好认了。在出嫁的前天晚上，她让我帮她洗脚，我不愿意，结果挨了一顿毒打，还让我喝她的洗脚水。"

婆婆听后，手颤抖得紧紧地拉着丽萍问道："我可怜的孩子，那你喝了没有？"

丽萍回答："姐姐见我不喝，就把一盆洗脚水浇在我的头上。"

婆婆听后摇了摇头说："可怜的孩子，你以后再也不会吃这种苦了。"

何佳坤与丽萍情投意合，一家人生活得美满幸福，他们一个行医看病，一个料理家务，又招了几个识字的帮工，先后开了杂货店、布匹店、酒坊等，生意做得十分红火。

进入三九天，天寒地冻。勤劳的丽萍起早睡晚，做饭、洗衣，天天如此孝顺公婆。

一天，孙丽萍正在洗衣服，突然感到一阵晕眩，随后就昏倒在地上。婆婆见了急忙上前叫道："我的孩子，怎么啦，是不是劳累过度？我想找个仆人做杂活，你不让，你说你能行，这下可好，累坏了吧！"

这时何佳坤正在给病人看病，听到后院亲娘叫喊，急忙安顿好病人，就往后院飞奔。佳坤把手指搭在丽萍的手腕上，不一会，微微地笑了笑。佳坤娘在一旁看到儿子的神情，不解地埋怨道："臭小子，都快没命了，你还在那笑。"

佳坤笑着说："丽萍有喜了，因为她营养不良，所以昏倒了。"

　　佳坤娘听了喜出望外，大声念叨："阿弥陀佛，我要抱孙子了，我要抱孙子了！"

　　佳坤爹喜笑颜开地说："马上买一些大鱼大肉和千年老参给丽萍补补身子。"

　　佳坤娘撇着嘴笑道："你这个老头子，亏你还是个老中医。女人怀孕可不一定想吃那些大鱼大肉，主要的是要合自己的口味，不然吃了也会吐出来。丽萍这孩子该吃些什么，由我做主。"

　　佳坤爹听后笑了笑，后退几步。佳坤娘也笑了笑，向集市走去，因为已经接近中午，街上行人渐渐稀少，有的小货摊已经收摊了。几位老人上前与何家老奶奶打招呼："听说你娶个好儿媳，又能干又孝顺。"

　　有位叫王婆婆的抢着问："是吗，你家儿媳又能干又孝顺。可我家儿媳天天与我顶嘴，你用的是什么手段，能让你的儿媳对你这么孝顺？"

　　丽萍的婆婆一听就不高兴，急忙回答："手段？一家人能耍什么手段，一家人只有相互尊重和付出。原来你王婆婆天天与孩子们耍手段啊，孩子不与你顶嘴才怪呢。"

　　王婆婆笑了笑说："不是的。我想知道你们婆媳关系相处得那么好，有什么妙招，我想学习学习。"

　　丽萍的婆婆笑着说："我家丽萍和你们家儿媳不一样，她爹娘过世早，我待她就像亲闺女一样，让她感到家的温暖。遇事要沟通，要以心换心，要真诚相待。"

　　王婆问："换心，那心该怎么换？心可不是随便换的呀！"

　　何家婆婆接着说："好换呀，把你的心掏出来，交给你儿媳，你儿媳也就会把心掏出来交给你，这样就可以和睦相处。"

王婆婆听后说："你的意思我懂了，我以后也这样做，希望我的家也像你家一样幸福。"

这时，街头传来卖糖葫芦的叫卖声，婆婆心想，今天运气不错，自己怀佳莲、佳坤的时候不是最爱吃糖葫芦吗？她向卖糖葫芦的走去……

何家药铺来了一对夫妻，他们抱着孩子，两人惊慌失措，问何郎中："孩子呕吐不止，这该怎么是好？"

何佳坤说："你们两位不要着急，我已查明病情（通常说是上吐下泻，有的人把它讲得十分可怕，叫小鬼偷肉），这种病一般在夏季和洪水过后会出现，只要按时服药，很快就会好起来。"

老爹爹上前问道："这小孩吃过什么东西没有？"

小孩娘回答："吃了一串糖葫芦。"

这时又来了许多人，说是吃糖葫芦患了病，并且与这孩子症状相仿。老爹爹自言自语地说："这天根本没有什么好的糖葫芦，说不定是糖葫芦引起的。糖葫芦本身具有健胃消食之功，为什么呢？"

不一会儿，婆婆拿着几串糖葫芦，兴冲冲地走进来说："这鬼天气，这么冷，还好，终于买到了糖葫芦。"

老爹爹说："老婆子，怎么又是糖葫芦，那糖葫芦不能吃，快打开看看。"

他们打开发现有几个坏了。婆婆听说糖葫芦有问题，气得暴跳如雷，骂道："这个骗子，害了这么多人，我去告官！"

说话间她起身要走。老爹爹起身说："这事说大不大，说小也不小，这糖葫芦就像星星之火一样，一旦燃起会直接危害许多人的身体健康。"

佳坤说："爹，糖葫芦有几个是坏的也没问题，问题出在糖上，糖是患病的根源。娘说得对，一定要告官，一定要堵住源头，不然还会有更多的人受害，今天这个小孩就是其中的受害者。"

病人们都离开后，一个名叫钱多的长工说道："不去告官也好，这样我们药铺生意会好些，人不生病，药铺哪来生意？"

老爹爹一听这句话，用轻蔑的眼神看着钱多说："我何某不是你想象的那样，行医看病一定要有医德，去告官，一定要去告官！我亲自去。"

钱多见老爹爹十分生气，于是上前连声说："我只是说说而已，老爷子你怎么当真了？"

说完他就立刻退在一旁。老爹爹又返回来说："你讲的不是没有道理，可咱们不能挣那黑心钱哪！"

第三章 穷女儿归宁起风波
孙丽娘侮辱张志如

日复一日，年复一年，何佳坤与孙丽萍携手共创家业。十多年过去了，他们已有三个儿子，大儿名叫何振汉，二儿名叫何振龙，三儿名叫何振彪；相隔几年又添一女，名叫何春芝。

至于孙丽娘，到张家后则一子未生，她见妹妹人财两旺，不由得嫉妒起来。正所谓心强命不强，从此她变得好吃懒做、横行霸道起来。

一天，张家女儿张志如带着儿子王乐乐回到娘家，因为常年深受水灾，婆家很穷。一进门，孙丽娘就很轻蔑地扫了她一眼，叫道："怎么又来啦？叫花子都是站在门外等着，你怎么进来了？"

这时，张志恒从县衙回来，一进门就听见孙丽娘说一些不好听的话，吃饭的顾客都用诧异的目光看着张志如和孙丽娘。张志恒不由得十分愤怒，瞪着双眼大声问道："孙丽娘，你想干什么？"

孙丽娘见吃饭的顾客都对自己露出不满的神色，"哼"了一声，转身回到厨房。

胖妞在厨房忙个不停，孙丽娘看了她一眼说："那个'讨债鬼'又来了。"

胖妞问："哪个讨债鬼？是不是张志思又输了银子？"

这时胖妞感觉自己的裤子被拉了一下，一个小孩叫道："大舅娘，我好饿，我娘也几天没有吃饭了。"

胖妞一见孩子叫道："哎呀，小乐乐你来啦！大舅娘这就给你拿吃的。"

说着胖妞就给孩子一只鸡腿，这可把孙丽娘气坏了，她一把将鸡腿夺了下来，扯着嗓子叫："今天客人这么多，店里的菜又那么少，不要给这个小叫花子吃！"

胖妞看到孙丽娘这一举动，十分恼火，对着丽娘骂道："平时你对自己那样大方，现在对一个孩子居然抠门。今天生意不做，这只鸡腿也要给孩子！"

丽娘反问："我凭什么给他？"

这时胖妞抄起菜刀，恶狠狠地逼近孙丽娘："你不还给孩子，我就一刀劈死你！"

孙丽娘看到胖妞那凶巴巴的样子，急忙把鸡腿给了乐乐，退出厨房。客人纷纷离开后，一家人才坐在一块吃饭。张家老爹爹张天福问女儿："婆家与娘家相隔不足十里地，为什么不经常回来？这次回来有什么需要就提出来，不要以为张家出了一个孙丽娘，她就一手遮天。"

张志如娘接着说："自从你嫁到王家，一天好日子也没有过。你也不要怪你爹，我们知道王家是大好人，可老天爷不开眼，好人没有好报。乐乐爹几天没吃饭，哪有力气抬土护堤！洪水冲破花园口，你就应该躲得远远的，可是他偏去救人，结果救了别人，自己却被洪水冲走，撇下老小，这叫我女儿以后的日子该怎么过哇！"

说到这里，张志如娘擦擦泪水，又抚摸着张志如散乱的头发。张志如把乐乐抱在怀里，低着头说："现在家没了顶梁柱，生活一天比一天艰难。公公因压力过重，今年又犯了重病，也没有钱看郎中。家里也无米下锅，我实在没有办法，这次回来想要一点钱，把公公看病的药费给还上。"

这时张志思说："姐姐你放心，你王家的事，就是我张家的事，你需要多少钱就直说。"

孙丽娘听了，一把揪住张志思耳朵骂道："我叫你多嘴，你这个败家子！"

吵着两人就在桌前打了起来，张志思边打边说："自从你嫁了过来，我家就没过上一天安稳日子，我打死你！"

说罢，一个耳光抽在孙丽娘的脸上，孙丽娘顿时躺在地上不动了。姐姐张志如吓坏了，老爹爹指着大儿子志恒喊道："快请何郎中！"

张志思心想：我没用多大的力气，怎么她就躺倒了呢？肯定是装的。好吧，借此机会，我要好好修理修理你这婆娘。张志恒刚要起身去请郎中，张志思上前拦住说："大哥，你急什么，在县衙审犯人时，把犯人打晕了你们怎么办？"

大哥说："泼冷水。"

张志思说："大哥，你那是个蠢办法。我有一个好办法，能让丽娘立刻醒过来。"

大哥说："开什么玩笑，有什么好办法快使出来。"

张志思说："我家后院有中药，含在嘴里立刻就好。"

爹爹听了立刻叫道："有什么好药，还不快去拿来！"

张志思慢悠悠地说："我们家后院茅房里有大便。"

这时孙丽娘一听"大便"两字，把身子一翻竟在地上打起滚来，口中还念念有词："我孙丽娘无依无靠嫁到你们张家，没想到你们一家人合伙欺负我，我不想活了。"

张志如连忙上前劝说："弟妹，都怪我不好，是姐姐对不起你。"

孙丽娘指着张志如骂道："你这个扫帚星，为什么要回来？都是你的错，嫁出门的姑娘，泼出去的水，你回来怎么能张嘴'要天要地'？不怪你怪谁？"

张志如难为情地说："我实在是没有办法呀！"

孙丽娘摇摇头恶狠狠地骂道："你没有办法，笑话！你长得也有几分姿色，你可以到妓院去，不行也可以改嫁！"

张志恒一听火冒三丈，大声骂道："胡说八道！你把姐姐当成什么人了？若再胡说，看我不撕了你的嘴！"

张志思也指着丽娘骂："你这个人，不知好歹，你再胡说，我打烂你的嘴！"

张志如急忙上前阻拦说："你们不要吵了，丽娘说的不是没有道理，都怪我没用，要是乐乐爹还在，我家也不会这样。你们要知道，失去了家庭的顶梁柱，该有多难过！"

这时乐乐抱着张志如的腿，口中还小声说："娘不哭，娘不要哭。"

张志如擦擦泪水，又接着说："我与王家虽是指腹为婚，这些年与乐乐他爹倒也是情投意合，现在乐乐爹不在了，我死也不能有其他非分之想，这次回来，给家里添了这么多的麻烦，爹娘你们多保重！"

说完她抱起来乐乐就往门外走去。张家老爹爹一声怒吼："站住！东西没拿到手就走啦？只要你爹还有口气，还是老子说了算。志恒、志思，拿钱备粮，今天就把家里的财产给你姐三分之一！"

孙丽娘一听又大叫起来："这么多啊！这不就是来抢的吗？跟强盗有什么区别？"

这时张家老爹爹狠狠地拍了一下桌子叫道："别吵了！谁要是不服就离开这个家，永远不准进张家的门！"

张志如见爹爹动怒，上前哭着说："爹，不要生气，女儿怎么能与弟弟们分家产，让女儿回去吧，就当我这次没有回来。"

娘擦擦泪说："女儿啊，常言道：'女活九十九，还有娘家防后手'，你有困难，做姊妹兄弟的一定要帮忙，做爹娘的又怎么能不管？现在家里起了一点小风波，过一段时间就会好的，志恒、志思，准备一些银两和口粮给你姐带上。"

张志如却说什么也不要，爹爹带着气说："你不要，乐乐怎么办？乐乐的爷爷、奶奶怎么办？儿女都是爹娘的心头肉，不管是谁遇到困难或者受到伤害，爹娘的心就像被刀绞的一样！"

张志如想想爹说的话，只好勉强答应说："我哪能要这么多？"

志恒问道："那你公公的病就不治啦？"

一阵风波过后，张志如要离开娘家。刚走不久，胖妞在后面喊道："姐姐，你等等！"

胖妞气喘吁吁地跑来说："姐姐，这是我出嫁时压箱底的几两银子，也给你带回去吧。"

张志如说什么也不要，胖妞说："我不是给你的，我是给乐乐的。"

见张志如依然推辞，胖妞只好指着旁边的一口井说："如果你再不要，我就把银子扔到井里。"

这时张志如才勉强答应收下。胖妞接着说："这次一闹，看样了要分家了，这样也好，省得在一块受窝囊气。如果分开了，你一定要经常回来，志恒也很喜欢乐乐，我们可不能像常言说的那样'官船漏，官马瘦，官姑娘满门求'，这样可不好。如果有什么困难，我们共同解决。"

张志如上前拉住胖妞的手，一句话也说不出，只任那一滴滴泪水重重地砸在自己的脚面上，挪不开这难舍的情感……

张志如母子急急忙忙往家赶，远远地看见自家门口站了许多人，好像有人在吵闹，走近一看，原来是孙丽娘。她站在大门口指手画脚地叫骂："你们王家怎么厚着脸皮到我家'要天要地'？我们张家的钱也不是大水淌来的，也是用血汗挣来的！"

这时，躺在病床上的王家老爹爹听到辱骂声，气得浑身发抖，嘴唇发紫说不出话来，一口气没接上，死了。王家老婆婆正在门外与孙丽娘争吵，这时张志如带着乐乐快步赶到。孙丽娘见了他们母子二人冷笑一声，说："你以为我张家的东西就那么好拿？你今天到我家，搞得我那么难堪，我发誓要好好地收拾你们。"

说话间，孙丽娘又指着王家婆婆骂道："你没有钱可以叫你家媳妇去青楼！"

王家婆婆见孙丽娘口吐脏话，气得浑身哆嗦，上前与孙丽娘厮打起来，无奈年老体弱，没几下就被孙丽娘推倒在地。孙丽娘又指着张志如嘶喊道："要想留下我张家东西，就得从我的裤裆下钻过去；如果你不钻，就乖乖地把钱粮给我送回去，否则，别怪我对你亲爹娘不客气。"

张志如泪涕似雨地说："只要你放过我王家老小，放过我亲爹亲娘，我钻！"

说着，张志如含泪向孙丽娘的裤裆下爬去……

第四章 洪水天灾家破人亡
张志如投黄河自尽

村子里围观的人很多，连续几年水灾，家家都很穷，谁都管不了别人。

这时，村外传来几声马嘶，飞奔而来一辆马车。车上的人见这里围了许多人，便停了马车，大家静观其变。

只见王家媳妇正屈膝从孙丽娘的裤裆下爬过去，之后坐在地上一动不动，欲哭却已无泪。这时，孙丽娘哈哈狂笑起来，说："好吧，口粮留下，这钱嘛，我就把它带回去。"

这时，村民们实在是看不过去了，与孙丽娘争吵起来。一位老人上前与孙丽娘理论："你说过王家的媳妇钻你的裤裆，就把钱粮留下，你怎么说话不算话？"

孙丽娘听到这些就像疯子一样，狂叫起来："我怎么啦？我是拿王家的钱还是占了王家的地？"

她还指着那老人破口大骂："老头，你凭什么护着张志如？"

说话间，孙丽娘走到那老人面前，举起手来要打。此时只听人群后有一人高声叫道："还不给我住手，哪个婆娘在这撒野！"

孙丽娘转过身子，只见一个眉清目秀的青年从人群中挤进来。孙丽娘冷笑一声，上下打量这个小伙子，问道："你是什么人？"

那人也不说话，一个箭步冲上去，对着丽娘的脸狠狠地扇了两个耳光，孙丽娘的嘴角顿时流出了鲜血，呆若木鸡，锐气大减。青年问道："你讲不讲理，钱还要吗？"

孙丽娘后退几步一心想逃走，只见那人抽出挎刀对着一棵树说："如果你再不讲理，就如同此树！"

说话间，那棵树已被拦腰砍成两截。孙丽娘见势不妙，擦擦嘴上的血，转身就跑。

这时，从马车上走下一个面容姣好的女子，下车就问："怎么回事？"

同车的丈夫梁慷程说："夫人，是我家弟弟在打抱不平。"

当地的人群中有人招呼道："你不就是何家姑娘何佳莲吗？"

那女子点头微笑，走上前去与他们问好，同时问道："刚才逃走的女人是谁？听她口气挺蛮不讲理的。"

何佳莲一边问一边向躺在地上的王家婆婆走去。只见婆婆已满口流血躺在地上，张志如立即上前抱起婆婆大声喊道："婆婆！婆婆！"

何佳莲急忙上前查看，一边抢救一边对众人说："就是醒过来，有可能也不行了，老人家跌倒时可能摔了头。"

过了一会儿，婆婆缓缓睁开眼睛，看了看儿媳那焦急又心疼的样子，断断续续地说："我的……好孩子……委屈了你……"

众人上前把婆婆抬进屋内，刚进房屋，就看见公公躺在地上，众人又围了上去，何家姑娘仔细查看后说："老人家已经死了。"

婆婆得知伸出手，指着老头子，挤出一句："老头子……"话没说完
她就闭上了眼。

张志如坐在一旁呆呆地发愣，小乐乐走到娘身旁，说："娘，爷爷、
奶奶怎么啦？我好害怕！"

张志如一下子反应过来，一把将乐乐搂在怀里，大哭起来。事已至
此，邻居们主动上前帮助料理丧事。何佳莲心想：我们一家人从山西一路
奔波，刚到家乡就遇见这样的事，于是叫弟弟梁慷锦到马车上拿些银两。
弟弟到车上取银子，车上有两个小孩却闹着要娘，梁慷锦教训了他们一
番，然后回到王家院内。

梁慷锦把银子交给了大哥梁慷程，梁慷程取出十两银子，可是张志如
怎么也不要。这时，何佳莲才认出张志如，吃惊地问道："志如，你还认
得我吗？我家住在街西头的何家药铺，我叫何佳莲。小时候，我们俩经常
在一起。"

张志如吃惊地站起身来，上下打量着何佳莲，何佳莲恳切地说："好
妹妹，把银子收下吧，好好把二老安葬。"

白日依山，红霞渐渐暗淡，天黑了。在车上的两个孩子很着急，大一
点的叫梁盛堂，从车上爬了下来，小一点的叫梁盛炯，在车上闹着也要下
车，于是小盛堂就抱着弟弟往下爬。小哥俩下车后刚进王家院内，就被何
佳莲发现了，她说："我们都忙昏了头，忘记了这两个孩子。"

梁慷程说："天不早了，我们赶紧上路吧。"

张志如上前说："好心的梁大哥，这离花园口还有一段路程，晚上路
也不好走，况且还有两个孩子。你们一家今晚就住下吧，明天再上路。"
张志如一再挽留，一家人才勉强住下。

夜深人静，深灰的天空中偶尔有几颗流星划过。张志如披散着头发，独自坐在公婆的灵堂前，悲伤地回想起自己回到娘家所发生的一幕幕，眼泪像泉水一样不由自主地涌出，那泪水带走了她的一切希望。

何佳莲躺在床上翻来覆去，心想：老天无眼，洪水无情，使得王家家破人亡，这让一个女人以后该如何生活……

突然听到张志如的哭声，梁慷程叫夫人佳莲起床去看看，劝说劝说。

何佳莲来到灵堂前，把张志如扶起。叹了一口气说："好妹妹，不要再哭了，人死不能复生，节哀顺变。"

张志如说："对不起，是我把你吵醒了。"

何佳莲说："遇见这样的事谁能睡得着。"

张志如沉思了一会儿，说："好姐姐，求你一件事。"

何佳莲说："你说吧，只要我能办到的一定尽力帮你。"

张志如说："乐乐还小，二老还没入土，我也顾不上他，我想让你把乐乐带着，交给他大舅张志恒，他在县衙当差，但是无论如何也不能交给孙丽娘。"

何佳莲听后连连点头说："放心吧！我一定把乐乐带着，如果找不到乐乐大舅，我就帮你照看几天。"

雄鸡用悲伤嘶哑的声音叫亮了新的一天。乐乐听说要去大舅家，与小兄弟俩争着上车，孩子终归是孩子，哪能懂得大人的心思。张志如抱起乐乐狠狠地亲了一下，泪如涌泉，乐乐用小手擦擦娘脸上的泪水说："娘怎么不上车？"

张志如回答："娘还有好多事要做，乐乐先去，到了大舅家一定要听话，不要淘气！"

小乐乐说："我去大舅家，叫大舅来接你。"

这时马车已开始行走了，越走越快，乐乐感觉到不对劲，顿时大哭起来，大声呼喊："娘！娘！"

在车后的张志如听见哭喊声，不顾一切地飞奔到马车前，马车停了，梁慷程说："我们也不知道该怎么办才好。"

张志如含泪对何佳莲说："答应我的事，请你们一定不要忘记。"

她又转过身来对孩子说："过几天我去接你。"

可乐乐紧紧地抓着张志如的手不放，口中还不断地喊："娘！娘！"

母子连心难舍难分，娘见乐乐死死地纠缠，对着乐乐的屁股狠狠地打了两下，这两下想打断母子情意，想打断孩子对母亲的思念。小乐乐哪里知道娘的用意，又哪里知道娘对孩子的期望。

已是清晨，太阳被乌云遮盖，不见一丝光芒，马车慢慢地行走在曲折蜿蜒的路上。

马车来到一个路口，只见一个中年人挑着两坛酒过来，喊道："你们买不买酒？"

梁慷程说："不要！"

卖酒的人快步跟随马车，叫道："我这是何家酒坊酿的最好的酒，如果想喝，就三文钱一坛。"

弟弟吃惊地说："怎么卖得这么便宜，肯定是三两酒兑七两水。"

卖酒的人鬼鬼祟祟地说："看你们也不像本地人，实话告诉你们，这酒是我从何家酒坊偷的，能卖多少钱就卖多少钱。"

何佳莲透过车窗看去，见那个卖酒的十分面生，便伸出头来问："哪个何家酒坊？"

　　卖酒的见有人要打听清楚，便说："愿买就买，不买就拉倒。"

　　她没有多问，可弟弟想搞点尝尝，梁慷程说："小弟别喝了，路上不要耽误事，我知道你嫂子现在的心情，她恨不得一步跨进娘家大门，想喝酒到家让你喝个够。"

　　听说快到家了，大家个个精神振奋，喜上眉梢。连那马浑身的肌肉也绷得紧紧的，像是有使不完的力气，四蹄蹬开，穿过高坡，穿过草地，穿过森林，扬起尘土，没用多时，便来到镇上。

　　何家大院喜从天降，一家人欢天喜地，个个脸上都带着微笑，像盛开的鲜花，有说不完的话道不完的情，一家人沉浸在幸福之中。

　　再说张志如，等梁慷程一家带走乐乐后，她就把公公婆婆妥善安葬。那抛起的一张张纸钱随风而起，飘落在荒草树丛中。她的心已操碎，她的泪已流干。她恨天，因为天降洪水；她恨地，因为每年得不到好收成；她更恨黄河大堤，因为它挡不住凶猛的洪魔，让天下多少个家庭惨遭灾难，还夺走了丈夫的生命。她多么希望自己有能力撑起这个家，有力量给儿子幸福。现在"好了"，老人入土为安，儿子得到寄托……

　　张志如独自来到黄河边，那汹涌的黄河水带走了她对人世间的留恋，带走了她的爱恨情思。她茫然绝望，一步一步地走近黄河，最终消失在滔滔黄河水的泡沫中……

　　几个孩子在何家院内玩耍，佳莲娘问："这几个孩子是……?"

　　佳莲笑着回答："我一直认为自己没有生育的希望，是慷程用中草药治好了我的不孕症。这大的叫梁盛堂，小的叫梁盛炯。这个是街东头张家的外甥，名叫王乐乐，他娘叫张志如，因家中出了事，无法照看，让我们把他带回张家。"

　　佳莲娘笑着说："没想到慷程的医术已经超过了你爹和你弟佳坤。"

　　爹爹见女儿女婿回到自己身边，心中大喜，将女婿和梁慷锦带进客厅，问道："这次回山东受了不少苦吧？"

　　梁慷程回答："受苦是肯定的，从山西到山东一路行医，遇到了许多事，也看到大宋一些迫切需要解决的问题。"

　　老爷子问道："大宋就是有问题也是当官的管的。"

　　梁慷锦说："问题就出在当官的身上，有一部分官员，不为老百姓只为自己的私利，对于水患不闻不问，导致老百姓生活在水深火热之中。"

　　何佳坤说："这也难怪朝廷，百里称霸、千里称王者处处可见。当今皇上应该是忙于处理这些问题，无暇顾及治理大江大河。"

　　梁慷锦又说："来之前，我们听说梁山宋江替天行道，招安纳贤，到梁山去一定会有……"

　　这时何佳坤站起身来，思索了一会儿说："梁山将士再好，终归还是一群山贼，朝廷不会对他们不闻不问的。何况梁山一伙人多数是有前科的，他们处处与官府作对，如果投奔了梁山，以后发生争斗，后果不堪设想。我想你们还是不去为好，不如在这花园口一带与我们共同发展。"

　　梁慷程说："要不，我和慷锦南下寿春。寿春是大宋屯兵之地，物产丰富，居住的人也很多，去那里行医肯定也前途无量。"

第五章　丽娘假自杀找苦吃
不讲道理众叛亲离

几个孩子在何家院里，何家二老见了几个孩子，看在眼里，喜在心头。

何佳坤喊了一声："吃饭了！"

几个小孩急忙围在桌前，何佳坤指着大一点的问："你们叫什么名字？"

孩子们回答："我叫梁盛堂。""我叫王乐乐。""我叫梁盛炯。"

何佳坤听后立即转过身来，看了看姐姐何佳莲说："张家的事可不好管，那孙丽娘在这镇上是出了名的不讲理，不如早一点把孩子还给张家。这个孙丽娘是丽萍的亲姐姐，她从来就不把丽萍当人看待，平时她来到我家也是说三道四的，我们一家人拿她也没办法。"

梁慷锦上前问道："丽萍嫂嫂有没有像丽娘那样蛮横无理？"

奶奶说："丽萍这孩子与丽娘完全不一样，丽萍是个孝顺的好孩子。"

爷爷开口说道："什么都不用说了，不要让那些烦心事扫了大家的兴，拿出我家酿的最好的酒来。"

梁慷锦一听急忙问道："你家酿的？你家有酒坊？"

老爹爹听后脸红了，有些不好意思，说："我家酿的酒是采用你梁府的秘方，慷程要行医，把酿酒秘方丢在我这，后来想想闲着也是闲着，干脆我们酿。"

梁慷锦听后笑了笑说："好啊！你酿我们酿都是一样的，你传授我们医术，有何区别。"

何佳莲说："爹，不要小看这酿酒的秘方，这可是梁国梁康伯流传至今的'梁府贡品'。"

梁慷程拦住说："什么都不用说，吃过饭再谈。"

爹端起一碗酒说："好，女儿离家多年了，今天我一家人终于团圆，我很高兴，我要喝个够，喝个一醉方休，我们为'梁府贡品'干杯！"

老爹爹很快喝醉了，何佳莲起身将爹扶进屋内休息。

何佳坤、梁慷程和弟弟三个人饭后交谈，谈到在路上遇见一位卖酒的，自称是在何家酒坊偷的酒。听闻此事，何佳坤哈哈大笑说："现在我们酿造的酒远近闻名，也有可能是有人借着我们的名声来占点便宜……"

何佳莲拉着乐乐准备到街东头他舅舅家，可是乐乐的小脚怎么也跟不上趟，何佳莲就顺手抱起乐乐向张家饭店走去。远远望见饭店门口站着一个中年女人，何佳莲感到怀中的乐乐身体一惊，浑身发抖，小手紧紧地抱住何佳莲的脖子，哭闹着要回去。何佳莲有些吃惊，便抚摸着乐乐的头，说道："好乐乐不要怕，我会保护你的。"

于是，乐乐才镇定下来，偷偷地看着孙丽娘。何佳莲走上前去，看了看那女人：她头上绾着髻，歪歪斜斜，两眉倒竖，像被风刮歪的树叶，凹凹的眼睛，像山沟里冒出来的两个黑球，两个黑球下是两个高耸的颧骨，像两座阴森的坟墓，高高的鼻梁、勾勾的鼻子、薄薄的嘴唇。她正嗑着瓜子，斜着身子倚靠在门前。何佳莲心想：怎么是这种德行？这有可能就是孙丽娘，可怎么长得一点也不像弟媳孙丽萍。

何佳莲上前问道："请问张志恒在家吗？"

孙丽娘反问道："你是打官司，还是告状？他在县衙呢。"

何佳莲笑着说："我一不打官司，二不告状，只是想把王家的小乐乐交给张家照看几天。"

这时，孙丽娘才看清来者怀里抱的小孩是乐乐，气愤地说："王家有人生他，怎么无人养，我们张家可不想收留他。"

这时围观的人越来越多，何佳莲有些生气地说："乐乐是来找他大舅，你想要我还不给你呢！"

孙丽娘指着小乐乐骂道："你这小子，上次害得我好苦，现在你又来了。"

她又指着何佳莲骂道："多管闲事，你累不累？"

何佳莲气得也不知说什么才好。人群中有人叽叽喳喳地说："这个女人太不讲理了。"

这时，从屋内走出两位老人，正是张家的老爹爹与老奶奶。他们一眼就认出何佳莲，急忙上前赔礼道："何家姑娘，你回来了。对不起，我家儿媳妇不懂事，请你多多原谅。"

孙丽娘听说是何家姑娘，眼珠一转，面带微笑说："哎呀，对不起，大水冲了龙王庙，一家人认不得一家人，对不起呀！"

这时，围观的人们都哈哈大笑，还有人说："这个女人翻脸比翻书还快!"

就在这时，人群中挤出一人，跑到张家老爹爹老奶奶跟前，慌慌张张地叫道："坏事了！坏事了！你家女儿的公公婆婆已经过世，张志如也跳进黄河自尽了。"

话音刚落，张家老奶奶只感到天旋地转，当场晕了过去。老爹爹也傻了，孙丽娘见势不妙，顺着墙边贼溜溜地离开了。何佳莲听后十分震惊，才明白张志如让她带走乐乐的用意。想到这，她急忙放下乐乐，上前把张家老奶奶搀扶到床上，张家老爹爹撕心裂肺地说："前天女儿回来已经受尽了委屈，她大哥大嫂也被气走了，现在他们都不在，这叫我该怎么办?"

何佳莲看到老人家伤痛的样子，劝说："老爹爹，事已如此，不要过分悲伤。现在老奶奶已经躺倒了，你一定要保重身体。"

孙丽娘挤出人群后，心想：这回把事闹大了。她转念又想：张志如就是该死也不能不应付一下。于是她来到赌场，一进门就看见张志思输得满头大汗。她上前一把扔掉张志思手中的牌，口中骂道："你还不回去！你姐死了，还不快走！"

张志思扭过身子，骂道："你给我走开，我要翻本，你的话谁相信！"孙丽娘见丈夫不肯回家，又叫道："你姐真的死了，信不信由你，我走了！"

孙丽娘刚走，店小二跑来告诉张志思："大小姐已经投黄河自尽。老奶奶听到这个消息，受不了打击，伤心过度也去了。"

这时张志思才放下手中的牌，急忙赶回家。张志思到家后，看见何佳莲正在劝说爹爹："人死不能复生，你还有个外孙乐乐，还需要人照看。现在我把乐乐带回去，等你们把丧事办完，再把乐乐给你们送来。"

老爹爹颤颤巍巍地站起身来说："拜托了，等志恒回来，我就让他去接孩子，谢谢你!"

何佳莲抱着乐乐无精打采地走在大街上。她呆呆地走着，心想：如果我们不带走乐乐，也许张志如不会自尽。那张志如与孩子离别的情景，不断浮现在她脑海里，她路过自家门时也不知道进门，一直往前走。这时被娘发现了，娘走出门去，在后面呼喊："傻丫头！怎么连家也不认得了?"

何佳莲这才发现自己走过了，回头进了家门。她放下乐乐，自己坐在桌前，闷闷不乐。一家人围了上来问："是怎么回事?"

一家人等待着佳莲的回答。何佳莲说道："你们知道吗，志如为什么把乐乐交给我们吗？她把二老安葬后，就跳进黄河自尽了。"

话一出口，大家感到十分震惊，梁慷程说："我们离开王家后总感觉不对劲。"梁慷锦说："是啊，现在出了这么大的事，我们大家都感到惋惜。"

张志恒和胖妞得知家里出了事，了解到出事的原因，他俩就快马加鞭地赶奔家门，一进门胖妞就扑到婆婆的灵堂前痛哭起来。

张志恒对孙丽娘恨之入骨，于是走到孙丽娘面前，指着孙丽娘咬牙切齿地骂道："我恨不得把你碎尸万段，把你剁成肉酱!"

说罢他顺手抄起一条板凳，向一张桌子猛砸过去，只见那张桌子立刻就散了架。吓得孙丽娘魂飞魄散，胆战心惊地躲在一旁。张志恒又把板凳踢在孙丽娘的面前，然后他来到娘的灵堂前，双膝跪下，痛哭流涕……

张家老奶奶入土为安，一家人坐在厅屋内，商讨今后的日子该怎样过。老爹爹有气无力地说："我今后日子没法过了!"

张志恒说："爹，跟我们出去住吧，我和胖妞会让你开心的。"

爹爹说："张家饭店是我一手创办的，以前生意很好，现在一天不如一天，离开家的不应该是你，而是志思、丽娘这两个败家子。"

　　孙丽娘一听这话，气得暴跳如雷，指着老爹爹喊叫道："你凭什么赶我们走，志思不是你的儿子？你这老头子，平时给你吃，给你喝，你这样对待我们，良心何在？"

　　志恒爹气得头昏脑胀。志思说："我对这个饭店无所谓，啰里啰唆太烦人了。爹，刚才孙丽娘说的您不要听。"

　　孙丽娘大叫着："志思，你混蛋！你知道什么，人家在县衙当差的，生活有个依靠，可你我以后日子该怎么过？现在他们合伙欺负你，你还顺着他们？"

　　张志恒气愤地说："你害死了姐姐，气死了我娘，搞得我们家破人亡，你还是人吗？"

　　胖妞上前劝说："事情都已经过去了，就不要再提了。"

　　可孙丽娘气急败坏地叫道："你姐死了，我可没拿刀子捅她；你娘死了，我也没拿毒药害她！"

　　张志恒骂道："你比刀子、毒药还要狠！"

　　孙丽娘狂叫起来："你这么说，她俩都是我害死的？那好，我也不要活了！"

　　张志思见孙丽娘说出这样的话，用手一挥叫道："你孙丽娘既然说出不想活了，那你早就该死，现在你就去死，如果你再留在世上说不定还会害人。"

　　孙丽娘一听恶狠狠地瞪了张志思一眼，气急败坏地喊道："好！今天我就豁出去了，我死给你们看！"

　　说完她就向门外跑去。孙丽娘跑出门后，不时地回头看看，见家里也没有人追来，心想这可坏了，这一回如果收不掉场怎么办？于是她就在大街上呼喊："我不活了，我不活了！"

孙丽娘很怕没有人前来解围，她步子跑得很慢很慢，不一会儿引起很多人跟在后面看热闹。

孙丽娘跑出门后，老爹爹心想：对于孙丽娘也无药可治。于是他叫志思和志恒去看看。志思说："任她折腾去，她死不了，看她怎么下台？"

老爹爹见两个儿子有些犹豫，立刻叫道："你们俩还不快去看看，如果假戏真做怎么办？"

张志恒起身叹了口气，说："真拿她没办法。"

志思见志恒向门外走去，起身说："哥，你别去了，我过去看看她在作什么怪。"

张志思出门后心想：孙丽娘啊孙丽娘，你怎么这样丢我的人，看我怎么整你！他跟在人群的后面，只听见丽娘的喊叫声。孙丽娘一路小跑来到一个池塘边，她又看了看后面的人来了没有，便转身走进池塘。她并不向深的地方去，只是用手拍打着水面，口中还不断地喊："我不活了！我不活了！"

张志思挤在人群中看着孙丽娘，心想：你这个不知好歹的东西，太丢人了。他带着愤恨，跳进池塘里。孙丽娘见志思跳了下来，认为是来救自己的，于是她向水深的地方走了两步。张志思快步走到孙丽娘的后面，用双手掐住孙丽娘的脖子，用力向水下按去。孙丽娘在水中挣扎着，却又被张志思按了下去……

第六章　求官抗洪被拒门外
梁慷锦愤怒砸县衙

　　孙丽娘呛了几口水，大喊："救命啊！"围观的人多数都在笑，孙丽娘用尽力气想挣脱丈夫的手腕，但又被张志思死死地按在水底。突然孙丽娘在水底不动了，这时张志恒赶到，急忙喊道："给我住手！"

　　张志思把孙丽娘从水底拽出水面，这时孙丽娘已经奄奄一息，气若游丝地对张志思说道："没想到你真想把我闷死在水里，我们可是夫妻，我也是为你好哇！"

　　经过这一番折腾，老爹爹依然跟着张志思住在饭店里继续开店。张志恒和胖妞则来到何家药店，说了许多感谢的话，带走了乐乐，在外面租了房子。

　　孙丽娘躺在床上心想：这次虽赢得了饭店，但也差一点让志思要了老娘的命。我这样千方百计也是为了我俩以后的生活。孙丽娘见丈夫走过来，冷不丁地抬起手朝着张志思的脸狠狠地打去，嘴里还不断地骂道："我这到底为了谁？你为什么这样对待我？"

张志思却一点也不反抗，只是说："人要脸，树要皮，谁叫你让我下不了台。你在水里，大喊大叫不要活了，可你真的想死吗？你自己能下了台吗？"

孙丽娘听到这些，呆呆地看着丈夫，心想：今后要小心了，不然的话会自讨苦吃。

何家生意越做越兴旺，药店、杂货店、酒坊人流来往不断。

何佳莲和孙丽萍带着几个孩子正在街上散步，这时来了一队人马。领头的身穿礼服，胸戴鲜艳的大红花，骑着一匹骏马，满面红光，喜气洋洋。随后是八抬大轿，里面坐着一个漂亮的新娘。再后面是唢呐队，好不热闹，引来众人观看。

小春芝问："盛堂哥哥，这是干什么的？"

小盛堂说："这是娶亲的。"

小春芝又好奇地问："什么是娶亲啊？"

盛堂解释说："就是一个男的和一个女的好，长大了女的愿做男的新娘，男的愿做女的新郎，一辈子永远和好！"

小春芝听到这些感到很好玩，于是上前拉住盛堂哥的手，笑着说："盛堂哥，等你我都长大后，我嫁给你做新娘好吗？"

小盛堂一听乐了，小春芝又说："那我们现在就拉钩。"

盛堂接着说："一百年不改变！"

在一旁的何佳莲和孙丽萍听见两个孩子说出这样的话，感到十分好笑。何佳莲说："我看盛堂与春芝蛮好的，小孩嘴里讲实话，也有可能他们俩会成为一对。"

孙丽萍笑盈盈地说："姐姐如果不嫌弃我家小女春芝，那我们俩就给孩子定个娃娃亲？"

何佳莲一听连声说："好！好！"

于是她们俩拉着孩子到银匠铺，打了两把银锁，一个上面刻着"盛堂春芝"另一个刻着"春芝盛堂"，分别挂在两个孩子的脖子上。两个孩子你看我，我看你，天真地笑了。

回到家里，春芝走到父亲跟前，把自己戴的银锁拿给父亲看，何佳坤不知道是怎么回事，又仔细看了看上面的字问："丽萍，这是怎么回事？"

没等丽萍说话，何佳莲拉着盛堂上前说："你看看盛堂。"

盛堂兴奋地把自己的银锁捧给舅舅看，舅舅已经明白了一半，又故意地问："你们到底想干什么？"

佳莲说："我和丽萍刚刚给盛堂春芝定了娃娃亲，事先我们也没有与你们商议。"

话音刚落，何佳坤说："盛堂这孩子长得虎头虎脑，我一直都很喜欢他。"

何佳莲问："你姐夫到哪去了？"

何佳坤回答说："刚才他还给病人抓药，刚才来了一个老乡名叫莞公，说在寿春落户，生活得一直很好，现在在后院客厅谈话。"

就在这时，梁慷程和客人莞公走进药房。何佳莲、孙丽萍上前行礼问好。莞公彬彬有礼地说道："感谢各位，感谢梁大恩人一家，要不是梁郎中，我一家老小的命早已归天。我经过多方打听，才得知你们在花园口一带行医。现在我一家在淮河岸边的寿春生活得也很好。这次前来，一是回家看看，二是想知道你们生活得如何？"

梁慷程说："俗话说'走千走万，不如淮河两岸'。我也曾想到淮南、寿春去行医，只是心有余而力不足哇！"

何佳坤忙起身说："姐夫、姐姐，你们一家人在这里不是很好吗？自从你们到来，生意越来越兴旺，看病的人越来越多。对那些疑难杂症，我和姐夫共同研究、会诊，也治愈了很多病人，希望你们不要走。"

何佳坤又转过身子恳切地对梁慷程、梁慷锦说："我诚心诚意地希望你们留下，我们共同努力，造福于黄河沿岸的百姓！"

梁慷程笑道："好兄弟，我这位老乡也是好心，我和你姐也商量过，等盛堂、盛炯长大，我们就回老家山西，如果我一家到淮河有更好的发展，我们不如到那儿去。"

这时，何家两位老人走过来，进门就喊道："谁要走？为什么要走？要到哪里去？"

何佳莲上前向爹娘说了此事。

何家老奶奶听后说："谁也不能走，你们都是娘的心头肉。你们知道吗？自从佳莲嫁到遥远的梁家，你爹和我整天牵肠挂肚，日思夜想，现在一家人终于团圆了，多好哇！"

莞公上前说："常言道：'父母在，不远游，孝字当先'，我看你们一家过得很好，也没有必要到寿春去。我这次到这里，也就是想看看你们过得怎么样，现在你们的日子过得很好，我也放心了。如果有时间就到寿春去做客，我家离寿春城报恩寺不远。"

孙丽萍问道："我的两个弟弟也在寿春，不知道他们现在过得好不好？"

莞公问："他们叫什么名字？住在什么地方？"

孙丽萍说："大弟名叫孙进康，小弟名叫孙进成。我只知道他们的名字，也不知道他们住在什么地方。"

莞公说："寿春姓孙的很多，如果我见到他们，我会转告他俩你们在这里的一切情况，让他们不要挂念。"

吃过饭，梁慷程、何佳坤恳请莞公多住几日。莞公说："感谢你们一家的盛情款待，我要赶回老家山西看看，再向恩人梁慷程汇报家乡的情况，告辞了！"说完他便辞别而去。

送走老乡后，何佳莲才提起盛堂、春芝定娃娃亲的事，梁慷程听后沉思了一会儿说："好是好，但也有一些顾虑，我也说不清楚。"

何家老奶奶说："好就是好，有什么说不清楚的？依我看，他们俩就是天生的一对，盛堂耳边长了个系马桩，春芝眉毛内藏了一颗痣，两个孩子都是福相，我看就这样定了。"

梁慷程笑着说："既然老人家做主，这事就这样定了，不过我们也得选个好日子，庆贺庆贺。"

这时何家老爹爹说："佳坤、慷程，两个孩子定亲之事就让佳莲和丽萍操办，我有大事与你们商量。大年三十晚上，我发现天空雾茫茫的，清明当天又下了小雨，四月十二也就是昨天，也下了一场雨。河里的鱼儿肚子都鼓鼓的，涨满了鱼卵，今年注定有洪涝灾害，所以说我们要做好一切防洪准备。"

何佳坤说："爹，我们怎么防？那黄河大堤讲得好听，实际与平地没有两样，三寸之土能挡住洪水吗？"

梁慷锦说："我看这是棘手之事，我们现在要及时地向当地官府报告，说明要在花园口一带加强堤防的必要性。必要时我们也可以出一些人力物力协助官府。"

梁慷程说："必要时我们可以在花园口支起大灶，只要是来参加护堤工程的，我们都让他们一日三餐吃个饱。"

何家老爹爹笑了笑说："慷程啊！你说得轻巧，这黄河战线这么长，我们只是小小草民，拿什么拼？我找你们只是商量怎样躲难，没想让你们有大的行动。"

这时梁慷锦说："要干就大干，只要官府出面，黄河大堤终会成为铜墙铁壁的。"

何佳坤沉思了一会儿说："慷锦老弟说得很有道理，我们先到县衙反映一下情况，不知派谁去合适？"

何家老爹爹说："既然你们想干一番事业，我支持你们。家里上上下下都很忙，我看我与慷锦去就行了。"

何家老爹爹与梁慷锦一同来到县衙，刚想进入，就被衙役拦住，梁慷锦上前说："我们这次来有要事求见县太爷，请各位行个方便。"

衙役笑了笑说："你们以为我家老爷是你家的爹娘，想见就见的吗？告诉你们要识相些！"

梁慷锦一听话头不对，于是问道："你要我们识相些，怎么识相？难道见一下县太爷也要交银子不成？"

衙役得意地笑了笑说："算你聪明。"

梁慷锦一听火冒三丈，叫道："万万没想到，在大宋竟然还有这样的县衙！老子今天要是不给你会怎么办？"

就听县衙内有人回答："你要是不给，就给我走开！"

话音刚落，从里面走出一个大约二十岁左右的公子，只见他手提鸟笼，吹着口哨，扬扬自得地颠着脚。何家老爷爷将梁慷锦拉在身后，上前说："这位公子，多有得罪，请公子多多谅解，我们这次前来有要事向县太爷禀报。"

那公子说："我就是县太爷家的少爷。这样吧，由于你身后那个娃娃冒犯了我们，平时进县衙只收三两银子，现在我们要收你三十两，如果不给，那你们就请回吧！"

何家老爷爷说："怎么要这么多？再说我们身上也没带这么多银子。"

梁慷锦忍不住骂道："这样下去怎么得了，这哪是县衙，简直就是狼窝，今天你们不让我们进入，那我就把这县衙给拆了。"

说完他就要向前闯，但被何家老爹爹给拦住，并且说："慷锦，我们走错了地方，计划也是错的。这地方我们就是进去也起不了作用，不如我们回去再做商议。"

何家老爷爷和梁慷锦离开县衙后，县太爷的儿子看着他们的背影，问衙役："这一老一少是什么来头，怎么口吐狂言？"

一个衙役上前说："什么来头我们不知，听他们的口气是来者不善。现在与官府作对的，只有梁山上的山贼，听说山上的无名小卒，拆一个县衙都不在话下。"

县太爷的儿子听后感到十分恐惧，立即转身进了县衙，慌慌张张地喊叫："爹爹，情况不妙！"

县太爷关世雄见儿子关蹬恐慌的样子，急忙问道："蹬儿，你因何事惊慌？"

关蹬回答："刚才门外来了一老一少，说是有事与你商量，我要收他们进门的银子，他们不但不给，反而要拆了我们的县衙。"

县太爷关世雄听后，也感到吃惊，于是说："什么人这样大胆，我做县衙这么多年还没听说过有人这样大胆，难道说是水泊梁山上的山贼？要是他们事情就大了，我关世雄的这个县太爷的日子可就不长了。如果梁山宋江一伙要想收拾我们，我们就是逃也逃不掉。"

关蹬说："刚才衙役说梁山将士个个都武功高强，不如我们现在就通报朝廷，让皇帝派官兵前来攻打梁山。"

关世雄听了儿子的一番话，绷着脸说："孩子，你太天真了，你以为你爹这个县太爷很了不起？再说朝廷拿梁山也没办法。"

儿子关蹬问道："爹，难道我们就没有办法？"

关世雄回答："现在我就命令张志恒前去打听他们的来历。"

何家老爷爷和梁慷锦忍气回到家中，将在县衙发生的事述说了一遍。佳坤听后摇了摇头说："没想到我们刚开始就碰了钉子。当务之急，我们还像往常一样多备一些药材和粮食，防止灾民饿死病死。"

梁慷程看了看慷锦说："慷锦，与这些无道的衙门人斗气不值得。佳坤说得对，不管怎么样，我们要像往常一样做好准备。现在药铺里的几样药已经缺货，通常用的药也不多了，你不如出门采集一些药材。"

这时何家三少爷问道："这次出门采集药材，有没有我何振彪啊？我也想出门闯闯，长长见识。"

这时何家老爷爷说："三孙子啊，这次出门是收集药材，而不是观光游花看景，像你这样就知道玩，何时才能成气候？"

何振彪笑了笑叫道："爷爷，我说的不是游玩，我这样老是待在家里，就像后院井里蛤蟆一样见不了天。爷爷，你的孙子已经长大，应该让我们出去闯一闯。"

孙丽萍来到公公面前说："爹爹，我可不想让他们三个出门。再说振彪才十几岁，让他出门我不放心。"

何家老爹爹笑了笑说："丽萍，别说你不放心，我也不放心哪。"

振汉、振龙、振彪纷纷上前说："娘又上来添油加醋，孩儿们已经长大，如果你们一直这样袒护，我们何日才能长大，现在我们几个已经能为家里做些事了。"

梁慷锦见何家几个小少爷纷纷要求出门收集药材，于是上前为他们求情说："出门收集药材也不是一个人做的事，多一个人就多一个帮手，我带着他们出去，请你们放心，让他们出去闯闯也有助于他们成长。"

三个少爷异口同声："还是叔叔说得有道理，就让我们去吧。"

何家老爷爷看了看何佳坤问道："佳坤，你的意思呢？"

何佳坤看了看几个儿子，回头对爹爹说："爹，他们既然想出去就让他们出去吧，闯闯也好。"

事情决定后，梁慷程说："此去采集药材意义重大，这次不是去北方，而是南下，在华佗的故乡亳州、颍州一带。那里盛产药材，再向南就是淮河了，可以顺便了解一下淮河岸边的百姓是如何防洪的，他们是如何渡过难关的。"

何家老爷爷说："定做几辆好的马车，路途遥远，行走也放心。"

第七章　何梁联手备战洪水
孙丽娘刁难老公公

分家后，孙丽娘的饭店生意一天不如一天。她挣钱心切，一口想吃个胖子，只要是前来吃酒的顾客就猛宰，张志思整天混在赌场，家产几乎输光。

一天，来了几个过路客，叫嚷着要吃酒。孙丽娘上前热情招待，领头的是个黑脸大汉，一进门就叫嚷："大块肉，大碗酒，快快端上来！"

店小二把四个炒菜、四碗酒端到客人面前，说："客官慢用，烧牛肉一会就好。"

牛肉烧好正要端上，孙丽娘说："小二，你把厨房打扫打扫，我来端。"

孙丽娘端起牛肉刚进入客厅，就看见胖妞从远处走来。她计上心来，见客人没有发现，又把牛肉端回厨房，顺手拿了两个大馒头一双筷子，把牛肉端到后院，送到公公的房间，才走进客厅招呼："胖妞回来了。"

胖妞说："我来看看公公。"

在客厅吃饭的黑脸客人喊道："我们的烧牛肉呢，怎么还不上？"

孙丽娘上前说："对不起，这几天我公公身体不好，刚才烧好的牛肉，先给我公公送去了，我已经叫小二再给你们做了。"

那领头的客人举起手来往桌子上猛拍了两下，吓得孙丽娘不知所措，立即后退几步。只见那客人又竖起大拇指，大笑起来说："好啊！孝顺！你是孝顺儿媳妇，我李逵遇见了孝子，我们等一会没关系。"

店小二听到这些，在一旁撇着嘴。胖妞来到后院公公的房间，见公公躺在床上，饭菜放在桌子上也没有动，胖妞上前叫道："爹，你怎么啦，是不是病了？"

公公见是胖妞回来了，便欠起身做出很精神的样子，说："你回来啦，我没有病，我一直很好，乐乐呢？"

胖妞回答："乐乐在读书，志恒不放心，叫我过来看你。天热了，顺便给你做了几件新衣服。"

公公的泪水在眼眶内直打转，却始终没有落下来，公公说："你回去后，告诉志恒我很好，让他放心。"

吃饭的客人起身喊道："老板，算账！"

孙丽娘走到客人面前说："六个铜钱。"

李逵顺手从口袋里掏出十个铜钱来往桌子上一拍说："就这些吧，看你们都很孝敬老人，就多给几个，回去我也要把老娘接到山上享福。"

李逵刚走不远，又回来问道："我身上长个疮，请问这里有郎中吗？"

孙丽娘笑了笑回答："街西头就有何家药铺。"

客人听完就出门走了。孙丽娘顺手把钱装进衣袋里，心想：今天运气还不错，还有自愿多给钱的。

胖妞从后院出来，公公随后送出门外，胖妞回头再看了看公公说：

"爹爹，你瘦了许多，气色也不怎么好，要注意身体，多保重！有时间我再来看你。"

爹爹急忙说："你要再来，就把乐乐带回来，我很想见他。"

张天福送走了大儿媳胖妞，站在客厅感觉到有些饥饿，心想：自己房间桌子上放着一碗牛肉，两个馒头。刚走进后院，只见孙丽娘把牛肉从公公房间端了出来。老爹爹上前问："这是给我吃的，为什么又要端走？"

孙丽娘冷笑一声说："给你吃？你想得美，这碗牛肉还能卖几个钱呢！"

公公问道："那你为何把牛肉端到我的房间？"

孙丽娘听后得意地笑着说："那是我一时高兴，想让你闻闻味道。"

老公公气得上前夺过那碗牛肉狠狠地摔在地上，口中骂道："孙丽娘啊孙丽娘，你的表面戏唱得不错，你安的什么心？你比狼心还要狠！"

孙丽娘见一碗牛肉摔在地上，气得咬牙切齿："看我以后怎么收拾你？"

晚上，张志思回来了，又把钱输个精光。孙丽娘气愤地骂道："你这个人，饭店挣点钱都让你给输光了，说不定有一天你会死在赌场。我孙丽娘真是倒了八辈子霉了，当初我怎么上了你家的花轿，我真不如嫁到何家，你看看我妹妹一家人多好哇！"

张志思听后说："那你现在不如再嫁给何佳坤做妾。"

孙丽娘立刻骂道："狗嘴里吐不出象牙！"

晚上休息时，孙丽娘又说："饭店生意一直都不好，你赌钱也不能赢。自从婚后我们一个孩子也没有，生活起来一点意思都没有，这样下去我俩以后的日子还怎么过哇？"

张志思反问道："没有孩子，你怪我？我看没有孩子倒也落个清闲。"

孙丽娘一拍手说:"现在清闲,可老了怎么办,谁来养活我俩?"

张志思冷笑一声说:"看你有多排场,还想着以后。你看看我爹、我娘,现在怎么样?你对他们又如何?"

说完他就翻过身去。孙丽娘骂道:"那是他们自找的,活该!说实在话,虽然你对我吊儿郎当的,可我没有做过一次对不起你的事,那天你差一点把我闷死在水里,我没计较,我是死心塌地地跟着你过日子,你知道吗?"

张志思又翻过身来问道:"今天晚上说这么多,你到底想干什么?"

孙丽娘说:"我想领养个孩子。"

张志思大笑起来:"别做梦了,就凭你那副德行,哪家有孩子舍得过继给你,拉倒吧,别想了!"

孙丽娘又说:"不得不想,现在你大哥大嫂已经有了乐乐,我妹妹丽萍有三个儿子,一个女儿,可我们俩只有一个老人。唉,提起丽萍妹,我倒是有个想法,她三个儿子已经长大成人,过继他们是不可能的,领养春芝呢,是个女娃。好吧,就把春芝过继到我们家,如果成功,她家的财产也会给我们一点。"

说到这里,孙丽娘怂恿丈夫明天陪她到妹妹家商讨这件事,张志思大声叫道:"不要再做梦了!我可没有那些闲工夫,睡觉!"

第二天,孙丽娘思前想后,精心梳洗打扮一番,很自信地走在大街上,边走边想美事,一不小心脚下一踏空,跌了一跤。街上立即有人开玩笑地叫道:"孙丽娘,你看见地上掉钱啦!你捡多少钱,没有人与你抢,你慌什么?"

孙丽娘从地上爬起来,骂道:"去!去!滚开!差一点把老娘摔死,我可没有闲工夫与你们开玩笑！"

说话间她用手掸掸身上的灰尘，瞪了那几个人一眼，扭身就走。

孙丽娘走进何家大院，只见一家人兴高采烈地忙上忙下。她走进大厅，突然看见一个身影，此人正是梁慷锦。想起在王家的一幕幕，虽然已经过去一段时间，但是孙丽娘一想起他还是心有余悸。

孙丽娘避开梁慷锦，找到妹妹丽萍，嬉皮笑脸地喊道："好妹妹，你家今天好像有喜事？"

何振彪走过来骂道："有喜事也不用你来过问！"

孙丽萍呵斥儿子道："振彪，怎么没大没小？放尊重点，怎么跟长辈说话的？"

何振彪又骂道："长辈当然应该尊敬，对于她这种人，鬼都不给她面子！"

孙丽萍责怪道："小三子，你怎么这样与你姨娘说话？"

孙丽娘上前皮笑肉不笑地说："小孩子不懂事，我不会怪他。"

何振彪立刻叫道："我不懂事？说你自己的吧！"

这时，门外传来几声喊叫，孙丽萍让儿子振彪出去看看。何振彪走后，孙丽萍与姐姐孙丽娘说："今天春芝和盛堂正式定下娃娃亲，大家都在为这事操办。"

孙丽娘听到这些有些不知所措，认为自己来晚了一步，随后与妹妹也进了大厅。

大厅内，一家人都很严肃，还有酒坊里的几个帮工，他们都很气愤。只见梁慷锦拍着桌子叫道："钱多，你给我说实话，你到底从酒坊盗走了多少酒？"

钱多小声回答："没有几坛。"

梁慷锦又说："如果你不说实话，从今天起，你就永远不准进入何家门！"

钱多回答说："我就偷了一坛。"

梁慷锦说："钱多，我来替你说。以前你在路上，遇见来人就上前卖酒，你还自称是从何家酒坊偷来的，是不是？"

钱多听后上前求饶说："那是我做的假酒，以次充好，求求你们，都是我的错，我也是没有办法，我家上有老下有小，全靠我一人挣钱糊口。大家都知道，在这黄河岸边，三年干，三年淹，三年蝗虫遮满天，我只好用这种办法养家，对不起。"

钱多边说边双膝跪倒再次请求："千万不要赶我走，一家老小全靠这一点工钱糊口，我以后再也不敢了。"

孙丽萍走到公婆面前说："事已如此，就饶恕他吧。如果现在把他赶走，他家断了生活来源，那一家老少该怎么活啊？"

何家老爹爹听后点了点头，说："钱多，你偷卖的不是一般用酒啊。你知道花园口一带经常发生水灾，这酒是专门给那些壮士壮胆祛寒的，让他们多救一些被困百姓，那可是烈酒。慷程、慷锦、佳坤，你们看着办！"

何佳坤深思一会说："如果再有这样的事发生，谁为你求情也不行，以后生活有困难与我们说，下去吧！"

钱多走后，何家老奶奶说："现在吃不上饭的人很多，小乐乐一家就是个例子，以后我们有机会就拿出一部分钱粮来，救济那些贫困家庭。"

何家老奶奶的建议得到了大家的赞同。

第八章　好心公公遭到诬陷
　　　　刁蛮孙丽娘被蛇咬

孙丽娘看了看春芝，眼珠转了转，站起身来说："提起小乐乐，我也很后悔。"

何振彪瞪了孙丽娘一眼问道："你今天来想干什么？"

何佳坤看着儿子何振彪，摇了摇头也没有说话。孙丽娘说："今天我来也没有什么大事，只是想和你们娘商量讨个孩子领养，以后我和志思年纪大了，也好有个依靠。"

何振彪又问道："你又准备打谁的主意？谁能放心把孩子托付给你？说不定以后会把孩子给卖了。哪家孩子能受得了你的折磨？"

孙丽娘不知羞耻地说："你不要把姨娘看得那样坏，姨娘也是有爱心的。"

何佳坤见振彪与孙丽娘争吵不停，上前插话说："你到底看中了谁家的孩子？"

孙丽娘走到春芝面前说："我就看春芝长得又聪明又可爱，如果过继到我家，我一定会全心全意地呵护她。"

何家老奶奶和梁慷锦同时站起来，说："不行！"

梁慷锦看了看老人家说："老人家，你先说。"

何家老奶奶说："孙丽娘想讨要我家春芝回去领养这是好事，也是我何家的荣幸。但现在我们家生活得很好，不可能把孩子给别人；再说春芝今天与盛堂定下娃娃亲，可以说春芝现在已成了梁家的人，我们两家都不会答应你的要求。"

孙丽娘站起身来，显得彬彬有礼："我刚才说过，我会全心全意地呵护春芝。如果大家都同意，我们三家也是亲上加亲，岂不是更好？"

梁慷锦上前阻拦说："拉倒吧！你是看上何家的钱了？乐乐送上门你都不要，还引起一场大风波，现在怎么想做这个美梦？坚决不行，凭我这一关你就过不去！"

孙丽娘像被迎面泼了一盆冷水，坐在那里一声不吭，觉得脸面丢尽。她悔恨自己没有听丈夫的话，起身就想走，却被何家老奶奶拦住说："今天是两个孩子的喜事，你是春芝姨娘，何不留下来祝贺祝贺？"

孙丽娘说："既然你们留我，那我就不客气。我从心眼里就喜欢春芝。虽然今天领养春芝没有成功，但以后我一定会把她当成我的生命看待。"

吃饭时，孙丽萍头上戴的双环玉簪引起了孙丽娘的注意。孙丽娘说："丽萍，娘去世时给你的玉簪你还保留着，我的银簪已经被志思赌钱给输了。"

孙丽萍说："这是娘去世时留下的唯一遗物，我一直都戴在头上，每时每刻都没离开它，你的怎么会被姐夫赌输了呢？"

婆婆见儿媳只顾说话，便把好的饭菜夹在丽萍的面前，孙丽娘看了看妹妹，又看了看妹妹面前的饭菜，感到阵阵心酸，于是大吃起来，吃得大家目瞪口呆。梁慷锦看到孙丽娘那狼吞虎咽的样子，心想：怎么是这副德行，真拿她没办法。

孙丽娘虽然在何家饱餐了一顿，但心中始终不是滋味。她心想：十多年前我孙丽娘为了荣华富贵，想嫁个有钱人家，抢了妹妹的花轿。万万没想到，什么好事都让丽萍这个丫头摊上。我孙丽娘怎能甘心，我该怎么办？我真想把何家的一切都抢过来，包括何佳坤，但是这有可能吗？虽然到了何家，他们给我让座，可实际上都拿我孙丽娘不当回事，特别是梁慷锦处处与我作对，我又怎么能忍下这口气。不管怎么样，我以后要寻找机会抢夺何家的一切。想到这里孙丽娘带着愤恨，急匆匆地回到家里。

张天福躺在床上，感觉自己身体一天不如一天，他勉强地站起身，想出去走走。刚一出门，他发现院内有条毒蛇向儿子房间爬去。老人家大吃一惊，这还得了！如果被毒蛇咬伤就麻烦了。于是他急忙快步冲向墙角，拿起扫把向蛇追去，那蛇像箭一样钻进了儿子的房间，老人家不顾一切追了进去。正巧孙丽娘回来了，见公公在自己房里，大叫起来："非礼啊，非礼啊！我家公公闯入我的房间啦！"

这时张志思也回来了，孙丽娘见丈夫回来更加大哭大闹，口中喊道："我不想活了，你爹今天对我非礼。"

张天福见孙丽娘是在诬陷自己，便上前给儿子解释一番。孙丽娘强词夺理地说："你说你在打蛇，蛇在哪，你捉的蛇呢？"

张天福说："刚才我确实看见一条蛇爬进你俩的房间。"

张志思半信半疑地说："我找找看，屋内到底有没有蛇。"

张志思翻箱倒柜，孙丽娘叫道："别找了，你爹就是一个大色狼，这

叫我以后怎么见人，我不想活了！"

张志思说："我绝不相信爹会做出这样的事，爹，你回去休息吧！"

可是孙丽娘在自家门口大声宣扬。张天福回到自己的房间，只是呆呆地掉眼泪，心想：孙丽娘为什么要诬陷我呢？真的是生不如死。老人家想起去世的老伴，于是起身找来了一条绳子……

公鸡叫了几声，五更天刚过，孙丽娘想起身下床小便，她嗲声嗲气地让丈夫下床陪她，睡意正浓的张志思心烦地说："走开，小便也叫我陪你。"

孙丽娘又解释说："人家不是胆子小吗？"

丈夫又叫道："你不做亏心事，就不怕鬼敲门，不要再烦我。"

孙丽娘这才起身下床，她刚刚把腿搭在床下，就听见一声尖叫："哎呀，志思快起床，我的脚被什么咬了一口。"

他俩都向床下看去，只见一条毒蛇从床下爬了出来，他俩呆呆地看着蛇逃走。

孙丽娘被蛇咬伤后痛得死去活来，让丈夫把自己送到妹妹家找何佳坤治疗，张志思骂道："活该，怎么不把你当场咬死！"

话虽如此，但他还是背起老婆向何家药店跑去。因为处理及时，孙丽娘没有生命危险。

天亮了，孙丽娘包扎好伤口就起身返回。大街上的人来来往往，孙丽娘的伤口虽然有些痛，但能忍受。想起前段时间，她差一点被丈夫闷死在水里，在众人面前丢尽面子，借此机会想挽回一些面子。于是，孙丽娘唉声叹气地叫痛，张志思说："想让我背着你回去？门都没有！"

孙丽娘见丈夫实在是不想背自己，于是又快步跟上，死死拉住丈夫的手，一瘸一拐地走在大街上，还自豪地与众人打招呼，张志思问道："死

妹妹，又看了看妹妹面前的饭菜，感到阵阵心酸，于是大吃起来，吃得大家目瞪口呆。梁慷锦看到孙丽娘那狼吞虎咽的样子，心想：怎么是这副德行，真拿她没办法。

孙丽娘虽然在何家饱餐了一顿，但心中始终不是滋味。她心想：十多年前我孙丽娘为了荣华富贵，想嫁个有钱人家，抢了妹妹的花轿。万万没想到，什么好事都让丽萍这个丫头摊上。我孙丽娘怎能甘心，我该怎么办？我真想把何家的一切都抢过来，包括何佳坤，但是这有可能吗？虽然到了何家，他们给我让座，可实际上都拿我孙丽娘不当回事，特别是梁慷锦处处与我作对，我又怎么能忍下这口气。不管怎么样，我以后要寻找机会抢夺何家的一切。想到这里孙丽娘带着愤恨，急匆匆地回到家里。

张天福躺在床上，感觉自己身体一天不如一天，他勉强地站起身，想出去走走。刚一出门，他发现院内有条毒蛇向儿子房间爬去。老人家大吃一惊，这还得了！如果被毒蛇咬伤就麻烦了。于是他急忙快步冲向墙角，拿起扫把向蛇追去，那蛇像箭一样钻进了儿子的房间，老人家不顾一切追了进去。正巧孙丽娘回来了，见公公在自己房里，大叫起来："非礼啊，非礼啊！我家公公闯入我的房间啦！"

这时张志思也回来了，孙丽娘见丈夫回来更加大哭大闹，口中喊道："我不想活了，你爹今天对我非礼。"

张天福见孙丽娘是在诬陷自己，便上前给儿子解释一番。孙丽娘强词夺理地说："你说你在打蛇，蛇在哪，你捉的蛇呢？"

张天福说："刚才我确实看见一条蛇爬进你俩的房间。"

张志思半信半疑地说："我找找看，屋内到底有没有蛇。"

张志思翻箱倒柜，孙丽娘叫道："别找了，你爹就是一个大色狼，这

叫我以后怎么见人，我不想活了！"

张志思说："我绝不相信爹会做出这样的事，爹，你回去休息吧！"

可是孙丽娘在自家门口大声宣扬。张天福回到自己的房间，只是呆呆地掉眼泪，心想：孙丽娘为什么要诬陷我呢？真的是生不如死。老人家想起去世的老伴，于是起身找来了一条绳子……

公鸡叫了几声，五更天刚过，孙丽娘想起身下床小便，她嗲声嗲气地让丈夫下床陪她，睡意正浓的张志思心烦地说："走开，小便也叫我陪你。"

孙丽娘又解释说："人家不是胆子小吗？"

丈夫又叫道："你不做亏心事，就不怕鬼敲门，不要再烦我。"

孙丽娘这才起身下床，她刚刚把腿搭在床下，就听见一声尖叫："哎呀，志思快起床，我的脚被什么咬了一口。"

他俩都向床下看去，只见一条毒蛇从床下爬了出来，他俩呆呆地看着蛇逃走。

孙丽娘被蛇咬伤后痛得死去活来，让丈夫把自己送到妹妹家找何佳坤治疗，张志思骂道："活该，怎么不把你当场咬死！"

话虽如此，但他还是背起老婆向何家药店跑去。因为处理及时，孙丽娘没有生命危险。

天亮了，孙丽娘包扎好伤口就起身返回。大街上的人来来往往，孙丽娘的伤口虽然有些痛，但能忍受。想起前段时间，她差一点被丈夫闷死在水里，在众人面前丢尽面子，借此机会想挽回一些面子。于是，孙丽娘唉声叹气地叫痛，张志思说："想让我背着你回去？门都没有！"

孙丽娘见丈夫实在是不想背自己，于是又快步跟上，死死拉住丈夫的手，一瘸一拐地走在大街上，还自豪地与众人打招呼，张志思问道："死

妹妹，又看了看妹妹面前的饭菜，感到阵阵心酸，于是大吃起来，吃得大家目瞪口呆。梁慷锦看到孙丽娘那狼吞虎咽的样子，心想：怎么是这副德行，真拿她没办法。

孙丽娘虽然在何家饱餐了一顿，但心中始终不是滋味。她心想：十多年前我孙丽娘为了荣华富贵，想嫁个有钱人家，抢了妹妹的花轿。万万没想到，什么好事都让丽萍这个丫头摊上。我孙丽娘怎能甘心，我该怎么办？我真想把何家的一切都抢过来，包括何佳坤，但是这有可能吗？虽然到了何家，他们给我让座，可实际上都拿我孙丽娘不当回事，特别是梁慷锦处处与我作对，我又怎么能忍下这口气。不管怎么样，我以后要寻找机会抢夺何家的一切。想到这里孙丽娘带着愤恨，急匆匆地回到家里。

张天福躺在床上，感觉自己身体一天不如一天，他勉强地站起身，想出去走走。刚一出门，他发现院内有条毒蛇向儿子房间爬去。老人家大吃一惊，这还得了！如果被毒蛇咬伤就麻烦了。于是他急忙快步冲向墙角，拿起扫把向蛇追去，那蛇像箭一样钻进了儿子的房间，老人家不顾一切追了进去。正巧孙丽娘回来了，见公公在自己房里，大叫起来："非礼啊，非礼啊！我家公公闯入我的房间啦！"

这时张志思也回来了，孙丽娘见丈夫回来更加大哭大闹，口中喊道："我不想活了，你爹今天对我非礼。"

张天福见孙丽娘是在诬陷自己，便上前给儿子解释一番。孙丽娘强词夺理地说："你说你在打蛇，蛇在哪，你捉的蛇呢？"

张天福说："刚才我确实看见一条蛇爬进你俩的房间。"

张志思半信半疑地说："我找找看，屋内到底有没有蛇。"

张志思翻箱倒柜，孙丽娘叫道："别找了，你爹就是一个大色狼，这

叫我以后怎么见人，我不想活了！"

张志思说："我绝不相信爹会做出这样的事，爹，你回去休息吧！"

可是孙丽娘在自家门口大声宣扬。张天福回到自己的房间，只是呆呆地掉眼泪，心想：孙丽娘为什么要诬陷我呢？真的是生不如死。老人家想起去世的老伴，于是起身找来了一条绳子……

公鸡叫了几声，五更天刚过，孙丽娘想起身下床小便，她嗲声嗲气地让丈夫下床陪她，睡意正浓的张志思心烦地说："走开，小便也叫我陪你。"

孙丽娘又解释说："人家不是胆子小吗？"

丈夫又叫道："你不做亏心事，就不怕鬼敲门，不要再烦我。"

孙丽娘这才起身下床，她刚刚把腿搭在床下，就听见一声尖叫："哎呀，志思快起床，我的脚被什么咬了一口。"

他俩都向床下看去，只见一条毒蛇从床下爬了出来，他俩呆呆地看着蛇逃走。

孙丽娘被蛇咬伤后痛得死去活来，让丈夫把自己送到妹妹家找何佳坤治疗，张志思骂道："活该，怎么不把你当场咬死！"

话虽如此，但他还是背起老婆向何家药店跑去。因为处理及时，孙丽娘没有生命危险。

天亮了，孙丽娘包扎好伤口就起身返回。大街上的人来来往往，孙丽娘的伤口虽然有些痛，但能忍受。想起前段时间，她差一点被丈夫闷死在水里，在众人面前丢尽面子，借此机会想挽回一些面子。于是，孙丽娘唉声叹气地叫痛，张志思说："想让我背着你回去？门都没有！"

孙丽娘见丈夫实在是不想背自己，于是又快步跟上，死死拉住丈夫的手，一瘸一拐地走在大街上，还自豪地与众人打招呼，张志思问道："死

要面子活受罪，你累不累？你回去后好好向爹赔个礼。"

孙丽娘反驳道："开始我也不知道他是来捉蛇的。"

到家后，张志思叫孙丽娘去给爹爹说些好话，赔个礼。孙丽娘推脱道："我的腿好痛，让我回房休息一会儿。"

张志思一听骂道："不行，现在就得去。"

孙丽娘有些不自在，说："你陪我一块去吧，我自己去说又怎么说得出口。"

张志思说："一人做事一人当，今天你不去向爹赔礼，我把你拉到大街上，说出真相让你难堪。"

孙丽娘把嘴一撇说："不就是说几句好话吗？去就去，看他还能把我给吃了。"

孙丽娘来到公公房间，推开门，大吃一惊，连忙掉头大声喊叫："不好了，出事了！出事了！"

这时，她的腿也不瘸不拐了，飞快地向门外跑去，叫嚷着："公公上吊自尽了！"

张志思一听傻了，骂道："你这个扫帚星，你把我爹爹气死了！"

第九章　为老百姓开仓放粮
　　　　魏县官为百姓吃草

县太爷关世雄派张志恒前去调查前几天来县衙的一老一少,但一直没有结果。这天,张志恒在县衙门口发现两个衙役在调戏一个村妇,于是上前说道:"大庭广众下这成何体统,还不将她放了。"

衙役见是张差官,于是嬉皮笑脸地说:"我们整天待在县衙门口,心里够闷的,现在找点乐子,张大人你管得也太宽了吧。天下已经乱了套,如今是公公掌权乱臣当家,在这小小的县衙你张志恒身板再正,老爷认为你是错的,你就好不了。"

张志恒严肃地说:"怎么啦,我说你们俩几句就不高兴?"

另一个又说:"张大人,你做的那些事别以为我们不知道。我家老爷让我们查前几天那一老一少是什么来头,结果查出是花园口何家老爷子和外来客梁慷锦。你一直瞒着老爷,这事你做得对吗?"

这时县太爷的儿子关蹬在县衙内听到这些,说:"你既然查清了事实,为什么不向我爹禀报?"

关蹬与张志恒一同来到县太爷关世雄面前,张志恒说:"我一直没有把实情向老爷禀报，是有原因的。我认为何、梁两家所要求的事老爷你办不到，就是知道他们对县太爷不满，又能如何？这么多年你也看到，何家在这黄河岸边花园口一带对百姓的贡献。两三年起家，一年有灾，何家家产像一阵风似的散给受灾百姓，就这样连续几十年。何家医有德，商有道，老爷请想想，你又怎么能奈何他？"

关世雄听后半天也没有说话，关蹬上前叫道："爹，你不要听张志恒为何家狡辩，这分明是何家不把我们放在眼里。"

关世雄用眼瞪了一下关蹬说："关蹬，你不必多言，张志恒言之有理，不过这事你不禀报于我，你就是犯了欺上之罪。这样吧，罚你三天闭门思过，三天后再到县衙执行公务，下去吧！"

张志恒离开县衙后，关蹬与关世雄说："你怎么不把张志恒彻底地赶走，为什么还让他回来？"

关世雄说："这县衙上下还需要他打理，赶走他对我也不利，再说他张志恒说的也有道理。"

张志恒回到家，一进门就喊道："乐乐，我回来了。"

乐乐见是大舅回来，立刻扑了上去。胖妞问道："你怎么今天回来这么早？"

张志恒回答："我想爹了，想去看看爹爹。"

胖妞说："我做了槐花饼，这可是公公最爱吃的，我们带一些过去。"

张志恒带着胖妞、乐乐，一家人兴高采烈地来到家门口，只见门口围了许多人，七嘴八舌谈论着。张志恒扭过头对妻子胖妞说："不好！难道家里又出事了？"

张志恒有些紧张，就紧跟几步，跨进大门。只见张志思坐在椅子上，孙丽娘坐在地上，脸上青一块、紫一块，几位邻居在帮忙，张志恒吃惊地问道："出什么事了？"

张志思把事情说了一遍，张志恒夫妇如遭霹雳，痛哭起来："我可怜的爹爹，刚走了娘，现在您又踏上不归路。您最爱吃的槐花油饼，现在儿媳给您做好了！"

梁慷锦和何家三个少爷收拾好马车准备出门收集药材。刚想走，哥哥梁慷程拉住弟弟的手说："没有哥哥在你身边，一路上千万要小心。"

孙丽萍对梁慷锦说："慷锦啊！一定要照顾好几个孩子，别看他们个头不小，但终究还是孩子，没见过世面，我唯一的希望是你们能平平安安地回来。"

马车离开了何家大院，向西奔驰而去，车上有说有笑。振彪说："叔叔，这次出来机会难得，不如我们一同到少林寺去看看，那里的武功天下第一。"

振龙说："少林寺不如武当山，武当剑法名不虚传。"

振汉说："这次出门不是游山玩水，不要再做梦了，一切都听慷锦叔叔的。"

梁慷锦笑了笑说："前几年我也和你们一样，只要出门就想四处去转转。少林寺也好，武当山也好，这天下大好河山风景各异，以后有机会游玩。这次我们有两大任务，第一是收集药材，第二是看看淮河岸边百姓是怎样战胜洪水的。老爷子说，今年的黄河汛期有可能早于往年，而且来得猛。如果这次出门光顾游玩，误了正事，以后你们再也没有出门的机会了。不过也不要灰心，我会带你们去一个意想不到的地方。"

三少爷振彪急忙问道："真的，这意想不到的地方在什么地方？"

梁慷锦回答："在淮河岸边，那里有美丽的焦岗湖、威武雄壮的四顶山和神奇的茅仙洞。"

三位少爷听后喜笑颜开，振汉说："这次我们几个出来，一定要给长辈们争口气。"

梁慷锦又说："我和佳坤、慷程两位大哥已经制订了行程计划，首先到达亳州，经颍州再顺着淮河到焦岗湖青冈城后，由寿春淮南北上，这么远的路程肯定要吃一些苦头，我们都要有心理准备。"

日子一天天过去，孙丽萍坐立不安，期待着几个儿子平安归来。一天她到镇子外面观看，期盼着梁慷锦带着几个儿子出现在自己面前。突然，一个幼小的声音叫道："娘，你是等几个哥哥回来吗？"

孙丽萍转过身子见春芝站在身后，问："你怎么来啦？怎么没有与盛堂、盛炯一块玩？"

春芝说："我也在一天一天数着，十天过去了，我好想好想哥哥，看娘出门，我以为哥哥快回到家了。娘，你听，喜鹊在叫。"

孙丽萍笑了笑说："常言道，小孩嘴里讨实话，希望春芝你说的是真的！"

孙丽娘在街上闲逛，见何家药铺只有何佳坤一人，于是就进入药铺，问道："佳坤，怎么这药铺就你一人，其他人呢？"

何佳坤见是孙丽娘，便起身沏了一杯茶。孙丽娘两眼直盯着何佳坤。何佳坤笑了笑问道："丽萍也不在，梁慷程大哥与爹娘都去看望胡老太太去了，家里就我一人坐诊。"

孙丽娘问道："哪个胡老太太？"

何佳坤回答："她的儿子在济州府当差，名叫胡正。老太太你认识，就是媒婆啊，她老伴死得早，现在与儿子相依为命。现在老太太生了病，因为早年与我娘十分要好，所以我爹娘都去看她。"

孙丽娘听后感到不好意思地说："其实我今天来也没有什么事，待在家里有些寂寞，就想来与你说说心里话。"

何佳坤听了皱起眉头，只听孙丽娘说："十多年前我没有嫁给你，还让你难堪，你后悔不后悔？"

何佳坤听后哈哈大笑几声说："后悔什么，我现在家庭平安，五业兴旺。说实话，我应该谢谢你，是你用双手把丽萍奉送给我的，我现在的生活十分美满！"

孙丽娘听后，厚着脸皮说："你不后悔我后悔，其实按道理说我们俩才是原配夫妻，都怪我错走一步嫁到张家。张志思也不争气，眼看着张家一天天败落下去。现如今像你这样的有钱人家，哪个不是三妻四妾的。如不嫌弃……"

何佳坤见孙丽娘说话如此不顾脸面，立即站起身来严肃地说："胡说！你凭什么说我与你是原配夫妻？在婚礼前我根本就不认识你，就是今日与你成为夫妻，明日就能成仙，我也不想。我何某只求与孙丽萍共度几十年光阴，你要是这样无羞耻地纠缠，请你以后不要踏进我何家半步！"

孙丽娘见何佳坤不乐，立刻哈哈大笑说："哟，佳坤啊，我和你开玩笑的！你还认真了，不过你今天骂我几句我也心甘情愿，现在看到你和丽萍的感情这么好，我也放心啦！"

说完她起身而去。

第二天，只听得门前一声高叫："我们回来啦！"

一家人急忙上前迎接，只见梁慷锦带着三个少爷神采奕奕地走进大厅。爷爷上前迎接说："几个孩子辛苦了。"

振彪说："我们可不辛苦，我们这次出门收集药材长了不少见识。春芝你过来，三哥这次给你带了吉祥草。"

说着何振彪从口袋里掏出一把南唐香草，大厅内顿时散发出阵阵清香。大家同时问道："这是什么草，怎么这么香？"

梁慷锦上前说："这是南唐香草，产于寿春，是名副其实的吉祥之草。缝成小香包带在身上，能带来好运，放在衣柜里能防虫。"

春芝说："太好了！"说完她将香草接了过去。

孙丽萍问道："在寿春见到你两个舅舅没有？"

振彪回答："寿春这么大，姓孙的人很多，不知打听多少人，都不知道。"

孙丽萍说："不会吧，他们俩就在寿春城。"

慷锦说："我也在场，但确实没找到。"

梁慷程问道："慷锦这次到了亳州收集的药材质量如何？"

慷锦回答："我们在亳州收集的都是上等药材，未出亳州城我们就装满了一车。"

何佳坤问："按行程早已归来，这些天……"

振汉回答："爹！我们装好药材南下淮河，遇到了许多稀奇事。"

爷爷问道："遇到什么稀奇的事？说来听听。"

振汉说："这一路行程，我们耳闻目睹了淮河两岸百姓做了感天动地的事，让叔叔讲给你们听。"

梁慷锦说："在淮河岸边，百姓抗击洪水靠的是当地财主、地主和父母官，他们以姓氏筑成了淮河大堤，比如王家坝、黄家坝、朱家圩子等。特别是在焦岗湖西岸有个杨胡镇，有杨家和胡家共同在砂土上建造像钢铁一样的堤防。在寿春城内还有一个孙氏家族，在青黄不接的时节开仓放粮，救济百姓。更有意思的是，焦岗湖北岸青冈城内，来了一位新上任的县太爷，他的名字叫魏旺。说他有才，但处理事没头没脑；说无能，他却金榜题名。自担任青冈城县太爷以来，他用一颗真诚的心对待百姓，受到当地百姓的爱戴。前几天，我们路过青冈城，听说他为了百姓能度过这青黄不接的春天，亲自为当地百姓寻找能吃的野草、野菜、树叶等。令人感动的是，有没有毒、能吃不能吃，他自己先吃为证。巧得很，我们路过青冈城时，魏县令吃了毒蘑菇，我们得知情况，立即前往青冈城给他解了毒。魏县令再三挽留我们，被我们谢绝了。"

何家老爷爷说："没想到在淮河流域的那些官员、财主和老百姓是那样伟大，值得我们学习。"

振龙又起身说："还有更加神奇的事呢！我们路过硖山口时，听当地老百姓说，在茅仙洞里有一条黑龙，每年到干旱时它就现身，在硖山口的下游，把尾巴伸入河内，将鱼、虾、蟹甩上天，撒发给淮河两岸的百姓，以解饥荒之苦。后人为了感谢黑龙，把这个地方命名为黑龙潭。"

一家人谈论得津津有味，老奶奶说："这都是淮河岸边老百姓手牵手互敬互爱修来的福，让人羡慕啊。"

何佳坤说："有魏旺这样的父母官，老百姓能不幸福吗？再瞧我们的县令，他就是个昏官，不仅对老百姓不管不问，还发灾难财。前几天我出诊，发现有许多人家已经揭不开锅了。我们是不是和寿春孙家一样开仓放粮，我还想把酒房改成大厨房，用来做饭赈济灾民，不知道你们同不同意？"

老奶奶说："酒可以不喝，但是饭不吃不行。我认为佳坤说得对，如果大家没有意见，我们现在就开始行动。"

第十章　狂洪冲不破的母爱
　　　　　梁慷锦为救人被害

　　何家舍粥的消息很快传开了，孙丽娘找到孙丽萍说："傻妹妹，这样一来会把何家搞垮的。何家就算很有钱，用不完可以发给或者借给咱亲朋好友。天下那么大，你放粮舍饭能放得起吗？"

　　孙丽萍说："佳坤和大姐夫他们是有分寸的，这件事不需要你操心。"

　　孙丽娘想了想又说："好妹妹，我说句实在话，我公婆都去世了，也花费了不少银子，现在家里很困难，能不能先借点钱给我？"

　　孙丽萍说："姐，你来借钱就是了，何必要兜这么大的圈子，生意上和药店的钱我不过问，我这箱子里钱也不多。"

　　说着孙丽萍打开箱子，从箱内取出一个小包说："我就这一点。"

　　孙丽娘一见，上前就夺过来装进自己口袋里，孙丽萍连忙叫道："姐，你也给我留一点，你怎么都拿去了？"

　　孙丽娘笑着说："你家有的是钱，你也不在乎这一点。"

　　孙丽萍心想：姐呀，你怎么还是这样霸道。随着一声"开饭啦"，顿时人山人海，何家门前排起长龙。一天过去了，两天过去了，三天后日落时分，梁慷程和何佳坤来到粮仓内，大吃一惊，才几天时间，仓库的粮食已经消耗了一大半。梁慷程对何佳坤说："这样可不行，如今消息传出去，四面八方的灾民都涌到这个小镇，我们真的受不了。"

他们俩商量一会，来到大门口，对灾民喊道："各位父老乡亲，本仓库的粮食最多只能供大家吃个三五天，希望大家不要等待，不要依靠，带着我们发给你们的口粮，另找生存门路去吧！"

一阵晚风吹过，天空不见一片云彩，太阳依然像火炉一样烘烤着大地，小鸟躲在树林里，蝉在树梢上不耐烦地嘶鸣着，躲在老树洞内的蚂蚁已经出洞，像是备战的千军万马。这时东北方向雷声隆隆，随后魔鬼一般的乌云变换着动作向这边扑来。一个闪电划破天空，不时狂风大作电闪雷鸣，包裹着鸡蛋大的冰雹猛扫大地，一座座民房随风而倒。一时哭爹喊娘声、鸡飞狗叫声不断，现场一片狼藉。狂风冰雹后，倾盆大雨直灌村庄。

这时，突然有人喊道："黄河破坝啦，快逃命吧！"

霎时间，只听见黄河水像野兽一样向村庄袭来，村庄里还有许多老人和孩子没来得及转移，他们面临被淹死的危险。于是，一场大营救展开了。何佳坤、梁慷程、梁慷锦、振汉、振龙、振彪，还有一些年轻力壮的人，他们冲在风雨中，战斗在急流中。他们有的抱着小孩，有的背着老人，艰难地行走在洪流中。几个时辰过去了，疲劳和饥饿纠缠着他们，他们仍然坚持营救。何佳坤路过家门口时，突然听到有人喊："佳坤，快过来，把这几个孩子接送上岸！"

何佳坤扭过头一看，原来是自己的娘和妻子带着春芝和两个不认识的孩子，坐在墙头上。何佳坤心急如焚："娘、丽萍！你们怎么还没有离开？"

佳坤娘说："我们刚刚收拾好东西，洪水就上来了，从上游漂下来两个孩子，我和丽萍把孩子救起，再想离开，可水流太急，只好爬上墙头。"

佳坤心想：这小小木排根本拖不动他们，这该怎么办哪。娘看出佳坤的心思，斩钉截铁地说："丽萍，你带着几个孩子先走！不要管我！"

丽萍说："娘！你年纪大，腿脚不方便，你带着孩子快离开！"

佳坤娘用郑重的眼神看着丽萍，很严肃地说："丽萍，听娘一句话。这水涨得这么快，再晚就来不及了，不然我们都出不去！"

孙丽萍急了，叫道："佳坤，快把几个孩子接上木排！"

何佳坤将三个孩子接到木排上后，洪水已快漫过墙头，墙头还不停地塌陷。何佳坤焦急万分喊道："丽萍你来撑木排，让娘坐在上面，我游泳上岸。"

这时，墙又"轰"的一声，被洪水冲倒了大半，激起的浪花冲出丈外。佳坤娘命令道："这木排上有孩子，水流这么急，让丽萍撑木排肯定出事。我这把年纪多活一天少活一天无所谓，丽萍快走！"

说完她小心翼翼地来到儿媳丽萍跟前，趁丽萍不注意，用力将她推向木排，孙丽萍被婆婆推上木排后感到十分着急，而木排已经远远超过负荷。孙丽萍扒在木排上回头望去，只见婆婆已经回到了墙头的另一端。婆婆擦了擦眼角的泪水，笑了笑说："不要管我，只要春芝和几个孩子得救，一切都值得。"

话音刚落，大浪袭来，将墙全部推倒，婆婆被洪水带走。何佳坤和孙丽萍看见她的举动，心痛、震惊、无能为力。突然间一个巨浪击来，一个孩子落入水中，何佳坤急忙把孩子从水里捞起。孙丽萍为了保护几个孩子也跌入水中，何佳坤用力将撑杆甩在孙丽萍面前，把孙丽萍救起，大声说："一定要小心，要看住孩子！"

说完，佳坤跳进洪水中，去寻找自己的亲娘。他在洪水中拼搏了很久，体力已经耗完，但也没有打捞到娘。这时振汉、振龙、振彪又拼命地游过来，把何佳坤用力拉上木排，让他双手紧扒木排旁。振汉、振龙、振彪又潜入水中，将木排护送上岸。

上岸后，孙丽萍不断地哭喊婆婆，何佳坤伤心地诉说了那惊险过程。老爹爹听后心情激动，颤抖着说："从现在开始，你们不要悲伤，应该为有一位好母亲而感到自豪！"

老爹爹又看了看几个孙子说："你们有一位世上最好的奶奶，一定要坚强挺起胸膛，与这无情的洪水斗争到底。"

何佳莲和丽萍哭着说："让我们忍着悲痛，怎么可能？"

老爹爹说："现在不是伤心的时候，还要继续救人，不管用什么方法，付出再大的代价，救人越多就越值得。"

这时，村庄内又传来呼救声，梁慷锦立刻跳上木排向村庄划去。振汉、振龙、振彪在岸上呼喊："叔叔回来，让我们上！"

梁慷锦向后招招手，表示不需要，岸上的人们都为他担心。梁慷锦奋力向急流冲去，由于水流太急，梁慷锦无奈，只得把木排丢弃，人们都为梁慷锦捏了一把汗。只见梁慷锦用坚强的毅力再次冲向前，他奋力游进村庄，看见一位老人一只手抱着孩子，一只手拽着树枝，在水面上漂着，情况万分危急。梁慷锦快速游了过去，把老人和小孩扶上树枝。梁慷锦自言自语地说："这可怎么办，没有一点救生的东西，水还这样深。"

在这紧急时刻，从上游驶来一艘官船，船内坐着县太爷关世雄。船头站着一个青年，他的身后站着几个随从。梁慷锦再仔细看，发现都是县衙的衙役，那个公子就是县太爷的儿子关蹬。梁慷锦心想：怎么会是他们，不管怎么样救人要紧。于是他大声呼喊。站在船头的关蹬一眼就认出梁慷锦，心想：这个人怎么在这？于是说："怎么，有事有求于我？"

梁慷锦说："是的，快救人！"

关蹬阴笑道："你以为你是谁，你让我们救就救啦，滚开！"

梁慷锦见他们想离开，上前死死扒住船舷，喊道："你们不能见死不救，救救老人和孩子吧！"

关蹬见梁慷锦扒住船舷不放，顺手夺过船桨，向梁慷锦前胸恶狠狠地捣去，梁慷锦一声也没吭就倒在水里。这时，从船上跳下一人，将梁慷锦从水里抓住，拖到一棵树上，那官船趁机溜走。救起梁慷锦的这位壮士正是在县衙当差的张志恒。张志恒十分为难，因为他看见一老一少也趴在树上，这怎么办？不远处传来呼叫声："慷锦，慷锦！"

原来是梁慷程与何家三位少爷划木排赶到跟前，梁慷程问："张志恒，这是怎么回事？"

张志恒说："现在不要问，上岸再说。"

他们艰难地上了岸，把梁慷锦抬进庵棚。何佳坤上前给梁慷锦治伤，梁慷锦脸色苍白，说话十分吃力，梁慷程来到张志恒面前施礼说："感谢张先生救命之恩。"

张志恒连忙说："梁先生，你不要客气，你们在本地已经救了不少人，受到感谢的应该是你们，今天出了这样的事，我很难过，也很气愤。实话告诉你吧，关世雄认为，你们在这里做好事，让县衙一点面子也没有。他认为你们这样做会直接威胁到当地县衙的威信。"

梁慷程说："我们只想帮助灾民，我们只是向他们献一点爱心，县太爷怎么这样想?"

　　大哥与张志恒的谈话被躺在床上的梁慷锦听见,梁慷锦急促地喊道:"大哥、大嫂,我快不行了!"

　　何佳莲说:"好弟弟,不会的,你要挺住,一定会好的!"

　　梁慷锦艰难地说:"我真的快不行了,可我感到十分快乐。你知道是为什么吗?因为在这次洪水中我救了许多人,所以感到很自豪。大哥、大嫂,这次洪水来得并不可怕,可怕的是当地的县衙,等洪水退了,到淮河岸边去吧!莞公说的对,那是个好地方。现在你们听我一句劝,不然我在这里也不安心。"

　　大嫂说:"傻弟弟,我们在这里你怎么会不安心。"

　　梁慷锦说:"我不想看到大哥大嫂伤心的样子,是因为我即将死去。"

　　大嫂听后连忙说:"呸!呸!呸!傻弟弟不要说瞎话,你大哥,还有佳坤医术精湛,一定会给你治好的。"

　　梁慷锦脸色苍白,断断续续地说:"大哥、大嫂,自从爹娘死后,你们就像爹娘一样照顾我。在你们面前,我就是一个永远长不大的孩子,我一点也不想离开你们,可这次不行了。我太累了,听我一句劝,离开这个地方!"

　　说完,梁慷锦的眼睛慢慢地闭上,再也没有睁开。

第十一章　关世雄吊孝到何家
　　　　发放谷子收买民心

梁慷程上前大声呼喊弟弟的名字，可是梁慷锦一动也不动。何佳坤说："他的内伤过重，肝脾大出血，真的无法医治。"

梁慷程一把抓住弟弟的手，弟弟脉搏已经停止了跳动。

第二天清晨，风雨过后，宽阔的水面稍有平静，偶尔还能听到浪花拍打声。水里的几棵小树低着头摇摇晃晃。天空中乌云卷成一团，像饿狼一样翻着白眼，好像要把整个大地吞掉。小鸟在水面上飞来飞去，找不到自己的巢，没有了归属。

岸边庵棚内不时地传出哭啼声，何家老爷爷面对宽阔的水面说："没想到这次洪水夺走了我家两个人的生命，尤其是慷锦，他还年轻，他的离去，就像剜了大家的心一样啊。"

梁慷锦被关蹬用船桨打死的消息很快传开，关世雄将自己的儿子叫到跟前骂道："你这小子，把事闹大了，出了人命，我们怎么收场？"

关蹬笑着说："死了一个老百姓就像死了一只蚂蚁，有什么了不起？

爹你是县太爷，谁能把我们怎么样？"

关世雄骂道："你这小子，不知天高地厚！把那人赶走就是了，怎么把他弄死了。你真以为这是件小事，现在事情已经传了出去，以后我这个县太爷还怎么当？现在我们必须想出万全之策，把责任推脱掉。"

关蹬问道："爹，你有没有对策？"

关世雄说："你小子，做事也不动脑子。我本来以为这次水灾能挣它一笔钱财，这一回却要亏本了。"

关蹬问道："爹，我们并非做生意，怎么会亏本？"

关世雄说："这次洪水，你把何家客人梁慷锦用船桨捣死，你要知道人家是为了拯救洪水中的老人和小孩，而我们不但见死不救，还把救人者捣死在水里。我们目前只能以执行公务为由，才能推脱责任。今天就把船上打算卖给灾民的谷子，一文不收全发放给灾民。我还要到何家庵棚走一趟，这样才能在百姓中赢得地位。"

天气还是那样闷，层层乌云陪伴着县太爷关世雄来到何家庵棚，有人喊道："县太爷大人到！"

何家一家人一听是县太爷前来吊唁，十分纳闷。何家老爷爷说："关世雄定是有谋而来，大家一定要冷静，一定要克制自己，不能冲动。"

他看了看几个孙子说："特别是你们几个，我们什么话也不说，看看这个县太爷想干些什么。"

关世雄刚一进门就四处张望，很怕何家放冷箭。然后他将双手合在一起，向何家老少行礼。他来到梁慷锦的遗体前，深鞠一躬说："我对小英雄的死感到难过，我想我们之间产生了很大的误会。"

何振彪瞪着双眼喊道："人都被你儿子打死了，你还有脸说是误会。"

何佳莲上前拦住何振彪说："小小年纪不得无理。"

何振彪恶狠狠地瞪了关世雄一眼。关世雄说："这也难怪，最近在梁山一带出现一伙山贼，专与官府作对，抢官府的救灾粮。我的船上也装满了灾民的救命粮，一路上我也很怕被他们拦截。"

何振彪又站出来叫道："洪水中哪来的梁山贼寇，你在胡说八道！"

何佳坤上前指着何振彪骂道："你这小子，再胡闹就立刻滚出去！"

关世雄充当好人上前劝说："何郎中，你不要怪他，我也不会怪他，他的心情可以理解。"

说完关世雄从衣袋里拿出一锭银子，放在桌上："一点小意思，不成敬意。"

说完他就扬长而去。送走了关世雄，一家人坐在那儿闷闷不乐，爷爷说："现在我们也找不出更好的理由，你说是抗洪抢险救人，他说是在执行公务，为灾民送粮，双方都有理由。"

何振彪问道："爷爷，难道慷锦叔叔的死就这样算了？我看你是年老，胆小怕事！"

老爷爷抬头看了看孙子，没有说话。突然一个耳光甩在振彪的脸上，何佳坤骂道："你这小子，没大没小，爷爷也敢冲撞，你爷爷说话做事是有分寸的！"

何振彪大叫说："我们不要这狼心狗肺家伙的银子！"

说完他抓起县太爷给的那锭银子，冲出门外，用足全身力气，将银子扔进洪水中……

梁慷锦的遗体被安葬在荒滩上，大哥每天都来到弟弟的坟墓旁，陪伴着弟弟。大嫂也悲伤过度，病倒在床。半个月过去了，洪水退了一点，何佳莲的病情有所好转，可是梁慷程每时每刻都在思念着弟弟，说话做事颠三倒四，何家老人看在眼里痛在心上。

一天，一艘小船撑了过来，上面坐着一位老人，此人正是回山西老家的莞公。他上岸来到何家庵棚，看见梁慷程那面黄肌瘦的面孔，感到吃惊。何佳莲把弟弟的事情说了一遍，莞公听后深受感动地说："这真叫好人不长寿，坏人活千年，况且梁慷锦年纪不大呀！"

神志不清的梁慷程问："莞公，你这次回山西老家有什么变化？"

莞公说："那里逃荒的人更多，我们居住的老关巷也住满了人，我家几间破房子也有人住。说来可笑，我们在向淮南寿春逃荒，可还有人到我们老家山西逃荒。如今，所有百姓都在东奔西走，都想找个安身之处。"

这时孙丽娘突然闯进来，大喊大叫："怎么客人又回来啦？这时候吃喝都成问题，又来了客人，怎么受得了?!"

何家老爷爷问道："孙丽娘，你怎么对我家的事好像很操心？别说来了一个客人，就是来十个八个，我何家也能管得起吃喝！"

孙丽娘连忙说："我也没有恶意，我是说还是节省点好。"

莞公见孙丽娘说话这样直接，便起身说："我要告辞了。"

梁慷程、何佳莲连忙上前说："莞公，山西离这里那么远，一路你也很劳累了，就在这多休息几天。"

莞公回答："黄河水这样凶猛，也不知道淮河水怎么样，我从寿春过来已经很长时间了，想马上回去。"

何家老爷爷上前劝说："莞公，你不要听孙丽娘胡说，她是张家的媳妇，她管不到我何家的事，请莞公不要多心。再说你和我家女婿交情深厚，你一定多住几天再走，我还有事相求。"

何家老爷爷瞅瞅孙丽娘问道："孙丽娘，你还有什么事？"

孙丽娘贼溜溜地看着那几袋粮食说："我没事，只是来看看妹妹。"

说完她起身走了。这时门外来了几位看病的，何佳坤喊道："姐夫，快来帮帮忙！"

梁慷程起身对莞公说："你坐着，我过去看看。"

其实一家人都想让梁慷程很快恢复健康，都想找点事让他做，认为这样能分散他对弟弟的思念。梁慷程出门后，何家老爷爷与莞公交谈起来，他对女儿说："今天我要做出一个决定。佳莲啊，你不要怪爹心狠，爹也是实在没有办法，如今慷程这个样子，真让人心疼。他不能看见弟弟的坟墓，一见就伤心。佳莲，我想让你们俩远离这里，你们一起到淮南寿春去，由莞公带着，一路上走走看看，散散心。只要慷程身体好转，就立刻返回。"

佳莲说："如果慷程不愿意离开怎么办？"

何家老爷爷说："这事我来安排。"

吃饭前，何家老爷爷对莞公说："今天吃饭时我说什么你千万不要介意，因为我想让女婿跟你一块出去闯，我真心希望他能够和正常人一样生活。"

莞公说："老人家，我知道您的心事，请您放心，滴水之恩当涌泉相报。梁慷程一家在山西老关口碑很好，他给我一家提供了很多帮助，我到现在也没有报答他，我一定要想方设法让梁先生好起来。"

吃饭时，一家人坐在桌前，何佳坤问道："爹，现在洪水退得这么慢，什么时候土地露出来也不知道。如果洪水退了，种植什么庄稼才能长得更快些，才能解决灾民的吃饭问题？"

　　何家老爹爹插话说："现在家里粮食不多了，吃饭的人还这么多，能走几个就好了！"

　　儿子佳坤见爹爹说话有些反常，急忙站起身来说："家里这几个人的吃饭问题，不需要您老操心。"

　　何家老爹爹说："我这几天精神一直提不起来，说话不太好听，请你们不要介意。"

　　梁慷程说："家里失去了两位亲人，谁还有精神。我知道家里的口粮不多，就是让我梁慷程喝这浑荡荡的黄河水，我也不会离开，我要为死去的两位亲人奋斗到底，死也不离开！"

　　梁慷程一番话使大家的精神振作起来，老爷子见慷程有所好转，自己也精神了许多，于是说："关世雄不管的事我们管。我们要利用洪水退后补种晚秋作物，关键要种植一些长得快、成熟早的庄稼！"

　　梁慷程说："要想长得快、成熟早，最好的品种是荞麦，还有绿豆，七天成芽，六十天成熟。"

　　老爹爹说："对呀，荞麦和小绿豆生长期短、成熟早，还高产，收割后不耽误种植小麦，可是到哪里去购绿豆种呢？"

　　何佳坤说："找几辆马车到没有洪水的地方去收集，我就是跑遍山东，甚至跑遍整个中原也一定要把绿豆种买回来。"

　　老爹爹说："好吧，就这样定下来。多带一些银子，明天就出发。"

　　何佳莲说："佳坤你自己去不行，应该多带几个人，互相也有个照应。出门在外，以防万一，如果碰见强盗就坏了。"

　　梁慷程接着说："自从失去了两位亲人，你们认为我傻了，只是事情发生得太突然，让人无法接受。爹说得对，我们一定不能冲动，不然他就

会给我们扣上与梁山勾结的帽子，到那时就是跳进黄河也洗不清。这次我
去购买绿豆种，让佳坤在家照看药铺，为灾民治病。"

爹爹看了看慷程说："你和佳坤一块去吧，互相有个照应，出门在外，
多一个人就是多一分力量。"

梁慷程说："爹，家里的药铺怎么办？"

老爹爹笑了笑，说："不是还有我吗，我可是多年的老郎中啊！我来
给病人看病，让佳莲、丽萍抓药。你们就知道为自己找事做，怎么把我给
忘了？"

莞公起身看了看何家老小说："好！"

莞公又举起酒杯说："我被你们一家人的精神所感动，如果有时间，
欢迎大家到寿春去看看。看到一家人团团圆圆，我实在是羡慕，勾起了我
对家人的思念。我要告辞了，希望我们以后再见。"

第十二章　孙丽娘到何家偷粮
　　　　　　张志思去何家害人

　　清晨，一轮红日偷偷地从红霞里钻了出来，像是多日不见，显得有些害羞，红着脸，时而看着大地，时而又躲在红霞背后。

　　梁慷程、何佳坤、何家三个少爷和家里雇佣的长工钱多等人，赶着几辆马车上了路。爹爹、何佳莲、孙丽萍和盛堂、盛炯、春芝站在门口张望着远去的人马。

　　半个月过去了，梁慷程、何佳坤他们还没有归来。老天爷又开起了玩笑，洪水刚退了一半，又下起了大雨。何家的粮食越来越紧张，灾民区就是有钱也买不到吃的。病人也越来越多，老人家为了给人看病也累坏了身体。老爹爹躺倒后，佳莲、丽萍挑起了重担。

　　一天晚上，夜深人静，盛炯闹着要尿尿，疲倦的佳莲说："好孩子，娘太累了，自己去吧！"

　　懂事的梁盛炯翻身下床，将佳莲身上的被子盖了盖。佳莲半睁着眼睛看了看小盛炯，笑了笑又睡着了。他又来到哥哥床前，见哥哥睡得很香，就自己走出门去。

盛炯刚出门，就发现有两个人在搬运自家那仅有的几袋粮食。小盛炯很想喊娘，又怕打扰娘的休息，于是就上前去看看到底是什么人。借着月光，发现两人正是张志思和孙丽娘，盛炯问道："你们在干什么？"

话音刚落，一双大手就掐住了盛炯那小小的脖子。可怜的孩子再也没有说出话来，张志思又顺手将盛炯抛入浑浊的洪水中。

何佳莲醒来，她想起盛炯出门上厕所这么长时间还没有回来，急忙披上衣服，跑出门外，呼喊着盛炯的名字。呼喊声惊醒了家里所有的人，都出门寻找，一直找到天亮，也没有结果，何佳莲心急如焚。

不一会儿，有人高声喊叫道："洪水中漂着一个人！"

打捞上来一看，正是小盛炯。老爹爹跟跟跄跄地拄着拐杖来到盛炯身旁，看了看说："他的脖子上还留下了手指印，这是谁害死了他！"

老人家感到自己的心像被刀子狠狠地捅了一下："为什么连个小孩都不放过？报官让他们好好查一查。"

县太爷得知小盛炯被害的消息，说："怎么又是何家，这何家的事还真不少，上一次死了何老太太和梁慷锦，害得我们损失了大批的粮食。"

关蹬说："死了好，死完才好呢，这样才解我们心头之恨！何家可是只大肥羊，看到他们庞大的家业，心里怎么不痒痒？"

县太爷看了看儿子说："你想霸占何家财产？贪财也要顾及名声，对付何家你有什么万全之策？"

关蹬回答说："目前还没有，以后一定会有的。"

关世雄叹了一口气，说："他们确实是碍手碍脚的，他们不是简单的老百姓，我也怕惹恼他们。"

县太爷派张志恒前去调查此案，张志恒询问了家里所有人，也没有一点线索。张志恒又问："你家最近有没有其他人出入？比如亲朋好友等。"

何家老爷爷回答说："要说来人，我家天天都有，但是他们都是来求医问药的，并且都在前院帐篷，也没有到过后院。"

这时春芝说："娘，前一段时间，姨娘和莞公来过我家，姨娘她一直都在看着我家的那几袋粮食，怎么粮食没有了，会不会是她干的呀？"

老爹爹连忙叫道："是呀，前几天孙丽娘确实来过，她说只是来看看丽萍，而莞公早已离开这里，他是不可能盗粮害人的。"

张志恒立刻说："既然这样，我们就从孙丽娘查起。"

张志恒沉思了一会儿说："不过，孙丽娘是我弟媳，你们不要认为我会包庇她。"

孙丽萍上前说："张差官你放心，我们知道你不是那种人。你说她是你弟媳，可她也是我的亲姐姐呀！只要你公事公办，没有人会怪你。"

张志恒说："人命关天，感谢大家对我的信任，我会尽一切力量查办凶手。"

张志恒起身把何家庵棚前后看了看，又来到堆放粮食的地点说："我们就从丢失的粮食查起。"顺手抓起一把贼未偷完的半袋粮食看了看，问："这一带灾民有没有与你家一样的粮食？"

何家老爷爷说："说实在的，洪水到来之前，我家开仓放粮舍饭，好一点的粮食已经用完。洪水来了，这是我家几个孩子打扫的仓底子的粮食，虽然有一点变质，但还可以食用。"

张志恒说："好吧！我们就从现在开始，挨家挨户地查找与你家一样的粮食。"

　　再说孙丽娘和张志思偷了粮食，害了人，心中十分不安，听说官府要追查丢失的粮食，慌里慌张地转移粮食。可是庵棚太小，无处可藏。他俩无奈，将几袋粮食放在水里，张志思跳进水中，将粮食向水下按去，可是那几袋粮食专门与他俩作对。张志思按下这一袋那一袋就漂浮上来，他俩急得心慌意乱。这时外面传来喊叫声："孙丽娘、张志思，查一查你家的粮食！"

　　这一声，吓得孙丽娘和张志思魂飞魄散。

　　不一会儿，孙丽娘就镇静下来，小声说："你这个人，这几袋粮食不要，也不能把梁家的孩子掐死，这回惹出事来了！"

　　张志思在水里急得抓耳挠腮，骂道："你怪我！是你让我干的，藏也藏不住。这怎么办？"

　　张志思不停地把粮袋向水下按。孙丽娘说："你不要瞎忙了。我们就说是从水里发现了粮袋子，正在打捞，查问起来我俩死活也不认账，看他们怎么办。"

　　张志思一听连声说："好主意，就这样说。你现在就让他们进来。"

　　说完，张志思又把那几袋粮食向外推了推。孙丽娘走出帐篷一看，查粮的差官正是张志恒和几个随从，不由得胆子又大了起来。她叫道："哟！大哥你来了，我和志思正想去找你们，在我家后面的洪水中发现了几袋粮食，志思正在打捞。"

　　张志恒一听，把眉头一皱，低声道："怎么就这么巧，快进去看看！"

　　张志恒和几个随从快步穿过，来到水边，看见张志思站在水里，一动不动，好像是在等待着什么。张志恒大声叫道："志思！你在干什么？"这时张志思才在水里慌着打捞那几袋粮食。张志恒命令随从把粮袋拖上岸，抽出刀从粮袋正中一破两半，顺手抓起一把粮食看了看，心中已经有数。张志思在水里还没有上岸，说："哥哥，我这一回可有功劳，我把你们要找的东西找到了，有什么奖赏？"

张志恒绷着脸没有说话，将手中的那把粮食向弟弟的头上狠狠地撒去。说："杀人可要偿命，带走！"

孙丽娘听说要带走丈夫，顿时大闹起来："志思没有做坏事，你们不能无缘无故抓人。大哥呀，志思他可是你的亲兄弟呀，你不能把他带走！"

孙丽娘趴在地上抱着张志思的腿大喊大叫，几个随从又看了看张志恒，张志恒把眼一瞪说："看我干吗？带走！"

张志思被哥哥抓捕的消息很快传开，听说要公开审案，关世雄和儿子关蹬乐呵呵地谈论着。关世雄说："前几天，我的老腰病又犯了，就让张志恒替我办案，看看他张志恒怎么审这个案子。如果他张志恒有所偏袒，我就定他的罪，把他赶走。"

关蹬说："这一回就有好戏看了，哥哥审弟弟，妹妹告姐姐，看他们怎么告，再看看他怎么审。他们之间闹来闹去，最终还是要爹爹你这个父母官来裁决！到那时我们多多少少能捞她孙丽娘一笔银子。"

关世雄听了儿子一番话，哈哈大笑，问道："你小子又怎么知道能捞一笔？"

第十三章　被困树林粮车被劫
何家兄弟大战山贼

　　梁慷程、何佳坤一行人走出洪水灾区之后，到处收购绿豆，他们走街串巷，却很难收到绿豆种和荞麦种。振彪说："你们不要灰心，明天看我三兄弟的行动。"

　　何振汉连忙问道："我们能有什么行动？"

　　何振彪笑了笑说："你们俩明天找一些破盆烂铁就行了。"

　　大哥、二哥又急忙问道："笑话，找些破盆烂铁，绿豆会长腿自动跑来，天下哪有这么好的事？"

　　何振彪笑了笑说："到时候你们就知道了。"

　　第二天，何振彪让大哥、二哥一同来到大街上，大哥问："振彪，你到底想干什么？"

　　何振彪笑了笑回答："你不要问，一会你们就知道了。"

　　他们来到集市中心。何振彪拿起破盆敲了几下，叫道："各位父老乡亲，请过来看一看哪，现在我何家三兄弟给大家表演几套武术，我兄弟三人，学艺不精，请大家多多包涵。大哥你先来。"

大哥心想：原来是这样，这分明是叫我在众人面前卖艺。他很不好意思，但是也不能退出。有人说："这几个人文质彬彬，不像是卖艺的，更不像是骗子，我们过去看看他们到底是什么来头。"

就这样，围观的人越来越多，三兄弟各表演一套武术，围观的人对三兄弟的表演赞不绝口。就在这时，振彪又拿起破盆敲了起来，没敲几下，那破盆就已成碎片，引得哄堂大笑。振彪说："各位父老乡亲，我们是来自黄河岸边的花园口，今年受了洪灾，很多老百姓无米下锅，无法生活。今天我们来到此地，不是想让大家捐粮捐钱，我们只是想，如果各位家里有荞麦种子和绿豆种子的，拿来卖给我们，我们就感激不尽了。我们把绿豆种带回去，早一点种植，早一点度过饥荒。另外，我们还有两位郎中看病不收钱，希望大家不要错过这个好机会。"

何佳坤、梁慷程在一旁听后笑着说："没想到我们俩也派上用场，给当地老百姓看看病也是好事。"

看病的人络绎不绝，就在这时人群中走出一位富贵老人，笑着说："没想到天下还有这样的好人，你们不是想买荞麦种和绿豆种吗？我有千余斤，质量也很好。"

梁慷程连忙说："好，我们一定要！老人家开个价吧。"

老人笑了笑说："分文不要，我送给你们！"

梁慷程笑了笑说：　"老人家不要开玩笑，这么多的绿豆不收钱怎么行？"

老人家说："我今年近五十啦，我十八岁成亲，一直没有儿女，但家庭生活很富裕，所以一直在行善积德。前几天我老婆给我生了一个大胖小子，今天又遇见你们在做好事，我深受感动，所以将这些绿豆种子赠送给黄河灾民，这也是我对黄河灾民的帮助。再说今年洪水这么大，做好事、讲义气，是咱山东人的个性。现在我就叫人给你们送来。"说完他便走了。

梁慷程、何佳坤看病不收费，只是开药方让患者到当地药铺取药。药铺老板感到奇怪，怎么今天不看病，都是来取药。于是，他就问患者："谁开的药方，他为什么不卖药？"

患者都一五一十地告诉了药铺老板，药铺老板很吃惊，因为开的都是经典药方。更让他感到吃惊的是，一天卖药的收入竟然比平时增加了数倍，他决定要去拜访这两位郎中。

药铺老板来到梁慷程、何佳坤面前感谢道："两位前辈医术高明，你们的到来使我的药铺收入倍增。令人感叹的是那些药方，让我学会很多医术。虽然你们的药方很普通，但是病人吃过药后很快就好了，这使我感到很疑惑。"

梁慷程说："这位先生，你开的药方患者也拿给我们看过，大多数很对，但是错在剂量上。有的不该多的药你多了，不该少的药你少了，一定要对症下药。"

药铺老板点了点头说："感谢二位对我医术上的指点。"

说话间他从口袋内取出一些银子说："这些银子虽然不多，希望能资助那些贫困灾民，使他们能尽快渡过难关。"

梁慷程、何佳坤一行人就这样艰难地跑遍了整个山东，才勉强收购了几车种子，还有两车空着。梁慷程和何佳坤商量了一下："实在收不到，我们就往回赶，现在离黄河还很远，如果在回去的路上遇见荞麦种、绿豆种我们再收。"

梁慷程说："在这大荒年里我们能收到这么多种子已经很不错了，离开家乡这么长时间了，也不知道家里是什么情况。我们找个饭馆好好吃一顿，然后就北上。"

于是他们来到一座山前一个不起眼的酒馆，将马车安置好，一起进了酒馆。

梁慷程看了看四周，只见靠墙角的一张桌子上坐着几个人正在喝酒，那几人见梁慷程带着十多个人进来，只是愣愣地看着。何佳坤叫来店小二点了菜，他们坐在一起，梁慷程说："这么多天来大家都辛苦了，希望大家吃好，酒要少喝一点，我们吃过饭还要快马加鞭往家赶。"

就在这时，坐在墙角的一个人小声嘀咕了几句："兄弟，你去看看车上装的是什么，我们就这几个人不好下手。"

说完，一个人起身大声说："你们继续喝，我出去方便一下。"

不一会儿那人回来了，小声说："我们真走运，那几车全是粮食。"

说完，他们就让店小二算账离开了酒店。他们来到树林，领头的山贼说："人家有十多人，我们就这几个人，怎么能劫得了，兄弟你快马加鞭赶到山上，多派些弟兄前来，一定要快，我们几个在粮车后面盯着。"

梁慷程一行人吃过饭后继续赶路。路面上坑坑洼洼，行走起来十分艰难，振彪嚷着要下车去方便，他跳下车，说："你们先走，我随后赶到。"

振彪在树林里方便过后刚要起身，突然看见几个人鬼头鬼脸地行走在树林里，那领头的说："快快！不能让这几车粮食出了树林，不然再劫就难了。"

何振彪一听这话，惊恐万分。于是他提起裤子，一路狂奔追上车队，大叫起来："后面有强盗，快走！"

大家一听有强盗，都十分惊慌，梁慷程喊道："大家要镇定，不要恐慌，只要大家团结一心，再猖狂的强盗我们也能战胜他！"

钱多说："东家，那山贼要是来个千儿八百的，那我们就完蛋了。"

梁慷程说："梁山宋江的人马最多不也就有一百多人吗？你不要多想，只要赶好你的马车就行，出了森林我们兵分几路，这样也能分散山贼。"

说话间，个个都准备好了自己的武器。

在树林里，山贼的首领说："如果运粮车逃出树林，四处分散，我们就不好办了，我们必须把运粮车堵截在树林内。"

于是他抽出弓箭瞄准了梁慷程，说时迟那时快，梁慷程转过身时突然发现一只利箭朝自己飞来，他将身一扭，挥起右手将箭抓住。这一动作让山贼惊呆。于是，山贼就大叫一声："拉粮的马车还不快点停下，不然我叫你们车毁人亡！"

何佳坤喊道："继续前进，冲出树林！"

由于路途遥远，马车有些破损，只听见"咔嚓"一声，领头马车的车轮碎成几半，马车停了下来，一辆辆马车只好随后停稳。山贼心中大喜，狂叫道："太好啦，天助我也！"

何佳坤、梁慷程和三个少爷跳下马车。那山贼高声叫道："没想到我运气不错，你们还不过来送死！"

何振彪骂道："好人不做，去做山贼，专门做一些拦路抢劫的勾当，你们真该千刀万剐，今天我一定要教训你们！"

那山贼冷笑一声："你这娃娃竟然口吐狂言，难道你不怕死吗？"

振彪喊道："怕死不是英雄好汉，有种你几个一起上！"

也没等山贼说话，振彪就向那几个山贼冲去。其中一个山贼叫道：

"你小小学娃口吐狂言，今天我就不用兵器了，不然别人会说我以大欺小。"

说完他将手中的钢刀扔在地上。振彪见山贼十分嚣张，根本没有把自己放在眼里，顿时心中怒火燃起，二话没说，将自己的双剑一合放在右手，用力一挥，将双剑甩出，双剑齐飞，正插在一棵大树上，那山贼看见他一系列的动作暗暗吃惊，不敢怠慢。于是两人交起手来，振彪年纪虽小，但他武艺精湛，没过几个回合就让那山贼摔倒在地。振彪再想上前，只听见梁慷程在后面喊道："点到为止，不必伤人。"

振彪只好后退几步，收回双剑，看着那山贼从地上爬起，并且叫道："大哥，我今天酒喝多了有些碍事，献丑了。"

那领头的山贼说："你分明就是打不过人家，不要以酒来遮丑。"

另一个山贼说："我来，我倒要看看这小子有多大本事！"

刚想动手，振龙说："我来跟他比试。"

说着从腰上解下九节钢鞭，放在一旁，两人交战在一起。这时，振龙叫道："瞧我的少林拳、风摆荷叶腿、盘手恨脚、五风盖天掌！"

只见振龙飞过头顶，双掌直击那山贼头顶，在这紧急时刻，何佳坤大声叫道："不许杀人！"

振龙听后，手疾眼快，双掌转攻击山贼后背，将那山贼放倒在地。山贼爬起来叫道："兵器过招才是我的强项，不用兵器哪能对付了那少林功夫。"

于是他抡起双刀又向振龙砍来，振龙见势不妙，就地一滚，操起钢鞭与山贼奋战。只见振龙像旋风一样将山贼团团围住，又听他口中念道："劈山神鞭！"

这时，就听见那山贼大叫一声："哎哟！"

钢鞭正打在那山贼的后背上，那山贼当场倒下，鲜血染红了衣衫。振龙正要上前捉拿，梁慷程说："快拿止血药来，给他止血。"

振彪一听，火冒三丈叫道："姑父怎么这样做事？还给山贼疗伤，他们早就该死。"

梁慷程回答说："山贼强盗也是人，希望他们从此以后能改过自新。"

何佳坤上前给那山贼止血包扎，嘴里还不断地说："小小年纪，不要只知道打打杀杀，这就叫仁之为善德为本，让人一步得千里。这也就是你姑父做人的道理。"

那几个山贼看了看何佳坤，恶狠狠地骂道："想讨好我们，没门！这几车粮食我们要定了。"

就在这时，钱多大叫一声："不好了，我们已经被山贼围困！"

这时梁慷程抬头望去，只见山坡上已站满了山贼……

第十四章 张志恒无奈审弟弟
弟不让县官看笑话

　　只见从那半山腰里走出一个黑脸大汉，手操两把车轮板斧。那大汉两手一合，两把板斧在他的头顶上碰撞，就听见"当"的一声巨响，像晴天霹雳，震耳欲聋。那黑脸大汉扯开嗓门大叫一声："哪里来的人，这样猖狂？快来送死！"

　　振汉拖起长矛喊叫道："我来对付这条黑狗。"

　　那黑脸大汉看了看振汉问道："你这小子叫我黑狗？你怎么知道我的小名叫黑狗？"

　　振汉回答："你的脸黑得像锅底，天下好事你不做，偏要做这些伤天害理之事，你们罪该万死！"

　　说完他就向那大汉冲去，刚越过几步就被梁慷程从后背拉住，梁慷程说："我来！你给我回去！"

　　振汉不肯，梁慷程心想：这黑脸大汉，看样子有把力气，振汉有可能战胜不了他。想到这里梁慷程说："把长矛给我，这一战我来，下一轮你再上。"

梁慷程从何振汉手中夺过长矛，心想：这十八种兵器在我梁家是用于强身健体的；又看了看自己的双手，我这一双手是用来治病救人的，今天要用来杀人，这就叫"人在江湖身不由己"呀，想到这，说了一声："也罢。"

梁慷程冲到阵前，准备应战，可是那黑脸大汉看了看他，一直拍打自己的脑门。梁慷程感到很奇怪，这嗷嗷大叫的汉子，怎么变得斯文起来了。这时那大汉哈哈大笑起来，叫道："梁郎中你怎么在这里？让你受惊了，实在是不好意思。"

梁慷程问道："你是谁，怎么认识我？"

那黑脸大汉回答："前段时间俺路过花园口，身上长了疮，是你给俺治好的。"

梁慷程想了想回答："怪不得我看你也有些面熟。你到底是谁，为什么做山贼？"

那大汉用手一挥说："我是梁山上的李逵，中间那个是我们的头领宋江哥哥。"

这时半山腰上有人喊叫道："李逵你在那干什么，是不是遇见贵人？还不介绍给我们认识。"

李逵兴冲冲地叫道："哥哥，客人都来到家门口了，快来迎接！"

宋江立即来到梁慷程面前询问了事情经过，宋江说："我早听闻花园口何、梁二位兄弟的医术高明，且能以天下苍生为己任。我梁山兄弟早就想请你们前来一聚。"

说完他请梁慷程一行上山做客，还说："梁兄放心，一粒粮种也不会少，我们还会给你们增加一些粮食带给灾民。"

再说张志恒公开审案，张志恒心想：我和志思是亲兄弟，做哥的审查弟弟，不讲私情弟弟就要判死罪，讲私情那还讲什么王法。现在我已经掌握了志思的杀人证据，如果不定他死罪，那就是法理不容，更对不起何梁两家，我只好把志思偷粮杀人一案的证据交给县太爷，由他来公开判决。

县太爷与儿子正在后厅商讨案情，关蹬阴沉地笑了笑说："明天就有好戏看了，不过我倒有个好主意，既能使梁家、张志思、张志恒他们之间互相产生矛盾，又能从中得到实惠。"

关世雄指着儿子说："你小子没过几天，能长多少智慧？快把你的想法讲给爹爹听听。"

关蹬说："虽然张志思该判死罪，但是我们不能让他死掉，杀死他对我们一点好处都没有。此案一定要张志恒先审，如果他偏袒，就借此机会罢了他的差事，拔了我们的眼中钉肉中刺；如果他公平公正，那孙丽娘也不是省油的灯，她一定会用各种方式对付张志恒。孙丽娘虽然人品差，但是她对丈夫张志思的情感却是真诚的，她会不惜一切代价来保护她的丈夫，到那时我们财富必得。"

关世雄听后哈哈大笑说："你小子确实长了不少见识。"

就在这时，家人叫道："差官张志恒前来求见老爷。"

关世雄看了看儿子问："我该怎么办？"

关蹬笑了笑，捶了捶自己的腰……

张志恒进来看见县太爷躺在床上，还不停地叫痛，只好上前问候道："老爷的腰痛病怎么还没有好？"

关世雄回答："不但没有好，还更加严重，现在我连翻身也翻不动。

唉，对于张志思一案我也很着急，我希望你继续代我审理此案。不过我警告你，一定要公平公正地审案，不要认为被告是你的兄弟就忘了王法。本县除了我，也只有你能审此案，我相信你。"

孙丽娘来到县衙看望丈夫张志思，正好遇见关蹬，孙丽娘双膝跪倒叫道："少爷，求你能带我去见县太爷，我家丈夫是冤枉的，他根本就没有杀人。"

关蹬说："你说你家丈夫没有杀人，有没有证据？"

孙丽娘说："一时半会儿我也说不清，但是有一条我搞不明白，为什么县太爷不亲自办这个案子，怎么是他哥哥张志恒来审理？"

关蹬说："不管是谁办案都一定会公平公正的，只要你找出证据来证明你家男人没有杀人，我们都会帮助你的。公堂上讲究的是人证、物证，不会只听你一面之词。"

孙丽娘回答："只要能救出丈夫，我就是倾家荡产、粉身碎骨，也心甘情愿！"

关蹬听后心想：果然不出我的所料，于是又说："如果你找到证据再来找我，我一定会尽力帮助你。我爹有事，我都不打扰他，你就别去了，去看一看你丈夫张志思吧。"

孙丽娘来到监狱，门口守着两个狱卒，不让孙丽娘进入，孙丽娘哀求道："求求两位大哥，请您二位让俺进去看看俺当家的。"

狱卒说："求有什么用？要拿出真心实意来。"

孙丽娘心想：什么叫真心实意，是不是要银子啊？平时我可是一毛不拔的，这回我可要掏一点了。想到这里，孙丽娘不得不从腰里掏出一锭银子。就在这时关蹬突然出现，上前骂道；"你们在干什么？人家都够伤心的，还为难人家弱妇，还不把银子还给她。"

孙丽娘更加感激关蹬。

监狱内，张志思头发乱蓬蓬的，身上衣衫不整，像个街头乞丐。他见孙丽娘进来，自己依然坐在地上一动也不动。孙丽娘看见丈夫的样子，十分心疼，上前问道："志思，你受苦了，只要你死不承认，你就不会有事，我就是倾家荡产，也要把你救出去！"

张志思慢慢地抬起头说："你省省心吧，自从你嫁到我家，我就没有过上一天顺心的日子，我受够了！"

孙丽娘伤心地说："你怎么这样说话？你有没有替我想过？我原本应该嫁给何佳坤的，后来我听说你们张家开了饭店有吃有喝，又有钱，所以我就在出嫁那天改变了主意，霸道地抢坐了你家花轿。本以为到你们家能当当家、掌掌权，日子过得风风光光，走在大街上令人羡慕。可是万万没想到，到了你们家后，我才发现自己就像个小丑。我用心良苦，也没有实现自己的愿望，事情到了现在这个地步，我也只好认了。这就叫嫁鸡随鸡，嫁狗随狗吧。不管付出多少代价，就是上刀山下火海，我也要把你救出去，因为你是我的丈夫。"

张志思当听到孙丽娘最后一句话时，身子哆嗦了一下……

张志恒根本不愿意审理张志思一案，多次上交案件卷宗都被县太爷拒绝，因而十分为难。于是他就来到县衙监狱内，张志思一看是哥哥，慌忙站起身来，也不说话，眼睛直直地看着哥哥，泪水不断地流淌。

张志恒问道："志思，你还有什么话说？"

这时张志思叫道："哥，你不要再叫我志思了。我从小到大这么多年，我也真够自私的。哥，你说是不是因为我的名字叫志思，所以我才这样自私呀?"

张志恒回答:"人的名字只是个代号,爹曾经说过,给你取名张志思,是希望你有志气,富有远见。"

张志思听后摇了摇头说:"哥!你明天不管怎么审判我,我都不会怪你,一定要干脆利索,不要让别人在一边看笑话。"

张志恒说:"志思,你知道吗?自己拿刀子往自己身上扎,可实在是扎不下去呀!哥有心替你去死,但这也不是替死就能摆平的事,此案我根本就不想过问,但我也推脱不了。"

夜深人静,张志恒一人来到郊外,他看了看被洪水冲过的痕迹,又看了看那遥远的天空中随风闪烁的星斗,只有北极星依然刚正不阿地立在那里。

哥哥审弟弟的消息很快传开,县衙门口挤满了人,都想来看看哥哥如何审弟弟。何家老爷爷带着一家人站在一边,孙丽娘站在一边,趾高气昂的像一只斗架的母鸡,好像是胸有成竹,关蹬站在一旁偷笑。

不一会儿,张志恒走进堂前,说一声:"升堂,带人犯张志思!"

几个狱卒将张志思押上堂来。张志恒说:"现在开始审案!张志思,你偷粮杀人可有此事?"

张志思抬头看了看围观的人,看了看何梁两家,又看了看站在自己身边的孙丽娘,双眼直盯着张志恒强有力地叫道:"哥!这还用问,人是我杀的,粮是我偷的!"

张志恒听到志思这样的回答大吃一惊,众人也感到惊讶。孙丽娘突然大叫起来:"志思他根本就没有杀人,他是冤枉的!"

顿时引起阵阵骚乱,在吵闹中张志恒叫道:"孙丽娘,我问你话你才回答！"张志思转身骂道："孙丽娘，你给我闭嘴！"

然后他又回过身子说："哥！我确实有罪，你判我死罪吧！"

张志恒严肃地说："既然你承认偷粮杀人，那你就把偷粮杀人的经过说一遍。"

这时孙丽娘大叫起来："天理不公，各位乡亲，你们想一想，天下哪有审案子不动刑，不打板子，就顺顺当当招供的。这里疑点很多，为什么县太爷不审这个案子？怎么偏偏是自己的哥哥过问此案？是不是做哥哥的给弟弟吃了什么药？怎么没问几句，就一口咬定是自己杀了人？"

顿时人群中议论纷纷。有人就说："说的也是，没有审几句，就承认是自己杀了人，是不是糊涂了？"

孙丽娘又大骂起来："张志恒！你这个做哥哥的可真够狠够毒的！你根本就没安好心。你们哥俩分家后，张志思继承张家家产，可你一直心怀不满，肯定是想借此机会，搞死张志思，想得到张家的家产，你的心太狠毒了！"

这时，人群中立刻有人说："原来是这样，怪不得哥哥要审弟弟，这个做哥哥的也不是什么好东西。"

这时张志思大声叫道："大家都不要听孙丽娘胡言乱语，我有没有罪，我心里有数。"

于是他来到何家人面前双膝跪下，说道："我对不起何家，更对不起梁家。我那天晚上也不想杀他，我只是很怕他叫出声来，所以就不由自主地把手伸了上去。我有罪，我罪该万死！"

孙丽娘听到张志思的一番话，心想：完了，怎么把实话说出来了？这个死鬼是不是真不想活了？这还了得，他死了，我以后还怎么生活，我一定要上前制止他。于是她上前喊道："张志思，你今天到底是怎么回事，硬把污水往自己身上泼，你那狼心狗肺的哥哥，是想置你于死地，你知不知道？"

人群中又引起一阵骚动，有人说："怪事！人活在世上，只有求生哪有求死的？"

张志恒说："孙丽娘你不要胡闹，志思他有没有罪，杀没杀人，我已经调查得很清楚，你认为我这个做哥哥的就想让他死吗？我从小看着志思长大，不管在什么情况下，我都处处护着他。如今我爹娘、姐姐都死了，只剩下这个同胞兄弟，如果能够替换的话，我愿替他去死。可是常言道，杀人偿命，我必须判他死罪！"

说到这里，张志恒感觉胸前一股热流涌上来，内心十分难受，他又坚持说："张志思，你偷粮杀人证据确凿，本差代替本县判你死罪，明日将你的供词上交济州府。押进大牢，听候斩首！"

话音刚落，只见张志恒一口鲜血喷吐在大堂上，当时昏死过去。张志思在堂下大叫一声："哥，你千万不要有事呀！"

何家老爷爷看到这一切，内心十分复杂，众人惊叹不已……

第十五章　梁慷程被请上梁山
　　　　　宋江备酒热情招待

　　梁慷程、何佳坤被宋江、李逵等人请上梁山吃酒聊天。钱多看见满桌饭菜，心想：怪不得好多人都想投奔梁山，还真的有大碗酒大块肉吃。

　　李逵端起一碗酒说："我路过花园口，你们镇上有家姓张的酒家，那酒真叫好，可称天下第一！"

　　钱多自信地说："好汉说的一点不假，那是采用梁氏祖传秘方酿的，可享为上等贡品！"

　　宋江听后说："这么说现传于梁慷程先生之手，改日我梁山兄弟也有口福。"

　　梁慷程急忙起身说："不要听他瞎说，只是酿几杯水酒，这么说太离谱了。"

　　李逵说："梁郎中，你太小心眼了，是不是你的酒舍不得给我们喝？"

　　何佳坤笑了笑说："好兄弟，事情不是这样的，要说这酒不好真的是胡说。不过现在想喝酒有些难哪。为了备战洪水，我们节省粮食，酒早就不酿了。"

钱多急忙说："节省的粮食都发给老百姓了。"

宋江点点头说："何、梁两位兄弟心地善良，让人敬佩！"

梁慷程笑了笑说："宋头领言重了，如果梁山兄弟们不嫌弃我梁家酿酒的方法，我告诉你们，也告知天下。"

李逵一拍桌子叫道："好呀！这样一来让天下好汉都能喝上梁府贡酒！两位兄弟如不嫌弃，就在我们这里入伙吧，我们干的可都是轰轰烈烈的大事。前一阵子俺路过花园口，身上长了个疮，是你们给俺治好的。当时你们给俺贴了一张膏药，俺开始还认为是骗人的狗皮膏药，后来还真的很快就好了。"

宋江问："那'狗皮膏药'怎么贴在你的身上？"

李逵笑着说："宋江哥哥，你不要笑骂俺，再说也不是狗皮膏药。就是狗皮膏药贴在俺身上也是对的，因为俺从小就体弱多病，俺娘怕失去俺，就给俺取个小名叫黑狗，还说黑狗能辟邪。长大后，俺像铁牛一样结实。"

李逵的话引起大家一阵说笑。宋江这时看了看梁慷程、何佳坤，说："两位兄弟有没有意向在梁山发展？李逵说得对，我们干的可都是轰轰烈烈的大事。"

李逵抢着说："我们杀富济贫，替天行道，两位哥哥就在这入伙吧？"

梁慷程、何佳坤坐在那儿一动也不动，也不说话，李逵喊叫起来："你们俩怎么不说话？"

梁慷程这才开口说："宋头领，各位梁山好汉，你们是让我说实话还是说假话？"

李逵叫道："我们当然要听实话，假话谁听？"

梁慷程说："如果我说了实话，会不会砍掉我的脑袋？"

宋江笑了笑说："既然我们能在一起吃酒，就是兄弟。话说得对与错都无妨，哪有砍头的道理？"

梁慷程这才说："你说你们杀富济贫，富贵人也有好人哪，那富贵人是不是都该死？那贫困人也不一定都是好人。你说你替天行道，你怎么替天行道？"

李逵听了有些气愤，想站起来与梁慷程辩论，宋江狠狠地瞪了一下李逵，梁慷程看了看宋江又笑了笑说："梁山英雄远近闻名，这人活在世上就应该这样。我先从山西赶往山东也是想到梁山入伙，但现在不行，我不能丢下花园口的百姓不管，现在他们的日子处于水深火热之中，作为一位郎中不能见死不救。"

这时，从门外进来一位兄弟，一进门就叫道："慷程大哥！"

梁慷程仔细地看了看来者，那位兄弟叫道："你怎么不认识我了，我是梁界线！"

梁慷程急忙上前紧紧握住梁界线的手，与众人解释："我们俩可是多年的好兄弟，小时候都住在一个村里。界线，你怎么到了梁山？"

梁界线回答："我一家逃荒来到水泊梁山，被这梁山附近的梁家兄弟们收留。他们很讲义气，现在我在这山上干些杂活。"

梁慷程听后说："原来如此，在水泊梁山一带生活，也是前世修来的福分啊。"

梁界线听后笑了笑说："今天晚上请慷程大哥到寒舍叙叙往事。"

梁慷程说："那当然，我一定前往。"

酒肉之后，梁慷程一人跟随梁界线出了山寨，来到梁界线的家，受到梁界线一家人的热情招待。梁界线问："慷程大哥，你是怎么来到梁山的？"

梁慷程把事情的经过述说了一遍，梁慷程又说："水泊梁山是个好地方，我们原也想投奔此地，可我在花园口一直脱不开身。"

梁界线说："大哥的意思是也想到梁山来？"

这时梁界线的妻子走上前说："大哥，这梁山可来可不来。可来的是到梁山有吃有喝，可不来的是梁山上的兄弟们经常打架，经常争斗得鼻青眼肿。如果你战胜了他，天天会有人来与你挑战；如果你战败，天天会有人羞辱你，让你不安身，并且还不讲道理！"

梁慷程听后笑了笑说："这些并不是问题，问题是他们是不是真的能做到替天行道。是不是不分好坏见了就抢，见了就夺。"

梁界线说："大哥你说的这些我也不知道，但是他们每次下山抢劫的大多是官粮、官银。"

梁慷程说："这样可不好，如果这些粮食是官府用来救灾的、用来救济那些受苦受难的老百姓的，梁山好汉是帮了倒忙。"

梁界线好奇地看了看梁慷程问道："慷程大哥，你是否准备上山？现在梁山正缺像你这样懂医术、能文能武的人才，我想他们也不会天天纠缠你。"

梁慷程听后摇了摇头。

第二天清晨，一轮红日从东方升起，映红了整个山坡。梁慷程、何佳坤早起，来到了宋头领门前。只见宋江站在山坡上，望着东方的太阳在沉思着，梁慷程迎了上去，行礼说："宋头领早。"

宋江转过身子笑着说："两位兄弟起来了？"

梁慷程说："感谢宋头领的款待，我们特地前来与您辞行。人在外，可心在家，我们离家也有一段时间了，也不知家里是什么情况。"

宋江说："我理解两位兄弟的心情，我已经把送给你们的东西准备好了，准备送你们下山。昨晚我听了梁兄的一段话，我感到身上的担子更重了，今后的路向何方，是值得考虑的。如果不嫌弃，这次下山后再回来，我们共创大业。"

梁慷程回答："我们只是郎中，哪里有病人我们就到哪里去，如果梁山兄弟们有小病小灾的，只要捎个口信，我们会立即前来。"

宋江听后点了点头说："既然二位兄弟不愿留在这山上，我希望二位兄弟常来做客。"

宋江、梁慷程、何佳坤三人有说有笑来到山寨门前，只见马车又多了几辆，走近一看，那几辆车上装载的全是官粮。宋江说："小小薄礼，不成敬意，请二位兄弟笑纳。"

梁慷程说："这怎么好意思，进了山寨又吃又喝，还拿着。"

宋江说："咱们是兄弟，就不必客气。"

何佳坤说："宋头领，这些粮食我们不能收，是因为袋子上印的有'官粮'二字。我们与当地县太爷还有一些矛盾，如果被县太爷发现，那我们的误会就会更深了！"

宋江一听，立即叫兄弟们把印有"官粮"的袋子换掉。梁慷程临行前对着宋头领说："梁山以后不管怎么发展，但实质上你们只是一群山贼！"

第十六章　孙丽娘向何家求援
玩弄银子自己收藏

　　张志恒审完弟弟后大病不起。孙丽娘见丈夫被判死罪心中不安。她又找到关蹬，恳求地说："大少爷，我知道你是大好人。俺家丈夫已经被他那狼心狗肺的哥哥判了死罪，他为了得到我和志思的家产，想尽一切办法，欲置张志思于死地。"

　　关蹬听后眯着小眼笑了笑，说："原来是这样啊。不过现在救你丈夫很难，一是你丈夫已被判了死罪，二是案件卷宗已经上交济州府。如果能拿回这些口供让我爹重审，判个证据不足无罪释放，也是有可能的。"

　　孙丽娘一听，认为有希望，连声说："求求你，把案件卷宗拿回来吧，让县太爷重审。"

　　关蹬说："这些案件卷宗已交往济州府，想拿回来很难！"

　　孙丽娘吃惊地问："为什么？"

　　关蹬说："求人找关系呀，求上层高官，送一些银子呀等等，看看能不能把张志思画押的案件卷宗拿回来。"

孙丽娘又急忙追问道："需要多少银子？"

关蹬回答："大概需要千儿八百的。"

孙丽娘问道："怎么需要这么多？"

关蹬回答："人命关天，谁能胆大包天把口供随便退回，这要冒很大的风险，走漏风声是要砍脑袋的！"

孙丽娘说："我一个女人家，哪来那么多银子，家底子抖尽也只有二百两，你让我到哪里去找那八百两白银？"

关蹬说："你说的也是，可现在没有银子谁给你办事？你放心吧，我不会拿你一分半文，可如果你拿不出银子，我也无能为力呀！"

孙丽娘见关蹬有些拒绝之意，就连忙说："你等着，我回去再想想办法。"

孙丽娘回到家后，翻来覆去也想不出谁能帮助自己，不知怎么办是好。卖掉张家房产，可自己以后住哪儿，再说这荒年的谁能有银子买房产。三天以后，志思的头就保不住了，这可怎么办？

何家老爷爷从县衙回到家后，心情也十分沉重，可恨的是那张志思杀死了他的小外孙，奇怪的是他张志思一点也没有隐瞒，将自己杀人的经过如实供述，还公开承认自己有罪……

洪水退了，何家药铺已迁回老宅。一天晚上，门外传来呼救声，孙丽萍推开门一看，原来是胖妞推着一辆车，车上躺着丈夫张志恒和乐乐。只见胖妞满头大汗面色恐惧，嘴里还不断地叫着："志恒，你千万不要有三长两短！何家药铺到了，你一定要挺住哇！"

一家人听说是张志恒，连忙把他架到屋内，何家老爷爷上前把脉，不一会儿说："张差官的病如果不抓紧治疗，可能有生命危险！"

何佳莲叫嚷道："爹，快一点吧。我们要抓紧时间，让出一间房屋来让他们住下，观察治疗。"

安顿好张志恒，大家才休息。

清晨门外又来了一个哭爹叫娘的。出门一看，原来是孙丽娘跪在大门口，何佳莲一见孙丽娘，就愤怒地骂道："孙丽娘，你丧尽天良，你害死的人还少吗？现在还在我家门口胡闹，还不快滚！"

孙丽娘泪涕双行地回答："如果志思死了，这以后我一个人的日子该怎么过哇？求求你们帮帮忙吧，能不能让张志思免去死罪？"

何佳莲骂道："是你们害死了我家盛炯，他张志思应遭千刀万剐，方解我心头之恨！"

何家老爹爹上前说："佳莲，看着张志恒的面子，就不要再说了。"

这时，大街上围观的人越来越多。孙丽娘见孙丽萍走过来，立刻爬过去抱住她的腿，连声叫道："妹妹，妹妹，救救你姐夫吧。如果你姐夫死了，我就成寡妇了，我还怎么活下去？从小到大虽然我是姐姐，但是我没有尽到做姐姐的责任，不但不关心你，还一直在折磨你。现在我知道错了，以后我一定痛改前非。现在我只有你一个亲人，也只有你才能帮我。"

这时，何佳莲看见孙丽娘在纠缠孙丽萍，转身回到大厅。孙丽萍看到姐姐那可怜的样子，无可奈何，她一言不发，自己暗暗掉泪。孙丽娘在何家门口坐了一天，也没有结果，便起身心想：恨我的是何家，帮我的也只有何家。今天不成，明天我还来。

夜深了，何家老爷爷想起老伴，独自来到村外，口中念道："老伴，万万没有想到这场洪水夺走了我家几条性命，没有你的日子我很难过。你被洪水带走的当天，我还让孩子们不要悲伤，因为你的举动是人间真爱，是人间任何时候不可代替的力量，让人震撼。我强作笑脸，其实我的内心十分难受，现在我快撑不下去了。几个孩子出门为百姓收集粮种，十几天了也不见归来，真让我担心哪！希望你在天之灵能保佑他们，让他们平安归来。"

老人家说到这里，突然听见身后传来哭泣声，急忙回过头看去，发现儿媳丽萍、女儿佳莲站在身后。丽萍和佳莲见爹爹是这样伤心，擦了擦泪水，将爹爹搀扶回家。丽萍说："我们知道爹的心情，也知道爹的用意，现在一家人都已经振作起来，您应该高兴才是呀！"

老爹爹勉强地笑了笑，看了看孝顺的儿媳说："丽萍说得对，我应该高兴，我还要想办法阻挡这黄河洪水，不能让它再侵犯咱老百姓的家园，等慷程和佳坤回来，我们再做商议。"

第二天清晨，梁慷程、何佳坤等人满载而归。他们跳下马车，见孙丽娘跪在大门前，何佳坤上前问丽萍这是怎么回事，孙丽萍犹豫了一会，走向姐姐说："你今天怎么又来了？你以为这样做就能得到大家的怜悯？像你这样作恶多端，没有一点人性的人，谁都帮不了你。"

梁慷程刚一进屋，一双小手拥抱着他的腰，梁慷程低头一看，原来是盛堂，他弯下腰来，喜笑颜开地用力抱着盛堂说："好儿子，想爹了吧？"

说完就狠狠地亲了一下盛堂的脸，又喊道："盛炯！盛炯到哪里去了？爹爹回来了。"

一家人看见梁慷程呼唤着自己的小儿子，不由得流下泪来。小春芝从后院跑来了，春芝见爹爹和哥哥们都回来了，喜出望外，一头扎进爹的怀抱。梁慷程还在呼唤着盛炯，也不见人影，只见一家人在伤心地落泪，心中感觉不妙，他上前问何佳莲："盛炯怎么回事？"

何佳莲忍不住哭啼着回答："盛炯被张志思给害死了。"

梁慷程听到这个消息，如同晴天霹雳，悲痛万分地叫道："这个伤天害理的家伙，害死了我的孩子，我要杀了他！"

说完他将牙咬得紧紧的，嘴角流出血来。何佳莲把事情的经过哭诉一番，梁慷程问道："盛炯现在何处？"

何佳莲回答说："他与叔叔慷锦葬在一块。"

梁慷程听后直奔坟墓，何家兄弟三人也随之而去……

孙丽娘跪在何家大门口，见何家一家人仍然不理睬自己，也感到有些尴尬。心想：起身走吧，要不到钱丈夫就没命了，说什么也要把救命钱搞到手。我就是赖也要赖在这里！

后院传来微微哭泣声，何佳莲走近一看，原来是弟媳孙丽萍在哭泣，上前问道："丽萍，你……"

丽萍回答："姐啊，我快要崩溃了，我小时候就受尽姐姐的折磨，我们家都到了这个地步，可她还死死地纠缠着我。我自从嫁到何家，她不断地给这个家庭带来麻烦和灾难。"

这时爹爹来到近前说："丽萍，不要责怪自己，一切不是你的错。自从你嫁到我家，你给全家带来幸福和欢笑，你给我带来了三个孙子和一个孙女，让我活得这么精神，这些都是你的功劳哇。你和孙丽娘的前前后后，我们都知道。如果我的儿媳不是你，而是孙丽娘，我这个家也不知道会被糟蹋成什么样子。如今你姐姐家的事，我们不是不管，孙丽娘已经恶贯满盈，我们实在是无法过问。"

梁慷程从墓地回来，见孙丽娘还在大门口跪着，思索了一会儿，有气无力地说："进屋说话。"

　　孙丽娘一听，一阵恐惧，心想：让我进门的不是别人，怎么是梁慷程？志思害死了他的儿子，他是不是让我进去后对我实施报复。梁慷程走进门，回头一望，见孙丽娘还在那呆呆地跪着，很生气地叫道："孙丽娘，你怎么还在那跪着？你是不是还想让我们全家人出来迎接你？"

　　孙丽娘一听急忙起身进了大门。见何家一家人都在，她感觉很不自在。老爷爷看了她一眼，问道："孙丽娘，案子已经结了，你还在这大吵大闹的，成何体统？"

　　孙丽娘这才抬头看了看梁慷程、何佳莲，开口说道："我知道杀人要偿命，志思说过也不想杀他，可害怕他叫出声来，就把手伸了上去，酿成大错。这年头家家受灾，官府不管，谁不想找米下锅？"

　　大厅内的谈话传到了张志恒的房间，张志恒让妻子胖妞去看看。胖妞来到大厅，孙丽萍搬了一把椅子让胖妞坐下。何佳莲带着愤恨问道："孙丽娘，你到底想干什么？"

　　孙丽娘见何佳莲动怒，向妹妹孙丽萍跟前紧凑几步，回答："我已经和县太爷的儿子说好了，只要有银子就能把张志思从狱中救出来，就能免去死罪。我今天厚着脸皮来，想从你们家讨一些银子。"

　　何佳莲一听，立刻骂道："呸，你想得美！天下哪有这样的好事，你杀了我的孩子，还让我家拿钱把那个杀人犯给赎出来，你当我们一家人都缺心眼？"

　　孙丽娘听到何佳莲的一番话后，大失所望，说："我已经走投无路了，现在我只有丽萍一个亲人，我不来求她谁又能理睬我？"

　　说到这里，孙丽娘居然低下头。

　　梁慷程听后站起身来，在屋内徘徊，突然停下问道："爹！这事我们应该怎么办？"

何佳莲抢先坚持说："不给，我们怎么会给她银子？"

爹爹说："你们不要多说话，慷程你做事一向沉着稳重，你决定吧。"

梁慷程思索了一会儿说："孙丽娘，我们即使给你银子，也不是看你孙丽娘的面子，不要认为我们两家有亲戚关系，现在怕的是张志恒左右为难，我不想看见再有人受到伤害。像你孙丽娘这样的人，谁与你有亲情关系谁就会倒霉！"

梁慷程接着问道："你需要多少银子？"

孙丽娘回答："我已经有二百两银子，还差八百两。"

大家都惊呆了。何佳莲气愤地说："你是不是被县太爷勒索了？"

张志恒艰难地走过来，气喘吁吁地说："如果把银子给了她，我们就上当了。我早就料到那关世雄会出这一招，既充当好人，还能猛赚一笔。张志思是自作自受，该死！不要救他！"

梁慷程看了看各位，说："八百两就八百两！"

梁慷程话音刚落，一家人都吃惊地看着他。孙丽娘一听要给银子，心中大喜。梁慷程看了一眼孙丽娘，又说："八百两银子不是个小数目，我们把银子交给你也是有条件的：第一，你们俩以后不准再干缺德事；第二，不准再来何家胡闹；第三，更不能以大欺小再来纠缠你的妹妹孙丽萍。你在拿银子之前与何家立一字据，如果违反其中一条，就用这八百两银子收买你们张家饭店等一切房产，你想好了再签字。如果签了字，就不能反悔，那可是你张家的一切家产。"

孙丽娘毫不犹豫地说："为了挽救张志思的命，这字据我签！"

第十七章　何家老爷进京求援
关蹬派人跟踪追杀

孙丽娘拿到银子走了。爹爹说:"今天虽然破费一些银子,但是我希望大家对慷程不要有怨言,慷程的为人做事是有一定道理的。明天你们再把荞麦种、绿豆种和粮食发放下去,希望早一天种植,早一天收获。今天我还有个想法:县太爷不管我们老百姓死活,我想再次向上级官府汇报,希望拯救百姓于水火之中。"

话音刚落,何振彪叫嚷道:"刚才姑父处理张家的事我就憋了一肚子火气。爷爷你老了,不要再多管闲事。我想我们有多大能耐就使多大力气,不想与当官的配合,现在上下官员谁还为百姓着想,他们只是一个比一个坏。爷爷你不要对官府抱有希望。"

爷爷说: "你小子认为爷爷多管闲事,但这做人啊,就是要敢想敢做。"

晚上,梁慷程躺在床上,翻来覆去怎么也睡不着,他在思念着弟弟慷锦和儿子盛炯,想着想着,悲伤的泪水充盈了眼眶。

孙丽娘得到了银子回到家后，惊喜得一夜没有入睡，她看到这白花花的银子，喜出望外，自言自语地说："这银子真是好东西，怪不得那么多人为它而死，为它不惜一切代价。这些银子全是我孙丽娘厚着脸皮向妹妹家讨要的，我不能把银子全给关蹬。"

想到这，孙丽娘打开箱子取出几百两银子，又将自己收藏的私房碎银子放了进去……

第二天清晨，钱多走进马棚准备喂马，突然发现少了一匹马，于是叫道："东家，这马怎么少了一匹？"

何佳坤急忙走进马棚说："是谁这样大胆，盗走我家喂养多年的一匹老马？这匹马可是老爷子的心肝宝贝！"

钱多急忙跑进老爷子的房间，但不见老爷子的踪影，急忙向何佳坤报告："老爷子也不见了，是不是他把马牵了出去？"

何佳坤说："不可能，老爷子从来没有这个习惯，老爷子难道……"

一家人都来到老人家房间，何佳莲在床上发现了爹爹留下的书信，上面写道："不为老人付担心，古稀白发寻真经。来日方长浓情在，不为自身一生轻。"

何佳坤心急如焚地说："爹能有什么事，非要自己出门？不行，我一定要把他找回来！"

何振彪上前说："爹，你不要着急，我知道爷爷到哪里去了，他肯定到济州府去了。"

何佳坤点了点头说："极有可能，我已经失去老娘，不能再失去你们的爷爷！"

振汉、振龙说："爹爹，不要着急，寻找爷爷之事就交给我们兄弟三人，保证爷爷平安归来，我们现在就动身。"

何佳坤说："让你们去我真有些不放心。"

振彪说："爹，有什么不放心的，现在家里要留下一个能够做主和坐诊的人。姑父现在神志不清，寻找爷爷的事就交给我们吧！"

孙丽娘带着银子来到县衙，关蹬一见孙丽娘，亲切地问道："银子凑够了没有？"

孙丽娘叹了一口气说："我费尽心机才凑了三百多两。"

关蹬说："听说你有个妹妹，是开药铺的，你可以向她去借。"

孙丽娘立即回答："这百十两银子就是从妹妹家借的，为了借这些银子，我把房产也押上了。妹妹也有她的难处，今天早晨她家又出了事，听说妹妹的公公为了这花园口的老百姓，今天一早就前往济州府，要向上反映灾情。"

关蹬听后十分吃惊，心想：这还了得，如果何家再告上一状，我爹的位置就不保。不管怎么样一定要阻止何家的行动，否则后果不堪设想。

想到这里，关蹬又说："孙丽娘你这银子差得太多，恐怕救不了你家男人，你再回去想想办法。"

孙丽娘回答说："我已经尽了全力，已经没有办法可想。"

孙丽娘用手擦了擦眼角，自言自语地说："死鬼，我只有这么大的本事，我也没有能力再救你了。现在这些银子供我过下半辈子也够了。"

说完就把装银子的箱子盖好往回转，关蹬见孙丽娘想走，连忙喊道："孙丽娘，你不要忙着走。我看你一个人也够可怜的，剩下的银子我来帮你想办法，我这个人就乐于助人。"

不久，传来消息，县太爷关世雄判张志思杀人证据不足，无罪释放。

　　何家大院门口热闹非凡，当地的老百姓都领到了绿豆种和救济粮食。百姓都称赞何佳坤、梁慷程是真正为百姓做好事的人。

　　再说关蹬收下孙丽娘的银子后，急忙把何家老爷子的所作所为告诉了爹爹。关世雄听后惊恐万分，把牙一咬对儿子说："何家这老家伙就想找死。如果让他见了上级高官，通报了实情，爹这个县太爷的位子就不保！"

　　关蹬说："爹，你怕什么？我们关家在这花园口一带有一定的势力，前一段时间我们不也放过粮了吗？不也得到了百姓的拥护。"

　　关世雄说："儿啊！你哪里知道百姓的心思。这么多年来，爹爹在花园口可没做过好事，唯一的一次放粮也是何家逼的。这事如果被何家得逞，我们真的要完蛋。你尽快派出杀手，在通往济州府的路上，将何家老爷子除掉，不然一切都完了。"

　　关蹬听后，急忙冲了出去……

　　为了追赶爷爷，何家三个少爷马不停蹄，一路上也不见爷爷的踪影。他们赶到济州府见到老乡胡正。胡正说："我一直都在府内，没看见老爷子来过，他老人家是不是到京城去了？"

　　何振彪说："也有可能，我们事不宜迟，立刻赶往京城。胡正大哥，如果爷爷到来请您多多照顾，不要让他单独行动，以免发生意外。"

　　说完，兄弟三人离开了济州府。

　　关蹬带着两名杀手也赶到了济州府。他们发现何家三个少爷从济州府内出来，就立即躲开，却没有发现何家老爷。杀手说："关少爷，不就这几个毛孩子吗？我们先干掉他们再说。"

　　关蹬说："你们不能小看这几个毛孩子，他们个个武艺高强，恐怕你们俩斗不过他们，还会暴露自己的身份。"

　　杀手笑了笑，说："我们兄弟俩的武功盖世，杀死几个毛孩子就像捏死几只蚂蚁。"

　　关蹬看了看他俩说："我以为你们俩只能对付一个小老头，如果你们能把何家三个少爷除掉，这叫'偷鸡不成拾银子，收获不小'。不过你们俩千万要小心，绝不能暴露身份。"

　　何家三兄弟直奔京城，一路上马不停蹄，天已经渐黑。何振彪说："两位哥哥，天色已晚，我也有些饥饿，我们能否找个酒馆吃点东西。"

　　振龙说："大哥，振彪说得对，我也有些饥饿。再说这天黑得伸手不见五指，就是爷爷站在对面我们也难以分辨。"

　　振汉思索了一会儿说："好吧，前面有灯光，想必是一家酒馆，我们就在那住一宿。不过今天这顿饭不准喝酒，不然会误事的。"

　　振彪说："瞧大哥说的，爷爷没找到，我们哪来的心情喝酒？"

　　兄弟三人急匆匆地向灯光走去，果然是一家客栈。三人进了客栈随便吃了一些饭菜，就被店小二带到一个房间里。在经过另一个房间时，突然有人从房间走了出来跟随其后，站在兄弟三人房间门前向里张望。不一会儿那人笑嘻嘻地迎了进去，说："我以为是谁啊，原来是何家三个少爷呀。你们怎么到了这个地方来啦？"

　　兄弟三人抬头看了看，惊奇地叫道："原来是梁界线叔叔，叔叔你也在此！"

　　梁界线回答："我与梁山几位兄弟刚从京城回来，你们几个为何到此啊？"

　　何振汉将事情的经过大致说一遍。梁界线说："原来如此，你们的爷爷是不是骑一匹白马，马的样子显得很老？"

　　振龙急忙回答："是的，你说的肯定是我爷爷，他现在在哪？"

　　梁界线听后点了点头说："我是在路上遇见过他，推算起来有可能快到京城了。"

　　何振彪看了一眼大哥，问道："大哥，现在我们怎么办？"

　　振汉回答："明天我们一早就出发，希望尽快找到爷爷。"

　　梁界线起身说："想必你们也累了，早点休息吧！"

　　夜深人静，梁界线与同伴刚刚休息，突然发现门外有两个鬼鬼祟祟的人，乘着客栈那微弱的灯光，梁界线发现那两人向何家三个少爷的房间投放了什么东西，不一会儿那两人开始用力撬门。梁界线十分吃惊，大声将兄弟们叫起："有刺客，快起来！"

　　梁山兄弟们急忙冲了出来，两个刺客见势不妙，慌忙逃走。梁界线来到何家少爷房间，只见三个少爷睡得很香，像什么事都没发生过，想叫醒他们都难。过了一会儿，他们才慢慢苏醒。醒后，三个少爷得知事情的经过，都十分震惊，赶紧拜谢梁界线以及梁山兄弟的救命之恩。

　　天亮后，何家兄弟与梁山众兄弟话别，继续上路。

　　振汉说："振龙、振彪，我们速度要快些。昨晚这两个刺客一定是有备而来，我们的爷爷现在是凶多吉少！"

　　振汉说完带领大家飞马直奔汴梁城⋯⋯

第十八章　先来后到不如不来
孙丽娘趣赶梁慷程

　　何家老爷爷历尽艰辛来到京城，准备面见皇上，但被官兵拦住。这时，蔡京坐着八抬大轿在宫廷门前下了轿子。见何家老爷子要求面见皇上，蔡京说："你一个草民也想面见当今圣上，未免太可笑了。这天下之大，百姓如草之多，若都一一来见，岂不是累坏了龙体？你还不走开。"

　　老爷子像迎头被泼了一盆冷水，后撤几步，呆呆地站在一旁。

　　不一会儿，太尉高俅也坐着马车赶了过来。见何家老爷要求面见皇上，高俅走下马车，上下看了看何家老爷爷问道："这位老者从哪里来，为何执意要见当今圣上？"

　　何家老爷爷回答说："我来自山东黄河岸边，请求皇上治理黄河，让黄河岸边的百姓不再遭受水患之灾。"

　　何家老爷爷话音刚落，高俅问道："你说你是来自山东，那山东梁山可住着一伙山野毛贼？你说得再好谁能相信，谁又能知你有何居心。你想面见圣上，你有通官凭据吗？"

何家老爷子问道："什么是通官凭据？"

高俅听后笑了笑说："没有当地县衙给的证明，谁也不能随便进入皇宫。"

老爷子说："我来得匆忙，也没想到这些。"

高俅又看了看何家老爷，说："贸然面见皇上是有罪的，念你年岁已高，就不定你的罪了，你回去吧！"

何家老爷心想：都说高太尉是个大奸臣，我看还是讲道理的。

不一会儿，御前侍卫吴正刚来到门前翻身下马，他见何老爷来到自己的面前，又摇了摇头然后又缩了回去。这时大门内有个小孩喊叫道："吴大将军，你怎么才来啊。这老者想见皇上，被蔡京和高俅挡在门外，你能不能带他去面见皇上？"

吴正刚听了，笑了笑向何家老爷爷迎了上去。吴正刚说："老人家，对不起，你确实不能进宫面见皇上，因为你老人家不符合进宫条件。但是我会帮你的忙，你有没有书信奏明皇上？"

何家老爷爷说："没有，但我临时可以写。"

吴正刚听后连声说："好！好！"

这时那小孩叫道："让他写信那多麻烦，让他进宫面对皇上说，多省心，让他老人家进来就是了。"

吴正刚十分严肃地说："仔儿，不要多嘴，在皇宫里要守规矩。"

于是，何家老爷子提笔写道：

> 黄洪冲破花园口，
>
> 洪魔伸爪掳九州。

大水盖过尸横野，

生灵涂炭含辛愁。

众盼明君榜大禹，

万众颂天嘶破喉。

老人家写好之后，向吴大人手里一交，吴正刚看了看，点了点头，问道："老人家，你现住何处？如果有机会我去找你。"

何家老爷爷回答："我住在平安客栈，准备明日返乡。"

吴正刚又问道："老人家，你有没有盘缠？"

何家老爷爷回答："有！"

吴正刚说："那就好，我现在就进宫去。"

吴正刚说完抬腿进了皇宫，仔儿一把拉住吴将军说："你怎么才来啊，那两个坏蛋可比你早。"

吴正刚笑笑说："来早又能怎么样？我来得迟但不一定少干事。仔儿你有没有听过这样一句话，叫'先来后到'？"

仔儿问："什么是先来后到啊？"

吴正刚回答："这先来的不如后来的，这后来的能办事，先来的不一定能办事。"

仔儿听后急忙说："你的意思我明白，这先来的不如后到的，这后到的不如不来的。"

吴正刚听后笑着指着仔儿问道："你这个机灵鬼，什么不如不来的，是什么意思？我这个后到的又怎么不如一个不来的呢？"

仔儿回答："我爹日夜守卫在边关，是不是比你辛苦，是不是睡不好觉，是不是吃不好饭，是不是到了晚上感到冷啊，是不是想孩儿我，是不是……"

吴正刚听到这些，蹲下身来将仔儿抱起，深情地说："仔儿，你能这样想，说明你已经不是一个孩子了。要记住你爹是个大英雄，是一个顶天立地的汉子！"

吴正刚心想：仔儿啊，你哪里知道，你爹已战死在边关。

这时仔儿叫道："叔叔、吴大人、吴将军，我也不知道叫你什么好，我爹什么时候回来呀？"

吴正刚回答："等仔儿长大后，能带兵打仗守卫边关，你爹爹就会回来。不过你叫我吴大人也好、吴将军也罢，却不能叫我叔叔，因为你的爹爹是当今皇上的堂弟，你姓赵，我姓吴，论年龄可以叫，论地位是不能这样称呼的，如果被某些人听见，还会带来一些不必要的麻烦。"

仔儿听后点了点头说："吴大人，我在这宫里很闷，如果有机会出宫请你把我带上。"

吴正刚笑着答应了。

朝中文武官员争论不休，宋徽宗心情烦躁，坐立不安，他们争论的焦点是因为宋江在梁山树立了"替天行道"的大旗。吴正刚见皇上心神不定，就没有上交何家老爷子的书信。等到快退朝时，他才走上前将书信交给了皇帝，并且说："这是来自山东黄河岸边的一位老者写给您的书信，请皇上御览。"

皇上回到自己的书房，打开书信，见上面只有一首诗，皇上用心地看着，却不知此书来自谁手。

第二天上朝，皇上把一首诗读给众大臣听，让大臣们商议应该怎么办。大臣们你看看我、我看看你，不知该说些什么。这时，大臣中的一位年轻官员上前奏道："皇上，常言道'国泰民安'，只有国家太平，百姓才能安居乐业，百姓安定了，国家才能太平。"

皇上听后笑了笑说："张天伦，你第一天上任，你所说的话，句句在理。"

这时，蔡京上前说："皇上，不要听信这个人的花言巧语。三冬四夏，他张天伦经历过几次。这花园口在山东，那可是梁山山贼飞马之地。我们不能轻举妄动，小心上了梁山宋江的当！"

皇上用手挡了一下蔡京说："吴正刚，你能不能把写书信的人请过来，让我们问个清楚。"

吴正刚说："听说他住在平安客栈，我现在就去请他进殿。"

说完吴正刚出了皇宫。皇上又看了看高俅问道："高俅，你对这件事有何看法？"

高俅说："臣还没有想好，目前也说不出一二来。"

何家三兄弟寻爷心切，天刚亮就赶到京城。何振彪看了看天说："这大清早许多人家还未开门，不如我们找个地方吃点早饭。"

大哥听后回答："也好。"

于是他们兄弟三人向卖早点的地方走去。就在这时，有人说："太惨了，平安客栈有个老头被害，这平安客栈也不平安！"

兄弟三人听后感到有些奇怪，二哥急忙说："刚才那人说死者是一个老头，我怎么感到不妙。我们不如先到平安客栈看看。"

兄弟三人急忙赶到平安客栈，发现果然是爷爷。兄弟三人见此场景也束手无策。明知是关世雄派人所为，但也找不出证据……

不一会儿，吴正刚返回皇宫来报："皇上，大事不好，何家老爷在客栈被害了，尸首现在已经被家人运回。"

皇上听后大怒，说："这老者的死因有没有查清？"

吴正刚回答："听客栈老板说，老人家被杀前听见他喊叫，后来他们都起来，见有两名盗贼越过高墙逃走。"

皇上听后只好说："吴正刚，朕派你到山东走一趟。国事要管，民事也要问哪。"

何家三兄弟将爷爷的尸首运回家中，一家人再次陷入痛苦之中。孙丽娘听说何家老爷子死了，也前来凑热闹。她见一家人不注意，便打开药铺内的钱箱子，但被梁慷程发现，梁慷程严肃地说："你这人怎么这样贪得无厌？"

孙丽娘说："我看这里乱糟糟的，我想把它收拾好。"

安葬好何家老爷爷之后，孙丽娘又来到何家说："我说妹妹呀。依我看你们家应该整理整理了，该留在家里就留在家里，该上哪去的就上哪去。"

何佳坤说："我何家的事，轮不到你操心。"

孙丽娘说："我是说自从梁慷程一家人到来后，妹妹一家就没有安宁过。"

孙丽萍急忙站起身来说："你怎么说出这样的话？姐夫一家也深受其害，我们一家人不能安宁也是由你引起的。如果你再这样，你以后再也不要踏入我家的门！"

孙丽娘见妹妹生了气，说："我也只是说说而已，并无恶意。"

这时梁慷程说："我梁慷程要走你留不住，不走，你就是赶也赶不走。孙丽娘，你够聪明的，可惜你的聪明没有用在正道上。我梁慷程是要走，但不是现在。"

　　几个月后，何家逐渐走出阴影，梁慷程决定离开花园口，南下寿春。何佳坤、孙丽萍不管怎样劝留，梁慷程决心已定。就这样，梁慷程和何佳莲带着盛堂上了马车。春芝见盛堂一家人要离开，不由自主地哭起来，梁盛堂从马车上跳下，拉着春芝的手说："春芝不要哭，我先到淮河岸边看看，如果有什么好玩的我就把你们都接过去。"

　　春芝擦了擦脸上的泪水说："好。"

　　告别难舍难分的亲人，梁慷程飞马南下。

　　马车行走在一个三岔路口，梁慷程向四处看了看，突然发现了梁界线。梁慷程把车停下，喊道："界线，你到哪里去?"

　　梁界线见是梁慷程，急忙热情地迎了上去，说："我到滕州去看看，那里有我好多梁氏兄弟。现在梁山宋江在招兵买马，看看他们有没有愿意到梁山当兵的，大哥你是否留下?"

　　梁慷程说："我已决定到寿春去行医，你把我们梁家兄弟引上梁山，可不能做一些无道之事。"

　　梁界线回答："那当然，宋江说过，我们梁山好汉专管朝中管不到的事，一定做到'替天行道'。"

　　梁慷程听后点了点头，与梁界线话别。

第十九章　森林遇见老人自杀
仔儿落难投奔何家

梁慷程离开后，何佳坤挑起了行医的重任。这天，何佳坤出诊路过一个树林，发现一位老人准备上吊自杀。何佳坤立刻冲了上去，将老人救了下来。何佳坤劝说："老人家，你为何想不开？有什么难言之事请与我说说，也许我能帮助你。"

那老者说："我就是想死，你帮不了我。如果你想帮我就快点离开。"

何佳坤看了看这老人家，心想：这怎么办，我一放手，就会失去一条生命。于是，他眼睛一亮，说："老人家，你不要骗我。我从你的眼神中看出，你是一位坚强的人，你的路还长呢。这人活在世上不要一根筋，不然都像你一样谁都活不成。老人家，请把你的事与我说说，让我借鉴你的经验，使我以后不会走你的路子。"

老者抿了抿嘴说："你真聪明！你为了救我，反而让我救你，你的德才、机智实在令人敬佩。"

何佳坤笑了笑说："老人家你过奖啦，我也有难言之隐啊，不如我们交交心。"

老者听后坐在地上，诉说自己的往事："我叫洪德，年过古稀，家住山东菏泽。我向来好强，想成就自己的大事业，京城科考几次都没考上，最后这次考得还好，可奸臣蔡京嫌我太老，结果被推出门外。我想回老家菏泽去，感觉自己无脸见人。"

何佳坤急忙问道："你是菏泽人士，我实话告诉你，我的祖籍也在菏泽。我名叫何佳坤，自幼跟随爹爹行医，后在花园口定居。老人家，这人的心里没有解不开的疙瘩，想开些。我是个郎中，如果你没有归属，你就到我家，帮帮我的忙？"

那老者听后摇了摇头说："我是一把任性的老骨头，到哪都会让人讨厌。我知道你是为我好，你走吧！"

何佳坤听后说："老人家，任性就对了，人没有个性就成不了大器。我们都是老乡，性格都差不多，你到我家，你就是我的财富。我一定把你当成自己的亲爹一样看待。走，我们回家去。"

老人家有些犹豫，何佳坤上前一把拉着老人的手……

老洪德来到何家，给何佳坤一家带来了几分喜庆。老人家十分通情达理，一家人都十分尊敬他。春芝也把他当成是自己的亲爷爷，就像一家人一样。时间一天天过去，何家恢复了往日的生机。

一天，孙丽萍在厨房里做了许多酒菜，放在桌子上，一家人感到很奇怪，何佳坤问道："今天饭菜怎么这样丰盛？"

孙丽萍笑了笑对何佳坤说："天下无巧不成书啊。今天是五月十三，是你的寿辰，也是春芝的生日。"

一家人听后都十分开心，将老洪德敬为首座。这时，让人讨厌的孙丽娘又赶来了……

黄河水依旧面不改色，还是那样猖狂，它伸出舌头用力舔着黄河岸边。岸边那几棵老柳树好像失去了往日的生机。突然，几只野兔狂奔而过，有几名勇士在后面追赶，就听有人叫道："好样的，吴大人真棒，你射中了一只！"

又有人叫道："黄七也射中了一只！"

"我陆三也不差，我也射中了一只！"

但有一少年急得抓耳挠腮，因为他一只也没有射中。他在一旁生着气，吴正刚将马一勒，来到那少年面前笑了笑说："仔儿怎么生气啦？这种做法可不是男人所为，这次射不中，下次肯定有机会。"

仔儿说："吴将军，你们是男人，我也是男人，怎么兔子偏偏让着你们，被你们一一射中，这不公平，是欺负我年幼。不行！今天射不中猎物我绝不进客栈！"

天太热了，热得让人透不过气来。这时，远方传来雷声，正西方天空乌云密布，像脱缰的野马翻滚而来。仔儿突然喊道："一只鹰！"

在远方森林的上空有一只鹰在盘旋，仔儿飞马向鹰的方向而去。吴正刚见仔儿那坚定顽强的志气，像射出的利箭一样难以收回，于是立即追随。

仔儿来到那茂密的森林，那只鹰早已不见了。他发现一棵大树旁好像是一只狐狸在跳动，他拔箭就射，那弓箭刚一出手，只听见一个雷电从头顶劈下，仔儿顿时从马背上跌倒在地，地面上有一树根凸起，正磕在仔儿的头上。这时吴正刚和两个随从陆三、黄七赶到，仔儿从地上爬起来，喜笑颜开地说："吴将军，我射中了一只狐狸！"

　　他们走近一看，原来仔儿射中的是一只黄鼠狼，黄鼠狼早已逃走，只剩下尾巴和一股骚臭味。吴正刚回头看了看仔儿，大吃一惊，见仔儿满脸血流不止。可仔儿像没事一样，还问吴正刚："吴将军，你紧张什么？"

　　吴大人回答："仔儿，你怎么搞的，怎么头流血了？"

　　仔儿笑着说："受了伤，我怎么不知道？"

　　说完用手摸了摸脸，见手上沾满了血迹。说："我以为是汗水，我只想着打猎，没感到疼痛。"

　　吴正刚和两个随从立即给仔儿包扎伤口。

　　风越刮越猛，雷电不停地催促着他们尽快离开。他们出了森林，面对的是一望无际的荒郊，不知东西南北，只好顺着一条小道向前奔跑。那无情的雨水不断倾注在他们的身上，也不知奔跑了多少路程，他们才来到一个镇上。镇上的人已经被大雨赶走。吴正刚心想：不管怎么样，也要找个郎中给仔儿治疗伤口。于是他说："我们大家都注意一下，看看这街上有没有郎中。"

　　仔儿说："吴将军，我没事，我们先找个地方避避雨。"

　　吴正刚说："仔儿，你不要将军、将军地叫我，我们是有任务的。我们要入乡随俗，你就叫我大哥吧！当务之急要治好伤口。"

　　吴正刚一行往前走着，发现街头有一家药铺，门头上横挂着"何家和善药铺"的招牌，几个人见了十分惊喜，陆三、黄七上前叫门。

　　门开了，一个四十来岁的女人站在门里，长得有几分凶恶。她把门半开着，对门外的陆三、黄七说："今天一家人都为何郎中祝寿，今天不看病。"

　　说完她就把大门紧闭，吴正刚感到失望。黄七说："我们再叫，一直叫到让我们进去。"

于是他们一齐叫门，孙丽娘见他们站在门口，仍然不肯离开，只好再把门打开叫道："你们烦不烦哪，快走开！我刚才说过了，何郎中今天不看病。"

这时，老洪德发现孙丽娘与门外几个人争吵，老人家立刻走过去，把孙丽娘支开，将门外几个人请进来。一进门，吴正刚焦急地喊道："哪位是郎中啊？快给我家少爷治伤！"

老洪德看了看仔儿连忙说："这孩子伤得不轻，我现在就给你们去找佳坤。"

何佳坤从后院冒雨跑到前门药房，孙丽娘想讨好何佳坤，说："妹婿，今天是你的寿辰，你应该休息，不必给人看病。"

何佳坤笑着说："姐姐，做郎中就是要以给病人治病为要务。只要有病人，不管是冒风雨、踏冰雪，我们也要出诊。现在伤者已经上门来，没看他血淋淋的伤口在流血吗？"

孙丽娘还想说什么，何佳坤感觉孙丽娘有些烦人，于是一扬手，说："你现在可以去一边站着。"

何佳坤一边给仔儿治伤一边问道："这少年是怎么搞的，把头伤得这么严重，伤口里面还有树皮，又淋了雨，感染了怎么办？看你们也不像本地人，你们是从哪里来的，要到哪里去？"

吴正刚回答："我姓吴，名正刚，是从京城来到济南探亲的。这个小少爷不小心从马背上跌了下来，把头给摔伤了。"

何佳坤说："京城离这很远，我想可能是身体疲劳从马背上摔下来的。你们还没吃饭吧？"

吴正刚回答说："吃过了。"

仔儿从床上坐起来说："吴大哥，你怎么说假话？我们一早到现在一个客栈也没见着，一口饭也没吃上。"

吴正刚感到有些不好意思，何佳坤笑了笑，喊道："丽萍，快准备些饭菜，招待这些京城来的客人！"

第二十章　万众一心抗击洪水
泥浆里摔跤真快乐

不一会儿，门外传来阵阵呐喊声："不得了啦，黄河又要破堤啦！"

孙丽娘听到喊叫声，转身就往家跑去。何佳坤也立刻从椅子上站起身来，思索了片刻，他冲出门外将那喊叫的人请进屋内，问："现在黄河水位到哪了？"

那人回答："现在黄河水涨得很快，快要溃堤啦。老缺口已经塌陷，情况万分危急！"

何佳坤听后十分吃惊，说："老人家，你现在出门这样喊：'年轻力壮的老少爷们，带着铁锹到街上集合，准备抗洪护堤，保护我们的家园'。"

大家听到喊声，都冒着倾盆大雨奔向何家大院门口，何家门前顿时聚集了很多老百姓。何佳坤冒着风雨站在门口喊道："父老乡亲们，洪水又要袭击我们的家园，想让我们已经破烂不堪的家园再遭灾难，今天我们要团结起来，一定要战胜它！"

吴正刚他们看到这种情景都十分感动，纷纷要求参加抗洪。何佳坤很快接受了他们的请求，说："你们几个可以上阵，但这个孩子就不必去了，因为他的头上还有严重的伤。"

仔儿毫不犹豫地说： "这一点小伤算什么，多一个人就是多一分力量。"

吴正刚上前说："少爷，一定要听话，就待在这好好养伤。这雨下得这么大，如果出了事谁担当得起责任？"

仔儿用鼻子"哼"一下说："你们几个，到现在还不知道我的个性。只要我决定的事谁也阻挡不住，别说是头伤了一块，就是头掉了也要去。"

无奈，他只好让仔儿跟随。何佳坤随手将自己的斗笠戴在仔儿的头上，拍了拍他的肩膀说："有志气，是条汉子！"

何佳坤又转过身子说："事不宜迟，我们出发。"

这支庞大的队伍，有男有女、有老有少，他们浩浩荡荡像潮水一样涌向黄河岸边，像是不可战胜的力量。电闪雷鸣，风越刮越猛，雨越下越大，黄河水更加汹涌，与万众一心的抗洪大军负隅顽抗。

在风雨中，突然间又出现一群人马向大堤狂奔过来，喊道："俺李逵来也，与你们共同抗洪！"

突然有人喊叫："不好了，这里要塌陷！"

话音未落，他们就奋不顾身地跳入水中，用自己的身子挡浪护堤。何家三个少爷也随后跳进水里。在这紧急关头，李逵叫道："梁山上的兄弟们，现在是我们大显身手的时候，我们拼吧！张顺，你还不快点下水！"

话音刚落，那群人就像鸭子扑水一样扑向水中。吴正刚被这粗鲁的叫喊声惊呆，心想：这难道是梁山上的山贼、强盗？不是的，这分明是天下百姓所期待的英雄。皇上让我私访，我还私访什么？就在吴正刚发愣的时候，李逵又在水里骂道："喂，这位好汉，你在那想什么？你是不是怕死？还不快屯土？"

吴正刚一听，大叫一声："我不怕死，我要当英雄！"

说完，他跳下，水用自己的身体堵住了缺口。经过大家的奋力拼搏，缺口终于被堵住了。他们在激流中奋战了一天一夜，加固了防护大堤。

风雨过后，天上的乌云也渐渐散了，阳光从乌云背后钻了出来。温暖的阳光抚摸着黄河大堤，抚摸着抗洪英雄。由于饥饿和疲倦，他们都懒洋洋地躺在泥浆里，看不清哪是鼻子哪是眼。一阵微风吹过，伴随着各种声音，交织着一曲曲特别的旋律。

这时，孙丽萍带着一群上了年纪的妇女，抬着饭菜和大坛酒，喊道："喝酒啦，饭菜来啦！"

一听是喝酒吃饭，众人像从黄河大堤里突然冒出来似的，英雄们吃过饭精神十足，他们在大堤上玩乐，竟然在泥浆里摔跤比武，引起阵阵喝彩……

何佳坤来到孙丽萍面前，甜滋滋地问道："你怎么想起来给我们送一些饭菜和大坛酒啊？"

孙丽萍回答："你们到了黄河边，肯定要大干大拼一场，我找了一些老大娘们，做了些饭菜，酒是自家的，都让人抬来了。"

何佳坤喜笑颜开地说："我一直认为你只能做做家务，没想到你能为抗洪民众做好后勤，你真的帮了大忙。"

黄河那滚滚的洪水，拍击着大堤，泛起一层层白沫，凝聚成漩涡向下翻滚而去……何佳坤对妻子说："如果不及时召集民众抗洪，梁山人马也及时赶到，后果会不堪设想。"

吴正刚突然喊叫道："少爷！少爷！你怎么了？"

何佳坤见京城里来的那几位勇士万分焦急，何佳坤快步上前问；"怎么回事？"

吴正刚惊恐地回答："小少爷晕倒了！"

何佳坤上前仔细查看说："快把小英雄抬回去，他在发高烧。"

再说孙丽娘、张志思，他俩认为黄河水还会漫过大堤，大街上的人呼喊："让家家户户年轻力壮的人都去抗洪护堤。"可是他们把呼喊声当成了耳边风，只忙着把自家财产向避难的高坡上搬运。由于下着大雨，孙丽娘和张志思艰难地推着车，一不小心，车陷进池塘里，将一车家产泡在水里。孙丽娘突然想起，那只装满银子的箱子也落入水中，急忙让张志思下水去打捞。张志思说："这水太深，我没有那个能耐。"

孙丽娘急忙叫道："你不捞回那只箱子，我们家就完蛋了！"

张志思推脱说："一只破箱子要不要无所谓，你想拿我的命开玩笑？"

孙丽娘骂道："傻瓜！那箱子里装的可是几百两银子啊！咱俩抬上车时你还问这箱子怎么这样沉？"

张志思一听箱子里有银子，立刻跳入水中，将落水的箱子捞起。张志思心想：这里面要是真的有几百两银子，那我可就有赌本了，我要在赌场上好好捞他一把。

仔儿被抬回何家药铺后，何佳坤给他精心治疗，孙丽萍细心照顾他。仔儿躺在床上看见孙丽萍端着一碗香味扑鼻的汤面走过来，内心感到阵阵暖意。孙丽萍走到仔儿面前说："坚强的孩子，你受苦了。现在烧退了，可以吃一点。"

仔儿半天也没有说话，只是泪水不断地流淌。孙丽萍抽出一只手来，将仔儿脸上的泪水擦干，仔儿这才说："你为我所做的这些和我娘没有两样，我能叫你一声娘好吗？"

孙丽萍回答："当然可以。离开家有一段时间了，想娘了吧？"

仔儿一边点头一边甜滋滋地笑了笑，美美地叫了一声："娘，我真的很想家！"

何家大厅里坐着许多客人，有京城来的，有梁山来的，聚集在一起谈笑风生。他们述说着抗洪护堤时的战斗经过。何佳坤说："感谢各位好汉的大力协助，保护了大堤。李逵兄弟，多谢你们及时赶到！"

李逵指了一下梁界线说："都怪我好吃好喝，我让他来寻求酿酒良方，他不好意思。我说，一家人有什么不好意思的，你不好意思我陪你一同前往，顺便舒展舒展筋骨，所以这次机会让我们赶上了。"

梁界线哈哈大笑说："这话你怎么只说一半，你为何不说自己身上又长了疮？宋头领在我们临行前说过：'我宋江堵不住他的嘴，希望何郎中把他的嘴堵上。'何郎中，你还有没有'狗皮膏药'？"

梁界线话音刚落，引起大家哈哈大笑。吴正刚说："今日见到梁山英雄，果然名不虚传。如果大宋江山得到梁山好汉的帮助，那才叫如虎添翼呢。"

李逵说："我可不干，到时候就没有自由了。"

鲁智深说："那可不一定，说不定以后我们为大宋征战的机会会更多。"

第二十一章　孙丽娘顺手偷玉簪
张志思巧妙盗白银

孙丽娘、张志思将仅有的粮食掉落水中，虽然已经捞起，但因为天气潮湿，已经全部霉变。孙丽娘却不想用一两银子去购买粮食，再想纠缠妹妹。孙丽萍见姐姐进来，急忙站起身来。孙丽娘抢先说："妹妹啊，我家粮食已经霉变，你能不能给我一点口粮？"

孙丽萍想了想说："平时还可以，现在不行，因为这次来抗洪护堤的人很多，大家都要吃饭，粮食已经用光。就连何家老祖宗遗留下来的家产也所剩无几，何家现在已经成了一个空架子，这些你不是不知道。"

说到这里，孙丽萍叹了口气，又捋了捋自己的头发。这时孙丽萍头上的发簪被孙丽娘发现。

过了一会儿，孙丽娘说："现在家里没有一文钱购买粮食，我和志思只好在家等着饿死！"

孙丽萍听后摇了摇头，说："不管怎么样我也不能让你们饿着，我这有几十个铜钱你先拿去买一点口粮再说。"

说完她弯下身子给姐姐拿钱。就在这时，孙丽娘将妹妹头上的发簪顺手拿走。孙丽娘离开后，孙丽萍才发现自己的发簪不见了，她知道肯定是姐姐干的。仔儿见孙丽萍那焦急的样子问道："娘，是怎么回事？"

孙丽萍把丢掉玉簪的事说了一遍，仔儿说："娘！不就是一只玉簪吗？被她偷去就偷去吧！我既然叫你娘，以后我要为娘做些事。这些天要不是你的精心照顾，我的生命已不保。等我回到京城，我会挑一个更好的送给你。"

孙丽萍说："好孩子，谢谢你。你有这份心就足够了，那玉簪是我娘留下的遗物，对我来说很重要，我每天都离不开它。"

仔儿说："她已经拿走，你就是上门与她讨要，她说她没有拿，你又能怎样？就这样吧，等我回到京城，我一定从我娘那里挑一个最好的给你捎来。"

何家带领老百姓护住了大堤，出了大风头，使县太爷脸上无光。关世雄很不高兴，决心一定要铲除何家，拔掉这个眼中钉。关蹬说："除掉何家并不难，难的是在这次抗洪护堤时他们赢得了胜利。在这次抗洪护堤时，听说有梁山贼寇参加，这梁山一伙强盗现在可是朝廷的眼中钉。"

关世雄听了儿子的话，问道："我们现在应该怎么办，从哪下手？"

儿子说："爹，我知道你现在就想一口把何家给吞了。你不要着急，机会很快会到来的。"

从京城来的吴正刚和仔儿一行人也要上路了。孙丽萍来到仔儿跟前问道："孩子，你要走了，我也不知道应该送你什么好。"

仔儿说："娘！其他的我不想要，就想带几棵寿春产的南唐香草。"

孙丽萍说："这好办，我现在就给你拿。"

仔儿与何家人难舍难分，仔儿双眼泪汪汪的，一步三回头地望着孙丽萍。孙丽萍上前擦干仔儿脸上的泪水，又抚摸着仔儿的头说："好孩子，不要难过，如果有机会你再回来。"

孙丽萍看着仔儿不想离去的样子十分难过。于是她忍痛扶着仔儿上了马，一行人打马而去。

不一会儿，仔儿又飞马回来，他骑着马顺着何家人转了一圈，目不转睛地望着孙丽萍，大声喊叫："娘，我会想你的！我的承诺一定会实现，我的秘密在枕头下。"

说完他渐渐消失在马蹄扬起的尘土中……

何春芝提前跑到家里找到了仔儿留下的书信，春芝把书信交给了爹爹。何佳坤拿在手中，看到仔儿是这么说的：感谢你们全家对我的关爱，我这次落难到你们家，你们像亲人一样照顾我，我永记心头。吴正刚是条好汉。这次我们亲眼看见了梁山将士的壮举，他们个个都是英雄好汉。当今皇帝是我爹的堂兄。这次回去我一定要禀报皇上，为黄河岸边的灾民讨要一些救济粮款，我还要向我娘讨要那顶她经常不戴、但很珍贵的帽子，将它送给你。

何佳坤一家人看了这封书信都惊讶万分……

张志思的赌瘾又犯了，他偷了孙丽娘的钥匙，到街上配制了一把，趁孙丽娘不在家，打开箱子取出银子。孙丽娘有个习惯，每次出门回来都要用手搬一搬箱子，试试箱子的重量。于是张志思到后院搬了几块破砖烂瓦放在箱子内，再把箱子锁好，提起银子，回头看了看那箱子，偷偷地笑了笑，就溜进赌场。可好运专门与他作对，每次都把银子输光。没过多久，一箱子银子输完了。孙丽娘每次出门回来照例要搬弄那沉甸甸的箱子，她哪里知道箱子里装的全是破砖烂瓦。

一天孙丽娘想到街上买些零食，于是打开箱子取银子，一看顿时傻了眼，这银子怎么变成了破砖烂瓦。孙丽娘心想：这肯定是张志思干的。于是她气冲冲地来到赌场，把张志思抓了回来。孙丽娘问道："这箱子里的银子到哪里去了？"张志思慢条斯理地回答："钥匙不是在你手里吗？我怎么知道银子到哪里去了？没有了银子我也不怪你，反正那银子也不是用血汗挣来的。"

孙丽娘一听这话，火冒三丈，与张志思厮打起来，口中不断地骂道："你这个赌鬼，把银子都输光了，还充当好人。你把我当成三岁小孩子，要是外人偷的，不可能在箱子里放这些破砖烂瓦！"

张志思见孙丽娘纠缠不休，趁机逃出家门。孙丽娘受不了这样的打击，坐在家里号啕大哭起来。哭着哭着，突然听见门被人敲了几下，她往外一看，原来是关蹬站在门口。孙丽娘擦擦脸上的泪上前迎接，关蹬问道："你怎么这么伤心啊？"

孙丽娘灵机一动回答说："为了把丈夫从监狱内救出来，借了许多银子，现在还不上，就连生活都成问题，急得我不知道怎么办才好。"

关蹬阴笑了几声，说："是不是你妹妹要你还银子？何家富得冒油，现在你有困难他们不能不管。"

孙丽娘回答："因为我向她家索要得太多了，我的脸皮再厚，现在也张不开嘴了。"

关蹬说："你说得很有道理，可你是姐姐，她是妹妹，做姐姐的没有妹妹家有钱，那你这个姐姐是怎么混的？你要是走在大街上，人家又会怎么说你，你的脸上也没有光啊。"

孙丽娘回答说："我没有妹妹家有钱有势，是我家丈夫不争气，我努力过，但比不过妹妹一家，我也认了。"

关蹬听到孙丽娘所说，心想：机会来了。于是上前凑几步说："现在有条路可以挣大钱，不知道你干不干？只要你听我的，不出一年你家就会财源滚滚，就会比你妹妹家有地位，比你妹妹风光多了。"

孙丽娘听后感觉有希望，急忙问："还有这等好事！怎么才能使财源滚滚来？"

关蹬回答："你要想强于妹妹，你必须深入何家打听他们的内部消息，何家人与什么人来往，何家的财源是从哪里来的？"

孙丽娘说："打听这些有什么用，我那丈夫又不会看病抓药。"

关蹬又说："有没有本事没有关系，你只要探听好虚实，就来告知我。"

说话间关蹬掏出十两银子，说："这十两银子给你买些米面吧。"

孙丽娘一见银子十分激动，马上接过去，笑嘻嘻地装进自己的口袋里，说："只要有钱赚，这事也好办，何家我天天都可以去，只要何家有什么事我立刻向你禀报。"

第二十二章　何家事迹得到认可
　　　　　　朝中奸臣针锋相对

　　吴正刚一行人回到京城，把在黄河岸边的所见所闻启奏了一遍。皇上感到惊喜，说："能不费一兵一卒就把梁山人马收拢过来，我大宋江山可以兴矣！"

　　皇上看了看仔儿问道："侄儿，你这次有什么收获啊？"

　　仔儿说："皇上，我到了黄河岸边，看到了人间疾苦和真情。何家为了堵住黄河缺口，他们奋不顾身，意志坚强。何家为了犒劳抗洪英雄，把自家祖上传留的财产全部花光了，就连何家的酒也给喝光了！那抗洪勇士们用大碗喝起酒来，咕咚咕咚的真叫过瘾。个个都喝得醉醺醺的，竟然还在泥浆里比武摔跤。"

　　皇上听到这里，哈哈大笑起来："哎呀，听你说得真叫热闹啊！在泥浆里摔跤肯定好玩，可惜我没在场。你们说的何家他们是干什么的？"

　　吴正刚回答："他们祖辈三代都是郎中，何佳坤在黄河岸边方圆百里比较有名气，许多人都到他那求医问药，那抗洪大军也是他组织起来的。"

　　皇上听后严肃地说："何佳坤这个人确实是个血性汉子。好吧，他们不是爱喝酒吗？朕就把心爱之物玉龙酒杯赏赐于何佳坤，这可是奇珍异宝，倒上热酒，可以看到龙在杯上面来回游动。"

　　仔儿兴冲冲地回到自家门口，用双手推开大门喊叫道："娘，我回来了！"

　　仔儿娘心中一阵惊喜，立即从房间迎了出来，用温柔的双手捧着儿子的脸蛋，重重地吻了几下，说："仔儿，我的孩子，你可回来了，想死娘了！你是娘的心肝，你是娘的宝贝！看你瘦多了，以后再也不能让你离开我了。"

　　仔儿说："娘，我知道您一直在牵挂孩儿。离开娘之后我才知道没有娘的日子才叫难过。白天还好，可到了晚上我的心里就难受。"

　　母子俩见面有说不完的话，他们一个站着一个蹲着，也不知道交谈了多久，忘记了进屋。仔儿说："娘，我饿了。"

　　仔儿娘笑着说："娘只顾说话了，娘这就去做你最爱吃的'烤补鸡'和'三鲜汤'。"

　　吃饭时，仔儿娘坐在仔儿身旁，看着孩子狼吞虎咽的样子说："仔儿，好长时间没有吃过这样的饭菜了吧，在外面都吃一些什么？"

　　仔儿回答："娘，老百姓的生活太苦了。对了，我正有件事想求您，不知道您同不同意？"

　　仔儿娘笑嘻嘻地说："你说吧，在外面到底发生了什么事？"

　　仔儿把在黄河岸边发生的事情述说了一遍，仔儿娘这才小心翼翼地去掉儿子头上的帽子，两眼直盯着那小脑袋上还没有愈合好的伤口问："儿啊，痛不痛啊？"

仔儿回答："现在一点也不痛了，没有娘的日子才真叫痛。后来在何家认了个娘，她对我就像亲娘一样。"

仔儿娘问："她叫什么名字？"

仔儿回答："男的叫何佳坤，女的叫孙丽萍，他们对我可好啦。可我还是想娘您。孙丽萍经常受她姐姐孙丽娘的气，还把她的玉簪给偷走了，那玉簪对她来说很重要，想追回来，但又不可能。孩儿劝她别要了，等我回到京城一定挑一只最好的送给她。娘，孩儿想讨要您一样东西，是否能允我？"

娘说："儿啊，自从你爹走后，也只有咱娘俩相依为命，娘的东西不要说讨要，娘的一切都是你的。"

仔儿说："孩儿想要你那顶我从未看你戴过的帽子。"

仔儿娘听后立刻站起身，问道："你怎么想起来跟我要起这个？"

仔儿见娘有些紧张，笑着说："娘刚才还说您的东西就是我的东西，舍不得了吧？"

仔儿娘思索片刻问道："你问我要那顶帽子有何用处？"

仔儿回答："我在黄河边认了孙丽萍做娘，是因为她在孩儿最困难的时候给了我无私的关爱，使我得到像母亲一样的真爱！所以我就想从娘这里挑一样最好的东西送给她。"

说到这里仔儿娘陷入了沉思，儿子看娘的表情有些沮丧，感到很奇怪。于是问道："娘！您怎么啦？孩儿只是问问，也并不是非要不可，您怎么哭啦？"

娘这才擦擦眼角上的泪说："好孩子，不就是一顶帽子吗，你就是要天，娘也要给你办到！"

仔儿又问："娘,那您为什么这样伤心,难道是孩儿伤害了您?"

仔儿娘说："儿啊,那是一顶凤冠,只有宫里人才能佩戴。你爹在宫里的时候,我带着它陪着你爹出宫、上朝,有大的庆典,我都会戴着它。自从你爹离去,我就没有戴过一次。"

仔儿说道："娘,没想到这帽子对您来说是那样的重要,孩儿不孝,孩儿以后再也不提了,再也不让娘伤心了。娘,孩儿已经长大,以后我再也不淘气了,我知道您没有我爹的日子度日如年。以后我要好好照顾你、保护你,因为我是男子汉。男子汉就要顶天立地,我还要为天下百姓做事,效忠皇上,等爹爹回来,让爹爹看看孩儿多有本事!"

仔儿娘听后又是一阵心酸,含着泪水说："好孩子,你长大了,懂事了,娘决定把这顶帽子送给你!"

仔儿说："娘,孩儿不要那顶帽子了,因为那是娘的心爱之物。"

娘说："越是心爱之物越会勾起我的伤心事,我每次看见它就想会起你爹。现在把它送给乡下救你苦难的娘也好,也表表我对她的一片谢意。不过,这凤冠要转赠民间必须经皇上认可,改日与你皇叔说说,由他来决定。"

第二天清晨,乌云伴随着阳光,时而乌云滚滚,时而阳光闪现。大臣们个个在谈论着什么,随着一声"上朝",大臣们纷纷进入大殿。皇上盘坐在宝座上,抬头看看吴正刚说："正刚已从山东归来,他带来了好消息,本来朕认为梁山一伙山贼与百姓为敌,对抗我朝,可万万没想到他们具有一腔忠义之血,如果把他们招安,收编于我大宋军队,我大宋军力会更加强大,各位大臣意下如何?"

宿太尉上前说："宋江早有心愿归顺朝廷。招安宋江,我大宋志在必得。"

宿太尉话音刚落，大臣们纷纷议论："招安收编固然好，但会不会给大宋带来麻烦也很难说。"

皇上看了看大臣们，又看了看几位老臣，蔡京、童贯、高太尉，然后问道："你们几位有何建议？高俅你先说。"

高俅上前一步："皇上我不知当说不当说？"

皇上说："今天对错都无伤大雅，我就想让大家开口直言，错对无妨。"

高俅说："臣早就想把梁山宋江招安，不能让他们再放荡任性下去。现在我大宋兵力薄弱，招安梁山兵马，我大宋江山一定会威震神州。"

这时童贯上前奏道："万万没想到高俅竟然说出这样的话，要知道梁山山贼野性难驯，招安他们会引狼入室，到那时我大宋江山会受到威胁。当年高俅儿好色得罪林冲，林冲逃往梁山后，使梁山山贼更加神气威风。"

高俅听后十分不满地说："没想到你童贯竟然想污蔑我高俅，你认为梁山宋江树起'替天行道'的大旗是我高家所逼。你说我儿好色，你童贯平日也不是什么好人。"

童贯说："我说的是事实，并不是污蔑你。要不是你的儿子好色，哪来的这些麻烦。现在倒好，梁山山贼专门与我官府作对！"

高俅一听十分恼火地说："你童贯人人皆知，你从小就不是好人。至于我儿的事，手脚长在他身上，我又能如何？我承认教子无方，但我可以用下半辈子来弥补过错。"

童贯阴笑了几声，说："你高俅认为自己是神，你拿什么来弥补，你能把梁山上的一群山野毛贼说服吗？能让他们服服帖帖为大宋效力吗？"

高俅听后气得浑身发抖，说不出话来。这时蔡京笑了笑说："好久没有听到你们俩争斗了，今天大开眼界。你们俩都是忠臣，为大宋忠心耿耿，但是你们俩不应该提那些陈芝麻烂谷子的事。"

宋徽宗在宝座上凝视着这几个人，一言不发。张天伦上前说："皇上，臣以为高太尉说得很对，招安是必然的选择。高太尉他是有错，但是我们不能把错强加在一人头上。"

这时吴正刚上前说："几位老臣不要再争吵了，今天是让大家畅所欲言、商讨国事的，希望大家说话不能太过分。"

皇上说："你们几个烦不烦，如果实在无话可说，那就下去吧！"

皇上刚起身，就听门外传来仔儿的叫喊声："我要面见皇上，让我进去！"

只见仔儿直接闯进大殿，跪在皇上面前说："仔儿昨天太劳累了，今天起床晚了点，所以我现在才赶到，请皇上恕罪。"

大臣们议论纷纷，"我们在研究国家大事，怎么闯进来一个小孩子？"

第二十三章　仔儿闹君被赶门外
　　　　　宁死不屈死而无憾

　　皇上心想大臣们争论国事，个个针锋相对，仔儿的到来也好，借此机会来缓和一下气氛。于是皇上笑着说："小东西，昨天我们会面的时候朕就闻到阵阵香气，可朕不知道这香味是从哪儿来的，现在你一进门朕又闻到那香味，这香味是不是你带来的？"

　　仔儿回答："是的，今天我把它带来敬献给皇上。"

　　皇上高兴地说："你这小东西，闯进来朕一点也不怪你，你带来的这神奇香气，也有可能给我大宋带来好运哪！大臣们，你们闻到没有？"

　　仔儿说："皇上，这是南唐香草，产于淮南寿春一带。此草能辟邪、驱鬼，长期带在身边还能带来好运，放在衣柜里能防潮，还能驱赶衣柜里的小虫子。这可是民间宝贝，仔儿是专门从乡下带来，有心献给皇上。"

　　皇上听后又是一阵大笑："你这小家伙，难得你一片孝心，这个宝贝朕收下了。"

　　皇上接过香草，仔儿见皇上收下香草，说："皇上你既然收下仔儿的礼物，那就请您允我三个条件。"

皇上很吃惊地问："仔儿啊，你小小年纪居然给朕设下圈套，送我礼物还要条件。你说吧，只要合情合理朕会答应的。"

仔儿说："第一，你昨天所说的要赠送玉龙杯给山东黄河岸边的何郎中，一定要送给他；第二，我可不可以把我娘那顶经常不戴的帽子，赠送给何佳坤的妻子孙丽萍，因为她像亲娘一样待我；第三，也就是最重要的一条，赶紧拨发一批救灾粮款，送往黄河灾区，缓解受苦受难的灾民燃眉之急。那里由于数日连降大雨，水位上涨极快，大堤虽被加固增高未溃堤，内涝却十分严重。"

就在这时，蔡京抢先说："皇上，万万不可！山东梁山一伙强盗活动猖獗，他们专门盯着朝廷的粮仓，如果拨发一些粮款送往山东，岂不是肉包子打狗？"

这时皇上看了看仔儿说："蔡京大人说得很有道理。仔儿啊，前两个条件我可以答应你，这第三个条件，我是不可能答应的！"

吴正刚紧上一步，立即说道："仔儿说得很对，黄河灾民现在急需要一批救命粮，那梁山上的汉子个个是英雄，不可能抢劫赈灾粮款。"

童贯说："你说梁山上的山贼个个都是英雄好汉？我认为你吴正刚一行人到山东私访肯定走漏了风声，那梁山山贼赶到黄河边做一些表面文章给你们看，骗取你们的信任，我认为这救济粮款不能拨发！"

仔儿听到童贯所说的这些话，气得火冒三丈，他不顾一切地向童贯猛扑过去，撞得童贯退后几步。仔儿骂道："奸臣别在这胡说八道！"

皇上见仔儿无礼，顿时大怒骂道： "小小年纪无理取闹，把他赶出去！"

　　两个侍卫上前将仔儿拖拉出了金銮殿，仔儿对两个侍卫说："今天的事情办不成，我就在这跪着。"

　　两个侍卫知道仔儿的性格暴烈，知道他内心善良，也知道他小小年纪待人宽厚，无奈，只好让他跪在门外。此时的仔儿已经气得两眼发直、气喘吁吁，但他还在大喊大叫："皇上，你必须拨发粮款救民于水火，你若不答应我绝不离开。我就是死也要死在这里！"

　　皇上在金銮殿上大怒，叫道："小小年纪竟然敢干涉朝政，不想活啦？"

　　大臣们见皇上大怒，个个都闭口无言。张天伦看了看皇上，又看了看门外的仔儿，上前一步说："皇上，我们不能这样对待一个孩子。就算孩子说的没有根据，不是还有吴正刚吗？"

　　张天伦话音刚落，蔡京说："天伦，三冬四夏你经几招？你还太嫩了点！"

　　这时大殿外忽然狂风大作，刮得天昏地暗，催人心乱，顿时下起了瓢泼大雨。突然一个闪电震天动地，像砸在大殿上，金銮殿上的瓦叮叮当当掉落下来几块，吓得皇上和大臣们心惊胆战。可是仔儿仍然在殿外跪着，他在暴风骤雨中还不停地呐喊："堂堂一国之君，你是天下百姓的皇上吗？你不为天下百姓排忧解难，听信奸臣鬼话，不救灾民于水火，你算什么正人君子，竟然把我这个敢说真话的仔儿赶出门外，气死我也！"

　　之后，仔儿再也没有说话，而是一直跪在那里不动。皇上听了仔儿喊叫声，心想：这孩子年纪虽小，可是很有思想，说朕是老百姓的皇上，就应该为老百姓排忧解难，可是你这个家伙应该有话好好说，不能激烈冲撞。当着这么多大臣的面，一点面子也不给朕留。皇上想到这，看了看仔儿怎么纹丝不动，感觉有些不正常，心中一震，向吴正刚挥了挥手说："吴正刚你过去看看，这样传出去，百姓会议论君臣合伙欺负一个小孩。不管他怎么闹，他还是个孩子，谈不上治他的罪，劝他回家去吧。"

雨渐渐地停了，吴正刚来到仔儿跟前说："敢说、敢骂、敢闯的小勇士现在可以起来啦！"

仔儿跪在那儿没有回答，吴正刚又说："你这样跪着，你娘看见会心疼的。"

仔儿又没有答应，吴正刚再次叫道："你快点起来，你娘来啦！"

仔儿依然没有答应。吴正刚感到大事不好，立即上前一看，仔儿已停止了呼吸。吴正刚快步回到大殿内，向皇上禀报，皇上顿时出了一身汗，从宝座上站了起来，直冲殿外，口中不断地喊道："快传御医！"

皇上在殿门外来回走动，紧紧握起的右拳不断地击打着左手，口中还不断地说："这孩子怎么会这样，性格怎么这样暴烈，你们如果治不好仔儿，朕定你们死罪！"

一位老御医跪在皇上面前说："皇上，你现在就定我们死罪我们也没有办法，仔儿已经死亡。"

皇上和大臣们一听顿时惊呆。皇上急忙叫道："这可怎么办？这怎么对得起他死去的爹？又怎么向他娘交代。"

仔儿的娘知道仔儿已经上了大殿，后来想到仔儿这孩子性格暴躁、说一不二，怕他给皇上大臣们带来麻烦。于是，她就捧着凤冠准备前往大殿与皇上说明原因。她还未出门天就下起了大雨，等雨停后，才进了皇宫大殿，得知仔儿已经死亡，她当场晕死过去。她醒来后，也没有哭啼，只是说："仔儿，我的好孩子，你起来吧！娘给你送帽子来了，你不是想把娘的帽子送给你乡下的娘吗？你起来呀！你说过长大了一定要做一个顶天立地的男子汉，为天下百姓效力，效忠皇上吗？你起来吧！你昨天还说过你已经长大，从现在起一定要照顾好娘吗？你起来吧。你怎么不起来呀！啊……啊……"

吴正刚和大臣们在一旁落泪，皇上则是头晕眼花、四肢无力，被童贯、蔡京搀扶进宫。

就这样，仔儿像闪电一样消失了，后来仔儿娘也因悲伤过度而离世。

几天后皇上才上朝，他闷闷不乐地坐在龙椅上，半天才开口说话："你们今天怎么都不说话了，都哑巴啦？我真没想到一群文武大臣不如一个顽童。你们想想仔儿为了一个情字，为了同情黄河灾民，一腔热血，敢说、敢做、敢闯。他在风雨中还不断地骂朕，当时朕很生气，可后来想一想，他骂得很有道理，堂堂一国之君，是天下百姓的皇上，不为天下百姓排忧解难，天下老百姓又怎能认可你是个好皇帝？虽然他是晚辈，可朕认为他骂得对，骂得好，骂得朕如梦方醒，可惜仔儿已死，但他在朕脑海里燃起一盏明灯。这就叫'得民心者得天下，失民心者失天下'，如果我们再不做出正确选择的话，就是老天也不会放过我们，到那时朕这个大殿就不仅仅只掉下来几块瓦砾而已。"

第二十四章　攻打梁山高俅反对
招安宋江如虎添翼

这时高俅上前插话说："皇上，臣惭愧，臣罪过，仔儿的死我感到十分内疚。梁山一伙处处与我朝作对，我有不可推卸的责任。臣决定亲自带一批人马到山东走一趟，不仅到灾区赈灾，还想去梁山试探军力，并与宋江沟通是否归顺我朝。"

这时蔡京笑了笑说："高大人，现在不是你赌气的时候。即使要去山东，也轮不到你，那可是个苦差事。如果你去了，林冲见了你，根本就不会放过你，你岂不是去送死，一批赈灾粮款也成了打狗的包子。"

皇上说："蔡京说得对，我们大家一定要挑一个合适的人选。"

高俅说："在朝中没有一个人能代替我，我高俅非去不可。"

童贯说："高大人，你不要太任性，不要认为我们之间出言不逊，针锋相对几句就拿自己的性命开玩笑。很简单，请求皇上下旨出兵攻打梁山宋江，将他们一伙消灭掉，这样你高大人不用冒这个风险，也消除了我朝的后患。"

高俅用轻蔑的目光看了一下童贯，说："你劝我不要开玩笑，我现在劝你不要拿大宋江山开玩笑。你也与梁山将领交过手、对过阵，你感觉如何？我们不是怕他，如果与宋江大规模开战，结果会两败俱伤，金兵再压境，我大宋即使能抵挡得了，也会元气大伤。但我还是要谢谢童大人的好意。"

宋徽宗听后哈哈大笑说："高大人，难得你一片忠心，常言道，解铃还须系铃人。朕就派你前往，不过你千万要小心，要多多关心黄河灾民，更不能把这大批救命粮落入贼寇之手。最好的办法，不要将这大批救灾粮存放在官府衙门，以免不测。你明天就出发，朕期待你胜利归来。"

第二天清晨，一轮红日从东方冉冉升起，一丝丝红霞点缀着大地，在鲜艳的红霞映衬下，京城像一幅美丽的图画。一阵微风吹过，几只未出窝的燕子伸出头来，几声马的嘶叫又将它们吓得把头缩进窝里。高俅一行人载着救灾粮和白银踏着阳光向黄河灾区进发。

一路上高俅胆战心惊，恐怕粮款被山贼抢劫。因为有上次与吴正刚同行的两名勇士陆三、黄七在前方引路，所以一路平安。高俅来到何家大院门口，前来看热闹和乞食饥饿的灾民人山人海，而何家人都在院内忙着，也不知道发生了什么事。这时门外有人喊道："何郎中，我们又回来了！"

何佳坤抬头望去，只见上次与吴正刚和小少爷仔儿同行的陆三、黄七两名勇士已站在门外，何佳坤和孙丽萍急忙上前迎接。这时，高俅举起手中的圣旨，吓得众人连忙跪下。高俅宣读了皇上的旨意：分别将一只玉龙杯和仔儿娘的凤冠赐予何佳坤和孙丽萍。何家一家人欢天喜地。与此同时，高俅又宣读第二道圣旨：将大批救灾粮存放在何家酒坊。

孙丽娘也在此场合，她看见妹妹一家是那样风光，一阵心慌意乱，为自己嫁错了人而感到后悔,更加嫉妒妹妹丽萍。她从人群中溜了出来,鬼头鬼脑地来到县衙大门口,被张志恒发现。张志恒心想:她又来干吗?是不是弟弟志思又出事了?我要躲在一旁看看她到底想干些什么。于是,张志恒躲在大门旁,只见孙丽娘很熟悉地与门卫打招呼,直接进入县衙。张志恒小心翼翼地跟在后面,他看见孙丽娘进入县衙后花园。张志恒愣了一会儿,心想:孙丽娘进入县衙后花园怎么像进入自家院门一样随便?

孙丽娘进了后院花园客厅,关蹬见孙丽娘到来,便立即起身热情招呼,关蹬说:"你来了,这次给我们带来了什么好消息?"

孙丽娘说:"我以为你县衙本事够大的,怎么到现在一点动静也没有,你还不知道吧,我们镇上已经炸开了锅。"

县太爷关世雄一听,立刻皱起眉头来,很生气地拍着桌子:"到底发生了什么事?还不快说!"

孙丽娘立刻被剥去几分锐气,说:"大老爷你不要生气,钦差大人来到何家又送金又送银的,还送一顶花帽子给了我妹妹。"

县太爷听到这些话,一下从椅子上站了起来,喊道:"快给我更衣、备轿,我要速去迎接钦差大人!"

孙丽娘叫道:"大老爷你给我的钱……"

张志恒在门外听到这些话也十分吃惊,心想:就是钦差大人到来,也不该你孙丽娘通风报信,是不是孙丽娘与官府有所勾结?

关世雄立马赶到何家,双膝跪倒在高俅面前,说:"本县来迟,敬请钦差大人恕罪!"

高俅看了看县太爷,十分严肃地问道:"你就是本地的县官,你看看何氏一家人,虽是平民百姓,可他们胸怀坦荡、无私奉献,全心全意为黄河灾民着想，不顾个人安危，带领百姓与凶猛的洪水抗争，确保了黄河大堤的安全。敢问在这个危急时刻，你这个县太爷在干些什么？"

县太爷一听高俅这样一番责问，内心一阵恐慌。他灵机一动，回答说："大人，国事民事都是天下第一大事，虽然下官只是个小小芝麻官，可下官也是每时每刻都在维护大宋利益，为大宋江山担惊受怕。"

高俅听到这些，立刻问道："你这小小知县，为大宋担什么心？受什么怕？"

关世雄这才壮着胆子回答："梁山一伙贼寇活动猖獗，搞得本县不知所措。可喜的是，本县有何家胸怀大局，这也是本县的荣幸。由于何家在黄河岸边支撑着，我才有时间与梁山山贼周旋。现在由钦差大人带来了皇上的恩赐，好比是雪中送炭，解除了灾民的燃眉之急，我代表当地灾民感谢皇上圣恩。钦差大人您日理万机，还对黄河灾民如此关心，本县十分感动。"

高俅阴沉地笑了笑说："这救灾粮由何家分期分批发放给灾民，这修建大堤的白银暂时由你县衙保管，以后由济州府支配，用于修建黄河大堤，这银两一定要看护好了，如有半文丢失，乌纱帽丢了是小事，当心你的脑袋搬家。"

关世雄惊恐万分愣了愣之后回答："请钦差大人放心，本县一定竭尽全力保护好这批白银。"

高俅撇了撇嘴说："你不要太自信了，你也知道梁山贼寇神出鬼没。"

关世雄坚定地回答："本县发誓，只要本县在，白银绝不少分文。不管是谁拿了、偷了和抢了，本县都要将他绳之以法。"

高俅看了看县太爷说："只要你说到做到，本钦差也就放心了。"

　　高俅转过身子让陆三、黄七快马加鞭赶到济南，让济州府大人前来，一起上梁山劝说宋江归顺朝廷。

　　高俅与济州府大人一起向梁山进发。高俅走后，关世雄和儿子关蹬看着白花花的银子发呆。儿子问爹爹："这银子能不能动用？"

　　关世雄说："这哪能成？动了就等于动了自己的脑袋。"

　　关蹬又问："何家不还存放着大批救灾粮吗，能不能搞到手变卖？我想，就是我们不想他何家也会想。"

　　关世雄说："那怎么能行，这批救灾粮是钦差大人任命让何家发放给灾民的，我想他何佳坤也不敢动。"

　　关蹬感到不满，说："这钦差大人也是的，怎么能让何家发放救灾粮。他何家应该把发放权让给我们县衙。我看他何家越来越不像话，自古以来救灾粮都是由官府发放，哪能轮得上草民？这样下去我们将会失去对百姓的威信，我们再也不能忍耐下去了，一定要找个机会狠狠地教训他们一下，打掉他们的锐气，看他何家可知好歹，如果他何家再不识好歹，我叫他全家死光光。"

第二十五章　县太爷霸占救灾粮
　　　　　何振彪与关蹬交锋

时间过了不久，孙丽娘再次进入县衙。

关蹬从口袋里取出十两银子交给孙丽娘说："感谢你给我们带来这样重要的消息，这是你的赏钱。"

孙丽娘接过银子，说："今后你们有需要我的时候尽管说，我一定竭尽全力。"

孙丽娘话音未落，关蹬连忙说："现在就有重要的事需要你帮忙，还有大钱赚。"

孙丽娘听后眼前一亮。

关蹬说："现在需要你回到何家，摸清还有多少救灾粮，放在什么地方，探听他们有没有用救灾粮酿酒。"

孙丽娘爽快地说："这事好办，我现在就去。"

孙丽娘路过家门口也顾不上进家，就立刻向妹妹家走去，远远望去只见何家大门口围着一群人，原来是胡家老奶奶因为年老多病昏倒在大街上。何佳坤一家人听到这个消息，都出门帮忙和抢救。孙丽娘鬼头鬼脑地来到何家门口，见何家空无一人，便溜了进去。她东张西望，没有发现救灾粮。她又来到妹妹的房间，发现皇上赐给他们的玉龙杯和凤冠，顿时起了贼心，她看看四周，顺手将玉龙杯与凤冠揣在怀里，转身从后门溜走。

经过何佳坤的及时抢救，胡家老奶奶渐渐地苏醒过来。孙丽萍也放下心来，连忙让几个儿子把老奶奶扶进房间休息。胡奶奶躺下后感到枕头有些低，孙丽萍急忙回到自己的房间，想拿枕头给胡奶奶，发现自己的房门不知什么时候开着。于是她快步走进房间一看，发现凤冠和玉龙杯都不见了。孙丽萍惊恐万分，她拿起枕头就往回跑，一家人得知后，都很焦急，何佳坤问："凤冠、玉龙杯怎么不见了？"

这时一家人才确认凤冠、玉龙杯被盗，何佳坤焦急地叫道："这可坏了大事，这两样宝贝可是当今皇上赏赐的，我们把它弄丢了，说不定要被杀头的！"

胡奶奶在床上责怪自己："你们一家人都是为了我，才丢失了宝物，我怎么对得起你们啊！"

孙丽萍上前劝说："胡奶奶不要责怪自己，不关你的事。"

孙丽娘偷了妹妹家的宝物回到家里欣喜若狂。她把偷来的东西藏好，心想：我还回到何家，一是继续查看救灾粮放在什么地方，二是顺便看看妹妹一家人丢失宝物后的心情，这下该轮到我看笑话的时候了。

孙丽娘再次来到何家，她一进门就发现一家人都愁眉苦脸的。于是就装模作样地问："怎么啦，是不是我今天来了一家人又不高兴啊？"

话音刚落，何振彪上前骂道："你这个扫帚星，你一来，我家就要出事。今天出了大事你还取笑我们，看你的样子，恨不得让我们家败才合你意？"

何佳坤见孙丽娘那恶心的样子，真想冲上前打她几下，但抑制了怒气，却向振彪扇了两个耳光，骂道："你还嫌家中不够乱吗？"

孙丽娘见爷俩争吵起来，又转脸劝说："这都怪我，也不知道你们家发生了什么事，请你一家人不要生气，你们家到底发生了什么事呀？"

何佳坤说："虽然你不是外人，但这事不能告诉你。如果没事，那就请回吧。"

孙丽娘说："哎哟，没想到你也想赶我走，我就想找妹妹说说话。你家出了事情不妨说出来，也许我能帮点忙，谁让我们是亲戚呢？"

振彪又忍不住叫嚷道："多一个像你这样的亲戚，就多一份耻辱，还不快走开？"

孙丽娘为自己辩解说："既然你们一家心情不好，那我就回去了，改日再来。"

她边说边走出门去。

孙丽萍上前问何佳坤："家里出了事，为什么不告诉姐姐，也许她能帮助我们查找。"

何佳坤叹了一口气说："别天真了，你不是不知道你姐姐的为人，我们家丢失的不是普通物件，你以为她能帮上忙？她只能给我们带来祸害。如果传了出去，我们就要大祸临头！从现在起，谁也不允许把这件事说出去。"

孙丽娘出门后，又来到何家的酒坊，见有人看守。孙丽娘走上前一看，原来是钱多，孙丽娘问道："酒坊怎么闻不到酒香啊？"

钱多站起身来叫嚷："我以为是谁来了，原来是孙丽娘啊！你来这有何贵干？我们这多日不酿酒了。”

孙丽娘问："为什么？"

钱多回答："饭都吃不上了哪来的粮食酿酒？"

孙丽娘笑着问："不可能吧，前几天何家不是进了一大批粮食吗？可以酿好多酒。"

钱多回答："你说那批救灾粮吧？老爷说过谁也不能动一粒，那是救命粮！"

孙丽娘又问："何家有没有把这批粮食藏起来？"

钱多回答："没有啊，只不过这批救灾粮分两个仓库保管，老爷说一个仓库存放的是食用粮，一个仓库存放的是种子，准备全部发下去。"

孙丽娘接过话说："原来如此。"说完她转身就走了。

孙丽娘再次回到县衙把详细情况告诉关蹬，关蹬胸有成竹地说："爹，救灾粮已经在何家酒坊存放几天了，现在我们就可以派一些人到何家搬运粮食。"

县太爷说："是时候了，如果他何家不让搬运，我们就判他个私吞救灾粮的罪名。"

孙丽娘听到县太爷所说的这一段话，有些吃惊，问："大老爷怎么还要治何家的罪，这样可不好哇。"

县太爷见孙丽娘神色不对，又掉转话头说："没事的，我只是吓一吓他们，只要何佳坤把救灾粮交出来就行了，你的赏银不会少。"

话音刚落，关蹬就拿出几两白银交给孙丽娘，孙丽娘笑嘻嘻地接过银子。关蹬说："孙丽娘，你这次给我们提供的消息很重要。你提到何家酒坊有个名叫钱多的人，我想他这个人也可以做我们的朋友，改日你介绍给我们，认识一下。"

清晨大街上传来风声："何家今天发放救灾粮和种子啦！"

几十辆马车从大街上穿过，直奔何家酒坊仓库，领头的正是县太爷的儿子关蹬，后面轿里坐着县太爷关世雄。他们一到仓库门口就让钱多把门打开，钱多十分为难地说："这样可不行，这几天老爷很忙，这是朝廷的皇粮，没有我家老爷发话，我可没有那个胆子开门！"

关世雄厉声说："你们何家真大胆，为何还不发放粮食？"

关蹬回头看了看钱多，叫道："爹，不要为难他，他也是端人家碗服人家管的人。"

说话间他顺手取出几锭银子，将银子向钱多手里塞去，说："给你一点跑腿费，你去把你家老爷请来。"

钱多后退了几步，不肯接那银子。县太爷沉着脸说："怎么，难道嫌少不成，难道说你也不把我这个县太爷放在眼里？还不快去！"

钱多勉强地接过银子，向何家大院跑去。钱多刚走，县太爷立即让他的手下把门砸开，准备装粮上车。钱多一边跑一边将银子塞进自己的口袋里，他突然发现何振彪走在大街上，钱多立刻上前叫道："三少爷，不好了！县衙的人像是来抢救灾粮的，现在就在酒坊仓库门口，快去看看。"

何振彪一听火冒三丈，骂道："这个贪官，走，我过去看看！"

何振彪来到酒坊仓库门口，只见关蹬正在那让手下搬运粮食，何振彪大叫一声："住手！"

何振彪快步上前与县太爷理论。三句话未说完，关蹬就与何振彪厮打起来。何振彪平时爱习武，今天派上用场，关蹬哪能受得了何振彪的招式，没过几招，就把关蹬摔了个狗啃泥。就在这时，就听见身后何佳坤骂道："你这个小子，今天又给我闯祸！"

何振彪转过身子用手指着县太爷叫道："爹，是他们不讲理，他硬要把老百姓的救命粮抢走！"

这时何家酒坊门口已经聚集了许多灾民，有的拿着口袋、有的带着箩筐，何佳坤见县太爷阴沉着脸，便指着自己的三儿子骂道："你这小子，不知天高地厚，县太爷也是为我们着想，这么多粮食放在这儿谁也不放心，现在有大人在场监督发放给百姓，省得这些粮食放在这里引来一些山贼强盗。"

于是何佳坤高声对灾民们喊道："现在由大人做主，将这些救灾粮和粮种全部发放给你们！"

这时何振彪灵机一动看了看关蹬，笑了笑，也高声喊道："皇恩浩荡！感谢县太爷！"

顿时百姓们齐声高喊："皇恩浩荡！感谢县太爷！感谢何家父子！"

县太爷心想：好一个何家父子，迟早有一天，我让你们没有好下场。他又回头看了看自己的儿子，儿子关蹬被何家三少爷打得鼻青脸肿，"哎哟，哎哟"地叫着，不由得心痛不已。

第二十六章　关蹬设陷阱害何家
孙丽娘钱多不知错

　　关世雄和儿子关蹬气急败坏地回到县衙，关世雄咬了咬牙一拍桌子叫道："没想到我们费尽心机，结果却一无所获。这个该死的郎中，敢挡我的财路。"

　　他又看了看关蹬问："你被那臭小子打得怎么样？伤得如何？"

　　关蹬说："我的伤倒是无大碍，可我心里窝着一团火，我恨不得把何家人剁成肉酱。爹，我要报仇。"

　　关世雄说："以前我们从来没把何家放在眼里，可现在他们步步紧逼，让我们下不了台，在众人面前脸面尽失。我们不能再忍下去了，一定要想办法除掉这个心头大患。"

　　关蹬说："我有一套计划能置何家于死地，并且连同我们的眼中钉张志恒也能一起除掉。"

　　关世雄问："孩子，你有什么好计谋？"

　　关蹬回答："要想除掉何佳坤，我们必须这样做……"

　　父子俩在一起，耳语着自己的周密计划。说："我们一定要在高傸回来之前把事情办好。爹，你放心吧，这个事就由我来操作，让他何佳坤跳进黄河也洗不清。"

　　乌云再次翻滚着，像恶狼一样吞噬着大地。关蹬又来到张家，找到孙丽娘。孙丽娘见关蹬来访，不由得一阵儿心慌，连忙上前说："对不起！我不知道事情会发生到这个地步，也没想到你会被何家三少爷殴打。"

　　关蹬听后哈哈大笑几声，说："小事一桩，大人不计小人过。再说我被打也不能怪你，现在还有事请你再次帮忙。"

　　孙丽娘见关蹬今天态度很好，还有事相求，谄媚地走上前问道："少爷有什么事你就直说吧，只要我能办到的，我一定弥补之前的过错。"

　　关蹬说："你现在立即到何家酒坊将那个叫钱多的请到县衙做客，一定要来！如果不来，你告诉他，我会让他全家死光。"

　　关蹬说完，掏出一大把银子放在桌上……

　　关蹬离开后，张志思从赌场回来，见孙丽娘急匆匆地想出门，上前一把拉住孙丽娘问："你这一段时间东一头西一头的，好像大街上都是你的影子。不知道你在折腾些什么？不过我要警告你，我们再也不能做那些丧尽天良的事。"

　　孙丽娘撇了撇嘴说："你这样的人也有资格来教训我？"

　　孙丽娘说完就转身出门了。直奔何家酒坊，她发现钱多也在大街上溜达。孙丽娘上前叫道："钱总管，我正有事找你，你不在酒坊怎么有心逛大街啊？"

　　钱多回答："因为何家酒坊不酿酒了，救灾粮也已发放完，粮仓不需要看守，酒坊内无事可干，所以我就出门闲逛。你找我有何事？"

孙丽娘说："刚才县太爷的少爷来找我，要请你到县衙走一趟。"

钱多一听心中一惊，说："我可不干，县衙不是随便进出的。"

孙丽娘又说："你不去哪能成。他请你去肯定有事，为什么不让我去，你又没有杀人放火，怕什么。如果你不去，你肯定有麻烦。"

钱多心想：是不是他想收回在何家酒坊门口给我的那几块碎银？管他呢，大不了把银子还给他。于是说："既然让你来请我，那你就应该陪我一同前往。"

孙丽娘笑了笑，说："好哇！"

孙丽娘陪着钱多来到县衙，一进门就见到关蹬。孙丽娘喊道："少爷，我把你要请的人请来了。"

关蹬见是钱多，立刻上前将他请进客厅，孙丽娘随后也想进入，但被关蹬拦住说道："孙丽娘，你现在可以回去了。"

孙丽娘感到自己很没面子，于是说："我大老远把钱多给你请来，也不让我进去坐一会。"

关蹬突然变脸说："叫你走，你就走，说这么多废话干什么？"

孙丽娘顿时打了个冷战，自言自语地说："我为你做了这么多事，怎么说变脸就变脸，真不够意思。需要用人家上门去求，不需要就一脚踹开。"

孙丽娘感到自己有些委屈，转身走出了县衙。

随后钱多被请进后院一个偏僻的小屋。一进门钱多就发现屋内堆满几十只箱子，关蹬指着箱子说："钱总管，你知不知道这箱子里装的是什么？"

钱多回答："这里面放些什么我哪能知道，对不起，你在何家酒坊与何振彪产生纷争，我只能在一旁看着，也没有帮上你的忙。现在我把你给我的几块银子还给你。"

关蹬笑了笑说："这一点点碎银何足挂齿，我看你也够朋友，把你请来商量一下，准备合作一笔大买卖。"

钱多问道："少爷有什么大买卖能轮到我？"

关蹬指着箱子说："你把它打开看看。"

钱多打开箱子，惊奇地问："不知少爷让我看这些干什么？"

关蹬问道："钱总管，这些东西你喜不喜欢？"

钱多回答："这白花花的银子谁能不动心，我做梦也没见过这样多的银子。"

关蹬笑了笑说："只要你与我合作，我一定会给你一批银子。"

钱多不由得说："好说，少爷你说我应该怎样做？"

少爷说："我想把这一大批银子藏起来，但没有合适的地方，又怕被何家发现。何家人做事太固执，一心一意为那些穷光蛋，如果被他们发现，到那时就晚了。"

钱多问："那该怎样办才好？"

关蹬说："我想把这一部分银子藏在何家酒坊，俗话说得好，最危险的地方才是最安全的。"

钱多问："如果被何家人发现了怎么办？"

关蹬哈哈大笑："谁能到何家查找？何家人通情达理、忠实厚道，做的好事谁人不知，对灾民那样关怀备至、体贴入微，谁能怀疑他们？等事情稳定下来，我们再把银子取出与你共享。以后你就会过上快乐生活，省得你在何家挣那几个小钱。"

钱多听过关蹬的一番话，说："好吧，我与你配合，就把银子藏在何家酒坊后院那口多年不用的老井里。"

关蹬听后暗自高兴，连声说："好，好，事不宜迟，我们今晚就行动！你在三更天准备接应，一定不能被任何人发现，包括孙丽娘，千万要小心，你现在可以回去做好准备。"

钱多刚要出门，张志恒从前门向后院走来，关蹬上前一把拉住钱多，小声说："看见了没有，这个人名叫张志恒，他和何家是一个鼻孔出气的，千万不能让他发现。"

钱多在回去的路上，感到事情来得突然，是不是圈套也不得而知。

三更天刚过，关蹬命令他的手下将大批银子藏了起来，并将一箱银子偷偷运进何家酒坊。

第二天清晨，张志恒刚进县衙大门，就听后院有人喊叫道："不得了啦，昨晚上进贼啦！那仓库的银子全部被盗啦！"

张志恒一听十分震惊，慌忙上前查看，只见仓库门锁被撬。关世雄叫道："这是谁干的，这可怎么办？这回可要了我的老命！"

关蹬也跑来嚷嚷道："爹！还不派人抓紧时间追查，是不是梁山盗贼干的？"

关世雄说："我看不像，这银子放在这里外人也不知道，如果是梁山盗贼所为，怎么一点动静也没有？"

张志恒上前说："老爷不要着急，这贼的胆子太大了，竟然能把这么多的银子运走，而一点动静都没有。"

就在这时，钦差大人高俅和济州府大人从梁山回来，只见高俅脸色苍白，像是生了一场大病。县太爷上前拜见，可高俅心不在焉。济州府大人说:"好啦!不要再啰唆了。高大人这次不顾个人安危,前往梁山与山贼和谈,路途劳累,现在需要休息。还不快让高大人进屋休息。"

关世雄急忙上前搀扶高俅进入房间。安排好钦差大人后,他这才将丢失银子的事情瞎编乱造说了一遍。济州府大人一听大吃一惊,说:"这可坏了大事,这么多银子怎么会丢失,如果查找不到,不但你这个县太爷脑袋保不住,就连我也脱不了干系。"

关世雄装模作样显得十分恐惧,关蹬上前说:"这批银子是不是梁山盗贼干的?"

济州府大人说:"这不可能,梁山宋江一伙没有机会下手。因为我们下山时梁山一百〇八将都在,我认为这批银子还没走远,必须立即追查,决不能放过一点蛛丝马迹。"

大街小巷东庄西村,到处搜查,一无所获。济州府大人也十分焦急,县太爷转了转贼眼上前说:"本县上下全部搜查一遍也没有查到一箱银子,但只剩何家还没有搜查。"

济州府大人说:"何家怎么啦?一家都不能放过。"

这时县太爷如领圣旨,命令人前往何家搜查,何家人感到纳闷,县衙里怎么会丢失东西,搞得大街小巷人心惶惶。何家一家人站在一旁等候搜查。结果是翻箱倒柜一无所获,济州府大人问何佳坤:"你家还有其他房间吗?"

何佳坤上前回答:"有,有一个杂货店,还有一个酒坊。"

于是,他们又直奔杂货店和酒坊。不一会儿就有人喊道:"回大人,何家酒坊后院的井里发现了箱子。"

关世雄故作吃惊地说:"哦?快打开箱子!"

一箱白花花的银子立即展示在众人面前，关世雄随便拿起一锭银子，神气十足地把银子下面一个小小的"官"字拿给大人看。这时钱多感到不安，关蹬走到钱多跟前小声说："钱总管不要害怕，一切都会好的，这一切都是我计划好的，你一定会安然无恙。从现在开始，我不让你说话，你一句也不能说。"

钱多刚想与关蹬说什么，就听关世雄大叫一声："来人，把何家的管家带走！"

何家人听说在自己家的酒坊里搜查到救灾银两，都感到十分惊讶。何佳坤意识到这件事的严重性，心想：这可能是钱多干的，这一回可把我何家害惨了。

第二十七章　县衙救灾白银被盗
何家老少蒙受冤屈

钱多被押进县衙大牢，关蹬避开张志恒偷偷溜到大牢内与钱多交谈："钱总管，你受委屈了，不过现在受一点罪，以后会前途无量。我爹要审问你，你一定要说是何家人干的。如果你不这样说，那你要考虑后果，我警告你，你要好自为之。"

钱多说："这可不行，如果我要这样做，那我这个人一点良心都没有了。"

关蹬冷笑一声说："你不按我说的去做，不但性命难保，就连你全家人都该杀，到那时你一定会后悔的。如果你说实话也威胁不到我们，吃苦受罪的还是你，这就叫人在江湖身不由己。"

钱多叫道："天哪，我该怎么办哪？"

济州府大人在客厅与关世雄谈话，大人说："既然这银子在何家酒坊查出了一部分，我们现在就应该把何家人抓来审讯。"

关世雄回答说："我们先审钱多。现在把何家主人何佳坤抓来还为时过早，再说我们抓他也没有事实根据。"

这时，差官来报："何家郎中前来求见县太爷。"

关世雄说："刚才还在说他，他就到了。请大人放心，我一定竭尽全力查明实情，严办盗贼。"

何佳坤进入县衙，见过济州府大人和县太爷。何佳坤说："听说县衙内丢失了救灾银子，还在我家酒坊发现，敬请济州府大人和县太爷明察。"

关世雄严肃地说："既然银子藏在你家酒坊，你要负不可推卸的责任。既然你来了，就不要回去了，与钱多分开关押，等事情水落石出再放你不迟。"

钱多在牢房里左思右想，越想越不是滋味，他想起自己以前在何家的所作所为，得到何家的宽恕。如今要陷害何家，又怎么能忍心下手。都怪自己财迷心窍，一时糊涂，现在他是骑虎难下，真后悔呀。

一觉醒来，高俅的精神有所好转，他走进大厅，对济州府大人和县太爷说："救灾银子出了事，我也是心有余而力不足，这丢失救灾银两的事就由你们协同查办，要立即追回救灾的银两。另外，你济州府还有更重要的事要做，就是一定要随时观察梁山一伙人的行动，现在我一刻也不能待了，要立即赶回京城向皇上缴旨。"

高俅走后不到一个时辰，只见县衙门外来了一位黑脸大汉，口中还不断地喊道："高俅老贼拿命来，今天我非得要了你的头！"

说完他提起双斧就向县衙大门闯去。这时有人在背后喊道："黑旋风，你给我站住！"

戴宗快步上前一把拉住李逵，说："兄弟住手，你差一点坏了我梁山兄弟们的名声，宋江哥哥让我前来寻你。"

李逵问："你怎么知道我在这里？"

戴宗说："自从高俅下了山，山上就不见你。宋江哥哥想你一定是不听劝说，去追杀高俅了，于是就派许多兄弟下山寻找，你还不快点跟我回去。"

李逵说："不杀高俅不解心头之恨，不杀高俅又怎么能给林冲兄弟报仇？"

戴宗说："我们梁山英雄是干大事的，何必与那小人计较。宋江哥哥说过，找到你就一定要把你带回去，绝不能莽撞行事。"

就这样，李逵被戴宗强行带走……

关世雄听儿子关蹬说："钱多的思想有些动摇，如果钱多说出真相，被济州府知道，到那时就不好办了。"

关世雄思索片刻，说："你现在带几个人，赶到钱多的家，抓他的亲人，过来威逼他。"

何家大院一片惊慌，一家之主何佳坤进入县衙想问个明白，多时不见回来，一家人慌了神。几个儿子想到县衙看个究竟，被孙丽萍拦住，说："我理解你们的心情，这个家已经被人陷害，你们不能再去火上浇油，要去也是我去。"

经过孙丽萍的强行劝说，三个儿子才勉强答应留在家里，孙丽萍安顿好孩子们后直奔县衙。

济州府大人听说梁山李逵前来追杀高俅，不由得有些惊慌。他对关世雄说："现在不知梁山局势如何？我不能再待在这里，收复梁山是国家大事。"

他说完起身要走，关世雄心中大喜。心想：这一回你何家死定了。济州府大人手下在门外已备好了马，县太爷护送着大人。济州府大人说："救灾白银被盗，这是一个大案，千万不要冤枉好人，更不能放过一个坏人，你要知道自己的责任重大，我走后希望你明查明办。"

他说完就扬长而去……

关蹬听说何家夫人孙丽萍前来看望丈夫何佳坤，将此事告诉了爹爹，关世雄说："大人走了事情就好办了，何家人不用抓，他们都会自己送上门来的。从现在起，他们来一个我们就关一个。"

关世雄又问道："钱多一家人带来了没有？"

关蹬回答："带来了一老一少，现在还没有安排与钱多见面。"

关世雄说："让他们见面，但时间不能太长。"

关蹬将钱多的爹爹和儿子带入牢房，家人见面哭成一团，关蹬站在一旁偷偷地观察……

何家三个少爷见娘自己前往县衙，一直放心不下，都想跟在后面看个究竟。大少爷何振汉说："两个弟弟你们照看好家，我再过去看看。"

振龙、振彪说什么也不让，何振彪说："大哥，你不能这样，咱们一家人有福同享有难同当，大不了我们一块死，我一定要与你同行。"

何振龙吐了几下："呸！呸！怎么说这些不吉利的话。不让你去是好事。"

何振彪坚决地说："不管你们怎么劝我，我一定要到县衙走一趟。"

春芝不知家里发生了什么事，吓得只知道哭，也要与几个哥哥同行，被洪德拦住，哄好了又带她到大街上游玩，想缓解她小小年纪内心的恐惧。

关蹬正看着钱多一家老少叙话，突然听见有人喊道："少爷，不好了！何家三个少爷来闹事了。"

关蹬一听立即冲了出去。

钱多见关蹬离开牢房，便小声说："爹，你怎么来了？"

爹回答："县衙的人到了咱家，说你吃了官司，让我来劝劝你。孩子你犯的是什么罪，严不严重？"

钱多回答："爹，一言难尽，咱长话短说。我知道时间来不及了，我直接告诉你，县太爷想陷害何家，说救灾银子被盗是何家干的，还让我充当证人，现在我不知道该怎么办好。"

老爹爹立刻说："孩子，这亏心事我们坚决不能干！你要知道你在何家这么多年，何家人没有亏待你，你偷了他们的酒去卖，他们也没有怪你，还给你钱补贴家用。这么多年，何家为人积德行善，我坚信何家是清白的！"

钱多说："何家清白不清白我比你清楚，现在唯一要做的事，就是怎样才能拯救何家。"

老爹爹问："那该怎么办呢？"

钱多回答："爹，现在唯一能救何家只有梁山的宋江。如果你能离开县衙，就抓紧赶到梁山，请宋江速来搭救何佳坤一家。只有梁山英雄出面，何家才有生还的希望。"

老爹爹说："这离梁山有很远的路程，我也不知道路该怎样走。"

钱多听见牢房外有人说话立刻说："爹，时间不多了，等你出去再想办法，一定要救何家。"

老爹爹说："好！就是拼了我这条老命，我也要把口信送到。"

话音刚落，关世雄和儿子关蹬有说有笑地进来，关世雄进门就说："你们父子谈得还好吧？"

老人家没有说话，钱多灵机一动，说："大老爷，我和我爹已经商量好了，只要有钱赚，这个证人我当定了！"

关世雄哈哈大笑说："我始终认为你们会想开的。"

关蹬顺手取出银子，交给了钱多的爹，说："老人家你辛苦啦，现在你可以回去了。"

济州府大人返回到济南后，左思右想，坐立不安。这么多的银子放在县衙内被盗，怎么这个小小知县一点也没有发觉，是不是另有隐情，是不是县衙内部人干的，是不是对何家陷害？于是，他派手下潘仁峰和胡正前往花园口，协助县太爷关世雄进行追查。

钱多的爹爹回到家，先将一家人迁走，以防遭县衙的人迫害。而后他自己不顾身体的虚弱，毅然踏上去梁山的道路。

关世雄与儿子商量："现在该走的都已经走了，天助我也！可以审理此案了。"

于是开始升堂。关世雄在大堂上命令带盗窃犯钱多及何佳坤一家。

关世雄问道："钱多你可知罪？"

钱多坚定地说："我糊里糊涂地被你们抓来，请问大人我有何罪？"

关世雄一听钱多当场说话模糊，倒吸一口凉气，心想：坏了，这个钱多是不是改变了主意，这样下去对我不利啊！于是急忙说："钱总管，不要害怕，由本县给你做主，你不必担忧！"

何佳坤心想：这县太爷口口声声称要给钱多做主，搞得钱多是原告似的。就听钱多回答："大老爷，我确实不知详情，不过这事我也有责任，因为何家酒坊一直由我看管。"

关世雄又问："那银子难道是长腿自己跑进去的？"

钱多回答："具体的我也不知道，因为前几天一个晚上，我回家看我的孩子去了，酒坊大门忘记关了。"

关世雄又说："钱多你不要隐瞒事实，要知道隐瞒事实罪过不小的！"

钱多回答："小人说的句句都是事实。"

关世雄又问何佳坤："何郎中，这白花花的银子藏在你家酒坊，你还有什么狡辩？"

何佳坤理直气壮地说："我怎么会狡辩，这银子藏在我家是事实，但是谁干的我也不知道。我认为其中有诈，是不是有人想陷害我何家，这是县太爷值得慎重考虑的！"

关世雄脸上的肌肉颤抖了几下，瞪圆了眼睛说："谁能陷害你？这分明是你自己干的事，还想强词夺理！"

何佳坤问："救灾银子那么多，怎么藏在我家酒坊的却只有几箱子，其他银子又到哪里去了？"

何佳坤的反问，使得坐在大堂上的关世雄更加不安，他拍了一下桌子，大声叫道："好一个何佳坤，等我查明实情，看你如何狡辩？退堂！"

第二十八章　县官逼钱多做假证
志恒受冤血喷大堂

退堂后，关世雄坐立不安，与儿子关蹚说："我们必须抓紧时间让钱多屈服，不然我们要掉脑袋的。现在把钱多的孩子抓来当场威逼他，一定让他替我们充当证人，不能给何佳坤喘息的机会。"

关世雄让关蹚千方百计把钱多的儿子再次抓来，带进牢房。关蹚冷笑几声说："钱多你不是巧言善辩吗，你看这是谁？"

钱多看见自己的孩子在关蹚手里，吃惊地说："你，你怎么又把他抓来，你想干什么？"

关蹚说："你问我想干什么，你心里很清楚！"

说话间，关蹚朝着那孩子的脸上打了几个耳光，年幼的孩子被关蹚打得哭爹叫娘，钱多看在眼里疼在心头。

关蹚又抽出刀来在孩子的脸旁晃了晃，孩子十分恐惧，关蹚说："如果你再不知好歹，那你的这个可爱的孩子就要去见阎王喽！"

钱多无奈地低下头问道："你让我怎么说？"

关蹬问道："想明白啦？你早就应该这样做，省得让孩子受到惊吓。"

这时关世雄走进来，得意地说："早知有今日何至于当初，何必让自己的爱子受皮肉之苦。"

钱多无奈地说："县太爷，我一定给你们充当证人，求你放过我的儿子吧。"

县太爷说："事情未办完，你的孩子是不会放的，看看你自己这个样子，不就做个证人吗？怕什么，我们能把你吃了？况且你还能得到一笔钱，这样的好事你到哪里去找？"

钱多说："我怕的是做了亏心事，鬼来敲我门，这坏事做多了，县太爷你不怕，我怕！"

关世雄装腔作势地说："你是不是怕何家犯了法会被砍头，我实话告诉你，不会的，他在这一带做了许多好事，皇上都认可他，还得到了皇上的恩赐。可我们呢，我不就是个县官吗？现在我们已经骑虎难下，我想你是个明白人，何必自讨苦吃。你只要这样说，'这银子是县衙内名叫张志恒的与何家人合伙干的，大多数银子已经运走，剩余的几箱藏在酒坊后院井里。'就行了。"

关世雄再次提审何家人，这次显得信心满满。

钱多进入大堂心神不定，有些惊慌，两眼直盯着何佳坤。关世雄叫道："何佳坤，你可知罪？"

何佳坤回答："身正不怕影子歪，请县太爷明察！"

关世雄问道："这银子分明是在你家找到的，不是你干的又能是谁？你还想抵赖？"

何佳坤说："这银子是藏在我家酒坊，但不能证明这是我何家人所为。"

关世雄又说："何郎中你不要再狡辩了，我会让你口服心服的。"

于是关世雄又看了看钱多说："何郎中，即使是你干的，谁又能定你的罪，当今皇上都赐你家玉龙杯和凤冠，你认罪不认罪都是一样的。"

何佳坤坚定地说："县太爷，你怎么这样说话，有罪就是有罪，无罪就是无罪，你作为为一县之主，知不知道天子犯法与庶民同罪？别说我是无罪的，就是有罪，该杀的就要杀，该剐的就一定要剐。"

关世雄立刻说："说得好，是条汉子！"

于是他转了转眼珠子，看了看钱多，叫道："钱多，你可知罪？还不如实招来，如果有半句谎言，当心你的小命。"

钱多打了个冷战，待了一会儿，关世雄顺手拿了一支笔在自己的颈部来回划了几下，钱多立刻明白关世雄的意思，于是双膝跪倒说："大老爷，我如实招来！"

钱多又来到何佳坤面前磕了三个响头，说："我对不起何家，我实在没有办法，不管我怎么说，希望大家都有个解脱。"

说完他又转过身子说："大老爷我招，这银子是县衙内名叫张志恒的与何家合伙盗窃的，大批银子已经运走，剩下的藏在酒坊后院井里。"

话音刚落，何家一家人和站在一旁的张志恒，都大吃一惊。只见张志恒气得头昏脑涨，怒不可遏地来到钱多面前骂道："你怎么能陷害无辜，你知不知道因果报应？"

张志恒气得浑身发抖，他感到胸口一热，一股热流喷洒在大堂上，鲜血染红了大堂。张志恒就这样倒下了，再也没有站起来。

第二十九章　春芝探监亲情难断
　　　　　　　丽娘惭愧归还玉簪

　　关世雄就像什么都没看见一样逼着钱多画押。何家几个少爷在大堂上不断地大骂钱多。孙丽萍看着钱多摇了摇头说："我们一家待你不薄，你为什么要陷害我们？"

　　钱多痛苦地说："我罪该万死，你们骂吧，希望你们能好过些。"

　　他们在大堂上争吵不休，关世雄当堂判何家一家人死罪，押进大牢听候问斩。

　　这时，济州府派来监审的潘仁峰和胡正，正好赶到。关世雄把事情向他们说了一遍，两位听后十分吃惊，但是审理此案时他们没有在场，也没有发言权。关世雄说："偷盗国家救灾粮款，应判死罪，必须立即执行。"

　　跟随在潘仁峰后面的胡正感到有些奇怪，堂堂一个远近闻名的大好人，怎么成了一个偷盗小人？他看了看躺在地上的张志恒，不由得对关世雄产生了怀疑，上前说："事情没搞明白之前我们不能轻易下结论。"

　　关世雄见胡正有疑问，只好说："大胡子兄弟，本县已查明事实，人证、物证都在，我当然可以定他的罪。如果我不治何家的罪，那我实在对不起浩荡的皇恩，对不起百姓，我还当什么官？"

胡正对关世雄的做法感到不满，但是他也无能为力，因为自己人微言轻。

胖妞得知丈夫死在大堂上，不顾一切地带着乐乐飞奔至县衙。见丈夫直挺挺地躺在大堂上，痛苦万分。关世雄插话说："张夫人节哀顺变，人死不能复生，况且他还是个罪犯。"

胖妞见关世雄是这个说法，便起身问道："你说什么？你说我家丈夫是罪犯？这根本不可能！他平时省吃俭用，勤勤恳恳地在县衙当差，他待人宽厚，心地善良，怎么就成了盗窃犯？"

关世雄面对胖妞的质问，就带着威严的口气说："盗窃犯能写在脸上吗？不查我们也不相信他是盗窃犯，我们是有事实根据的，按刑律偷规定上，盗国家救灾粮款应当满门抄斩！"

站在一旁的胡正忍不住地叫道："我看这个案子漏洞百出，应该重审！"

这时潘仁峰严肃地说："大胡子闭上你的嘴，这里哪有你说话的地方，你只是一个小小的刽子手，你如果不知好歹就滚回济南去。"

在大堂上，乐乐闹着要小便，胖妞痛恨交加，一时没有顾得上乐乐，于是乐乐向大堂后院跑去。他来到后院，看见后院内一片整洁，没有一处可以小便的地方，就再次向后跑去。他来到一个小小的墙角尿完刚想离开，突然发现墙角旁的草地动了几下，乐乐十分害怕，撒腿就跑。他边跑边想：这地下能有什么东西呢？于是就躲在一旁回头望去，只见有一个人从地底下钻了出来，乐乐被吓得跑回到大堂上。

张志思、孙丽娘得知哥哥张志恒死在大堂上，也知道何家人被判了死罪。特别是孙丽娘，她知道自己把事情搞大了，悔恨自己不应该和县衙的人勾结，不应该把钱总管介绍给他们，不应该把姐妹情谊看得那样淡薄，更不应该千方百计地打击何家。她很后悔做了这么多缺德事。孙丽娘深思着，张志思叫道："孙丽娘你在那干什么，还不快跟我到县衙查明哥哥的死因。"

孙丽娘听说让自己也得前往县衙，不安地说："志思，你自己去吧。"

张志思问道："为什么？再不好他也是我的哥哥，难道说你连一个死人也不放过？你太过分了！不管你今天怎样推脱，也要和我一同前往。何家人被判了死罪，顺便也去看看他们。"

孙丽娘说："我不是不想去，而是没脸见他们。我犯了大错，真不知道拿什么来弥补自己的过错。"

张志思看了看孙丽娘说："这一段时间我也不知道你在干什么，但你的眼神告诉我，你的内心肯定有鬼。你是不是与这案子有牵连？"

孙丽娘打了个寒战，不知所措地回答："不！不！我怎么会与盗窃国家救灾银子有牵连呢？"

张志思说："你说话吞吞吐吐，不要再啰唆了，快与我一起到县衙去。"

孙丽娘顺手拿起妹妹的那只玉簪，插在头上，跟随张志思前往衙门。

钱多的爹骑着毛驴前往梁山，行走到半路，老驴累得再也不想往前走了，不管老人家怎样喊叫也不听使唤。老人家十分着急，心想这可怎么办？于是老人家狠心，丢下毛驴，自己上了路。老人家来到一个路口，看见有一家卖包子的小酒店，他习惯地把手伸进了自己的口袋，不由得心中一惊，他的手触到了一个硬邦邦的东西。他取出一看，原来是关蹬在牢房内送给他的那锭银子，老人心中惊喜，心想好一个无恶不作的贪官父子，你送我的银子终于派上用场。于是他来到卖包子的店主面前说：“店家，给我来几个包子。”

说话间他把银子交给了店主，店主接过银子看了看说道：“哈，来头不小，你这老头在哪当官啊？”

老人家回答：“你不要奉承我，我就是个农家出身，连个当官的亲戚朋友都没有。”

店主又问道：“那你从哪拿来的官银？”

老人家一时半会也说不上来，这时惊动了坐在一旁的几个人，其中的一个小声说：“这老头肯定与官府有来往，不然怎么会有官银，我现在就把他的银子偷来。”

那店主将买包子的余银交给了老人家，老人家刚把包子接到手，几块余银就被盗走了，自己却浑然不知。老人家一边吃着包子，一边问：“店老板，上梁山怎么走？”

店主回答：“这靠左边道路是上梁山的，不过这离梁山还有一段很远的路程，你这样大年纪是不是也被逼得想上梁山啊？”

老人家没有回答，提起刚买的包子上了路。坐在一旁的那几个人听说老人家要到梁山去，感到有些纳闷。几个人议论这老头到底是干什么的，是不是梁山上一百〇八位其中一位的家乡亲戚，如果是，我们把银子偷来岂不是害了他，几个人商量后决定跟随其看个究竟。

何家大院失去了往日的生机，院内一片寂静，偶尔听见一老一少的谈话声，只听见春芝说：“爷爷，我好想爹娘和几个哥哥，也不知道他们什么时候才能回来？”

老洪德看了看春芝，十分为难，他知道事情的严重性，也知道何家是被陷害的，但找不到一个说理的地方。于是他对春芝说："好孙女，一定要坚强，一定要读好医书，把你爹爹的医德医术传下去，为天下受苦受难的人治病。"

春芝回答："爷爷，你说的话我永记心头，可我现在很想见爹娘和几个哥哥。"

老洪德说："好孩子，不是不让你去，而是事情太复杂了，我不能把你往火坑里推，那县衙好进不好出啊。我现在想带你离开这个地方。"

春芝焦急地说："爷爷，我不走，我一定要见到爹娘。爷爷，我知道你的好意，我虽然还小，可懂得你的意思，你是怕我进了县衙再也出不来了。可你要知道，我是离不开爹娘，离不开几个哥哥的。"

说完她起身拉着老洪德的手，说："爷爷，我知道你不是我的亲爷爷，可你像亲爷爷一样疼爱我，现在我的亲人有难，希望爷爷能带我去县衙。"

说完她就拉着爷爷往外走。老洪德感到无奈，只好带着春芝往县衙赶去。

到了县衙，胡正得知春芝是何佳坤的小女，便与衙役疏通，让春芝顺利进入牢房里。亲人相见分外痛心，何佳坤上前捧着春芝的小手痛苦中带着微笑说："我的孩子，爹娘还有你几个哥哥不在身边，你一定要学会坚强，一定要听爷爷的话。"

何佳坤来到老洪德面前跪倒在地，说："老爹爹，求你一件事。如果我们不能再见面，我求你把小女送到寿春梁家去，不然我会不安的。"

老洪德劝说："佳坤不要难过，这事情可能会有转机。"

何佳坤说："我现在跳进黄河也洗不清了，拜托了。"

孙丽萍触摸着春芝的脸，泪如泉涌，说："我的好孩子，我怎么舍得离开你，你是娘的心肝宝贝，我每时每刻都牵挂着你呀！"

这时孙丽娘和张志思也进来看望何家人，孙丽萍一眼就看见孙丽娘头上的那只玉簪，于是说："姐姐，求你一件事，把玉簪还给我。"

孙丽娘看到牢房里的情景，不由得有些心酸，她低着头，失去了往日的狂妄。她取下玉簪交给了孙丽萍，孙丽萍接过玉簪，把玉簪插在女儿春芝的头上，说："好孩子，戴上它也带上娘的思念，它是娘的心爱之物，希望它永远跟随着你，保护你。当你想念娘的时候就看一看，一路上也能给你做个伴。"

孙丽娘擦了擦眼泪说："妹妹放心吧，我在外面一定会尽全力照顾好春芝，我从小欺压虐待你，从来就不把你当人待，我偷你家的银子，盗走你家的宝物，还想尽办法折磨你，可你从来也不怪我。我还抢了你的轿子，你进了何家后，日子过得比我强，我嫉妒你，就一直想找个机会打败你、超越你。我很后悔自己这辈子干了这么多缺德事，我真的希望妹妹能平安地走出牢门。"

何振彪叫道："还不快滚！你害得我们还不够苦吗？"

孙丽娘想上前与何振彪解释，可何振彪再也不让她说话，就一个劲地赶她走，孙丽娘只好尴尬地离开牢房。

第三十章　关世雄设计杀何家
张志思跃墙探县衙

何佳坤再次来到老洪德面前，问道："你是怎么进来的？"

老人家回答："是胡正疏通门卫才进来的。"

何佳坤一听立刻说："赶紧走吧，不然被那贪官发现，说不定也会把你俩给关起来！"

这时门外传来嘈杂声，原来是关世雄得知何家又有人来探监，急忙和济州府派来的差官潘仁峰前来勘察。一进门关世雄就命令将这一老一少抓起来，站在一旁的胡正，感到有些欺人太甚，忍不住叫道："你太过分了吧，怎么连这白发老人和小小顽童也不放过？"

关世雄笑着说："大胡子兄弟，本县也不容易，我是在执行公务，只要与此案有牵连的人统统都要抓起来，一个都不能放过。"

胡正很不服气地叫道："县太爷！银子在你这，你有直接牵连。这两鬓苍苍的老人和这小小顽童也能来到县衙偷你的银子？这根本不可能，如果你今天不把这一老一少给放了，我胡一刀就将这县衙卑鄙龌龊之事翻个底朝天。"

潘仁峰怕胡正把事弄僵，惹出麻烦，急忙上前解说："县太爷，依我看这一老一少还是给放了吧，因为明天就要把盗贼何佳坤一伙斩首，现在将他们放了，也好为何家人收尸啊。"

关世雄听过点点头，说："好吧，你们走吧。"

再说钱多的爹吃完包子继续赶路，因年老多病，走起路来十分艰难，步履蹒跚地挪着步子，一不小心跌倒在地，半天也没有站起身来。跟随在后的几个人，发现老人躺在地上，感到有些奇怪，这老头为什么要上梁山，几个人经过商量，决定上前问个明白。

老人见有人站在身后问自己，感到恐慌害怕，认为这几个人是县太爷派来的，于是反问道："你们是从哪里来到哪里去啊？"

几个人哈哈笑道："我们问你还没回答，反而问起我们来。"

其中一个人说："老人家，我们跟随你已经很久了，看你老人家也不像坏人，我实话告诉你，我是梁山上的时迁，这两位一个叫燕青，一个是张顺。"

老人家一听是梁山上的人，十分惊喜，问道："你们真是梁山上的英雄，快带我上山，我有要事求宋江。"

胡正在县衙与关世雄、潘仁峰话不投机，出言不逊，难以配合。于是他决定回家看看老娘。

县衙内阴沉沉的，关世雄与潘仁峰来到地下室，关世雄用手拍了拍大箱子说："好兄弟，希望我们合作愉快。事成之后，我一定将这批白银亲手奉上。"

关世雄见潘仁峰一声不吭地望着银子，又问道："好兄弟如若不信，你现在就可以把银子拿走。"

见钱眼开的潘仁峰这才哈哈大笑说："天下人都一样，谁不爱财。银子放在这地下室，比我现在拿走还安心。希望我们能很快把事情摆平，再共同分享这批白银。现在我们必须尽快把何家、钱多除掉。"

关世雄上前说："还有那个孙丽娘，我们必须连她一齐除掉，这样我们才永无后患。"

胖妞将丈夫的遗体运回了家，下土安葬，张志恒的棺材刚刚落入坑中，乐乐就用小手擦了擦胖妞脸上的泪说："大舅娘不要哭啦，过几天大舅就会从里面出来的。"

张志思来到乐乐面前问道："乐乐，你怎么知道过几天大舅就会从里面走出来呢？"

乐乐回答："前几天我和大舅娘在县衙，我到后院去尿尿，刚尿完，就发现地上的草动了几下，当时我好害怕，就躲了起来，后来看见有一个人从地下钻了出来。"

张志思听过乐乐的一席话，说："地下室，县衙内肯定有地下室。那救灾银子说不定就藏在那里！"

胖妞急切地说："何家和志恒肯定都是被县太爷陷害的，我们现在就进入县衙看看地下室在什么地方，里面有没有救灾银子，也好还何家和志恒一个公道。"

张志思说："嫂嫂，你怎么和乐乐一样天真，现在县衙内戒备森严，不可能让我们随便进出，就是你查到地下室藏有救灾银子，我们又能怎样？那济州府派来的潘仁峰也不是好东西，唯一的办法就是此事不能传出去，以免打草惊蛇。现在天色已晚，我们回去再商量。"

孙丽娘上前拉住胖妞的手说："嫂嫂，回家吧，请您原谅，我做错了。"

胖妞回答说："丽娘，你不要责怪自己，你能改过自新，我已经很高兴了。志恒刚走我内心很乱，我需要静一静。"

张志思上前说："对不起嫂嫂，请您原谅我以前的无能，现在我不能让你和乐乐在外面住下去，回家吧。"

说完他抱起乐乐就往回赶。

夜深人静，县衙牢房门紧锁着。关世雄和潘仁峰计划今晚除掉何佳坤一家，关世雄写了一张纸条交给了儿子关蹬，说："把这张纸条想办法送到何佳坤手里，一切按计划行事。"

关蹬接过纸条说："何佳坤，这一回你死定了。"

而后他偷偷来到牢房内，将牢门钥匙和纸条一同扔在何佳坤面前，何佳坤捡起来看了看，心想谁能给我们制造机会，竟然还让我们快点逃走，这里面肯定有鬼。他又看了看门外睡着的两个门卫，这时一家人围了过来问是怎么回事？何佳坤笑了笑说："我们一家人根本就没有罪，我们何家就是出去也要光明正大地走出去，为什么要逃走？"

说完将手中的钥匙和纸条扔了出去。关蹬从暗中走出，用脚踢了一下纸团说："好一个聪明的何佳坤，你也知道待在里面是死，走出去也是死，明天准备挨刀子吧！"

说完他阴险地笑了几声离开。

何佳坤见他离开，内心感到阵阵痛苦，坚强与脆弱交织在一起。他看了看妻子，不由得有些心酸，于是上前握住丽萍的手，说："对不起，我现在也不知道应该怎样才能保护你？"

丽萍用手轻轻地像对待孩子一样擦了擦何佳坤脸上的泪说："你不要再说了，夫妻之间不要说对不起，应该生死与共。"

何佳坤紧紧地握住丽萍的手，深情地说："谢谢你，如果我们走不出去，哪怕下地狱，我们也要结伴同行。"

何佳坤又转身来到儿子们跟前，紧紧搂住儿子们说："孩子们，都是爹爹让你们受这样大的灾难，把你们带上绝路！"

大少爷何振汉说："爹，你不能这样说，你带着我们堂堂正正做人，我们已经很知足了。"

何佳坤说："可爹不忍心就这样让你们离开人世，你们还年轻啊！"

儿子们异口同声地叫道："爹，我们不后悔，我们很快乐，我们做了许多大好事！"

振彪站起身来说："爹，你不要责怪自己，要怪就怪老天不长眼，要怪就怪那贪官！"

二少爷振龙说："我们就是死了也要变成惩恶的厉鬼，向天下的贪官索命！"

张志思躺在床上翻来覆去地思考着，哥哥肯定是被陷害的。乐乐说有地下室，那救灾银子会不会就藏在里面，他决定夜探县衙。于是他起身，借着月光直奔县衙大门口，见几个衙役在大门口来回走动。他又转了一圈，来到县衙大院墙角看了看，找来一根木头靠在墙上，纵身一跃进入县衙院内。他悄悄地来到一个亮着灯光的窗下，只听见有人说："爹，我本想把何佳坤一家人放出来，将他们杀死，判他们越狱潜逃；可是何佳坤太聪明了，情愿死在牢内也不想落个越狱潜逃的罪名。"

关世雄站起身来，叹了一口气说："早知事情这样麻烦，这批银子我们就不该要。现在已是骑虎难下，一旦放手就会给何佳坤翻身的机会，到那时，我们比何佳坤死得更加难看。"

关蹬说："爹，那该怎么办？"

关世雄咬了咬牙说："第一次计划失败，我们还有第二次、第三次，关在笼子里的鸟还怕它飞了。不管怎样，明天我们一定要砍掉何氏一家的人头，还有钱多、孙丽娘，就连那几个往地下室搬运银子的也要全部杀光。"

张志思一听大吃一惊。心想：怎么还要杀掉孙丽娘，怪不得孙丽娘这一段时间有些反常，她肯定与县衙内有来往，知道县衙内幕。张志思想到这，立刻转身就走，刚走几步就听屋内有喊道："有刺客！"

随后县衙内像开了锅，张志思见势不妙，慌忙往回逃。关蹬在后面紧追，张志思快步跑到院墙边，爬上院墙抽掉木头。关蹬见刺客就要逃走，立刻将手中的刀甩向张志思。那刀紧紧地插在张志思的后背上，张志思在墙头上挣扎了几下，跌倒在院墙外面。

胖妞在夜间念念不忘丈夫，怎么也抹不去内心的伤痛。她怎么也睡不着，便悄悄地前往县衙。快到县衙时，她远远听到呐喊声，"抓刺客！"

胖妞感到奇怪，刺客进入县衙干什么，于是她就躲在一旁看个究竟。突然一个黑影从墙头上摔了下来，还拼命挣扎。胖妞见此情景慌忙冲上去，只见那人用微弱的声音说道："嫂嫂，我是志思。"

胖妞见是张志思，背上还插着一把刀，感到毛骨悚然。随着追杀声的逼近，胖妞上前取下弟弟背上血淋淋的刀，然后背起张志思，找个安全的地方，将他放下来。张志思伤势严重，十分虚弱地说："嫂嫂，我快不行了，求你一件事，快让孙丽娘离开。现在那贪官准备杀掉她，他们的谈话全部被我听到，一切都和我们想的一样！"

　　说话间张志思就昏死过去。胖妞拼命呼喊，张志思气若游丝地睁开眼，说："嫂嫂，对不起，我是个窝囊废，不给张家争气，孙丽娘虽然很霸道，可她跟我这么多年也没有过上一天好日子。请你告诉她，如果有来生，我们好好做人，再做夫妻。"

　　张志思说完就永远地闭上了眼睛……

第三十一章　何家老少被押刑场
　　　　　　孙丽娘奋勇救亲人

　　胖妞顾不上死去的张志思，赶紧往回赶。来到家里，她见孙丽娘的房间还亮着灯，孙丽娘呆呆地坐在那里。胖妞上前急忙叫道："丽娘快走，县太爷要派人来杀你了！"

　　孙丽娘一听大吃一惊，两个人抱起乐乐刚想逃走，就听门外有人叫问："这是不是孙丽娘的家？"

　　有人回答："是的，里面还亮着灯，还不快点进去。"

　　胖妞、孙丽娘一听，赶紧从后门逃走。

　　胖妞把孙丽娘带到自己的住处，说："这里很安全，县衙的人不会知道我们藏在这里。"

　　孙丽娘气喘吁吁地问道："嫂嫂，你怎么知道县太爷要杀我？"

　　胖妞把刚才发生的事述说了一遍，孙丽娘心如刀绞，立誓一定要为丈夫报仇……

　　清晨，乌云紧紧遮盖着东方红日，好像要把太阳藏在乌云内。

　　胡正走进一家小酒店，要喝何家酿造的酒，店小二连忙说："这何家的人好！酿的酒也很好！可惜何家酒坊也停了，我这小小的店铺只剩下两坛，舍不得卖，而现在我改变了主意，想把它卖了，省得以后见到它心里难受。"

　　胡正叹了口气，问道："你怎么也难受？"

　　店小二说："我们花园口人不想看到何梁两家被害，但是事不随心。你是干什么的？"

　　胡正将手中的大刀用力地丢在桌面上说："玩刀的人能干吗，还不是杀人。不过我大胡子从来不杀好人。"

　　说完他从口袋里掏出几两银子，放在桌子上。一碗、两碗、三碗，一碗接着一碗，他喝得天旋地转，喝得头昏眼花，一不小心将手中的酒碗摔在地上。这时，从里屋走出一位白发苍苍的老奶奶，语重心长地说："这位壮士，你不能再喝了，酒这东西喝多了会伤身体的。"

　　胡正回答："我心情不好，因为有人让我杀人，还是个好人。"

　　老人家吃惊地问："谁让你杀人，被杀的好人是谁？"

　　胡正两眼发直地说："是济州府差官潘仁峰和县太爷关世雄，他们命令我在刑场上把何家一家人杀了！"

　　老人家一听大怒，骂道："你是从哪里来的小子，不能杀何郎中一家人，要知道他何家在这一带救了很多人。杀他，你是不是也黑了心肝？"

　　老人一边骂一边赶他走，可胡正不但不离开，还任由老人破口大骂。店小二上前拦住说："娘，你还没有问清楚，就随便骂人。像他这样的人，弄死我们娘俩易如反掌。"

　　老人家手中的拐杖狠狠地敲击着地面，胡正从板凳上站起身来，悲痛地说："老人家你打我也好，骂我也罢，可别气坏了身子。我也是本地人，经常不在家，这次回来才知道，有人陷害何家盗窃国家救灾白银，明知是陷害，但找不出一点证据，我又怎么能下得了手……"

这时，大街上传来几声铜锣和呐喊声："今天将盗贼犯何佳坤一家在街头斩首!"

顿时大街上人群涌动，人们七嘴八舌议论纷纷。有人说："何家祖辈几代为人忠厚，积德行善，在洪水泛滥时，何家与我们同生共死。前一段时间，县太爷带着一帮人马来到何家想把救灾粮运走，何家为了我们坚决不肯，还与县太爷之子厮打起来。是何家把这批救灾粮食分给我们，不然我们会饿死。何家是为咱老百姓着想啊!"

一位老人说："这做好事的人就该死，以后谁还敢做好事。这样一来谁还救济咱穷人，现在何家有难，我们不能袖手旁观，我们大家一定要全力以赴保护何家。"

众人纷纷奔向法场……

孙丽娘得知妹妹一家被押赴法场，心如刀绞。她找到胖妞，心急如焚地说："好姐姐，快想想办法，怎样才能救我妹妹全家。只要有一线希望，哪怕是粉身碎骨，我也心甘情愿!"

胖妞听了孙丽娘一段话，十分感动，说："我也很着急，可现在哪有好办法，就是当今皇上也救不了他们。按理说，县太爷没有权力判何家斩首罪，唯一的办法就是能找到皇上曾经赐给孙丽萍的那顶凤冠，将凤冠戴在孙丽萍的头上，别说是县太爷，就是济州府的人也没有那个胆子问何家的罪。"

孙丽娘一听兴奋地说："这就好了，不瞒你说，那凤冠被我偷了，藏在我那儿。"

　　说完孙丽娘拔腿就跑，不顾个人安危，来到家里将藏在床下的凤冠取出，又看了看玉龙杯，自言自语地说："我的好妹妹，是姐姐把你一家人害惨了，如果你能平平安安地度过劫难，我将这些东西全部归还给你，做一个像模像样称职的姐姐。"

　　说完她又把玉龙杯藏好，带上凤冠，起身向法场飞奔。

　　人们都到法场去了，大街上静悄悄的，孙丽娘拼命地往前飞奔，突然发现有两个人手持刀剑向何家走去，其中一人正是关蹬。孙丽娘急忙躲在一旁，听见关蹬咬牙切齿地说："这一回一定要斩草除根，不但要杀掉洪德，就连何家的小女儿也要一齐除掉。"

　　孙丽娘十分吃惊，左右为难，不知先救谁好，这时关蹬和他的打手已经进了何家大院，孙丽娘不再多想，顺手抄起一根木棒跟了进去。关蹬和他的打手一进门，发现春芝一人在家，恶狠狠地来到春芝面前，春芝被吓哭了。关蹬叫道："小丫头，你今天死定了！谁让你爹挡我们的财路，不然我也不想要你的命。"

　　一边说一边抽出剑来，孙丽娘在背后悄悄地举起手中的木棒，骂道："狼心狗肺的东西，你连个孩子也不放过！"

　　还没等关蹬反应过来，就当头挨了一棒，孙丽娘用力过猛，手中的木棒断成两截，只听关蹬"哎哟"一声倒在地上。打手见少爷已被孙丽娘击倒，慌忙举起手中的钢刀向孙丽娘砍去，孙丽娘眼疾手快，扔掉木棒拿起关蹬扔在地上的剑，两人厮打起来。孙丽娘终归不会武功，不幸挨了几刀，鲜血染红了衣衫，她顾不上疼痛，心想：就是拼上命也不能让他把春芝杀死。她将手中的凤冠扔到春芝手里，准备决一死战。孙丽娘甩了甩头

发，镇定一下精神，冲向打手，打手慌忙躲闪，后退几步，巧的是，打手
的脚正踩在关蹬的头上跌倒在地。孙丽娘猛扑过去，将手中的剑狠狠地插
进打手的胸膛，打手挣扎了几下，一命呜呼。孙丽娘拔剑转身向春芝走
去。她来到春芝面前蹲下身子说："春芝，不要怕，有姨娘在就没有人敢
伤害你！"

春芝一边哭啼一边问："姨娘，他们为什么要杀我们？"

孙丽娘回答："好孩子，我告诉你，你也不会理解的。现在时间不多
了，有些事我直接告诉你，姨娘不是好姨娘，你爹的玉龙杯是我偷的，就
藏在床下，现在我已经取出凤冠准备去救你娘。"

这时，关蹬突然苏醒过来，操起地上的钢刀向孙丽娘走去，被春芝发
现，春芝大叫一声："姨娘闪开！"

孙丽娘来不及躲闪，那刀正砍在孙丽娘的左膀上，只见一条血淋淋的
手臂掉在地上。孙丽娘忍着剧痛拿起剑用尽全力刺向关蹬的胸膛，又狠狠
地将手中的剑转了几圈，鲜血溅在孙丽娘的脸上，关蹬像狗一样挣扎了几
下便倒了下去。孙丽娘已成了血人，她忍着剧痛艰难地说："春芝，现在
你娘凶多吉少，我要去救他们。如果我和你娘都不能回来，你就与家人南
下寿春，去投奔梁府门下。你爹的玉龙杯你也把它带走吧，我的时间不多
了，我现在就去救你娘。"

春芝在哭啼中叫道："姨娘你再也不能走了，你走了我一个亲人也没
有了，你不能撇下我不管，我要和你一起去救娘！"

孙丽娘抚摸着春芝的头发，含着泪说："孩子，你千万不能跟着我，
你爷爷洪德到哪里去了？"

春芝回答："爷爷让我在家待着，不让我跟随，爷爷自己到法场

去了。"

　　孙丽娘用右手紧紧地抱了抱春芝，在春芝脸上深情地亲了一下说："好孩子听话，你在这等着，我去把你爷爷找回来。"

　　春芝指着地上躺着两具尸体说："姨娘，我好怕，我一定要跟你走。"

第三十二章　人醉人的本性不醉
大浪淘沙血洗黄河

　　法场上人山人海。关世雄在台上扬扬得意，看了看潘仁峰，谄媚地说："好兄弟，这次多亏你的帮忙，才把何家扳倒，只不过……"

　　潘仁峰问道："只不过什么？"

　　关世雄回答："只不过何家得到当今皇上的恩宠，不要说当今皇上，就是济州府大人也没有通知，我们就把何家人杀了，你我能担当得起吗？"

　　潘仁峰回答："有什么担当不起的，有了银子，谁还想当这个官。没有什么大不了的，上有王法，下有对策，咱们来个先斩后奏，定他何家私通梁山之罪不就行了吗？现在皇上对梁山不是很敏感吗？正好给咱们一个很好的借口。"

　　关世雄说："大人英明，可我还是感到有些不踏实。看看这些刁民，要是没有这些侍卫震慑，还不冲上来把我们给吃了！"

　　潘仁峰说："你怕什么，只要我在，看谁敢劫法场！既然你放心不下，我们就提前开刀问斩！"

关世雄连忙说："好，好，越快越好！"

潘仁峰站起身来，四处看了看，拿起令牌，命令胡正准备开刀问斩，还大声叫道："盗贼何佳坤你们还有什么话要说？"

何佳坤说："我一个小小郎中，生为百姓生，死为百姓死。你们这些贪官污吏有朝一日会得到报应的！"

随后，他对天而叹：

> 贪官污吏民成灾，
> 黄洪滔天苦尘埃。
> 若踏阎殿夺粮贝，
> 普度众生定民宅。

这时，胡正扛着大刀来到台前，只见他两眼通红，青筋暴出，大声叫道："我胡正杀人无数，但从来不杀好人。我杀的都是一些行为不正、烧杀抢掠的坏人。现在让我杀几位堂堂正正、一腔热血、为人善良的大好人，我又怎么能下得了手。虽然何家人被判死罪，我看此案定有冤情，但是，我实在是无能为力！"

潘仁峰急忙站起身来，大声叫道："大胡子！你在胡说什么？还不快动手！"

借着酒劲的胡正，用刀指着潘仁峰骂道："老子一点也不啰唆，老子还有话未说完。"

他来到何佳坤面前，跪下磕了一个响头，说："这第一个头是我对不起你何郎中，我实在没有能力解救你们。"

他又磕了第二个头，说："这第二个头是感谢你对当地灾民的关爱和奉献。"

他又磕了第三头，说："这第三个头是感谢你一家人救了我娘的命。现在潘仁峰咄咄逼人，我也无奈。"

他说完站起身来高声喊道："何家老少英雄们，我先行一步了！"

说罢他伸出左手将自己的头颅抓住，右手紧握大刀放在自己的脖子上，怒目圆睁地瞪着潘仁峰和关世雄，只见右手猛然一抖动，将自己的脑袋割了下来，而后还昂首挺胸地站在那里。众人顿时惊呆，关世雄也惊慌失措，潘仁峰慌忙站起身来，命令侍卫们上前将何家的人头砍下。

就在这紧急关头，忽听见台下人群中有人喊道："住手，皇上御赐凤冠在此，看谁胆敢目无王法！"

拥挤的人群顿时让出一条道来，只见孙丽娘头戴凤冠，浑身上下血迹斑斑，手拉着小春芝，一步步十分艰难地向台上走去。这一场景又让众人惊叹，一向顽固霸道不讲理的孙丽娘怎么会这样。孙丽娘刚走上台阶，就摔倒在地，春芝在一旁用尽全身力气想把姨娘拉起。这时从人缝中挤出两人，正是胖妞和洪德，他们搀扶着孙丽娘向台上走去。关世雄和潘仁峰发现孙丽娘头戴凤冠向台上走来，立刻神色慌张。孙丽娘迈着坚定的步子，一步步挪到妹妹丽萍面前蹲下身子，用嘶哑的声音说："妹妹你受委屈了，快戴上凤冠，这样会保你全家平安，我快不行了，如果有来生，我一定做一个称职的姐姐。原谅姐姐的愚昧无知，原谅姐姐的一切过错。"

说完孙丽娘用最后一点力气将凤冠戴在妹妹的头上。然后看了看何佳坤和几个外甥，又再次看了看妹妹，露出一丝微笑。还没等丽萍问话，孙丽娘就倒在妹妹面前。孙丽娘在地上抽搐着，还回过头两眼直瞪着何佳坤，显得十分后悔。就这样，孙丽娘的人生结束了。

关世雄见孙丽萍头戴凤冠，惊慌失措。潘仁峰见县太爷如此惊慌，上前说："不要惊慌，不要害怕，咱们好汉不吃眼前亏，不管怎样，那凤冠是皇上赐予何家的，见到御赐物品，犹如圣上亲临，我们要上前一步表示敬意。"

关世雄问道："怎样表示？"

潘仁峰回答："凤冠是宫中之物，戴上凤冠如同娘娘千岁，不管怎样我们也要上前参拜一下，如果不拜，台下老百姓如果把我们乱棍打死，我们俩也无话可说。一切由我安排，再说现在我们根本就没有其他路子可走。"

他俩来到孙丽萍面前，深施大礼，并且大声喝道："国有国法，家有家规，既然何家人受有皇上恩赐，我们只好把何家人和证人钱多一同押送京城，由当今皇上定夺！"

潘仁峰的一番话，使台下老百姓渐渐安静下来，孙丽萍看了看死去的姐姐和胡正，又看了看站在身旁的小女春芝泪流簌簌，问道："我可怜的孩子，你怎么还没走？这样怎么能让娘放心？"

何佳坤上前恳求老洪德说："老人家，求求你啦，把小女送走吧。我早就让你们离开，你为什么还没有行动？"

老洪德回答："对不起，我不是不遵照你的要求，而是我听到今天要将你们斩首的消息，我和春芝又怎么能放心地离去？佳坤你放心，就是拼上我的老命也要把春芝送到寿春。"

何振彪说："爷爷，带着妹妹放心去吧。如果我们有一天能平安地回来，一定南下去找你们。"

老洪德说："我把孙丽娘和胡正的尸首安葬后再离开。"

胖妞上前说："他们俩的后事由我操办，还有胡家老太太以后的生活也由我来照看。不要辜负何家人对您老人家的期望，你和春芝快点走吧。"

孙丽萍泪流满面地说："女儿，让娘再好好看看你。好孩子，南下寿春路途遥远，一定要听爷爷的话。玉簪要好好戴着，想念娘的时候就看看它，还有那银锁是你进入梁门的证据。"

春芝说："娘，我爹最爱的玉龙杯在姨娘家。"

佳坤上前说："春芝你把玉龙杯也带走吧，以后也有个纪念，你娘和我随时都牵挂着你，我们不在你身边，但你一定要记住：

> 人生道路无坦荡，
> 道德铺路见阳光。
> 尊老爱幼敬孝意，
> 人生富贵德先当。
> 恶势欺压莫气馁，
> 奋起斗志更坚强。
> 忍让贤德定乾坤，
> 忠厚传家永安康。

春芝听了爹爹的一番话，点了点头，与亲人难舍难分。带着爹爹的玉龙杯和祝福，她带着娘的玉簪和牵挂，踏上南下寿春之路……

何佳坤一家人和钱多被押解进京，他们艰难地行走在黄河岸边，饥饿和口渴折磨着他们，滚滚的黄河水随波东流，天已黄昏，红日像背着大背囊渐渐沉默，乌云遮住了光芒。

突然潘仁峰骑着马蹿到前面，将马一横，冷笑一声叫道："京城到了，我送你们上西天！"

顿时何家人都感到十分震惊，何佳坤说："堂堂一位差官，为何不能公正廉洁？"

潘仁峰听后哈哈大笑，咬牙切齿地叫道："我求的是财，而不是虚荣。实话告诉你，我已经与县太爷私下达成协议，现在我就把你们送上西天，回去好拿白花花的银子。何郎中啊，你为黄河岸边百姓做了那么多的好事，现在死在一个贪财的人手里，你亏不亏呀？"

就在这时，钱多上前严厉地叫道："你敢，现在何家有皇上赐的凤冠，你若下手，那你就是欺君罔上！"

潘仁峰哈哈大笑说："皇上是谁，他就是待在朝中的缩头乌龟。他在朝中为百姓所想、所做，他有能力吗？天下这么大，他能管到我吗？忠孝二字在我眼里就是一文不值。你何家拿自家财产不当宝贝，还贡献给百姓，我看你一家人只是想沽名钓誉，不跟你们说这些废话，过来送死吧！"

说话间亮出剑来向何佳坤刺去，只见钱多挡在何佳坤面前，那剑正刺中钱多的胸膛。钱多转过身子对何佳坤说："对不起，老爷，我也是被逼无奈，我根本就没有陷害老爷的恶意，是金钱让我走错了路。我已经让爹爹上梁山求宋江前来解救你们，希望能报答老爷对我一家老小的恩情。"

潘仁峰命令侍卫将何家人全部杀死，这些杀人不眨眼的刽子手，对手无寸铁双手被绑的这一家人来说，杀害他们易如反掌。振彪见爹娘两个哥哥都倒在血泊中，心如刀绞，顿时怒发冲冠，用尽全身力量挣脱了绳索，与差官潘仁峰和侍卫们拼命厮杀，但由于寡不敌众，振彪身负重伤。就在这紧急关头，从远方飞奔过来一队人马，冲在前面的正是李逵。只见他举起手中的板斧用力碰撞，就听见"当"的一声巨响，顿时将争战中的潘仁峰和侍卫们惊呆，李逵叫道："乱杀无辜的差官，你还不前来送死！"

梁山将士冲了上去将何振彪救出，那狡猾的差官潘仁峰见自己成了瓮中之鳖，无处可逃，更加拼命厮杀。李逵看见躺在地上的何佳坤与夫人孙丽萍以及两位少爷的尸体，更加怒火万丈，举起板斧向差官猛砍猛杀。李逵一边砍杀一边叫骂："好小子，倒也有两下，看我怎么收拾你！"

说罢，腾空一脚，将潘仁峰手中的剑踢飞，只听见济州巡抚喊道："我让你前来办案，你竟然贪赃枉法！"

潘仁峰见势不妙，回头就向黄河扑去，于是李逵扔下板斧追了上去，两人在滚滚的黄河水中厮打。不一会儿，李逵在水里喊道："张顺兄弟，下来帮帮忙，这小子水性比我强，我斗不过他。"

张顺跳入水中，将潘仁峰活捉上岸。济南巡抚上前骂道："潘仁峰！本府用你这样的人当差办案真是最大的耻辱！"

潘仁峰冷笑一声说："爹娘给我两只手，一只手用来杀人，另一只手就是用来抓钱财，就是你今天把我放了，明天我还会这样做，这是我的本性。你们梁山自称是什么好汉，不也是一群强盗。"

宋江一听愤怒地说："不准你污辱我梁山兄弟，我梁山兄弟个个都是好汉，我们为的是杀富济贫，替天行道。"

李逵说："哥哥你与这种人啰唆什么？看我的！"

说毕举起板斧将潘仁峰砍死。

宋江和济州巡抚大人看着黄河水滚滚东流，宋江说："你的手下骂我梁山兄弟是强盗，他骂得我揪心震痛，他这一骂使我更加坚定投奔大宋的决心。"

济州巡抚和宋江回到县衙，准备找到关世雄问个明白，可怎么也找不到关世雄的踪影。胖妞得知济州府大人和宋江寻找关世雄的消息，胖妞带着乐乐迅速赶到县衙，将事情经过述说一遍。于是他们带着乐乐一同进了后花园，乐乐指着墙角说："那天那个人就是从这里钻出来的。"

于是梁山将士上前打开地下室，走入地下室一看，只见地下室堆满了箱子，发现有一个人躺在箱子上，此人正是县太爷关世雄。他发现许多人已经进来，不知所措地从箱子上摔了下来。济州府大人说："你口口声声说要当一个好官，今天你如何解释？该送京城严办的不是何家，而是你。"

原形毕露的关世雄，两眼直直地看了看宋江，又看了看济州巡抚，说："没想到，我玩弄权术这么多年，今天栽了，我无话可说。"

李逵张开大嗓门喊叫道："你不是想要银子吗？那好，我就搬给你！"

说完搬起一箱银子向关世雄狠狠砸去……

第二天清晨，一轮红日从东方升起，它带着万道光芒，是那样的红，是那样的耀眼，梁山将士抬着何振彪向梁山进发。他们踏上不平坦的大道，消失在万道霞光中。

中　部　淮 河 风 情

第三十三章　春芝南下历尽艰险
　　　　　　群狗相助摆脱危难

　　一群大雁往南飞，它们在天空不停地叫嚷着，不断地谈论着，谈论着阳光，谈论着温暖。草地上的蒲公英随风起舞，飘荡在天空，它们多么渴望有个安身的归宿，但一阵风吹来又把它们卷走。

　　一辆马车艰难地行驶在坎坷的道路上。赶车的是一位白发苍苍的老人，名叫洪德。车上坐着一个十多岁的小女孩，名叫何春芝。他们一路风尘，好不容易来到一个客栈，把马车停下来想讨点水喝，顺便吃点东西。

　　这一老一少刚要进客栈，就听有人喊道："老人家，行行好，我老婆要生孩子，马车能不能借用一下？一会儿就给你们送来。"

　　老洪德和春芝看了看那一男一女，只见一个中年男人站在马车前，另一个中年妇女挺着大肚子，手扶着马车"哎哟哎哟"地叫痛。洪德见此情景，急忙问道："你们要去哪里看郎中，路程远不远，什么时候能回来？"

　　中年男子显得十分着急地说："老人家，行行好吧，这离郎中家没有几里地，请您老人家放心，我把老婆送到以后，一会儿就把马车给您送回来。"

洪德说："好吧，耽误吃饭就耽误一时，没问题，我赶车把你俩送过去。"

中年人恳切地说："老人家，我会赶车，这么大年纪让你饿着肚子我也不忍心。等你爷孙俩吃过饭，我就会把马车给你送回来，我一定快去快回。"

洪德再次看了看那产妇疼痛的样子，于是说："好吧，路上要小心。春芝，我们进去吃饭。"

春芝和洪德进了客栈简单地吃了一点，等了好大一会儿也不见那人把马车送回。春芝问："爷爷，这两个人怎么还不还马车，该不会是骗我们吧？"

洪德想了想感觉不对头，急忙说："是呀，这两个人有可能是骗子。"

洪德上前询问店小二，店小二回答："你们是从哪里来的，听你们口音不像是本地人吧？"

洪德回答："我们爷俩是从北方来到淮河岸边，刚才有人借了我们的马车，说一会就给我们送回来，但是等到现在也不见人影。"

店小二问道："你们初到此处，人生地不熟的，怎么敢把马车借给人家。"

洪德说："那借车人的老婆要生孩子了，急等着看郎中，我也不忍心看着他老婆挺着大肚子嗷嗷叫痛，所以把马车借给他们，可到现在也不见回来。"

店小二一听，吃惊地说："你说有人要急等着生孩子，我们这镇上就有一位接生婆，人们称她王婆婆。再说这一带也未听说还有其他郎中，也有可能这个孕妇是难产，所以出村另请名医。"

春芝眨了眨眼，说："爷爷，我们到王婆婆家询问一下不就知道事情真相了吗?"

爷爷无奈地说："好吧，我们现在就去问个明白。"

店小二说："看你爷孙俩怪可怜的，我来为你们带路。"

他们左拐右拐来到王婆家，把刚才发生的事述说了一遍。王婆婆感到十分纳闷："老人家，我家今天根本就没有孕妇前来生产，再说我王婆大多数是上门接生，我想你们爷俩八成是受骗了。"

洪德伤心地说："天下还有这样的事，好事做不得，我们爷俩还有千里之遥，这行走起来可就难了。"

王婆问道："你们准备到哪里去啊?"

老洪德回答："我们准备南下淮河到寿春城去投亲。"

王婆婆听后急忙说："你们爷俩不要着急，明天我家老头子到徐州，去采购药材，你们顺便搭个便车吧。今天就不走了，就在我这住上一晚，有可能借车的人能把马车给你们送回来。"

就这样他们等到第二天清晨，也不见那人前来送车。于是一老一少上了王婆家的马车，继续南下。他们刚走不远，就发现自己的马车停在路旁，而自己的马早已不见。经过王家公公等人的核实，确定这是盗马贼所为。

徐州城到了，王家公公说："老人家，我只能把你们送到这里，我还有许多事要办。如果我家不缺药，我一定把你们送到淮河岸边。你们说的寿春城我去过，那可是个好地方，寿西湖、东风湖、焦岗湖三湖相交，物产丰富。淮河岸边有一座双峰山，山上有个古洞，叫茅仙洞，风景优美如同仙界。到了那里，寿春城也就快到了。"

洪德带着春芝下了马车，感谢道："感谢王先生送我们这么远的路程，你的好心好意我们爷俩难以报答，只能牢记在心。"

王先生笑了笑说："出门在外谁没有个难处，我也经常出门，这报答就不需要，祝你们一路顺风。"

爷孙俩在徐州一刻也没有停留，顺便买了一些干粮带上，继续赶路。日子一天天过去，他们终于来到淮河岸边。爷孙俩惊喜万分，洪德看了看淮河自信地说："春芝，我们已经到了淮河，多少天来我们也没有吃过一顿好饭，今天咱爷孙俩好好庆祝一下，前面有个小酒店，我们就到那里去。"

爷孙俩兴高采烈地向小酒店走去，进入酒店，春芝将身上十分沉重的包袱解下，放在桌子上。这时，店老板的那一双贼溜溜的眼睛盯上了他们……

爷爷上前叫道："小二，上两个小菜，半斤烧酒。"

爷孙俩吃了起来，这时天已黄昏。吃过饭后，爷爷问："春芝，吃饱了没有，还想再吃点什么？"

春芝回答："咱们的银子不多，要省吃俭用，我们再带些干粮，准备在路途中充饥。"

洪德连声说："好的，好的。"

洪德上前让店小二打了包，又顺便买了两个猪蹄，他们刚想上路，只听后面有人喊道："老人家请留步。"

洪德和春芝回头看了看，只见店老板很亲切地说："老人家，这天快黑了，就在这住上一晚，明天再走吧，再说你们一老一少天黑赶路也不方便。"

　　老洪德想了想回答："好心的店老板，你说的也对，我们爷俩走了这么远的路程也够劳累的。好吧，我们今天就住在这里，好好休息休息。"

　　夜深人静了，爷俩收拾好房间，躺下不一会儿就睡着了。也不知什么时候门突然开了，洪德慌忙起身，只见一人浑身血淋淋的，来到洪德面前说："老爹爹，此地不能久留，快点走吧，不然我的小女春芝和你就没命了。"

　　洪德抬头看去，也摸不着头脑。那人说："你不认识我吗？我是佳坤啊，快点带着小女走吧，越快越好！"

　　说完他消失在门外。洪德在睡梦中惊醒，心想这个梦做得有些奇怪。老人家再也睡不着了，急忙起身走出门外，在门外溜了一圈，听到说话声，老人家悄悄地靠近说话的房间，只听店老板说："这一老一少身上肯定带了不少银子，今晚我们一定要把他们干掉。"

　　同时，他又看见几个彪形大汉叫嚷道："杀掉这一老一少很容易！我们发财啦！"

　　洪德一听大吃一惊，慌忙回到房间叫醒春芝，小声说："孩子，我们快点离开，有人要杀我们。"

　　春芝一听感到十分害怕，上前抓住行囊与洪德慌忙逃走。爷孙俩手拉手向前拼命奔跑，就听后面有人喊道："快点，快点，不能让他们跑了。"洪德说："春芝，背好行囊，你先离开，我把那强盗引开。"

　　春芝不肯与老洪德分开，洪德十分焦急地说："你一定要听爷爷的话，不然咱爷俩谁也不能活！"

　　春芝勉强地说："好吧，爷爷你一定要多保重。"

　　洪德回答说："好，好，春芝，你一直向前跑，不管后面发生什么事，决不能回头。"

何春芝答应后，两人就立即行动。

老洪德故意让强盗发现自己，他在前面奔跑，强盗在后面追赶。老洪德年迈体衰实在跑不动了，他发现路边长满了野草，就立刻躲藏起来，强盗求财心切，快速通过没有发现他。

春芝拼命跑，也不知跑了多少路程，刚想停下来喘喘气，就听后面有人喊道："快点，快点，就在前面！"

春芝听到叫喊声，惊恐万分，她发现一片森林，便急忙跑过去，出现在眼前的是一大片坟地，她顾不上害怕，就急匆匆地向坟墓中走去。这时她又听见有人叫道："前面是一片森林，会不会躲藏在里面，快进去搜查搜查。"

小春芝见强盗步步逼近，心想：这一座座坟墓也藏不住自己，不如上树躲藏。想到这，她跑到一棵大树下，爬了上去。不久那几个强盗进入森林到处搜查，一边搜查，一边叫嚷："我看见有一个影子钻进来，怎么不见了呢？这是一片坟地，是不是见鬼啦？"

另一个强盗说："混蛋，不要乱说，说得我有些害怕，我认为有可能爬到树上了。"

其中的一位强盗命令道："我们每棵树上都要仔细搜查，决不能让他们逃脱。"

春芝在树上吓得心怦怦直跳，她趴在树上一动不动。在这紧急关头，就听见坟墓中传来几声哼哼的叫声，那声音是那样的恐怖，是那样的阴沉。突然，从坟墓中冲出几条野狗，它们向强盗扑去，几个强盗见势不妙仓皇逃窜。

可怜的春芝在树上被吓得再也不敢下来，她在树上待了一夜，天亮后
春芝心想：老是待在树上也不行，我要下去寻找爷爷。她刚想下去，突然
发现树下有几条野狗，心情顿时又紧张起来。春芝顺手掏出几个馒头，丢
了下去，那几条狗见春芝丢下食物，疯狂争抢，吃完后摇着尾巴，并且还
向上看着春芝。春芝心想这野狗并非恶意，就从树上慢慢下来，将自己行
囊里的几个猪蹄扔给了它们，对它们说："如果不是你们的出现，我就没
命了，谢谢你们。"

其中一条老狗显得十分懂人性，春芝每说一声谢谢，它就靠近春芝几
步，春芝将手中最后一个猪蹄扔给了它。她看了看那条狗，蹲下身来抚摸
着它的头，不由得一阵心酸，心想：野狗和我一样可怜，没有主人也没有
归宿。她叹了口气，又对野狗说："是你们在危难时救了我，谢谢。"

第三十四章 回望黄河永断亲情
再返寿春寻找亲人

　　春芝虽然对那几条狗十分留恋，但为了寻找洪德爷爷，只好离开。那条老狗撇下它的孩子将春芝送上一程，才慢慢离开。春芝开始寻找洪德爷爷，她不敢回头寻找，因为怕被强盗发现，想了想准备到淮河岸边等候他。等了好长时间，也不见爷爷的踪影，于是她决定起身寻找。

　　洪德躲过强盗后，就一直在找春芝。夜黑人静，老人家也不知东西南北，不知走了多少路，天亮后也不知道自己在什么地方，心情急切的洪德仍一无所获。

　　就这样爷爷在寻找春芝，春芝也在寻找爷爷，却几次擦肩而过。

　　春芝来到一个集市上，看见一个手艺人在捏面人叫卖，当时围观的人很多，春芝有些好奇，于是就钻了进去，想看看里面有没有爷爷。就在这时洪德刚到集市，也发现围观的人，由于寻找孙女要紧而没有在意，匆匆而过。刚走一会儿，春芝未找到爷爷，就从围观的人群中挤了出来，十分扫兴地待在一旁。

天已午时，大街上的行人渐渐稀少。春芝还待在那捏面人的摊位旁，看着一家人在吃馒头。那捏面人的夫人发现春芝，拿了一个馒头向春芝走来，说："这是谁家的孩子，看你这丫头的穿戴，也不像小户人家的孩子，怎么还不回家？"

说着她将馒头送到春芝手里，春芝说："感谢您给我馒头吃。"

春芝接过馒头便吃起来，那夫人问道："丫头，为何不回家？"

春芝说："我和爷爷去投亲，走到半路我与爷爷走散了，我在寻找爷爷。"

夫人转过身子说："当家的，这丫头长得很好看，我们把她带着吧，说不定我们还能帮她找到爷爷。"

捏面人的说："好倒是好，可我们也是心有余而力不足，自己有时都吃不饱肚子，又怎么能收留她。我想现在就收拾收拾回老家菏泽，把她带着怎么行。"

夫人看了看春芝，对捏面人的说："你说的很对。"

于是她交代春芝说："孩子，如果你在这个地方找不到爷爷，那就从哪里来，回哪里去吧，我想你爷爷也一定也会回去找你。"

说完又拿了几个馒头送到春芝手里。春芝说："谢谢您，大娘。我听您的，我决定现在就返回老家。"

春芝到处寻找也不见爷爷的踪影，于是踏上了返乡之路。她走着走着，突然发现有个人很像爷爷，急忙追了上去……

洪德不断地东奔西走，却不见春芝的下落。他也同样发现捏面人的一家，上前询问："请问兄弟，你有没有看见一个小女孩，她身上背着行囊？"

捏面人的一家急忙起身回答："见过，见过，你是她爷爷吧？她说实在找不到爷爷就返回老家去，她刚走不久，如果你走得快点，有可能追上她。"

洪德一听，就立刻向北追去……

再说春芝追上那老人后，一看不是爷爷，春芝大失所望，不由得伤心地痛哭起来，她站在土坡上高声呐喊："爷爷、爹、娘，你们在哪儿，我好想你们，你们不能抛下我不管哪！"

春芝的声音是那样的悲惨、那样的凄凉，是那样的让人心碎……

春芝在返回的路途中，更加艰难。到了晚上她再也不敢住店，只好在野外住宿，就这样日复一日，她历尽千辛万苦回到黄河岸边的家乡。

春芝路过梁慷锦和小盛炯的坟墓时，发现旁边又增加了几座新的坟墓，她顾不上多想，只是恨不得一步跨进家门见到亲人。来到家门口，此时天已是黄昏，她看见自家大门半开着，于是走近大门，发现院内寂静一片。小春芝悄悄地走进院内，仔细观察，也不见爹娘的影子，感到十分孤独。就在这时，她突然听到几声"哼哼"的怪声。春芝又联想到在这房间姨娘与县太爷的儿子以及打手争斗的一幕，那些血淋淋的面孔，使她惊恐万分。她顾不上多想，回头冲出门外。她小小年纪哪里知道，洪德爷爷已经回来，那哼哼的声音是他打的呼噜声。

春芝离开家门，没精打采地走在大街上，不知道自己该归何处？这时邻居张婆婆发现了春芝，叫道："这不是何家小丫头春芝吗？你怎么自己……"

春芝抢先问张婆婆："我爹娘和几个哥哥到京城有没有回来，现在在哪？"

张婆婆回答："傻孩子，你还不知道吧，你爹娘和哥哥已被县太爷和那个差官害死了，就安葬在梁慷锦和盛炯的坟墓旁。"

春芝一听更加伤心，转身向亲人的坟墓跑去。

春芝来到坟墓前，恨不得扒开泥土投入亲人的怀抱，恨不得亲人尽快从里面走出来。她痛苦万分，呼喊着亲人。她还是个孩子，又怎么能受得了这样的打击。夜深人静了，春芝仍然待在那儿舍不得离开，不知不觉地就躺在爹娘的坟前睡着了。她梦见躺在娘怀里是那样的温暖；梦见爹爹是那样和蔼可亲；梦见几个哥哥带着自己玩耍；又突然梦见那恶毒的差官将亲人带走；她还梦见爷爷不断地喊道："我的孩子，你活在世上一定要坚强……"

春芝见亲人渐渐消失，她拼命呼喊，醒来后发现是个梦。这时天已亮了，春芝从爹娘的坟墓前站起身来看了看，自己怎么也不敢相信这是真的。但是，这是不可能更改的事实。春芝又想起爹爹临上京城时对自己说的遗言，在自己的脑海里不停地回荡。春芝自言自语地说："我一直认为你们一定会平安，可现在让我无法接受。爹，娘，我怎么办，一个亲人也没有，只有一个爷爷也不知去向。爹，娘，我该去何方？"这时天空中飞来一群大雁，不断地叫着，春芝无奈地说："爹，娘，我只好跟着大雁奔向南方。"

洪德在何家睡醒后，起床准备到街上转转，打听一下春芝有没有回来的消息。他刚出门就遇到张婆婆，张婆婆问道："你们爷孙俩怎么又回来啦？"

洪德吃惊地问张婆婆："你说我爷孙俩，难道你见过春芝？"

张婆婆说："昨天天快黑时，春芝从这大院内跑出来时，我发现她的模样有些怪怪的，显得十分害怕的样子。遇见我后，她问我她爹娘从京城回来没有，现在如何，我告诉她实情，之后春芝就向她爹娘的坟墓跑去，她晚上没有回来吗？"

洪德回答："是呀，我与春芝走散多日，我一直都在找她。你说昨天晚上她到爹娘的坟墓上去了，那为何到现在还没有回来，我要到何佳坤的坟墓上去看看。"

洪德急忙向何佳坤的坟墓赶去。

洪德来到坟墓前仔细观察，确认春芝昨晚确实在此过夜。老人家自言自语地说："可怜的孩子，这真是有亲难奔，有家难回呀。佳坤，你让我办的事没有办好，现在春芝也失踪了，希望你在天之灵让我找到春芝吧，不然我这把老骨头死不瞑目！"

这时老人家为难地低下头，他突然发现地上有春芝留下的几行字：

> 寻爷无尽头，春芝回故土。
>
> 盼亲不见魂，再投寿春城。

爷爷看到春芝留下的字迹心急如焚地说："佳坤啊佳坤，希望你的在天之灵能保护好小春芝，我现在就动身，看看是否能赶上春芝。"

就这样老人家也顾不上疲劳与行程艰难，再次南下寻找春芝。

春芝没有爷爷陪伴，一路上更加艰难。寒风萧萧，老天下起了鹅毛大雪，寒冷和饥饿纠缠着幼小的春芝，她在白茫茫的大雪中，也不知东西南北，在荒无人烟的地方无处藏身。此时小春芝对天呐喊，更加期盼亲人，她的双腿已冻僵，再也无法行走。她来到一棵大树旁蹲下，掏出仅有的一点干粮吃了下去，不知不觉地昏倒在大树下……

第三十五章　何春芝雪地遇温情
徐八公立志斗恶狼

不知过了多久，一位中年汉子手持弓箭在冰天雪地里打猎。他在大树下发现了小春芝，上前看了看，用手摸了摸春芝的脸，感觉这孩子还有救，立即将她抱回了家。他一进门就大声嚷嚷，让自己的夫人快来看："我打猎时在雪地里捡回来一个孩子，还有救，快把床收拾一下，让这孩子躺下。"

中年妇女见丈夫抱着一个孩子，慌忙放下手中的活，上前铺好床，将小春芝放在床上。中年男子又对夫人嚷道："你上床用你的身子帮她取暖！"中年妇女二话不说就上了床。

不知过了多久，春芝在昏迷中叫喊："爹！娘！"

这时，中年男人听后兴高采烈地问道："她叫我们什么，是不是在叫我爹，叫你娘？"

中年妇女说："你别臭美，这孩子还在昏迷中。"

中年男子说："夫人，我们已结婚多年，一个孩子也没有，这回可好，老天送给了我们一个。"

中年妇女笑了笑说："你想得美，这孩子是谁家的我们还不知情，说不定将来人家找上门来会把她要回。我们只是做做好事把她救活而已，我们俩可不能贪心。"

春芝醒来，似乎在梦中感受到温暖和亲情。她刚想起身，感觉自己的双腿疼痛难忍，她看了看这一对陌生男女，问道："大叔、大娘，这是什么地方，我怎么会在这里，是你们救了我？"

中年妇女见春芝醒来高兴地说："孩子你快躺下，是我家当家的在外打猎时发现了你，把你给抱了回来。"

男子说："好孩子，看你醒来，我很高兴。今天阿伯亲自下厨给你做些好吃的，你等着。"

几个月过去了，冰雪融化，大地回春，春芝的双脚的冻伤已经好转，可以正常行走。一天她来到阿伯、阿妈面前说："好心的阿伯、阿妈，我要离开你们到寿春城去投亲，谢谢你们这么多天对我的照顾。"

阿伯叫道："不行，你是我的女儿，我不可能让你离开。你是老天爷赐给我们的小仙女，自从你来到我家，我们两口子都十分开心，感觉日子过得有滋有味，我怎么能舍得让你离开？"

春芝上前恳切地说："阿伯！阿娘！说实话，我也舍不得离开你们，这么多天来你们就像亲爹娘那样疼爱我，是你们把我从死神手里夺了回来。你们对我的关爱我万分感激，我确实也不想离开你们，可是我不走不行啊，因为我还有个爷爷在寻找我，我也在找他。"

阿伯听后说："我们两口子这么多年也没有一个孩子，好不容易遇见你，你就是我们的心肝宝贝。"

　　春芝见阿伯说话态度是那样真切动情，春芝为难地落下泪水，大娘见当家的不肯放手，于是笑了笑说："当家的，你不要为难孩子，这孩子已经给我们带来好运啦。自从她来到我家，我每天都心情舒畅，现在我告诉你一个好消息，我怀孕啦。"

　　阿伯一听，喜出望外，又经过大娘的一番劝说，才决定让春芝离开。分别时难舍难分，阿伯说："以后你到了寿春城，千万不要忘记在淮北平原上有个姓梁的阿伯，时时刻刻都在牵挂着你，如果你找不到亲人，希望你再回来。"

　　春芝回答："我认为可以找到，我姑父叫梁慷程，是个郎中，听说在寿春城东门口不远，开了一个药铺。"

　　阿伯十分吃惊地说："啊，是慷程大哥，我们在山西可是同堂的兄弟，由于灾荒，我逃到淮北平原，如果有机会我一定前往寿春与他叙叙旧。"

　　阿娘上前说："当家的，送小春芝一程吧。"

　　春芝回答："不用了，我会想你们的，我一定不会忘记你们的大恩大德。"

　　春芝离开了淮北平原，向淮河岸边奔走。天渐渐地暖和起来，春芝终于来到淮河岸边，她看到了希望，于是快步跑到淮河边，用手轻轻捧起那清清的河水喝了几口。淮河水是那样的甘甜，是那样的醇美，像爹酿的美酒，像娘的乳汁。春芝看着淮河岸边的美景，继续沿着淮河岸边西行。她走着走着，突然发现前面有一条狗，心想：是不是去年救自己的那条狗？于是春芝喊道："谢谢，谢谢！"

　　那条狗一听，十分亲切地向春芝狂奔过来，春芝感到十分稀奇。天渐渐地黑了，春芝想快点赶路，找个靠村庄附近的地方休息。不料，草丛中蹿出一条凶残的饿狼向春芝扑来，她被吓得魂飞魄散。这时只见那条狗冲了上去，与凶残的饿狼拼命搏斗。小春芝见此情景惊恐万分，大声呼喊："有人吗？救命啊！"

不一会儿，狗被那凶残的恶狼活活咬死，不一会恶狼又向小春芝扑来，就在这紧急关头，只听得身后叮叮当当的响声。那恶狼听到响声，慌忙逃走了。春芝回头一看，只见一位老道士站在身后，他手持一串像鳞片似的铁器。没等春芝说话，那老者蹲下身用手触摸着春芝的小脑袋，将她脸上的汗水擦了擦，说："瞧你，被吓得满头是汗。"

春芝急忙说："感谢老人家救命之恩！"

老道士问道："小姑娘，你要去哪里，为何独自行走？"

春芝回答："我来自黄河岸边，要到寿春城去。天快黑了，想找个邻近村子安歇，不料遇上恶狼。"

老道士说："时候不早了，咱们快点走吧。"

春芝回答："这条狗对我有救命之恩，我想把它安葬后再走。"

他们将狗安葬好，老者上前拉着小春芝的手，说："走吧！虽然你年纪很小，但是你的心肠不坏，怪不得这条狗会拼命地救你。前面还有几里地就到下蔡、凤凰台、黑龙潭，到那里才有人家。"

春芝好奇地问道："凤凰台，是不是传说中凤凰爱去的地方？"

老道士回答："是呀！"

春芝又问："老爷爷，你见过凤凰吗？"

老道士回答："没见过，只是在淮河一带出现干旱时，我就会同另外几位长老登上凤凰台，祈求淮河里的黑龙为百姓下雨。"

春芝又连忙问道："老爷爷，你是神仙吗？你家住哪？是不是在天上？"

老道士大笑几声说："我可不是什么神仙，我姓徐，家住在寿春城旁边一座山庄里。我出家做了道士，人们称我徐八公，今天我前往张九公家商量求雨之事。今年虽然下了一场雪，但最近天气十分干旱，两岸万物需要雨水滋润。"

春芝再问："老爷爷，真的能求下雨吗？"

老道士又笑了笑说："求到求不到那只是民间的一种风俗，是老百姓对雨水的渴望，也是人间百姓心灵的一种寄托，谁也没有把握。"

这一老一少行走起来有说有笑，不知不觉就穿过二道河来到下蔡街，找了个小客栈住下。

第二天清晨春芝早早就起来了，却不见老道士爷爷。春芝背起自己的包袱，刚想出门，只见老道士手中提着一个包裹，里面装满了干粮。他来到春芝面前说："孩子，今天爷爷还有许多事要安排，不能送你到寿春城。我给你买些干粮带着路上充饥，你再西行几里到硖山口上游，那是一个很大的芦苇荡，淮河岸边有船家，会送你过河，过了淮河你再顺着淮河岸边走一程寿春城就到了。好吧，祝你平安到达寿春城，见到亲人。"

天气一天天热起来，淮河虽然没有河床，但河水安静地在河里躺着。春芝恨不得一步跨进寿春城，不一会儿，就来到硖山口，远远望去，一望无际的芦苇荡随风卷着波浪，像大海美景尽收眼底。春芝兴高采烈地向船家走去，突然发现一群人在围观什么，春芝也有些好奇，于是挤上前看了一眼，春芝顿时惊呆了，原来是爷爷洪德躺在那里，因积劳成疾而生命垂危。春芝跪在爷爷面前大声呼喊："爷爷，我是春芝呀！"

洪德慢慢地睁开眼说："春芝，可怜的孩子，你受苦了。我多次往返山东与寿春之间，也找不到你，现在终于找到了。"

　　洪德说完就闭上了眼睛。春芝哭天闹地期盼洪德能够醒来。船家找来好心人将老人家安葬在芦苇荡中，春芝见洪德被推入挖好的土坑中，她不顾一切地跳入坑中，扒掉洪德身上的泥土，痛苦万分地呼喊："爷爷，我不能离开你，你不能丢下我，你快快醒来！"

　　她抱着洪德的头不停地大哭，几位帮忙的好心人也忍不住跟着伤心流泪。就这样，几位好心人勉强地安葬好老人家。

　　天快黑了，船家才发现这小女孩还在洪德的坟墓旁坐着。于是他上前劝道："可怜的孩子，天快黑了，你是到我家还是过河？人死不能复生，再伤心痛哭也没有用。"

　　小春芝擦了擦脸上的泪水，坚定地说："我要过淮河，尽快赶到寿春城。"

　　春芝渡过淮河，夜幕降临，她茫然地沿着淮河岸边向前行走。由于思亲心切，悲伤过度，她昏倒在淮河岸边，不知过了多久才醒过来，她站起身来四处看了看，不知路该怎样走。她发现山上有一丝灯光，于是就向山上爬去，她来到近前才发现这是茅仙洞，旁边是一座寺庙。她见庙门还未关上，就走进寺庙，发现几个和尚在另一间房屋灯光下看经书。春芝不想打扰他们，急忙进入大雄宝殿。一进门，春芝就发现神像面前摆放着供品，春芝走上前顺手拿了几个水果吃，吃过水果后感觉好多了。她想找个地方休息，等到第二天天亮时再离开。这时小春芝才发现大雄宝殿内的神像有些吓人，个个张牙舞爪。她来到观音菩萨面前，看见观音菩萨面带微笑，于是就躺在观音菩萨的莲花座前睡着了。这时不知从哪爬来一条蜈蚣，它慢慢爬行到春芝身旁，威胁着春芝。就在这时，寺庙里刮起了一阵风，将观音菩萨手中的玉净瓶吹落，正砸在离蜈蚣不远的地方。那蜈蚣受

到惊吓慌忙逃走，观音身上的披纱也落在春芝身上。天亮了，小和尚来到
大雄宝殿准备打扫寺庙，发现春芝躺在莲花盆旁，还摔碎了玉净瓶，气得
那小和尚大声嚷嚷起来。春芝发现玉净瓶破碎不知所措。这时老和尚听到
叫嚷声立刻赶到，口中说："阿弥陀佛，发生了什么事？"

小和尚叫道："是她摔碎了玉净瓶，还偷吃了供果。"

春芝胆怯地后退几步，老和尚见她有些害怕，急忙说："孩子不要害
怕，有话直说。"

春芝把自己前前后后的遭遇述说了一遍，那和尚看了看春芝身上的披
纱问道："这又是怎么回事？"

春芝回答："我昨天晚上躺在这里感到有些冷，一位好心的阿妈给我
盖上的。"

老和尚两手一合，说："阿弥陀佛，我佛慈悲，小施主没事了。你饿
了吧，跟我去吃些斋饭吧。"

吃过斋饭，小春芝与老和尚告别后向寿春城赶去。

春芝进了寿春城，她感觉到好像进了天堂。她哪里知道，自己在这走
的每一步都将十分艰难。

第三十六章　梁慷程开棺救母子
母子得救王贵惊喜

何春芝恨不得一步踏进梁家门，投入到亲人的怀抱。她来到寿春城东门，询问梁氏药铺在何处，有人说在前面。

有人说："梁郎中出事了，人也死了。听说还有个儿子叫梁盛堂，多日不见也不知去向。你瞧，梁家开的药铺就在那里，地上还有砸烂的牌子。"

小春芝听到这些如同晴天霹雳，她来到梁家药铺门前，呆呆地看着。她看了看那被砸烂的梁氏药铺的牌子，六神无主地坐在门前。

时间一天天地过去，也不见一位亲人，春芝身上的银子已经花光，她仍然守在梁家门前。一位好心人上前说："可怜的小女孩，怎么天天在这傻等着。梁家与莞家十分要好，莞家还有个老太太，你到那里去。"

春芝一听，慌忙起身说："谢谢老人家，现在我就过去问个明白。"

春芝进了莞家大院，见大院内空荡荡的，刚想离开，突然听到有人"哼"了一声。春芝顺着声音向那房间走去，上前推开门，发现一位白发苍苍的老太太躺在床上。老人见有人来，问道："你是谁家的女儿，来到我家有什么事呀？"

春芝回答："老人家，你是莞家老太太吧，我是从山东来的，来投奔梁家的。"

老太太翻过身，一把拉住春芝的手说："你是从山东来的，你是不是何家的姑娘？"

春芝回答："是呀。"老人家说："梁郎中被人陷害，一对好人被逼而死，我莞家也受牵连，一家几口被关进大牢，现在也不知死活。"

小春芝听后说："梁家到底发生了什么事？"

老人家说起梁慷程一家的遭遇……

几年前，梁慷程由山西经过山东后又来到寿春。他刚进城就遇见城里一家姓王叫王贵的财主死了夫人，正抬着棺材出城去安葬。梁慷程发现从棺材底下渗出一滴鲜血，于是对妻子说："佳莲，快过来看这血。"

何佳莲走近一看说："这血是新鲜的血，这棺材里面的人可能没有死。"

梁慷程说："是呀，我们是不是应该上前看个究竟，看看那棺材里的人是否有救？"

何佳莲说："那当然可以，不过一定要得到东家的认可。现在我们也没有十成把握，千万不要勉强。"

梁慷程快步上前挡住了出殡的队伍，众人感到十分惊奇。梁慷程问道："请问哪位是丧者家属？"

一位中年男人挤出人群，擦了泪水严肃地说："我就是，你想干什么？"

梁慷程回答："我是郎中，我想知道这棺材内躺的是你什么人，怎么死的？"

那男子说："你是郎中又有何用，我家夫人已死多日。"

梁慷程说："你说你家夫人已死多日，可怎么流出的是鲜血，我想看看你的夫人是否有救。"

那人听后有些半信半疑，看了看梁慷程，说："如果你能救活我的娘子，我将重金酬谢，把我的家产送你一半。"

梁慷程笑了笑说："我只是想尽到一个郎中的职责，我怀疑棺材里面的人还活着，但还没有看过，没有十成把握。"

王贵听后叫道："来，快把棺材打开！"

梁慷程上前阻拦说："这倒不必要，我只要听一听便知。"

随后梁慷程来到棺材旁，侧耳在棺材背上仔细地听了听，就在这时，只见梁慷程突然惊慌地叫道："快，快！快打开棺材，里面有婴儿哭声。"

众人一听，一拥上前遮了天篷打开了棺盖。梁慷程叫了一声："佳莲快过来帮忙。"

不一会儿，佳莲从里面抱出一个哇哇大哭的男婴，众人惊喜万分。这时王贵激动得飞泪如雨，上前紧紧地拥抱着梁慷程，恳切地说："求求你，看看我家娘子是否有救。"

梁郎中再仔细观察了一番，说："我实话告诉你，你的夫人还没死。你的夫人很坚强，不过要救治她很难。"

王贵跪在梁慷程面前，哀求道："神医，求求你，想想办法再救救我的夫人吧。"

梁慷程说："我一定尽力而为，但如果确实救不活你的夫人，你也不要责怪我。”

王贵说：“我已经十分感激你了，怎么可能怪罪你。”

梁慷程说：“事不宜迟，赶紧把你夫人抬回去。”

这时众人脱去孝衣，将产妇抬回王家。一天过去了，不见产妇醒来，梁慷程心急如焚，心想：不对，这产妇要么是苏醒，要么就是死亡，怎么会出现这样的症状。于是梁慷程向王贵询问：“请问你家夫人产前是何症状，有没有看过郎中，是否用过药？”

王贵说：“我的夫人在产前说自己的肚子疼痛难忍，后来我就到我的好朋友焦家药铺开了一服药，夫人服下后不久就昏昏大睡，后来她就再也不动了。我急忙把焦郎中请来看诊，结果他说我的夫人难产而死，后来就……”

梁慷程又问道：“焦郎中给你开的药方可在？”

王贵说：“药方他没有给我，不过剩下的药渣还在，我现在就去给你拿。”

梁慷程接过药渣看了看，用舌头尝了一下，心中一惊，这哪是给产妇配的药，分明是想害死她。梁慷程面不改色地问道：“你的这位好友以前是干什么的？”

王贵回答：“我的这位好友家住焦岗湖畔，姓焦名望江，有一女一子，女儿焦际花已嫁入京城，儿子焦际波跟随爹爹焦望江在焦岗湖以打鱼为生。由于前几年干旱，湖内无鱼虾，于是他们一家在寿春城行医坐诊。由于他的医术差，看病的人没有几个。后来我爹生了病，经过他精心治疗，病情完全好转。从那以后我们两家十分要好。我与夫人婚后只生下几个女儿，未添一子。焦望江硬要将自己的儿子过继到我家，我一直不同意，我始终认为我的夫人一定能给我生个儿子。"

梁慷程听到这些只是点了点头说："我一定尽最大的努力救治你的夫人。"

说完他就立刻抓了一服药，煎好后喂进夫人口中，不久夫人就渐渐醒过来。

王家夫人醒过来后，一家人欢天喜地。王贵上前紧紧拉住梁慷程的手说："梁郎中，你是我的大恩人，是你救了我王家两条性命，感谢你，你的恩情我王家世世代代永远都不会忘记。"

经王家和莞家介绍，梁慷程在寿春城东门不远处居住下来（从古时一直到一九七一年梁家宅还在，后被寿县城关镇盖成粮库），梁慷程后来的医术名气大增，看病的人络绎不绝。第二年淮河水猛涨，三湖相连（寿西湖、焦岗湖、芦苇湖，芦苇湖又叫等风湖、董峰湖，现在叫东风湖），大部分灾民涌向四顶山，梁慷程不分昼夜为灾民义务看病，受到了寿春城城主的称赞。

由于梁慷程的存在，焦家生意日落千丈。焦望江心胸狭窄，他怀恨在心，想找个机会陷害梁慷程。

淮河水退后，寿春城主的老爷子犯了老寒病，将梁慷程请到府内救治。梁慷程开了药方，这一消息被焦家得知。于是焦家买通寿春城主家的仆人，将药内偷偷放入毒药，结果老爷子被毒死，寿春城主大怒，将梁慷程和何佳莲关进大牢。审案时，梁慷程坚定地说："我梁慷程行医，行的是医德，我为何要害你家老爷子，我根本就没有害人之心，你让我如何承认老爷子是被毒死的？我死也不会认罪！"

梁慷程、何佳莲被逼而死，焦家再次进行煽动，便说此案与莞家也有牵连，结果莞家的人也被抓走，而梁家少爷盛堂也不知去向。

　　春芝听到这些大失所望，说："莞太太，因为我家也出了事，所以我才到这寿春投亲，没想到希望变成了失望。"

　　莞家老太太说："可怜的孩子，我现在也是自身难保，自从我莞家人被抓走，也不知从哪里来了许多强盗，把我家财产抢个精光。"

　　老太太说到这里，显得上气不接下气，说话也不成句子。春芝认为这老人家一定是饿了，现在要想个法子找点吃的，不然老太太就会饿死。春芝在莞家厨房里找了一个碗，便向街上走去，也不知要了多少家都一无所获，还听到了许多闲话。有人说："这老天爷连续几年大旱，大灾之年自家人都吃不上饭，又怎能给你。"

　　春芝心想：万万没想到，到了寿春城生活也是这样的艰难，这样下去我也会饿死在街头的。

第三十七章　天降淮王鱼真奇怪
玉簪有灵感进孙家

就在春芝垂头丧气的时候，突然她听到有人喊道："孙家开大锅饭了！"

人们顿时像潮水一样涌向孙家大门口。春芝也跟随人群前往，孙家烧的大锅饭不多，等春芝挤上前，却听见掌勺的说："对不起，请回吧，没有饭了。"

春芝哪里知道，这掌勺的不是别人，正是自己的舅舅。春芝恳切地叫了一声："大叔，给我一点吧！我家还有一个老太太，多日不见一粒米，都快饿死了。求求你给我想想办法，哪怕只有半碗稀饭也行啊！"

掌勺的说："我也没有办法，你看，确实没有了。"

这时一位好心人上前，说："这小姑娘说得很是可怜，也不像是在说谎。"

春芝说："我没有说谎，我就住在莞家大院。"

好心人又说："小姑娘，把你的碗拿过来，我把领的饭给你一半。"

说着他将饭倒入春芝碗中。那掌勺的看此情景有些惭愧，说："小姑娘你等着，我看看厨房里还有没有。"

不一会儿，那人拿了两个馒头交给了春芝。春芝接过馒头，说了一声："谢谢。"

说毕她就立即往回赶。那掌勺的望着春芝的背影，突然感到心中一震，心想：这小姑娘怎么有些眼熟，好像有种说不出的亲切感，很像小时候的姐姐孙丽萍。

春芝赶回莞家，将讨来的稀饭和馒头送到老太太面前，莞家老太太看着春芝，深情地说："我的日子不长了，我不只是饿，而且还有病。梁郎中在的时候，我的病还能维持；现在没有梁郎中，我的病一天比一天严重，不如死了好。"

春芝见老太太不愿吃饭，就劝说道："老太太，您一定要坚强地活下去。我从山东前来投亲，到了此地也没有归属，见到您如见亲人。今日遇见您，我有了依靠，如果您死了，我又归于何处？"

老太太看了看春芝，叹了一口气说："你小小年纪，就这么懂事。"

日子一天天过去，这一老一少相依为命。天开始转热，地里的庄稼基本上被蝗虫吃光。春芝感到度日如年，实在是支撑不下去了。她站在寿春城北门口望着那高高的四顶山，勾起了她对黄河岸边家乡的思念。由于饥饿和悲伤，她不由自主地蹲下身，渐渐昏迷过去。

张九公、徐八公在硖山口，为淮河两岸百姓求雨忙个不停。传说淮河里有条黑龙，为报母恩常守在黑龙潭内，在干旱之年为淮河百姓降雨。它不求香火供品，只要民间击起战鼓，用淮河源头之水刷个"神"字（"神字"指的是硖山口石壁上自然形成的字样），黑龙听到战鼓就立刻出潭，发现"神"字上有水，黑龙就知道凡间需要雨水，于是出潭降雨。

突然听到有人喊道："你们快看哪，张九公、徐八公又为我们求雨啦，你们瞧，那条黑龙又从黑龙潭里腾空而起啦！"

不一会儿，乌云密布，豆大的雨点从天而降，春芝仍然待在那儿不动，突然一个雷电把春芝惊醒。这时从天上掉下来一条淮王鱼，正落在春芝的面前，她像是在梦中不知道是怎么回事，正感到惊奇，有人叫道："淮王鱼可是供奉皇上的贡品，好心的黑龙把它送给我们百姓啦！"

突然又从天上掉下来一条，春芝刚想上前把鱼捡起，鱼就被人抢走了。春芝只捡了一条小的，她顾不上风雨，提着淮王鱼向莞家大院跑去，她跑进厨房将鱼做好，准备与老太太美美地吃上一顿。

她把烧好的淮王鱼小心翼翼地端到莞太太床前，叫道："太太，我捡回来一条淮王鱼，我已经把它烧好，您快点起身吃吧。"

春芝说了这么多话也不见莞太太有一点反应，她走近一看，莞太太已经死亡。春芝大哭，现在唯一的寄托也离她而去。

几天过去了，春芝饥寒交迫，她独自一人无依无靠。她走在大街上，看见有一家卖包子的。春芝虽身无分文，但不知不觉地靠近包子店，呆呆地站在那里。春芝心想：现在我饥饿难忍，现在身上值钱的只有玉龙杯和玉簪，我现在怎么办？小春芝实在没有办法，只好拔掉头上的玉簪，自言自语地说："爹！娘！我好饿，我历尽艰辛来到寿春，但希望已破灭，我已经走投无路了，爹、娘，你们留下的遗物我一样都舍不得变卖，现在只好由命运来定夺。我将玉簪抛向空中，如果玉簪坠落地面是站着的，我就把娘的玉簪卖掉；如果玉簪是躺在地面上，我就将爹爹的玉龙杯卖掉。"

说完春芝将手中的玉簪抛向天空，由于刚下过雨，地上的泥土比较潮湿松软，玉簪落下来时正插在泥土里。春芝走上前看了看，不敢相信，于是再试一次，玉簪还是插在泥土里，春芝只好准备将娘的玉簪卖掉。

春芝向那卖包子的走去，又看了看手里的玉簪，问道："店老板，这簪子能值多少钱？"

那卖包子的接过来看了看说："这破簪子我可不要，走开！不要耽误我做生意。"

这时走过来一个妇女接过簪子说："这簪子只值两个包子钱，我拿两个包子送给你，这簪子就归我行不行？"

春芝回答说："这可是真正的好玉簪，是我娘留给我的物品，十分珍贵，现在我饥饿难忍，只好将它卖掉。"

那中年妇女看了看春芝说："你小小年纪真会说话，好吧，看你也够可怜的，我再给你多几个包子。"

春芝接过包子一边吃着，一边恋恋不舍地盯着那玉簪，看着那个妇女渐渐离开。

春芝吃过包子精神了许多，决定再次寻找梁盛堂。她寻东家问西家，仍然不见梁盛堂的踪影。春芝再也支撑不下去了，决定返回山东老家。

春芝脚上的那双鞋早就被磨通了底子，那几个包子也不能缓解饥饿。由于前几天淋了雨，她感到身体有些发冷，仍坚持走出城门向淮河岸边走去，刚走几步，就感到头晕眼花，不一会儿，她就昏倒在路旁。

不知过了多久，从四顶山上走过来几个尼姑，其中一个年纪较大的上前仔细查看了一下春芝，说："阿弥陀佛，这孩子还有救，快把她带回尼姑庵。"

这时，站在一旁一个身材瘦削的小尼姑说："师父，我们尼姑庵的粮食已经不多了，现在不能再收留她了。"

老尼把眼一瞪，严肃地说："出家人就应该以慈悲为怀，你怎么这样说话？要知道救人一命，胜造七级浮屠，静心还不快过来帮忙，把她背回去！"

几个尼姑一起上前，刚要把春芝扶起，发现春芝身上的行囊比较重，打开看看，发现几本书和玉龙杯。静心尼姑看见玉龙杯，两眼放出异样的光，心想：这杯子这样的精致，真是天下无双的宝贝，如果我能得到手那该有多好哇！她在那幻想着，就听老尼叫道："静心，你还在那想什么？还不背起她！"

春芝被好心的出家人带走，回到寿春城南门外尼姑庵……

春芝的两个舅舅小时候就来到寿春，被孙氏家庭几位长辈照顾，生活得还不错。孙进成自从见到春芝到孙家大门口讨饭，就经常想起春芝。她的面容看起来似曾相识，她那恳切的神情，更是深深地印在自己的脑海里。

到了晚上休息时，他还在念念不忘，妻子说："天已经不早了，白天忙了一天，现在还不早点休息？"

孙进成这才躺下，不一会儿就睡着了，他在梦中发现一个七窍流血的女人站在自己的床前，指着他说："我好伤心！我好痛苦！我的孩子真可怜！进成，我的孩子在你的身边，你为什么不闻不问？"

孙进成问道："你是谁，你的孩子什么时候在我身边？我又凭什么照顾你的孩子？"

那人说："我是你二姐丽萍啊！"

孙进成一听大吃一惊，原来是多年不见的姐姐，刚想上前拉住姐姐的手，就在这时，他突然大叫一声："哎哟，好痛！"

　　这时妻子也被吵醒，妻子问："怎么回事？"

　　孙进成说："我刚才做了个奇怪的梦，做梦时我的头又被什么东西刺了一下。"

　　妻子连忙把灯点亮说："都怪我，是我头上的玉簪刺伤你了吧？"

　　妻子这才将头上的玉簪取下，说："今天在街上看见一个小女孩，想变卖这簪子买些包子吃，被我发现，我买了几个包子给她，这玉簪就归我了，你看看这可是一只好玉簪。"

　　说话间妻子将玉簪交给丈夫孙进成看。

　　孙进成仔细一看，惊恐万分，说："这真是天大的怪事，刚才我还梦见姐姐，姐姐说她的孩子在我身边，责怪我不关心照顾她。现在又在你的头上发现了我姐姐的玉簪，你说这事奇怪不奇怪？你可知道那卖玉簪的小女孩现在何处，长得什么样？"

　　妻子说："她现在在哪我不知道，不过模样我还能记得清，她长得十分可爱，在她的眉毛上长着一颗痣。"

　　孙进成一听急忙说："这女孩我也见过，我还拿了两个馒头给她，当时我好像听她说莞家有个老太太饿得快不行了，是不是她住在莞家大院，不管明天再忙，都要把活放下，一定要到莞家大院去问个明白。"

　　第二天清晨，孙进成就来到莞家大院，但院里空荡荡的。他又来到离莞家不远的染坊，见一位老者坐在布店里。孙进成上前问道："老人家，贵姓啊？这姓莞的人都到哪里去了？"

　　老者上下看了看孙进成，回答道："我姓白，你找莞家人？莞家人都被抓走了，有的人说是被焦家人害死了，有的人说被卖到外地做苦力。"

　　孙进成又问道："有没有看见一个十几岁的小女孩在这里进出过？"

老者回答说：“你说的是从山东来的一个小女孩吗？莞家老太太病死后，她说要离开寿春城，现在不知去向。”

孙进成一听十分焦急，他找遍了寿春也不见春芝的踪影，决定与哥哥孙进康商量。他来到哥哥家，将事情述说了一遍，孙进康听后说：“要去你去，路途这么远，我可没有那闲工夫。”

孙进成听了哥哥的话，感到十分气愤，说：“哥，你怎么说出这样的话？孙丽萍是我的姐姐，难道说她不是你的姐姐？”

这时大嫂上前指着孙进成骂道：“她是我们的姐姐，她怎么托梦给你而不托梦给我？要去你去！”

孙进成见嫂子竟然说出这样的话，感到十分气愤，上前还想与哥哥嫂嫂讲道理，结果被嫂嫂大骂一顿后，将他赶出门外。

第三十八章　何春芝被救尼姑庵
　　　　　　大年三十寒雪相逢

　　孙进成回到家里，一句话也不说。他拉了一匹马，带上几锭银子和干粮就要走。妻子上前拦住马头问道："当家的！你一句话也不说，跟谁斗气，要到哪里去？"

　　孙进成这才说："刚才与哥哥嫂嫂吵了一架，他们一点兄妹情意都没有，我去与他们商量，结果碰了一鼻子的灰。他们不问我问，现在我就前往山东黄河边，去寻找两个姐姐的下落。"

　　妻子听后，说道："山东黄河边路途遥远，你带那一点银子根本就不够，应该多带一些。"

　　说完妻子回到房间，从箱子里又拿出一些银子来到孙进成面前，说："当家的，我理解你的心情，兄妹情意都没有了，那还有什么意义。你前往山东寻找姐姐我全力支持，如果找到两个姐姐，发现她们的日子过得不好，你就把她们接过来。你放心地去吧，家里的一切由我来照料，不过你一路上一定要注意自己的身体，在路上继续寻找那卖玉簪的小女孩，看她是否在返回山东的路上。我在寿春城一带再找找看。"

孙进成听了妻子的一番话，眼里闪出一丝丝泪花，脸上露出了微笑。

春芝被带回尼姑庵，经过老尼的精心照料，病情得到好转。春芝对老尼表示感谢和敬意，把自己的经历述说一遍。老尼说："怪不得你把这玉龙杯带在身边，我一直想，一个女孩家不喝酒，怎么带着酒杯，原来是这么回事。"

春芝又说："如果将酒倒入杯中就会出现一条龙来。"

这些话被站在一旁的静心尼姑记在心上。

春芝身体刚有好转，就想到城内去寻找亲人，她想起了在寿春还有两个舅舅，不知是否就住在孙家大院。于是春芝抱着最后的希望来到孙家大院门口。

春芝刚想进入，就从院内走出一个模样妖艳的女人，她见春芝想进入大门，就立刻上前问道："你这丫头是干什么的？这孙家大院是你随便进出的吗？"

春芝十分有礼貌地说："大婶，我是来投亲的，我来自山东黄河岸边，我姓何名春芝，因为家中出了事，我一个小女子无家可归，所以前来寻找两个舅舅，他们一个叫孙进康，一个叫孙进成。"

那女人听后十分吃惊，心想：这死丫头就是来投奔我家的，如果让她进入我家，就会多个麻烦。我可不想找这个累赘，前几天，我还因为她与孙进成大吵了一架。想到这里，她理了理头发，上前说："小丫头，你说的从黄河岸边来的那两个姓孙的早已搬走，不知去向，我看你从哪里来还回哪里去吧！"

说完她就把春芝往外赶。就在这时，身后有人骂道："胡说八道，你

不就是这孩子的大舅娘吗？这孩子千里迢迢来投亲，已经够苦了，你不仅
不收留她，还将她向外赶，你还是人吗？还不把这孩子带回去。"

春芝的大舅娘回头看去，只见孙家老爷爷孙纤站在身旁，用拐杖不停
地敲着地面。春芝大舅娘这才低着头，上前一把拉住春芝的手，用力一
带，说："走，跟我走。"

大舅娘带着春芝来到大街上，大声骂道："你这丫头！我和进康不可
能接受你。如果你再到孙家大院去闹，我就打死你，将你丢在淮河里
喂鱼！"

说完她将小春芝猛地推在地上，春芝被摔得头破血流。这一刻，她小
小的心灵彻底破碎了。春芝在痛苦中想到二舅，于是爬向大舅娘问道：
"你不收留我也罢，求你告诉我，二舅在哪？"

大舅娘冷漠地回答："死了！"

春芝听后又是失望，她带着伤痛返回尼姑庵。

孙家老爷子得知孙进康两人的所作所为不得人心，坚决不让他们俩再
踏进孙家大门半步。

转眼间几年过去，春芝在尼姑庵越发烦闷，由于梁盛堂不见踪影，她
的情绪非常低落。她坐在尼姑庵后院的石盘上，掏出自己随身带着的银
锁，不由自主地流下泪水。这一幕被老尼发现，她来到春芝面前说："孩
子，你是不是在想念亲人？"

何春芝擦了擦泪水，看了看老尼也没有说话，老尼发现春芝手中的银
锁问道："这银锁是不是爹娘给的？"

春芝回答说："是的。"

老尼又问："能不能给我看看？"

　　春芝回答："当然可以，这么多天来你像亲娘一样照顾我，给了我最大的关爱，我也不知道以后拿什么来报答你？"

　　说话间她将手中的银锁交给了老尼。老尼接过银锁说："出家人不需要报答，这银锁上刻着字，'春芝'，我知道是你的名字，这'盛堂'是什么意思？"

　　春芝回答："这银锁是前几年在家乡我爹娘给我的定亲之物。盛堂就是我现在正在寻找的梁盛堂，在他身上也有一把与我同样的银锁，上刻着'盛堂春芝'。"老尼看了看银锁说："我知道了，这叫娃娃亲。我体谅你现在的心情，明天我回老家把我的女儿带过来陪陪你。"

　　春芝一听十分高兴地问道："你还有个女儿，那你为什么出家呀？"

　　老尼叹了一口气说："一两句话也说不清楚，以后我会慢慢地告诉你。"

　　这时老尼伸出一只手来抱着春芝，春芝相依在老尼的怀里，抬头看着老尼问道："她们都叫你师父，但我不想叫你师父，我在这尼姑庵感到您像母亲一样关爱我，真的不知道应该怎样称呼您？"

　　老尼看了看春芝，笑了笑，问道："在你心目中想叫我什么呢？"

　　春芝立刻回答："如果不怕别人笑话，我就想叫你娘！"

　　老尼听后紧紧抱着春芝，激动的泪水滴洒在春芝的脸上，说："以后你要想叫就叫我尼姨吧，我以后一定像娘一样照顾你。"

　　第二天清晨天刚亮，尼姨早起收拾好随身带的东西，来到春芝面前说："春芝，今天我到观音庙去，顺便把我女儿李玲带过来。"

　　春芝听后激动地说："那好，尼姨，我希望你快去快回。"

　　尼姨走后，静心尼姑心想：今天是个赶走春芝的好机会。于是她来到春芝面前，十分严厉地说："吃闲饭的，过来把地扫扫。"

　　春芝见静心尼姑凶恶的样子，不敢怠慢，上前接过扫帚不停地扫起地来。

　　静心见春芝低头扫地，便偷偷地溜进她的房间，把春芝的玉龙杯偷走，藏在自己的床下。随后她又召集了所有的尼姑们，说："师父临走前吩咐过，由于今年大旱，庄稼颗粒无收，现在庵寺内已经缺米断粮，我们吃饭都成问题。师父临走时让我们把这小丫头片子赶出尼姑庵，原因是她不是尼姑。"

　　这时，另一位小尼姑上前问道："静心，师父叫我们把春芝赶走，这不可能，为什么她自己不赶？"

　　静心转了转贼眼回答："师父说了，这小丫头片子的嘴很甜，师父也不好意思赶她走，所以让我们今天无论如何要把她赶出去。"

　　春芝一听感到莫名其妙，上前说："各位师父，请你们今天不要赶我走，等尼姨回来我一定离开。"

　　静心一听把眼一瞪，骂道："你这个讨厌的死丫头，还想赖在这，想等我师父回来，你想得美！"

　　说完她便伸出手，拽着春芝的衣领就向门外拉。这时众尼姑再也看不过去，七嘴八舌地上前劝说。小尼姑又走上前说："静心师父，你说师父要赶她走，我们谁也不相信，我们看得出师父十分疼爱她。师父说过，她出门一天就会回来，不然我们就等师父回来问个明白。"

　　静心一听大怒，她来到小尼姑面前，狠狠地甩了她两个耳光，尼姑庵顿时静了下来。虽然众尼姑心中不服，但也不敢说话。春芝无奈地说："你不要为难她，我现在就离开。"

　　说完她去住处收拾自己的东西，这才发现爹爹的玉龙杯不见了。于是她走出门外问道："是谁拿了我爹的玉龙杯？"

众尼姑听后纷纷说："没有看见。"

静心笑了笑说："你这个臭丫头，赖在这里不想走，还诬陷我们偷了你的什么杯子。这是佛门圣地，哪能容忍你在这无理取闹。"

说罢她一脚将春芝踢倒在地，众尼姑看见这一情形，心中不满，但谁也不敢站出来阻拦。春芝只好离开尼姑庵向寿春城走去。

春芝进了寿春城，实在是无处可去，就再次来到梁家药铺。她刚到就发现药铺门敞开着，感到惊喜，刚想进入，见从里面走出来一位男子。那男子见春芝站在门口，上下看了看问道："小姑娘，你想干什么？"

春芝反问道："你是干什么的，为何进入梁家药铺？"

那男子笑了笑说："你还没有回答我，反而问起我来。我姓王名贵，家住寿春城内，梁郎中刚进城就救了我家妻儿两条性命，我很感激他。梁郎中家出了事，我十分难过。听人说梁郎中的少爷今天回到这里，在自家门前待了一会儿就走了。"

春芝听后惊喜地问："你是否知道他向哪个方向去了？"

王贵回答："有人看见他向南门走去，我追赶了一段路程也没找到他。"

春芝听到这里叫道："是盛堂，一定是他。"

她一边叫着一边向前追去，王贵喊道："你说得对，他的名字是叫梁盛堂，你还没有告诉我你是谁？"

春芝一口气跑到南门，却不见盛堂的踪影。她见人就问，见路就赶，结果令她再次失望。她对天呐喊，对地痛哭。

春芝无奈地又回到梁家药铺，见门已被锁，自己只好静静地坐在门前，天也渐渐黑了下来。

　　尼姨带着自己的女儿回到尼姑庵，不见春芝的踪影，便召集尼姑庵内的大小尼姑进行询问。被静心殴打的那个小尼姑说了实话，尼姨一听十分生气，严厉地说："出家人以慈悲为怀，怎么能做出这样不道德之事？今天全体出动，不惜一切代价一定要把她找回来。"

　　静心低着头说："师父，我这就去找。"

　　尼姨说："不必劳驾你了，如果让你去，找到春芝，还不把她给害死了。"

　　尼姨带着几名小尼姑，趁着月色进了寿春城，来到了东门梁家药铺门前，发现春芝躺在那里睡着了。尼姨看了看身边的尼姑们说："瞧这可怜的孩子，无亲无故真叫人心疼。"

　　于是尼姨上前将春芝叫醒，春芝睁开眼睛看见了尼姨，上前紧紧地抱着尼姨放声大哭起来。

　　春芝被带回尼姑庵，把丢失玉龙杯的经过诉说了一遍，尼姨把静心叫到跟前教训道："作为一个出家人，首先要具有慈悲之心，行善积德。你把一个无家可归的孩子往外赶，还像个修行的人吗？我走后，竟然在尼姑庵内还丢了东西，这个事不需要查就知道是你静心干的，你今晚不把玉龙杯拿出来，有你好看！"

　　静心把嘴一噘说："我把杯子还给她就是了，我不也是为我们着想吗？把她赶走能省一点粮食，也能为尼姑庵内减轻一些负担。她在我们这里吃住这么长时间，拿她的杯子也是应该的。"

　　老尼听了静心尼姑的一番话，很生气地说："你真丢人，你偷了人家的东西还有理狡辩，以后绝不能再发生这样的事。如果再这样，我会将你逐出师门！"

　　老尼带着自己的女儿进了春芝的住处，说："春芝，这是我的女儿，名叫李玲，与你年纪相仿。你们住在一块一定要和睦相处。李玲在这只能待个十天半个月就要回去，因为她的爷爷会想她。

　　又是一年即将过去，转眼又迎来了大年三十。天空飘着鹅毛大雪，寒风萧萧，吹白了大地。地上积了厚厚的一层白雪。春芝独自一人站在门前，看着白茫茫的大地，思念着家乡，思念着亲人。她多么希望能见到爹娘，见到亲人。夜晚，春芝回到自己的房间，独自坐在窗前，静静地待着。突然，她发现在茫茫白雪中有一身影，向尼姑庵走来。春芝心想：这天已晚，谁还来尼姑庵敬香拜佛呢？春芝有些纳闷，只见那人来到春芝的窗前，脱去上衣拍打衣服上的雪花，又跺了跺脚。那人显得十分怕冷，随后他又咳嗽几声，靠着墙脚蹲了下来。春芝一听这咳嗽的声音，是那样的清脆，心想：这个人年纪也不大，怎么大年三十不回家，到这尼姑庵来避风寒，这个大冷天，在门外冻坏身子怎么办。不行，我要劝他回家。于是春芝把头伸出窗外问道："你是谁家的孩子，为什么不回家，在这躺着会冻坏身子的。"

　　那人一听立刻站起来问道："你是谁，你的声音怎么这样熟悉？"

　　于是他走近窗前，看到了春芝，大声叫道："啊，春芝，怎么是你？我是盛堂啊！"

　　春芝一听是盛堂，喜出望外，激动的泪水夺眶而出，急忙叫道："盛堂哥，我可把你找到了！你等着，我去请尼姨把门打开，让你进来。"

第三十九章　黑心的好友不可交
后悔莫及伤透了心

春芝来到尼姨门前，叫道："尼姨，你现在能不能把门打开？梁盛堂就在门外。"

老尼一听十分惊喜，说："哎呀，这是天大的喜事。傻孩子，还来问我门能不能打开，来了客人了，外面那么寒，冷还不快去请他进来。"

春芝快步跑到门前把门打开，两双手紧紧握在一起，他们互相问寒问暖。尼姨也赶到跟前说："你们俩别只顾说话，还不快点进来。"

他们这才走进春芝的房间。

老尼说："春芝，我再给你们拿床被子来，今晚就在春芝房间里安歇。"

春芝和盛堂各披一床被子围坐在床上，两个人互相诉说家庭所发生的灾难。

梁盛堂说："自从爹娘被寿春城主抓走后，我就被莞爷爷送到他的好友魏家躲藏，后来莞爷爷一家也被城主抓走。"

春芝问："魏家待你好不好，都让你干些什么，离这远不远?"

梁盛堂回答："魏家老太爷待我很好，他把我安排在菜园子里种菜，也不怎么累。最近几天菜园子里的菜被偷，我自愿提出看守菜园子。今天下了鹅毛大雪，庵棚被压倒。我原想进入魏家大院，但天色已晚，后来想到不远处有这尼姑庵，就到了这里。爹娘被逼而死，我也想到黄河岸边去找你们，可是我身无分文，没想到我们会在这相遇。"

静心尼姑半夜出来小解，听到春芝房间有男人讲话，感到奇怪，走近窗前偷听了几句，心想：好一个臭丫头，不管你的房间是什么人，我要借此机会把你搞臭，再把你赶出尼姑庵。于是她来到院中大喊大叫："不好啦，不好啦，春芝这小丫头竟然藏个男人在自己的房间里，大家快来看哪!"

这时尼姑们纷纷起床，一个院子闹哄哄的。春芝不知所措，而梁盛堂一时也解释不清楚，静心一边叫着一边还用棍子向梁盛堂打去，梁盛堂只是不停地躲闪。这吵闹声又把老尼吵醒，静心见师父走过来，立刻大声喊道："春芝这丫头竟然带个男人藏在自己的房间里!"

老尼严厉地说："胡说八道，没有调查清楚就乱打乱骂。春芝，把你身上的银锁拿给静心看看，他就是寿春城梁家少爷，他们俩从小就由爹娘定下亲事。现在他们俩家中有难，两个孩子又走到了一块，我们应该高兴，应该恭喜他们。你倒好，竟然拿着棍子驱赶他!"

尼姑们听过师父的一番话，纷纷上前向春芝、盛堂道歉，还有的怨静心：这么冷的天，还把大家嚷嚷起来，你居心何在?

第二天清晨，一轮红日从东方升起，蓝蓝的天空在茫茫白雪的映衬下，显得格外干净。梁盛堂与春芝告别说："春芝你等着，我一旦出人头地，就来把你接走，我一定要尽到一个做男人的责任。"

春芝说："这个大冷天，你一定要保重身体，我现在是走投无路，实在不行就回山东老家。"

梁盛堂回答："就是回去也要等春暖花开，现在冰天雪地，身无分文行走也不方便。"

这时老尼来到梁盛堂面前说："盛堂、春芝，我真诚地希望佛祖保佑你们平平安安。"

冰雪融化，春暖花开。

转眼进了三月天。一天，魏管家来到尼姑庵送菜，一时找不到老尼。

春芝来到后院，只见尼姨坐在一口枯井旁的石盘上，静静地沉思着。春芝走上前问道："尼姨你在想什么，有什么心事呀？"

尼姨笑了笑没有回答，反而问道："春芝，你有什么事？"

春芝回答："魏管家把菜送来了，要让你去看一下。"

尼姨从石盘上站起身来说："我这就去，等我回来有话对你说。"

老尼来到前院厨房，听见魏管家说："我要多积攒一些钱，以后等我有了钱让你还俗。"

静心笑了笑回答："我入佛门决心已定，你休想！"

老尼一进门十分严肃地说："静心，你在干吗？"

静心见师父进来，吓得不知所措，魏管家也十分惊慌。老尼严肃地说："魏管家，你进了庙门就应该遵守出家人的规矩。魏家不想给我们送菜就罢了，不要干扰我们尼姑庵内的清规戒律。"

魏管家嬉皮笑脸地说："师太，我以后再也不敢了，请您把菜收下。"

老尼打发魏管家走后又回到后院，与春芝相依坐在石盘上。尼姨叹了一口气说："时间过得真快，一转眼十几年过去了。"

春芝笑了笑说："尼姨是不是怕自己会变老哇？"

尼姨说："其实我出家后并不怕老，我看着女儿渐渐长大，然而我永远也抹不去内心的伤痕，现在把我自身发生的故事讲给你听。"

"几十年前，在观音庙会上，我与娘前往寺庙去进香，当时庙会上人很多，十分拥挤，我娘不小心摔了一跤，痛得站不起身来，当时我很着急。就在这时，过来一个好心公子，把我娘背到药铺治疗腿伤。后来我与那公子日久生情，经过打听得知这个公子是当地李大善人家的儿子。李家在当地也是有才有德的忠厚人家，就请媒婆做证，两人情投意合。成亲不久，也不知从哪来了一个说是与李公子十分要好的朋友。后来得知只是酒肉朋友，并非患难之交，此人在李家住了很长时间。一天，李家族长派李公子到南乡放排（放排就是砍伐的木头连成一排放在河水里，由上游向下行），那好友也跟随而去。木排行到正阳关时，天也黑下来，淮河水流很急，木排也停不住，李家几个兄弟在前排撑着排头，李公子和那朋友在排尾。谁也没想到，那人操起一根木棍来到李公子面前小声说：'你家娘子长得真好看，她应该与我在一起，你去死吧！'说完举起木棍，还没等李公子反应过来，木棍就向他狠狠打去，李公子跌落在淮河急流中。等了好长时间，那凶手才向李家兄弟们报告说李公子不小心掉下淮河。几个兄弟十分伤心，但是面对滔滔的淮河水，却无处可寻，他们面对这突发事件无能为力。那李公子落水后，被南岸一棵老柳树枝挂住，第二天天亮后被船家发现救起。可惜的是头部伤情严重，老天又下起了大雨，淮河水猛涨，水流湍急，一时半会无法渡河。李家几个兄弟回来后把事情经过述说一遍，我悲痛万分，恨不得与他同归于尽。后来我发现自己怀孕了，就这样艰难度日。在这期间，那个凶手经常去骚扰我，但都被我拒绝。

当时我已经怀上李玲，被人骚扰的事又不能对别人说，于是就在床里面藏了一把刀，用以防身。一天晚上那个凶手又闯进我的房间，我与他厮打起来。正闹着，李公子突然出现，他大叫一声：'我可怜的娘子，我回来了。是他用棍子把我打落水中，差一点要了我的命！'那人见势不妙，狗急跳墙，夺过我手中的刀向李公子刺去，不幸正中胸膛。我又夺回刀来向那人刺去，那人拼命地呼喊：'救命，救命！'李家几个兄弟闻声赶到，李公子用血淋淋的手摸了摸我的脸，说：'我可怜的娘子，让你受委屈了，我不行了，你一定要记住，你的官人永远爱你。'他又看了看李家兄弟们说：'酒肉好友、过路朋友，千万不可信！'说完他就闭上了眼睛。

后来我娘家人把我接了回去，劝我说：'为了将来，把肚子里的孩子打掉，再嫁到远方。'我死活不肯，爹娘就把我死死地关在屋内，不让我回婆家见公婆，我想到了死，但肚子里的小生命支撑着我活下去。有一天趁我爹不在家，娘就把我给放了。

告别亲娘后，我赶回李家，公公婆婆看见我像残败的垂柳，心疼得哭成一团。后来我把李玲生下，但我爹到李家仍然想把我要回。实在没有办法，我只好出家做了尼姑。我把李玲托付给她爷爷奶奶抚养，出家后公婆也经常带着李玲来看我，还说：'虽然你已经出家，但是你永远是我李家的人，我们时时刻刻牵挂着你。'虽然我已出家，但仍抹不去我对官人的思念。我多么希望他能出现一下，哪怕是在梦里见上一面也好过些，我这样想是罪过罪过。"

春芝十分好奇地问："他在梦中出现了没有？"

尼姨说："有！有几次我们在梦中相见，每当我思念他时，我就独自来到这石盘上坐坐。许多人说我这十几年来老了很多，变成了老太婆。我的心事重重，又怎么能不老?"

　　听过尼姨的故事，春芝颇有感触地说："尼姨，这是一种永恒的爱情。"

　　于是春芝又说道："此缘无悔，断而丝牵。饥寒风雨，永恒情缘。"

　　尼姨听过春芝所做的诗笑了笑，说："你小小年纪学问不浅，是从哪学来的?"

　　春芝回答："我是跟洪德爷爷学的。"

　　尼姨点了点头，说："明天是三月十五，是四顶奶奶的节日，我带你上四顶山玩玩。后天是三月十六，我的女儿出嫁，我要赶回家乡。春芝，你也与我一块到姬沟寺去玩玩。"

　　春芝回答："是姐姐出嫁，我当然要去。"

第四十章　魏管家为静心害人
何春芝被困枯井中

次日清晨，尼姑们个个早起，准备与师太一起去四顶山。尼姨来到春芝的门前喊道："春芝，你还不快点起床，跟随我们到四顶山去！"

春芝一听立即走出门。静心看了一眼春芝说："师父，你们都去吧，我在庵内看门。"

老尼扫了一眼静心说："不去也罢，随你的便。"

山顶庙前求神拜佛的人很多，像一条长龙向山上涌动。春芝站在一块石条上，四处观看山河美景。突然，她发现了一个熟悉的身影，不由自主地叫了一声："三哥，是三哥，一定是他！"

她赶紧从石条上跳下来，挤向人群。春芝在人群中挤呀，挤呀，等她挤到三哥站的地方，发现三哥已经不见踪影。春芝找了大半天也没找到。春芝突然想：三哥会不会到梁家药铺？对，到梁家药铺看看。于是她又挤向尼姨，告诉尼姨："我发现三哥了，他肯定是来找我的，但是当我挤到近前时他又不见了。我现在要提前下山，到城内看看三哥是否进了城。"

　　尼姨说："好，山上人多，你一定要注意安全。不管找到找不到你三哥，晚上一定要回到尼姑庵。如果你不回去，我不放心。"

　　春芝听后说："一定！一定！"

　　春芝来到寿春城东门梁家药铺，见大门紧锁着，她询问几位邻居，邻居们说今天中午是有一个人来过，可那人转了转就走了。春芝听后十分后悔，认为自己应该早早在门前等着。

　　春芝在门前等候，一直到晚上也没有等到她的三哥。春芝无奈，回到了尼姑庵，一进门，尼姨就问："你哥哥找到了没有？"

　　春芝回答："没有，不过我断定他已经进了寿春城。"

　　尼姨说："你明天再进城找找看，姬沟寺你就不必去了。我现在就动身到姬沟寺去。"

　　春芝连忙问道："天黑了怎么还要走？"

　　老尼回答："那老李家离这寿春城也不是十里八里，明天去就迟了，我想再送女儿一程。"

　　春芝一边与尼姨说话，一边推开自己的房门，突然发现自己的房间像是被人翻过，她慌忙来到尼姨面前问道："尼姨，我的房间好像被人翻过。"

　　尼姨笑了笑说："果然不出我的所料，静心自愿留在庵内，就想偷你的玉龙杯。不过，你不必惊慌，你的玉龙杯在今早临走前我已经藏好。"

　　春芝笑了笑说："你真像我亲娘，处处为我着想。"

　　老尼临行前又说："天气不好，如果下雨，你就把后院柴草收拾好。"

　　说完尼姨踏上返乡之路……

　　天亮了，春芝早起想尽快赶到城内找到三哥。她刚想出门，就被静心拦住，恶狠狠地骂道："臭丫头，上哪去？把院子打扫打扫！"

春芝待了一会儿，连忙拿起扫帚扫起地来。忙了半天，刚想放下扫帚，静心又骂道："你这臭丫头，慌什么？扫得不干净，重扫！"

春芝感到有些委屈，这时魏管家又来送菜，被静心带进伙房。春芝只好又将地再扫了一遍。春芝抬头看看不见静心，便慌里慌张地走出尼姑庵大门，谁知刚走不远，就听到天空中几声闷雷。春芝看了看天，自言自语地说："天哪！我要急着去寻找三哥，老天怎么这样捉弄人。"

于是她又急忙跑回尼姑庵，来到后院将柴草往庵棚内收，她刚想进入庵棚，突然听见静心说："春芝在前院，不好说话，我告诉你，春芝这丫头身上带有神奇的宝贝，我十分喜爱，想把它弄到手，但一直没有机会。"

魏管家小声低语地说："这事好办，杀掉这丫头，宝贝永远属于你。"

春芝听后十分震惊，回头就跑，静心慌忙叫道："不好，这小丫头知道我们要害她，这还得了！"

说完魏管家立即冲出庵棚，扑向春芝，用双手紧紧掐住她的脖子，直到掐得春芝断了气，顺手抛进土井内，之后立即翻动石盘，用石盘盖好井口，魏管家这才慌忙逃走。静心做贼心虚，心想：春芝的死尸抛在这枯井内，如果被师父发现怎么办？不行，我要把她弄走。她来到石盘前，用力把石盘搬开，可怎么搬也搬不动，后来又拿来撬棍，也没撬动。她心想：就这样吧，反正这臭丫头也不是我弄死的。

何振彪在寿春不停地寻找妹妹，无果，最后只得直奔舅舅家。一进孙家大门，孙进成得知是姐姐家的振彪，亲切地迎了上去，紧握着何振彪的手，亲如一家。孙进成说："孩子，你家的前后遭遇我都知道了。前几年你的妹妹春芝来过，我们想尽办法寻找过她，但没有找到。更巧的是，你小舅娘在街上还买到了她的玉簪，最后实在没办法，我又前往山东，到了你家才知道，你家出了大事。"

何振彪说："我爹娘和两个哥哥被害后，我身负重伤，被梁山好汉救上山才保住一命。由于梁山接连不断争战，我就留在梁山看守山寨。期间我也曾回到家乡，经过询问才知道小妹与洪德老爷爷投奔了梁家。前些时间我回家给爹娘和两个哥哥烧些纸钱，听说舅舅你在寻找春芝妹妹，才知道梁家也出了事。唉，这郎中可当可不当！"

舅舅听后问道："三外甥，听你口气是不想继承你祖传的医术？"

何振彪回答："说实在的，祖上传的医术真不想丢，可现在我真的不想继承。"

这时舅娘上前说："外甥，你千里迢迢来到寿春，以后就别回去了，让你小舅去问问孙家车行，孙家车行正需要人手，以后就在这里干，到时候再给你成个家。"

何振彪说："我这次急匆匆地赶来是想找到春芝妹妹，没想到事情会这样。"

小舅娘劝说："你别着急，我们一直都在找她。你先在车行干着，关于春芝的下落，我们会继续打听。"

何振彪问："舅舅，孙家车行是干什么的？"

舅舅说："孙家车行可不是卖车的，而是用车给别人运货的。最近几年由于天灾人祸，许多人家都吃不上饭，强盗也随处可见，所以孙家车行需要有武功高强的人来保护。"

何振彪听后说："好吧，我在梁山期间不断练功，但也没有派上用场，听你这样一说，我的手真的还有些发痒，这事就这样定了。"

春芝在土井内慢慢地苏醒过来，发现自己在土井里爬也爬不上去，急得她在井底大叫。幸好井口被静心用撬棍捣个洞，不然春芝就闷死在里面了。

尼姨从李家回来，不见春芝，就立即叫来尼姑们询问，尼姑们纷纷说："自从师父离开后，我们就没有看见她。"

老尼问道："这几天梁盛堂来过没有，她会不会到那去了？"

尼姑们纷纷回答："不知道。"

老尼说："这丫头能上哪去？这真让人不放心，我要找找看。"

说完便急急忙忙向魏家菜园子走去，但魏家菜园不见人影，然后又向魏家大院走去。她来到门前叫门，开门的是魏管家。魏管家见老尼踏进门，感觉事情不妙，于是装腔作势地说："老师父这么晚了还上门来，有何贵干？"

老尼说："我找你家老爷有事相求。"

魏管家心想：静心是不是告诉她，那小丫头是我杀死的，现在找上门来？

这时就听魏家老爷喊道："管家，你在与谁说话？还不把她请进来？"

魏管家只好硬着头皮把老尼带进客厅，一进门，魏家老爷十分客气地让座。老尼也很有礼貌地问道："老人家，可安好？老尼此次来访有事相求。"

魏家老爷说："你一进门，我就认出你是尼姑庵里的老师太，你有什么事就直说吧。"

老尼说："我这次前来，想问梁家少爷梁盛堂现在是否还在你家？"

魏家老爷子摇了摇头，无可奈何地说："前一段时间我们与孙家一样，做车行生意，头一趟生意很好，可第二趟路过六安时被强盗打劫，车货被抢，人也没有回来，我们魏家上上下下急得都快疯了。"

老尼又问道："老人家，这么说盛堂也没有回来？"

魏家老爷回答："是的，提起梁盛堂，我们全家上下都很喜欢他。他朴实能干，人也很聪明。前几天，他提出来要挣些钱把何春芝送回山东。这一下可坏了事，现在是生死未卜。"

老尼听到这些也感到十分惆怅，叹了口气说："老施主，我不打扰你了，现在我要回去了，我还有许多事要做。如果梁盛堂回来，请你立即转告我。"

说完，她起身想走，魏家老爷子叫道："管家送送师太。"

老尼说："多谢施主，不用送了。"

魏管家松了一口气，心想：吓死我了，吓得我一身冷汗。

老尼离开魏家就直奔梁家药铺。她来到梁家药铺门前，见大门紧闭，四周也不见人影。她失望地叹了一口气，自言自语地说："春芝呀，春芝，你到底在哪？"

她一边说一边往回走，走着走着突然听到关城门声，老尼一看城门已经关上，便快步上前对看门的侍卫说："阿弥陀佛，请您把门打开，我有急事要立刻返回尼姑庵。"

看门的侍卫没有开门，老尼就只好往回走，到报恩寺住了一晚。第二天天还未亮，老尼就赶到城门前等候开门。

开门后，老尼急匆匆地往回赶。这时天突然下起了小雨，老尼到了庵内，命令几个小尼姑到后院把柴草收起。尼姑们慌里慌张地把柴草向庵棚内堆放，静心知道尼姑们都到后院收拾柴草，但她做贼心虚，不敢前往。老尼在收拾柴草时说："前几天我临走时，告诉春芝把柴草收拾到庵棚内，

现在倒好，柴草也淋湿了，人也失踪了。你们知不知道她是什么时候离
开的？”

一个小尼姑说：“我记得，她刚想出门，天就打了几声雷，随后她就
向这后院跑来，后来我就再也没有见过她。”

老尼一听，心想：这不对劲，按道理说春芝来到后院一定会把柴草收
拾好，可这柴草根本没动，这丫头能到哪去？

尼姑们收好柴草，各回各处。老尼独自一人在后院思索着，她来到石
盘前，发现石盘变了样，竟然被翻了身，正把那旁边的土井口盖上。她十
分吃惊，心想：掀起这石盘必须有很大的力气，我想尼姑庵的大小尼姑没
有一个能做得到。不行，我要抓紧时间把这石盘打开。她立即召集众尼姑
赶到后院，齐心协力把石盘掀开，只见春芝站在枯井内，浑身都是汗。她
看见尼姨站在井口，全力喊道：“娘啊，闷死我了，快救我！”

喊叫后春芝就倒在枯井内，老尼见此情景，悲愤地叫道：“这是哪个
狼心狗肺的干的，快把她救上来！”

第四十一章　静心尼姑庵内纵火
　　　　　　　方太太针灸救春芝

　　春芝被抬进房间，渐渐苏醒过来，看见尼姨坐在身边，上前一把拉住老尼的手，充满着恐惧的神态说："尼姨快救我！"

　　说完后她又昏倒在床上。老尼说："在枯井内闷了几天，别说是个孩子，就是大人也受不了。现在我们必须请个郎中前来给这丫头看一看。"

　　小尼姑说："以前寿春名医只有梁郎中，可是现在想寻找一个有本事的医生很难，那焦家父子只会骗人，我们到哪去请郎中？"

　　老尼想了想说："你说的也是。"

　　她沉思片刻，突然说："方家！方家老太太肯定行。你快去把方家老太太请来。"

　　小尼姑问道："方家，方家在什么地方？"

　　老尼说："你去城南门找找看，谁家的房前屋后花最多，那就是方家。"

　　不一会儿，小尼姑将方家老太太请来。方老太太仔细观察后，说："这孩子病得不轻，她不仅是受到惊吓，也是急火攻心，有可能转成疯症，像她这样的病情也多见，但是都没有这样严重，治好治不好，我也没有把握。"

老尼问道："治不好会怎么样？"

方老太太回答："治不好会出现呆、傻、神志模糊与精神抑郁。现在唯一的办法，就是要用针灸来治疗。这种针灸疗法对婴幼儿效果比较好，但对于一个十多岁的人来说，起不起作用，我不知道，只能试一试看。"

一番细心针灸过后，方老太太起身说："我的本领就这么大，暂时只能定定她的神，这丫头身子比较虚弱，需要你们细心调养。现在我要回去了，我会再来看她。"

老尼顺手掏出一些碎银让方老太太收下，方老太太笑了笑说："行善积德不仅是你们出家人的本分，也是我这个白发老婆子天天都想做的事，这银子留给这丫头买些吃的补补身子吧！"

老尼坐在春芝床前，看着春芝心想：这丫头在庵内也有一段时间了，上上下下也没得罪过人，只有静心一心想要她的玉龙杯。就是她要害春芝，也不可能搬动这样大的石盘，这里面肯定有问题。

春芝在枯井里被救后，静心感到坐立不安，于是她偷偷地找到魏管家，慌慌张张地说："大事不好了，那个死丫头又被救了出来。幸好她还没有清醒过来，一旦她清醒过来，我就麻烦了，到那时，我一定会被赶出师门。"

魏管家一脸坏笑地说："你如果被赶出尼姑庵，岂不更好？这样我们俩不就走到一块了。"

静心烦躁地说："做你的美梦，我天生就是做尼姑的命。大祸临头你还在说风凉话，她醒过来，你也脱不了干系。"

魏管家把脸一绷说："没想到这小丫头命真大，被我掐得断了气，又被我狠狠地摔在枯井内，竟然还活着。现在唯一的办法就是你再找个机会把她杀掉。"

静心接过话说："你说得轻巧，她随时随地都可能醒过来，让我把她杀死，我可没有那个胆子。我只想赶走她，得到玉龙杯，根本不想害死她。"

魏管家狠了狠心说："实话告诉你，现在我在魏家也是寸步难行。魏家出了事，上上下下全靠我来打理。事实摆在眼前，如果你不下手，一旦她醒过来，到那时就不是你做不成尼姑，我做不成管家，而是我们俩都要被关入大牢。你现在赶紧回去吧，一定要找个机会杀了她！"

静心回到尼姑庵，坐立不安，时常在院子一角徘徊。春芝被救后，房间就没断过人，老尼很怕春芝再受伤害，几乎每天都待在春芝的房间里。

夜深人静，尼姑庵静寂无声，微微烛光映在佛像的脸上，显得更加慈祥而庄严。突然一声狂叫惊天动地："失火了，后院失火了，快点救火啊！"

尼姑庵顿时炸开了锅，原来是后院的柴草起了火。尼姑们纷纷奔向火场，盆泼桶倒忙个不停。

老尼见后院起火，一阵惊慌，她急忙起身跑到后院，指挥救火……

这时静心尼姑偷偷溜进春芝房间，看了看躺在床上的春芝，不顾一切地扑向她，紧紧地掐住春芝的脖子，用尽全身力气，一心想把她掐死。此时的春芝在梦中突然惊醒，发现静心正在用双手掐着自己的脖子。此刻，春芝突然安定下来，而后猛一翻身，双腿一蹬，将静心踹出丈外。这时春芝已经十分清醒，她想起在后院所发生的一切。静心见春芝已逃脱自己的手掌，更加疯狂地扑来，她正要操起板凳向春芝砸去，就听老尼喊道：

"住手，静心，你要干什么？为什么要伤害春芝？"

静心见事情已经败露，吓得她急忙跪在老尼面前，不停地跪地求饶。春芝在床上哭啼着说："尼姨，是她和魏管家合伙害我。"

真相大白，静心被罚闭门思过，魏管家被赶出魏家。

方家老太太再来瞧看春芝的病情，她带来了南唐香草。一进门春芝就闻到一股香草味，何春芝十分惊奇地叫道："吉祥香草，老太太你这香草是从哪里来的，你今天来到尼姑庵是不是有愿要还？"

老尼笑了笑说："春芝，你还不过来谢谢方老太太，要不是方老太太，你就没命了，是方老太太救了你。"

春芝急忙来到方家老太太面前说："谢谢太太救命之恩。"

方家老太太看了看春芝说："这丫头这么懂事，像个大家闺秀，一看就惹人疼爱。我听这丫头口音有些不像本地人，是从哪来的，怎么住在你这尼姑庵里？"

老尼上前把事情经过诉说了一遍。

方老太太听后说："唉，春芝这丫头真够可怜的。"

她看了看老尼又说："我有个要求，不知道你答不答应？"

老尼说："老人家你说吧。"

方老太太说："我这一段时间也不开心，我那死去的老伴，活着的时候栽了几棵牡丹，不但没有开花，还死了，我的心情一直不好受。我想让这丫头到我那住几天，陪陪我，等盛堂回来我再让她回来，你看好不好？"

老尼笑了笑回答："好啊，春芝到你家我也放心，再说你家离我尼姑庵并非千里之遥，她如果想回来就回来，想去就去。"

春芝来到尼姨面前说："尼姨，这么长时间也不见梁盛堂，我想见一见盛堂再到方家。"

老尼听后感觉无言相对，心想：这该怎么办，现在魏家出了事，梁盛堂下落不明。如果告诉她实情，她一定会不安，现在只好对她隐瞒事实。于是，她只好说："春芝，你现在见不到梁盛堂。因为他想多挣些钱，想让你们俩以后的日子过得好一些。前几天他跟着魏家车行到六安州去了，到现在也没有回来，等他回来我去通知你。"

春芝只能无奈地答应了。

何振彪带领着孙家车行前往六安州，路上一个土匪强盗也没遇见，几十车粮食平安到达。他们一路十分劳累，想找个酒店吃饭。何振彪领着车夫们走在大街上，突然发现大街上一群人围着墙角在看什么。何振彪走上前看了看，只见墙上贴了一张告示，写道：六安王府，老泰山因犯重病，寻求江湖郎中。医好者重金酬谢，医不好者罚做苦力三天。何振彪一看，心想这家老爷子到底得的什么病，我过去看看，大不了做几天苦力也舒展舒展筋骨。于是，他上前问道："去六安王府怎么走？我去看看这老泰山患了什么病。"

只见看守告示的两个侍卫说："你是不是也想冒充神医，不过你可要考虑后果，现在我们王府老爷子生命危在旦夕。"

何振彪一听急忙说："听你俩说的病情够严重的，那我一定要前往看个究竟。"

这时另一名侍卫摇了摇头说："唉，又有一个做苦力的，跟我走吧。"

第四十二章　六安遇山贼劫车行
何振彪大战顾霸天

何振彪被带进六安王府，他看见有许多人在搬石头，有的人从左边往右边搬放石头，有的人从右边往左边搬回石头，就这样搬来又搬去。何振彪看到这样的场景感到十分可笑，认为六安王这样做事太荒唐！于是他问侍卫："他们为什么要这样做？"

侍卫笑着回答："我家王爷为官清廉，他为了惩罚那些徒有虚名的"神医"，就让他们来回搬运这些石头。"

何振彪看着他们又笑了笑。

不一会儿他来到后院，见到六安王。王爷沉着脸看了看何振彪问道："你是从哪来的，叫什么名字，是不是也是'神医'呀？"

何振彪上前施礼说："见过王爷，在下来自黄河岸边，名叫何振彪。这次到六安是帮助寿春孙家车行押送粮车，路过此地，听说府内老人家生了病，我想来试一试。"

六安王说："你是不是看到告示上写着可以得重金，也想来凑热闹碰碰运气？"

何振彪说："那倒没想过，我只是好奇罢了，如果我治不好老爷子的病，我一定会和门外的那些'神医'一样来回搬东西；如果我治好老爷子的病，我也不拿你府上的一分半文。"

六安王笑了笑说："天下还有这样的人，那好吧！就让你看一看。"

何振彪来到老爷子的床前，仔细观察后问道："请问老爷子病发前有什么症状？"

六安王回答："前一段时间王府里遇上了强盗，老泰山被吓后就出现这种症状。"

何振彪又仔细地观察了一遍，说："老爷子的病可不轻啊。你说他是被吓后才出现这种症状，我也相信，可是那不是病根。"

六安王一听，说："可门外那些郎中都说老泰山是被吓的。"

何振彪说："在老爷子身上肯定有伤口，他这种症状一定是破皮疯（破伤风）。"

结果在老爷子的膝盖上果然发现了伤口，六安王吃惊地看了看何振彪，问道："这伤口并不大，怎么会导致老泰山的病这么严重？"

何振彪回答："不要小看这伤口，一定是当时没有得到及时治疗，引起感染。"

六安王叹了一口气，又问道："现在应该怎么治疗？"

何振彪回答："王爷，现在老爷子的病情十分严重，当务之急必须找到风热草（益母草）和老槐树枝（民间指的是臭槐、笨槐树，花果为上等药材）。只有这样老爷子的病才有救，不过这两种药草，目前只有淮河岸边有。"六安王说："我这就派人跟你一同前往，希望你快去快回。"

何振彪说："现在可不行，我刚到六安，已是饥饿难忍。"

六安王一听，惊奇地笑了笑说："来人，赶快备上一桌上等酒菜。"

何振彪听后笑道："那倒不必，我的兄弟已经在小酒店等我，如果我不到，他们吃饭也不香。"

六安王恳切地说："上门是客，再说你也是为我家老泰山治病而来，你的兄弟我派人去招待，让你的兄弟先回去就是了。"

何振彪笑了笑说："那好吧！让你破费了，这门外的江湖郎中是不是可以把他们放了。他们虽然是求财，可有的也是出于一片好心。"

六安王一听一拍脑袋说："你不仅懂得医术，还有善良之心，好，好，我现在就立刻把他们放了。"

王府侍卫来到酒店，见孙家车行的兄弟们正在等候何振彪，六安王府侍卫上前说："何振彪郎中在王府内给老泰山治病，他让我前来带话，让你们先吃饭，先回寿春城，你们的饭账由我们王府来结算。"

孙家车行一行人吃过饭，备好马车踏上了返回寿春之路。何振彪在六安王的邀请下坐在饭桌前，六安王举起酒杯说："小、小、小……"

六安王"小"了半天也没说出个名堂，于是他笑了笑说："我真不知道现在应该称你什么。称你勇士，可你懂得医术；称你何郎中，可你不行医。"

何振彪说："我知道王爷的意思，不过现在不能多喝，因为还要尽快赶回淮河岸边，酒喝多了路上会误事。"

六安王听后十分敬佩地点了点头说："只要你能把老泰山的病治好，我一定会重赏于你。淮河岸边路途遥远，我会派两名精兵跟随你，任你差遣，一路上你们之间好有个照应。"

何振彪点了点头，吃过饭后挑选了几匹宝马良驹，一行三人上了路。

出了六安州，三人快马飞奔，刚行走不到五十里，突然发现一个孙家车行的车夫。他惊慌失措地上前拦住了何振彪说："何公子，大事不好了，车行的兄弟们路过前面一片森林时，被一伙强盗连车带人一起劫走了，幸好我跑得快才没被抓去。"

何振彪吃惊地说："奇怪啊，只听说强盗只劫钱财，哪有把人一起劫走的？"

孙家车夫又说："听说把人抢上山，是用来修山寨做苦力。"

何振彪一听叫道："好一个狂妄的山贼，胆子不小，我去会会他，头前带路。"

两名侍卫上前拦住何振彪说："何公子，我们王府老泰山生命垂危，我看还是取回药材，再来解救他们，现在还是取药要紧。"

何振彪笑了笑说："兄弟，你不要着急，我已多年没有与人交过手，现在伸伸拳脚也好，你们俩放心吧，不会碍事的。"

说完何振彪催马向前，顺着车辙来到山寨下，在山寨门前大声叫骂："好一个狂妄毛贼，竟然敢掳我的人马，如果识相就立即把所有人马给放了，不然我今天会踏平你的山寨！"

山寨内的小喽啰们慌忙向大王通报，山大王一听大怒，把桌子猛拍一下，叫道："大胆，竟然还有人在我山寨前叫骂，带我前去与他会会！"

说罢他提起大刀，又在上面吐了两口之后用袖口擦亮刀锋，说："今天我一定要了他的命。"

山寨大门已开，里面闯出来几十名山贼，何振彪抬头看了看那山大王，只见他满脸胡子看不着脸，有些像李逵，样子十分可怕。山大王看了看何振彪等三人，于是骂道："就你这几个毛头小子，不知天高地厚，竟然在我的门前叫骂，还不过来送死！"

那叫骂声惊天动地，跟随何振彪的两个侍卫心想：完了，这一回事闹大了，不但救不成老爷子，说不定还把自己的性命搭上。

何振彪笑了笑说："你们俩一边待着去，看我怎么收拾他。"

何振彪拔出钢刀直奔阵前。那山大王仔细地看了看何振彪，倒吸一口凉气。只见来人两眼炯炯有神，气势逼人，山大王心想：这小子说不定有两下子，如果我打不过他，在兄弟面前一定会没面子。想到这时，他又回头看自己的兄弟们，这时冲出一名山贼喊道："寨主，杀鸡焉用牛刀，我来制服这小子。"

说完他就与何振彪交战在一起，何振彪虚晃一招，用刀背将那山贼打落马下，然后用刀拍了拍那山贼的脸说："我何振彪只是想救人，可不想杀人，滚回去！"

就这样，山贼用车轮战的方法不知多少回合也没有打败何振彪。那山大王心想：这该怎么办，这小子倒也有些功夫，却很讲道理，没伤害我一兵一卒。不行，我要上前会会他。于是他来到阵前，问道："来者何人？这样胆大妄为，还不报上名来？"

何振彪回答："我是过路人，名叫何振彪，山野毛贼还不报上名来？"

山大王叫道："你给我听好了，我名叫顾方达，人称顾霸天，如想活命就离开，如果想死就放马过来。"

于是两人就交战在一起，顷刻之间何振彪将那山大王手中的大刀弹飞。何振彪站在一旁盯着那山大王，只见他拍了拍手，显露出几分狡黠的样子说："你这小子，我玩刀玩不过你，过来我们摔上几跤，如果你把我摔倒任你罚，让俺干啥就干啥。"

何振彪说："只要你把山寨内做苦力的全部放了就行。"

说完他将手中的钢刀向地上一插，两人又交起手来。不一会儿，何振彪连胜三局，摔得那山大王气喘吁吁的，口服心服。于是山大王停住脚步说："没想到今天败在你手里，我是很讲信用的人，一切都是你说了算。不过我还有个条件，就是你一定要留在山寨上，做我们的头，也能像梁山好汉一样干一番轰轰烈烈的大事，比那六安王还要神气。"

何振彪看了看身边六安王派来的两个侍卫，笑了笑说："你刚刚还说你败了任我处罚，怎么现在与我谈条件？"

山大王回答："我不是与你谈条件，可我也希望本山寨有个能顶天立地的寨主。"

何振彪用眼瞪了一下顾霸天，说："你不要再说了，我何某可不想干这事。"

顾霸天立刻上前辩解道："我顾方达认为这做强盗没有什么不好，在这一带也不是我一个山寨，他们不也是想抢就抢，想杀就杀吗？要吃的有吃的，要喝的有喝的。"

何振彪立即严肃地说："我没有工夫与你纠缠，现在唯一的条件就是尽快把山上做苦力的统统给放了，你说的条件等我回来再说。我会把你带上正路，真正干一番大事业。"

第四十三章　六安王难舍何振彪
好医术施救老泰山

　　何振彪抬头看了看天，说："两位兄弟，我们要快马加鞭，不然那老泰山真的没救了。"

　　说完，立即跨上马，三人并行，像离弦的箭一样奔向淮河岸边。他们来到淮河岸边，何振彪大吃一惊，他发现那棵老槐树已经被人砍伐，树都不见了踪影。就在这时有位老者赶了一群羊过来，何振彪迎上前去问道："老人家，请问这硖山渡口旁的老槐树怎么被人砍了？"

　　老者回答："我也不知是谁砍的，你问这有何用？"

　　何振彪说："我想取树上的枝条做药救人，这棵老槐树不见了，请问在这一带还有没有生长着这样的树？"

　　那老者想了想回答："有，不过离这有一段路程。"

　　何振彪说："老人家快讲。"

　　老者立刻回答："由此向西约二十里地有座青冈城，城南门有个姚家大院，大院内就生长着几棵老槐树，你到那去一定能找得到。"

何振彪一听十分惊喜，说："谢谢老人家指点。"

说完三人继续前进。

三人到达青冈城时，夜幕降临，城门已经关闭，几位只好在城墙下凑合安歇。由于路途劳累，他们躺下很快就呼呼大睡，直到天亮还没有醒来。

鼓声阵阵，三人从梦中惊醒，他们慌忙站起身来，拍去身上的尘土，跟随着人群涌进青冈城。何振彪询问行人："老大哥这是干什么呀？"

那人回答："你不知道？听你口音不像是本地人。今年大旱，多亏了淮河那条黑龙，为我们焦岗湖岸边的老百姓施了几场雨，使我们的庄稼长得旺，喜获丰收，今天是庆丰收毛球大赛。这方圆百里只要有一年好收成，都要举行一次。每年举办毛球大赛都是在冬季，而今年不同。"

何振彪忙问道："为什么？"

那人回答："从古至今，淮河与黄河一样，三年干，三年淹，三年蝗虫遮满天。今年收成很好，老百姓心情舒畅，所以在五月初五这一天提前举办毛球大赛，庆祝今年五谷丰登。"

何振彪听后说："我发现许多农田里的活还未干完，这五月对当地百姓来说是农忙季节，这样会耽误了收种。"

另一个庄稼汉子上前说："这五月是农忙时节，耽误一天也不碍大事，咱老百姓就是图个喜庆。"

一边走一边交谈，何振彪一行人不知不觉也来到球场（毛球是古代民间的一种娱乐体育，流传于淮河两岸很久，球场上热闹非凡。他们无暇观看，而是快步赶到姚家大院，可是大门紧闭，叫了半天，姚管家在院内才回应道："谁呀，为什么叫门？"

何振彪说："我想求你家老爷取些药材。"

姚管家来到大门口隔着门笑了笑说："你骗谁，我不会上你的当。我们姚家能有什么药材，又不是开药铺的。你是趁着姚家人都去看球赛，想来抢些东西吧？"何振彪一听，十分焦急地说："老大哥，我们可不是强盗，确实是来求药材的，是想取一些你家院内那棵槐树枝。现在病人生命危急，我们不能再耽误了。"

姚管家一听笑着说："你再怎么编故事，我也不会相信。老爷不在，不可能让你进来，如果你们想进来，那就只好等。"

何振彪一听十分失望，说："这该怎么办？"

一两个时辰过去，姚家人还不回来，何振彪十分焦急。他急中生智，一跃而起跳上墙头，站在墙头上叫道："我们不是强盗、骗子，是实实在在想求些槐树枝，凭我这一身武功，你这院墙根本就拦不住我，你让我们等，我们可以等，可病人不能等啊！"

姚管家见何振彪武艺高强，有些吃惊，但是他感到何振彪也没有恶意，于是说："好汉，看你也不像坏人，我也想把槐树枝砍给你，可是你要知道我只是个帮工，做不了主。如果你想赶时间，你就到球场去寻找姚家主人，不然我还是不敢给你们开门。"

何振彪听过姚管家一番话回答："你说得有道理，我们也不为难你。"

于是他跳下墙头，与两个侍卫正要赶往赛球场，就听有人问道："你们是干什么的，为何站在我家门口？"

几个人一听喜出望外，何振彪上前说："您老人家来得正好，我们正有事相求。"

老员外说："求我有何事？"

何振彪说："我们是从六安州赶来的，听说你家院内生长着几棵老槐树，想取些树枝用来治病救人，我们已经等待多时了。"

老员外说："你不是想取些树枝吗，家里有人，别说是取些树枝，为了救人，就是把整棵树抬走，我姚家也心甘情愿。"

进了院子，何振彪一个纵身飞向树枝，取下槐树枝，并向老员外表示感谢，之后急忙返回六安州……

六安王府的人焦急万分，老泰山的病情越发严重，时而昏迷不醒，时而牙关紧闭。在老泰山床前坐着一个姑娘，虽然泪洗胭脂，一眼望去真是貌若天仙。只见她一边擦去脸上的泪水，一边喊叫着："爷爷！爷爷！从小我爹爹就不管我，是你把我拉扯大，你怎么能舍得我，抛下我？"

小孙女在一边哭，六安王在大厅内来回走动，口中还不断地怨道："到现在怎么还没有回来，难道说这三个人都掉进淮河里了。我的小公主，你的爷爷还活着，不要再哭了，你哭得让人心烦。"

女儿听后慢慢地止住了哭声，但她依然紧紧地握着爷爷的手不放。天已黑下来，一更天过去了，两更、三更、四更天过去了，直到五更天六安王府大门外终于传来马蹄声。何振彪三人进入王府，六安王得知何振彪连夜急返，十分感激。何振彪连忙来到老爷子床前，发现老爷子床前半躺着一个美貌女子，何振彪心想：这女子长得如此娇美，让人入目不忘。想到这里，就听有人叫道："公主，还不快起来，让郎中给你爷爷治病。"

公主在睡意中惊醒，突然发现站在身旁的是一位风度翩翩英俊潇洒的公子，自己也情不自禁地看着对方，激动得心怦怦直跳。六安王发现自己的女儿两眼呆呆地看着何振彪，于是上前说："我的小公主，你还不让开，让何神医给你爷爷治病？"

公主看了一眼父王，羞羞答答地离开了。何振彪也把目光转移到老爷子身上，仔细地检查了一遍，说："现在要抓紧时间把槐树油熬出来。"这时，跟随何振彪同行的两个侍卫也顾不上休息，帮着架起火来。

何振彪将熬好的树油，调好汤药，让老泰山服下。何振彪说："现在必须给老泰山身上加温，如果老泰山身上不出汗，那就没救了；如果出汗，那就万事大吉。然后再烧一些益母草槐树枝叶水给老人家熏蒸，这能使老泰山的伤口活血祛风。"

六安王让下人给老泰山多盖几床被子。

一个时辰过去了，老泰山身上果然冒出汗来，众人十分惊喜。何振彪又说："等老爷子醒来时，再用熏蒸的水洗澡，这样老爷子才算有救。天已经亮了，我们也太累了，现在我们要休息休息了。"

何振彪侍卫三人休息后，六安王召见了他们："一路上有没有遇到麻烦，怎么这么长时间才回来？"

何振彪回答："真遇上麻烦了，因为刚出门不久就遇上强盗，我还与他们打了一架，所以回来这么迟。"

六安王急忙问道："与强盗打架，你能打过他们吗？"

跟随何振彪的侍卫说："打得过。我们还把他们打得口服心服。"

六安王笑了笑说："我不敢相信，凭你们几个能打败那些山贼？"

何振彪上前说："打败几个山贼也是暂时的，想征服他们不是一时半会的事，听说他们在这方圆几百里到处拉帮结派，占山为王，这样就苦了老百姓。"

六安王说："这几年来，朝廷连年征战，我对这些山贼也束手无策，想征服他们实在是没有办法。"

这时跟随何振彪的侍卫说："王爷，我有个想法不知当讲不当讲？"

六安王笑了笑说："只要对本王有利，对当地老百姓有利，但说无妨。"

于是侍卫说："这次北上淮河，我发现振彪兄弟武艺高强，有勇有谋，我想让他带领一帮人马，扫平这一带山贼。不知王爷意下如何？"

六安王看了看何振彪说："你真是像他说的那样厉害，那么有本事，我缺的就是你这样的人才。如果你能为本王分忧，本王感激不尽。"

何振彪说："王爷，你可不要听他夸得那样神，再说我是到寿春寻找妹妹的，到现在也不见妹妹的影子，我一直惦记着她。"

六安王又说："只要你跟着我，以后你寻找妹妹的机会会很多。你答应我，以后有机会我也会帮你寻找。"

从那以后，何振彪在江淮之间带着一批人马，征服了许多山贼，后来六安王又把公主许配给何振彪……

第四十四章　梁盛堂落难村妇家
救命之恩应当报答

再说梁盛堂被山贼抓去做苦力，何振彪到淮河岸边取槐树枝时，路过山寨将山贼打败，苦力们乘乱四散奔逃，梁盛堂也在其中。在逃走的路上，他感到有些饥饿，才放慢了步子，想寻找一点吃的，但荒无人烟无处可寻。由于饥饿难忍，他昏倒在地，后来被采蘑菇的村妇救回家中……

日子一天天过去，在方家的春芝度日如年。一天，她听说魏家车行回来了，她急急忙忙赶回尼姑庵，见到尼姨说："尼姨，我回来了。"

老尼问道："春芝你怎么回来了，我还准备今天去看你，这几天你不在我身边，有些想你。"

春芝回答："我看到方家老太太自己一个人很孤单，一直没有开口要回来。今天我听人说魏家车行的人从六安州回来了，我想梁盛堂也该回来了。"

老尼一听说："好！好！我和你一同去魏家看看。"

春芝和尼姨怀着喜悦的心情，一起赶到魏家菜园。菜园里不见梁盛堂的踪影，老尼说："按理说梁盛堂回来不可能就来菜园子，我们再到魏家大院看看。"

说完她们俩转身来到魏家，叫开大门。开门的是魏家新上任的管家，上前问道："请问二位有何贵干？如果化缘就请回吧，今天魏家有事不便接待你们。"

老尼上前说："我们不是来化缘的，是来找人的，不知魏家出了什么事？"

魏管家回答："魏家的事与你们不相干。"

老尼见管家有些啰唆，于是说："请您告诉魏老爷，尼姑庵里老尼求见。"

魏管家说："你们俩在这门口等候，我去报告一下老爷。"

魏管家来到魏老爷身边，把老尼寻人的事情说了一遍。魏家老爷听后脸突然沉了下来，起身就向门外走去，他来到大门前见到老尼说："师太请进，我正想找你，我有个不好的消息。"

老尼听说有不好的消息，有些紧张，春芝的心也怦怦直跳，魏家老爷也六神无主。老尼定了定神说："老人家不要紧张，慢慢说。"

魏老爷说："我魏家从颍州拉了几十车粮食组成车行，前往南山贩卖。不料路上遇见强盗，粮车人马被劫。后来听说六安王派了三位勇士前往征剿，我魏家人马乘乱势，大多数人逃了出来，但只有梁盛堂不知去向，也不知是否逃脱，是死是活下落不明。"

春芝听到这时，一时不知如何是好，急得乱搓手。魏老爷问道："师太，这个小女孩是不是你收的徒弟？"

老尼回答："不是的，她叫何春芝，是我在尼姑庵收养的孩子，就是她与梁盛堂从小由父母订有亲事。"

魏老爷听后说："梁慷程医术精湛，在寿春一带名不虚传，没想到一家人弄成这样。何春芝更是苦命的孩子，不要着急，说不定梁盛堂很快就会回来。"

梁盛堂被村妇救回家中，很快就恢复了健康。一天，梁盛堂刚想出门，被村妇拦住问道："你这个美公子想到哪里去？"

梁盛堂回答："我该回家了。"

那村妇把脸一变说："休想，你的命是我救的，你还没有报答我，就想离开？"

梁盛堂感到有些吃惊，说："大嫂你救了我的命，我一定不会忘记你的大恩大德，有朝一日我一定会报答你。"

村妇叫道："有朝一日，那要等什么时候，我让你从现在起就报答我。去年我死了男人，撇下我和几个月大的女儿，生活起来十分艰难，现在我让你做我的男人，为我当家。"

梁盛堂吃惊地把头一摇说："不可，万万不可。"

村妇又说："这有什么不可，我说行就行，不是你说了算。"

梁盛堂耐心地解释说："我知道你是一个好心人，是你救了我，感谢你如此看重我，可我从小就由父母订有亲事，这是不能更改的，一旦违背那就是不孝。"

村妇一听，把眼一瞪骂道："你这个人，有恩不报不知好歹，是我救了你，又让你做我当家的，这样的好事到哪里去找？如果你不同意，我一定打断你的腿，看你能到哪里去。"

梁盛堂见村妇不肯放过自己，又不能与她翻脸，于是说："让我做什么不行，干吗非要我做你的男人，现在我答应你，只做你的弟弟。"

梁盛堂心想，以后找个机会逃走就是了。晚上那村妇将床铺好，又在床前搭了个地铺，说："当家的，你睡床上我睡在地上，等你想好了我再与你同床。"

梁盛堂说："大姐你应该带着孩子睡在床上，我躺在哪儿都行。请你不要再叫我当家的，叫得我的心里不舒服。"

于是梁盛堂将自己一家和春芝一家前后遭遇诉说了一遍。

村妇听后也感受到梁盛堂与何家姑娘的痛苦，于是问道："春芝现在在什么地方，生活得好不好？"

梁盛堂回答："春芝一家被贪官陷害后只剩下春芝一人，她冒着风雨赶到淮河岸边的寿春城。可是我家出了事，现在也是有家难归。春芝后来被尼姑庵的师太收养，大年三十那天我们才相逢。她千里迢迢来寻亲，一路上多灾多难，见到她更加激起了我对她的眷恋之情，我决心多挣一些银子娶她为妻，不料今天落难被姐姐相救……"

村妇听完梁盛堂的述说，叹了口气说："听你述说才知道你也是个苦命人，想想自己太自私了。做姐姐就做姐姐，我再也不为难你，你走后如果有机会就来看看我，我也就满足了。"

第二天天刚亮，梁盛堂醒来发现村妇在厨房内做了许多干粮，梁盛堂走进厨房问道："姐姐你这是干什么？"

村妇笑了笑回答："弟弟要返回寿春，我这个做姐姐的为你备些干粮，以便路上充饥。"

梁盛堂心想，开始看她霸道不讲道理，没想到她这样善良。

梁盛堂离开时，那村妇远远地喊叫着："有时间就回来看看姐姐，春芝那丫头千里迢迢追寻你，也够辛苦的，一定要对她好，女人需要的是温暖体贴。只要你对她好，她一定会全心为你付出。"

梁盛堂满怀欣喜地踏上返回寿春之路，他走着走着，突然狂风大起，不一会儿乌云像魔鬼一样吞没了整个大地，显得漆黑一片，随后是狂风卷着暴雨。梁盛堂突然想起村妇住的那破旧房屋，怎能经得起这样的风雨？他也没多想，掉头就快速往回跑去。

梁盛堂离开后，村妇见天色已变，狂风像要吹平整个大地一样，想到自己的草房又怎能经受起这样折腾，眼看着房顶上的草就要被风刮走，就再也忍不住，迅速爬上房顶，用身体压住房顶上的茅草。不料，那狂风像是魔鬼一样，将村妇一下掀翻，从房顶摔到地下。就在这时梁盛堂赶到……

狂风暴雨过后，草屋内传来孩子的哭闹声，村妇趴在地上抬头看了看梁盛堂，强忍着疼痛，笑了笑说："谢谢，我的好弟弟！这次要不是你，我们娘俩就没命了！"

梁盛堂见此情景，慌忙上前将村妇抱进屋内，村妇叫道："哎哟，我的一条腿好痛，是不是断了？"

梁盛堂小心翼翼地将村妇放在床上，说："我对医术略知一二，我来给你看看。"

经过梁盛堂查看，是一条腿骨折。

第四十五章　静心尼姑忽悠春芝
方老太太棒打光头

日子一天天过去，春芝在尼姑庵内度日如年。自己来到后院石盘前坐下，春芝自言自语地说："我的命真苦，梁盛堂你到底在哪儿？"

无奈之下，春芝痛哭起来。尼姨也来到后院，见春芝在哭啼，于是走上前安慰道："孩子，不要悲伤，现在唯一的希望就是等待。"

春芝抹去脸上的泪水说："我担心的是盛堂现在在哪里，是不是受苦、受罪、受冷、受饿，他是不是还在人世间？"

尼姨上前将春芝抱在怀里，用温馨的话语安慰她说："好孩子，我一定求佛祖保佑你们，保佑梁盛堂平平安安归来。最近我要出一趟远门，到九华山去，没有我在你身边，你一定要坚强，一定要耐心等待。我相信，梁盛堂一定能回来。"

老尼临走前来到方家，见到方家老太太。把梁盛堂前后所发生的事述说了一遍，方老太太说："等你走后我就去把春芝接过来。"

老尼说："这样可不行。"

方老太太问："为什么?"

老尼说："说出来不怎么好听,也有损我尼姑庵的声誉。"

方老太太着急地问："什么好听不好听,这又没有外人,不妨告诉我。"

尼姨说："前一段时间尼姑庵出了事,春芝差一点送了命。正是因为一个叫静心的尼姑与魏管家想盗玉龙杯,被春芝听见。如果春芝离开尼姑庵,那静心不知又会做出什么事。"

方老太太听后点了头说："你说的那个魏管家以前在我家干过仆人,我知道他的底细,他可不是什么好人。他偷了我家的银子,被我发现后就把他赶了出去。你这次出远门大约需要多少天?"

老尼回答："一个月左右。"

方家老太太说："师太,你放心地去吧,我每隔两天就到庵里去看看。"

老尼走后,静心像是吃了开心果,匆匆离开尼姑庵找到了魏管家,商量怎样收拾春芝这个丫头。魏管家说："春芝已经成了大姑娘,我看找个机会把她给卖了。"

静心急忙说:"不行!不行!,你以为春芝是个傻瓜,这丫头机灵得很,就是你把她卖了,又能卖多少银子?我们把玉龙杯搞到手就远走高飞,再换个尼姑庵。"

魏管家心想:这玉龙杯如果到了我手就好了,于是问:"她的玉龙杯藏在哪,我把它偷来不就成了吗?"

静心说:"我要知道藏在哪,还让你去偷,现在我们一定要动动脑筋寻找机会,查出玉龙杯的下落。"

魏管家又问:"你有什么好主意?"

静心尼姑说:"现在最好的办法,是趁梁盛堂没有回来,让春芝出家,和我一样剃个光头，以后她被我管制，事情就好办了。"

魏管家听后哈哈大笑说："你想得美，再说，你那光头师父回来能饶恕你，你不要异想天开。"

静心回答说："师父也是年老多病，这次上了九华山，说不定会摔倒山下，升上西天，即使她回来了又能怎样。"

魏管家再问："春芝如果不出家怎么办？"

静心回答："我自有办法。"

老尼刚走一天，春芝就感到十分孤独。她来到后院的石盘旁，思念着盛堂，想念着尼姨，自己呆呆地坐着。不一会儿静心来到身边说："春芝你真可怜，千里迢迢来投亲，这倒好，梁盛堂下落不明。你可要耐心等待呀。说不定他真的回来了。"

春芝一听感到有些奇怪，心想：怎么今天静心像是换了一个人似的，人家是好心，我也不能顶撞她，于是说："静心师傅，你说的都是事实。如果没有梁盛堂，以后我将无法生活。"

静心说："春芝，你不要伤心，人活在世上总会有些坎坎坷坷，我这个人不也是这样。有的人会变好，有的人变坏，有的人会变傻，有的人会变聪明。"

说完用一双贼眼盯着春芝，春芝心想：今天静心尼姑怎么回事，是不是良心发现。

几天过去了，方家老太太前来看望春芝。见她正与静心谈心，上前听了一会，将春芝叫到一旁说："春芝，你千万不要上了她的当，她可没有什么好果子给你吃。不该说的不要说，不该做的不要做。谁让你出门都不要去。那个魏管家被魏家老爷赶出门后，整天走东串西偷鸡摸狗，如果被他发现你，他还会对你狠下毒手。有解决不了的事，等你尼姨回来再说。"

　　静心站在窗外听到这些恨得咬牙切齿，自言自语地说："这个死老太婆坏了我的好事，看我怎么收拾你。"

　　为了春芝的安全，方家老太太每天都到尼姑庵内看望春芝。这一下气坏了静心，她找到魏管家，发泄了心中积怨。魏管家听后笑了笑说："我就是坏点子多，对付一个老太婆我有办法。"

　　一天清晨，方家老太太刚出门就被什么东西绊了一下，摔倒在地，半天也没有爬起来，后来被行人发现，才把她扶进屋内。

　　几天后，春芝在尼姑庵内坐立不安，她期盼着尼姨尽快归来，她期待着佛祖保佑梁盛堂能平平安安，每当孤独的时候就愁思酬唱。

　　一天，尼姑庵内来了一个陌生男子，自称是梁盛堂的好友，他见到春芝十分沉重地说："告诉你一个坏的消息，前一段时间我们一同赶一辆马车，被强盗发现后，那强盗十分野蛮，追上梁盛堂将他杀死，幸亏我跑得快没有被抓住。我刚刚逃回来，顺便给你带个口信。我要赶紧回家，家里人也一定在挂念着我。"

　　说完那人慌忙离开。

　　春芝听到梁盛堂被害的消息如同晴天霹雳，当时昏死过去。吓坏了尼姑庵内的尼姑们，她们慌忙将春芝抬上床。静心见此情景也感到有些害怕，心想这该怎么办，人死了倒是小事，可那玉龙杯也不知藏在哪儿。不行，我要救活她。她进了厨房，拿了一根烧红的火棍来到春芝房间，尼姑们看到她拿的是红红滚烫的棍子，十分吃惊。小尼姑上前拦住静心说："你想干什么？你是不是再想加害于她？"

　　静心把眼一瞪，骂道："你给我滚开，她不是昏死了吗，我来救她！"

　　说完将滚烫的火棍塞在春芝的手中，春芝被烫得大叫一声，醒来之后春芝痛哭万分、伤心欲绝。在静心的诱导下，春芝准备出家当尼姑……

　　方家老太太摔了一跤，她摔得有些纳闷。心想这是谁故意用绳子把我绊倒，我这样大年纪怎么开得起这样大的玩笑，难道说是有人要害我。可自己从来没有干过一件亏心事，也没得罪过一个人，难道说是魏管家使坏，他不想让我到尼姑庵去。大师交代我有时间一定到尼姑庵照看春芝，难道说春芝要出事，不行，我的腿再痛也要坚持到尼姑庵去。想到这，就艰难地从床上站起来，可是她每迈一步都疼痛难忍，便找来一根棍子当拐杖，艰难地向尼姑庵走去……

　　尼姑庵内一片寂静，只听静心在大厅内念叨一番，说："春芝姑娘已看破红尘，准备剃发为尼。现在师父不在，一切就由我来主持。"

　　方家老太太艰难地向尼姑庵走去，这时被魏管家发现。魏管家心想：这个老婆子就想找死。今天我就送你上西天！于是他上前挡住老太太的去路，老太太大吃一惊，严厉地问道："管家，你想干什么？"

　　魏管家冷笑一声说："你问我想干什么，你心里不清楚吗？以前我在你家忙上忙下，顺手拿几两银子喝酒，你竟然把我赶出门。你今天又想到哪去？不如让我把你送上西天！"

　　说完向老太太扑去，方家老太太大声呼救："杀人啦！杀人啦！救命啊！"魏管家见势不妙，把牙一咬，将老太太推到水塘里。这一幕被路过的名叫张针尖的人和一个小孩发现……

　　静心尼姑看了看何春芝那美丽的头发，心想：这样的头发剃去也确实怪可惜的，你不要怪我对你狠心。明知我爱玉龙杯，为什么不拱手相送？静心尼姑想到这里，拿起剃刀，在手中荡了荡，心想你这个黄毛丫头终于落得和我一样的下场，从此以后我让你一天不得安宁。想到这她刚拿起剃刀来，站在一旁的小尼姑急忙上前说："静心小师父，我怎么感觉事情有些太突然，不如等师父回来再说。"

静心瞪了小尼姑一眼说："我佛慈悲，这里没有你说的话，一边站着去！"

说完她再次拿起剃刀。

就在这时，静心尼姑听见头顶上像一股风刮过。"当"的一声，一根木棍正打在自己的光头上。静心"唉哟"一声，回头看了看，只见方家老太太站在自己身后。静心用手揉着头斥问道："为什么要打我，你要干吗？"

方家老太太骂道："你这个不安好心的尼姑，你还问我要干吗，春芝出家是谁的主意？"

静心说："是谁的主意你问春芝不就知道了？你不该打我。"

方家老太太说："我打你是教训你不要做没有良心的事。春芝，你说到底是怎么回事？"

春芝低着头说："梁盛堂已经被害，我自己觉得活在这世上也没有意思，后来是静心小师父开导我，我才想起出家。"

第四十六章　魏管家杀害小尼姑
何春芝南下寻盛堂

方家老太太思索片刻问道："梁盛堂遇害你们是怎么知道的？"

小尼姑上前说："前天有一个自称是梁盛堂的生前好友，说他与梁盛堂同赶一辆马车，是他看见梁盛堂被强盗杀死的。"

方老太太又问："那个送信的人到哪里去了，现在在什么地方？我要问个明白。"

小尼姑说："那人来到尼姑庵慌慌张张地说了几句，说要回老家去，省得家中老少挂念。"

方老太太听后像烂泥一样瘫倒在地，过了一会儿才缓过神来说："这位小师父，请你帮帮忙，请你把魏家老爷子请过来，就说方家有个老太婆有要事相求。"

小尼姑说："好吧。"

说完她刚想转身出门，静心跺着脚叫道："回来！你嫌这尼姑庵还不够乱吗，还把魏老爷请过来？"

　　那小尼姑听后立即站在一旁，方家老太太看了看静心说："什么乱不乱的，把魏家老爷请过来，说不定就不乱了。春芝你还不扶我起来？"

　　春芝听到老太太叫她，才回过神来，慌忙走上前把老太太扶起。老太太说："现在没有人去请魏家老爷子，我亲自去一趟，春芝你跟我一块去。"

　　春芝见老太太身上湿淋淋的，问道："老太太，你的衣服怎么湿成这样？"

　　方家老太太回答："我一不小心掉进水塘里，现在没事，这天也不冷，就当是洗个澡。"

　　春芝说："太太没事就好。我很想知道梁盛堂是在什么地方被害的，很想知道详细情况。太太，你的衣服湿了，腿也受了伤，行走不方便，我自己去问个明白。"

　　方老太太急忙说："不行，现在你自己出门很不安全，一定要有个人陪着。"

　　春芝回答说："没事的，我快去快回。"

　　方老太太说："天色已晚，女孩独自出门谁能放心，还是一起过去好。"

　　这时那个小尼姑看了看静心，说："老太太，我陪春芝前往魏家好不好？"

　　方老太太瞪了一眼静心，说："好吧，谢谢你！如果你以后在这尼姑庵内被人欺负，我一定为你讨回公道。"

　　春芝与小尼姑乘着月光向魏家走去，她们经过魏家菜园时，想询问一下茅棚内有没有魏家人。她们俩走上前喊道："这里有人吗？"

　　她们俩哪里知道，这茅棚内躺着魏家的前任管家。自从被魏家老爷赶出门后，他不务正业，整天偷鸡摸狗，晚上他就钻进魏家菜园茅棚内休息。他刚侧身躺下，就听外面有人喊叫。他急忙起身，透过月光看见了春芝和小尼姑向这边走来，心中一惊，心想：没想到是这两个死丫头在我面前出现，是你们害得我落到这个地步，今天你们死定了。想到这里，他抽出刀来慢慢走了出去，举起刀恶狠狠地向春芝砍去。春芝见一人手持钢刀向自己扑来，急忙闪过，发现此人正是前任魏管家。于是她大声喊道："尼姑姐姐，快跑，他要杀我们！"

小尼姑刚刚反应过来，就被钢刀刺进了胸膛，小尼姑被刺后还不断地喊道："春芝快跑，我们斗不过他！"

春芝哪能只顾自己逃命，抄起一根木棍与魏管家争斗起来。虽然春芝是女流之辈，但是她从小跟着爷爷洪德练过拳脚。春芝边打边呼喊："魏老爷救命啊，你家老管家要杀我们。"

这喊声顺着夜风传到魏家大院，魏老爷急忙派人前往营救，等到魏家老爷带人赶到时，两人已争斗得筋疲力尽。老人家命令将前任管家捉住，派人送进官府。老人家又转过身来看见春芝紧紧地抱着小尼姑疯狂地呼喊，那小尼姑坚强地睁开眼睛，说："春芝，你没事吧。"

春芝回答："我没事，我没事。"

小尼姑很吃力地说："那年淮河水泛滥，大水过后家里断炊，爹娘怕我饿死就把送到这尼姑庵。后来才知道爹娘已经饿死，现在我知道自己活不成了，自从爹娘把我送进尼姑庵，我就时常想念他们，希望有一天能与他们相会，与他们诉说没有爹娘孩子所受的委屈。我已入佛门，我死后，哪怕是上刀山、下火海，我也要寻找到爹娘，让爹娘享受天伦之乐。"

小尼姑说完就停止了呼吸。春芝心想：是洪水夺走了她的爹娘，是人间邪恶害死了她。小尼要不是为了我的安危，她也不会死。

春芝把小尼姑的尸体背到尼姑庵，尼姑们和方家老太太见此情景都大吃一惊。方家老太太说："这都怪我，是我叫你们前往魏家大院的。"

春芝来到方老太太面前，说："老太太，这事不怪你，都怪我，是我太自私了，要不是为了我，小师父也不会被害。"

安葬好小尼姑后，春芝日思夜想，坐立不安。几天过去了，也不见尼姨回来，方家老太太担心庵里再出不测，每天都坚持到尼姑庵看望。自从小尼姑死后，魏管家被抓，静心也感到提心吊胆，她失去了狂妄，恨不得把自己隐藏起来。

尼姨终于从九华山归来，她得知尼姑庵又出了事，感到心痛。见到春芝，发现她也失去了往日的欢乐。春芝来到尼姨面前跪下说："春芝已经想好，准备出家当尼姑。"

尼姨看了看春芝说："我现在就前往魏家，把事情问个明白。"

老尼也顾不上休息就急急忙忙赶往魏家。老尼来到门前透过门缝望去，只见魏家冷冷清清，老少几辈坐在那儿垂头丧气。老尼上前把门拍了几下，听见管家问道："谁呀？"

门外回答："是我，是尼姑庵当家的，有事相求魏家老爷。"

这时老尼只听见魏家老奶奶说："大门没有插，你就进来吧！"

老尼还没有走到大厅，老奶奶就问道："你是来找我家老爷的吧？"

老尼回答："是的。"

魏家老奶奶又叫道："管家看座！"

管家搬了一把椅子让老尼坐下。老奶奶说："我们一家人正为我家老爷发愁。"

老尼问道："为什么？"

老奶奶说："前任管家杀了人，被老爷带人捉住送往官府，后来寿春城内的官府又把我家老爷抓去，还说管家杀人与老爷有牵连。说到底想要一些银子。你也知道我们家现在的处境，从颖州拉了几十车粮食，想到六安州变卖，没想到粮车被劫，还有一个人至今下落不明。"

老尼听到这些急忙问道："不是说你们家有两个仆人没有回来吗？"

老奶奶回答："就一个，他的名字叫梁什么堂。这孩子是个好孩子，长得挺可爱的，人又勤快又聪明。临走之前我让他与张公公赶一辆车，这一老一少倒也搭配。听说当时人都跑散了，后来一个个陆续回来，只有这孩子没有回来，我们一家人也很着急。"

老尼又问道："前几天有人到我尼姑庵，自称是魏家车行的，还说与梁盛堂同赶一辆马车。他说梁盛堂已经被强盗杀死，到现在他才逃出来，还到尼姑庵送信。"

魏家老奶奶说："送信？送信应该送到我们家，怎么会到你尼姑庵送信？是不是还有什么秘密？"

老尼回答："你估计得不错，春芝身上确实有件宝贝，是皇上赐给她爹的玉龙杯，这也不算是什么秘密。"

魏家老奶奶想了想说："说不定是另有隐情。"

老尼说："老人家你说的有道理，那玉龙杯由我代春芝收藏，谁也不可能把它拿走。确实有人要加害春芝。"

老尼返回尼姑庵，把实情告诉了春芝，春芝非常吃惊，然后说："现在盛堂是死是活依然不知。如果他还在世，他肯定早已归来。现在过了一个多月也不见人影，我想他可能已经不在人世间。"

老尼把脸一沉说："你这丫头，与你说了半天，枉费苦心，不要老想着做尼姑，做了尼姑就万事大吉啦？现在盛堂说不定还在什么地方受罪，在这个时候出家你能对得起他，你能心安理得吗？再说我从你的相貌上看得出，你根本就不是做尼姑的料。"

春芝愣了半天说："尼姨，我去找他！只要他活着我就一定会找到他，如果找不到他我也就……"

春芝决定南寻梁盛堂，临别前尼姨把春芝送出门外说："春芝，不管找到找不到，不管是什么样的结果，你可一定要回来呀，我会天天在佛祖面前求菩萨保佑你们。"

春芝不说话，只是簌簌地流泪。

第四十七章　何春芝话别尼姑庵
寻亲路上巧得黄金

看着春芝孤单的身影渐渐消失在雾霭中，尼姨用力喊道："春芝，如果找不到盛堂，就赶紧回来。说不定有一天盛堂回到寿春，在这等你呐！"

春芝回头望了望尼姨后，转身向南方走去。

她翻过高坡，越过丘陵，艰难地跋涉。带的干粮已经吃光，一路上，她遇见每个人都仔细询问。一天，她来到一个小镇上，感到有些饥饿，便来到一家小酒店想买些吃的。她看了看这家酒店，见招牌上写着"众兴酒家"几个字，店小二和店老板倒也像忠厚老实之人，小酒店内也没有什么人吃饭，于是她就走了进去。店小二见春芝进来，连忙上前招呼道："大小姐，你请！你从哪里来的，想吃些什么？我们这个地方虽然很小，但是什么都有。有猪肉、牛肉、羊肉，还有最新鲜的南山竹笋，你选哪几样啊？"

春芝看了看店小二说："对不起，你说的这些我一样也不要，给我来一碗面好不好？"

店小二有些不高兴地说："说了半天，结果只要一碗面。"

这时店老板说："小二，你在干什么，一碗面也是生意，不能轻视客人，你在那啰唆什么？"

店小二这才回头端了一碗面上来。春芝正吃着，突然闯进几个人来，闹着要吃要喝。春芝看了看这几个人，想吃快点离开。谁知那几个人看见春芝就不吵不闹了，眼睛直盯着春芝，说："这是从哪来的仙女，长得真漂亮，让我们看看。"

春芝心想：这回又有麻烦了。她突然想到爹爹临死前说的两句：恶势欺人不气馁，奋起斗志应坚强。

于是她看了看旁边的那条板凳，心想如果你们要上前动手动脚，我一定与你们拼个你死我活，不管他们，先吃再说。春芝吃着吃着，眼看一碗面就要下肚。这时，几个人围了上来，嬉皮笑脸地说："从哪来的姑娘？长得这么水灵。"

说话间，一个人上前摸了一下春芝的头发。春芝立刻站起身来，说："请几位大哥放尊重些，不要动手动脚的。"

另一个说："我就动手动脚，你能怎么样啊？"

就在这时店老板站出来说："你这几个人经常在我酒店里吃喝不给钱，还想在这闹事，欺负人家一个弱女子，还不快点走开。"

其中的一个上前举起拳头就向店老板打去，口中还叫道："不走开，我就不走开，你能奈我何？"

店老板被打倒在地。这时春芝一跃而起，翻过一张桌子来到那无赖面前，伸出一只手来紧紧抓住无赖的手，春芝用力反手一拧，只听见一声惨叫："我的胳膊断了，好痛啊！"

　　春芝又顺手抄起一条板凳，将另一无赖击倒在地。还剩下一个无赖，见两个兄弟已被打倒，像疯狗一样向春芝扑来。春芝向旁边一闪，于是两个人争来斗去，瞬间将酒店里的碗盘砸个精光。春芝在打斗中不慌不忙，寻找机会。酒店老板和店小二吓得躲在一旁，不知如何是好。只见春芝飞起一脚，将无赖手中的钢刀踢飞，快步蹿上去将钢刀接在手中，把钢刀紧紧地压在那无赖的脖子上，吓得他跪地不停地求饶说："饶命吧，大姐，饶命吧！"

　　躺在地上的两个无赖也在哀哀叫痛。春芝问道："你们这几个无赖，欠了这家酒店多少钱，还不快点拿出来！"

　　那几个无赖慌忙从口袋内掏出十两银子说："我们就这十两银子都给你好啦，求你放过我们吧！以后我们再也不敢了。"

　　春芝接过银子，将地上躺着的两个人关节接合好后，几个人就十分狼狈地仓皇逃窜。店老板和店小二这才上前询问春芝："姑娘伤着没有？"

　　春芝回答："我没事。"

　　店老板又说："刚才快把我吓死了，没想到你这个小丫头竟然这么有本事，三两下就制服了他们。"

　　春芝将手中的银子放在桌子上说："老人家，这是为你讨回的欠账钱，打碎的碗和盘子由我来赔。"

　　店老板说："这打碎的碗盘值不了几个钱，不可能让你赔；再说你已经为我讨回欠账，还出了气，我应该谢谢你。"

　　春芝说："不用谢，我想向你们打听一个人，这个人有十六七岁，说话有一些山东口音。"

　　店老板回答："没有，如果你想找人，不妨到顾家寨去询问一下，说不定到那里能问个明白。"

春芝听后说："好吧，我现在就走。"

店老板又看了看春芝，笑了笑说："难怪今天有一场争斗，你这丫头长得十分招人耳目。这里离顾家寨还有一段路程，你就这样行走难免招惹是非。我给你出个主意，把你身上的衣服脱下，换上小二的男装，这样一路上就安全得多。"

春芝说："好主意。"

于是春芝就穿上店小二的男装走出门外。店老板又看了看春芝，哈哈大笑说："你这小丫头穿上这男装，像个风度翩翩的贵公子。说句玩笑话，说不定走在路上，被哪家的小姐发现，会把你抢走。"

春芝笑了笑说："感谢老人家的指点，多谢了。"

春芝不分日夜赶路，来到顾家寨。她来到一家大户人家门前，见一位老者坐在门前的椅子上。春芝上前很有礼貌地问道："老人家，请问这里是不是经常有人出入？"

那老头看了看春芝，待了一会问道："你是哪家公子，从哪儿来，为什么询问此事？"

春芝见那老头沉着脸，内心感到惶恐，于是上前解释："老人家，我是从寿春而来，来到此地想寻找个人，他的名字叫梁盛堂，听说被强盗抢去做了苦力。后来听说那强盗所住的山寨被六安王府的人马给镇压了，许多人都逃了出来，可是梁盛堂至今也没回家，我来寻找他。"

那老头捋了捋胡子，心想：自从六安王府来了一位叫何振彪的收了我儿的山寨后，我儿已经被何振彪引向正道，把抢来的人都放了。怎么相隔这么长时间还有人没有回到家呢，是不是被我儿方达害死或者被别的山寨掳走了。现在方达不在的原因我也说不清楚，如果说实话，这位公子会与我纠缠不清。不如让他走开，省得招惹一些麻烦。

那老头便问道："你说的那个强盗在什么地方？"

春芝回答："听说在六安州的北方。"

那老头笑了笑说："这六安州一带是有许多山贼强盗，前一阵听说有的已经散伙了，还听说有许多强盗已经加入六安王府的人马，你不妨到别的地方打听打听。这兵荒马乱的，或者又被山贼……"

老人家几句话让春芝更加担心。老头看了看春芝，觉得刚才说的话也不妥，于是说："好了好了，我不说了，你怎么像个女人似的，刚说几句你就流泪。你如果想问个明白，就到离六安州不远的一个山寨上去问一问，不就知道了吗？"

春芝擦了擦泪水问道："老人家，那山上还有没有强盗？"

老头笑了笑回答："那可不是什么山，只是一个高坡，现在那里十分安全，你放心地去吧！"

春芝继续赶路，找到梁盛堂被困的山寨。她在山寨下见一位老人在砍柴，上前询问道："请问老人家，这寨子上的人都到哪里去了？"

老人回答说："我也不知道，只听说前一阵子强盗头领顾霸天抢了一批人马，后来又与什么人争斗，那来者武艺高强，战胜了顾霸天。这寨子里被抢来的人马乘机逃走了，后来就留下这个空寨子。"

春芝听了老人的一番话，感觉到寻找梁盛堂比登天还难，于是她上了山寨转了一圈，不由得痛哭起来。老人听见春芝的哭声，便来到近前说："瞧你这孩子，哭得我砍柴也砍不下去了，不如你不哭，我也不砍柴，咱俩说说话。"

春芝见老人家来到跟前，擦了擦脸上的泪水说："对不起，我耽误你砍柴了。"

老人家叹了一口气说："一个女孩子家独自出门也确实不容易。"

春芝问道："你怎么知道我是女儿身？"

老人家回答："我们俩一见面，我就认出你是哪家千金，竟然还扮了男装。你是来寻找人的，找不到就哭，多没出息。说不定他已经到家，你担心着他，说不定他也正担心着你呢。我看你不如早早回去，免得家人对你放心不下。"

春芝深情地看了看老人说："老人家，谢谢你，我也希望这样，这可能吗？我在寿春已经等待多日。"

老人说："什么事情都有可能，回去吧！"

经过老人家的劝说，春芝的心情有些好了，却并不死心，随后来到六安。她与哥哥何振彪在大街上擦肩而过，也没有发现。就这样她四处询问，都没有结果。她准备到六安王府去报案，便急忙来到王府门前。侍卫问道："来者何人，为何站在门前？"

春芝回答："两位官爷，我是来找人的，是被强盗抓走的人，听说山寨上的人已经散伙，但不见人归。"

这些话被院内顾方达听见，还没等春芝说完，就立即出门驱赶："走开，我们可不知你要找的人，你还是到别的地方找找看。"

说完他上前驱赶。何振彪听到顾方达不停地嚷嚷，急忙拴好马，来到门前问："是怎么回事？"

顾方达用手指着春芝的背影，说："她说是来找人，我们这里哪有她要找的人。"

　　何振彪抬头看了看远去的背影，说："像这样的人，如果有机会能帮她就帮，我也和她一样不也在找人吗？"

　　何春芝离开了王府，又在附近一带寻找了几天，没有任何结果。无奈，她只好踏上返回之路。在返回的路途中，她还不断询问是否有梁盛堂的下落。一天，她行走在森林的小道上，突然听见身后一阵急促的马蹄声，春芝急忙躲在一旁，只见一人骑着一匹白马擦肩而过，像是疯狂在逃。那人身上背着几个包袱，突然掉下来一只，却顾不上捡起就慌忙逃走。春芝急忙来到包袱前，刚刚捡起，又听见身后一阵马蹄声，还有人叫嚷："快点，不能让山贼跑了！"

　　春芝看见跑过来的是一群人马，领头的那位经过春芝面前，望了望春芝，也没有在意，又快速向前追去。春芝心想：这个人怎么长得有些像三哥，是不是我看花了眼。再说在这个江淮之间路途这么远，三哥来到这里又能干吗？这天下人长得像的人太多了，春芝想到这，不再往下想了。她提起那山贼丢下的包袱，感到十分沉重，打开一看，顿时惊呆了，原来包袱内装的全是金条。春芝心想：这该怎么办？在这等失主，失主是个山贼。也不知道这山贼是从哪抢来的财物，我应该跟随其后，说不定能遇上追杀山贼的勇士们，再把这包袱交给他们，也好让他们归还给失主。想到这，春芝背起包袱往前赶去。

第四十八章　何振彪兄妹情意重
快马加鞭赶往寿春

　　梁盛堂照顾村妇已有多日，村妇的腿已经渐渐好转，基本上可以行走。村妇看着梁盛堂整天闷闷不乐的样子，说："弟弟，谢谢你。我的腿已经好多了，你可以回去了。"

　　梁盛堂转过身子说："姐姐，我准备与你告辞，我不在时，你要照顾好自己。"

　　村妇说："要不是遇上好心的弟弟，说不定我就没命了。弟弟，你这次回去，千万不要忘记，在六安有一位生死患难的姐姐。"

　　梁盛堂说："我不会忘记，永远不会忘记，要不是姐姐，我命也早已归西。"

　　村妇说："弟弟不必客气，趁着这天气好，多备些干粮准备上路吧。"

　　临别时，村妇在门前呼喊："弟弟，千万不要忘记姐姐！"

　　梁盛堂喊道："祝姐姐平平安安！"

　　再说何振彪正带着一群人马奋勇追赶山贼，追了半天才将那山贼捉住。这时天已过午时，几位弟兄说：“山贼头领已经被我们缉拿，兄弟们也都累乏了，不如找个地方吃点酒肉。”

何振彪说：“我们追赶了这么多路程，我是个外地人，这荒郊野外也不知道哪里有饭馆？”

这时站在身旁的顾方达上前嚷嚷道：“振彪大哥，我来带路。我是本地人，对这个地方比较熟悉。再向东南行走二十里地就是我顾家，请兄弟们再忍一会儿，到我家吃杯水酒。”

弟兄们一听，个个往肚里咽口水。何振彪说：“那好吧，就让兄弟你破费一次。”

于是他们押着山贼往回赶。何振彪一伙来到顾家寨，顾家老爷见是自己的儿子，忙起身上前招呼。顾方达问道：“爹，这一段时间，我没有回来看你，您老的身体如何，家里有没有发生什么事？”

老爹爹喜笑颜开地说：“我儿被何勇士引入正道，我每天都高兴，到了晚上做梦都美滋滋的。不过有一个公子来到我面前，询问是否看见一个名叫梁盛堂的人，还说梁盛堂是被离六安州不远的一个山寨抓去做苦力，其他的人已经回到家中，只有他现在不见人影，现在家里人已经找上门来了。”

何振彪一听，十分吃惊地问道：“有人来找梁盛堂，梁盛堂到过这个地方，请问这个梁盛堂多大年纪，那个前来寻找梁盛堂的人，叫什么名字，是男是女？”

顾方达上前回答：“当时这么多人，我也不知道他叫什么名字。那天我与你争斗后回到山寨，发现所有被抢来的苦力全部逃走，山寨里已不见一人。”

老爷子回答："那个前来寻找梁盛堂的是个公子，长得不错，说话很像女人。有一点我记得清清楚楚，他的右眉中长了一颗富贵痣。"

何振彪听到两眉相交，他放下手中的酒杯，冲出门外，跳上马背说："兄弟们先慢用，我去寻找那个打探梁盛堂的公子。"说完他扬起马鞭，那马狂奔山寨。

何振彪来到山寨，前后寻找也不见人影，心想：今天追赶山贼时我见有个公子站在路旁，我没有看仔细，现在也不知他向何处走。他到底是谁？如果他与梁盛堂没有亲戚关系，也不可能到这么远来寻找他。听顾家老爷说的模样，她很像是妹妹春芝，可他是个男的。顾家老爷子说他说话时有些像女人，会不会是女扮男装？对了，一定是她，一定是妹妹春芝。不行，我不能再犹豫了，我要赶往寿春问个明白。

想到这，他掉转马头返回顾家寨。何振彪刚进大门，兄弟们一拥而上询问情况，何振彪把详细情况述说了一遍，兄弟们纷纷叫道："哥哥，我们分头去寻找，有可能把她找到。"

说后大家纷纷上马。顾方达派人将那山贼看好，跨上马前往帮助寻找。直到三更天众人才陆续归来，都没有发现春芝。何振彪说："谢谢兄弟们的好意，不管怎样，今晚我一定要返回六安府，不然六安王会担心。"

说完他要将山贼押送到六安府。何振彪拍了拍顾方达肩膀说："方达，这王府的事暂时由你来管。"

说完他拉着马向王府门外走去。顾方达上前说："现在半夜三更的，再急也要等到天亮。"

何振彪说："不行，来不及了。"

顾方达又说："有什么等不得的，这黑灯瞎火的，行走起来也不方便。"

　　说着他将何振彪的马往回牵，何振彪心急如焚地叫道："你不知道我一家几口都被贪官陷害，只剩下我和小妹春芝，如果她在荒郊野外遇到危险，到那时就晚啦，无论如何我一定要找到她。现在早一点出发，就多一分希望！"

　　说完他上前牵出自己的马，掉头刚想离开，顾方达急忙说："哥哥，我陪你一起去。"

　　他刚要去牵马，就听见"叭"的一声，何振彪的马鞭打在他身旁。何振彪说："好兄弟，多谢了。你把王府里的事管好，就是对我最好的报答。"

　　说完他消失在黑夜中。顾方达触摸了一下身上被打之处，说道："没想到这小子这样重情。也难怪，常言道兄妹情深，我跟随你没有跟错，放心去吧。我一定把王府里的事干好。"

　　顾方达转身回到王府大厅，听见一阵吵闹。六安王也来到大厅，详细询问着："盗贼抓到没有，何振彪呢，怎么没见着他？"

　　顾家兄弟们回答："盗贼抓到了，已经被关押起来了，何振彪刚刚把这盗贼押送回来就急忙走了。"

　　六安王问道："走了，这三更半夜能到哪去？"

　　顾家兄弟们回答："他的小妹妹来到六安一带寻找表哥梁盛堂，何振彪得知详情，万分焦急，放心不下，说什么也要连夜寻找妹妹。"

　　六安王说："怎么不派几个兄弟跟随？"

　　顾方达说："我要与他一同前往，他不肯，还狠狠地抽打了我一马鞭。说让我把王府的事做好，就是对他最好的报答。"

　　六安王点了点头说："大胡子回去休息吧，有什么事我们明天再说。"

何振彪离开六安州，在夜幕中一路狂奔，扯开嗓门吼叫着小妹的名字，"春芝！春芝！你在哪里，三哥在寻找你，你在哪里呀？"

这喊叫声响彻万里，震天动地，这喊叫声带着兄妹之间浓浓的情感，这喊叫声带着对妹妹无私永恒的关爱，久久地回荡在漆黑的夜空中。他不知赶了多少路，只是抬头望望北斗星，就一个劲地往前赶，却始终不见妹妹春芝的身影。他恨不得一下子站在妹妹面前，牵住妹妹的手，救她于水火之中。于是他快马加鞭，突然间，马失前蹄，何振彪从马背上摔了下来，摔得他头破血流，昏迷不醒。

天亮了，红日晒在何振彪的身上，阵阵暖风使他苏醒过来。他发现自己躺在泥塘边，邋遢得不成样子，马也不见了。于是他在泥塘边蹲下，将脸上的泥水和血迹洗净后继续赶路。因为从马背上摔了下来，伤势过重，他行走起来十分艰难。这时身后响起马铃声，赶车的是一位老翁。何振彪向那老翁招招手，那老翁将车停下远远叫道："你是干什么的，是不是劫财的？我可不值几个钱，我这老马、破车，就是把我这些东西都劫去也不值一点钱。"

何振彪急忙说："老人家，我可不是你想象的那样坏。我想求你带我一程。"

那老翁将马车赶到何振彪面前，上下看了看说："壮士，为何如此狼狈，你准备到什么地方去？"

何振彪回答："我想赶回寿春城。"

那老者说："你好运气，我就是寿春城人，现在正往回赶，这儿离寿春城还很遥远。你上来吧，不过这马车就是有些破旧。"

何振彪爬上马车，说："破车行千里，破衣好挡寒，多谢老人家了。"

老翁说："不用谢，看你这一身穿着也不像普通人家出身，怎么落到这个地步？"

何振彪把自己的遭遇诉说了一遍。那老翁敬佩地说："好！好！好人家的后代就是不一样。哎，人活在世上兄妹亲情重于一切，只有今生亲情，哪能等到来世。"

何振彪问道："老人家，我只顾说我自己的身世，也不知老人家尊姓。"

那老翁说："壮士，你听说过邱翁遇仙的故事吗？"

何振彪回答："听说过，但不完整。"

那老翁回答说："邱翁是唐朝时期我邱家尊辈，说他遇见仙女那只是传说，但是有一件事是真实的。那是在武则天当政时期，我邱家尊辈分管栽培牡丹花，一次朝中举行盛大庆典，文武百官前来赏花。不知怎么回事，百花都已经开放，唯有牡丹没有盛开。当时武则天十分生气，就把我邱家前辈打入死牢。后来全家从洛阳城逃往淮河寿春城，之后决定建立一座大花园。"何振彪问道："你家大花园在什么地方？"

那老翁回答："我家花园在寿春城北门，大门上写着四个字：'邱家花园'，现在人们也叫我邱翁。"

何振彪又问道："老人家，你这么大年纪为何自己出行，又为什么要赶这样远的路程？"

邱翁笑了笑说："小兄弟，人活在世上，要的就是一种精神。看到没有，我的头发胡子洁白如雪，可我仍是精气神十足。我这次到山里，想寻找一些好看的竹子以配花园。"

一老一少一路上有说有笑回到寿春城。马车路过孙进康家门口，何振彪让邱翁把车停了下来，说："老人家，我已经到了舅舅家。"

　　何振彪下了马车，邱翁说："小兄弟，有机会到我邱家花园去赏花。"

　　何振彪回答："好的，有机会我一定去拜访，多谢了。"

　　何振彪刚一进门，只见两个舅舅和两个舅娘在争吵。平时对何振彪十分温和的二舅娘见何振彪十分狼狈的样子，骂道："你在外面骗吃骗喝，骗不下去了，怎么回来了？给你找个好差事，你不好好干，竟然想充当郎中。"

　　大舅娘也叫嚷道："你不要打岔，咱们之间的事还没有扯清！"

　　何振彪十分纳闷地问道："你们为何争吵？"

　　二舅娘叫嚷道："我买了一只玉簪，被你大舅娘发现非说是你娘的簪子，还说这是祖上传下来的东西，应该由老大收藏。你来评评理！"

　　何振彪接过玉簪看了看，大吃一惊，说："这确实是娘给妹妹春芝的玉簪，怎么在你的手上？"

　　二舅娘坚定地回答："我买回来的东西凭什么要由老大家收藏，当时我也不知道这玉簪是婆婆传给二姐孙丽萍的。后来才发现这玉簪是孙家的。"

　　何振彪听后，着急地问道："这玉簪是谁卖的，在什么地方卖的？"

　　二舅娘生气地骂道："小子，这么大的声音干吗，买东西也犯法，你是不是在审犯人？"

　　何振彪十分烦恼地说："我不是在审你，我是说这簪子肯定是妹妹春芝卖给你的。"

　　二舅娘毫不含糊地回答："是呀！我是用包子换的，可当时我也不知道，我们现在也一直在找她。"

　　这时大舅娘上前冷笑几声说："说来说去，这东西还不是婆母传下来的吗？孙进康是长兄，长兄为父，这玉簪就应该由我家来保管。"

二舅娘叫道："亏你想得出，怎么说也有先来后到吧。要不是我遇见春芝，把这簪子换过来，也不知这东西会流传到何处！"

大舅娘暗笑几声说："先来后到，当然是我先到孙家。"

二舅娘着急地说："这簪子是先到我手的！"

何振彪见两个舅娘争吵不休，随手拿起一块石头将玉簪砸得粉碎。二舅娘见此情景，忍不住上前打了何振彪几个耳光，骂道："你小子，我是这样的疼你、爱护你，你竟然毁了我的东西。我实话告诉你们，这一只玉簪我根本就不在乎，我只是想讲清道理。现在春芝也不见人影。你竟然胆大包天没经我的允许，就把这簪子给毁了。没想到我白疼爱你一场，既然你不把二舅娘放在眼里，从今往后就别想踏进我家门半步。"说完她气冲冲地离开。

何振彪望着二舅娘十分委屈，有心上前解释，又怕二舅娘不给他解释的机会，只好任她而去。

就在这时乌云盖天，雷声震耳。大舅娘急忙躲藏起来，大舅也随之进屋。何振彪来到二舅面前一声不吭，二舅看了看外甥何振彪，心烦意乱地说："你这小子让我说你什么好，不分青红皂白地就毁了这玉簪，你要知道这玉簪对我们来说多么重要！"

何振彪问道："二舅，春芝妹妹是不是到现在也不知下落？"

二舅回答："当然不知，如果知道春芝下落，这玉簪的事就扯清了。"

何振彪听到这些，没精打采地低头不语。二舅上前拉住他的手说："孩子，跟我回家吧，娘亲有舅。你没有了爹娘，我就是你的亲人，以后有我吃的就不能让你饿着。"

何振彪听到这些，也不知道脸上是泪水还是雨水，一个要留住，一个要离开，他俩在风雨中纠缠，最后何振彪含着泪跪在地上，说："感谢二舅、二舅娘对我的疼爱，求二舅娘原谅我，我现在在六安做事。"

说完他起身离开。二舅孙进成见自己留不住他，就立刻往回赶。何振彪拖着受伤的身体出了寿春城。突然一群人马围了上来，只听见有人喊叫道："兄弟，你家妹子找到没有？"

何振彪抬头叫道："这雨下这么大，你们怎么也赶来了？"

大胡子顾方达叫嚷道："兄弟，你都不怕雨水，我们还能怕淋雨。六安王得知你一人前往寿春，他不放心，公主也让我们大伙前来帮助你。我们走在半路发现了你的马匹，心想你有可能出了事，所以快马加鞭要尽快找到你。"

说完他将马匹交到何振彪手中。何振彪刚想翻身上马，但他感到身上的伤剧痛，连上几次也没有爬上马背，顾方达见此情况，立刻翻身下马，将何振彪扶上马背。顾方达问道："兄弟，你怎么受伤啦？"

何振彪回答："这一点小伤算不了什么，我的妹妹不在寿春城，说不定还在路上。现在不论风多猛，雨再大，我们都要往回赶，有可能在回去的路上遇到她。"

说完他冲向风雨中……

第四十九章　春芝妹妹下落不明
　　　　　　　风雨再狂哥要寻找

　　二舅返回家中，见妻子还在生气，于是叫道："看你平时待人宽厚，怎么这一回像变了个人似的，把话说绝，弄得振彪这孩子在雨地里淋雨。我看他身上还有很重的伤，还要冒着风雨要去寻找春芝，怎么劝说他也不肯留下。"

　　二舅娘听了一阵心酸，说："都怪我在气头上，说了一些不该说的话。后来我想了想，他把那簪子给砸碎也是好意，省得以后大嫂再与我们纠缠。我当时气晕了头，常言道娘亲有舅，我这个做舅娘的是不是太无情。不行，我要把他追回来。"

　　二舅娘说完，一口气冲出门外。她顾不上风雨雷电，一直向城南门跑去，一路狂奔，一路呐喊，追了很远的路程，在泥水里不知摔了多少跤，也不见何振彪的影子。找不到振彪，她感到阵阵心酸和内疚，独自站在大雨中直拍打自己脑袋，后悔得失声痛哭。

　　孙进成跟在其后，见妻子在风雨中后悔的样子也十分难过，上前将她劝回了家。不久她就大病一场。待她的身体恢复后，两人商议，认为何春芝如果在寿春城生活不下去，就有可能返回山东老家。于是孙进成决定带领一家人返回黄河岸边，寻找何春芝……

梁盛堂冒着风雨赶回尼姑庵，一进门就呼喊道："春芝，我回来了！"尼姑们得知梁盛堂回来，纷纷上前问道："怎么是你自己回来的，你没遇见春芝，她去寻找你啦！"

老尼把事情述说了一遍。

何振彪与顾家兄弟们再次冲向风雨中，他们马不停蹄，四处张望……

何春芝在返回途中突然下起了大雨，发现路旁不远处有座破庙，于是向破庙走去……

顾方达见何振彪身上带着伤还在风雨中奔波，有些不忍，跃马向前说："大哥，前面不远有座破庙，不如我们大家进去避避风雨？"

何振彪回答："好哇，你带着兄弟们进去，我先行一步。"

顾方达呆呆望着振彪远去的身影，摇了摇头，随后跟着何振彪一路前行。

春芝刚刚进入破庙，发现一队人马从风雨中经过……

梁盛堂听了老尼的诉说，心急如焚，说："不管找到哪里我一定找到她。"

狂风越刮越猛，雨越下越大，电闪雷鸣，震天动地，梁盛堂不听老尼的劝阻，冲出门外。他刚刚出门不久，就发现一个熟悉的身影，在风雨中向尼姑庵奔来，他仔细一看，连忙大声呼喊："春芝，我是盛堂！"

梁盛堂像闪电一般向春芝狂奔，春芝见是梁盛堂，喜从天降，两人紧紧拥抱在一起，互相凝视着对方，随后都哽咽得说不出话来。梁盛堂上前护拥着春芝，深情地说："我们俩再也不要分开，再也不能让我们之间互相牵挂，我俩要永远在一起。"

梁盛堂、何春芝两人手牵着手返回到尼姑庵，尼姑们见梁盛堂与春芝两人浑身上下都被雨水淋透，慌忙将二位让进屋内。老尼姑见两个孩子都平安归来，惊喜万分。春芝将自己身上的背包十分吃力地放下来，梁盛堂上前接过背包问道："你这里面放一些什么东西，怎么这样沉？"

春芝看了看四周，又看了看静心，回答："拾了一点破铜烂铁。"

老尼喜笑颜开地说："这次你们俩能够平安归来也是菩萨保佑，等雨过天晴，我准备把你俩的婚事办了。西淝河岸边姬沟寺旁有我家几亩粮田，希望你们俩在那耕种田地，过上幸福平安的生活。"

春芝谢过尼姨，说："我和梁盛堂还是想返回山东，再也不想给尼姨添麻烦了。"

尼姨说："不就是住我几间破房子、开垦几亩荒地而已，不麻烦。"

梁盛堂说："其实我哪里都不想去，因为在城内还有我梁家房产，等事情平妥了，我还想在寿春城内干一番事业，来继承爹娘的医德医术。"

尼姨想了想说："听说寿春城主已经换人了，有可能你们没事了，以后做一些不起眼的小买卖，也能维持以后的生活，盛堂你认为好不好？"

梁盛堂回答："我认为可行，春芝你意下如何？"

春芝笑了笑说："我听你们的。"

尼姨说："就这样吧，你们俩刚回来，先休息一下，等雨过天晴以后再做商量。"

夜深了，梁盛堂由于心情激动，虽然身体十分疲倦，却总睡不着。他起身坐在床上，透过窗外，突然发现春芝窗前有个人影。他急忙起身来到春芝的门口，那人影却不见了。梁盛堂站在门前叫道："春芝，你怎么屋内还点着灯？"

春芝翻身起床，把门打开说："你也没睡，你来得正好，我有一件事想与你商量。"

梁盛堂问道："什么事咱明天再商量好吗？"

春芝说："你不要多问，进来再说。"

春芝将他喊进屋内，那人影又渐渐逼近窗前。

春芝让盛堂坐下问道："你看过我的那包破铜烂铁没有？"

梁盛堂回答："没有哇，我从你手中接过来就把它放在你的房间，里面放一些什么东西我也没有在意。我想你自己南下寻找我，身上背着拾回来的破铜烂铁真够辛苦的。"

春芝笑笑说："这可不是一般的破烂，现在就打开给你看看。"

梁盛堂上前将那包袱打开，顿时被那金光闪闪的金条惊呆，吃惊地问道："春芝，这么多黄金是从哪里来的？"

春芝把事情经过述说了一遍，最后说："到现在我也不知道这丢包袱人的下落，也不知他到底是好人还是坏人。当时我在那等了好久，也不见人影，最后我就把这包黄金背在身上往回赶。现在这么多黄金，我也不知应该怎样处理？"

梁盛堂想了想说："这金钱是身外之物，留着它以后有可能派上用场，但不能显露，一旦暴露会引来杀身之祸。现在我们俩生活都没有着落，这东西放在你的房间也不保险，最好还是交给你的尼姨保管。现在夜深人静，也不好意思打扰她，等明天再把这些东西交给她。"

说完梁盛堂走出门外，春芝慌忙叫住盛堂说："你能不能在这安歇，因为我害怕，也睡不着了。如果睡着了，这东西被盗该怎么办。一路上也没感到害怕，可一到这尼姑庵就感到十分不安。"

梁盛堂想了想说："好吧，这天也不凉，我就在地上凑合一夜。"

春芝说："这下雨天地上有些潮湿，你就在我的床上凑合一晚，我们即将成为夫妻，你还顾虑那些干吗？"

梁盛堂笑着回答："还没有举行婚礼，我不可毁了你的名节。"

春芝听后点了点头，笑了笑，在自己的床上拿一些铺盖，梁盛堂就在门角旁躺下休息。刚刚入睡，梁盛堂突然感到门被推了几下，叫道："谁？"

随后听到快步离开的脚步声，梁盛堂急忙起身追赶，但已不见那人踪影。春芝慌忙地问道："是怎么回事？"

盛堂说："你说得对，这尼姑庵里充满着邪恶和不测，刚才有人在推门，我喊叫一声那人却快步逃走了。"

春芝说："你今晚如果不在，也不知道会发生什么事，是不是这些东西引起的风吹草动？"

梁盛堂回答："有可能是的，不管怎么样，明天一定与尼姨商量把这些东西给藏起来。"

第二天清晨，盛堂和春芝来到老尼房间，但不见老尼。两人又来到大厅，只见老尼在上香，口中还不断地念道："多谢我佛慈悲，保佑两个苦命的孩子在大灾大难中得以逢凶化吉，希望我佛再次保佑，保佑两个孩子能喜结良缘，保佑他们以后的日子过得平平安安。"

盛堂和春芝在门口听到这些话，十分感动，两人上前谢过老尼。老尼问道："你们俩这样早起，有何事？"

盛堂说："老师父，我们找你有要事相商。"

老尼问道："何事？"

梁盛堂在尼姑庵四周看了看，回答："老师父，请您到春芝房间再说。"

于是三人共同进了春芝的房间。尼姨见春芝带回来这么多黄金，也感到吃惊。老尼藏好黄金后，四周又看了看，没想到一双贼眼已经盯上了她……

几天风雨过后，太阳从乌云中跳了出来，它的脸像是被雨水洗得干干净净。虽然天气晴朗，但仍有几块白云翻滚着。几天风雨使人们感到有些心烦，天气虽然有些闷热，但人们都想出来透透气。

老尼带着春芝和盛堂来到寿春城内。大街上一片热闹景象，他们路过方家花园时，见方家老太太坐在门前，三人上前问好。方家老太太见到春芝十分高兴，问道："这就是梁盛堂吧？"春芝连忙点头回答："是盛堂。"

方家老太太接着说："这两个可怜的孩子终于走到一起，唉，一岁年纪一岁人，自从摔了一跤，到如今我的腿一直没有好。我很想去看看你们，可是我这条腿不听使唤。"

春芝上前紧紧握住老太太的手，深情地说："感谢您老人家对我俩的关爱，我今生今世永远不会忘记您的大恩大德。"

方家老太太哈哈大笑，说："瞧你这丫头说的，弄得我挺不好意思的。"

梁盛堂见方家老太太吃力地站起身来，上前说："老人家，请您坐下来，让我看看您的腿是否严重。"

方老太太说："管它严重不严重，我这把年纪还想活多大？"

经过春芝与尼姨劝说，方家老太太这才坐下，梁盛堂仔细地看了看说："老人家，您的腿必须马上治疗。不但要治疗，还需要好好休息。等一会我到药铺，给您抓服药吃下，几天后一定好转。"

说完他将老太太护送进屋内，让她躺下休息。春芝深情地说："你躺在床上生活不方便，这几天我来照顾你。"

方家老太太笑着说："好人家的孩子就是懂事。照顾我不需要，我有一个女儿嫁到白家，女婿白玉奇也很孝顺，离这也不远。不过有时我一个人闷得慌，如果你有空，就来陪我聊聊天。"

春芝回答："好的，我一定来陪你！"

老尼带着盛堂与春芝离开了方家花园，他们走在大街上，春芝突然发现一个熟悉的身影，虽然她的面孔有些消瘦，但春芝依然能够认识她。只见她带着几个孩子蹲在墙角下，春芝急忙上前问道："大婶，你怎么在这，你还认识我吗？"

那中年女子抬起头来，目不转睛地看着春芝，半天才问道："你是谁，你是在问我吗？"

春芝急忙回答："是的，我是在问你，你不认识我吗，我是在淮北平原寻找爷爷的那个小女孩。当时我有难，是你帮助了我。你怎么落到这个地步，大叔呢？"

中年女子叹了口气说："我的命苦哇，我们一家人走南闯北做点小买卖养家糊口，没想到回到山东菏泽再遭天灾，赤地千里，颗粒无收。后来听说淮河两岸的生活要好些，我们一家就赶了过来。一路上我们吃尽了苦头，肚子饿了就挖一些野菜，没有野菜我们就捉一些蝗虫烤给孩子们吃，后来连蝗虫也捉不到了。我们十分艰难地来到淮河北岸，赶上一场倾盆大雨，到了二道河，听说在寿春城有一家姓孙的大户人家，为救落难民众，天天早晨舍饭，孩子爹听说后就迫不及待地想渡过淮河。由于这场大雨来势凶猛，淮河水猛涨。在过河时，他为了保护我和孩子，不小心落入水中再也没有上来，就这样撇下了我们娘几个。"

中年女子说到这里痛哭起来，春芝也不由得跟着流泪。她蹲下身来抚摸着两个孩子的头，这两个孩子从春芝手中挣脱，扑向娘叫着："娘，我饿！"

春芝站起身来看了看梁盛堂，梁盛堂向那女子说："你们等着。"

他快步来到包子铺，买了一些包子交给中年女子和她的孩子。中年女子急忙跪下，说："多谢这位好心的小哥。"

盛堂和春芝慌忙上前将她扶起说："在淮北，你帮助过我，现在你有难我又怎能不管。"

尼姨说："你们娘几个真是可怜，不能再让你们流浪在大街上，我们先把你们安置在方家老太太那里，等我们办完事，再把你们带回尼姑庵，以后生活也有个依靠。"

中年女子连声说："这怎么是好，这样会给你们添麻烦的。"

梁盛堂说："大婶，你就不要客气，常言道：帮助别人就是帮助自己。以前你不也是帮助过春芝吗，你就不要推辞了，跟我们走吧！"

第五十章　淮河洪峰涌向寿春
张天伦向孙家求援

　　他们将中年妇女安置在方家花园，再次来到大街。一路上他们有说有笑，不知不觉到了十字路口，听到一阵鸣锣声，随后是官兵押着木笼囚车。梁盛堂仔细一看，囚车里站着的正是魏管家。大街上顿时变得拥挤起来，在人群中梁盛堂又发现魏家老爷，于是三人用力挤向前。魏家老爷爷见到梁盛堂，奇怪地问道："你回来啦，我整天都惦记着你，现在好了，大家都平安了。"

　　梁盛堂回答："我刚回来不久，您老人家受苦了。"

　　魏家老爷爷笑了笑说："还好，这个新上任的张天伦是个好官，他清正廉洁。要不是家里人当掉房产，换一些银子前来行贿，以致引起怀疑，不然早就把我给放了。我在牢房里他还教训了我一番，他说行贿的人肯定有罪，不然为什么要送礼钱，送礼钱就是为自己开脱。今天是斩首我家管家的日子，他来到我所住的牢房，把我家人送上的银子向我面前一放说：'把银子拿回家去吧。'这下好了，我们寿春一带的老百姓有了好官，有了希望。以后都有好日子过了。"

　　说完魏老爷美滋滋地笑了笑。梁盛堂说："老人家，您洪福齐天，这也是您老人家多年修来的福分。"

　　他们告别了魏家老太爷，梁盛堂说："我们一同前往法场，看看那魏管家的下场。"

　　老尼说："阿弥陀佛，我可不想见那血腥场面。"

　　春芝说："盛堂，我们不去凑热闹了，现在要去给方老太太抓药。"

　　梁盛堂想了想，说："好吧！还是办正事要紧。"

　　他们刚想进入一家药铺，突然听见一匹战马在狂叫，马背上坐着一位彪形大汉，只见他浑身上下都是泥水，像泥人一样。他一边催马一边呼喊："全城百姓注意啦，淮河洪水已到颍州，来势凶猛，希望大家有所准备，确保自身安全！"

　　寿春知府张天伦得知这一消息，立刻将魏管家斩首，返回寿春府大门口，召集了广大百姓奔向淮河岸边。梁盛堂听后，说："春芝，方家老太太的药由你去抓，我要跟随他们一同去抗洪护堤。"

　　说完他向抗洪的队伍奔去，春芝看着梁盛堂的背影呼喊："梁盛堂，你一定要小心哪！"

　　这一呼喊不要紧，却被焦家公子焦际波听到，他站在门外注视着梁盛堂，一眼认出梁盛堂就是梁慷程的儿子，他心想：没想到斩草未除根，他竟然还在寿春城出现。梁慷程啊梁慷程，你略懂一些医术，在寿春出尽了风头，使我焦家药铺的生意一落千丈，这一回我焦际波一定要你断子绝孙。想到这，他转身回到药铺，见到爹爹焦望江说："爹爹，梁家人又在寿春城出现了。"

　　焦家老爷焦望江一听，感到吃惊，于是问道："啊，是不是梁慷程的鬼魂？"

焦际波回答："爹，你怕什么，死人又能把活人怎么样，我说的是梁慷程的儿子，他今天出现在州府门口，跟着一群人向淮河岸边奔去，说是前往淮河大堤筑堤防洪。"

焦望江听后哈哈大笑说："我焦家运气又要到来了！"

焦际波待了一会儿，问道："爹爹，你怎么睁着眼说瞎话，我家药铺生意一直不好做，现在梁盛堂又在我们眼前晃悠，不倒霉就算好的啦。"

焦家老爷阴笑了几声说："我能倒什么霉，凭我焦家在朝中的势力，谁能把我怎么样？这次洪水来势凶猛，这可是好兆头，等洪水退去，那时我们焦岗湖内一定会鱼虾满仓，我焦家可就发了。至于梁盛堂，他又能把我们怎么样，等机会一到，就把那小子抓住交官府定他死罪，再把他的人头砍下来不就完事了。不过，这新上任的寿春知府叫什么，什么来头？"

焦际波回答："听说姓张，名天伦。"

焦家老爷说："改天会会他，如果他与我焦家作对，我会叫他滚蛋。"

张天伦带着百姓像潮水一样涌向淮河大堤，人们虽然路途艰辛，但大家情绪激昂，信心十足。为保住千万亩良田，为了劳苦大众能过上安居乐业的生活，他们愿战死在淮河大堤上，摆开了决战的阵势。

张天伦来到淮河岸边，一看顿时惊呆。他看见那防洪大堤，惊讶地骂道："这也叫淮河大堤？这怎么能挡得住来势凶猛的洪魔？这前任寿春知府都干什么事去了！"

这时天空又下起了大雨，张天伦却如热锅中的蚂蚁，不知所措。

突然间，在风雨中又冲出一匹战马，骑马的人又报："现在洪水已经过杨垴孜（扬湖镇），来势凶猛！"

一位老爷爷扛着铁锹来到张天伦面前叫道："大人，快下令吧。老百姓从来没有见过像你这样的官，冒着风雨为咱老百姓治水，只要你下令，就是被洪水冲走淹没，我们也心甘情愿。”

这时，人们不约而同地喊道："大人快下令！"

此时的张天伦看到了老百姓的期望，他们期待着有一天能把淮河大堤造好，他们期待着百姓再也不受洪水的侵扰。张天伦抬头看了看天，又看了看泛滥的淮河水，心想：我不能再犯前任官员的错误，不能不管百姓的死活。于是，他来到一位老爷爷跟前，夺过老爷爷的铁锹，狠狠地用尽全身力气将铁锹抛向淮河，大叫一声："撤！我们必须撤回寿春城！"

一声令下，却不见百姓撤退。张天伦顿时急得头昏脑涨，心想：坏了，百姓们不肯离去，要坚守在淮河岸边，我张天伦可不能把他们的性命白白葬送在这里。于是他喊道："请父老乡亲们放心，事后我一定把寿春一带的淮河大堤修好，现在我们不能在这白白送死，留得青山在，不怕没柴烧，父老乡亲们听我一句劝吧。"

百姓们这才纷纷撤离。他们刚离开阵地，那洪水就像野兽一样，向他们追来。张天伦见老爷爷还在后面，他快步上前，想把老人家扶上自己的马，可是那老爷爷不肯上马，他深情地说："淹死一个老百姓无所谓，可不能淹了咱寿春百姓的希望，张大人你上马吧，我不想拖累你。"

张天伦见老爷爷不肯上马，吼道："你再不上马，咱爷俩就死在这啦！"

老人家见拗不过张天伦，只好上马……

当民众们返回到寿春城墙脚下，回头望去，寿西湖已成了一片汪洋。张天伦回到城内也顾不上休息，立刻组织人马将城门堵住。此时的天气十分阴沉，像疯了一样，无情地折磨着江淮大地，千万亩农田泡在水里，一座座村庄浮在水面上。寿春城里挤满了灾民，有的怨天怨地，有的哭爹喊娘。张天伦在人群中看到了这些情景，心都快碎了。于是他坚定地说：
"请老少爷们放心，只要我活着，绝不让你们受到伤害。"

张天伦回到寿春府内问几位老差官："你们几位在这当差多少年啦？"

几位分别说："有几十个年头了。"

张天伦笑了笑说："你们几个是老差官，干了这么多年手里有没有积蓄？"

几位差官回答："老爷，我们虽然当差多年，但挣一些钱也不容易。上任老爷对我们可抠门啦，但是对他自己可一点也不吝啬，咱们挣两个钱只够养家糊口。"

张天伦听后点了点头又问道："你们知不知道这寿春一带有几家大财主？"

几位又分别说："要说财主倒是有几家，第一家是孙家，孙家是大户，做的善事遍及天下。因为孙家老孙头与人为善，生财有道。每当遇到天灾人祸，他们都伸出援助之手。每年在荒春时，他们丝毫不求报酬，为灾民施舍。"

张天伦听后点了点头，差官又接着说："这第二家是焦家，这一家不但有钱，而且还有势力，在这寿春焦岗湖和青冈城一带也是无人不知无人不晓。焦家仗势欺人，蛮不讲理。老爷你是不是想向他们讨要一些粮钱？"

张天伦笑了笑回答："不错，我现在就想临渴找些水喝。"

白差官又说："依我看，想从焦家拔根毛来比登天还难。焦家父子又坏又刻薄，谁拿他们都没办法。以前老莞家与老孙家一样行善积德，可现在不行了。因为这寿春城内来了一位名叫梁慷程的郎中，医术精湛，经莞公介绍前往本府给大人的老太爷看病，未料想老太爷服下药后当场就断了气。老爷大怒，立刻将梁慷程及夫人何佳莲抓进大牢，用尽酷刑。让梁慷程承认是自己所为，但梁慷程、何佳莲根本就不买他们的账，结果用刑过度双命归西。后来又把莞家人抓来，过了几天莞家人在牢中不知去向。"

　　张天伦问道："这案子是不是到现在还没有结果？"

　　白差官回答："是的，明知梁郎中受冤，但也找不出证据。"

　　张天伦想了想说："这个案子既然没有了结，那暂时放在一边，现在我们就去拜访拜访他们。"

　　另一位差官说："老爷，怎么还劳驾你前往，我们去把他们传来就是了。"

　　张天伦笑了笑说："这不是抓犯人办案，而是我们有求于他们，我们如果把他传来也不符合情理呀。"

　　张天伦一边说一边走出寿春府门。

　　此时的老天爷像是专门与张天伦作对，他刚要出门又下起了大雨。几位差官忙着备轿。张天伦说："你们几个不要忙了，咱们走过去。你们看不见吗，这老天爷专门与我开玩笑，我刚要出门，它就下雨。"

　　就在这时有人来报，说是西城墙被水淹塌。张天伦忙问道："有没有伤人，洪水有没有进入城内？"

　　来者回答："洪水刚进入，但被民众们堵住了。"

　　张天伦说："你回去告诉他们，一定要把洪水堵在城外，一定要注意安全。我向全城老百姓保证，一切都会好起来的。"

　　说完，张天伦昂首挺胸踏入风雨中……

　　张天伦来到孙家大门前，看了看孙家大门上写着"孙氏积善堂"几个大字，显得十分威武雄壮，看后内心暗暗敬佩。这时一位差官上前说："大人，我们出门时十分匆忙，都没有穿官服，一旦进去，孙家不买我们的账怎么办？"

　　张天伦笑了笑说："今天我们要买他老孙家的账，走，进去！"

　　说着张天伦自己上前叫门。

第五十一章　张天伦为灾民化缘
孙氏家族付出大爱

　　门开了，是一位老太太。张天伦急忙说："老人家，这雨下这么大，还劳驾您亲自给我们开门。"

　　老太太回答："今天我们孙家大人小孩，都在大厨房忙活，你们几位是躲水患的吧，快到后堂去吃些饭菜。"

　　几个人被孙家老太太很客气地让进客厅，但客厅内空无一人。张天伦刚想说话，就听大厨房内孙家老太爷孙纤叫道："你们都给我小心点，这馒头一定要蒸熟了，不然会吃坏肚子的，一定要注意干净卫生。小二、小三，快把做好的馒头送到城西门去。这些孩子们在雨水里泡了一天，也没有吃上一口饭。"

　　张天伦一听，不由自主地进了孙家大厨房。孙家老太太急忙拿了几个馒头塞给他说："瞧！你这孩子饿得都等不得了，既然自己来到厨房，你就多吃点。"

　　张天伦看到孙家一家几十口都在赶做馒头。他看到了人性的善良，看到了全城老百姓的希望。这时孙纤走过来叫道："老太婆，你还在那待着干吗，让他带一些回去给家里的大人孩子，你多拿一些给他。"

没等二老说完，张天伦说："老人家，你家的馒头我都要啦，有多少我要多少。我们立个字据，等洪水退后，我一定把银子给你送过来。"

孙纤一听愤怒地说："奸商，我最恨那发老百姓灾难之财的人。老婆子，把馒头收回，一个都不要给他。"

张天伦不好意思地笑着说："我怎么又成了奸商了？老人家，你等我把话说明白……"

老人家说："不用，我已经听明白了，你不就是想从我这买一些馒头到大街上去卖高价吗？我告诉你，没门！"

张天伦的脸红了，说："老人家，我不是什么奸商，也不会做买卖，我只是想买下你家的馒头送给灾民。"

这时老太太也十分生气地说："你想买我家的馒头，我家的馒头本来就不收钱，你把我家的馒头买去送人，你说你想干什么？"

张天伦说："这么说我还是奸商咯。"

跟随其后的差官们上前说："这是我们老爷，我们老爷是一片好心哪！"

身后又传来洪亮的声音说："好心当然好，在大灾之年就需要好心肠的人。"

大家回头望去，只见孙家大孙子站在门外浑身上下都是泥水。老太太一见急忙叫道："乖孙子，你还站在外面，还不进来躲躲雨。"

大孙子叫道："奶奶，我这一身泥水怎么进厨房？"

这时张天伦上下看了看孙家大孙子，孙家大孙子也两眼直盯着张天伦，只听他大叫一声："爷爷奶奶，我们家来贵人啦！这位是我们寿春新上任的张大人！"

老太爷、老太太听了连忙要下跪，只见张天伦上前握住老人家的手说："我代表受灾的老百姓感谢你，这次前来一是求你们，二来我也是好意，不想给您老孙家增加负担，只是想让你们老孙家把库存的粮食拿出来，救济这些灾民，以后我再上报朝廷，把钱还给你们。"

孙家老太爷说："我们孙家施舍出去的东西就没打算收回，我也盘算过，今年灾情特别严重，有许多村庄被淹，靠我们孙家也是远远不够的。可也巧，我家在大雨来临之前，从颍州进了一大批麦子和高粱，这三个粮仓都堆得满满的，如果需要的话，我孙家开仓放粮。"

张天伦听后万分感动地说："老人家请您放心，不管这次施舍出多少粮食，以后我一定会返还给你。"

孙纤又自信地说："我刚才与你说过，我孙家施舍出去的不想收回。我们家求的是成为道德忠义之家。"

张天伦听后笑了笑说："好心一定有好报，祝愿您二老长命百岁，富贵满堂。"

告别老孙家，张天伦与差官们又冒着风雨前往方家花园。

何春芝与尼姨在大街上抓好药后返回方家花园。何春芝将药煎好后让方家老太太服下。尼姨说："春芝呀，这雨下得这样大，水涨得也很快，我想尽快回尼姑庵看看。虽然尼姑庵建在高处，可我不放心，现在天也不早了，不知庵里是否有事发生，我心中有些不安。"

春芝急忙说："尼姨，现在梁盛堂还没回来，城外的洪水也比较深，万一出事怎么办？"

尼姨说："没事，我有佛祖保佑。"

　　方老太太躺在床上说："不行，你实在是想回去，就让春芝陪你一起回去，你自己回去我也不放心哪！"

　　春芝说："老太太，我们走了，你怎么办？"

　　老太太说："我有这山东来的客人，还有两个小客人，他们同样会照顾我。"

　　这时大婶站起身来深情地说："感谢师太，感谢春芝，感谢老太太收留我们，不然我们会饿死街头。"

　　方老太太又说："你千万不要说谢谢，我们会受不起的，做好事从来不需要报答。你让他们回去吧，那尼姑庵离不开师太，春芝你陪师太回去。"

　　春芝回答："那好吧，太太你多保重。"

　　老尼与春芝出了南门，两个人相互搀扶，在洪水中艰难地行走着。他们哪里知道，那天早晨刚刚出门不久，静心就将老师父所藏春芝的一切财宝盗走，她想带着财宝从后院逃走，谁知刚一出门，一个雷电正打在门口，吓得她回头就跑。静心心想：现在匆忙离开尼姑庵，以后又归于何处？静心内心十分矛盾。这时，几个尼姑到后院来收拾柴草，静心十分恐慌，立刻将财宝丢进土井内，准备找时机再逃走。

　　老尼和春芝回到尼姑庵，发现春芝的财宝不见了，两人焦急万分，到处寻找询问，尼姑们个个都说不知。老尼与春芝小声说："我认为这些东西还没有离开尼姑庵，咱们俩一定要小心注视每一个尼姑，特别是留意静心的一切行动。"

　　张天伦来到方家花园，把来意述说一遍，方家老太太说："寿春城有你这样的清官，这一带的老百姓以后就有好日子过了。粮食我家没有多少，银子自从老头子死后，也让我散了不少，只剩下一千多两。既然是为了受灾的老百姓，那我就给你一千两银子，剩下的一点留着我防老用。"

张天伦说："老人家请您放心，这一千两银子事后我一定还给您，现在我给您写个欠条。"

方家老太太立刻指了一下白玉奇说："白玉奇就是我的女婿，写什么欠条，你写欠条我也不要你还。"

张天伦听后笑了笑，准备到魏家。这时差官白玉奇上前说："大人，你为民心切，可你忘记了，是你刚把魏老爷从大牢里释放出来，他现在手头上有点紧。"

张天伦笑了笑说："你不说，我还真把他给忘记了。为了早见天日，他还卖了城内的房产前来贿赂我，还被我多关了几天。对了，我现在就把他卖房产的钱借过来。"

白玉奇笑了笑说："大人，你真是的，你什么钱都能使。"

张天伦笑着说："我张天伦是不是脸皮够厚的？怎么这钱不能用吗，我都放过他一马，他就不能为我做点事？"

张天伦来到邱家花园，受到邱翁的热情招待，邱翁说："张大人，我家从来不做粮食生意，家里也没有余粮，不过我这里有祖上传下来的二十四块金砖，我现在就把它拿出来。"

张天伦慌忙站起身来说："老人家，我现在急需粮食，老百姓如果没有吃的会饿死的。"

邱翁想了想说："张大人，你不用着急，这些金砖你一定能派上用场，现在指望朝廷是不可能的。虽然我不为官，但也知朝中事，现在大量官兵和梁山将士正与方腊开战，大批粮草已用作后勤物资，唯一的办法是自己采购粮食。"

张天伦说："我也想采购粮食，可这大灾之年到哪里寻找粮食？"

邱翁说："不要着急，等洪峰过后，淮河水平静下来，大人立马赶往河南开封一带。今年那里粮食大丰收，说不定能采购一大批粮食。"

张天伦听后感到信心十足，相信能够带领寿春老百姓战胜这场来势凶猛的洪魔。他起身紧握邱翁的手说："感谢您老人家，感谢您对本府的支持，我张天伦就是拼上命，也不让寿春百姓饿死。"

出了邱家花园，张天伦又来到王氏家族、李氏家族、罗氏家族、白氏家族……

就这样，张天伦又动员了许多好心人。

焦家药铺得知新上任的张大人在寿春到处求援，焦望江阴险地看了一下儿子焦际波说："际波，你认为这个张天伦是哪一路人？"

焦际波说："这个张天伦是哪一路人我们谁也不知，但是有一点可以肯定，那就是新官上任三把火，他刚上任三天就出尽了风头。我认为不管怎样，我们不能一毛不拔，多少也要应付一下，不然我们以后与他无法接触，到那时再想干掉梁慷程的儿子就难了。如果再让梁盛堂重返梁家药铺，到那时，说不定我们该回焦岗湖老家了。"

爹爹听后点了点头说："孩子，你说得很有道理，其实凭我焦家上下的实力，我们谁也不怕，使小钱干大事也是对的。等他来，给他几十两银子也就足够了。"

焦家父子俩话音刚落，张天伦就赶到焦家，焦家父子十分热情地接待了他，焦望江上前说："张大人你日理万机，像你这样的大清官真是世上难寻哪。"

　　张天伦笑了笑说："我只是为寿春百姓尽一些微薄之力，以后寿春还得靠你们的支持。"

　　焦望江赔着笑脸说："张大人，你的作为使我们寿春老百姓看到了希望。不过这几年药铺生意一直不好，手头上也没有什么盈余。"

　　说完他转过身子，看了看儿子说："际波，你去把家里所有银子都拿出来。"

　　焦际波说："爹，我们家根本就没有多少银子了，就几十两，改日还要到亳州采购药材。"

　　焦望江说："让你去拿，怎么说这么多废话。"

　　就在这时，张天伦上前拦住焦际波说："你们的心意我已领了，这大灾之年，老百姓的口粮需要解决，但是一旦发生瘟疫，需要的还是药材。我看这几十两银子还是留下来由你家采购药材吧。"

　　张天伦离开焦家后，焦家老夫人指着焦家父子骂道："你这父子俩真不是东西，家有万贯，却对张大人说家里只有几十两银子，亏你们说得出口。人家都行善积德，可你俩倒好，干尽了缺德事。你们把梁慷程一家害得家破人亡还不够，竟然还要抓住他的孩子不放。际波，你爹不是东西，你还在后面掺和，你年纪轻轻的，为你自己留条后路吧！"

　　焦望江听到这一番话，把眼一瞪，反驳道："你知道什么，我焦望江的钱财是随便送人的吗？"

　　焦际波又说："娘，你不要多管闲事，这是我们的事，你不要参与，是好是坏我们心中有数，凭我姐姐在京城的势力，谁敢把我们怎么样。"

　　老夫人见儿子大夸海口，只好说："造孽呀，希望你父子俩好自为之，以后我再也不管你们了！"

第五十二章　高俅派兵增援宋江
童贯蔡京上前阻挡

张天伦回到府内，老差官来到张大人面前说："大人，有些事不知当不当讲？"

张天伦说："有什么不当讲的，说吧。"

老差官说："我在寿春当差多年，对于焦家父子的情况了如指掌，这次我们到焦家没有一点收获，我们受骗了。"

张大人说："我们问他暂借财粮，人家没有也情有可原；再说采购药材也需要银子，一旦灾区发生瘟疫，这药材肯定也少不了。"

白玉奇上前说："大人有所不知，他家的财路通天。焦望江前房生了一女，名叫焦际花，貌若天仙，被朝中高俅纳为三房，他焦家仗着这样的势力，从不把官府放在眼里。梁慷程一案明知是他所为，但也找不出破绽。他焦际波说家中只有几十两银子，肯定是骗我们的，他家状况要比孙家强得多，前任老爷也受他们父子欺凌，不要说让他们三分，就是让七分他们也不满足。"

张天伦听后想了想说："他焦家父子只不过是狗仗人势吧。"

老差官说："大人可要小心哪。"

张天伦冷笑几声说："他焦家能把我怎么样，大不了我回我的老家，在这当一天官就要为百姓干一天事。"

差官白玉奇听后说："大人你真行，真正的实实在在为百姓，天已不早了，大人该休息了。"

张天伦说："不行！不能休息，西城墙塌了我要过去看看，不然洪水进了城那还得了。"

说完他与几位侍卫出了门……

何春芝在尼姑庵急得抓耳挠腮，老尼也十分着急，春芝垂头丧气地说："失去再多的黄金我也不在乎，在乎的是皇上赐给爹爹的那只玉龙杯，有了它就像爹娘在我身边。这玉龙杯不翼而飞，我又怎么能承受得了。"

老尼把春芝抱在怀里，说："孩子，不要着急，这事也怪我粗心大意。我相信佛祖一定会保佑我们，保佑江淮百姓能平安度过这次洪灾，保佑你爹留传下来的玉龙杯能尽快出现。"

这时，春芝和老尼发现窗外有人影晃动，春芝快步冲出门去，见静心站在门口。春芝问道："静心，天色已晚，你有什么事？"

静心说："听说你的财宝被盗，我的内心也感到不安，我看见你的房间灯还亮着，我想过来陪陪你。"

春芝见静心说出这些话有些奇怪，老尼也见静心说话吞吞吐吐，神色很不自然。老尼心想：春芝的财宝肯定是她盗走的，不然这尼姑庵内谁能有这么大的胆子。于是她说："春芝，想开点，财宝丢了，就让它丢去吧，身外之物不要在乎。天也不早了，我们都各自休息吧。"

静心这才跟随老师父出了春芝的房间。

老尼回到自己的房间，心想：这个静心我要小心观察，我相信财宝还没有走出这尼姑庵。于是老师父坐在窗前看静心是否有动静……

日子一天天过去，城内和四顶山上的灾民们度日如年，孙家的三仓粮食快要用完，焦急万分的张天伦再也忍不住了。他站在山上看着那泛滥的淮河水，心乱如麻，自言自语地说："不能再等了，不管水流多急，河水多深，我一定要尽快召集千名勇士抢渡淮河，前去为灾民购粮。"

张大人立即召集了城内的几家财主说："我张天伦这次要前往郑州购粮，希望大家能尽心尽力维护好百姓的生活，我在此多谢啦。"

老差官上前说："城不能一日无主，这差事还是我去吧！"

张天伦想了想，说："这次购粮责任重大，关系到寿春百姓的性命，稍有闪失，全州的老百姓就完了。"

说完他来到孙纤面前，紧紧握住他的手说："老人家，我走后全城百姓由你做主。我相信你，以后由差官白玉奇协助你。"

焦望江见了心里很不爽快，心想：我是官亲，你张天伦竟然不把我放在眼里，搞得我在众人面前没有面子，事后看我怎么收拾你。

邱翁这时才赶到，他从邱家花园带来了大葫芦，各发一个让勇士绑在身上，于是购粮大军向淮河北岸挺进……

寿春的百姓们煎熬着，孙纤为百姓操碎了心，虽然得到了城内几家财主的支持，但他已感到力不从心，想撒手不管，又怕有负于张天伦的重托，急得老爷子坐立不安。孙纤将儿子孙子召集在一块，将仅有的半仓粮食发放给灾民。孙家大儿子说："爹爹，这样，以后我家做生意的本钱就没有了。"

孙家老爷爷说："我们不能眼睁睁地看着活人被饿死，你救了一个人，你就积一份德，有能力不救他们，内心有愧呀。不管怎么样，我们不能见死不救。"

转眼间十多天过去了，也不见张大人归来。邱翁一大早就来到孙家大院，找到孙家老爷。邱翁说："张大人到如今也没有回来，靠我们几家支撑远远不够，采购的粮食再不能到达，这样下去，就连花草也会被灾民吃光，这该怎么办？"

孙纤说："无论如何也不能让人饿死，今天我再把几家老爷子召集过来商量商量。"

几家老爷都到齐，但只有焦家推脱说不能前来。孙纤说："今天我们都到城内外去看看，动员百姓们自己动手寻找食物。动员时我们不能把事说得过于严重，不然会引起百姓们的恐慌情绪。我们开始行动吧。"

他们走街串巷，最后又来到洪水退去的地方，突然发现水面涌动了一下，孙纤立刻说："赶紧召集会织网的人，用网拦住洪水的退路，越快越好。这样大的水面一定会有很多的鱼虾。"

百姓们在捕鱼中突然看见遥远的淮河上游，有一支大船队缓缓向寿春城驶来，等船队靠近时才发现，站在船头上的正是张天伦大人，只见他高大的身躯明显消瘦了很多，嗓子已经嘶哑，几乎说不出话来。百姓们看在眼里疼在心里，纷纷大声喊道："张大人来啦，他给我们带来了粮食！"

但张天伦回到寿春却一病不起……

为了给张大人治病，老差官也病急乱投医，还请了焦家父子。焦际波对焦望江说："爹爹，这次我们是否趁着这个机会搞死张天伦，也出出这口恶气。"

　　老爹爹思索了一会儿说："如果我们趁着这个机会除掉张天伦，那我焦家以后名声会更臭，现在寿春百姓很信任他。唯一的办法就是治好他的病，让他担我焦家的一份情，以后他张天伦再不听我焦家的摆布，再除掉也不迟。"

　　焦际波听后说："爹爹你说得很有道理，我们就这样办。"

　　说完焦望江出门，进了官府大院给张大人治病。

　　洪水退去，民心安定，张天伦的病有所好转。他下了床站起身，伸伸胳膊扭扭腰，叹了一口气，自言自语地说："这当官怎么是这样累呀！"

　　老差官来到大人面前，问道："大人你好啦？"

　　张大人回答："好是好了些，但是感到头重脚轻。"

　　差官白玉奇说："您身体好转，多亏我们的差官大哥为你求医问药。头重脚轻是因为操劳过度造成的，大人您需要休养。"

　　张天伦回答道："马上给我备一匹马，我要前往东京汴梁城，请求皇上拨一笔救灾银两，不然我这一屁股债怎么能还得上。"

　　老差官劝说："大人，你这样的身体再也不能出门，不如我代你前往。"

　　张天伦笑了笑说："你代我前往，你知道朝廷上下都是一些不好对付的人，他们根本拿你不当一回事，说不定连门都进不去，还是我去吧！"

　　说话间，他牵来自己的马，连上三次都没有上去。老差官上前将张大人扶起，这时在一旁的差官白玉奇上前说："大人还是让我去吧，你只要写上书信，把事情说明白，我想皇上不会连自己的子民也不顾的。"

　　张天伦听后觉得有道理，于是让老差官搀扶进了书房，写了书信交给白玉奇，说："玉奇，拜托了，一路要小心。书信上写得不怎么周全，如果皇上问起来，希望你实话实说，家里的一切差使就有老差官负责。"

白玉奇说："实话实说，皇上能拨发给我们银子吗？"

张大人回答："不实话实说，那是欺君，会被杀头的。相信我，希望你快去快回，我在寿春城等你的好消息。"

白玉奇离开了寿春城，马不停蹄地来到金銮殿。

清晨，大殿被一层迷雾笼罩，让人看不清，看不透彻。白玉奇来到门前，但遭到侍卫的驱赶和大臣们的嘲笑。就在这时，吴正刚来到跟前，制止了他们。

文武大臣们陆续进了大殿，等候皇上到来。白玉奇跟随着他们进了大殿，文武大臣们都看着白玉奇，还说三道四：今天怎么来了一个比芝麻还要小的官，不知有没有才华，他来干什么的，从哪里来。众臣一边议论一边等待着皇上上朝。

随着一声号令，皇上上朝了，大臣们异口同声地共同参拜。接着大臣们争先恐后地上前拍皇上的马屁。高俅上前一步说："本太尉有事要奏。"

皇帝看了看高俅说："高俅，我知道你心中不乐，你在朝中出了不少差错，但也付出了许多，有事但说无妨。"

高俅说："谢皇上，现在梁山宋江正在平定方腊，听说死伤不少，老臣想派一些兵马前往增援，不知皇上意下如何？"

蔡京上前说："皇上，高大人糊涂。梁山草寇野性难驯，一旦得胜，我大宋江山不保，不如让他们自生自灭罢了。"

高俅说："蔡大人，你说话也不怕伤了自己的德行。梁山将士个个英勇善战，为我大宋立下汗马功劳，现在为平方腊陷入泥潭，如果再不增援，他们会全军覆没的。"

这时童贯上前说："这有什么？这叫以牙还牙。先前他宋江没少与官府作对，现在如果让他们顺利平定方腊，那宋江一伙以后怎么安排，放在大宋哪一个角落都不会安宁。"

高俅瞪了蔡京和童贯一眼，说："你们两位明摆着是抽我的梯子，都知道我与林冲是仇人。为了效忠大宋，如果你们见死不救，以后后人会怎么骂我高家？"

宿太尉上前说："高太尉说得对，增援宋江迫在眉睫，如果我们不做出明智的选择，后人也会骂我宿太尉坚持招安。"

童贯见高俅和宿太尉怒火冲天，于是说："增援还是要增援，但还不是时候。"

皇帝听后摇了摇头……

第五十三章 讨债者来到寿春府
张天伦感到有麻烦

文武大臣们安静下来，皇上说："上朝前正刚与我说过寿春来人了，我正想了解天伦现在如何。"

白玉奇上前说："小民拜见皇上。"

皇上看了看寿春差官白玉奇，问道："你从寿春来的？"

白玉奇回答："在下白玉奇，是代替张大人前来禀报淮河灾情。"

皇上问道："淮河受灾了吗？颍州和淮南怎么样？"

白差官回答："颍州和淮南与我们比邻，但我们寿春受灾严重，千万亩良田受洪水浸泡，颗粒无收，大量灾民涌进寿春城。多亏寿春知府张天伦大人力挽狂澜，向当地富豪借了许多银两，前往河南采购了大批粮食，才使灾民免于饥饿。"

皇上问道："怎么让你前来，张天伦为何不来？"

白差官回答："今年淮河流域雨水甚多，河水猛涨，不仅仅淹没了村庄和农田，就连寿春城也被洪水浸泡塌陷了数丈。张大人由于积劳成疾，不便远行，所以他让我前来送此书信。"

说完他将书信从怀中取出，呈献给皇上。皇上看了看说："信的内容，第一是想要些银子还债，第二是想要些银子修造淮河大堤，第三是想要些银子修造城墙。"

皇上摇了摇头说："前两个条件有些荒唐，这第三个条件，倒是正事。城墙的坚固象征着一个国家的国威！"

大臣们纷纷议论："要些银子还债，这是没有道理的，他张天伦借了多少，需要多少，这里面空间是非常之大；拨一大批银子用于修造淮河大堤，亏他张天伦能想得出。这黄河、长江暂且不说，这淮河流域支支岔岔众多，修造起来十分困难。别说是我们，就是大禹也没有这个能耐。"

皇上看了看高俅，问道："高俅，你对此事有何高见？"

高俅说："臣认为，拨一些银两修造寿春城墙这是应该的。至于拨一批银子给张天伦还债，这也说得通，毕竟是为了百姓。修造淮河大堤那是纸上谈兵。再说前方在打仗，也需要军饷。"

童贯上前说："高大人认为拨一批银子给张天伦还债是应该的，刚才大臣们都在议论，这里面空间极大，比如十万两，他张天伦会说百万两千万两甚至万万两，难道说，我们就任由他去要？你平时是个小心眼，今天怎么大方了？"

高俅立刻说："照着你的意思就是想置张天伦于死地，我告诉你，他张天伦必须救。"

皇上见高俅与童贯争吵不休，于是说："事情就这样定了，修城墙的银子改日让吴正刚押送过去。"

白玉奇一听跪倒在地，哀求道："皇上，如果不拨一批银两给张天伦还债，张天伦大人一定会急疯的。"

皇上转过身子说："你不要再说了，寡人也有难处，你如再啰唆就连修城墙的银子也没有了。"

白玉奇只好退到一旁，心想：这朝廷怎么这样复杂，请求一件事这样难。这一回张大人娄子捅大了，为了百姓借了那么多债，指望什么还。如果张大人对百姓不闻不问，也不会欠一屁股债，也不会惹一身麻烦。但如果他对老百姓不管不问，那寿春百姓一定会饿死不少。哎，这当官真是不好当啊！

几天后，皇上派吴正刚南下寿春，嘱咐说："一定要告诉张天伦，尽快把城墙修好，寿春城不是一般的城池，它是我大宋军事要地，象征着我大宋的国威，不能大意。"

吴正刚说："请皇上放心，正刚一定让张天伦尽快把城墙修好，不过张天伦确实有他的难处，皇上你想想，这城墙都被洪水淹塌了，这灾情肯定不小，这么大的一个州，有多少老百姓等着要吃要喝。"

皇上点了点头说："是呀，所以我让你去，让别人去我也不放心。你还记得在黄河岸边的何家坤吗，就是因为寡人处理事情有些马虎，丧失了一位好子民。"

吴正刚接过圣旨说："正刚一定不辜负皇上的重托！"

吴正刚千里迢迢来到淮河寿春城，见张天伦躺在病床上，面黄肌瘦的张天伦见钦差大人前来，便急忙起身迎接。吴正刚把来意一说，张天伦爬到圣旨前高声叫道："吾皇万岁！我得到了皇上的理解！"

吴正刚将事情安排好就立刻回京了。

张天伦感到有麻烦，因为皇上只批了修城墙的银子，欠了一屁股债也还不上，没办法只好等待。

洪水退去，梁盛堂返回到尼姑庵与春芝商量准备重开梁家药铺。何春芝将丢失财宝的情况告诉了梁盛堂，梁盛堂十分吃惊，又想了想说："你不要着急，钱财乃身外之物，财去人安就好。"

春芝说："失去那些金条我倒不在乎，在乎的是皇帝赐给我爹爹的玉龙杯。它对我何家意义重大。"

梁盛堂说："可现在实在找不到办法也没有办法。春芝，凡事一定要想得开。"

何春芝说："我怎么能想得开，我整天坐立不安。尼姨也劝我，这财宝她有感觉，它还没有离开这尼姑庵，就是一时半会寻找不到。"

梁盛堂说："春芝，你放心，只要玉龙杯还在这尼姑庵内，我就是挖地三尺也要把它寻回。"

盛堂与春芝的谈话被静心听到，她表面上若无其事，内心却十分紧张。梁盛堂来到院内，抬头看了看尼姑庵，又看了看所有的尼姑。这时老尼走过来问道："洪水退了，百姓们是否安定？"

梁盛堂回答："还好，一切都比想象的好得多，现在许多百姓已经疏散返回家乡。这一段时间，我被寿春官府留用维持灾民秩序，所以没有回来。现在天不早了，我还想回到魏家看看。等明天我回来，我们再商议寻找玉龙杯的事，我走了。"

说完，梁盛堂直奔魏家。

老尼见四周无人，小声对春芝说："春芝，今晚一定要小心，仔细观察这尼姑庵，今晚有可能会出现盗贼。一旦出现，定将她抓住，不然以后就没有机会了。"

春芝听后十分惊奇，说："好，今天晚上我一定仔细观察。"

天渐渐地黑了，偶尔有几只蝙蝠飞过，弯弯的月亮悬挂在半空中，夜深人静，只听见青蛙在"呱呱"地叫着。

静心在自己的房间里坐立不安，心想：这雨下得这么大，把土井也淋塌了，这让我怎么才能把财宝取出？如果不取出，明天梁盛堂要安排搜查，万一被他搜查出来，这到手的财宝就没了。不管怎么样，今晚我一定要把它取出来连夜逃走。想到这，她趴在窗前，向外面四处张望，四周悄无声息。她起身悄悄地推开自己的门，轻轻地向后院溜去，春芝趴在窗前见静心的一举一动，感到可疑，便紧跟其后。这时老尼也起身，春芝小声叫道："尼姨你怎么也起来了？"

尼姨摆了摆手不让春芝说话，于是一同观察静心的动静。只见静心来到土井旁，看了看四周，随后她就开始挖去塌陷的泥土。春芝小声问道："我的东西有可能就藏在这里了。"

尼姨回答："那还用说吗？就在这里。"

春芝又问："现在怎么办？"

尼姨说："不要着急，等静心把东西扒出来再上前去也不迟。现在你去把前院我那几个小徒弟叫起来。"

静心在土井里的泥水中拼命地扒找，好不容易才找到那包财宝，她刚想往上爬，发现土井口四周站满了大小师傅。老尼十分严厉地问道："静心，你还有什么话说？"

静心见自己已是瓮中之鳖，灵机一动说："师傅你有所不知，那天你和春芝进城后下起了大雨，当时尼姑庵里来了许多人，我怕这财宝被人盗走，就把它藏在这里。后来你们回来，我忘记告诉你们了。现在好了，完璧归赵。"……

第二天清晨，梁盛堂从魏家回到尼姑庵，对春芝说："春芝，我开药铺的事有希望了。魏家老太爷答应我，准备借一笔银子让我们重新开药铺。"

春芝感到像是从苦海里走了出来，说："老天有眼，佛祖保佑，终于让我们走向安稳的生活了，我爹的玉龙杯和那包金子也找到了。"

梁盛堂一听，惊喜地说："真的！找到就好，不过这钱财多了也不一定就是好事。"

春芝说："这黄金说什么也不能动，万一失主找来怎么办。不但不能动用，还一定要保存好。"

梁盛堂听后点了点头，对天呐喊："爹，娘，你的儿子梁盛堂一定继承我们梁家的医德医风，一定把我梁家的医术发扬光大！"

何春芝笑了笑说："你不要在这里大声叫，师父们都在看着我们。今天天气好，我们进城把药铺打扫打扫，准备开业。"

梁盛堂药铺开张后，看病的人络绎不绝，并且都夸奖两个小郎中医术精湛，医德高尚。

一天，老尼来到药铺里，春芝上前叫道："尼姨你来了，屋里请坐。"

梁盛堂也热情起身招待。老尼问道："生意可好？"

春芝回答："生意很好。"

老尼笑了笑说："我见你有事可做，我也想找个事做，我刚才到沙井塘沿看了看，想在那办个孤儿院，收留无家可归的孩子。"

梁盛堂说："我们以后挣的钱也一定帮助您办好孤儿院。救助那些孤儿。"

　　张天伦在府内闷闷不乐，心想：朝廷特派吴正刚押送给我的银子，连修城墙都不够用，况且还欠几家富豪的银子和粮食，今后拿什么还？这样拖下去我张天伦还是人吗？根本没有脸见他们，我这个官当得真叫荒唐。

　　焦家父子见梁盛堂药铺生意日益红火，心中十分嫉妒。一家人坐在饭桌前商量计策怎样对付梁盛堂。焦望江问道："际波，我家的焦岗湖进出口渔网闸好了没有？"

　　焦际波回答："闸好了，不过在闸网时遇上一点小麻烦。"

　　焦望江问："有什么麻烦？在这一带我们焦家是不可能有一点麻烦的。"

　　焦际波说："爹，你有所不知呀。我带了几十名奴仆前去闸网时，遇见鲁家兄弟，他们硬说焦岗湖水面有鲁家一部分，双方争执不休，差一点打了起来。后来商定只准他鲁家在他家的水面上捕鱼，渔网钱由他们出一半。"

　　焦望江问道："这样做我们吃不吃亏？"

　　焦际波回答："当时有几家有头有脸的老爷出来圆场，我们不能不这么做。不过这样也好，只要淮河水归潮退去，使湖面缩小，看他在陆地上是不是也能捕到鱼。爹，你放心，你家儿子际波也不是傻瓜。"

　　这时焦际波的娘走过来，焦际波笑嘻嘻地说："这次在闸网时，孩儿发现一位小美人，名叫鲁花，我一见她心里就痒痒，我们能不能找个机会把她抢来？"

　　焦际波的娘看了看儿子焦际波，严肃地说："你们爷俩不要老想着做那些伤天害理之事，强扭的瓜不甜。这大灾之年我们不也都看到了，人与人之间都是互相帮忙的。"

焦望江听后骂道："闭上你的嘴，这哪轮得到你说话！"

他骂后又接着说："现在麻烦事又来了，那个梁慷程的儿子梁盛堂又把梁家药铺开起来了。这样一来，对我们肯定不利。现在有许多病人只认准梁家药铺，我家的药铺生意一天比一天差。"

焦际波很自信地说："爹，这事好办，他的爹娘不都已经死了吗，对付这小小的梁盛堂不费吹灰之力，我们今天就让张天伦把他抓起来。"

焦望江说："际波，你说得轻巧，他张天伦不像前任那个城主，处处都向着我们焦家。"

焦际波说："这人往高处走，水向低处流。我们要让他张天伦知道我焦家的厉害，让他知道焦家在朝中的势力，让他知道只要我焦家咳嗽一声，这淮河水都倒流。"

焦际波的娘在一旁叫道："你们这爷俩没有一个是好东西，吹牛、狗仗人势、仗势欺人！"

焦家老爷子拍着桌子叫道："闭上你的嘴！"

张天伦在府内徘徊，心情十分烦躁。侍卫来报说："禀报大人，孙纤、邱翁等十几家豪门老爷子前来求见。"

张天伦叹了一口气说："这要账的上门来了，这叫我怎么有脸见他们。哎，丑媳妇怎么也要见公婆，躲也躲不掉。"于是他说："让他们进来吧！"

十几位老爷子坐在大堂一旁，谁也不开口说话。只听侍卫来报："报，焦家父子求见大人。"

张天伦心想：好家伙，今天是不是都约好的？

焦家父子进来后坐在一旁。张天伦说："各位论年龄，大多数是长辈。我知道大家的来意，可现在我感觉有些对不起大家，因为我曾经说过的话很难兑现，朝廷所拨的银两就连修城墙都远远不够。我愧对大家，请大家给予谅解。"

这时老爷们纷纷说："大人，我们知道你是好心，可以原谅你，但谁又能原谅我们，我们为了全城、全州的老百姓已经倾家荡产啦！在当时我们也没有多想，我们也是好心好意，为了灾民，一腔热血，拯救生命。现在我们家都快要崩溃了！"

孙纤开口说："张大人，在当时我们十分理解你一个当父母官的心情，可现在你也要理解我们。我们一家老小要吃要喝，几十名伙计没有事干。大人，我不求你把原本还给我们，只求你能不能想想办法，给我们解决一点点本钱，让我们有翻身的机会。"

张天伦听后，在大堂上像热锅上的蚂蚁来回走动，说："到现在我才知道，活人是怎么让尿给憋死的。"

张天伦深深知道，朝廷拨的银两是专门用于修造城墙的，如果挪用肯定是要杀头的。事到如今，这人要脸树要皮，哎，我可不想让这几家豪门毁在我的手里，这几家豪门财主是寿春百姓的希望。就是掉了脑袋，我也要让他们翻身，于是他把手向着桌子猛拍一下，说："这城墙不修了！"

第五十四章　焦家硬想铲除梁家
天伦带病体恤民情

老爷们纷纷离去，焦家父子才开口说话。焦望江说："张大人，你公务繁忙，日理万机，我们一直没来打扰。"

张天伦看了看焦家父子问道："你们父子俩今日前来有何贵干？"

焦家老爷子说："我们有要事禀报大人，毒害前任大人父亲的梁慷程，他的儿子又在城内出现了。"

张天伦说道："你们前来禀报，这是好事，至于梁慷程的案子我了解不多。"

焦际波说："常言道杀人偿命，只要你把梁盛堂抓起来，并把他处决，别说修城墙这点银子，就是重建一座城池也不在话下。"

张天伦一听，把眉头一皱，说："呵，你们有这样大的口气？"

焦望江说："张大人，我们没有金刚钻，就不可能揽这瓷器活！你要知道我有一女，名叫焦际花，现在高俅高太尉的府中。"

张天伦听后，瞪了一眼焦家父子说："如果我不去抓他会怎么样？"

　　焦际波说："我们一定会告你不秉公执法，那你就不能再在这寿春城待下去！"

　　张天伦又说："如果我从头开始查清这案子，这害人者不是梁慷程而是另有其人，我再把那犯人揪出来，再要了他的脑袋岂不是更好？"

　　焦家父子听后阴笑了几声说："张大人你怎么就知道害人者另有其人？"

　　张天伦说："你怎么就知道这人就是被梁家人所害？"

　　焦际波说："这么说，你张大人对这案子不感兴趣？你可知道我焦家在颍州、淮南、寿春，踩一脚四顶山晃三晃，吼一声淮河水会倒流。"

　　张天伦听后正色道："如果我不听你们的摆布，那会怎么样？"

　　焦望江说："滚回家是次要的，也许就连大人脑袋都……"

　　张天伦听后十分恼火，口中吼叫："我不想当这个官，我也不想要这个脑袋啦！"

　　焦家父子见张天伦暴躁起来，只好灰溜溜地离开。

　　焦家父子气急败坏地回到家中，恨张天伦竟然不把焦家放在眼里，恨他不给焦家一点面子。焦望江咬牙切齿地叫道："际波，你明天一早快马进京，到你姐姐际花那里告他张天伦一状，让太尉禀报皇上，说他张天伦没有把朝廷所拨银两用于修造城墙，而是变了花样私吞了。"

　　第二天焦际波赶往东京汴梁城，进了太尉府，将张天伦的事添油加醋地与焦际花述说了一遍。高俅听后冷笑一声说："没想到他张天伦这样胆大妄为，今天我就在皇上面前奏他一本。"

　　高俅来到大殿，将张天伦狠狠地告了一状。皇帝看了看高俅说："他张天伦真像你说的那样？张天伦是什么样的人，我可是一本清账。吴正刚从寿春回来已经把事情告诉我了。如果当官的不为天下百姓办事，眼看着百姓忍受饥饿，能救而不去救他们，大灾之后会死人成堆；如果是这样，那还要宋江去平东平西干什么，真不如让他千里为国百里为王算了。如果他张天伦真像你说的那样，与寿春豪门共吞公款，不用你说，朕也一定亲手要了他的脑袋！"

高俅回到家中，被焦际花死死地纠缠着要高俅定张天伦的罪，铲除梁家药铺。高俅说："你不要再纠缠我，皇上不答应的事，你让我又怎么办？你不要再烦我，过一阵再说。"

梁盛堂药铺生意一天比一天兴旺。一天，梁盛堂正在给病人看病，突然听到有人问道："梁郎中生意可好？"

梁盛堂抬头看去，急忙站起身来叫道："王大哥原来是你，感谢你与恩公（莞公）救了我，把我送往魏家躲过了这一劫难。"

王贵大哥说："你千万不要说谢字，说谢谢的应该是我。"

说完他指了指身后的中年妇女和她怀里抱的孩子说："要不是梁老先生，我的老婆孩子恐怕早已深埋地下了，现在想起来还觉得可怕。"

那中年妇女再也忍不住泪水，上前说："梁兄弟，感谢你，也感谢梁老前辈，以后在这寿春城有什么困难你尽管直说，我们一定会全力以赴帮助你。"

焦际波从京城回到家中，将皇上不愿定张天伦的罪述说了一遍。焦望江说："如果不把张天伦扳倒，我焦家以后就不可能在寿春、淮河一带呼风唤雨，到时候我焦家会势力大落。"

焦际波说："现在皇上内心始终向着张天伦，我们最好的办法就是等待。"

　　焦望江说："等待？机会不是等来的，而是努力争取的。他张天伦在我面前吹胡子瞪眼的，不把我放在眼里，我要亲自进京一趟。"

　　于是焦家父子一同来到了京城，见到了高俅和焦际花，说了一大堆张天伦的坏话，说得高俅一时摇头，一时点头。高俅心想：这回让我怎么办，老爷子步行千里来到京城，为的是告倒张天伦。不答应吧，显得我无能；答应吧，我怎么与皇上说。上一次我费尽心机都没用，我看这次也是白搭。焦际波在一旁死死纠缠着，说："这次是我爹亲自进京，证明事情的严重性。不管怎么样，大人一定要皇上定他张天伦死罪！"

　　高俅听后摇摇头说："你说定罪就定罪啦，他是皇上，不是三岁顽童。你们放心吧，我自有安排。"

　　高俅再次来到大殿，巧言令色地说了一套又一套，但皇上仍然不理不睬……

　　老差官和差官白玉奇见张大人的病一天比一天严重，劝他请郎中看看。张天伦宁死不肯再请焦家人给自己看病。白玉奇说："大人，咱们不请焦家父子，就到城东梁家药铺请梁盛堂，我们不如请他前来给大人看病，听说他的医术比焦家父子高得多。"

　　张天伦听到后摇了摇头说："唉，要是其他药铺我还有点想，这梁家开的药铺医术再高，我也不能去。看不见吗，这焦家父子一直在找梁家药铺和我们的茬。"

　　白玉奇说："大人，可我不能眼睁睁地看着让你的病一天天地拖下去。"

　　张天伦笑了笑说："玉奇，今天我的心情不错，精神十足，我们不如出去转转。"

老差官说："大人，身体要紧，我们不如再找个郎中看看。"

张天伦说："看什么看，我的病自己心里有数，死不了。就是死了那也是我该死。玉奇，我与老差官出门转转，这府里的事就由你暂管。老差官，走，上马，咱们到乡下老百姓家看看！"

老差官问道："大人，我们不穿官服啦？"

张大人回答："穿什么官服，不穿！"

张天伦与老差官出了南城门，一个劲地往前奔跑，也不知跑了多远。张天伦问老差官："你跟着我也有几天了，一直没有工夫与你说过闲话，你老家在哪里？"

老差官说："我家住在正阳关，府里几个小兄弟以前一直叫我'老糊涂虫'，一家老小全靠我当差挣点钱糊口。"

张天伦笑了笑说："这当差也不容易，跑前跑后的，也够辛苦。他们叫你'老糊涂虫'，我也很想做个糊涂人，难得糊涂。我以后也要向你学着点，但不知道是否能学得来。"

老差官笑了笑说："所以说大人你一定要照顾好自己的身体，你的身体好了，也是寿春百姓的福分。"

张天伦与老差官快马飞奔，突然停了下来，他们看见一位老太太正在挖刚从地里长出的野菜。张天伦翻身下马，来到老太太跟前，问道："老人家，你高寿啊？"

老人家回答："我今年七十有三，你们是不是迷路了，想问路吧？"

张天伦回答："我没有迷路。老人家，我看见你，就想起我的娘，我娘的年纪和你差不多，你在挖野菜，我也来帮你挖。"

老人家看了看张天伦乐呵呵地说："我一眼就看得出你是个好人，还是个孝子。"

张天伦笑着说："老人家，你千万不要夸我，你挖这东西能吃吗？"

老人家回答："不能吃又怎么办？不能吃又吃什么？"

张天伦听后，愣了一会儿，问道："这么好的良田怎么不种庄稼，为什么在这荒着？"

老人家回答："哎，说你是个问路的你还不承认。今年水灾特大，洪水淹没了我们的田地和村庄，幸好寿春来了一个好官叫什么伦的，他真心为咱穷苦百姓办事，是他给我们老百姓口粮，要不是他，也不知道要饿死多少人。现在洪水退了，正是种庄稼的好机会，可惜没有种子，后来百姓们想进城，再请那个好官购些种子来种。结果听说，那个好官为咱老百姓购粮还犯了法，皇上还要定他的罪。你说这皇上也不讲理，救人也犯法。"

张天伦说："老人家，我想这皇上是讲理的，不然他怎么能当皇上啊，那后来呢？"

老人家说："后来大家都害怕那个好官再次犯法，就再也不好意思开口，咱老百姓已经满足了，有的出门逃荒要饭、做生意，有的正在家中准备，也要出门。"

张天伦听后心中很不是滋味，不知道是感激还是无奈。张天伦想到这里，上前说："老人家，这样可不行，这老百姓都不种庄稼，来年吃什么？"

老人家回答："吃不上也没办法，到哪里去弄粮种呢？"

张天伦听后，感觉像万把刀子刺在心头，脸色苍白，一屁股坐在地上。老差官慌忙上前将张天伦扶起，叫道："大……"

张天伦急忙叫道："大，大什么大？"

老人家见张天伦有病在身，也连忙护住让他休息。张天伦说："没事，我休息一会儿就好了。"

老人家说："孩子，你这病一定要找个郎中看看，不是休息就能好的，不过现在也没有什么好的郎中了。前些年寿春城来了一位姓梁的郎中，医术很高明，给寿春府内的人治病，开好药方后，被焦家在药里偷偷下了毒，梁郎中受冤屈而死。"

张天伦听到这十分震惊，急忙问道："老人家，你怎么知道这些？"

老人家说："那下毒药的人就和我住在一个村子，名字叫小圆子。"

张天伦又急忙问道："那他人呢，现在在哪？"

老人家回答："有人说他自杀了，有人说是他杀，现在谁也说不清。"

张天伦听后说："没想到他焦家父子内心那么歹毒。"

张天伦上前握住老人家的手说："老人家请放心，十天之内寿春府一定会发放一批种粮给全州的老百姓。"

老人家一听笑了笑说："你这么有本事，你莫非与寿春府是亲戚？"

张天伦哈哈大笑，这时老差官急忙上前，忍不住地叫道："大人，我知道你的意思，我们千万不能用修城墙的钱给百姓购粮种啦，万一焦家父子知道一上告，我们会掉脑袋的。"

张天伦拍了拍胸膛说："只要我张天伦脑袋掉得值，那就让他掉吧！"

老人家一听"张天伦"很吃惊，慌忙跪下。张天伦快步上前将老人家扶起，说："老人家，你千万不要这样，我开始不就说了吗，一见你就想起了我娘，娘怎么能给孩子下跪呢？"

老人家说："开始我也不知你是个官，跟你说了这么多的话，有没有冒犯你？"

　　张天伦说："老人家，你不但没有冒犯我，我还要感谢你。是你说了真心话，是你告诉我民间实情，这当官不为老百姓做事，不如不当官。既然当了就要硬着头皮往前上，就像前线打仗一样，明知冲上去有可能会死掉，但也要拼了命地向前冲。你回去告诉村子里的人，让他们等几天把庄稼种好再出门也不迟。"

第五十五章　挪用官银引进粮种
高俅想刁难张天伦

张天伦回到府里，左思右想，心中始终不能平静。朝廷、百姓就像两座大山压在自己身上，透不过来气。为朝廷，解决不了老百姓的苦难；为百姓，自己就会有掉脑袋的危险。

白玉奇见张大人时而心情烦躁，时而气喘吁吁，于是他偷偷把梁盛堂请进府内。张天伦一见梁盛堂进门，很严肃问道：“你是谁啊？干什么的？”

白玉奇回答说：“大人，这位就是梁家药铺梁慷程之子梁盛堂。”

张天伦一听火冒三丈，说：“白玉奇啊白玉奇，你怎么把他给请来了？”

梁盛堂见张大人不停地发火，心里也有些纳闷，只好待在一旁。张大人说：“难道你不知道焦家父子在找梁家药铺和我们的茬，焦家为达到目的不择手段。”

白玉奇说：“大人，你不要发火，这事前前后后我已经考虑过了，我这次把梁盛堂请进府内，一是给你看病，二就是动员他离开寿春，以免引来杀身之祸。"

张大人一听，深思了一会儿说："不错，是个好主意。"

他看了看梁盛堂问道："小郎中，你明不明白我们的意思？我没有那个能力扛事，在焦家面前有理说不清。"

梁盛堂顿时两眼泪汪汪地说："我明白大人是为我好。我回去后与春芝商量，但是要给大人治好病再离开。"

张天伦笑了笑说："你明白就好，我的病不需要你治，我的身体我心里很清楚。我知道自己的时间不多了，就是拼上这条命，也要为百姓做些好事，做些实事。"

梁盛堂恳切地说："大人，既然我来了，就让我给你看一看吧。"

张天伦想了想说："好吧，但是你看过后一定要说实话。"

于是梁盛堂给张大人仔细地检查了一遍，也没有说话。张大人问道："怎么样啊？我能不能再活十天半个月，我只要十天半个月的时间就足够了。"

梁盛堂回答："大人的病现在没事，不过需要休养。"说完他给大人开了药方。

梁盛堂临走前小声与白玉奇说："一定要注意大人的出行活动，大人犯的是肝病，时间不多了，多则一年，少则几个月。现在没有好的药治疗大人的病，我开的药只能维持。"

梁盛堂与白玉奇说的话被张天伦偷听后，心想：早死是死，晚死也是死，这一回我可放心大胆地干一番。明天就行动，为百姓购粮种。

张天伦执意挪用了修造城墙的白银，给百姓引进了大批的粮种，百姓们得到了粮种，像如鱼得水一样欢天喜地。

焦家父子得知这些消息十分高兴，焦望江说："际波，我看他张天伦确实不想活了，他的胆子也真够大的。"

焦际波说："爹，我看他就是一根筋。他想指望那些穷光蛋为自己呼风唤雨，还是指望他们为自己的官位保驾？他张天伦聪明过头了，这倒好，给我们带来了下手的机会。"

焦望江问道："际波，你最近有没有观察梁家药铺的情况？"

焦际波回答："梁家药铺的生意确实火爆。爹，你放心，梁盛堂的药铺开不长，只要我们扳倒了张天伦，以后再找个机会除掉梁盛堂，那也不费吹灰之力。到时候我再进京，求姐姐在太尉面前多多美言，让太尉在皇上面前再美言，皇上一高兴，就让我当寿春城主，到时候寿春府是我们的，就连整个寿春淮河两岸都是我们的。爹，你认为我说的有没有道理？"

焦望江听后把眼一瞪骂道："你这个毛孩子竟然想当城主，你能担当得起吗？要干还是由我来干。"

焦际波撇了撇嘴说："爹爹，你的年纪这样大，还能干几年？你怎么就不为你的儿子着想？"

焦望江听到儿子竟然说出这样的话，气得脸色发青。这时焦际波的娘开口说："你们爷俩都不知羞耻。寿春一带如果让你们爷俩当家，那寿春百姓就倒八辈子霉了，到时候没有一个能活着的。"

焦际波说："娘，你可别这样说，到时候如果我当上了官，我也会对百姓好的。"

焦际波的娘听后骂道："呸，你们这爷俩没有一个好东西！"

说完她转身就走。老爷子指着夫人的背影骂道："你这个婆娘，整天说三道四，不要看我年纪已老，说不定哪天把你给休了。"

第二天清晨，焦际波早起，备马前往京城。他刚想进马棚，只见爹爹拉着一匹马出来。焦际波问："爹爹，这么早，是不是给我备的马匹？"

爹爹说："际波啊，爹爹就你一个儿，上次让你进京，我的心始终惦记着你。现在不管怎样，爹爹也舍不得再让你出门受罪了。"

焦际波看了看爹爹，心想：你竟然还想与我争夺城主之位，想到这里，急忙说："爹爹，你年纪已大，胳膊腿都不利索，这京城还是我去为好。"

就这样两人互不相让、各怀鬼胎，最后两个人只好同时上路。

爷俩到了京城，把张天伦挪用修造城墙白银之事告诉了高太尉，高太尉听后也十分震惊，说："这个张天伦的胆子确实够大的，竟然抗旨不遵。这一回如果禀报皇上，皇上一定会要了他的命。"

焦望江说："要了他的命更好，省得他在寿春碍手碍脚的。"

最终焦家父子将各自心里话说了出来，高俅一听哈哈大笑说："真是异想天开，天下哪有这样的好事，你们俩把皇上当成三岁孩子啦！"

焦际波一听说："常言道，朝中有人好做官。有大人在朝中，把我提拔提拔，当个小小的寿春城主，不是芝麻粒大的小事嘛。"

高俅笑了笑说："你们俩有所不知，寿春城坐落在淮河岸边，东靠淮南，西邻颍州，南与六安和大别山毗邻，北面有淮河、青冈城和淝河。寿春自古以来就是军事要地，皇上不可能让你们担此重任。"

焦家老爷子叹了一口气说："当不上官也罢了，不过借此机会一定要铲除张天伦。"

高俅说："张天伦既然对你们不义，也就是不把老夫放在眼里，你们放心，我一定在皇上面前狠狠地奏他一本，要了他的头。"

焦家父子听后欣喜若狂。

早朝时，高俅来到大殿，向皇上奏上一本说："寿春城主张天伦抗旨不遵，竟然置大宋江山安危而不顾，挪用了修护城墙的银子收买民心，企图密谋造反。"

皇上一听十分吃惊，说："上次吴正刚前往，寡人交代得很清楚，让吴正刚告诉他寿春城的重要性，一定要把城墙修好。他不仅不听，还想密谋造反，我看他真的活腻了！"

皇上立即下了旨意，命高俅立刻南下寿春，让张天伦十天之内把城墙修好，如有耽误就地正法；若十天之内把城墙修好，就将张天伦押回京城听候发落。高俅接过旨，叹了一口气，心想：今天上朝可喜可悲。可喜的是奏本有效；可悲的是南下寿春可是个苦差事，哪有待在城里好。不过也好，省得因梁山宋江的事与童贯、蔡京斗嘴。

高俅带着焦际花与焦家父子一同返回寿春。高俅的人马刚进寿春城，焦家父子紧跟其后，以显示自己的威风。街道两边的百姓看见焦家父子狐假虎威，个个都小声地骂他们。

高俅直奔寿春府。张天伦得知高太尉已到府门口，十分吃惊，感到事情不妙。后来又想了想，随他怎么惩罚，只要百姓不受委屈，死也心甘。想到这里，张天伦从病床上翻身下来，穿上官服，与白玉奇说："一旦有机会，你就赶到梁家药铺，让梁盛堂赶紧离开，不然大祸临头。说不定他们借着上次的冤案，想置梁盛堂于死地。"

白玉奇听后说："大人，现在我能离开你吗？"

张天伦回答："希望你快去快回，一定要通知到梁盛堂，不见梁盛堂就不要回来，快去。"

　　白玉奇从后门离开，张天伦、老差官和几名待卫出门迎接高俅，大街上人山人海。高俅宣布了圣旨后，张天伦像没事一样，站起身来说："高大人，这城墙我是修不上了，十天过后把我的脑袋砍下来，往皇上手里一交，大人的大功就告成了。"

　　高俅一听，火冒三丈，看了看围观的百姓，心想：这个张天伦真是疯了，我是朝廷派来的大臣，竟然不把我请进府里，还迎头给我一棒，这不是故意让我难堪吗。你头要掉了还嘴硬，十天之后我非把你的头揪下来不可。高俅想到这里，叫道："来人啊，把张天伦押进寿春大牢，听候发落！"

　　高俅这一喊话，在张天伦身后的几个侍卫却纹丝不动。高俅转过身子看了看自己身后的几个护卫，这才有人上前将张天伦按住，身体虚弱、面色焦黄的张天伦哪能经得起这样折腾。这时，从人群中走出两位老人，两鬓苍苍，一个胖一个瘦，各留着山羊胡子。他们俩往高俅面前一站，威风正气、精神抖擞，把高俅吓了一跳，心想：这两个小老头怎么挑的，怎么选的，这头发与山羊胡子一模一样，要不是一胖一瘦真不好分辨。他们来到我的面前想干什么，是不是想刺杀我，在光天化日之下料他们也不敢。这时冲上几名护卫将高俅团团围住，高俅才壮了壮胆子叫道："你们是什么人，想干什么？"

　　那胖一点的老人说："我是淮南的徐八公，他是淮河北岸的张九公，今天我们见大人不分青红皂白就将张大人关押，不知大人有何居心？就是当朝的皇帝也要讲道理。如果你今天要强行把张大人关押，不要说是你一个高俅，就是千军万马今天也难活命。"

　　徐八公话音刚落，只见众百姓摩拳擦掌，高俅看了看围观的众百姓说："两位老人家，我可是有皇上的圣旨，前来捉拿贪官张天伦的。"

张天伦一听，刚想说话，高俅又抢先说："这可是皇上的旨意，你可要看清了，十天之内如果城墙修建不好，那你的脑袋可就不保。你说你不是贪官，我问你，修城墙的银子哪去啦？"

张天伦哭笑不得地说："高大人一口一个贪官，我实话告诉你，我是贪官，我不仅贪，而且贪得很多，贪得很大，我贪的是仁慈、善良，我贪的是民心民意，我贪的一屁股债和一身的病。我是挪用了皇上拨发修造城墙的银子，但我是用来在百姓内心筑造一道更加坚固城墙。这城墙比铁硬，比钢强。现在再让我把寿春城墙修好，我办不到。可我已经很满足了。皇上说十天之后要我的脑袋，你现在就可以把我的脑袋拿走。"

高俅听后，转过身来向后面看了看，这焦家父子和焦际花都不见了人影。高俅心想：这焦家父子和焦际花到哪去了呢？这回倒好，我的儿调戏林冲的老婆，弄得我上下不是人。现在焦家又把我纠缠到此，在江淮大地百姓面前丢人现眼。如果再争论下去，真的下不了台。想到这里，高俅说："我知道你是好心好意为百姓，可让你十天之内修好城墙是皇上的意思，这圣旨又不是假的，就这样定了，十天之后再说。"

第五十六章　万人大会战修城墙
无赖焦际波耍威风

　　白玉奇刚刚把梁盛堂与何春芝带出门，焦家父子、焦际花和几名官兵就赶到，三人立刻躲在一边，眼睁睁地看见他们进了药铺，把药铺砸个精光。梁盛堂与何春芝只好再次返回尼姑庵，老尼准备带着他们到姬沟寺定居。同时他们更担心张大人的安危，担心寿春城墙十天之内是否能修好。梁盛堂说："春芝，你把在六安捡回来的黄金留下，也许张大人能够派上用场。"

　　老尼说："盛堂、春芝这几十条黄金我不能帮助你们交给张大人。你们想想，这短短十天时间怎么能把城墙修好。如果把这东西交给张大人，说不定会落在别人的手中？"

　　梁盛堂说："现在顾不上这么多，先试试看，说不定有效。"

　　老尼说："你们俩在这尼姑庵待着，哪里都不要去，我现在就进城与方家老太太商量。"

　　老尼急急忙忙刚进花园，方家老太太就急忙迎了上来。老尼把事情一讲，方老太太说："我也是刚刚才知道，如果城墙修造不好，到时候张大人的性命不保，这皇上的旨意非同小可，你我也担不起，现在我们一同去与邱翁商议。"

见到邱翁，邱翁说："告诉你们一个好消息，现在老孙头孙纤又把我们寿春一带几十家财主组织起来了，共同商量动员全州年轻力壮的百姓前来修筑城墙。现在百姓为救张天伦大人纷纷要求共同参战。眼下最难解决的是成千上万人的吃饭问题，大家都知道现在我们是无米下锅，干着急。"

方家老太太问道："上次张大人不是把修城墙的银子给大家一部分吗？现在大家可以再拿一点出来。"

邱翁说："不是拿与不拿的问题，而是都已经进了货，有的货还在路途中。老孙家的车行前天才走，快则十天左右，慢则半个月才能回来。"

老尼说："现在有钱能买到粮食吗？"

邱翁想了想说："可以，但是粮价高。"

老尼说："现在有两位愿捐献几十根金条够不够？"

邱翁问道："是谁这样慷慨？"

老尼回答："是梁家药铺的梁盛堂和何春芝。"

老尼便把焦家父子及高侏小老婆焦际花，带着官兵前去追杀梁盛堂和何春芝的经过说了一遍。邱翁听后点了点头说："这两个孩子也够可怜的，既然有了金条，我现在就去找老孙头商量购粮计划。"

高侏在寿春感到淮河岸边百姓都很支持张天伦，没敢把张天伦关进大牢，他想张天伦已是网中鱼、瓮中鳖，能逃到哪去。高侏暂住在焦家，焦家父子更加横行霸道、仗势欺人。

第二天清晨，寿春百姓们像潮水一样涌进寿春城。张九公也从淮河岸边带着一批人马抢渡淮河向寿春城进发。徐八公也从淮南带着人马翻过八公山向寿春城狂奔。这人潮涌动，号声震天，像洪水，像淮河里的波浪，像大海里的怒潮。他们为的是谁？为的是一位与民心心相印的好官，为的是一位善解民意的好官，为的是一位与民风雨同舟的好官，为的是一位顶天立地、舍生忘死的大清官！一场迅速筑造寿春城墙大会战开始了……

梁盛堂与何春芝在尼姑庵内不听老尼的劝告，一定要参加修筑城墙。梁盛堂说："人家张大人为了百姓死都不怕，我一介草民，选择逃脱，未免太不讲义气了。再说多一个人也算多一分力量，不管你们怎么劝我，我一定要参加！"

万人修造城墙的消息传到焦家，让高俅十分震惊。心想：张天伦有何能耐，怎么会有这样大的号召力？于是决定到工地上去看看。焦际波叫道："姐夫，咱们是不是把张天伦押上，这也显示太尉和大宋的威风。"

高俅说："你不要再出馊主意了，我真不如待在朝中享受清福。现在我在这待上一天如同一年，这度日如年的生活真不是滋味。"

焦际波说："姐夫，你不要着急，等我们把张天伦押上工地游行一番后，我请您吃美味。"

高俅说："什么山珍海味我没有吃过，我看张天伦就不必押上工地，容易激起民愤，到时候我们不好收场。"

焦际波笑了笑说："我们把张天伦押上工地，一是显示大宋和太尉您的威风；二是张天伦不把太尉放在眼里，让您出出这口恶气；三是我们押上张天伦一路上高喊，'百姓们快点干'，不然张大人十天后就没命了。这样一来既不会得罪张天伦，也不会激起民愤，岂不是三全其美？"

高俅听后看了看焦际波说："你该不会是想借我这个大宋高官来显示

你自己的威风吧？"

焦际波回答："不是的，我怎么会这样。"

高俅和焦家父子一伙来到寿春府，将刑具戴在张大人的脖子上，向西城墙押去。高俅来到城墙一角的高坡上，远远望去，只见人山人海，山上山下，城墙脚下人潮涌动。有老爷爷，有老奶奶，有十多岁的孩子，有少夫少妻，有年轻力壮的汉子，他们开山劈石、人拉肩扛，抬的抬，搬的搬，运料的运料，砌石的砌石，忙得热火朝天。他们顾不上喝一口水，也顾不上吃饭，累了也不歇。张天伦看在眼里疼在心头，于是他喊叫道："淮河两岸的老少爷们，我张天伦谢谢啦！城墙修好修不好我已经不在乎了，我现在在乎的是一个'情'字和一个'谢'字！"

就在这时走过来一位老太太，上前拉住张大人那双戴着刑具的手，擦了擦脸上的泪水深情地说："老天有眼，让我们寿春百姓有了一位清官，这情字和谢字是大人用一颗滚烫的心换来的。如果大宋法律允许，张大人，我愿意替你去死！"

张天伦听后，紧紧握住老人家的手说："老人家，是我害了你，害得你这样大年纪也来搬石头修城墙，这叫我实在不忍心哪！"

焦际波看了看高俅，便走向前去，指着老太太骂道："你这个老婆子，还不快点干活，十天之内修不好城墙，张天伦的脑袋可就要搬家。"

焦望江也随后叫道："你还不去干活！"

老太太愤怒地骂道："狗仗人势！"

焦际波听后把牙一咬，举手正想向老太太打去，高俅哼了一声，焦际波收回拳头，看了看高俅笑了笑。老太太狠狠地用眼瞪了焦际波一下，骂道："你们焦家通过嫁女换来的荣耀并不光彩，狐假虎威！"

就在这时，十几名大汉抬起大夯，唱起了夯歌：

为保天伦夯起啦呀！吼啊！

为保清官，要拼命哪！嗨呀！

提起大夯，用力砸呀！吼啊！

砸死贪官，再砸奸官！吼嗨！

狗仗人势，嗨！不得好死，嗨呀！

加油干哪，嗨！有希望哪。嗨呀！

南唐转世，嗨！转寿春哪，嗨呀！

…………

夯歌像阵阵巨石砸在高俅心窝。他低声说："把张天伦押回府中。"

还没等高俅说完，焦际波喊道："梁盛堂，快把杀人犯梁慷程的儿子梁盛堂给抓起来！"

乡亲们顿时合成一团，将梁盛堂团团围在中间，官兵们无法靠近，张天伦愤怒地瞪了焦际波一眼，骂道："说不定是贼喊捉贼，小圆子死了，证人不死，你们焦家父子就死定了。"

焦际波指着张天伦骂道："你，你死到临头，还不知悔改，还敢胡言乱语！"

高俅在一旁见张天伦与焦际波针锋相对，互不相让，上前说："既然是这样，那就把梁盛堂抓回府内问个明白，来人哪！快把梁盛堂带回府中，谁敢阻挡，就地正法！"

乡亲们听见高俅对官兵们发号施令，个个抄起棍棒，向高俅逼近，高俅看到这一切出了一身冷汗，心想这寿春百姓个个都不知死活，这一下可有麻烦了，让我这个朝中高官骑虎难下。

这时，梁盛堂冲出人群，来到高俅面前说："大人，这事是我梁盛堂与焦家的事，与这些百姓无关，我跟你走。我很想把事情查个水落石出，替我爹娘昭雪。"

何春芝听到梁盛堂被抓的消息，如同晴天霹雳，决定前往寿春府，与梁盛堂同生共死。方家老太太问道："春芝你到哪去，是不是想进寿春府？盛堂的事我们一定会想办法。当初你们如果早点离开寿春哪有这些麻烦？我现在就去找邱翁商量，你千万不要出门！"

方家老太太刚一出门，只见邱翁急急忙忙向这边走来。邱翁说："现在着急也没有用，我在寿春府门口转了半天才见到老差官和白玉奇。白玉奇说，刚刚王贵也去过，表示哪怕拼上命也要把梁盛堂救出。现在梁盛堂与张大人关在一起。高俅和焦家也怕惹恼了寿春的百姓不好收场，也不敢轻举妄动。焦际波是一定要除掉梁盛堂的，但高俅没有表态，我看现在也是凶多吉少。我们必须尽快想办法把梁盛堂救出。"

第五十七章　寿春美食名不虚传
高俅遭受百姓戏弄

邱翁的话，让何春芝十分痛心，邱翁又说："春芝，你不要太悲观，我们以后有的是机会。"

方老太太和春芝护送邱翁出门，刚一出门，春芝就发现在墙角站着一个熟悉的身影，正用两眼直盯着自己，等春芝再望去，只见那人像风一样飞走，春芝转过身子对邱翁说："邱爷爷，能不能想想办法让我和盛堂见上一面。"

邱翁摇了摇头说："不可能，如果有机会我会通知你。"

第二天清晨，高俅像平时上朝一样早起，来到寿春府院内，舒展着拳脚，焦际波很快赶来，叫道："大人，今天我带你到街上看看，去尝尝这里的美食。"

高俅问道："什么美食？有你在就没有一次顺心的事。"

焦际波说："这几天老百姓在修城墙，该抓的也已经抓起来了，我们应该轻松一下。"

高俅说："你还想轻松，听张天伦的口气这案子好像与你有关。如果追查下去，恐怕就连我这个太尉也会受牵连。"

焦际波说："这事好办，找个机会灭了他的口就行了，今天我们就想办法。"

高俅听后把脸一沉说："这么说，你确实与梁慊程的案子有关，如果是这样就应该把梁盛堂给放了，不然你的小命不保。我高俅也曾因教子无方犯了大错，现在想起来仍十分后悔。这大宋律条不是儿戏，皇上让你死你就活不成，现在十天之内城墙修不好，他张天伦死定了。如果你与梁慊程的案子有牵连，查出害人者是你，你也会被定斩不饶。"

焦际波听后尴尬地笑了笑。

高俅与焦际波带着几个官兵，来到大街上，想美美地吃上一顿。他们在大街上四处张望，发现了陈家牛肉汤锅。焦际波说："大人，陈家牛肉汤味道不错，要不我们来一碗？"

高俅说："好吧，不过现在客人很多，没有空座位。"

焦际波立刻回答："大人，这事好办。"

说完他向陈老板走去，大声说："快把屋内的客人赶走，看不见朝中高大人驾临吗？"

还没等陈老板回话，焦际波就闯进客厅将客人统统赶走，陈老板见此十分生气，顺手将大锅推倒在地，一锅美味的牛肉汤洒了一地。焦际波见老陈如此冒犯高太尉，大喊大叫："不知好歹的草民，吃了熊心豹子胆！"

说完他举起手来向老人的脸狠狠打去，顿时老陈口鼻流血。焦际波见陈家牛肉汤吃不成，转过身子来到高俅面前说："大人，牛肉汤吃不上，咱们到前面吃上一碗八公山豆腐脑和臭豆腐，那可是天下一绝。"

高俅斜着眼看了看焦际波说："我看你还有什么花招？"

焦际波这一行为在大街上立刻传开，个个对高俅和焦际波恨之入骨。

焦际波带着高俅来到一家豆腐店，只见一个中年妇女在豆腐店里忙碌。焦际波一进门就被那中年女子认出，那中年女子看了看门外站着高俅和几个官兵，对焦际波问道："想吃豆腐脑是吗？"

焦际波嬉皮笑脸地凑上前说："是的，是的，这门外站着的可是当今朝廷派来的钦差高大人，今天光临你这小小店铺，也是你的荣幸啊！"

那女子听后说："我这豆腐脑就是喂狗喂驴，也不会让你们吃上一口。"

说着将一盆洗碗水倒进豆腐脑内，气得焦际波有口难言。

他们再往前行。看见一位老翁坐在大街一旁，面前摆了几条鱼，焦际波急忙转过身对高俅说："大人你瞧，这就是淮王鱼。它的肉嫩鲜美，绝世无双，是天下难得的美食。"

高俅见了也十分惊奇，竟然鱼儿的嘴巴长在下面。高俅问道："这鱼多少钱一斤？"

那老翁慢声慢语地说："说价格吗，说高不高，说低也不低。这喝淮河水长大的人，都爱讲个义字，这有钱的人吃得上，没有钱的人也不一定吃不上；老百姓能吃得上，但当官的就不一定能吃得上。"

高俅又问："为什么？"

老翁回答："老百姓心地善良，有的有钱人行善为本，有的当官的爱民如子，像这样的人前来购买我的鱼，只要一分半文就能买走这十分珍贵的淮王鱼。"

高俅又问："这淮王鱼有何珍贵之处？"

老翁看了看高俅说："你与焦际波站在一块，一定不是好人。不过看你比较有礼貌，我把鱼的故事说给你听，这淮王鱼可大有来头。"

传说在汉朝，淮河流域遭受天灾。淮南王刘安为解救淮河两岸的百姓费尽心机，一次，他来到淮河岸边硖山口，望天长叹："老天啊，这淮河里能出一些鱼虾拯救百姓疾苦也好哇！"

没料想，话音刚落，淮河里就出现了大规模的鱼群。后来百姓就以捕鱼度日，百姓们称刘安为淮南王。刘安很谦虚地说："称我为王，不如称这鱼为王。我刘安有何本领拯救两岸百姓，是河里的鱼，是鱼救了淮河百姓。这鱼儿出在淮河里，我们就称它淮王鱼吧！"

高俅听后，觉得很有意思，于是说："老翁，这鱼能不能卖给我两条？"

老翁说："你与焦际波同行，恐怕不是好官吧！"

焦际波见老者出言不逊，上前大声斥责："大胆无理，你这个老头在当今朝廷太尉面前胡言乱语，小心我扒了你的皮！"

说完焦际波就要上前抢夺淮王鱼，那老翁见势不妙，顺手将那几条淮王鱼抛进茅坑里，气得焦际波狂叫。

高俅在一旁盯着焦际波，气哼哼地自己离开了。焦际波见高俅离开，又追了上去。高俅说："你又追来干吗，这就是你带我到街上吃的天下美食？早知道这样不如在家饿肚子！这倒好，不是让你难堪，而是对我高俅的羞辱。这说明了什么？这证明你焦家在寿春城确实做了不少缺德事。"

焦际波说："这些刁民是被张天伦惯的。我们应该给他们一些颜色看看，好好地整整他们！"

高俅说："这寿春也未必能关得下这些刁民。"

白玉奇发现高俅和焦际波离开寿春府，立刻说服牢房内的两名看守，将何春芝带进牢房，与梁盛堂会面，两人见面后格外痛苦。张天伦见此情景，颇有感触地说："我现在是泥菩萨过河自身难保，我已查明你们梁家是被焦家父子陷害，证人名叫小圆子，但已经自杀，现在是死无对证。"

白玉奇问道："大人，难道说只有等死吗？"

张天伦回答："那也不一定，不如现在就把梁盛堂劫走。"

这时，两个看守上前说："我们在寿春这么多天，也感觉到张大人是条顶天立地的汉子，是一位爱民如子的清官。我们也想解救他们，但心有余而力不足，一旦把你们给放了，我们俩没法向高大人交差。"

就在这时，突然有一个蒙面人闯了进来，叫道："不好交差，我替你们俩交差。"

两个看守见蒙面人闯进大牢，立刻亮出刀来，冲上去。只听那蒙面人说："陆三、黄七，你们俩还想与我交手？"

两名看守听后十分吃惊。就在这时，何春芝叫道："这声音怎么这样熟悉，好像是吴大人的声音。"

只见那蒙面人一边去掉面纱一边笑道："何春芝，你好记性，好多年不见你竟然还能听得出我吴正刚的声音。"

这时陆三说："吴大人，你真神秘，怎么你也在寿春出现？"

黄七说："何春芝是不是黄河花园口何佳坤之女？"

吴正刚点了点头。陆三说："现在已经成了大姑娘了，我还真没认出来。"

吴正刚急忙说："这不是叙家常的地方，我们要赶紧离开。"

陆三听后急忙搀扶张天伦大人，张天伦有气无力地说："你们赶紧把梁盛堂带走，不然就晚了。你们千万不能把我带走，我就是死也要死在大牢里。"

吴正刚说："现在张大人还不能离开，如果我们将他带走，一不能解决问题；二还会带来许多麻烦，反而还会加害于他。张大人是大宋官员，现在高俅也拿他没办法。"

这时张天伦叫道："我已查明梁盛堂一家确实被焦家父子所陷害，可惜的是证人小圆子已死，现在死无对证。你们把梁盛堂救出后，一定要让他远走高飞，不然以后焦家父子还不会善罢甘休的。"

不一会儿白玉奇来报："不好了，高俅与焦际波回来了，快点走，跟随着我从后门出去！"

出了寿春府，他们来到方家花园与老尼、方家老太太、邱翁会面。吴正刚说："皇上下旨让张天伦在十天之内修好城墙，现在张大人凶多吉少，不过唯一能救张大人的还是皇上。现在，陆三、黄七，你们俩快马加鞭赶往京城，向皇上说明实情，让皇上再下一道圣旨，我想皇上不会不赦免张大人的罪。"

陆三、黄七听后说："吴大人，我们现在就行动。"

说完两人急忙出了门。

梁盛堂与何春芝由老尼带着，上了邱翁的马车，渡过淮河直奔姬沟寺。

高俅和焦际波从大街上回到寿春府，由于他们俩在大街上受到了羞辱，同时又发现梁盛堂被放走，十分恼怒，便将几位老差官和白玉奇关押，并且对他们和张天伦用了酷刑，把他们折磨得死去活来。

第五十八章　刑场上斩首张天伦
宋徽宗驾临寿春城

　　宋徽宗在京城闷闷不乐，他觉得自己对张天伦过分了点，感到有些不安。这一举动被童贯发现，童贯与蔡京商量，童贯说："现在是追杀梁山宋江的最好时机，宋江平定方腊的残兵败将，不赶尽杀绝将后患无穷。"

　　蔡京说："现在高俅不在，皇上也不肯出兵，我有何本事调动兵马？"

　　童贯说："这几天皇上闷闷不乐，我带他出宫游玩就是了。"

　　焦家父子俩得知因工程太大，城墙没有完工，他俩得意扬扬，立即向高俅汇报。

　　吴大人在等待皇上的圣旨，左盼右盼也不见陆三与黄七归来，百姓们神色恐惧、思想紧张，几家富豪也如热锅上的蚂蚁。

　　第二天，大家只好静静地跟随在张天伦的囚车后面，吴正刚突然发现囚车多了几个，里面分别坐着白玉奇、几名差官、陆三与黄七，吴正刚走近他们问道："你们是怎么回事呀？"

　　黄七回答："我们想骑上自己的马赶得快一些，不料被焦际波发现。"

陆三叫道："吴大人，你不要为我们担心，我们从来都没有做过一次缺德事，这次我们是跟随张天伦大人上天堂去了！"

吴正刚听后十分痛心，因为自己实在是想不出好的办法来解救他们，只能眼睁睁地看着他们被押上了法场。

法场上，时而阵阵骚动，时而吵声震天。道士张九公、徐八公、十多名尼姑、孙纤、王贵、魏家老爷、邱翁、方家老太太、白家老爷等也在人群中。他们来到法场台前喊道："高大人，我们怎样做，才能救张大人？"

高俅说："张天伦犯的是国法，与你们无关，你们要识相些，今天就是玉皇降临江淮，他也难免一死。"

张九公和徐八公指着高俅骂道："你不就是想要张大人的命吗？现在我们就要了你的命！"

他们骂完，就向高俅冲去，张天伦在囚车内急忙叫道："两位老英雄，请止步，我有话与你们说！"

高俅被张九公、徐八公两位道人的举动吓得直哆嗦，张天伦再次喊道："两位老人家到我身旁！"

只听张天伦说："老人家来救我，我谢谢你们，也谢谢各位，谢谢这淮河两岸的百姓。如果你们真想救我，那你们就让高俅把我杀了。你们一旦救了我，我就犯了大宋的律条；一旦犯了罪，我生不如死。"

高俅听了张天伦的一番话，说："两个老头还有什么话说，时辰已到，要行刑了。"

张天伦看了看身边的陆三、黄七、白玉奇和几名老差官说："今天是我害死你们的，如果有来生，我愿替你们死一百次，以表答我对你们的歉意。"

　　黄七听后哈哈大笑说："陆三和我先跟随吴正刚大人，后又跟随高俅高太尉。我们俩跟随过好人，也跟随过缺德人。我们今天又跟随了张大人，大人受到淮河岸边老百姓的尊重，一定是福星高照，我们跟随你上天堂！"

　　几名老差官也说："张大人，放心吧，我们不怕死。"

　　张天伦听后摇了摇头。

　　高俅听后咬牙切齿地说："现在我就送你们上路，行刑！"

　　话音刚落，就听人群喊道："传皇上口谕，暂免张天伦一死。"

　　话音刚落，吴正刚已经站在台上，高俅抬头看了看吴正刚说："正刚，我知道你这几天都在寿春，你传的是皇上口谕，皇上允谕了吗？识相点，你们这么做是无济于事的。"

　　吴正刚再次阻拦，高俅怒吼道："别说是你吴正刚，就是童贯、蔡京来阻拦，我也会让他跟着张天伦上西天！"

　　接着听到童贯喊了一声："皇上驾到！高俅你也太大胆了，把我也叫进去。"

　　高俅听后像闪电一样站了起来，只见皇帝在童贯陪伴下，浩浩荡荡迎面走来。皇上来到台上，看了高俅一眼，见张天伦跪在地上，说："瞧你瘦的，真叫人心疼。天伦，你受委屈了！"

　　张天伦摇了摇头，泪如涌泉，说："天伦不委屈，天伦抗旨不遵，罪有应得！"

　　皇上瞪了一眼高俅说："还不快把他们的刑具打开。"

　　高俅见事情有突变，上前说："皇上，您为何免张天伦一死，他可是违抗圣旨呀？"

皇上说："张天伦抗我的旨意，那又如何，你瞧瞧这百姓一张张快乐的笑脸，都是张天伦带来的。张天伦为寿春乃至整个淮河两岸百姓带来了快乐，高俅，你知道唐朝有个到西天取经的和尚吗，他的徒弟可都戴着紧箍咒，我们在朝为官也是为天下百姓取经啊。稍有不慎老百姓可就要遭殃了，这紧箍咒在张天伦的头上是多余的，戴在你高俅的头上还算过得去。"

一阵风吹过，太阳从乌云里跳了出来，美丽的阳光洒在整个大地上，淮河显得更加壮观。精神十足的小鸟在树梢用力地唱着歌儿，姑娘们、小伙子、老人、小孩在大街上川流不息，寿春城又恢复了往日的生机。

高俅、童贯、吴正刚、陆三、黄七等人陪同宋徽宗来到报恩寺，宋徽宗说："这报恩寺要整修了，千万不能让它倒了。这次朕将张天伦带回京城，让他好好疗养疗养。听说梁慷程之子与何佳坤之女在寿春，我想见见他们，他们有可能还保存着我赐予他们爹爹的玉龙杯。"

吴正刚上前回答道："梁慷程之子梁盛堂与何佳坤之女何春芝已经远走高飞。"

宋徽宗听后想了想说："不见也罢。不过朕这次十分想见孙家老员外、邱翁、方家老太太等十多家富豪，朕这次带来了千万两银子，要把张天伦的债给还上，还要谢谢他们。听说城南几里地有座尼姑庵，十分破旧，就在四顶山上建一座地母宫，让佛祖多多庇佑天下百姓，让天下百姓安居乐业。"

高俅上前问道："皇上，你怎么对寿春这么了解？"

皇上看了看高俅，十分严肃地说："你让那个焦际花再不能与焦家父子作孽了，不然法不容情！"

高俅听后低下了头。

宋徽宗十分轻松地走在大街上，他们有说有笑。突然有一位老人拎着几条淮王鱼挡住了皇上的去路。高俅皱了皱眉头，一眼就认出那老人。老人来到皇上面前，深施一礼说："皇上，草民斗胆挡住了你的去路，并非恶意，草民认为你是一位好皇帝，也是江淮公认的好皇帝。"

皇上走上前笑了笑说："老人家你言重了，你们还认为我是个好皇帝，我可差一点就把你们的父母官张天伦给杀了，你们还不记恨我？"

老人回答："如果不亲眼所见，谁也不知皇上英明，今日一见，果真如此，这好人就应该有好报。"

老人家看了看高俅又说："皇上，这是我今天在硖山口捕的淮王鱼，十分新鲜，现在我贡献给吾皇，希望吾皇为大宋子民造福。"

皇上看了看高俅，开玩笑地问道："高俅，这淮王鱼你吃还是不吃？"

高俅用眼瞪了一下老人说："不吃，坚决不吃，这老人会捉弄人。"

皇上哈哈大笑说："高俅啊，这天下绝世无双的美食你不吃，那你吃什么？万贯钱财不可收，这民心民意不能不接。贪污腐败与清正廉洁只有一步之遥，看你怎样把握。钱财和权势，生不带来死不带去，把握好了千古敬仰，把握不好会落个千古骂名；只顾眼前风光，以后会招来报应的。"

高俅听后脸色阴沉，低头不语。

下　部　焦岗湖畔的春风

第五十九章　梁邦风闹着要送亲
爹娘怕年幼出差错

　　春雷一声，万物苏醒。太阳伴着红霞如少女的脸一般红润，大地披上了美丽的绿装。焦岗湖水静静地躺在那里，像一面巨大的镜子。水里的鱼儿游来游去，湖面上一群水鸟飞来飞去唱着歌，在芦苇和水草的衬托下构成一幅幅美丽的图画。

　　在青冈城的梁家大院内，一个十岁的孩子不断地与家人吵闹着。虽说年龄小，但说起话来却头头是道。小孩说："爹，娘，不管你们怎样劝我，我也不听你们的，这大姐嫁到朱家是大哥送的亲（送亲是当地一种古老的传统，就是说姑娘出嫁有娘家人护送到婆家，这送亲的必须有知识、懂礼节、有气派、有风度），二姐嫁到刘家也是二哥送的亲，按道理说这次应该轮到我了。"

　　何春芝看了看小儿子说："邦风，你小小年纪还不懂事，万一出了差错，我们梁家丢不起面子。"

　　梁邦风据理力争："不管是谁都是从不懂事到懂事，虽然我不懂事，但爹娘还有哥哥姐姐都可以教我，我一定会努力去学。这次三姐出嫁由我送亲，到那时，见我梁家来的竟然是一个小小孩童，说话做事彬彬有礼、头头是道，这样一来我梁家岂不是更有面子，更加风光？"

梁盛堂看了看自己的小儿子，笑了笑说："你还别说，这小子说得十分有理。从现在开始你就给我好好地学习礼仪，这送亲的人选就是你啦！"

何春芝上前说："当家的，你不要听他的，他还是个孩子，不要听到风就是雨，真让他去了，出了丑看我们怎么收场？"

大哥梁邦天、二哥梁邦地、三哥梁邦雷、大姐梁邦云、二姐梁邦雨、三姐梁邦霞各抒己见，经过一家人的商量，最后决定让十岁的梁邦风送亲。

正期当天，焦家公子焦浩楠骑着一匹骏马，领着花轿来到青冈城梁门，十分有礼貌地进了大院。他来到梁盛堂、何春芝面前跪下连磕几个响头，并且说："岳父、岳母请你们放心，我一定会照顾好邦霞，一定会让她幸福一生。我知道我爹在寿春城做了许多不得人心的事。今后我一定不会让我爹将淮河洪水放入焦岗湖内残害百姓的。"

梁盛堂语重心长地说："好孩子，你起来吧，一个人活在世上，不能仅仅为自己的利益，应以大局为重。你们焦家一定要想到这焦岗湖四周的百姓日子怎么过。"

焦浩楠说："只要有我焦浩楠在，就绝不会让爹挖开淮河堤坝。"

何春芝看了看焦浩楠，又看了看梁盛堂说："既然这样，我们把邦霞交给你也就放心了。"

话说自从高俅走后，焦家势力大落。不久老爷焦望江就死去，焦家老奶奶也病死。焦际波在寿春城实在待不下去了，后来又回到了焦家老宅。

　　花轿抬到焦家院内，焦府立即热闹起来。焦浩楠与梁邦霞拜过天地已经快到午时。这时送亲的上客梁邦风坐着大轿赶到，那些有身份的豪门财主得知上客已到，纷纷上前迎客，个个都用严肃的目光盯着轿子，很怕自己的言谈有误，丢了身份。跟随在梁邦风后面的司仪上前将轿门打开，只见梁邦风从轿中气宇轩昂地走出。顿时众人惊呆，眼看着走出大轿的竟然是一个孩子。只见这个孩子文质彬彬地站在轿门口，透出一股文雅的气质。众人议论纷纷，梁邦风心想：怎么前来迎接我的都是年过半百的老人，如果你们不上前邀请我，我绝不迈出一步，看你们怎么收场。就在这时，人群中有一位名叫周正通的老员外，小声说："这梁家做事怎么这样，送亲的头等大事竟然派一个娃娃，太拿焦家不当回事。"

　　一位姓鲁名民慧的老人捋了捋胡须说："周老员外此言差矣，你说梁家拿焦家不当回事，那为什么还把姑娘嫁到焦家。不要小看人，常言道'有志不在年高'。我看这娃娃大有来头！"

　　周老员外说："什么大有来头，我看就是一个小顽童，有什么了不起，我来会会他。"

　　说完他就嬉皮笑脸地迎上去。周正通来到梁邦风面前说："怎么梁家是不是没有人啦？竟然派了个胎毛未干的孩子前来送亲。"

　　梁邦风一听，见势不妙，心想：这哪是来迎接我的，分明是来羞辱我梁家，欺我年幼，我要好好应对。于是他毫不客气地高声喊道："常言道狗不咬亲家，这焦家也真是的，在这大喜的日子，怎么不把这个没有规矩的人关起来，在这乱叫？"

　　人群中顿时议论纷纷，有人说道："不把孩子当人，他这是咎由自取。"

　　周正通见梁邦风小小年纪伶牙俐齿，甘拜下风，转身顺着人群溜到一旁。人群中一片嘈杂。一位名叫赵耀的员外说："这送亲娃娃年纪虽小，但说起话来，却有模有样。周正通出言不逊，自取其辱。不管怎样，我们还是以礼相待，既然让小孩童为上客，必然是有备而来，我们大家可要处处留神。这样的场面我经历得太多了，我来上前迎接。"

　　赵耀来到上客梁邦风面前，十分客气地行了拱手之礼，梁邦风也以礼相还。赵耀说道："上客您请！"

　　梁邦风看了看焦家宅门，又看了看赵耀，依然站在那儿不动。赵耀以为上客没有听见，又说了一遍。梁邦风还是站在那儿不动，这时老人家鲁民慧看出窍门，说："难怪上客不肯进宅，赵耀有错，他自己站错了位置。"

　　鲁民慧又走上前去给梁邦风深施一礼，左手一挥，做个邀请状："尊敬的上客您请！"

　　梁邦风抬头看了看那老人，笑了笑说道："老人家请！"

　　随后众人都进入焦家客厅，这时众宾客对小上客的一举一动赞不绝口。

　　焦际波虽然积坏无德，但也有几位好友，还有几位是为了在焦岗湖生存下去，硬着头皮前来捧场的。余者都是高人一等的员外、财主，他们都想陪上客用餐，好像这样才能显示自己的地位显赫。想陪上客吃饭的人太多，焦际波也没有办法，只好将两张八仙桌拼在一起，但梁邦风小小年纪根本不知道两张桌子拼在一块哪是上座。这时那些豪门财主个个请上客入座，但小邦风不敢上前，很怕坐错了位子让人耻笑。他心里不免有些慌张，竭力压制住内心的恐慌来思考对策。老家人见梁邦风不肯入座，看出了梁邦风的窘境。此时续座的唢呐声更加让人心烦。上客不入座的消息众人不解，大家议论纷纷。一位老者说：“上客不入座，我认为还是为礼不到，不如请焦家老爷焦际波前来处理。”

不一会儿焦际波急忙走过来，笑了笑说：“你们几个员外真没用，不就是个孩子吗？把他抱上去，不就行了。”

说完急忙上前，梁邦风见焦际波向自己走来，心想：如果要让他把自己抱上座，岂不是低人一等？梁邦风见焦际波向自己逼来，立刻叫道：“大胆无礼！”

焦际波顿时感到脸上无光，后退三尺。

这时焦浩楠得知这一消息，也十分惊讶。他急忙来到洞房，将此情告诉梁邦霞，梁邦霞说：“小弟身后不是有老家人跟随吗，他现在在哪？”

焦浩楠回答：“我爹认为老家人是下人，不准让他进入客厅。”

梁邦霞一听有几分恼火，说：“我梁家别说来了一位大活人，就是来了一只小猫小狗，也不能拒之门外！”

焦浩楠听后立即走出洞房。

第六十章 邦风机智巧对对联
赢得众人大声喝彩

没多久，老家人步入大厅，他看见少爷邦风脑门上已经渗出汗水，二话不说，走向上座，用袖子掸了两下，退了下来。

梁邦风这才毫不犹豫地走进上座。众宾对这娃娃，十分敬佩，但周正通和赵耀感到自己被这小小上客羞辱，面子上有些难看，就准备再出难题，于是对梁邦风说："我们这里吃饭有个规矩，就是吃饭前只要有客人在，都要对上几联。"

梁邦风眨了眨眼睛回答："可以呀，只不过我梁邦风没读几天书，对起对联来可能会让大家见笑，还请大家见谅。"

周正通和赵耀心里一阵欢喜，认为挽回面子的时候来了，周正通迫不及待地站起来说："我先提上联，请上客对下联。"

梁邦风说："请吧！"

于是周正通说："一门独傲称霸道。"

梁邦风一听，知道这位老员外对自己不满。脱口而出："八面来风助贤臣。"

大家听后拍手叫好，鲁民慧解释道："你'一门独傲'，他'八面来风'；你'称霸道'，人家'助贤臣'；对得好，对得妙哇！"

赵耀又站起身子说："我来提上联，小上客对下联，怎么样？"

鲁民慧很严肃地说："赵家员外言辞有误，上客就是上客，哪有大小之分。"赵耀感到有些羞愧，赶忙赔礼道："对不起！这是我口误，还请上客大人海涵。"

梁邦风笑答："没关系，请提上联！"

于是赵耀说："一枝独秀不是景。"

梁邦风又对出："万众祥和又逢春。"

梁邦风的这句"万众祥和又逢春"又赢得了客人的赞不绝口。鲁民慧又解释道："你'一枝独秀'，人家'万众祥和'；你'不是景'，人家'又逢春'；不错。"

这时赵耀又站起来出一上联："锅里、碗里、餐桌上，滋滋美味香。"

梁邦风听后也站起身高声答道："湖中、网中、船舱内，多多锦鲤肥。"

赵耀知道难不倒小上客，于是又说："二三四五。"

梁邦风毫不示弱，放下茶杯，同时对道："六七八九。"

众人议论："怎么数起数来了，一二三谁不会？这好像是三岁孩子学说话。看来他们是没有才艺再展示了。"

就在这时梁邦风接着说："老人家，数数当然没意思，我再加一横批你们看如何？"于是他说："民以食为天。"

众人听后连连喝彩："'以'就是'一''食'就是'十'，缺'一'少

'十'不是好年头。"

赵耀摇了摇头说："鄙人不才，甘拜下风！"

周正通这时"腾"地又站了起来说："难道说就难不倒你，瞧我的。"

周正通说上联："小小寸草不起眼。"

梁邦风立刻对道："星星微火可燎原。"

周正通又高声说出上联："初生牛犊不怕虎。"

梁邦风心想：这老头怎么想骂人？他把我当成牛犊，牛犊岂不是畜生？众人见梁邦风闷闷不乐，于是叫道："客人对呀，客人对呀！"

鲁民慧看了一下周正通，把脸沉了下来。

梁邦风十分生气地跳上椅子高声对道："厚皮毛驴何惧鞭！"

周正通又出上联："初生牛犊不怕虎，艺高人胆大。"

梁邦风对道："厚皮毛驴何惧鞭，技穷虎口吞。"

周正通不甘被如此羞辱，又站起身来说："员外再与你对，你这个小子。"

梁邦风听后十分生气，心想堂堂一位老员外怎么骂起人来？

他将胸口一拍答道："晚生奉陪到底，我哪是老子！"

这话引得大家阵阵哄笑，几位老员外也插嘴道："你要与人家对，人家奉陪到底，你骂人家'小子'，人家当然称你是'老子'，也算对得准确，对得好！"

周正通涨红了脸又出上联："踩、踩、踩，我用力踩在脚下。"

梁邦风站起来气质高昂地对道："挺、挺、挺，我奋勇挺起胸膛！"

周正通又说："我这对联能往下接，踩、踩、踩，我用力踩在脚下，踏在桌底，踏入烂泥，我让你不得翻身，身上真脏！"

梁邦风又对道："我这对联能往下续，挺、挺、挺，我奋勇挺起胸膛，踢你后腿，踢进茅坑，我看你不能入席，嘴里好臭！"

鲁民慧听罢站起来说："周正通，你怎么能出这样的对联？这是对上客不尊，你把人都丢光了。"

周正通说："他骂我，踢我后腿，我哪来后腿？"

鲁民慧说："是你先要把人家踏在桌底，不踢你后腿才怪。周正通，收场吧，留几联回你周府丢人去吧！"

鲁民慧又转身问梁邦风："请问上客今年贵庚？"

梁邦风回答："刚满十岁。"

众人称赞道："了不起，真了不起，少年英才呀！"

梁邦风反问道："请问老人家哪方台甫？"

鲁民慧笑了笑，看了看梁邦风，心想：这孩子这么聪明，不愧为出于名门世家，于是说："我姓鲁，名民慧，家住焦岗湖西岸，诚邀英才光临寒舍。"

梁邦风说："改日有机会一定前去拜访。"

话说梁家与焦家有深仇大恨，为什么还要将女儿嫁到焦家呢？事情还得从头说起……

第六十一章　何春芝渡淮河落水
梁邦霞情定焦浩楠

　　梁盛堂和何春芝被老尼送往姬沟寺，经老尼操办婚礼而喜结良缘。二十多年来，在老李家的关照以及两个人的共同努力下，他们在姬沟寺开了药铺，梁盛堂一家人生活得很好。

　　一天，梁盛堂正在坐诊，突然有人来报说，寿春城南的尼姑庵迁移到了城内沙井塘沿，老尼由于操劳过度，身体不佳。梁盛堂听到这一消息，急忙告诉春芝。春芝说："几个孩子都不在家，如果有一个在家，帮你打打下手抓抓药，我也能前往看看尼姨。"

　　说话间女儿梁邦霞回来了，说："两个哥哥和两个姐姐都到青冈城看毛球比赛了，还让我一同前往，我嫌路程远没有同去，弟弟邦雷也跟着去了。"

　　何春芝问道："你的小弟弟邦风呢，他有没有跟去？"

　　梁邦霞说："邦风，我没见到。"

　　这时邦风从后院叫道："娘，我在这里！"

娘问道："你这孩子，自己在后院做什么？"

邦风走进前厅回答："我在看书，我可不想跟几个哥哥学，天天练武多没意思，我想学点书本知识将来成为一个文人。长大以后，说不定能派上用场。"

春芝笑了笑说："你真的这样用心，改日让你爹把你送进老岳家私塾。"

邦风说："为什么要进私塾，在家由爹娘教我岂不更好？"

春芝说："我们教得再好，也不如先生教得好，你爹天天给人治病，忙得没时间。"

梁邦风听了这些，又仔细想想说："我听你们的安排。"

何春芝看了看自己的小儿子笑了笑说："只要你努力去学，我们一定满足你的要求。等我们到寿春办完事，就把你送进岳家私塾。"

梁邦风一听要进寿春城，急忙问道："为什么要去寿春城，能不能带上我一同前往，我也要去。"

梁盛堂说："这是大人的事，等你成材后想到哪里就到哪里。"

梁邦风看了看爹娘，又看了看姐姐梁邦霞，一声不吭地回到后院。

经过商量，由梁邦霞陪着春芝前往寿春看望老尼。

何春芝和女儿来到城内的尼姑庵，一眼就望见静心在照顾着老尼。春芝急忙走上前，这时静心发现进来的是春芝，连忙说："阿弥陀佛，静心罪过，罪过，静心知错了。"

春芝和女儿看了看静心，这时，尼姨说："这一段时间多亏了静心的照应，不然我早就归天了。你来得正好，有些事情想请你帮忙。"

春芝说："尼姨，你有什么事尽管吩咐，只要我能够办到的一定去办。"

尼姨说："我的身体一直不好，但我有件事始终放心不下，常言道，

　　儿女连心肉，虽然我已出家多年，但我一直牵挂着家里的一切。李玲嫁到张家后才知道张冀中吃喝玩乐不务正业，把张家家产输个精光，还欠了一屁股债。现在我很怕张冀中去纠缠你们，要你们的房产。虽然那房产是老李家的，但是我怕被他们得到手又败坏掉。我也没有能力去管教他们，我看张冀中是死不悔改。我想把我家的房产寄托给你，不知你是否同意？"

　　何春芝说："谢谢尼姨这样看重我。这么多年你家的房子我们一直住着，既然是这样我也放心了，不过我希望你在这上面签个字。"

　　说完她从身旁拿了一小块布，春芝看了看说："尼姨的意思还是想把房产立在我名下，我不可能答应，就是梁盛堂也不可能答应。"

　　春芝离开尼姑庵，思想十分沉重。静心在身旁说："春芝，对不起，原谅我吧，我罪过，我错了！"

　　春芝见静心能知错悔改十分高兴，说："你对尼姨那么细心关照，我十分感谢，尼姨是什么时候躺倒不起的？"

　　静心说："春芝，你有所不知，前几天，李玲和张冀中来过。不知当讲不当讲？"

　　春芝回答："但讲无妨。"

　　静心说："他们俩想要回你们住的李家房产，师父不给，怕的是张冀中把李家房产给输了，还与他们大吵一场。师父都是气的，已经几天没吃东西了。不过你放心，我一定尽一切力量让师父好起来。"

　　就这样，她们之间有说不完的话，道不完的歉，不知不觉已来到淮河边。春芝说："静心师父，你都把我们送到淮河边了，你回去吧，尼姨也离不开人照看。"

　　春芝和邦霞两人站在淮河边，等船过河。突然身后传来嘈杂声，只见几个公子走过来，看了看何春芝和梁邦霞。

　　不一会儿，渡船从对岸驶来，他们一同上了船。船缓缓驶向对岸，何春芝站在船甲板上发愣。突然一个激浪袭来，何春芝一不小心掉进淮河里，在水里挣扎。梁邦霞不习水性，只是在船上哭喊："救命啊，救救我娘吧，谁救了我娘，我一定会报答他的！"

　　话音刚落，一个英俊青年毫不犹豫地跳下河去，拼命地将春芝救起。梁邦霞抱着娘连声道谢。这时另一个公子笑了笑说："刚才这个小姐说谁救了你娘，你就报答谁。是我家公子救了你娘，再说我家公子也是一表人才，心地善良，不如你就嫁给他吧！"

　　梁邦霞害羞地看了看春芝，有些不好意思。春芝问道："这位恩人姓甚名谁，家住何方？"

　　那个公子说："提起我的姓，我就头痛，不要问我的姓了吧，人们都叫我浩楠，家住何方就不必说了。"

　　这时，船已靠岸，几个公子跳下船向西走去。何春芝急忙喊道："浩楠公子，谢谢你！"

第六十二章 败坏头赌鬼张冀中
梁盛堂一家都忧愁

　　何春芝和女儿邦霞回到家里，将张冀中滥赌之事告诉了梁盛堂和老李家。李家兄弟和梁盛堂听后都非常愤慨，梁邦雷、梁邦天、梁邦地几个兄弟决定狠狠地教训张冀中一番。

　　梁邦天、梁邦地、梁邦雷兄弟三人来到张冀中的家，只听见屋里有哭叫声。李玲的孩子说："我爹不争气，我们辛辛苦苦挣来的钱都被爹抢去，家里没有一粒米下锅，这样下去我们会被活活饿死的。"

　　同时又听见张冀中说："今天运气不好，等下次我一定给你们赢一大笔银子。你们不能与我较劲，要知道你们外婆家有一大笔家产在梁盛堂手里，有本事向他梁家要去。"

　　梁家三兄弟听后也感到吃惊，张冀中竟然已经把家输个精光，梁邦雷刚想进门，被大哥梁邦天一把拉住，小声说："现在不能进去，等会问问爹娘再做主张。"

　　兄弟三人急忙回到家里，将事情一说。春芝说："如今我们在尼姨的老宅已经居住了二十余年，按理说我们应该还给他们，不过现在张冀中赌性不改，把房产交与他又怎么能放心。"

梁邦地说："现在应该为自己想一想，如果他们收回了房产，我们一大家子住在哪？"

梁盛堂说："人家的东西就属于人家，我们一家在这生活了二十多年，手头也有些积蓄，也置办了不少土地，我们用姬沟寺旁那块空地做宅基，就在那建造几间房子。"

梁邦天说："现在不是为我们选地建房的时候，而是将房产交给张冀中，他再将房产输了，怎么办？"

何春芝说："邦天说得很有道理，此事我们还要与李家兄弟商议。"

梁盛堂与何春芝来到李家大院，叫开门，两人被李家兄弟请进客厅。何春芝将前往寿春城看望尼姨和张冀中赌博的事述说一遍。李家兄弟说："虽然嫂嫂已出家多年，但我们对她无比的尊敬，明天我们就去看她。提起张冀中，我们也没办法，他是一个地地道道的败家子。他姓张，我们之间是亲戚关系，又不能使用拳脚来教训他。而现在他又想打你梁家的主意。"

春芝说："感谢这么多年来你们对我们梁家的关心和照顾，现在李玲有难题，梁家不能袖手旁观，我们决定把房产让出来。"

李家兄弟站起身子说："这样不行，再说你们把房产让出来，你们一家老小住哪呀？"

梁盛堂说："你们不必为我们担忧，我们已经决定在姬沟寺旁盖上几间，供我们一家人住。"

李家兄弟依然摇摇头说："这样又怎能忍心？"

张冀中得到老李家的房产后，不久就把房产卖给老高家，拿到银子后进了赌场，没几下就把银子输个精光。后来他知道梁盛堂一家和老李家都同情李玲，就变本加厉地让李玲前往李家、梁家讨要。

梁盛堂一家刚搬进新居，就听说张冀中把老李家的房产卖给了老高家，并且得知房产又被输掉的消息，梁盛堂和春芝十分犯愁。就在这时，二女儿和姑爷刘创赶到。春芝问道："你们俩今天来有何事，是不是想我们啦？"

女儿梁邦雨回答："是呀，我们回来，一家人应该高兴才是，娘为什么愁眉不展哪？"

娘回答："不是你们回来我们不高兴，娘早就想你们啦，现在让我们犯愁的是李玲一家。"

第六十三章 青冈城内好不热闹
巧停马车为了防盗

　　刘创和梁邦雨听完事情的来龙去脉，梁邦雨说："爹、娘，不如狠狠心一家人都搬到青冈城内居住。听说姚家在青冈城吃了官司，想把青冈城以南的几百亩良田变卖，听说价格很低，我们一家人到那里去发展。"

　　梁邦雷听后抢着说："那太好啦，以后看青冈城的毛球比赛就不用再跑那么远的路了，再说青冈城终归是一座城池，爹到那里去发展一定会大有前程。"

　　梁盛堂说："好倒是好，可眼下哪有这么多银子，老姚家到底吃了什么官司？"

　　刘创说："听说康家公子不知什么时候死在姚家院内的墙角下，所以死者家属一口咬定是姚家人害死的。"

　　梁邦风上前问道："有没有查一下那康家公子的死因？"

　　刘创说："我也不知道，不过到现在也没有个所以然。"

　　梁邦风说："这事好办，查一查死者的死因，事情不就清楚了吗？"

梁盛堂说："大人说话不要多嘴，难道你们想去办这个案子，官府都管不了的事，你一个孩子又能怎样？"

梁邦风笑了笑说："爹，那可不一定，这大人做不了的事说不定小孩子能办得到。不信我们明天去看看，说不定我这个小孩子能帮老姚家一个大忙。"

刘创说："我明天和大哥、二哥、三哥到青冈城去看看，顺便询问一下地价，如果合适就买它几十亩。"

春芝说："你说得倒轻巧，家里刚盖了房子，哪有那么多的银子？"

梁邦风上前说："娘，现在不要提银子的事，我们去看看再说吧。"

春芝问道："邦风，难道说你也要跟随，你年纪还小，跟在后面也是个累赘，不如待在家里读书。"

梁邦风当然不肯。

一家人吃饭时又提起张冀中，何春芝说："如果我们一家人能在青冈城定居，我们就把这套新房让给李玲居住，她也够可怜的。"

梁邦地一听生气地说："娘，你疯了，这套新房也给他们，说不定你今天给他，明天张冀中就把它给输了。"

梁邦天接着说："就是给他，也要把张冀中教训一番，不能轻而易举地让他得到手。"

话音刚落，李玲在外面叫门，梁邦天急忙上前把大门打开，只见她面色焦黄、身体消瘦。春芝急忙上前迎接，她拉住李玲的手说："姐姐，你怎么变成这样？你家的事我们都已经知道了。"

李玲说："春芝妹妹，你不应该把房产交给他，现在他把这个家输个精光。今天我来的意思是怕张冀中背着我来纠缠你们，家里出了个败家的赌鬼，我也没办法。"

春芝说："我知道你现在有难处，我们一定会帮助你。"

这时梁邦雷严厉地说："怎么帮？我家的良田和新盖得的房子都给他，不出三天，还是照样输光？玲姨娘，你放心吧，我们来教训他，不给他点颜色看看，他死不悔改。明天让大哥、二哥到青冈城办事，我去找那个赌鬼算账！"

第二天天刚亮，梁邦风就早早地起床，在院里叫嚷嚷："起床啊，怎么都还不起床啊，今天准备上青冈城啦，我都准备好啦！"

春芝一听叫道："盛堂，这小捣蛋鬼看样子是非去青冈城不可，这么远的路，他年纪小，怎么受得了？"

梁邦风嚷嚷过后，全家人都起来了。二哥邦地说："爹、娘，邦风硬要跟随，怎么办哪？"

还没等爹娘说话，大哥梁邦天说："还能怎么办？只好带上他，让他见见世面也好。"

梁盛堂说："既然带上邦风，就备上一辆马车吧。"

梁邦雷说：　"大哥、二哥、刘创、邦雨，你们去吧，今天我就不去了。"

大哥来到邦雷面前小声说："邦雷，你自己能行吗？"

邦雷胸有成竹地回答："怎么不行，大哥你就放心地去吧。"

梁邦天、梁邦地等人上了马车，向青冈城奔去。马车一路上颠簸晃悠，路还未行半程，梁邦风就感到十分疲倦，他趴在二哥的腿上刚想入睡，就听见二哥说："不让你来，你却硬要跟随，不如下车自己回家去吧。"

梁邦风慢慢睁开眼说："昨天听说要去青冈城，我激动得一晚上没睡觉，所以现在有些困倦。"

这时，二姐看到小弟那困倦难受的样子说："过来，二姐抱着你睡。"

梁邦风冲二哥邦地做个鬼脸后，躺到了二姐的怀里。大哥在一旁触摸着小弟邦风的头。

一行人非常顺利地来到青冈城，他们从马车上跳了下来。大哥梁邦天说："毛球大赛还没有结束，这城里来往的人很多，马车也不好进出，就停在这吧。"

刘创说："这人来人往，停放在这也不放心哪。"

二哥梁邦地指着小弟邦风说："有什么不放心的？这不，跟屁虫在这，让他看着不就放心了。"

梁邦风一听急忙说："不！我才不留下来呢，你们都走了，让我一个小孩子在这。你们都去闲逛，那哪成啊？我也要去！"

梁邦天说："邦风，听话，我们去办正事，再说这马车也是为你准备的，你不看谁看？等我们回来给你买好吃的。"

梁邦风再想说什么，大哥又严肃地说："好了，你不要再说了！"

梁邦风只好留下来看车。大哥、二哥、二姐和刘创向城内走去。梁邦风自己待在车里，忽然听见车外有人说话，"今天有两大看点，一是青冈城'庆丰收'毛球比赛；二是看康、姚两家打官司。"

梁邦风听后急得团团转，自言自语地说："毛球大赛我不稀罕，不过两家打官司，我倒是很想去看看。可现在这车要我看着，我该怎么办？"

他看见城门旁有家小吃店铺，一位老人在忙着。于是他走上前说："老人家，麻烦你帮我看一下车，行吗？"

那老人看了看梁邦风说："你让我给你看车，我还想让你看着我的店门呢，这毛球大赛几年才有一次，谁都不想错过这个机会。今天我不做生意也要去看看。"

梁邦风听后十分失望。他回到马车前，看了看马车，又向四周望了望，发现不远处有一条水沟。他快步走上前观察，由于连日干旱少雨，水沟里无水，梁邦风心中一阵惊喜，急忙回头将马车赶到干沟里。梁邦风心想：这下可好，保证没有人能盗走我的马车。他的做法引起过路的行人一阵哄笑。

第六十四章　梁邦风为姚家翻案
　　　　　显神通助魏破奇案

　　青冈城的县太爷名叫魏旺，人品不错但是无才。康、姚两家人命案搞得他晕头转向，更让他感到害怕的是康家，康家姑娘康红梅是当今寿春府罗士怀大人的夫人。为了公正，他选定了在青冈城毛球大赛的日子公开审案。

　　康占家住青冈城向西几里地，儿女共三人，大女儿康红梅，长子康心，小儿子康山。康占和大儿子康心，仗着康红梅的势力，在这一带横行霸道。这次康山死在姚家大院，康家一口咬定是姚家谋财害命。可姚家人忠厚老实，有理难辩。今天原被告都带上公堂，县太爷魏旺大喊一声："升堂！"

　　大家顿时都肃静下来，只听县太爷魏旺说："姚铸金、姚远，你们父子俩听审，康家告你谋财害命，你们父子俩可知罪？"

　　这时梁邦风顺着人缝挤在最前面，他听到姚家老员外姚铸金说："大人啊，我们姚家在焦岗湖一带无人不知无人不晓，吃喝用之不尽，何必要谋财害命？至于康家少爷为何死在我家院内，我们全家上下都不知死因，请大人明察。"

这时康占抢先说："大人，他姚家分明是狡辩，我康家家财万贯，谁看我家都眼红。我家小儿出门时口袋里装的不是金就是银，从来未断过钱，死后我们发现康山身上不见分文。"

这时，康红梅冲了进来，她来到县太爷面前咬着牙斥责道："魏旺，你这个县官，你现在还犹豫什么，还不定他们的死罪，今天我要在大庭广众之下要了他们的头。"

魏旺站起身来说："姚家父子，事到如此，我也救不了你们。"

他刚想宣判，这时，梁邦风闯上公堂。

梁邦风来到公堂中央，众人感到十分惊奇。还没等县太爷问话，梁邦风就说："县官大人、原告、被告、各位父老乡亲，我看这案子不能就这样了结。虽然我还是个孩子，但我也能感到这案子漏洞百出。县官大人，您有没有查一下康山的死因，死在姚家的什么地方，是中毒还是外伤，是刀伤还是摔伤，生前和什么人接触过，经常与什么人来往？"

梁邦风的几句话问得县太爷无言以对。县太爷又仔细地看了看梁邦风，心想：这是哪里来的小娃娃？说得头头是道。虽然我通过科举考试当了县太爷，但今天如果真的办错了案子，亏心事可就做大了。他想到这里，顾不上康红梅指手画脚，于是问道："你是谁家的孩子，为何闯上公堂？"

梁邦风上前十分有礼地回答："大人，我家住在沁河岸边姬沟寺。我爹叫梁盛堂，我娘叫何春芝。我姊妹七人，大哥梁邦天、二哥梁邦地、三哥梁邦雷，大姐梁邦云、二姐梁邦雨、三姐梁邦霞，我排行最小，名叫梁邦风。"

梁邦风说完过后心想：我今天怎么了，怎么把我一家子人都搬出来了？心里有些后悔。就在这时，康红梅"哼"了一声说："什么帮天、帮地的，那我问你，这个梁邦雨现在何处？"

梁邦风一听问起二姐，心想：这位夫人是不是认识我二姐呀。于是梁邦风回答："我二姐梁邦雨已经嫁到刘家。"

康红梅看了一眼梁邦风，问道："那刘创是你什么人啊？"

梁邦风一听大吃一惊，心想：怎么她也知道我姐夫的名字？梁邦风如实回答："刘创是我姐夫。"

康红梅不紧不慢地说："梁邦风，你要知道，你姐一家人的生活全靠我们家，他们还种着我家的地呢！"

梁邦风一听，心想：怎么这个傲慢的女人竟然与二姐家有牵连，我管他有何牵连，做事说话就得实事求是。县太爷又问道："梁邦风，你是不是对这个案子感兴趣，你有把握？"

梁邦风回答："审案子是绝对不能放过任何一点蛛丝马迹的，要拿出证据来让双方心服口服才能结案。"

县太爷听后点了点头说："这案子还得从头再审，虽然你年纪很小，但是你聪明伶俐、胆量过人。本县年纪已老，希望你能协助本县把这个案子查个水落石出。"

梁邦风伸出小手挠了挠头发，半天也没有说话。县太爷又说："康老员外，你家少爷康山死因确实不明，我们不能过于着急了结此案。还是要认真查来，还你康家一个公道。"

康红梅起身说："魏县令，人就死在他们家院内，不是他姚家干的，难道说是我家弟弟康山自己到姚家，他想死在那的？"

县太爷急忙说："夫人，你不要操之过急。你想想，如果我们错杀了姚家父子，那害死康山的人却逍遥法外，你说他们姚家是不是冤枉啊？再说这样一来，我们又怎能对得起康山的在天之灵？"

这时姚家老爷急忙叫道："县官大老爷，我们冤枉啊，请大老爷明察。"

梁邦风在一边仔细地听着他们之间的对话，心想：这个女人刚才说康山难道自己想死在那里，对了，这康山肯定对姚家感兴趣。想钱吧，可他康家不缺钱；难道说姚家有美女，如果不是美女，那就是说姚家有比金钱和美女更重要的东西吸引着他。如果不是这样，会不会康山得罪了什么人，而被谋财害命，并把尸体抛到姚家院内，这也不可能。这姚家的院墙很高，又怎么能将死尸抛入院内？"

邦风聚精会神地思考着，突然听到县太爷叫道："梁邦风，本县令命你协助本县查明此案，还康姚两家一个公道。"

梁邦风将身子一躬十分有礼貌地说："邦风年幼，说话做事有些荒唐，请大人谅解。要说协助你破案，这青冈城老百姓只要能帮上忙的，他们一定会帮你。"

县太爷又看了看康家父子康占和康心，问道："此案重审，你康家有何意见？"

康占看了看女儿康红梅，康红梅看了看爹爹又看了看弟弟康心，没等爹爹回答就立刻说："只要能捉拿真凶，重审此案当然好了，不过时间不能拖得太长。"

县太爷回答："当然要尽快了结此案，邦风，咱们什么时候开始呀？"

邦风立刻说："为了尽快破案，我们现在就开始。大人，我在堂下讯问，你在堂上听着。"

县太爷心想：这一回倒好，省得我动脑筋，还不得罪人，好与坏都由这娃娃承担。

第六十五章　案子难住了梁邦风
寻找证据不惜流汗

　　梁邦风开始审案，他来到被告面前问道："被告姚铸金、姚远，你们最近一段时间与什么人来往？"

　　姚远看了看梁邦风说："我们家来往的人很多，但大多数都是生意上的来往。不过前几天我的一位好友罗鑫鸣带着几个我不认识的公子来到我家，当时我正在谈生意，很忙，后来我爹回来了，一进门就说道：'今天我到淮南进了一些丝绸和布料，花样也不错。我顺便在街上买了一件宝贝，你们看，能值多少钱？'说完从口袋里掏出一只玉佩，几位在场的朋友对这只玉佩赞不绝口。我爹又说道：'这只玉观音是给小孙子买的，等他长大再给他戴上。'说完他将玉佩放在中堂下的盒子里。我爹笑了笑接着说道：'看起来这是上等好玉，其实不值几个钱，我只用一两银子就把它买下。'罗鑫鸣说道：'这样好的东西肯定值个几百两银子。'我爹说：'你们不相信，我确实只用了一两银子。'罗鑫鸣说：'前辈，你说你一两银子买下的，我现在出二两黄金价，你将它卖给我，你舍得不？'我爹又说：'既然我已决定给小孙子留下就不会再卖。如果你们想要的话，改日我再到淮南，给你们一人买一只。'罗鑫鸣大笑：'难道我们都是你的孙子吗？'"

梁邦风听后，心想这案子会不会与这玉观音有关，于是问道："姚远，你刚才提到的玉观音现在何处，能不能拿来与我们见证一下？"

姚家父子连忙说："可以，当然可以。"

县太爷派了差官与姚远一起去取玉观音，可玉观音却不见了。

这时坐在堂上的县太爷和一旁的康红梅也十分吃惊。梁邦风问道："县官大人，这康山的死会不会与这玉观音有关，我们能否从这丢失的玉观音查起呢？"

康红梅的脸由红变紫，她站也不是坐也不是，心想：康山啊康山，我们康家家财万贯，怎么你会对一块破玉感兴趣，到头来落个偷盗的罪名，把我这个寿春府夫人的脸都丢尽了，让我们康家在大庭广众之下怎么见人？梁邦风来到县太爷面前问道："县太爷，现在此案怎样往下进行？"

县太爷把自己的脸用袖口一盖，偷偷笑了笑，心想：康红梅你不就是一个寿春府夫人吗？你用权势逼我尽快把这个案办了，可现在事情有所转机，现在只能公事公办，看你康家还狂不狂！于是他说："开棺验尸，看他康山身上有没有玉观音？"

打开棺材后，在康山身上根本就没有搜查出玉观音，在场的邦风、县太爷、康家父子等都感到疑惑。

梁邦风当时急得出了一身冷汗，心想：天哪，我认为破案就像在家与哥哥姐姐捉迷藏一样简单，可现在才知道，这审案子不是儿戏。娘经常教育我们，人生活在这个世上不是容易的事，总会遇到这样那样的坎坷和麻烦。这次麻烦是我自找的，不管是什么样的结果，我现在也不能退缩。

这时康红梅直盯着梁邦风，梁小邦风毫不示弱地看了看康红梅，他来到县太爷面前说："大人，请立刻将罗鑫鸣抓捕。"

县太爷点了点头。

梁邦天、梁邦地、刘创、梁邦雨，他们刚进城就被青冈城内的毛球大赛吸引，一直看到结束，才发现已经到了午时。梁邦天看了看天，叫道："坏了，我们只顾看球赛，忘记了我们最需要办的事，还有小弟邦风不知如何，时间过得真快。"

他们一边说一边急忙往回赶。

他们急忙赶到青冈城外，发现弟弟和马车都不见了，他们心急如焚，二哥邦地来到小吃铺问道："请问老人家，有没有看到一个十岁的孩子和一辆马车？"

老人家看了看几位半天才说："怎么啦，着急了吧，你们几位只顾自己玩乐，让一个孩子看车，像话吗？这青冈城人那么多，如果马惊了，别说是个孩子，就是大人也难控制。"

老人说完用手一指说："马车在那水沟里，是那个孩子自己把马车赶下去的，他还说要到县衙去看审案子。"

梁邦雨说："小弟也够聪明的，这马车停到水沟里肯定不会被人盗走，可这马车怎么能将它拉上来？"

大哥邦天说："马车丢了倒是小事，关键是小弟邦风不能丢。"

二哥说："现在不管怎么样一定要快点把弟弟找到。"

就在这时，一匹快马向这驶来，骑马的人是邦雷，他来到四人面前翻身下马。

大哥问道："三弟，你不是寻找张冀中去了吗，找到没有？"

邦雷回答："就连观音庙我也去了，也不见张冀中的踪影，后来听说他也来到青冈城，所以我就往这赶来，青冈城的毛球大赛结束了没有？"

邦雨说："我们几个就是看毛球大赛，把弟弟邦风给弄丢了。"

邦雷一听火冒三丈，叫道："还不赶紧去寻找！"

他们一起向姚家大院奔去，却是大门紧闭。邦雷上前叫门，只见一位老管家把门打开，问道："你们是什么人，要干什么？"

邦雷说："老人家，我们是来找人的，你有没有看见一个十岁的孩子？"

老人回答："你们找错地方了，我们姚家吃了人命官司，老爷和少爷都被抓走了。"

邦雷又问道："死者是谁，有没有查清是谁害的？"

老人家回答："死者是老康家的小儿子康山，死在我家院内。康家权势大，硬说死者康山是我们姚家所害，到现在也不知案子情况如何。"

刘创和梁邦雨一听，急忙说："他们康家死了谁都好，康山死了倒有些可惜。"

老人家上下看了看邦雨和刘创问道："你们认识死者康山？"

刘创说："怎么不认识，他是我的东家的少爷，我们一直种着他家的地。每当收获的季节，他的爹爹康占和他的哥哥康心恨不得将我们收获的粮食全部要光，康山看不下去，就与他们争吵，康山可是个好人哪！老人家，你家老爷打官司，你怎么也没跟着去看看？"

老人家回答："老爷说过，打官司需要银子，让我在家看有没有人来买我家的土地，可现在告示贴出去几天了也不见买主。"

大哥邦天说："老人家不要伤心，说不定我们会买下你家的土地，现在我们最急的是找到我家小弟邦风，他现在应该也在县衙。走，我们到县衙去看看！"

第六十六章　梁邦雷大搅发财亭
砸赌场罗鑫鸣叫好

　　他们又来到县衙门前，只见大门敞开着，门旁站着两个守卫。梁邦雷上前询问了一番，但那两个守卫不回答，并且还让他们离开。梁邦雷回头来到大哥面前说："大哥，怎么办？现在县衙内无人，邦风也不知去向。"

　　大哥思索片刻说："我想邦风该不会出事吧，现在天已午时，家家都在吃午饭，我想县衙也是这样。如果你们饿了，就到小酒店吃些东西。"

　　梁邦雨说："瞧你们说的，现在小弟没找到谁能吃得下。"

　　梁邦雷说："你们几个就在这等着，我到马车前看看，说不定邦风在马车旁等着我们。"说完他骑上马向城门赶去。

　　梁邦雷路过一家门口，见门头上写着"发财亭"三个大字，里面十分热闹，心想：先找到弟弟再进去看看。他飞马来到城外，仍然不见弟弟邦风，于是掉回马头来到发财亭，将马拴好后走了进去。只见院里赌博的人很多，赌具样样俱全。邦雷在里面转了一圈，突然发现张冀中也在里面，他的面前摆了一些银子，他还不断地口出狂言……邦雷心想：张冀中，看我怎么收拾你！他提起准备好的东西向张冀中走去，将一包像银子样的东西向桌上一放，说："我们俩来赌一把。"

张冀中站起身来说："你不就是梁家三少爷邦雷吗，你怎么也来到青冈城。按理说我们可有点亲戚关系，你要知道这赌场无父子。"

邦雷很严肃地回答："愿赌服输。"

张冀中说："你的一包银钱比我桌面上的多，你要是全部押上，我可赔不起。"

梁邦雷顺手从包袱内掏出一把银子说："好吧，我们玩小一点。"

就这样赌了几个回合，张冀中将银子输了个精光。张冀中看到自己面前的银子一次次被梁邦雷赢走，恨不得把邦雷给吃了。梁邦雷说："你没有银子了，你该走了，如果你想再赌，也可以。"

张冀中十分恼火地叫道："你这小子羞辱我，我身无分文，你让我拿什么当赌注？"

梁邦雷笑了笑说："你有赌注，比如说手哇脚哇。我们俩再赌一把，我输了就把这一大包银子都给你；如果你输了，砍掉你一只手就行了。"

张冀中咬了咬牙，又看了看梁邦雷手中的那包银子，说："我就不信自己这么倒霉，拼上一只手我也要把银子夺回来！"

梁邦雷见张冀中下定了决心，他把一包东西放在桌子上说："看你与我有点亲戚关系，我就再陪你玩一把，你选择怎么个玩法？"

张冀中将手向桌子上一拍说："玩大小！"

梁邦雷心想：张冀中，这一回你要完蛋了。梁邦雷把以前准备好的骰子藏在手里，然后问道："咱们俩谁先来？"

张冀中说："猜拳，谁赢了谁先掷骰子。"

张冀中哪里知道，骰子已经被梁邦雷给换了，刚一出拳邦雷就输了。张冀中冷笑几声，抓起骰子，用力摇了半天将骰斗倒扣在桌子上，梁邦雷问："张冀中，可以猜了吗？"

张冀中回答："当然可以。"

邦雷说："我猜小。"

张冀中打开一看是"三"，顿时傻了眼。邦雷说："这回该我啦！"

他抓起骰子轻轻一晃，倒扣在桌子上，指了指张冀中说："你猜吧。"

张冀中心想：这回如果猜不中，我的一只手就没有了。心里捏了一把汗，说："你猜的是小，我也猜小！"

梁邦雷打开一看是"六"。梁邦雷顺手操起腰刀说："张冀中，你不要怪我不客气，拿手来吧！"

张冀中瞪着双眼。看着梁邦雷手中那明晃晃的刀，擦了擦额头的汗水说："我们俩还没有分胜负，你怎么就要砍掉我的手？"

邦雷问道："张冀中，你还要继续赌不成？"

张冀中说："事先我们之间也没有定几局。"

梁邦雷问道："你说应该定几局，我今天陪你玩到底！"

张冀中又擦了擦额头的汗水，吞吞吐吐地说："小赌三局两胜，大赌我们要来五局。"

梁邦雷说："五局就五局，不能反悔。"

张冀中战战兢兢地说："不反悔。"

于是他们俩又开始赌，邦雷连赢三局，张冀中顿时傻了，转身想逃。邦雷纵身一跃，轻轻落在张冀中的面前。两人纠缠在一起，厮打起来。张冀中叫道："看样子你是有备而来的。"

邦雷一边厮打一边叫道："你才知道，好一个赌鬼无赖，今天我非砍下你一只手不可！"

发财亭里的赌鬼们见两人争斗，纷纷躲藏，各种赌具洒落一地。梁邦雷心想：乘这个机会把这个赌场砸了也好，于是故意向赌具砸去。这时老板出来叫道："这哪是来发财的，分明是来砸我场子的，来人！快把这个黄毛小子拿下！"

老板话音刚落，就冲来几个家丁，想把邦雷捉住，但没几下那几个家丁就被梁邦雷打得屁滚尿流，抱头大叫。梁邦雷转过身子抓起张冀中的手，按在桌子上，张冀中心想：完了完了，我的手呀！

他大声叫道："请你饶我一回吧，看在李玲的面子上，以后他们还要吃饭，我没有手那怎么行，我再也不赌啦。放过我吧，求求你！"

梁邦雷十分严厉地说："今天放了你，你会好了伤疤忘了疼。既然你这样求我，我也不忍心要了你的手。现在我可以放你，但我要在你的手上留个印记。"

他说完扬起刀斩去了张冀中的一个小拇指，疼得他哇哇直叫。梁邦雷说："如果再让我在赌场上发现你，我会砍断你的双手，让你生不如死。"

门外传来一声马叫，随后进来一个相貌堂堂的公子。他上下打量一番梁邦雷，见老板待在一旁，上前叫道："大哥，这是怎么回事？"

老板这才叫道："是这黄毛小子砸了我的场子，鑫鸣老弟，你还不把这小子抓起来好好教训他一顿！"

罗鑫鸣看了看梁邦雷，一阵哈哈大笑。邦雷看了看罗鑫鸣，心想：这位公子武功肯定不在我之下，不管怎么样，我也要与你拼到底，于是凝神静气准备再战。罗鑫鸣又看了看梁邦雷，笑了笑说："小兄弟，你想与我比试比试，现在可不行，以后有的是机会。不过你现在已经替我做了一件好事，这场子我早就想砸啦。要知道这赌场害了多少人，有多少个家庭妻离子散、家破人亡！"

罗鑫鸣转过身子叫道："大哥，这赌场砸了好，你不能再做了。"

老板摇了摇头说："原以为你的到来能帮我教训这小子，可你怎么落井下石。"

罗鑫鸣笑了笑说："改了吧，赌场改酒馆更好！"

罗鑫鸣又来到梁邦雷面前，拍拍他的肩膀说："好兄弟，做得对，改日请你吃酒。"

话音刚落，就听门外县太爷叫道："来人哪，把罗鑫鸣拿下！"

罗鑫鸣十分吃惊，说："县太爷为何要抓我？"

县太爷回头看了看邦风，感觉这小孩好玩，关键的时刻能帮上忙。邦风见县太爷给自己使眼色，心想：这县太爷可能又碰上硬茬子了，怕得罪人还想让我出场。出场就出场，我是个小孩子，怕他们干什么呀。于是他挤出人群，一眼就看见三哥邦雷。他看见三哥就像没看见一样，径直来到罗鑫鸣面前，严肃地说："罗鑫鸣，县令魏大人经查明，你与一件人命案有关，要把你带回县衙接受审讯。"

第六十七章　康山越墙死于非命
真相大白大快人心

　　梁邦雷看了看弟弟邦风，心想：这个小东西怎么与县太爷混在一起，既然看见我，也不打声招呼，我们在青冈城辛辛苦苦地找你，你却在这逞能。你小小年纪能干什么？我倒要跟随其后，看个究竟。

　　县太爷押着罗鑫鸣进了县衙，梁邦风经过县衙门口时，见哥哥、姐姐等人都在，他只是与他们对视了一下。这时，梁邦雷也赶到，上前说："大哥，我们为他提心吊胆，可他看见我们就像没看见一样，我看他欠揍！"

　　大哥见兄弟邦雷火气十足，上前劝说："老三，你不要动气，小弟邦风平时好动，待人亲切，现在不理我们，肯定有他的理由。看不见吗？他是在办案子。"

　　刘创说："我们现在是不是也应该跟着进入县衙，看看邦风怎么审这个奇案？"

　　大哥回答："进入县衙的百姓也不少，我们当然可以进入，但一定要躲在一旁，不能让邦风发现我们；如果他发现我们，肯定会分心，就有可能影响他办案。"

　　说完他们随后进入县衙。

　　县太爷坐在大堂之上，梁邦风站在一旁。县太爷拿起惊堂木看了看梁邦风，用力一拍说："罗鑫鸣，你可知罪？"

　　县太爷把事由述说了一遍。罗鑫鸣十分吃惊地说："那是在前几天，我和康山、朱师道等几位兄弟在酒店喝酒，当时康山和朱师道他们俩有些醉了，就吹起了牛皮。康山说道：'你朱师道不但酒量不如我，就连轻功也比不上我。'朱师道听后十分生气，说：'别看我酒量不如你，可轻功比你强得多，我的轻功赛过梁山时迁，在梁头上行走轻如飞燕。'康山趁着酒力说道：'吹牛，你说你赛过时迁，我说我能赛过戴宗呢，不然咱们比试比试？'朱师道哼了一声，叫道：'康山，就你那两下还想与我比试，你说咱们比什么吧？'康山想了想说道：'你有本事就到姚家把我们今天看过的那只玉观音偷来。'朱师道听后气愤地说道：'康山，你想让我做小偷，亏你想得出。'康山说道：'你刚才不是说过吗，你的功夫赛过时迁，时迁不就是梁上君子吗，你有本事就把它偷来。'朱师道将酒碗一摔，说道：'我要是把它偷来你会怎么样？'康山说道：'你要是把它偷过来，我就会神不知鬼不觉地把它送回去。'我听后哈哈大笑，上前劝说道：'两位兄弟吃饱了撑的，怎么比偷人家东西？我可告诉你们，姚铸金家的院墙可高着呢，飞上去可有危险哪。'康山看了看朱师道，眯着小眼笑了笑，又转过身子对我说道：'既然我们俩都认可，罗大哥你就不必再劝我们，只要你当个见证就行了。'我说：'一个把东西偷回来，另一个再把东西送回去，真可笑！我实话告诉你们，如果被姚家人发现，可要真的当贼打的。'不管我怎样劝说，康山、朱师道依然不听，朱师道问：'康山，你说什么时候开始？'康山回答：'今天晚上你去偷，明天晚上我把它送回去。'朱师道说道：'一言为定！'康山回答：'当然一言为定！'朱师道在当天晚上，飞过院墙把玉观音偷了出来，交给了康山，令康山十分吃惊。就在康山发愣时，突然听朱师道叫道：'康山，我看你有些犹豫，如果不行就别逞能，我这也不是拿话激你，说真的，我差一点从墙头上摔了下来，一旦失手，我们兄弟都不好看。'我也上前劝说道：'我们都是兄弟，在兄弟面前讲什么面子不面子的，一旦失手我们兄弟还怎么能在沿淮一带混下去。'康山咬了咬牙说道：'你们怎么会知道我不行，我一定不会失手。你们谁也别劝了，明天晚上看我的。'说完他们进了发财亭，找了房间安歇。"

罗鑫呜咽了口吐沫，接着说："第二天清晨，朱师道家人来到发财亭，吵着让朱师道马上回去，并且说道：'少爷，老爷子让你回去，跟随马车到南山排些竹子，家里的竹子快卖光了。眼看快到汛期了，提前把排打好，趁着水潮也好运输。现在家里的马车已备好，就等着你啦。老爷子原以为你昨天晚上能回去，可到现在也不见你人影，老爷子很生气。并且还说以后不再让你出门练武，以防惹是生非。朱师道见家人对自己有怨言，说道：'你不要再啰唆了，我现在就跟你们回去。'"

罗鑫呜将经过说完，县太爷说："如此说来，死者身上肯定有伤，不如我们打开棺材再仔细验证一下。康家老爷，你意下如何？"

康占看了看女儿康红梅，康红梅站起身来叫道："如果我弟身上有一点刀伤，你们都得死！"

开棺再次验尸，结果在康山后脑勺取出一枚小石子，

经验证，康山在翻越墙头时不慎坠落，后脑勺磕在地面的石子上，伤

了大脑而死。经查，在姚家大院旁有许多同样的石子，同时在窗台上发现了玉观音。经查明：康山在返还玉观音时，发现姚家客厅里人很多，一直没有进入的机会，所以把玉观音丢在窗台上。围观的百姓都恍然大悟，案件真相大白。

案子破了，康姚两家人各自返回，围观的百姓也纷纷离开。邦风站在大堂一旁，看了看县太爷，又向门外观看，只见几个哥哥和姐姐、姐夫站在门外。他擦了擦脸上的汗水，刚想向哥哥们走去，就听县太爷叫道："小机灵鬼，你给我站住，咱俩的官司还没搞清，你就想走！"

邦风转身说："县太爷，这案子已经完结，咱们俩之间也没有什么事啊？"

县太爷来到邦风面前，向外看了看，问道："门外那几个人是干什么的，为什么他们还不退去？"

邦风听后，马上说："那几位是我的哥哥和姐姐，他们认为我在青冈城跑丢了，所以现在来官府报案！"

县太爷听后笑了笑说："既然是你的哥哥和姐姐，那还不快点把他们请进来。唉，小邦风，我们俩折腾了大半天了，肚子也有点饿了，把他们也请进后院吃酒去。"

第六十八章　积劳成疾邦风晕倒
邦云姐姐巧遇弟弟

吃饭时，县太爷问道："你们兄弟今天来到青冈城，就是为了看一场毛球赛？"

大哥邦天回答："不仅仅是看球赛，我们一家人想迁移到青冈城来居住，听说姚家有一块地想出手，所以我们就过来看看。"

县太爷听后笑了笑说："原来是有备而来，依我看，姚家现在不会出售土地了，因为他的案子已经结了，他也不必出售粮田，不过今天你家小兄弟为我解决了一大难题。她康红梅一个女流之辈，仗着寿春府的势力，在我这个小小县衙称霸。她硬要我今天除掉姚铸金和他的儿子姚远，为死去的康山出气。多亏你家小弟，年龄虽小，但敢说敢为，不然姚家父子早已经做了刀下冤鬼了。你家兄弟梁邦风能自告奋勇，为我破案，现在我也要帮帮你们。因为我年纪已大，这破旧的县衙我也住不长了，所以不久就将告老返乡。新上任的县太爷将在下蔡任职，这破旧的县衙如果你们不嫌弃，就暂时住在这里。关于田地的事也好办，这焦岗湖东是曹家，西是黄家和鲁家，北是周家，焦家土地大部分都在湖里。听说周家要迁移，想把焦岗湖北岸的土地卖掉，如果你们有意，我去与周家商谈。"

梁邦天听后十分高兴地说："老爷，你真好，你提供的两个条件我们都需要，不过我们到青冈城不一定要多买田地，我们一家主要是行医。"

县太爷说："买下来把田地租给贫困人家种也是做件大好事。"

二哥邦地说："老爷说得很对，等我们回去后与爹爹商量再做定夺。"

吃过饭，梁家兄弟四人与刘创、邦雨话别。邦雨说："你们今天不必回去了，到我家休息一晚，明天再回去。"

大哥看了看天说："不必了，趁天还早我得赶紧回去。"

二哥说："我们既然来了，就到朱家看看邦云，也不知她过得怎么样？"

这时邦雷十分烦恼地叫道："你们还磨蹭什么，老朱家不可能亏待邦云姐姐，现在我还有事急等着回去解决。你们的事办好了，可我的事还没有结束。"

邦雨问道："邦雷，你还有什么事？"

邦雷回答："张冀中被我斩断了一个手指，现在也不知道他会不会到我家与爹娘争吵，所以我现在急着回去。"

大哥听后说："你什么时候把张冀中的手指斩断的？"

邦雷回答："就是在今天中午，我路过发财亭时发现张冀中还在赌博，所以我就……"

大哥听后急忙说："你立刻赶回，我们随后就到。"

邦雷扬马而去，邦天、邦地和邦风也向城外停马车处快步走去，这时小邦风上前拉住大哥的手说："大哥，我好累呀，你能不能背着我到马车前？"

大哥也没有看邦风就说："看你今天在县太爷面前是那样的神气，经过我们面前还不理睬我们，现在还想让我背着你，你想得美。"

他们一边说一边快步向前赶，邦风自己走在后面。由于他年纪小，劳累过度又受风寒，结果晕倒在大街上。两个大哥只顾赶路，也不知弟弟晕倒。他们来到马车前才发现弟弟不见了。于是两人又急匆匆地返回，发现妹妹邦云正抱着邦风呼喊。邦云见两个哥哥赶过来，问道："你们俩干什么去了，为什么小弟躺在大街上昏迷不醒？"

邦天回答："刚才还好好的，这是怎么回事？"

二哥上前查看了一下说："大哥，小弟的头好烫，一定是为县太爷查案累的，这么小的年纪怎么能受得了这样折腾？"

邦云听后问道："原来为县太爷查案的是小弟邦风啊？"

大哥回答："是的，现在不是聊天的时候，我们要赶紧回去，让爹给小弟治疗。"

邦云见弟弟邦风病得不轻，与朱大嫂说："大嫂，请您回去告诉我公婆，就说我今天有要事要返回娘家一趟。"

朱大嫂说："好好好，真没想到这样小的孩子能把这个难缠的案子给破了。邦云妹妹，你放心，我一定把你的口信带到！"

他们把马车收拾好，几个人上了马车。梁邦云将弟弟抱在怀里，邦地脱下上衣围在邦风身上。大哥一边赶着马车一边问道："邦云，你怎么这么巧遇上我们？"

邦云回答："听说青冈城来了一个小孩帮助县太爷破案，我也感到很好奇，想过来看看。"

邦地说："我们也没有想到邦风有这么大的能耐。"

邦云又问："那小弟审案子怎么审出病来了？"

大哥邦天说："邦风一听说要来青冈城，昨天一晚上都没有睡觉，再加上与魏大人折腾了大半天，我看得出小弟在审案时有些紧张，他小小年纪怎么能受得了这个大场面。"

邦云听过大哥的述说后，说："大哥，小弟的头烫得很，你能不能把车子赶快一点？"

大哥说："好的，你可要坐好了。"

说完他赶着马车向前奔驰……

梁邦雷快马赶到家里，翻身下马闯进院内，急忙问道："爹娘，张冀中有没有到我家闹事？"

爹娘听到邦雷的叫喊，急忙从药房内走出来，问道："出什么事啦？张冀中来过，把你李玲姨带走了，也没有说什么，不过他的样子十分难看，好像是手上有伤。"

邦雷又问道："现在他们能到哪里去？"

爹娘回答说："听说张冀中让她回家，到底出什么事了？"

邦雷回答："张冀中的赌博恶习不改，今天让我狠狠地教训了一顿，我怕他会来找李玲姨出气。不过爹娘请你们放心，没有多大的事，我过去看看就是了。"

春芝说："你这孩子，我知道你的，不出事则罢，出事就不小，我也过去看看。"

这时梁盛堂一把拉住春芝说："让邦雷先去看一下再说吧？"

春芝问道："现在应该怎么办？"

梁盛堂说："他根本就不把我们梁家放在眼里，现在最主要的就是请李氏兄弟出头，管教张冀中。"

春芝听后点点头……

第六十九章　梁盛堂救儿梁邦风
梁邦雷教训张冀中

　　梁邦雷来到张冀中的家，一进门见张冀中的几个孩子都在干活，上前问道："你们有没有看见李玲姨回来？"

　　张冀中的大儿子问道："我娘不是在你家吗？"

　　邦雷又问："姨父回来了没有？"

　　张冀中的儿子回答："回来过，他说要到你家去找我娘，我看他的样子，像又输了银子。虽然他是我爹，可他在我心中没有分量。他在外面赢了钱就大吃大喝，输了钱就回来找我娘出气。这天下没有打老子的规矩，如果有，我早就教训他了。"

　　梁邦雷听后说："这一家出了一个赌鬼，全家人都不得安宁。"

　　梁邦雷出了门心想：以后再把赌场赢张冀中的银子还给你们。这个赌鬼能把李玲姨带到哪里去？是不是想把李玲姨给卖了，这也不可能，李玲姨年纪已大，那他能把李玲姨带到哪里去呢？

　　梁盛堂和春芝来到李家，将张冀中赌博的事再次向李家老爷子汇报，

老爷子说："张冀中赌博我们知道，但管不了，今天你们来了，也证明张冀中的赌瘾到了非戒不可的地步。如果再这样下去，受罪的不仅是李玲，还有几个孩子。"

老爷子刚说完，李家的几个小兄弟硬要去废掉张冀中。老爷子看了看几个孩子说："废掉张冀中那倒不必，应该把几个孩子带回来，省得在张家受罪。"

梁盛堂上前说："老人家，李玲姐姐和几个孩子就不必住在您府上，我们已经准备向青冈城迁移。我之前置办的田地全部归李玲和几个孩子。"

老爷子听后，站起身来说："梁盛堂，你不必让出房子来，更不必迁移青冈城，这么多年来你与我们亲如一家，搬迁的事就不必再提了。"

说完，老爷子带着几个孩子往李玲家赶去，梁盛堂、何春芝也要跟随，这时梁邦霞急匆匆地跑过来叫道："爹娘，不好了，小弟邦风得了急病，快不行了！"

两人听后如晴天霹雳，老爷子说："盛堂、春芝，你们还愣什么？还不快回去！"

梁盛堂和春芝这才定了定神，急忙返回家中，见邦风躺在那里，两人焦急万分。经梁盛堂仔细观察，邦风是疲劳过度，急火攻心，还受到了风寒。这时邦天、邦地等上前问道："小弟的病好治吗？"

梁盛堂回答："可以治，但如果是老年人就危险了。"

李老爷带着一群人向张冀中家赶来。路过小树林时，他突然听到李玲的惨叫声。他赶到跟前，见张冀中用藤条抽打着李玲。老人家十分严厉地喊道："住手，你这个不争气的东西，三番五次殴打李玲。今天我要好好教训你一顿！"

　　张冀中听到李家老爷要教训自己，心想：老爷子从来没有这样发怒过，我说不定今天又有麻烦。不行，得想个办法逃走。

　　张冀中想到这里，丢掉手中的藤条正想逃走，发现自己已被李氏兄弟团团围住。老爷子顺手捡起张冀中丢弃的藤条，向张冀中打去，打得他"嗷嗷"直叫。老爷子气愤地骂道："打死你这个赌鬼！这藤条打在李玲身上李玲叫痛，打在你身上怎么你也叫痛啊！今天也让你尝尝这藤条的滋味！"

　　张冀中被打得疼痛难忍，他刚甩开李氏兄弟向前奔跑，发现前方站着一个人，手握钢刀盯着自己，张冀中心想：完了。

　　挡住去路的人正是梁邦雷，张冀中看了看自己断了手指的那只手，不由得放慢脚步。他想绕过梁邦雷，却被梁邦雷飞起一脚踢翻在地。只见梁邦雷一只手紧紧反扣着他的手臂，口中骂道："要不是看在李玲姨的面子上，今天一定要了你的脑袋！"

　　张冀中趴在地上气喘吁吁地说："我的好坏与你何干，为什么三番五次来找我的茬？"

　　梁邦雷瞪着双眼，用脚在他背上踏了踏骂道："我今天断了你的双手，看你以后怎么折磨姨娘？"

　　说完他举起手中的钢刀，准备向张冀中的手臂砍去……

　　张冀中急忙喊叫道："李玲，我错了！我以后再也不打你了，再也不赌博了，你快点求求梁邦雷留下我的双手吧！"

　　老爷子李阳气愤地说："断了他的双手，看他以后用什么拿牌！"

　　张冀中听了这些话，顿时吓出一身冷汗，大声叫道："对不起李玲，求求你放过我吧，求求你让邦雷放过我，我发誓以后再也不赌了，再也不折磨你了。希望你留下我的双手，以后用来治理张家的家业；如果我说话不算数，你们再砍断我的双手，哪怕要了我的脑袋也行啊！"

梁邦雷把牙一咬说："对于你张冀中，我是太清楚了，你说话向来不算数。今天放过你，明天你还会去赌，不管怎样，我今天一定要砍下你的双手。"

李玲见邦雷是真的要砍冀中的双手，她快步上前拉住邦雷的手说："三外甥，就是断了张冀中的手也不解恨，他这种人我恨不得要他的命。可现在你看他那可怜相，说不定他以后会悔改。今天我们再给他一次机会，如果赌瘾再犯，再砍掉他的双手也不迟。"

梁邦雷看了看李玲姨说："姨，你真是菩萨心肠。我现在真想一刀要了他的命，不管你怎样为他求情，也改变不了我的决心。"

说完邦雷举起刀来斩掉了他另一只手的小拇指，痛得张冀中嗷嗷直叫，说："邦雷呀，我都向你姨娘赔礼了，你怎么还要了我的一个小指头，疼死我了！"

邦雷咬咬牙说："你说悔改，像你这样的人会改吗？如果再让我发现你打姨娘，再在赌博场发现你，我一定砍下你的脑袋。"

张冀中忍着剧痛说："你姓你的梁，我姓我的张，你为什么老是纠缠我不放，再说我是长辈，要是管教我也轮不到你呀！"

这时李阳十分严肃地叫道："不管你年纪多大，资格再老，只要你做了下流、卑鄙、无耻之事，不管是谁，都能管你！"

梁邦雷听后，又指着张冀中骂道："你这家伙，竟然还跟我讲道理，这分明是死不悔改，现在我就揪掉你的头。"

说完他再向张冀中扑去。这时李玲快步走向梁邦雷，紧紧抱住他的胳膊叫道："张冀中，你还不快跑，我看今天你难逃一死！"

张冀中见梁邦雷那凶恶的样子，转身就跑，心想：这回我死定了，现在也不知往哪里去逃命？李玲，你千万要把邦雷抱紧了，不然让他追上来我就死定了。

张冀中拼命地向前跑……

李阳见张冀中跑了，来到李玲和邦雷面前说："李玲，你瞧你身上的伤，都是被张冀中打的。邦雷，你也消消气，把你姨带回去，让你娘给她上些外伤药。"

梁邦雷听后，与李氏兄弟一起将李玲送往药铺。

她一进门，只见梁盛堂一家人正在为邦风担心。见李玲进来，遍体鳞伤，春芝惊恐万分，上前叫道："姐姐，你怎么伤成这样，是张冀中打的吧？"

李玲垂头丧气地说："不是他还有谁，春芝妹妹，我的命好苦哇，我快要崩溃了，嫁个不争气的男人。要不是看着几个孩子还没有成家，我早就自杀了。"

春芝紧紧握住李玲的手说："姐姐，你千万不能这样想，姐夫赌博也是想一口吃个胖子，但天下哪有这样的好事。姐姐，请你放心，我们一定会让他改邪归正，戒掉赌瘾。"

这时梁盛堂把配好的外伤药交给春芝。

张冀中逃脱后，来到淝河岸边。微风吹动着枝条，淝河水不停地拍打着岸边。张冀中来到一棵树下坐了下来，望着淝河水问自己："我到底是怎么回事，竟落到这步田地，上辈传下来的铁匠活好手艺，竟然不干，却迷恋赌博，把家产都输光，还被邦雷追杀，我活在这个世上也没意义了。"

他站起身来，看了看自己那疼痛的手指，又自言自语地说："我真不是个东西，不如死了吧。"

说完他向淝河中央走去，他走哇走哇，竟然没有一处能没过自己头顶的，心想：淝河水淹不死我，刚才坐的那儿，旁边有一棵树，就在那儿吊死罢了。于是他又来到那棵树旁，伸手想爬上树去，却感到双手剧痛，无法攀登，旁边的树又很小，没有一棵能承受住自己的身体。于是他又自言自语道："天哪，是不是老天还不让我死，我是不是还能改邪归正，是不是还能重新做人？如果是这样，我一定痛改前非！"

第七十章 梁盛堂移迁青冈城
运气不佳房屋倒塌

张冀中来到家门前，看见女儿的房间还点着灯，于是上前叫门。女儿听到爹爹的声音，吓得就想躲。张冀中见女儿那害怕的样子，上前说："孩子不要怕，一切都是爹的错，你娘怎么还没有回来？"

女儿这才说："刚才高家来人说，让我们明天搬走，说这房子属于他们，所以哥哥找娘和你去了。"

张冀中听后感到惭愧和后悔，说："你看家吧，我到梁盛堂家去看看。"

张冀中来到梁家门前，梁邦雷一见张冀中，张口就斥责道："你怎么不去死，怎么又来到我家？"

说到这里他正想发怒，只见梁盛堂叫道："邦雷，站一边去！"

李阳老人说："张冀中，你不是逃了吗，怎么又回来了，是不是回来送死？"

张冀中看了看大家，来到李阳老人面前跪下说："对不起，李公叔，都是我的错，是我把张家给毁了，我后悔莫及，要杀要剐随你们的便。"

　　李阳看了看张冀中，说："杀了你都嫌手脏，我看你还是回你那赌场去吧，今后这几个孩子不需要你管。听说你把房子给押了赌债，以后说不定还能把自己给押进去。你走吧，省得几个孩子跟着你受罪。"

　　张冀中无可奈何地说："我知道自己对不起妻子、孩子，我罪该万死，我知道一切已无法挽回。我活在世上真够丢人的，希望李公叔和梁盛堂能照顾我的孩子，我走了。"

　　说完他掏出一包耗子药正要往口中送，被梁邦雷一脚踢飞。何春芝见张冀中真想自杀，上前严肃地说："小小挫折就想自杀，你是男人吗？有本事重新站起来，做个真正的男人。"

　　张冀中回答："我知道自己像一摊烂泥，又怎么能扶上墙？田没田，地没地，连房产明天也要让给高家了。"

　　梁盛堂说："田地房产并不重要，重要的是人品和坚定的信心，希望你浪子回头金不换，你张冀中能回头吗？"

　　张冀中低着头说："不管现在怎么样，我决定要用我受过教训的双手，重振张家！"

　　梁盛堂看了看他，说："你要是真想重新做人，重振家业，我会帮你。"

　　李阳见梁盛堂是实实在在想帮助冀中，也深受感动，于是坚定地说："张冀中，你如果以后能混出人样来，我就把张家的房产给你收回来。"

　　梁盛堂看了看老李阳笑了笑说："只要能改邪归正，张兄输掉的就随风而去。如果没有住处，我们梁家新建的房子就无条件地让给他们。希望能用他的双手打造一个兴旺的张家，希望你把自己打铁的手艺重新拾起来，不知你愿不愿意？"

　　张冀中看了看自己的那断指的双手，没等李阳说话急忙说："我愿意，我一定不会让你们失望。"

　　梁盛堂转过身子对李阳说："听说焦岗湖岸边有一位名叫鲁民慧的人，最近他手头上有一大批大宋兵器需要打造，如果老人家能找个合适的人选前往与鲁民慧沟通，要他转让一批兵器给张大哥加工，这也是一次挣钱的好机会。"

　　李阳听后笑了笑说："提起鲁民慧，我俩倒有些交情，那人也十分忠厚，只要你张冀中肯干，我明天就去与他联系。"

　　张冀中听后说："请李公叔放心，我一定能打造出最好的兵器，绝不会给您老人家丢面子。至于梁弟想把自己新建的房子让给我，我不能接受，我欠梁家的太多了。"

　　梁盛堂看了看张冀中说："你不要推脱了，这新建的房屋空着也是空着，不如让你们一家住在里面，要不了几天我们一家要迁入青冈城。"

　　张冀中听后不好意思地问道："是不是我闹得你们一家人不得安宁，你们才出此下策？"

　　梁盛堂笑了笑说："大哥，你这样说就有些见外，我们一家向青冈城迁移也是一个长远计划。我们一家人走了不是因为你家的事。"

　　几天过后，邦风的病情好转。清晨他又早起，又在大院内喊叫道："起床啦，向青冈城进发啦！"

　　临行前，李家兄弟们、张冀中、李玲等前来送行，梁邦雷盯着张冀中，张冀中被梁邦雷那严肃的眼神盯得不好意思。邦雷说："你给我记好了，如果老毛病再犯，我一定会回来找你算账！"

　　张冀中挥了挥手说："请你们放心，我一定改邪归正，这良田房产永远是你们梁家的，我一定给你们看护好。”

梁盛堂一家向青冈城前进，马车上有说有笑。邦天说："爹，我们一家搬入青冈城，不如再回寿春城了，听说王家还为我们守着那几间房子。"

梁盛堂叹了口气说："那是我们一家人的伤心之地，不去也罢，但千万不要忘记在寿春城内有我们梁家的足迹。人活在世上一辈子不容易呀！"

何春芝掏出玉龙杯说："是呀，是不容易，你们的外公为人正直，做起事来顶天立地，最终被贪官所害。你们还有个舅舅，名叫何振彪，至今下落不明。娘回想过自己走过的路程，真感到后怕，希望你们再也不要过那种提心吊胆的日子。"

邦地说："外公外婆、爷爷奶奶，他们也是人在江湖身不由己。"

邦风抬起头来说："什么人在江湖身不由己？不该管的不管，不该问的不问，不就行了吗？"

邦雷看了看邦风说："瞧你这个小孩，病还没完全好，就想接话茬，你自己不也想帮助姚家打官司吗？你不也费尽心机帮助魏县官审案子吗？前几天你在青冈城做的事是不是你邦风不该问的？"

邦风笑了笑说："三哥，我邦风年纪虽小，可我这不也想为我们梁家进入青冈城铺路吗？"

邦雷笑了笑说："你为我们进入青冈城铺路？你的小命差点没了。"

大姐邦云说："你还别说，要不是小弟，说不定姚铸金一家命已归西。"

三姐邦霞说："你们说的都很有道理，我们梁家祖先不是说过'做好事是一种快乐，做一件大好事幸福一辈子'。我看做人，不怕牺牲个人利益，只要能换来更多人的幸福和快乐也是值得的。"

　　车夫回过头来，笑了笑说："天下百姓要都这样想，那天下就太平了。"

　　一家人有说有笑，不知不觉已来到青冈城。

　　梁盛堂一家来到县衙，突然发现县衙房屋大厅已经倒塌。县太爷魏旺站在一旁，显得十分着急。他见了盛堂一家向这边走来，更加不知所措。邦天、邦地上前问是怎么回事，县太爷魏旺说："我今天准备离开青冈城，突然听到大厅房梁响了几声，抬头一看，大梁已断，幸好我们跑得快，不然我就被砸死在里面了。这大厅一倒，把县衙内的几间小房子也震坏了，你们这一家人来到此处，住处也成了问题。"

　　邦风走下车说："大老爷不用着急，大家不用着急，办法都是想出来的。幸好老天不灭我们梁家，如果我们一家人住进去事情才发生，到那时候就晚了。"

第七十一章　天降暴雨洪水逼人
　　　　　老百姓避难青冈城

县太爷说："现在这青冈城也没有无人住的房子。"

梁盛堂听后难为情地笑了笑。邦云说："不用着急，现在可以到朱家暂住几日。"

梁盛堂回答："亲家可走不可住，今天既然来到青冈城，就哪也不去。"

青冈城内的百姓听说县衙大厅倒了，都来观看。这时人群里走出一个人，邦风一看正是姚家少爷姚远，只见姚远上前问道："怎么回事，你怎么也在这里？"

邦风把事情说了一遍，姚远听后说："没关系，我们姚家院子大，供你们暂时居住还是可以的，跟我走吧！"

梁盛堂一家人只好与县太爷告别……

梁盛堂一家人还没进姚家大门，就听院内有人叫道："姚远，你今天又把什么人带回家，你就不能让我家安静些吗？上次捅的乱子还不够大吗？今天又带一些人来吵吵闹闹，说不定哪天又招惹上官司，你还不让他们快走！”

　　姚远十分尴尬地挤进门叫道："爹，你怎么这样，你还没问清客人是谁，就想把他们赶走。"

　　姚铸金问道："门外来者是何人？"

　　姚远回答："是前几天为我们姚家澄清案子的邦风一家。"

　　姚铸金听后有些愧疚，说："是邦风一家人，你这小子进门怎么也不与我说清楚，害得客人站在门口，还不快快请进。"

　　说完姚铸金和儿子姚远一同迎出门外，奇怪的是他来到门外，已经不见梁家人的踪影。姚铸金感到自己失言，说："不管怎么样，一定要把他们请回来。"

　　爷俩急匆匆地向县衙赶去。

　　县衙内，梁家一家人在摆弄着破砖烂瓦，准备在此搭建庵棚，姚铸金和姚远上前让他们到自己家里居住。梁盛堂说："谢谢你们，我们就是到你们姚家居住也不是长久之计。因为我是郎中，还要给人看病；再说你家也不是在街面上，出门不方便。"

　　没多久，一座梁家庵棚建成。就这样，梁盛堂一家开始在青冈城生活。邦天负责田间农活；邦地、邦雷负责采集药材；梁盛堂与何春芝在庵棚里给人看病，另外还请了一些人建新居。因为梁盛堂医术精湛，所以在青冈城一代渐渐有了名气，从此梁家庵的名称逐渐地传播开来。

　　梁盛堂一家人的遭遇很快传到姬沟寺老李家，李阳知道后心中十分难过，立刻叫自己的儿子前往青冈城，劝梁盛堂返回姬沟寺，但被梁盛堂谢绝。随后张冀中、李玲也前往，好言相劝。梁盛堂说："谢谢你们的好意，我们一家人在青冈城生活得很好，药铺的生意也很好，这样的大好机会我也不舍得放弃。"

梁盛堂又看了看张冀中问道："你的打铁的生意怎么样？"

张冀中回答："比想象的好得多，现在你们一家住在庵棚里，我心里也不好受，这都怪我不争气，把你一家人逼上青冈城受罪。"

梁盛堂笑了笑说："你千万不要这样想，进入青冈城是我们一家人的愿望，我们一家人早就有这个计划。现在我已买下周家百亩良田，还有老县衙这个地方作为房产，不久梁家新居将落成在青冈城上。我也希望张大哥能甩开身子大干一场，重建张氏家业。"

张冀中郑重地点了点头，李玲说道："多亏邦雷热心帮助了我，要不然我们一家也不知会糟蹋成什么样子。常言道：浪子回头金不换。这话也没说错，听你说春芝妹妹到寿春城去了，现在我也想去看看我娘。"

送走了张冀中、李玲，梁盛堂转身进入庵棚给病人看病，他对每一位病人都细心治疗。一位老者看了看梁盛堂问道："请问这位郎中从何而来，医术怎么这么高明？"

梁盛堂笑了笑说："老人家过奖了，我姓梁，来自于山西，经山东来到这里，我的先辈就是郎中，来到这里也是为了养家糊口。"

老人家点了点头说："这青冈城倒也是个好地方，只不过这南有焦岗湖，北有沘河，三年两头闹水灾。不过一方水土养一方人，只要有本事都能过得好。"

梁盛堂听后点了点头。

半年过去了，梁盛堂一家迁入新居，那几间庵棚依然矗立在那里，当地老百姓正沉浸在丰收的喜悦中。在这欢庆的时刻，突然一股狂风吹过沿淮大地，随后是倾盆暴雨，一连几天，暴雨还在下着。淮河水猛涨，奔流不息的淮河水突然涌进焦岗湖，焦岗湖里顿时像开了锅，沿淮的百姓纷纷逃往青冈城。

青冈城里，梁盛堂一家人看到这一情景心急如焚。何春芝说："真没想到迁到青冈城不到一年就遇上这样大的洪水，真叫人受不了！"

梁盛堂看了看春芝说："现在最关键的是准备应对这突如其来的洪水。"

不一会儿，几个孩子都来到爹爹梁盛堂面前。梁盛堂问道："邦天，收获的粮食存放好了没有，有没有泡在水里？"

邦天回答："爹，存放好了。可是这洪水不停地上涨，别说是粮食，就是人也无处藏身。"

梁盛堂说道："邦地，药材保管好，千万不能进入雨水。"

邦地回答："我和邦雷刚从颍州拉了一车药材，还没有下车。我们商量，如果青冈城保不住，我们一家就返回姬沟寺老李家。"

梁盛堂又叫道："邦雷到哪里去了？"

邦地回答："我们刚下车，邦雷说他要去看看搬迁的百姓，还去看看焦岗湖水涨到哪了。"

邦风听后说："爹，这一家人商量事情三哥不在，我去找他。"

说完邦风就想往外跑。就在这时闯进几个灾民，叫道："县太爷呀，我们的粮食都被洪水夺走了，一家老小无法生活。"

梁盛堂听后十分纳闷，说："县太爷已经迁走了，这哪还有县太爷？"

一位老人说："如果没记错的话，这个地方就是县衙，这县太爷已经搬走，那大灾之年谁还管我们？我这把年纪死了无所谓，可还有几个孩子，这如何是好哇？"

梁盛堂深情地说："老人家不要着急，现在外面还在下着雨，你们也没着落，暂时就住在我家，放心吧，不会让你们饿着的。"

老人家急忙回答："这怎么好意思呀。"

一个雷电袭来，震天动地。梁盛堂回头看了看供桌上的玉龙杯，只见玉龙杯不停地颤动。梁盛堂盯着玉龙杯说："邦天、邦地，你们的外公外婆遇到困难时，不逃避、不气馁，斗争到底，我们一定也要像他们一样顶天立地。"

邦云带着丈夫朱师贤、邦雨带着丈夫刘创也同时赶过来。就在这时，天空雷声隆隆，风雨阵阵。邦雷从风雨中钻了出来，全身湿透，大声叫道："这大雨下个不停，别说是青冈城，就是整个淮北平原也会泡在水里。现在焦岗湖水日涨三尺，眼看就要进入青冈城。"

何春芝问道："沿湖边上的老百姓都安全吗？"

邦雷回答："大多数的百姓已经把粮食迁移到安全地带，到目前为止还没有听说有人伤亡。"

这时何春芝披上斗笠就想往外赶，几个孩子连忙拉住问道："娘，这雨下得这么大，你上哪去？"

娘回答："我到这青冈城庙里求神仙保佑沿淮百姓，求老天爷把雨停了。"

几个孩子上前劝说："等雨下得小一些再去。"

邦雷说："求佛有何用，我看都是空的。"

梁盛堂说："没办法，这就像人得了重病一样，病急乱投医，让你娘去吧。"

几个孩子都要跟随，梁盛堂说："你们要去都去吧，一定要照看好你娘。"

春芝带着几个孩子进了大雄宝殿，几个和尚上前迎接。春芝上前对神位各上一炷香，只听春芝默默念道："求各尊神灵保佑沿淮百姓，求老天爷止雨吧，神灵在上，请在一炷香之后停雨吧！"

三炷香过后，雨还没停，并且越下越大。邦雷说："娘，你不能在这待下去了，你刚才说过一炷香过后，请求老天爷停雨，可是三炷香过后雨依然下着。这雨下得这样大，沿淮百姓在受苦受难。娘，你抬头看看各神灵，他们依然喜笑颜开。娘，你在这里等也是枉费心机，再说我们都陪着您老人家一人受罪。"

春芝这才站起身来，看了看几个孩子，又看了看大雄宝殿内的各位神灵那狰狞可怕的面目，不由自主地摇了摇头，转身出了庙门。邦天、邦地也想跟随娘返回，被邦雷叫住："大哥、二哥，你们俩留下，我有事要与你们一起做。"

刘创、朱师贤听后也说："你们几位既然有事做，我们俩也留下来帮忙。"

邦雷犹豫了一会儿说："这是我们梁家的私事，你们也插不上手；再说，我家药铺也需要看守，希望你们俩尽快与娘一块回去。"

刘创和朱师贤这才离开。

邦天、邦地两个心里也没底，不知三弟让他俩做些什么，邦雷咬了咬牙说："我想拆了这座破庙，沿淮百姓受灾，神灵却在这庙里快活。"

大哥说："正合我意，我早就不耐烦了，神灵接受天下百姓供奉的香火，却高高在上，我看这庙拆了好。"

二哥邦地说："大哥、三弟你们一定要三思而后行，如果我们把庙给拆了，爹娘知道了，他们能答应吗？这青冈城的百姓和豪门能答应吗？再说这庙里的和尚能答应吗？"

邦雷瞪了邦地一眼说："你平时不爱说话，怎么今天啰唆起来了。"

大哥邦天说："三弟，老二说的不是没有道理。"

这时邦雷眉头一皱叫道："原认为你们能够帮我，可现在竟然这样，我决定的事谁也改不了。"

说完他就要动手，突然庙门外来了一大群灾民，有大人有小孩。他们在泥水里挣扎，来到庙内想避风躲雨。邦雷看了看可怜的老人、孩子，一阵心酸。他沉思了一会儿后，哈哈大笑几声说："各位神仙，沿淮百姓的老老少少已经感受到洪水的滋味，现在也让你们尝尝。"

说完他来到玉皇大帝塑像面前说："就从你这里开始下手，你可不要怪我。"

他正要搬动玉皇大帝的塑像时，庙里的和尚前来阻拦，邦雷与和尚们发生争吵，不一会儿，梁邦雷与他们打了起来……

几个和尚根本不是梁家兄弟们的对手，梁家兄弟将供品砸得稀巴烂。几个和尚见势不妙，边逃边喊："大家都来看哪，不知从哪来了几个遭天谴的狂徒，在拆我们的庙哇！"

梁邦雷看着和尚背影说："让他喊去，我们开始动手！"

说完他上前将玉皇大帝的塑像背在身上，回头看了看两个哥哥叫道："你们俩还看什么？背上神像跟我走！"

这时邦天、邦地才知三弟的用意。

他们兄弟三人各背一尊神像出了青冈城，来到洪水面前，将神像放在水边。梁邦雷对天叫道："你们自己看着办吧！"

说完他回头再背。就这样，他们把庙里的神像全部请出，放在水边。

第七十二章　惊天感神抗击洪水

神驴下凡铲出蛟苗

　　传说玉皇大帝召集各路神仙前来庆贺五月蟠桃大会，各路神仙聚集在一起，你看看我，我看看你，都感到十分奇怪，怎么个个下半身都湿了。玉皇大帝也感到奇怪，于是问各路神仙是怎么回事，众神纷纷不知。玉帝派千里眼去人间观察，才发现各路神仙塑像都在水中浸泡，玉皇大帝大怒道："这是怎么回事？"

　　千里眼回答："淮河两岸下起了暴雨，焦岗湖湖水猛涨。在焦岗湖北部有座青冈城，洪水已经到了青冈城南门，城内有三个年轻力壮的汉子怕洪水进入城内，他们想让我们神仙显灵来挡住这场洪水。"

　　玉皇大帝听后愤怒地叫道："雷公，快把这三个人打死！"

　　这时观音菩萨上前一步说："玉帝息怒，人间出了这样的事，他们这么做也是被逼无奈。如果这洪水再涨，整个江淮就成了汪洋大海。"

　　玉皇大帝说："就算是成了汪洋大海，那也是当地有人犯下的罪孽，遭此天谴。他们不能把我们的塑像放在水里，不管怎么样，我一定要治他们的罪。"

众神都纷纷上前劝说："治不治罪倒无所谓，先把水退了才是正事，不然我们下半身子何时能干哪？"

玉皇大帝思索后转身下旨，命风婆、雨师、龙王、雷神、电母停止一切降雨行动。

不一会儿，女娲和大禹回来，急忙说："启奏玉皇，这天补不上，这风婆、雨师、龙王、雷神、电母都停了，可是水还在不停地涨，这该如何是好？"

玉皇大帝也感到十分奇怪，他看了看观音说："观音菩萨，你仔细查一查到底是怎么回事。"

观音菩萨沉思一会说："我这就下去查个明白。"

不一会儿，观音菩萨回来说："这洪水来势凶猛，也不是老天所为。在青冈城西南有口老井，井里生长着一棵蛟苗，这有蛟必诱水，有水必连蛟。"

众神又说："不就是一棵蛟苗吗？把它拔了不就成啦！"

观音菩萨又说："我现在再下去，带着我的净瓶将洪水收起来，然后再把那井内的蛟苗铲除。"

这时千里眼叫道："禀报玉皇，凡间已有两位道士站在井口旁，可能他们也想除去这棵蛟苗。"

玉皇大帝惊喜地说："是哪两位道士在为天下百姓做事，既然也发现危害人间的蛟苗，他们也会修得正果。"

千里眼又看了一会儿说："我已看清，每当淮河两岸出现干旱时，就是他们俩令淮河里的黑龙出潭行雨的，一位叫张九公，一位是徐八公。"

王母娘娘说："玉皇，这次他们俩将蛟苗铲除，可要记他们一大功德。"

青冈城西南的一口古井旁，张九公在井口转了几圈，说："八公，请你让开，这拔出蛟苗的活我来干。"

徐八公笑了笑说："你以为这蛟苗是平凡之草，它是蛟龙仔生，具有超强的魔力，我们搞不好会丧失性命，还会引起遍地起蛟，到那时整个大地都会变成汪洋大海。这蛟苗长在平地还好说，但长在井里拔起来可就难了。最好的办法是我们俩共念咒语，心往一处想，劲往一处使，不能有一丝私心杂念，竭尽全力将蛟苗铲除。如果蛟苗的根已动，我们必须尽快铲除它，不然，蛟苗会快速生长，到那时就大祸临头了。"

张九公问："如果真出现这种情况怎么办？"

徐八公把眉一横，说："我们就是拼上命也要把蛟苗按在井里，恢复原状；即使拔不掉，也不能祸上加害。"

张九公听后哈哈大笑说："只要天下太平，百姓不受灾难，就是死我一个也没关系，我们俩开始行动！"

徐八公说："九公，好样的，有你这句话，我很高兴。我们修道之人就当是为解民间疾苦的。"

张九公、徐八公开始同念咒语，只见井内金光闪闪，徐八公一声号令："起！"

两人竭尽全力、同心用力，用力，再用力，只见蛟苗的根已动，但是蛟苗依然不离井口。两位道士已大汗淋漓，七窍微微流血，已经是筋疲力尽。虽然蛟苗的根已晃动，但是没有及时把蛟苗拔出，使得蛟苗快速生长。徐八公在艰难中大叫一声"不好！"

张九公、徐八公共同扑向井口，用尽最后一点功力，使蛟苗归位。两人同时感到热火烧心、伤痛难忍。随后两声巨响，两位道士粉身碎骨。

千里眼把这一场景如实向玉皇大帝汇报，玉皇大帝摇了摇头说："这两个道士的付出应该得到回报。太白金星，你收回他们的灵魂吧，让他们修为正果。"

就在这时，如来佛祖驾到。玉皇大帝心中大喜，急忙站起身来，请如来想办法铲除蛟苗。如来佛祖掐指一算，说："这蛟苗不是那么容易被拔掉的，别说人，就是我们神也无能为力。"

众神听后都十分着急，纷纷说："那该怎么办？我们这些做神仙的不能眼睁睁地看着天下百姓遭殃，佛祖快想想办法吧，救救老百姓。"

如来听后皱了皱眉头说："这蛟苗可以除掉，不过我们要顺从天意。常言道，东虹太阳西虹雨，南虹出来涨洪水，北虹出来度荒饥。今年是人间南虹和西虹出现最多的一年，所以凡间长出蛟苗诱发洪水。要想铲除蛟苗，必须在申时前，派天兵天将扒开乌云，让东虹出现。如果东方再不出虹，天下定会大乱。东方出虹时，才能拔掉蛟苗。不过这蛟苗不是人和我们神能够拔得掉的。"

玉皇大帝急忙问道："我们是神仙，怎么连一棵小小蛟苗也拔不掉？"

如来笑了笑说："常言道，一物降一物。此苗乃恶业生成，是苗必须灭之以顺，草根之物必须食草之物而降之。"

张果老拉着毛驴上前说："如来佛祖，我这条毛驴是否派得上用场？"

如来笑道："当然可以！"

玉皇大帝又说："那三个刁民不定他们死罪，也要重罚他们。观音菩萨，我就把他们交给你处置，如何？"

观音菩萨说："他们也是好意，让他们缺胳膊掉腿有些严重了，不出三年让他们离家出走也就罢了。"

玉皇大帝听后笑了笑说："他们三人把我们从大雄宝殿内请出，罚他们离家出走，倒也是好办法。不过话又说回来，这凡间百姓也是被逼无奈才出此下策，可法不容情。"

玉皇大帝说完看了看如来佛祖说："神仙必管天下事，不管还不行啊。"

如来佛祖笑了笑说："那当然，生生不息，无始无终，劈波斩浪，方可太平。"

玉皇大帝又看了看观音菩萨说："这场洪水过后，凡间下半年要闹旱灾了，菩萨能不能想想办法让凡间百姓顺利地度过灾荒。"

观音菩萨说："玉帝仁慈，我这就下凡，一定想办法搭救众生。我会在江淮大地上撒上更多的齐根草（荠菜等）以作充饥，我会让焦岗湖内一年出一宝，以解焦岗湖畔百姓的苦难。"

玉帝听后哈哈大笑。

梁家兄弟把庙里的神仙搬到洪水边的消息很快传开，雨也渐渐停了，许多人涌向青冈城南门看热闹。

不一会儿，天上的乌云像开了锅似的向四方散开，东方出现一道彩虹，洪水渐渐退了。青冈城的大街上有人叫嚷道："真奇怪啊，我今天发现一头毛驴，把头伸进井里喝水，喝完水后，那毛驴就上天了，还在井口石条上烙下一只驴蹄印。张九公和徐八公两位道士也跟着驴一道升天了，你们说奇怪不奇怪？"

第七十三章　梁邦雨街上捡菜叶
小邦风为姐被狼咬

　　邦天、邦地、邦雷回到家里被爹娘狠狠地教训了一番，邦风说："三个哥哥，你们真了不起，这样的好事怎么不让我和你们一起干？"

　　梁盛堂摇了摇头说："既然洪水退了，还不快把神像请回庙里。"

　　邦天说："我们也想把神像请回庙内，可是神像经过洪水浸泡，一动就要散架。"

　　梁盛堂气愤地说："看看你们几个，才到青冈城几天，就想出风头。这青冈城的百姓会怎样说我们。"

　　邦风在一旁想了想说："爹娘、哥哥们不要着急，既然把他们请出去了，就不必把他们搬回来了。我们先在神像上面搭个庵棚，等我们有了钱财，在那儿再盖一座寺庙，岂不是更好？"

　　何春芝听后说："你想得倒轻巧，家里哪有这么多的钱。现在给神盖庵棚的钱都成问题！"

　　邦风笑了笑说："没问题！"

何春芝问："怎么没问题，难道说你有钱？"

邦风回答："搭建庵棚由我来想办法，不用爹娘和哥哥们操心。"

说完他来到大姐邦云面前说："大姐，这雨也停了，水也退了，不如我到你家去玩玩。"

梁盛堂听后说："邦风，你千万不要打朱家的主意，你姐姐嫁到朱家时间不长，不能为难你姐姐。"

邦风说："爹，你说得有道理，只不过我们想买姐姐家的木材，银子想暂缓一段时间付。至于姐姐在朱家如何，在于她自己，只要做到尊老爱幼、孝顺公婆就行了。"

二姐听了邦风的话有些惊慌，来到刘创面前说："我们已经离家几天了，不知二老在家如何？我想先回去看看，希望你把庵棚建好再回去。"

梁盛堂听后说："刘创、邦雨你们俩回去吧，建庵棚的事还没有头绪，这洪水退去，雨也停了，你们俩就别挂在心上了。"

二姐邦雨说："刘创回去也没事干，就让他在这给你们帮忙，我先回去。"

大姐邦云说："现在我与朱师贤也该回去了，如果商量妥当，我们会立刻把木头运过来。"

朱师贤想了想说："这木材的事由我来安排，我会与爹商量，就这样定了。"

说完他们就起身返回。

邦风看到哥哥、姐姐、姐夫们各有各的事，自己闲着无聊，便来到街上闲逛。就在这时他发现二姐邦雨在大街上捡一些菜叶和别人卖剩下的菜。他感到奇怪，心想姐姐一家生活肯定困难，于是偷偷跟在她后面看个究竟。邦风买了一些食品，顺着姐姐返回的路，抄了小路，赶到前方，将食物丢在路上。邦雨发现路上有食物时十分奇怪，她四处望了望，心想：这肯定是谁不小心丢掉的，这该怎么办？现在也不知失主到哪里去了？邦风趴在草丛内观察，还不时被草丛里的虫子叮咬，内心一直在责怪姐姐：姐姐呀，你怎么还不把东西捡走，你要知道小弟在这受罪。就在这时，邦雨喊了几声："有人吗，是谁丢了东西？"

喊叫后不见回答，于是邦雨在地上写了几个字：谁丢了东西，请到向西不远处刘创家认领。留言后邦雨才捡起食品往家赶，邦风从草丛内站起身来，他来到邦雨写的字旁看了看，不住地点头。他用脚把字擦掉，继续偷偷地跟着邦雨。

邦雨回到家，见公公婆婆有气无力坐在门前。邦雨快步上前连声叫道："公公、婆婆，你们怎么啦？"

两位老人家上气不接下气地说："孩子你可回来了。"

婆婆说："邦雨呀，我刘家的日子以后没法过啦，这叫我们怎么对得起你这个梁家的姑娘。"

邦雨蹲在婆婆身边问道："婆婆，是不是康家又来逼债？"

婆婆回答："你与刘创离开不久，康占、康心爷俩硬逼着加租子，刘创爹上前与他们讲道理，他说这地是他康家的，他们想要多少就收多少。我也上前说理：'租子不是给你们了吗？怎么又来要？'他们不但不讲道理，还把刘创的爹毒打了一顿。临走前他们还抢了我家的口粮，还说我们刘家欠他们的很多，还要把我家门口的路拆掉，建康家庙。"

邦风在门外听后十分恼火，自言自语地说："这康家父子太坏了，干坏事还建庙是何道理，你康家不就仗着康红梅的势力吗？"

邦风想进门，又怕姐姐无法面对自己，于是偷偷离开。

从那时起，邦风每隔三五天的晚上就偷偷给姐姐家送口粮。姐姐也感到奇怪，心想怎么三五天自家门前就有菜和粮放在门口？

再说朱师贤回到家，将梁家的心愿与爹爹说了以后，老爹爹笑了笑说："瞧你这孩子，这么大的人了，怎么一点出息也没有。他梁家迁移到青冈城以后，我们一直想帮帮他们，可一直找不到机会，这点小事你可以当场答应他们。"

朱师贤听了爹爹的一番话，开心地说："爹爹，你真好。"

大人们都为神像搭建庵棚，邦风在想：二姐家的口粮肯定快用完了，今天晚上无论如何也要把口粮送过去。他看了看天，阴沉沉的一点月光也没有，但邦风还是背着口粮偷偷上了路。

没有月光的路真难走，邦风深一脚浅一脚地往前走，突然听到几声狼叫。邦风吓得胆战心惊，拼命地往姐姐家狂奔，那饿狼像箭一样直追邦风。邦风哪能跑得过饿狼，不一会儿，就被凶恶的狼死死地盯着，这时，邦风才大声喊叫："二姐，我是邦风，快来救我！这狼要吃我，救命啊！"

还没休息的邦雨突然听见饿狼的嚎叫和邦风的呼救声，叫道："不好，是小弟邦风，恶狼要吃他！"

说完拿起棍棒向门外冲去，公公婆婆也及时赶到，将饿狼赶走。邦雨见弟弟的腿已被咬伤，却还紧紧抓住那袋粮食，内心像刀绞一样，抱着弟弟痛哭起来。邦风见姐姐的样子，不由得紧紧抱住姐姐的脖子。

邦雨把邦风抱回家，将邦风被狼咬伤的腿包扎好。邦风说："我们兄弟姐妹不管谁有难，都能感受到。姐，我知道你家有困难，所以我先来帮你。"

　　姐姐擦了擦脸上的泪水说："我的好弟弟，你都伤成这样，竟然还维护姐姐的面子。我知道姐姐在青冈城给你们丢人了，不该去拾那些烂菜。"

　　邦风拍了拍自己的脑袋，笑了笑说："姐姐，有这样一个故事，说的是两人越过沙漠，一个是富家老爷，另一个是乞丐。富家老爷身背数两黄金，想越过沙漠。他来到瓜棚，买了许多西瓜大吃一顿解渴。乞丐也想越过沙漠，他发现那个贵老爷把吃过的西瓜皮丢在地上，那乞丐上前将丢掉的西瓜皮捡起，收藏在背袋里，准备过沙漠时吃了解渴。结果乞丐顺利地通过沙漠，那富贵老爷背着黄金渴死在沙漠里。"

　　姐姐这才知道弟弟的用意。

第七十四章　梁家的天下第一球 赛出风格赛出风采

公公问道："邦风，你经常给我们送口粮，你爹娘知道吗？"

邦风回答："如果爹娘知道二姐的处境会难过的。"

公公听后说："这么说今天晚上你到我家，你爹娘依然不知。不行，不管怎么样，今天晚上也要给你爹娘送个信，不然他们一定会着急的。"

公公说完就想往外走，儿媳邦雨急忙叫道："爹爹，不行，刚刚赶走狼，现在你自己进入青冈城，是很危险的，要去我们一起同行。"

他们把邦风送回家后，将事情经过说了一遍，一家人听后十分吃惊，特别是邦雷听后火冒三丈，硬要去教训康家父子，梁盛堂严肃地说："我怎么生下你这样的儿子，生性野蛮，不学经商，整天惹是生非。他们康家收租再多那是他们康家的权利，我们无权过问。"

邦雷听后叫道："难道姐姐家的事就不管不问了吗，难道说姐姐一家人任由康家人摆布，他们想打就打想骂就骂，这欺人太甚了！"

盛堂与春芝说："不管怎么样，我们不能再去闹事。康家傲气冲天，

就是诚心诚意地去与他讲道理，他也不会理睬我们。最好的办法就是忍，
等待有好的机会让刘创一家离开那个鬼地方。"

邦雷瞧了爹爹一眼说："我们怎么能忍下这口气？"

梁盛堂回答："不能忍也要忍！一定要记住，善有善报，恶有恶报。"

这时，在梁盛堂家居住的一位焦岗湖南岸的老人说："提起神灵保佑，
还真有神灵。听说这场洪水过后，遍地都生长着野菜，焦岗湖内长满了荸
荠。明天一早我们就回去，在临行前，我有件事要告诉你，要想让焦岗湖
不受洪灾，首先要做到不让焦际波把洪水再引进焦岗湖，他这个人很自
私，仗着朝中有势力胡作非为。"

梁盛堂问道："他还这样霸道，难道焦岗湖岸边的百姓同意他这种
做法？"

那老者回答："不同意又能如何，谁能制止他，连与焦际波十分要好
的鲁家老爷鲁民慧都劝说不了。"

梁盛堂听后点了点头。

一场洪水过后，淮河岸边百姓生活并无妨碍，还带来了意外的收获。
老百姓们欢天喜地，纷纷要求举行一场大规模的毛球大赛，还要比赛看谁
家的毛球制作得更好。方圆百里大部分姓氏家族都来报名，但因为焦家恶
贯满盈，则被排除门外。

焦家少爷焦浩楠听到焦家被排除的消息，心中十分难过，怨恨自己的
爹爹让焦家在众人面前抬不起头，将失去在毛球赛场上展示自己技术的机
会。焦浩楠与爹爹大吵了一架后，来到鲁老舅鲁民慧家。鲁民慧见焦浩楠
垂头丧气的样子，笑了笑说："浩楠，你爹爹为人确实不好，我也没权妄
加评论。只不过委屈了你，焦家出了你焦浩楠也算是欣慰，就加入我们鲁

家队吧，满足你赛球的愿望。"

焦浩楠一听十分高兴，急忙回答说："舅舅，我一定不会给鲁家队丢脸"

各个姓氏家族都为毛球大赛赶做最好的球。之前毛球都是用木头制作，弹性差而且容易伤人，为了提高毛球质量，梁家也不示弱，也在研究毛球的弹性与花样。梁盛堂带着几个儿子在青冈城大街上挑选制作毛球的好材料，突然看见一位老汉赶着一群黄牛经过。街上行人很多，黄牛也在人群中拥挤，黄牛在拥挤中脱落了身上的绒毛。梁盛堂上前将牛毛捡起，笑了笑问几个儿子："如果用牛毛团成一团，用枣木做核，做成毛球，一定会有更好的弹性，你们认为如何？"

邦天回答："那当然好，用牛毛做球囊，肯定比棉花好得多，而且棉花在雨天做球囊，吸水，使用起来不方便，还容易变形。"

这时小邦风叽里呱啦地说："爹爹，就用牛毛制作毛球吧，我们一定会得第一名。"

邦雷说："邦霞姐姐在上面绣上龙腾虎跃，我们的球肯定是天下第一名。"

邦风笑了笑说："三哥，你可别吹牛，要拿下第一名，必须拿出真本领来。"

三哥回答："那当然！"

爹爹接着说："要想在赛场上发挥好，必须有良好的精神状态，有了精、气、神，才能压倒一切。"

小邦风挤在前面抬着头说："听说你们与李家几个哥哥联手组成一队，那可要加油哇，不然连老李家人的脸也丢了。刚才爹爹说，不后悔，这话就是想让你们拿第一。"

九月初九，青冈城内热闹起来，四面八方的老百姓纷纷涌进城，来看这场轰动淮河岸边的毛球赛。人群中有说有笑，有人说："今年多亏梁家兄弟，要不是他们把青岗庙里的神仙塑像搬到洪水边，让他们显灵，也不知道今年洪水能涨多大呢。虽然梁氏兄弟做事有些荒唐，可这也是为百姓着想啊。"

擂鼓阵阵，热闹非凡，随着人潮的嘈杂声，选球大赛开始。数只鲜艳美丽的毛球摆放在桌子上，人们看得眼花缭乱。裁判经公正评判后，确定鲁家和梁家制作的毛球晋级，两家制作的毛球在外观和弹性上相同，找不出其中的区别。这时在人群中挤出一人，此人正是与刘家作对的康心，只见他来到梁氏兄弟面前，用轻蔑的目光看了看，他又来到鲁家兄弟面前，笑了笑说："我看是鲁家的球制作得好，用手一摸都感到弹性十足，是用上等的棉花制作的，外观也十分好看。"

说完他将鲁家的球用力一拍，毛球飞得很高很高，康心随后又接住球说："我看这制作毛球最好的就是鲁家，鲁家的球被评为第一！"

一旁的邦雷气得咬牙切齿，说："你没试过我家的球，怎么就妄加评论？我认为我家的毛球最好，是举世无双的。我家的毛球制作不仅好看，而且最实用；不仅在平时使用灵巧，而且在下雨天弹性也不差。"

康心阴笑几声说："你骗谁，现在又不是下雨天气。"

这时小邦风上前与康心理论说："要想验证毛球的好坏，就把毛球同时放在水中浸泡，然后再试弹性。"

邦风一番话使得人们议论纷纷，有人说："梁家人是不是在吹牛？"

有人说："我看不像是吹牛，没有把握他们是不会让毛球放在水里的。"

　　有人说："毛球被水浸泡弹性肯定差。"

　　就这样，有的说鲁家的毛球好，有的说梁家在吹牛，不一会儿，两家的毛球从水中捞出，只见梁家的毛球不断地往下流水，而鲁家的毛球滴水很少，拿在手里显得有些沉重。康心也感到奇怪，于是将鲁家和梁家各派一名队员前来拍球，鲁家派出了大少爷，梁家派出了三少爷，一声令下，双方同时用尽全身力气将毛球拍向地面，梁家毛球像箭一样弹向天空，而鲁家的毛球由于内部棉花吸水过多，失去弹性，不但没有弹起，球的表面还有损坏。人们看到这一情景，众声高呼："梁家的毛球是最好的！"

　　梁家受到众人的尊敬和羡慕，大家对裁判康心投去轻蔑的目光，并一致推举罗鑫鸣为裁判。

第七十五章　鲁民慧为焦家提亲
梁盛堂感到很无奈

　　经过几轮比赛，鲁家与梁家都在领先。决赛的时刻来到了，还是梁家与鲁家的交锋。这时鲁家老爷来到梁盛堂面前彬彬有礼地说："梁先生，没想到选球时我们两家是对头，交战时我们又相逢。"

　　梁盛堂急忙站起身来，有礼貌地说："鲁老先生，这证明我们两家十分有缘，希望这次毛球比赛，能让我们鲁梁两家长期友好。"

　　鲁民慧听后十分满意地笑了笑，点了点头。

　　球赛开始了，鲁家与焦家组成一队，梁家与李家组成一队，双方各派七名队员，各有一名守门员，裁判站在中界线上。随着罗鑫鸣将手中的毛球向空中一抛，双方的助阵人员摇旗呐喊。赛场上奔腾跳跃欢呼声、呐喊声震耳欲聋，鲁家队像龙，梁家队像虎，龙虎相斗互不相让。只见一只毛球上下翻飞，让人眼花缭乱。一个时辰过去了，不分输赢。双方队员越战越勇，越战越猛。鲁家队十分着急，他们认为选球时输给了梁家，赛球再也不能输给梁家了，于是他们拼命地争战。梁家队稳扎稳打，而鲁家队则打得比较急躁，忽视了防守，一不小心让梁家进了一球。梁家顿时士气大振，万众欢呼。鲁家队更是不知所措，在观礼台上的鲁家老爷鲁民慧像热锅上的蚂蚁。球赛继续进行，在球场上的邦雷见球已抛起，是个进球的机会，邦雷跃起身来，瞄准方向一打，毛球像利箭一样飞向鲁家球门。守门员见势不妙，急扑过去，用棒猛击毛球，不料毛球棍被折断，另一端飞向球场中央，正打在焦浩楠的头上，他顿时鲜血直流，昏了过去。球进了，梁家队又赢了一球，但鲁家队员焦浩楠却直挺挺地躺在球场中央。

梁盛堂见此情景，急忙冲向球场中央，将焦浩楠抬回家中，进行抢救……

他们将焦浩楠抬进梁家药铺，在家里代替梁盛堂看病的何春芝和女儿邦霞见抬进一个血人，十分吃惊，梁盛堂急急忙忙地说："你先别问，先止血救人。"

等焦浩楠醒过来，何春芝和邦霞才发现是曾经在淮河救过自己却不留名的公子。何春芝心想：这孩子长得一表人才，心眼也不坏，肯定是有教养的忠厚人家出身，如果有机会，找个媒婆把三女邦霞许配给他。想到这里，她走近焦浩楠问道："请问你家住哪里，爹娘姓氏？你曾经救过我的命，我一直没有报答的机会。"

焦浩楠看了看何春芝、邦霞和身边的人，说："感谢你们救了我的性命，但我不想把姓名告诉你，因为提起这个我就感到十分内疚。"

这时鲁民慧急匆匆地走了进来，上前问道："浩楠现在如何？"

梁盛堂和何春芝迎上前说："没事，现在好多了。"

梁盛堂问道："鲁老先生，现在胜负如何？"

鲁民慧摇了摇头，笑了笑回答："你梁家队三球两胜，我鲁家甘拜下风。"

这时何春芝上前说："鲁老先生，你来得正好，我正想有事求你。"

鲁民慧问道："梁夫人有何事需要帮忙，我将尽力而为。"

何春芝用手指了指焦浩楠说："这孩子是你鲁家队的，但是问了半天也不说出自己的姓名，他曾经救过我的性命。"

鲁民慧呆了半天说："你们想问他姓名和住处，他不告诉你们也是有原因的。不过我实话告诉你们，这孩子有才有德，是一个十分难得的好人，只不过他的出身、家庭地位与他不相符，导致他不想告诉你们。"

何春芝笑了笑说："天下奇怪事真多，没想到家庭与出身有不相符的。我想问他姓名住处也并无恶意，我家三女儿也不小了，想给她找个好人家。"

鲁民慧一听急忙说："梁夫人，你的意思我明白了，这个媒人我当定了。"

焦浩楠躺在床上，将他们的谈话听得仔细，不由得偷偷地瞧了一下梁家的三小姐邦霞：邦霞长得十分文雅，美丽中带有贤德和善良。他不由得起了爱慕之心……

球赛结束了，青冈城恢复了往日的平静生活。劳累了一天的梁盛堂躺在床上，问道："春芝，我想问你一件事，你可不要介意。"

春芝说："我们之间没什么介意不介意的，这么多年都是同生共死，患难与共，有什么话你直说就是了。"

梁盛堂说："春芝，我知道你向来都很聪明，怎么有些事你也不多加考虑。比如说，不知人家姓名、家住何处就想把自己心爱的女儿嫁给他。"

春芝回答："常言道，女儿出嫁想挑选个好家容易，想挑个好人难。比如大女儿嫁到朱家，家好人也好；二女儿邦雨嫁到刘家，家虽然贫穷，但夫君人品很好。我们也没有因为家庭贫穷而不开心，就拿我们来说，从黄河岸边，千里迢迢受尽磨难，才走到一起，为的是什么，我认为好人一定有好报的。"

梁盛堂听了笑笑说："春芝，你说得很有道理，不过我有些担心，我很怕我们俩做了荒唐事让邦霞受苦，到时候不好收场，后悔莫及。"

春芝也笑了笑说："只要是好人就绝不后悔。"

鲁民慧带着鲁家队和焦浩楠回到焦岗湖南岸后，又马不停地来到焦家，将青冈城数日发生的事说了一遍。焦际波听后阴沉地笑了笑，心想：梁盛堂啊梁盛堂，这么多年我们一直没有碰面，我们可是死对头，没想到你把女儿送上我焦家的门，这样也好，就看你梁盛堂怎么办？

他想到这里，于是说："既然是梁盛堂的女儿，我当然同意这门亲事。"

鲁民慧听后奇怪地问道："难道说你们认识？"

焦际波回答："我们何止认识，我们俩是多年的'故交'哇。"

鲁民慧听后哈哈大笑后说："真没想到你们两家真是有缘哪！"

焦浩楠在一旁发现爹爹时而发呆时而激动，好像有些不正常，于是来到娘的面前问道："娘，我们家是否与梁家有过节儿？怎么从来没听爹提过。"

焦浩楠娘回答说："孩子，你也知道，你爹在焦岗湖一带坏事做绝，导致焦家在这里臭名昭著，谁家还能与我们焦家开亲！今天你远门舅舅鲁民慧前来提亲，你爹也是心情激动，至于与梁家是否有交情我也不清楚。自从娘嫁过来后，从来没听你爹提过与梁家的事。今天有人来提亲，我这个做娘的很高兴。不管怎样都要抓住这个机会，把这门亲事办好。"

焦浩楠听后点了点头。

鲁民慧见焦家对这门亲事比较热情，说："改天选个好日子把亲事定下来，尽快把梁家姑娘娶过门，这可是天赐良缘。"

焦浩楠的娘热情地说："大哥，多谢您为我家浩楠操心，希望您到梁家多多美言，到时候请您多吃几杯喜酒。"

青冈城梁家院门外好不热闹，但梁盛堂一家人见此情景却措手不及。还没来得及刨根问底，鲁民慧就把彩礼送到了。看热闹的人很多，无法应对，梁盛堂只好把客人引进院内，将鲁民慧、焦浩楠请进客厅。梁盛堂看了看焦浩楠和鲁民慧，说："鲁老先生，恕我直言，我梁家还不知后生家住何府，就这样把亲事定了，我们梁家做事是不是有些荒唐？"

鲁民慧哈哈大笑说："说实在的，浩楠这孩子是世上难寻的好孩子，为人做事不像他爹。他人品好、为人正直、善解人意、尊老爱幼。他呀，根本就不像焦家人，倒随我鲁家的人。"

梁盛堂、何春芝一听浩楠姓焦，两人的脑袋像炸了似的，异口同声地问道："浩楠，你爹是不是焦际波？"

还没等焦浩楠回答，鲁民慧急忙说："是呀，你们怎么知道浩楠的爹叫焦际波？"

梁盛堂听后浑身发抖，将手中的茶碗脱落在地。何春芝也十分震惊，两人都说不出话来。鲁民慧见他们的神色不对，也慌了手脚，于是问道："怎么回事，他焦际波是不是做过一些对不起你梁家的事？"

梁盛堂强忍着怒火，说："是的，是焦际波在寿春城用计害死了我的爹娘。当时我爹娘在寿春城开了一家药铺，因为医风纯正，得到大家的信任。可是焦家见我们梁家生意红火就十分嫉妒，焦家父子设法将我爹娘害死，同时也把莞公一家害得家破人亡，直至今日我还对焦际波恨之入骨。"

何春芝也说："谁也没有想到事情会是这样，天下哪有这样巧合的事？与仇人家结亲家，这怎么可能？"

焦浩楠来到梁盛堂面前深深地鞠了一躬说："梁前辈，对不起。以前我爹的所作所为，我这个做晚辈的也不知情。我只知道我爹现在仍做一些不道德的事，他每年见淮河水上涨时，就将淮河水引进焦岗湖，使百姓受灾，多人劝告他仍然不听，让我这个做晚辈的也抬不起头。今年毛球大赛要不是舅舅的情面我也参加不了。梁前辈，请您放心，不管怎样，从现在开始，我要制止我爹的恶习。"

鲁民慧也来到梁盛堂面前说："梁先生、梁夫人，事情已经到了这个地步，这叫我也进退两难。不过这句话又说回来，如果你家小女嫁到焦家，能改变焦家，不让焦际波干坏事，不随便把洪水引进焦岗湖，能让焦岗湖畔的老百姓安居乐业，带来幸福，这也是做了一件好事，请梁先生仔细地想想。我要知道你们梁家与焦家世代有仇，我也不会做这个媒。"

话音刚落，邦风上前说："如果三姐嫁到焦家真的能不让淮河洪水进入焦岗湖也值得。我们梁家曾经有句话：做好事是一种快乐，做一件大好事幸福一辈子。这句话不是一直激励着我们全家人行善积德吗？至于他焦家残害我们梁家，那都是过去的事，我们要化干戈为玉帛，环境能造就一个人。"

还没等邦风说完，爹就把话挡了回去，说："邦风，你小小年纪说这些话对焦际波管个什么用。他焦际波是个什么人我一本清账！"

焦浩楠站在一旁十分为难，感到这门亲事确实有些荒唐，说："梁前

辈，对不起，这前人做事后生承担，请您多多谅解，希望双方老人家都冷
静下来思考一下，再做决定。这彩礼暂时放在这里，如果现在把彩礼退
回，只能使焦梁两家关系更僵，以后退彩礼就说我焦浩楠配不上你家小
姐，我现在告辞了。"

鲁民慧叹了一口气说："对不起，梁先生，我也收不了场，我也告辞
了，以后再说。"

焦浩楠走后，梁盛堂和何春芝左思右想都不是滋味，他们两人也感到
浩楠是个懂事的孩子。这时邦天、邦地、邦雷来到跟前说："刚才大人们
说话，晚辈们也无法插嘴。其实小弟邦风说的有道理，我们几个认为焦浩
楠人品不坏，只要他们焦家永不干坏事，答应这门亲事也是可以的。为了
感化焦家，只要邦霞同意，这件事还值得考虑。"

焦浩楠回到家中与爹爹焦际波理论了一番，气得划着渔船向湖中心游
去，鲁民慧带着怨气说："焦际波呀焦际波，你也够阴险的。你与梁家有
杀人之仇，竟然还让我们去提亲。"

焦际波恬不知耻地笑了笑说："我看浩楠已经长大成人，到如今也没
有一个上门提亲的。虽然浩楠不理睬我，可他是我儿，我也想让他早点成
家。我承认，过去我是对梁家有些过分，可那都是过去的事，我们两家如
果现在结成亲戚关系，我会补偿他们的。"

鲁民慧立刻说："补偿他们，你拿什么补偿他们？人都被你害死了。"

鲁花说："大哥，这事还得你帮忙，不然我家浩楠将失去一次好的姻
缘，焦际波名声太臭，我希望你到梁家多多美言。实在不行的话，希望你
收留我家浩楠作为义子改姓鲁，从此不由焦际波干涉。必要时我与你同登
梁门，恳求梁门答应这门亲事。"

　　鲁民慧说："让梁家答应这门亲事我看很难，谁能把心爱的女儿嫁给仇人。别说是梁盛堂，就是我鲁民慧也不干。不过我听梁家小少爷说，只要焦家不把洪水引进焦岗湖，能给焦岗湖畔的老百姓带来幸福，就可以结这个亲。"

　　焦际波听后急忙说："想让我把焦岗湖变成死湖，这万万不可，如果把焦岗湖与淮河封死，那我们焦家就断了财路。"

　　鲁花立马反驳："断了财路比断子绝孙强得多，如果你不改变自己的偏见和自私自利，说不定焦家真要断子绝孙，没有子孙你焦家还要银子干吗？"

　　焦际波想想：也是，浩楠也不小了，凭我家的财力和当今官场的势力，都能压倒一切。可也是怪事，竟然没有一个人来上门提亲的。这老婆子说的也对，暂时就答应他们，不然就错过这次机会。

　　第二天，鲁民慧与鲁花一同再次来到青冈城，向梁家苦苦哀求，恳请梁盛堂答应这门亲事。梁盛堂坚定地说："感谢鲁老先生的好意，我不可能把小女嫁到焦家，你们请回吧。"

　　鲁花见梁盛堂要把自己赶出门，急忙上前哀求道："梁大哥，你不能就这样拒绝这门亲事，他焦际波不道德，不能代表我的儿子，更不能代表我们全家，希望梁大哥答应这门亲事吧。"

　　梁盛堂站起身来，来回走动后说："老夫人，你想想，谁能够把女儿嫁给一个残害自己爹娘的家庭，我还没昏头，让我把女儿嫁到焦家门都没有！"

　　鲁花又问道："难道说这门亲事就没有希望了吗？如果我们下定决心，把霸占鲁家沟一带的土地返还给鲁家，永远不把淮河洪水引进焦岗湖，永远不让焦岗湖畔的老百姓因焦家引起的洪灾而遭受磨难。如果你梁大哥能够答应，这些条件我一定遵守。"

梁盛堂听后说："说句自私的话，洪水进不进焦岗湖与我何干？你们焦家为小家害大家，会受到良心的谴责，只能落个千古骂名，你们回去吧！"

鲁花闷闷不乐地回到家中，焦际波嬉皮笑脸地上前说："老婆子，梁盛堂答应了这门亲事？"

浩楠娘骂道："都是你干的好事，你焦际波做事缺德，害死了人家爹娘，还想让儿子娶人家女儿，你想得美，我看你焦家要绝后了。"

焦际波昂着头摇了摇说："怎么会呢？我焦际波不可能断子绝孙的，要么你没把这些条件说出去，我知道梁家的为人，他自己没衣服穿，还把裤子让给别人，自家无食还帮别人找米下锅。这点小事你都办不到，你真没用，你看我的，我一定让这门亲事定成。"

鲁花听后急忙说："梁家被你焦家害得几乎家破人亡，难道说你焦际波又想出坏主意，残害梁家？"

焦际波笑了笑说："你可不要把我看得这样坏，我可不想再对梁家做什么无德之事，但是我会让梁盛堂骑虎难下，让他乖乖地答应这门亲事。"

第七十六章　老百姓涌上梁家门
　　　　　　梁邦霞无奈嫁出门

　　梁盛堂与何春芝商量，何春芝说："我做梦也没想到浩楠竟然是焦际波的儿子，要早知道的话我也不可能认可他，现在焦家送来了彩礼，要不是鲁民慧做媒，事情还好说，但现在怎么才能把彩礼退回去？"

　　梁盛堂说："你是怕毁了鲁民慧的面子，这倒不会，退彩礼倒也不难，难的是焦际波这个人不要脸，他会死皮赖脸再来纠缠我们。"

　　梁盛堂看了看供桌上的玉龙杯说："我怎么感觉我们这个家会迎来更大的风波。"

　　何春芝说："这几个孩子已经长大，三个女儿已有两个出嫁，可几个儿子还没有成家，说实在的，谁都想过平静的生活，那种风风雨雨的日子我们过够了。如果我们在这青冈城待不下去了，就返回老李家去。"

　　梁盛堂看了看何春芝说："你的意思是躲？躲避可不是办法。我们一家人不但不能走，而且一定要好好地生活下去，明天我就要邦天、邦地、邦雷把焦家的彩礼退回去。"

第二天清晨，梁盛堂让几个孩子收拾好焦家的彩礼准备出门，梁盛堂嘱咐道："到了焦岗湖南岸去找鲁民慧老先生，让他去做个见证，不然焦家会赖账，更不要与焦家争吵。"

说话间他将大门打开，突然发现门外来了许多人，都还不认识。梁盛堂问道："请问你们是谁，为何大清早就在我家门口？"

就在这时，从人群中走出一位老者上前说："请问你是不是梁先生？"

梁盛堂上下看了看这位老人家，问道："你们从哪里来，到底有什么事？"

那老人家伸了伸头往院内看了看，问道："这车上装的是不是焦家的彩礼，是不是要退还给焦家？"

梁盛堂回答："是呀，这彩礼当然要退还给焦家，这事与你们何干？"

这时大家都围了过来说："这事与我们关系大着呢，我们是长年居住在焦岗湖畔的老百姓，今天来的都是每个家庭的代表，来的意思就是想让你答应与焦家的这门亲事，不然我们以后就没有好日子过了。焦际波说过，只要梁盛堂答应这门亲事，他从此再也不把淮河洪水引进焦岗湖；如果不答应，他不但把洪水引进焦岗湖，还要把焦岗湖岸边的所有土地收回，让它长草变荒也不给我们种。到时候我们这些种焦家土地的人，还不都被饿死。这次我们大家来恳请梁家答应这门亲事，给我们一条生路吧！"

梁盛堂一家听后十分为难：答应吧，谁也不想把自己的女儿嫁给仇人；答应吧，却难以面对焦岗湖畔老百姓的苦苦哀求。就在这时，鲁民慧也赶到了，他带来了焦际波的协议书。

梁盛堂听后心想：我梁盛堂真的要把自己心爱的女儿推入火坑了吗？他将鲁民慧请进了门。鲁民慧恳切地说："要提起焦际波，他确实恶贯满盈，我鲁家也经常受他的欺侮。自从焦际波霸占我的妹妹鲁花后，我恨不得把他碎尸万段，但我没有这样做。焦际波叫人前来提亲，我们鲁家提出了一定的条件，就是让焦家把大部分荒地转让给当地的老百姓耕种，使焦岗湖畔大部分老百姓得到了实惠，这也是我们鲁家给当地老百姓做了一件好事。人活在世上没有十全十美的，前些年我鲁家为官兵打造了许多良好的兵器。我一直认为是为国家出力，可万万没想到，我最后一批所造的兵器，都被蔡京用来杀害梁山将士。"

梁盛堂听后十分震惊，于是问道："你怎么知道是蔡京在追杀梁山英雄？小时候听爹爹说，梁山方圆百里，居住的大多数是我们梁家人，虽然在梁山大将中名气不大，但是梁山上的小兄弟很多是我们梁家人，要是这样，他蔡京真叫缺德。"

鲁民慧说："谁又能把蔡京怎么样？这件事是我在寿春城听一个过路的说的。"

梁盛堂问："那过路的是哪里人？是不是梁山的？是不是姓梁啊？"

鲁民慧回答："我与那人谈得十分投机，他把他的真实身份告诉我，说他是梁山将士花荣的叔叔。"

梁盛堂听后点点头，鲁民慧又说："常言道，忍字头上一把刀，可要是再想想，忍字头上一把刀，可下面是一颗善良的心。用一颗善良的心感动刀子不再行凶作恶，所谓忍而为修，所谓修而为善。人活在世上，起码要做到乐善好施，能舍才能得。我再次来，也就是劝说你梁先生答应这门亲事。"

梁盛堂听后半天也没有说话。这时何春芝上前说："虽然孩子的婚姻大事是由爹娘做主，但也要尊重孩子，我现在就去询问女儿邦霞，她是怎样看待这门亲事的。"

何春芝来到后院，见几个孩子也在商议此事。梁邦雷见娘进来，急忙起身说："开始我一直支持这门亲事，可越想越不是滋味，他焦际波恶贯满盈，本性难移，这门亲我持反对意见。"

邦天说："要是他焦际波能做到像鲁老先生所说的那样，这门亲事我是支持的。"

邦地说："大哥你支持什么？他们焦家害死了我们的爷爷奶奶，还与他焦家结亲，这真是天大的笑话！别说他们焦家与我们有杀人之仇，就是无仇无恨，像他这种无赖我也不答应！"

这时梁邦风也挤在中间仰着头说："大哥、二哥、三哥，你们不要争吵，一切都由爹娘做主，论理说我年纪最小，说话论事也轮不到我，但我知道为人处事的分寸，大家都要冷静下来，掂量掂量哪头轻哪头重，再做决定。"

何春芝说："邦风说得对，都不要争吵，大家的心意是好的。邦霞，你自己对这门婚事持何态度？"

邦霞回答："一切由爹娘做主。"

何春芝听后说："好吧，我们就把这门亲事退了，让他永远不要再来烦我们。"

何春芝带着几个孩子来到前院。就听鲁民慧老先生说："如果你梁家定下这门亲事，从此焦岗湖畔的老百姓就不会受洪水之苦，这也是焦岗湖畔老百姓的福分。"

邦雷听后，急忙冲上前去说："怎么，焦家非得让我们梁家与他结亲才不让洪水引进焦岗湖？鲁老先生，你想一想，这千里淮河有许多地方连个河床堤坝都没有，都像他焦家那样，我们梁家又怎么能管得了。"

就在这时，大门被推开，门外的人拥挤过来，七嘴八舌地说："请求梁家答应这门亲事吧，不然我们在这焦岗湖畔会不得安宁的，希望你们答应这门亲事，能给我们老百姓带来幸福平安！"

梁盛堂一家人看了看这么多衣衫褴褛的老百姓，无言相对。

这时邦霞站了出来，她来到爹爹面前含着泪说："爹，女儿知道你老的心情，女儿已经长大，知道应该做些什么。如果我不嫁到焦家，这些焦岗湖岸边的老百姓真的会不得安宁。爹娘，我知道我们梁家与焦家有不共戴天之仇，我会小心。爹，您老人家经常教育我们说：'人生道路无坦荡，道德铺路见阳光，恶势欺压不气馁，奋起斗志更坚强，忍让贤德定乾坤，忠厚传家永安康。'爹，娘，我决定嫁焦家。我的决定并不是怕焦家的恶势力欺压我们，是为焦岗湖畔的老百姓！"

爹见女儿决心已定，泪水洗面地说："邦霞，我知道你的想法。可是我也知道他焦际波的为人，我们两家的仇恨可以放在一边，但我怕你进了焦家会受委屈。他焦际波翻脸无情，说不定他还会把淮河水引进焦岗湖。"

邦霞严肃地说："请爹娘放心，请焦岗湖畔的老少爷们放心，只要我梁邦霞在，哪怕是粉身碎骨，也绝不让他焦家把洪水引进焦岗湖。"

第七十七章　缺德康占不给救药
　　　　　梁邦雷劫药送李家

　　梁邦霞就这样嫁进焦家。浩楠与邦霞生活得很好，婆媳关系相处得也很好，但焦际波内心依旧隐藏着阴险和狡诈。

　　梁盛堂一家在青冈城平安生活了一年，可好日子不长，又迎来了更大的灾难。淮河沿岸又遭旱灾，蝗虫铺天盖地，民不聊生。后来还发生了大面积的瘟疫，腹泻夺去了很多人的生命。梁盛堂一家为那些得了瘟疫的人而忙碌着。何春芝将熬好的汤药一一装入罐内，让几个孩子送往几个女儿家，并吩咐道："邦天，你前往焦岗湖南岸邦霞家和鲁老先生家；邦地，你到邦云家；邦雷，你骑上一匹快马把这汤药送往老李家。"

　　这时邦风来到跟前问道："娘，几个哥哥都有事做，那我呢？"

　　何春芝笑了笑说："以前你到二姐家送东西是偷着去，今天让你光明正大地去。"

　　邦风急忙问道："到二姐家去会不会再遇上狼啊？"

　　三哥邦雷大声笑了笑说："小弟弟，你放心，自从你被那狼咬后，我与朱师道、姚远就把狼窝给端了。你就放心地去吧。"

何春芝又说："邦风，你给二姐送药时顺便也给康家带些去。"

邦雷一听很不乐意，何春芝解释道："康家修建庙宇也是好事，虽然挡住了刘家的路，但也没办法。时间长了，自然而然也就有出路。"

邦雷带着气愤说："借修建庙宇，挡住人家进出的路。娘，你还说人家做的是好事，像他这样的应该全家死光。"

何春芝有些生气地说："你这孩子脾气怎么与三舅何振彪差不多，没有一点回转之心。我的意思是让刘、康两家以后培养友好感情，不能老是怨怨相报。"

邦雷听后说："好，算我没说行了吧！"

何春芝最后嘱托道："这汤药十分珍贵，我家已经没有多少了，一路上要小心，千万不要把罐子弄破了。"

兄弟几人分头上了路。邦雷牵着马来到邦风面前叫道："小弟，我前往老李家，你到二姐家，我一路西北，顺便将你带上一程。"

邦风说："三哥，谢谢你的好意，二姐家离这不远，一会儿工夫就到了，我就不麻烦三哥了。"

邦雷一听，把眼一瞪叫道："怎么，我满怀好意，你还不知好歹，还不快点上马！"

邦风见三哥的表情有些严肃，心想，他给康家也带上一罐汤药，是不是想让我在路上把它给摔了，要是这样我可不与他同行。邦风想到这，眼珠一转，说："三哥你先行一步，我有我的打算。"

三哥问道："你有什么打算？"

邦风回答："二姐家我有一段时间没有去了，二姐肯定不想让我回来，会让我在她家吃饭。如果去早了，二姐会想尽办法弄些好吃的，二姐家生活艰难，我不能去破费他们。等快到吃饭的时候我再到，遇见什么饭就吃什么饭也就算了。"

邦雷一听，心想：这小东西与我斗起心眼来了，只是你还嫩了点。于是说："没想到你这个鬼东西这么机灵，被你识破了，该他康家人命大，我先行了。"

说完他骑马而去。

邦风见三哥已走远，才转身将两罐汤药提在手中，向二姐家走去。邦风刚离青冈城不远，就听三哥在后面叫道："邦风，你不是说等一会儿才到二姐家吗，可你怎么现在就动身了？"

邦风一听，很自然地将药罐藏在背后。三哥说："小弟，你太聪明了，你怎么就知道我想干什么，还不快点把药罐交上来。"

邦风摇了摇头说："三哥，人分两种，一种是坏人，一种是好人。坏人可能会变好，好人也可能变坏。我知道他们康家父子够坏的，可现在你还没等康家人变好，就想让他们死掉，你这个好人不也就变坏吗？"

三哥听后，严肃地说："我不会听你的，什么好人坏人，该死的，让他就去死！"

说完邦雷翻身下马，向邦风逼来，邦风见势不妙，急忙说："三哥，你如果在药内下毒，爹娘知道了也不会答应你，这可是犯法的呀。三哥，我有个想法，娘让你前往老李家送药，老李家人口也不少，这点汤药也不够；再说还有李玲姨一家，你就把这一罐带上送往李玲姨家。至于康家，咱们不救他，也不害他，你说好不好？"

邦雷想了想说："你这个鬼东西，想得倒周全，好吧，就依你了。"

　　一场瘟疫夺走了众多人的生命，康家少爷康心也没能幸免。康家老爷康占痛苦万分，整天在青冈城喝闷酒，天天喝得烂醉，还说："这该死的瘟疫，竟然夺去了我儿子的性命，害得我绝了后，我康家万贯家产无人继承，这是我不干好事咎由自取。"

　　就在这时，姚远带着罗鑫鸣、朱师道、梁邦雷进来，只听见姚远说："这次瘟疫来得突然，要不是你们梁家发放的汤药，我姚远的命早就去见阎王了。"

　　康占一听，心想：这梁家竟然发放汤药，为何不给我康家，这梁家是不是就想害死我一家人？梁家啊梁家，我康家可是有地位的人，竟然不把我放在眼里，以后我非得找你们麻烦。

　　酩酊大醉的康占来到梁家大门外叫嚷："梁家破庵子里的人给我听着，你们梁家狗眼看人低，有眼不识泰山。常言道：宁忘一村，不忘一家。你们竟然不把我们康家放在眼里，我康占可是有身份的人物。为何治腹泻瘟疫的药不给我们康家，害得我儿康心死去，我康占与你们没完！"

　　梁盛堂与何春芝听见吵闹声，就急忙走出门，何春芝说："康老员外，此言差矣，我梁家不是你想象的那样，你家所需要的汤药不是已经送去了吗，怎么说没有呢？"

　　康占回答："你们要是送去了，我儿还会死吗？"

　　梁盛堂急忙说："这到底是怎么回事，快把邦风叫来问个明白。"

　　小邦风躲在一旁不敢出来。这时，邦雷走了出来说："这事是我干的，不关小弟的事，是我带到姬沟寺把汤药分别给了李家和高家。姓康的，你这个老东西，我家的汤药是给好人家的，怎么会给你这个吃人不吐骨头的恶魔！"

　　梁盛堂一听十分恼火，打了邦雷几个耳光，骂道："你这个惹祸的东西，你惹的祸还少吗？"

　　邦雷狠狠地瞪了康占一眼说："汤药是我们梁家的，给不给你由我们梁家做主；再说给你是情分，不给你是本分。"

　　梁盛堂见自己的儿子与康占寸步不让，更加恼火。大哥、二哥急忙上前劝走邦雷。这样一闹，气得梁盛堂浑身发抖，何春芝见康占还赖在地上不走，就上前耐心劝说。康占这才站起身来，骂道："梁家庵里的穷鬼，当个破郎中，有什么了不起。咱们走着瞧，我与你们没完！"

第七十八章 康占想挑拨焦际波
再好的人也怕三撮

彩云伴随着春风，荡漾在焦岗湖面上，微风吹过芦苇荡，焦岗湖南岸传来一阵笑声。鲁花对焦际波说："告诉你一个好消息，我们等着抱孙子吧！"

焦际波一听，心中也感到惊喜。鲁花说："老头子，你整天对别人说三道四，这是梁家不记前仇，要不然我哪有抱孙子的希望。"

焦际波点了点头，叹了口气说："夫人说得对，要不是梁盛堂的汤药，指望我家的医术，我的命早已归西。没想到他梁盛堂是真正的大气，有修养的人物。我与他比起来，显得多么渺小。现在我有心向他赔礼，可是又怕他不接受。"

鲁花说："早知今日何必当初，明天我想和你一道去寿春城沙井塘沿尼姑庵去求菩萨，保佑邦霞和我们未来的孙子。"

焦际波一听，说："好，这寿春城我也有很长时间没去了，去看看也好。这湖里除了鱼就是虾，顺便进城给邦霞带些合口味的。"

鲁花一听，说："算你还有点人情味。"

焦际波听后笑了笑。

第二天清晨，焦际波和鲁花早起准备进寿春城。他俩顺着淮河岸边来到渡口。两人上船，船家刚想离岸，就听有人喊道："船家等一等，我也要过河！"

那人上了船，焦际波一见，急忙叫道："康老先生，这么早也要进城啊？"康占一听，抬头看了看焦际波，急忙说："哟，原来是际波老弟！你千万不要称我什么老先生，我们可是兄弟啊。你也进城啊？"

焦际波回答："是的，进城求菩萨保佑我们早些抱孙子呀。"

康占一听急忙问道："你家的儿媳是不是梁盛堂的女儿？"

焦际波回答："是呀，是梁盛堂的第三个女儿，是她给我焦家带来了奔头，我很开心！"

康占一听，把脸一沉说："什么你很开心，我看你要被挖心。说句不好听的话，说不定哪一天你的心会被梁盛堂吃掉。"

鲁花一听把眉头一皱，十分严肃地说："你这人怎么这样说话？大清早一出口就吃心挖心的，就不会说些吉利话？"

康占见鲁花生气的样子，上前解释道："你们有所不知，对于梁家你们还不了解，我可是一本清账。他梁家到青冈城，一贫如洗，他见你焦家荣华富贵，他不记前仇，还把女儿嫁给你家，还签什么协议，不让淮河水进入焦岗湖，这样一来你们焦家断了财路。他把女儿嫁给你家，就想把你家搞垮。"

鲁花再也听不下去了，骂道："你这个人一肚子坏水！"

　　鲁花说完将焦际波拉到身后，船家说："你们能不能不要争吵？瞧你们，一大早见面就吵个没完。"

　　不一会儿船靠了岸，三人走上岸，鲁花一把拉住焦际波说："当家的，你看看这淮河风景多美，我们就在这凉快凉快，欣赏淮河美景。"

　　焦际波笑笑说："这大清早天也不热，凉快什么？"

　　鲁花看康占站在一旁等焦际波，十分恼火地骂道："你这人真讨厌，让康占在这凉快吧，我们走！"

　　鲁花说完与焦际波向寿春城赶去。

　　一路上鲁花闷闷不乐，焦际波说："夫人不要生气，他说的也不是没有道理。"

　　鲁花说："有什么道理？我看你是中邪了，你如果听他的，你就去后悔吧！"

　　康占来到寿春府，将家里发生的事与康红梅诉说了一遍，康红梅听后十分懊恼，说："这场瘟疫来得凶猛，死亡的人很多，至于梁家汤药给与不给我们，现在也没有理由对他报复，只能忍气吞声。"

　　焦际波和夫人鲁花来到尼姑庵，老尼见焦际波进来，便迈步上前说："施主，多年不见，今天为何来我这尼姑庵哪？"

　　焦际波笑了笑说："老师太，你还记得我，我们可是多年未见面了。"

　　老尼回答说："这红尘的人说变，他不变，说不变他的内心在变，有好人变成坏人，坏人变成好人，人与善恶同行；有的人为善一辈子，有的人为恶一生，都在迷惘中。这心静放弃一切私心杂念，我佛方能保佑。"

　　焦际波点了点头说："师太，你说这些我怎么听不懂啊！"

　　老尼回答说："今天听不懂，明天会懂，今天听懂了，明天会忘了。

婆娑世界是这样的，就是不醒悟。"

鲁花上前说："老师傅，谢谢你指点迷津。"

老尼说："我说的不是你一个人，阿弥陀佛。"

这时静心走过来问："这不是焦家老爷吗?"

焦际波回答："正是本人。"

张冀中被梁家三少爷扶上正道后，兢兢业业，日子过得一天比一天红火。一天他见家中有些空闲，与李玲说："夫人，我们已经过上了正常生活，虽然家庭还不怎么宽裕，但我已经满足了。我们应该谢谢梁家人，更要感谢梁邦雷。"

李玲瞪了张冀中一眼说："你怎么一口一个梁家，你要知道我们之间是亲情关系，不然谁能给你送汤药躲过这次瘟疫，谢谢三外甥也是应该的。这次到青冈城，如果有时间到焦岗湖南岸鲁民慧家看看，人家为了我们也没少操心。"

张冀中听后说："好吧，我看这天，可能要下雨，今天去了不一定能回来。我有个想法不知当讲否?"

李玲问道："你有什么想法不妨说出来听听。"

张冀中看了看自己的断指说："让我自己到梁家我还是有点害臊，不如我们俩同行，顺便再到寿春城去见见你娘。"

李玲听到要见娘，就爽快答应了。

张冀中和李玲赶到青冈城，来到梁盛堂家。何春芝一见是姐姐李玲到来，不由得心中欢喜，急忙上前迎接，两人互相嘘寒问暖，亲如一家。

张冀中来到梁盛堂坐诊的药铺，与梁盛堂谈笑风生。张冀中问道："几个外甥都到哪儿去了?"

　　梁盛堂回答："邦天、邦地出门采集药材去了，这邦雷我也不知他在哪儿，这孩子性格暴躁。他以前背着我们砍断你的手指，我感到很抱歉。"

　　张冀中把手伸了出来看了看说："多亏三外甥断了我的手指，不然也不知我死在哪个街头呢！我张家过上好日子也多亏邦雷。这场瘟疫也多亏邦雷送的汤药，不然我早已上了黄泉路。这次来，我要好好谢谢他。"

第七十九章　阻挡焦际波毁大堤
　　　　　　邦霞惊天壮举惊世

　　梁邦雷与罗鑫鸣、朱师道、姚远几个人在一家酒店喝酒，并且正式结为兄弟。邦雷说："我们虽然不能像梁山那样轰轰烈烈，但也要为淮河岸边的老百姓做些实事，为他们解除一些后顾之忧。"

　　朱师道说："只要是老百姓需要我们，哪怕是上刀山下火海，我们也心甘情愿。"

　　姚远说："不管怎样，我们不能做犯法的事。"

　　罗鑫鸣说："姚远说得对，凡事要有分寸。"

　　张冀中、李玲在梁盛堂家吃过午饭，张冀中说："我和李玲想去寿春城看看娘。"

　　李玲便起身说："春芝妹妹，我真的不想离开你们，我们之间是不可分离的亲情。"

　　春芝说："今天几个孩子都不在家，如果他们在的话，还能帮盛堂打打下手抓抓药。下次我一定与你们同去看尼姨。"

张冀中和李玲渡过淮河，来到寿春尼姑庵，见到娘，互问长短。就在这时，听见外面雷声隆隆，不一会儿下起了倾盆大雨……

一天过去了，两天过去了，张冀中和李玲被大雨阻隔在尼姑庵，急得李玲抓耳挠腮。尼姨说："李玲你急什么，在娘身边岂不是更好？"

张冀中上前说："在娘身边当然好，可几个孩子在家我们一直不放心哪。雨再这样下去，别说回家了，就是淮河也渡不过去呀。"

尼姨一听急忙站起身来说："要是这样，不如早些返回，如果晚了，十天半月也渡不过淮河。静心！你到后院去拿雨具。"

张冀中和李玲接过雨具向淮河岸边急赶。

他们急急忙忙奔向淮河岸边，发现迎面走来一个公子，口中还不断地自言自语："爹今天真奇怪，这下雨天硬让我们进城把房子打扫一下，说要经营丝绸，害得我一路淋雨，说不定打扫以后，河就过不去了。"

张冀中听后想了想：这个人是那样熟悉，怎么一点也想不起来呢？李玲在前面喊道："冀中你在想什么？还不快点走，不然就过不去河了，听说上游的洪峰快到了，一旦洪峰到来河水猛涨，水流湍急，到那时候我们真的束手无策。"

张冀中答应一声，随后赶到说："刚才那人好面熟，怎么一时想不起来。哎呀，我想起来啦，是他，是焦浩楠！"

李玲问："怎么，刚才见到浩楠啦？"

张冀中回答："是呀，刚刚过去的肯定是他。"

于是两人回头望去，已经不见浩楠的踪影。只听船家喊道："你们俩还过不过河？再迟一步我可要开船啦！河水涨得这样猛，这可是最后一班船了！"

　　张冀中、李玲听到喊声，慌忙上了船。

　　船家艰难地将船划到对岸，张冀中和李玲下了船，回头望去，只见淮河洪峰像排山倒海一样压过来，吓得鱼儿上蹿下跳，船家说："常言道，水火无情，这洪水确实可怕！"

　　张冀中说："李玲，现在我们已经渡过淮河，回家早一点晚一点都没关系，我想到鲁老先生家去看看。"

　　李玲说："也好，顺便也到邦霞家去看看。"

　　说完，张冀中与李玲顺着淮河岸边向西行走。

　　焦际波进了一次寿春城，康占那些话语时而在脑海中回荡，焦际波始终认为康占说的有道理。他见天气有所变化，大雨一个劲地下个不停，认为淮河洪峰即将到来，于是他将儿子焦浩楠派出门去，实施阴谋计划。

　　焦浩楠离开家门后，焦际波带领一批人将淮河大堤挖开。说来也巧，就在这时张冀中、李玲赶到，张冀中见通往鲁民慧家的淮河大堤已经挖断，于是上前与焦际波理论："你焦家承诺永不把淮河洪水引进焦岗湖，为何出尔反尔；你与梁家达成协议，为何不遵守诺言？"

　　焦际波把头一抬，说："诺言能值几个钱，你是什么人，怎么知道这些？"

　　张冀中见劝说不行，十分恼火，决定到焦家去找梁邦霞问个明白。这时，老天像发怒似的狂风骤起，雷电在头顶上轰隆隆不停地发作。

　　张冀中、李玲火速赶到焦家，只见焦家大门紧锁，张冀中自问道："这是怎么回事，难道说邦霞和她的婆婆也不在家，这下雨天能到哪去？"

　　李玲急忙叫道："冀中你在说些什么？还不快些叫门，门被锁也要问问院里有没有人。"

于是张冀中喊道：“院里有人吗？焦家还有人吗，邦霞在家吗？”

这时只听有人叫道：“家人去把门开开。”

过了一会儿，不见家人前来开门，张冀中再叫，里面有人叫道：“这老管家到哪里去了？”

随后焦家老夫人鲁花走出厅屋，前来开门，鲁花这才发现自家的大门已经被人从外面反锁上了，于是大叫起来：“这是怎么回事呀，这大门怎么从外面锁上啦？家里又不是没人。”

这时，在屋内的邦霞听到后也挺着大肚子走了出来，问是怎么回事。李玲和张冀中喊道：“邦霞，你还不知道吧，焦际波带着人马正在挖开淮河大堤，要将洪水放入焦岗湖。”

梁邦霞一听像晴天霹雳，差一点儿晕过去。于是叫道：“娘，快把大门打开，我要阻止他们！”

鲁花急忙说：“我怎么打得开，门是从外面锁上的，现在家里也没有钥匙，这老头子，把钥匙也拿走了！”

梁邦霞急忙转回屋内，提着大铁锤愤怒道：“打不开就砸毁大门。”

张冀中在外面叫道：“大铁锤能不能抛到外面，我在外面把锁砸烂门就开了。”

邦霞想把铁锤从门下递出去，由于急躁又加上挺着个大肚子，她怎么也递不出去。鲁花接过大锤使劲从墙头上抛，还是抛不过去。最后邦霞急中生智，发现墙边有一花窗，她顾不上自己的身子，冒雨将铁锤抛出墙外。大门开了，梁邦霞跌跌撞撞拼命地向淮河大堤狂奔。

等到梁邦霞赶到时，大堤已经被挖开，滚滚的淮河洪水已经涌进焦岗湖。梁邦霞气愤地来到焦际波面前，用愤怒的目光直盯着他，只见她披头散发、脸色苍白，浑身是泥水，身子在不住地颤抖。焦际波见此情景，像是没事一样，继续让管家开挖，邦霞紧跟几步，夺过焦际波手中的铁锹用力向激流中抛去，雨水伴随着邦霞那纯洁的心灵，梁邦霞咬了咬牙，用手指着公公焦际波叫道："你让我梁家失望，你让焦岗湖畔的老百姓失望。"

说完她用手梳了梳头发后，向被挖开的淮河大堤的缺口跳了下去。这时焦际波瞪着双眼骂道："你这丫头，竟然与我作对！"

焦际波再次强行命令家仆们快速将大堤缺口扩大，希望尽快毁掉大堤。梁邦霞在急流中拼命阻拦，但焦际波仍然不听，梁邦霞坚强地站在急流中，双手紧紧拽住家仆们的铁锹，死死不放，大声叫道："你们不能这样做，这样会危害淮北平原的千万百姓！"

顿时焦际波野性大发，顺手拿起铁锹，骂道："你这丫头不知好歹，你再阻拦我会打死你！"

梁邦霞狠狠地瞪了公公一眼，愤怒地叫道："你打死我，我也不让！"

焦际波见儿媳不肯让步，丧心病狂地举起铁锹向梁邦霞头上拍去，就听"嘣"的一声，焦际波的铁锹正打在梁邦霞的头顶，鲜血顿时从梁邦霞的鼻孔流出，她在水中晃了晃，用失望的眼神看了看岸上的焦际波，摇了摇头，整个身体扎进水里。婆婆鲁花赶到，见此情景惊恐万分，她抓住焦际波拿锹的手，狠狠地咬了一口，骂道："你还我儿媳，我那可怜的好儿媳，婆婆与你同归于尽！"

说完鲁花就跳向洪流。

洪水不断地涌进焦岗湖，婆媳俩没有一点生还的机会。

第八十章　梁盛堂飞马向前冲
　　　　　何春芝陷入痛苦中

　　鲁民慧得知消息，带领大批人马，将被损的大堤堵住。人们把邦霞和她婆婆的遗体打捞上岸，鲁民慧伤心地指着焦际波骂道："焦际波，你不信守承诺，我杀了你也不解我心头之恨！鲁花，是哥哥我害了你。可怜的邦霞，你年纪轻轻怀有身孕，就这样走了，这叫我怎么对得起你？怎么面对梁盛堂？怎么向焦岗湖老百姓交代呀？你焦际波猪狗不如，我也不是个东西！"

　　鲁民慧看了看躺在泥浆中的鲁花和挺着大肚子的梁邦霞，沉重地摇了摇头，脱下身上的衣服将婆媳俩的遗体盖上。

　　鲁民慧转身来到焦际波跟前，用尽全身气力狠狠地向焦际波脸上打了几个耳光，焦际波像一摊烂泥瘫在地上……

　　焦浩楠在寿春城，见雨越下越大，同时也感觉到爹爹在骗自己，隐隐感觉家里要出事，于是他放下手中的活向淮河岸边奔来，但滚滚淮河洪峰让人无法通过。焦浩楠顺着淮河南岸来到焦岗湖对面，对岸发生的事情他都看到了。焦浩楠心如刀绞，悲痛万分，顾不上个人的安危扑向淮河，他想游往北岸，但没想到自己葬身于淮河漩涡中。

焦际波见又失去了儿子，感到更加后悔和痛苦。

张冀中来到李玲面前说："不要过度悲伤，看好邦霞。我返回青冈城，将事情告诉梁家，处理好邦霞的后事。"

李玲擦了擦脸上的雨水和泪水，说："快去快回。"

张冀中快马加鞭来到青冈城，将邦霞的事诉说了一遍。梁盛堂听后心如刀绞，将手中的茶杯狠狠地摔在地上。何春芝手中的药材洒落一地，一家人顿时目瞪口呆。

梁盛堂带着万分悲痛的心情，决定前往焦岗湖南岸，去看望已经死去的女儿。

梁盛堂刚一出门，只见姚家老员外姚铸金、少爷姚远早已备好马匹，梁盛堂顾不上说个谢字，恨不得一步跨到焦岗湖。他用力抽打着马，还是嫌马儿跑得慢。

为爱向前冲，晴天霹雳伴狂风。

为爱向前冲，恶劣的狂风带来噩梦。

人生道路风风雨雨，

在水深火热中挣扎，在大浪中冲锋。

勇往直前的力量锐不可当，

付出的爱希望能避开血雨腥风，

多么希望付出的爱能祭奠春风。

期盼着巍巍大地富饶太平，

期盼着天下受苦的人能走出噩梦。

一颗热忱的心永恒地跳动，永远永远跳动！

梁盛堂飞马来到了现场，翻身下马扑向女儿邦霞，紧紧地将她抱起搂在怀里。只见他浑身颤抖，没掉一滴泪。他在不停地回想着女儿出嫁时所说的话语："只要能阻挡焦家不把洪水引进焦岗湖，只要是能让焦岗湖畔的老百姓安居乐业，哪怕粉身碎骨我也心甘情愿。"

梁盛堂用手轻轻地理了理女儿的头发，轻轻地触摸着女儿的脸，轻轻地在女儿额头上亲了一下，又轻轻地把女儿的手像对待一个婴儿一样，放在自己的嘴里。不一会儿，梁盛堂痛苦的泪水顺着女儿的手流淌，流淌在焦岗湖畔，流淌在这很不起眼的淮河大堤上，流淌在这滚滚的淮河洪流中。

何春芝哭喊着女儿的名字，伤心不已。兄妹们痛苦万分，邦雷在痛苦中站起身来，拔出剑向焦际波走去。就在这时，梁盛堂喊道："邦雷，你想干什么？想让他死，没那么轻巧。让他活着，让他看看苍天，让他看看大地，让他看看焦岗湖，让他永久地守候着他焦家的万贯家业吧！"

梁盛堂将女儿抱起，小心地把邦霞放在竹筏上，轻轻地推向淮河，推向那淮河的浪花，让她在洪流中成长，让她在浪花中永生。

鲁民慧来到梁盛堂面前刚想说话，梁盛堂抢先说："鲁老先生，你不用多说，这一切都不怪你，你不也失去了一个亲人吗？我们不会去闹丧。鲁老先生，你看，这淮河的水还在不停地上涨，这小小的淮河大堤是不可能承受这样的洪水压力。不管怎样，我们祈祷她们俩的生命会永生。"

鲁民慧听后赞叹道："到底还是讲道理、懂礼节的梁门。"（从此以后讲道理、懂礼节的梁门，通称礼物梁家，至今还在民间传颂着）鲁民慧接着说："这小小的淮河大堤可以冲垮，但冲不垮我淮河百姓的精神，梁先生，请你回头看！"

梁盛堂回头望去，只见张冀中从姬沟寺带着老李家人马赶来，有焦岗湖畔二十多家各大姓氏家族，带领大批人马前来迎战洪水，保护淮北大堤。鲁民慧与梁盛堂的手紧紧握在一起，异口同声地说："誓死也要保护淮北大堤，水涨，涨不过我们的意志。"

但这淮河洪水似乎在捉弄他们，他们战斗了一天一夜，刚想休息一下，可洪水再次上涨，他们继续战斗，坚持与洪魔奋力抗争。

第八十一章　为保大堤强借军粮
　　　　　　借粮不成无奈抢劫

　　梁邦天来到爹爹面前说："抗洪大军需要吃饭，粮食已不多了，我们不能让他们饿着肚子，要尽快想想办法。"

　　鲁民慧向这边走来，听后也感到有些麻烦，上前说："梁先生，现在怎么办？我来找你也是为了解决吃饭问题，我家的粮食已所剩无几。各家人自带的口粮也超不过三天，看来这洪水没有十天半个月也退不了，粮食问题不早点解决，我们会前功尽弃的。"

　　梁盛堂急得束手无策，邦地说："今年雨季来得早，地里的麦子还没有灌浆，如果再让洪水漫过堤坝，别说收麦子，就是连麦秸也收不到。"

　　梁盛堂说："我们要全力以赴保住大堤的安全。你看看淮北平原上，千万亩麦田，绿油油的，如果被洪水淹没了，真叫人心疼啊！"

　　梁邦天见邦雷半天也没有说话，上前问道："邦雷，你爱出风头，这次怎么连句话也不说？"

　　邦雷回答："不说话不能证明不在想主意，这事我也没有办法，如果我知道哪儿有多余的粮食，哪怕去抢，也要把粮食抢来。"

邦地问道："你那些朋友呢，都到哪里去啦？去找找他们，看看他们能不能想想办法？"

邦雷说："朱师道、姚远他们俩都在这，还有罗鑫鸣我也不知他到哪儿去了，也不知他家住在哪儿！"

这时朱师道、姚远急匆匆地走了过来说："罗鑫鸣与当地官府关系密切，如果他在，他还真有办法把这个问题解决。"

鲁民慧说："那你们几个能不能快点去找？"

邦雷回答："当然可以！"

说完梁邦天、邦地、邦雷、朱师道、姚远起身上马，返回青冈城去寻找罗鑫鸣。

他们来到青冈城，找遍了青冈城也不见罗鑫鸣的踪影。梁邦雷突然想到发财亭，于是说："我们去找发财亭的老板，问问他是否知道罗鑫鸣的下落。"

几个人又急急忙忙赶到发财亭，邦雷刚进发财亭，见发财亭的老板面带惧色，哆哆嗦嗦地问道："你是不是再来砸我的场子的？这赌场我刚摆没几天，我一家老小要吃饭，我们离不开这个买卖。"

没等老板说完，邦雷说："今天不是砸你的场子，不过你要告诉我罗鑫鸣到哪里去了？"

老板说："怎么，要找罗公子，你们是不是要找罗公子前来对证，再把场子给砸了？"

邦雷把脸一沉说："你怎么这么多废话，我们找他有急事，你还不快说？"

发财亭老板这才说："对不起，你们现在找不到他，他已经回家了，他家住在淮南，这淮河你们也过不去呀。"

几个人一听顿时失望。

就在这时，小邦风急忙跑过来叫道："哥哥们，好事来了。不知道怎么回事，我们家来了好多人，还有好多车，车子上装了许多袋子，来的人都穿着官服，个个手中都有兵器。他们的衣服都湿透了，正在我们家那旧庵棚里晾衣服呢。"

几个人一听感到奇怪，决定去看看。大哥邦天问："小弟呀，这几天家里也没有大人，你是怎么过的?"

邦风回答："当然不好过了，听到三姐被害的消息，大家都不好受。我一想到三姐就想落泪，老是伤心。"

兄弟们都各自流泪，大哥邦天伸手将小弟邦风抱在怀里说："来，大哥抱你走。爹娘也不在你身边，这几天吃饭是怎么吃的?"

邦风回答："是姚家人一直在照顾我。"

邦天看了看姚远说："多谢啦!"

姚远说："谢什么，说谢谢的应该是我，不是你梁家好心好意，我的小命早就没了。我爹娘照顾邦风是应该的，一点小事算不了什么。"

不一会，他们已经来到家门口，只见梁家庵里住满了官兵，大街小巷里停放着许多马车。官兵的头领说："你们几个去看看车上的粮食有没有受潮。这鬼天气，一天到晚下个不停，害得我们连河都过不去。"

就听一个小卒问道："我们在这住多久，什么时候渡淮河呀?"

头领说："只要淮河水一退，我们就抓紧渡河，住多长时间，老天决定! 你们要给我听好了，要分班轮流看护好这些军粮，如果少了一粒就要了你们的脑袋！"

梁邦雷一听是军粮，十分惊喜，又感到十分为难，一旦动了军粮可要杀头的，我们要想想办法。偷，不行；抢，更不行；借或用银子买不知如何？

兄弟们进了屋内商议，邦雷站起身来说："兄弟们，我见了这么多的粮食，心里十分激动，这是个好机会。不管怎么样，我们一定要把这些粮食留下几车。"

邦天说："说得轻巧，怎么留啊？弄不好要掉脑袋的。"

朱师道说："掉脑袋倒不怕，怕的是掉了脑袋，粮食却没留下。"

姚远说："是呀。我们一定要想个万全之策，就是抢也要把粮食搞到手！"

邦地说："你们怎么老是抢啊偷啊的，就不能与官兵商量一下，把那些受潮的粮食让给我们，我们再筹点银子给他们，这岂不是更好。"

邦风爬上桌子，站在中间说："当务之急，应该烧些热汤热水让官兵们暖暖心，与他们沟通沟通，这叫先礼后兵。如果你们几个与他们发生争执，怎么能打得过他们。他们人多势众，借粮不成还挨一顿打，那就不值得了。"

邦雷说："邦风，你太小看你三哥了，不就是百十个官兵吗？在我面前他们都是脓包。"

邦天说："好啦，好啦，不要再吹啦，我们一定要好言相劝，最好不要动武。"

于是，兄弟们开始忙活起来，烧水熬汤，终于把热汤热水送到官兵们的面前。奇怪的是官兵个个都不理睬他们。邦天问道："你们都怎么了？

我们辛辛苦苦慰劳你们，你们为何不理睬，不近人情啊？"

那头领来到邦天面前阴笑道："你们不要玩花样，像你们这样的人我见得多了，是不是看中了我这几十车粮食，想打我的主意。这可是军粮，动它是要掉脑袋的！"

邦天放下手中的热汤说："大人，我们并非恶意，实话告诉你吧，我们这一代老百姓都是善良的，为了保护淮河大堤，日夜奋战在大堤上。他们已经熬了十多天，有几天都没有吃上饱饭了。"

还没等梁邦天说完，那官兵头目就说："哈哈，你说故事吧？实话告诉你，就算你说的是真的，也休想从我这拿走一粒粮食！"

这时邦地上前劝道："这位官爷，你就行行好吧，把你那车上受潮的粮食给我们，我们付给你银子好不好？"

那官爷说："给银子？给多少银子也不能卖。要知道这些粮食是从开封拉到这里，费尽我们兄弟多少血汗，你说要就要了，笑话！"

邦雷上前说："这位官爷，求你行行好，我们确实是十万火急。这样吧，你这有三十车粮食，我们付你十车的钱，你就留下十车。事后，我弄十车的粮食给你送去，以作补偿，好不好？如果不相信，我们给你立个字据，哪怕把我们全家的名字都签在上面也行。"

就在这时，听官兵里有人说："瞧这些强盗，骗人手段真高，想粮食都快想疯了。大哥，一粒都不能给！"

那官爷转过身子看了看梁家兄弟们说："瞧见没有，不给就是不给！"

这时邦风上前说："你们这些当兵的，一点人情味都没有，你们看不见吗？强盗抢东西还带着小孩吗？再说你们现在住的就是我梁家的庵棚，骂我们是强盗骗子，我们要是真的坏人，你们也不可能饶恕我们。既然你们不讲仁慈，那我们也不讲道理，请你们立刻离开我梁家的庵棚。"

那官爷见是一个小孩与自己讲道理，感到十分有趣，说："听你说话像个大人，可你要知道什么叫强买强卖。我刚才说过这是军粮，对不起，就是要了我的脑袋也不可能把粮食给你，你们死心吧。"

这时邦雷快步来到那官兵们面前叫道："官兵兄弟们，给我们几车吧，求求你们啦，你们看看我们的心诚不诚！"

说完邦雷拔出刀来在自己的腿上连刺三刀，顿时鲜血淋淋。就听那官兵首领说："我顾方达活了这么多年，从来没见过讨要东西使用这种方法的。我说过了，不给就是不给！"

这时姚远实在忍无可忍，冲向前骂道："你这样冷酷无情，听你的名字就不像好人，分明就是个强盗。这些粮食肯定是从哪里抢来的，不管怎样都要把粮食留下！"

顾方达一见要动手，心想麻烦来了，顺手操起大刀，叫道："你这几个毛孩，敢与我斗，你们就等着送死吧！"

在一旁的邦风见势不妙，心想：先礼已经不行了，后兵也不一定能战得过他们，说不定今天我们兄弟在劫难逃，不如先冲上去咬他两口。邦风想到这里，趁着顾方达不注意，冲上去，紧紧抱住他的胳膊狠狠地在他的手面咬了一口，顾方达疼得嗷嗷直叫，抬手想打，见是个孩子，用力挣脱也脱不了手，顾方达叫道："这青冈城的人怎么这样，像糨糊缠身甩也甩不掉。小子，你还不放手，再不放手，我要你小命！"

说着顾方达用力一推，将邦风推倒在地。邦风一头撞在墙上，顿时鲜血直流。在一旁的哥哥们见邦风受伤，忍不住地冲了上去，只听顾方达叫道："弟兄们，这几个小毛贼就是来找茬的，还不快将他们拿下！"

　　话音刚落，官兵们一拥而上，于是双方打在一起。官兵人虽多，却个个都是脓包，被朱师道、姚远、邦天、邦地、邦雷打得屁滚尿流，躲的躲，藏的藏。顾方达见自己的兄弟一一败退，飞起大刀向梁家兄弟砍去，只听姚远叫道："你是什么顾霸天？今天让你上天见神仙。"

　　于是两人交战起来，不一会儿姚远败下阵来。说："这个人倒也厉害！"

　　朱师道又冲了上去，也败下阵来。邦天、邦地都不是顾方达的对手，顾方达亮开嗓门哈哈大笑道："几个毛孩子，就这两下还想跟我玩！"

　　邦雷急忙包好伤口说："哈，倒也有两下，看我怎么收拾你！"

　　说完他提剑飞向阵前，于是两人又打了起来，邦雷感到伤口阵阵剧痛，交战起来十分吃力。顾方达与邦雷交战一回合，心想：这小子像个泥鳅，我这大刀在他面前使不上劲，他出的招数也十分熟悉，但一时也想不出来在哪见过。看样子今天碰上了对手。他们俩又战了几个回合，同时退下阵来。

　　邦雷想到奋战在大堤上的百姓，想到三姐为阻挡洪水献出自己的生命。如果这次战败了，将会辜负三姐的遗愿，所以拼死也要战胜他。

第八十二章　梁邦雷大战顾方达
　　　　　顾方达投奔寿春城

　　顾方达想：如果败在这个小子手里，这几十车粮食就泡汤了，回去怎么向何振彪大哥交代，不管怎样我一定要战胜他。

　　这时，听到邦雷大声叫道："今天不是你死就是我亡！"

　　说完两人又战在一起，邦雷越战越勇。由于年龄之差，顾方达气喘吁吁，眼花缭乱，有些招架不住。就在这时，邦雷来个飞龙跳跃，利剑直刺顾方达的胸膛，吓得顾方达将身一侧，那利剑正刺在顾方达的左臂上，只听顾方达一声大叫："哎哟，兄弟们快跑吧。粮食咱们不要了，这小子太厉害啦！"

　　官兵们一听，跟着顾方达慌忙逃走。

　　顾方达负了伤，逃到淮河岸边，只见滚滚的淮河水，无法渡过。他们于是向下游下蔡逃去，来到一家大户人家，暂住几日等待过河。

　　这大户人家姓魏，老爷名叫魏旺，是原青冈城里的县太爷。他见家里来了许多官兵，于是问道："你们是从哪里来的，为何落到这个地步？"

顾方达把事情一一告诉了他。老魏旺也感到十分纳闷，说："在青冈城我已经待了几十年，从来没听说过有强盗出入，难道是过路的毛贼？不过现在淮河洪水还没有退潮，等淮河水平静下来我就立即渡河上报寿春府，出兵围剿那些强盗。"

顾方达说："等淮河水退去，那要等到猴年马月，现在我就想渡过淮河，不知能否？"

魏旺说："这淮河水从焦岗湖南岸至下蔡的黑龙潭曲曲弯弯像个龙形，外加硖山口，比较锁水，导致这淮河水流不畅，所以造成上游连年灾害。现在如果想渡过淮河，再向下游行几十里。那里河面宽阔，水流不急方能过河。"

顾方达一听，起身说："原来是这样，我已经迫不及待，我们现在就动身，准备过河。"

魏旺看了看顾方达的伤说："你的伤势严重，依我看，派个送信的也就是了，何必让你劳驾。"

顾方达说："我这点小伤不算什么。我必须过河，谁都不能代替我向何振彪大哥请罪，几十车粮食并不是小数目。"

梁家兄弟得到了粮食，十分高兴，他们将粮食运往工地。梁盛堂见了这么多的粮食，觉得很奇怪，问道："这么多的粮食从哪儿来的？"

邦雷回答："抢来的！"

梁盛堂一听笑了笑说："说什么笑话，还不实话实说？"

邦天上前说："三弟说的没错，这粮食确实是抢来的！"

梁盛堂一听大吃一惊，急忙问道："怎么，真是抢的？"

邦地说："这不仅是抢来的，而且还是军粮。"

梁盛堂一听更加吃惊。何春芝也吃惊地说："你们这几个不懂事的孩子，你们闯了滔天大祸了，你们知不知道劫取军粮的严重性？"

邦雷说："瞧你们害怕的样子，说不定那百十个人就是一伙强盗。"

梁盛堂看了看邦雷，生气地说："鲁莽冒失，做事不与人商议，自作主张，你应该找我们大家商量。"

邦雷说："找你们商量这大堤早已破了，当时时间紧迫，只要把粮食弄到手，保护好大堤，比什么都好。"

何春芝感到恐惧说："你知不知道劫军粮是要被砍头的？"

邦天说："我们并非恶意，不是为了个人贪图这些粮食，怎么会被砍头？"

鲁民慧说："你们几个不要强词夺理，如果这些粮食真是军粮，这件事所造成的严重后果，不可想象。"

邦雷说："什么不可想象，要砍头就把我拉去。我们的外公不也是匡扶正义、大义凛然。"

邦天、邦地、朱师道、姚远纷纷说："有福同享，有难同当！"

梁盛堂把何春芝叫到一旁说："春芝呀！我感到我们家要有大事发生。我想，他们外公外婆在黄河岸边发生的悲剧，好像要在我们身上重演！"

春芝说："我也有同感，我也一直在想这个问题。在黄河岸边，我的爹娘和几个哥哥，为了抗洪，为了灾民，为了粮食，最后被贪官所害，弄得家破人亡。盛堂，我感到十分害怕，我不想看到那些不该发生的事，若再发生，我们会更惨！"

顾方达渡过淮河，直奔寿春城，将发生的事禀报罗士怀大人。罗士怀一听十分震惊，在一旁的夫人康红梅说："有什么可吃惊的，在青冈城里住着一家姓梁的，打着行医的旗号，伤天害理，干尽坏事。这倒好，押往六安州的军粮，在你罗士怀的管辖之内被劫了，看你怎么与六安王交代。"

罗士怀把眉头一皱，烦躁地说："一个女人家在这唠叨什么？下去！"

接着罗士怀又说："没想到，在我罗士怀管辖区之内出现了盗贼。顾勇士，请你回去转告六安王，请他放心，不出三天，我一定把青冈城的盗贼全部捉拿归案。到时候请他来看看，我亲自要了他们的脑袋。"

顾方达听后起身说："要是这样那就多谢了。"

他说完就马不停蹄地离开寿春，返回六安州。

顾方达回到六安州，将发生的事与六安王、何振彪禀报，六安王、何振彪听后十分震惊。躺在床上的六安王急忙坐起身来，说："振彪，你不要管我，我这病不是一年两年了，国事重要，抓紧把军粮追回。"

何振彪点了点头，这时六安王的女儿走上前，说："振彪，一路小心。听说淮河又发洪水，水流很急。过河时一定要注意安全，你可要平安回来呀，爹和我都离不开你。"

何振彪听后说："放心吧，我会见机行事的。"

何振彪带着一批人马飞奔寿春，罗士怀听说六安王派兵前来，急忙上前迎接。罗士怀见过何振彪，说："十分抱歉，由于河水猛涨，上游下游就是神仙也难通过，我率军过河还损失了几名战将。这洪水也真要人命，寿春城百姓也为洪水发愁，现在我陪你到淮河岸边去看看。"

随后罗士怀带着何振彪上了四顶山，何振彪站在四顶山上向淮河望去，见那波涛汹涌的淮河水像野马一样狂奔，让人毛骨悚然。何振彪见了摇摇头说："别说凡人过河，就是八仙过这淮河也是难上加难哪！"

罗士怀来到何振彪面前说："必须等到淮河水流和缓，方能过河，现在我们只能是干着急。"

何振彪问道："罗大人，这淮河洪水何时能落？"

罗士怀回答："很难说，一般都在半个月左右。"

何振彪听后叫了一声："顾方达，你在这听从罗大人的指挥，我先回六安，等洪水缓和后立即禀报我。"

顾方达急忙说："请大哥放心，我不会再出事了。现在老爷身体不佳，需要照料，你快回去吧。"

十多天过去了，淮河水渐渐恢复了平静，罗士怀准备进军青冈城。顾方达要禀报何振彪，罗大人说："这不必了，我寿春城的将士个个是强兵虎将，等我们凯旋，再去请他。"

第八十三章　抢军粮引发祸临头
　　　　　　梁盛堂狠断父子情

　　千万亩良田得到了保护，焦岗湖岸边的百姓恢复了往日的平静，但梁盛堂心情沉重，感到有巨大的灾难将向他袭来。他来到何春芝面前，指了指余下来的二十多车粮食说："这些粮食谁也不许动，将来还给人家。"

　　邦雷说："还给谁，我看他们就是一伙强盗。如果他们胆敢再来，我会一一杀了他们！"

　　梁盛堂一听十分恼火地骂道："你这小子该杀该剐，你给家里带来了难以力挽的滔天大祸！"

　　邦天、邦地上前说："爹、娘，你们怕什么？兵来将挡，水来土掩。"

　　梁盛堂叫道："你们想死，我可不想死，我恨不得把你们三个的人头砍下来交给官府，以避家庭灾难。"

　　兄弟三人一听有些吃惊，邦天问道："爹，你怎么这样，虎毒不食子。"

　　邦地严肃地说："没想到你与梁山宋江一样，贪图虚荣。"

　　邦雷看了看爹又看了看娘叫道："娘，爹是不是发疯啦？怎么完全像变了一个人似的。他是不是喝多啦，怎么说醉话？"

梁盛堂哈哈大笑道："老子滴酒未沾，毫无醉意，今天你们不死，我就得去死，我可不想像你们外公那样。"

何春芝也感到纳闷，今天梁盛堂是怎么回事，平时可不是这样的，是想赶几个儿子出门避难，还是中邪了？就在这时，邦天说："爹，我们知道你的好意，你就是想让我们离开，一切罪名由你自己承担。你想想，常言道，打虎亲兄弟，上阵父子兵。今天你真的要了我们的命，我们也不可能离开。"

就在这时，梁盛堂又哈哈大笑叫道："想离开，没门！"

他说完快步冲向挂在墙上的剑，将剑紧紧握在手中，然后将大门紧闭，口中不断地叫道："想跑，今天谁也别想离开！"

说完他挥剑向几个儿子刺去。见自己的父亲来真的了，每一剑都想要自己的性命，几个孩子同时感到绝望。何春芝见丈夫对自己的儿子动了真格，也猜不透梁盛堂的内心到底想干什么。几个孩子被逼得四处躲藏，也不敢还手。邦天见这一切实在无法忍受，喊道："真想要孩儿的性命，你就来吧！"

说着邦天将手中的兵器丢在地上，直挺挺地站在那儿。这时梁盛堂来个燕子穿身，利剑直刺邦天的心脏。春芝一见不好，提起邦天丢下的刀将剑向上一磕，只听"当"的一声，将梁盛堂的剑挡回。梁盛堂见是春芝在护着儿子，立刻又来个利剑穿心，再次刺向邦天的胸膛，邦天仍然不动。春芝见邦天性命不保，想再次上前抵挡已晚，只见那剑正扎在邦天的胳膊下面，邦天的皮肉未伤。这时梁盛堂把牙一咬用力将剑向上一挑，只听见邦天大叫一声："哎哟！"

　　只见一只胳膊已在地上，春芝急忙上前抱住邦天。这时梁盛堂的剑又向三儿邦雷刺去，邦雷也不还手，仍然在躲闪，也弄得遍体鳞伤，春芝喊叫道："儿呀，你爹已经疯了，你们还不快走。如果你们不走，我的性命都不保！"

　　二儿邦地说："大哥、三弟，我可不像你们，爹真的要把我们除掉，好汉不吃眼前亏，这个家我不待了，我们走！"

　　说完他从后门逃走，邦天、邦雷见邦地已经逃走，心想：爹已经这样，在这青冈城也没意思，不如离开。

　　几个孩子离开后，梁盛堂仍然在后面追杀，追得三个孩子四处逃窜，最后不见踪影。梁盛堂才气喘吁吁地回到家中。他刚从后门进入，只见院内已经站满了官兵，何春芝已经在他们手中。就听康占叫道："他就是那几个贼人的爹，他把他们从后门放走了。"

　　罗大人一声令下："把贼父抓起来，其他的人给我追！"

　　只见梁盛堂后退几步，挡住了后门，不让官兵从后门出入。罗大人再次下令："放箭！"

　　顿时数箭穿入梁盛堂的胸膛，鲜血淋淋。春芝见盛堂乱箭穿心、伤心欲绝，挣脱了官兵的控制，扑向梁盛堂，梁盛堂用微弱的声音说："找到孩子告诉他们，爹是无奈，爹是爱他们的，断了胳膊比掉了头强得多。"

　　说完梁盛堂就倒在血泊中……

　　梁郎中被乱箭穿心、梁夫人被抓入寿春府大牢中的消息，瞬间传遍淮河两岸。李阳、鲁民慧也得知这个消息，于是，两人见面商议，决定将梁盛堂的女儿邦云、邦雨和小儿子邦风给藏起来，避免康占再次伤害他们，并且让朱师道、姚远离家出走。李阳老人和鲁民慧安排好他们后，很快地赶到寿春尼姑庵，找到老尼，商议怎样营救何春芝。老尼听到梁盛堂出事的消息，感到吃惊和悲痛，让静心将邱翁、王贵、孙家老爷邀请前来，共商此事。

几位富豪急忙赶到尼姑庵，对梁盛堂的不幸而深感遗憾。鲁民慧说："今天我们相聚，就是让大家想想办法，怎样才能将何春芝救出？"

王贵说："事情的经过我也知道，但一切都要证据。你说劫粮是为抗洪护堤，他们不可能相信。"

鲁民慧说："要说证据，那焦岗湖畔成千上万的百姓可以做证。"

邱翁摇了摇头说："百姓做证不起作用，这当官的看不起老百姓，我闯荡江湖几十年，除了张天伦，没听说一个当官的把老百姓当人看。最好的办法，要一位有实力的人物出头担保，查明事实，春芝方能平安。"

孙家老爷叹了一口气说："事情也不巧，方家老太太前几年去世了，如果她在，事情就好办了，那罗士怀是她的外甥。自从罗士怀任职寿春府以来，办案的事也使人佩服。只要你有错，一旦被他抓住，你就别想逃脱，所以寿春一带都比较平安。"

王贵又说："听说这青冈城一案是康占和康红梅在里面添油加醋。"

孙家老爷说："这个请你们放心，罗士怀这个人的性格是爱憎分明，不过我有些担心，梁慷程、何佳莲的命案会不会加在何春芝身上。"

大家听后你看看我，我看看你不知所措。邱翁说："事情已经过去多年，寿春府不可能保留那么长时间的案卷。"

鲁民慧沉思了一会儿说："这件事我们不能不考虑，因为焦际波还活着。"

这时老尼来到李阳面前说："春芝在二十多年前就认我做了尼姨，我这个出家人也感到欣慰。我有个要求，就让她改姓，这样能改变她的身份，老人家你看如何？"老李阳点了点头回答："那倒不必，我李家早就与梁家融为一体，现在不知谁能进入牢中，告诉何春芝，我们大家都在想办法救她，让她一定坚持，不要想不开。"

王贵说："我与老差官白玉奇关系很好，这事就由我来安排。"

第八十四章　梦中发现妹妹有难
哥哥感到内心不安

　　顾方达将粮食运到六安城，何振彪见一车车军粮进入军营，于是问道："方达你真能干，青冈城捉贼怎么不向我禀报？也让我会会这伙贼人。"

　　顾方达说："大哥，兄弟我每时每刻都想把粮食追回。再说你在照看老爷子，老爷子也离不开你，所以我没禀报。"

　　何振彪又问道："那伙贼是什么来头，叫什么，一共多少人，武功怎么样，被谁制服的？"

　　顾方达回答："那贼人我也没问姓名，我们住的是梁家庵棚，当再次进入青冈城时，才发现贼人是开药铺的。当我们进入药铺时，那些贼已经逃走，开药铺的老板被我们乱箭穿心而死，那老板娘被关押在寿春府的大牢里。"

　　何振彪听后点了点头，数了数粮车，问道："这些粮车被劫后藏在什么地方，怎么少了几车？"

顾方达回答：“听说被他们用了。大哥，这事很奇怪。我们走在青冈城大街上，老百姓们都恨我们，还不断地骂我们是一伙强盗。”

何振彪听后笑了笑说：“这说明这伙贼人对当地百姓很厚道，就像梁山好汉一样，老百姓心中知道感恩。”

寿春府罗大人为了把梁邦天、梁邦地、梁邦雷、朱师道、姚远尽快捉拿归案，天天升堂，把何春芝折磨得死去活来。几天下来，何春芝面黄肌瘦、披头散发、遍体鳞伤，她不断地哭泣着，这哭泣声想感天动地，想呼唤正义。

一天，罗士怀再次将何春芝带上堂，继续提审。罗士怀问道：“何春芝，我审你三天没有一点结果。我知道一个做母亲的心，世上什么力量都代替不了母爱的力量，所以你的心情我可以理解。但是你犯的是国法，要知道法不容情，希望你好自为之。”

春芝理了理头发说：“真没想到，我是这样的命苦，做好事也犯法。要不是几个孩子将几车军粮送往大堤上，老百姓稍微轻松些，这淮河大堤根本就保不住，这千万亩良田就会泡在水中，即将成熟的麦子就会毁于一旦。”

罗大人说：“破堤也好，洪水淹没良田也罢。你可知道，你们一家人犯的是死罪，希望你尽快供出他们的下落，不然只好拿你开刀。”

站在一旁的夫人康红梅叫道：“老爷，你与她啰唆什么，还不快用刑，快点哪！”

罗士怀将桌子一拍，斥责：“你在这搅和什么，这是在办公事，在审案子，如果传出去，我还有脸见人吗？”

康红梅自觉没趣，说：“老爷，我是好心帮你，你却狗咬吕洞宾不识好人心，我不也想为你早些了结此案吗？"

罗士怀听了康红梅的啰啰唆唆的一番话，更加烦恼，说："如果你再次扰乱公堂，对不起，莫怪我翻脸不认人！"

康红梅一跺脚，转身回屋。

罗士怀在公堂上看了看春芝说："你说你们劫去的粮食都用在抗洪大堤上了，这个我以后会去调查。就是真的用在抗洪大堤上，也免不了你的罪行。抢劫军粮者，会判死罪。你说为了老百姓保护千万亩良田而劫粮车，只有老百姓领你情，可是国法是不可饶恕你的。你不说出那几个盗贼的下落，对不起，你只能等着大宋法律的惩罚。来人，今天不给她用刑了，把她押下去！"

春芝被押回大牢中，自己静静地思索，脑海里不停闪现梁盛堂的童年时刻，闪现在黄河岸边爹娘的关爱，闪现姨孙丽娘在临死之前为爱的挣扎和在寿春城所遭遇的风风雨雨……

一天何振彪对妻子说："夫人，我怎么感到心里闷闷的，坐立不安，好像有什么事要发生。"

妻子说："这一段时间发生的事还少吗？哪一件都离不开你，看你忙上忙下的，我想你是太累了，就早点休息吧。"

何振彪说："夫人，言之有理，这段时间我确实太累了，可是我还不能休息，老爷子还没服药呢。"

妻子急忙说："你不要去了，爹爹的药我已经让他服下。爹说了，多亏了你，要不是你他不可能挺得过去，真苦了你了。"

何振彪听后感到身上轻松了许多，于是就和衣而卧，不一会进入了梦乡。他飘飘然来到一条河边，河的对岸一条小船向这边驶来，只见船头上站着一个年轻美貌的女子，身穿白纱，两眼直盯着远方。小船驶近时，发现那女子在不停地流泪，一双带着泪水的眼睛，深情地望着何振彪，想让他扶她上岸。何振彪感到这女子有些陌生，就不想理睬她，于是就背过身去，突然听到一声吼叫："哥，快救我！"

何振彪转过身子一看，只见船家用棍子将那女子击落水中，那女子在水里拼命地挣扎，一边喊道："哥哥，你怎么不救我。哥哥快来救我，我是妹妹呀！"

何振彪一听十分震惊，不加多想，奋不顾身地跳向水中，只听"咕咚"一声，何振彪从床上掉了下来。妻子见他掉落床下，急忙起身，见丈夫汗流浃背，面带惧色，于是问道："做噩梦了吧？"

何振彪擦了擦脸上的汗水回答："是的，我梦见妹妹了，怎么是个可怕的梦？"

何振彪将梦中情况诉说了一遍，妻子说："这个梦虽然吓人，但你梦见那女子在呼叫你哥哥，这证明多年来你对春芝妹妹的思念。你梦见她身穿白衣，这是吉祥之兆，说不定有那么一天，你兄妹俩还会相见。"

何振彪摇了摇头说："说不定春芝早已不在人世。"

经过李阳的安排，他们已将梁盛堂的遗体安葬在姬沟寺沘河岸边梁家土地上。安葬后，邦风整天闹着要去见娘，多次偷着溜出来，都被老李家人拦住。朱师贤说："我已经安排姚远与朱师道同行，去寻找罗鑫鸣，看看罗鑫鸣能不能把岳母救出。"

第八十五章　两条道路并列向前
　　　　　　为国为民谁对谁错

　　康占急急忙忙来找女儿康红梅，说有急事向罗大人禀报，康红梅说："向他禀报有什么用？他这两天火气大得很。"

　　康占问道："为什么？"

　　康红梅回答："不还是为了这个案子，罗士怀像狗咬刺猬无法下嘴。"

　　康占说："女儿，我这次前来，就是想告诉你们事情有些进展，我今天得知还有两个劫军粮的盗贼并没走远。"

　　康占说到这里，就听门外有人问："没走远，在什么地方啊？"

　　康占急忙回答："我是说，前几天有两个盗贼在淮南一带流窜，我得到这个消息后，就立即前来向你禀报，我也想帮助你尽快把这个案子了结。"

　　康占原以为罗士怀得知这一消息会感激万分，没想到罗士怀像没听到似的。康占感到有些尴尬，又说："如果大人抽不开身，那我就带着一批人马将他们抓来。"

罗士怀听后冷笑一声说："你带人马？难道说你是淮南王不成？如果我办错了案子怎么办？人头砍掉又长不上。我希望你们不要在里面掺和，康心死了，你怪人家，想想自己是否有道理。"

康红梅见罗士怀没给爹一点好脸色，于是上前争吵："我爹爹这样大年纪前来禀报实情，想协助你破案，可你不知好歹，还当场羞辱他，有你这样跟我爹说话的吗？"

罗士怀看了看康占笑了笑，上前说："老人家，我刚才说的话有些过分，因为这案子是从来没有见过，更没审过，急得我觉睡不好、饭吃不香，整天坐立不安。我也感到自己变了许多。"

康占说："可以理解。"

说完他转身离开了。

康红梅见爹爹十分委屈地离开，心中不能平静，罗士怀仍然被康红梅纠缠不休。罗士怀见夫人如此无理取闹，只好说："你就不能做一个贤妻良母吗？自从你进了门，我也没有打算再娶，你又不是我纳的妾，为什么不懂得举足轻重，耍小孩脾气。如果你再这样，我就再娶一房，立她为大，把你甩在一旁。"

康红梅听后半天也没有吭声，只是呆呆地坐在那里。罗士怀见妻子失魂落魄的样子，想想自己今天不该说这些，于是说："你在那里想什么，你认为我真想纳妾？有你康红梅一个我都快烦死了，再娶小老婆还不闹翻天。"

康红梅听后，这才有些笑意。罗士怀说："红梅，做人要讲道德。如果只顾自己的利益，不讲道德，那人家就怀疑你的人品。当官更要讲道德，如果只顾自己荣华富贵，爱慕虚荣，到时候会鸡飞蛋打的。"

康红梅听后努了努嘴。

第二天清晨，孙纤、邱翁、王贵、鲁民慧、李阳一同来到寿春府，为春芝求情。没等几位老人开口，罗士怀问道："几位尊长身体可好哇？"

几位老人纷纷回答："身体倒也结实。"

罗士怀又说："我知道你们的来意，不过我现在很为难。我也理解何春芝一家人的所作所为，他们为的是保护淮北大堤，为的是保护千万亩良田，为的是能让成千上万的老百姓安居乐业，杀了她于心不忍；但毕竟是劫了军粮，不杀她国法难容。"

几位老者纷纷说："不能杀！"

罗士怀说："当然不杀她为好，可你们要知道这就像一个门坎，跨过坎去，肯定是屋内屋外之分。如果我不杀了她，那我们这个国家岂不是乱了套？"

几位老人听后都很不自然地点了点头。这时王贵站起身来严肃地说："难道说她就必死无疑了吗？"

罗士怀摇摇头回答："哪有什么好办法，只能这样。"

王贵把眼一瞪说："如果是这样，人家一家为国为民，得到的是家破人亡，老百姓不起来造反吗？如果是这样，我王某把人头交给你，希望你把何春芝给放了，还她个平安无事。"

罗士怀看了看几位老者说："这根本不可能，就是搭上在座所有人的生命也无济于事，因为在座的人都没有犯法，凭什么来顶罪呀？这法理不容。"

罗士怀虽然不想捉拿朱师道、姚远，但仍在淮南一带张贴了告示，还想把他们抓回来问个明白。鲁民慧和几位老者前往寿春府为春芝求情无果，又急忙回到焦岗湖畔，将梁家的事转告周围百姓。百姓们都对梁家感恩戴德，纷纷要求不惜一切代价，将梁家夫人何春芝救出。他们制订了计划，准备大闹寿春府。鲁民慧见百姓们情绪激昂，说："我们就是闹也得闹出个理由来，一来不妨碍国家法律，二来能解救何春芝。我有个建议，不知说出来大家有何想法？"

百姓们纷纷说："老人家，你快说，只要能救出梁家夫人，我们都尽力而为。"

鲁民慧说："大家都知道今年焦岗湖畔的庄稼喜获丰收，这都是梁家用生命换来的。他们为保大堤，邦霞献出了年轻的生命；他们为保大堤，劫了七车军粮，那寿春府罗士怀就为这七车军粮纠缠不休，让梁盛堂一家家破人亡。我想把粮食加倍还给他们。今年我也丰收啦，但我家只有四车。"

鲁民慧话音还没落，就听百姓纷纷叫喊道："我两车，我十车，我二十车……都给他们！"

朱师道与姚远在淮南一带寻找罗鑫鸣的下落，寻找好几天，都杳无音信。一天，他们突然发现，墙上张贴了捉拿他们两人的告示。两人看了十分吃惊，于是朱师道与姚远商量不能再出门寻找。再说淮南这地方这么大，寻找一个人像大海捞针，于是两人来到淮南姚家湾躲藏起来。姚家人听说姚远和朱师道到来，热情招待。姚家老爷子问姚远和朱师道："你俩犯了什么法，怎么大街上张贴着缉拿你们的告示？"

姚远把事由说了一遍，姚老爷子说："按理说你躲在这里是正确的，不过这件事非同小可，你所说的梁家的事迹令人感动，一定要抓紧时间救人。现在的淮南府衙已换人，也不知是谁。你提到的罗鑫鸣在淮南很有名气，但我不知他住在哪儿，听说他经常到下蔡，与原青冈城县太爷魏旺十分要好，说不定到那儿能打听到他的下落。"

姚远问道："下蔡地方那么大，到哪去找魏旺？"

姚家老爷回答："只要你们到了下蔡、黑龙潭一问便知。"

姚远和朱师道听后立刻起身，姚家老爷说："你们先别忙着走，这姚家湾离黑龙潭倒也有一段路程，让仆人做些饭菜，吃过再走。再说这大白天的，大街上贴满了缉拿你们的告示，你们赶路也不方便，等到天黑再动身。"

第八十六章　梁邦风逃脱姬沟寺
历尽艰辛为娘辩护

晚上，姚远和朱师道渡过淮河来到县太爷魏旺家。魏旺听见有人敲门，心想：这深更半夜的谁来敲门？于是，他就翻身起床，叫家人去开门，家人有些胆怯地说："老爷，我看还是别开了吧，万一来了强盗怎么办？"

魏旺说："怕什么，我为官几十年，没有做过一件亏心事，家里也没有什么财宝，为人不做亏心事，半夜不怕鬼敲门！"

家人这才哆哆嗦嗦去开门，老爷笑了笑说："快把门打开，我看看今天来的是什么鬼？"

话音刚落，就听门外有人叫道："老爷，我们可不是鬼，我是青冈城里姚铸金之子姚远啊！"

老魏旺一听是姚铸金的儿子，惊喜地走上前，将朱师道、姚远请进院内。魏旺问道："你们怎么才来呀，把罗鑫鸣都急坏了，他找你们好几天了。他担心你们俩被寿春府罗士怀抓去。我们知道康占与梁家有隔阂，他一直在寻找机会对付梁家。"

朱师道问道："罗大哥，我们正在找他，他现在在哪？"

魏旺回答："回淮南府去了。"

姚远问："他回淮南干什么？"

魏旺回答："人家可是新上任的淮南知府哇。"

两人听后感到惊喜。魏旺又说："罗鑫鸣想找到你们，问清关于劫军粮的前后经过，再把梁夫人救出。听说明天公审，如果没有证据证明梁夫人的无辜，那她死罪难免。"

姚远、朱师道听后，决定连夜渡淮河返回淮南。

在姬沟寺老李家，李阳召集一家人商议春芝明天被公审一事，但都拿不定主意，李阳最后说："明天就是拼上我这条老命也要把春芝救出来！"

在一旁的梁邦风接着说："对，就是拼上我这条小命也要把娘救出！"

众人听了邦风的一番话，都回头看了看邦风。李阳说："李玲，你明天哪都不能去，就在家里看着邦风。梁盛堂就这一个孩子在我们身边，可不能再让他出事。明天你们和我一样，带上家伙进入寿春城。"

由于李家老爷年纪已大，大家纷纷不让他前往，就在他们争论之时，邦风趁他们不注意，急忙逃出门外，刚走不远心中暗想：我逃往寿春城想去看娘，几次都被他们追回。这次我要改变主意，不然又会被他们带回。这寿春城在南方，我现在向北方逃去，他们肯定捉不到我，然后我再顺着淝河岸绕道再渡淮河，到达寿春城就有希望。他想到这，立刻转身向北跑去。

不一会儿，李玲喊道："邦风不见了！"

大家急忙寻找，但不见他的踪影，李阳说："这小东西鬼点子多，你快马加鞭赶到通往寿春城的渡口，有可能在渡口能截住他。千万不能让罗士怀把他抓去，如果被抓，凶多吉少。"

朱师道、姚远找到了罗鑫鸣，将事情的来龙去脉告诉了他。罗鑫鸣听后说："原来如此，没想到梁郎中死得那样悲惨，明天我就去找罗士怀算账！怎么不分青红皂白滥杀无辜，看他罗士怀怎么收场？"

梁邦风躲过老李家人的拦截，来到淮河岸边。他远远望去，只见张冀中在渡口守着，邦风心想：一旦上船就被张冀中发现，我要绕道而行。想到这，梁邦风向下游走去，走了很长的一段路也不见渡口，梁邦风不会游泳，显得十分着急。他想，不管怎样，今天一定要渡过淮河。于是他找来一棵能漂浮的木头，把它放在河里，然后自己抱住木头向对岸漂去。由于邦风年纪小，漂到淮河中间时，他已经筋疲力尽，前进后退都比登天还难。梁邦风心想：坏了，我要命葬淮河了。不行，我不能死在这里，不然谁去救我娘，我们梁家只剩下我一个男人，我一定要坚强，一定要努力游过去，做一个顶天立地的男子汉！

第二天，罗士怀又将何春芝带上堂来，准备了结此案。两个差官将何春芝押上堂来，一眼看去何春芝浑身上下遍体鳞伤，看着让人心疼。这时罗士怀在大堂上叫道："何春芝，今天是我最后一次审你，你还不如实招来？"

何春芝抬起头来看了看罗士怀，一句话也不说。罗士怀又说："今天给你最后一次说话的机会，不然以后就再也没机会了。"

何春芝这才问道："大人，你想让我说什么？"

罗大人说："你把梁家抢劫军粮的前后经过陈述一遍。"

何春芝定了定神说："罗大人一口咬定是我们梁家抢劫军粮，实话告诉你，那不是抢劫军粮。在当时淮河大堤上，老百姓在与洪水抗争，急等着用粮食。你不分青红皂白，视老百姓生死于不顾，也不问个明白，就一口咬定是抢劫，你就下令杀了梁盛堂，呸！你也配做寿春知府！我来自黄河岸边，以前所发生的事情你罗大人也不会知道。我一进这衙门口就没想活着出去。但是，我要警告你，我们梁家不是你想象的那样，当官要清正廉洁、一心为民，可有的贪官贪色贪财、贪地位，贪的是为亲朋好友。我不知道你这种官贪的是什么，但我知道你这种官也不是什么好官，不是坚持正义的官，也不是百姓信任的官，你只是个当今官场的混混！"

何春芝在堂下骂得罗士怀直摇头，这时，罗士怀再也忍不住地叫道："好一个何春芝，抢劫就是抢劫，还说为了百姓，说得好听，这分明是狡辩。本官判你死罪，立即斩首！"

就在这时，梁邦风闯上公堂，他上前紧紧地抱住娘叫道："娘，我来了！孩儿是男子汉，就是拼了命也要保护你！"

这时罗士怀在堂上问道："来者何人，为何擅闯公堂？"

梁邦风站起身来，指着罗士怀叫骂："我刚才来到娘的跟前都叫娘了，你还问我是谁。这位大人，我来问你，我娘犯的是什么罪？该处什么刑？"

罗大人说："你小小年纪倒质问起本官来了，你娘犯的是国法，可是死罪！"

邦风看了看娘，又看了看围观的百姓，说："请问大人，这国法是干什么的，在一个国家起的是什么作用？"

罗士怀冷笑一声，说："你闯入公堂，一个小小娃娃想跟我摆谱。我告诉你，这国法是为维护国家和天下百姓的利益而定的，为的是人与人之间的道德伦理，为的是天下百姓的太平生活。"

罗大人话音刚落，梁邦风说："大人，你刚才说的国法为的是道德伦理，为的是百姓太平的生活。那我问你，我姐姐梁邦霞为了阻止有人扒开淮河大堤献出了自己的生命，我们梁家为了抗击洪水，舍小家为大家。请大人回答，我们梁家是不是谈得上道德伦理，我们梁家是不是在天灾人祸面前只顾自己的小人？"

罗大人被邦风问得目瞪口呆，心想：这小娃娃怎么这样会说话，怪不得人常说"人不论大小，马不论高低"。说不定我今天要在这个娃娃面前出丑。罗士怀想到这，说："虽然你巧言善辩，但你要知道法不容情。"

邦风听后十分气愤地说："你说你这个官当得浑不浑，你刚才说法不容情，你错了！这国家的法律是人制定的吗？法律是维护当官的，还是维护百姓的？国家也好，百姓也好，无国哪有家，无家哪有国？这就像两条麻绳拧在一起才能产生力量，可我们梁家为的也是老百姓的安居乐业，两者都没有错，所以现在你就把我娘给放了！"

罗大人轻蔑地笑了笑说："想让我把你娘放了，无法无天，就连你这小子也要抓起来！"

梁邦风问道："要抓我，我犯什么罪？"

罗大人回答："你私闯公堂，无视本官，而且抢劫军粮你也有一份。"

说完他令差官上前将邦风抓起来。围观的百姓纷纷表示不满："不能抓，不能抓！"

就在这时，人群中有人大声叫道："罗士怀，你这个昏官！你不仅不放梁家夫人，反而还要抓这小孩。你的胆子不小，看我不砸了你寿春府，将你碎尸万段！"

第八十七章　罗鑫鸣拳打罗士怀
巧审张针尖李枣刺

围观的百姓顿时也感到吃惊，是谁这样大胆，竟然当众破口大骂府官。只见一位相貌堂堂、身穿白袍、威风凛凛的大汉闯上公堂，将罗士怀按在公案桌子上，举起拳头一拳接一拳地砸在罗士怀的后背上。罗士怀吓得钻到桌子下面，叫道："罗鑫鸣大哥，你怎么这样，让我在百姓面前丢人！"

只听罗鑫鸣叫道："你还要面子、要威风，今天我不但打你，还要抓你面见皇上评理去。"

说完罗鑫鸣将公案桌掀个底朝天，罗士怀急忙爬起来躲在一旁，胆战心惊地问道："你今天是怎么啦，在这个场合打我骂我，你凭什么？"

罗鑫鸣咬牙切齿地回答："我打你骂你，因为我喝的是淮河水，吃的是淮河岸边的粮，打你是因为我罗家怎么出了你这样的败类。你假仁假义、内心肮脏、公报私仇、不知廉耻！"

罗士怀问道："我怎么内心肮脏，怎么公报私仇、不知廉耻呀？"

　　罗鑫鸣说："你表面像个正人君子，却经不起你老婆吹的枕边风。就是康心的死，使你对梁家始终是耿耿于怀。这案子本应交六安王处理，你却大包大揽地把案子压在这里，硬要治梁夫人的死罪，你怎么对得起焦岗湖畔的百姓，你还有没有良知？"罗鑫鸣的一番话说得罗士怀哑口无言，百姓拍手叫好。

　　就在这时，门外来了两个人，一个叫张针尖，一个叫李枣刺，他们俩纠缠在一起，一个撕着对方的嘴，一个揪着对方的耳朵互不相让，说一定要找罗士怀大人评理。不一会儿他们来到了公堂上。罗士怀看了看两个人，又看了看公堂下底朝天的公案桌，再看了看罗鑫鸣，他盯着罗士怀。罗士怀也不好开口。这时差官白玉奇上前把公案桌扶起。罗士怀定了定神，对两位说："你们俩回去吧，看不见我在审案吗？你们俩就是有天大的事也要等到明天再说。"

　　张针尖、李枣刺同时说："罗大人，今天你必须把我们两家的事断清楚。不然我们俩会拼个你死我活。"

　　罗鑫鸣看了看两人说："有这么严重？说来听听，让你们这个大'清官'罗士怀给断个清楚。"

　　这时，张针尖说："大人，我们两家前辈都十分要好，双方前辈在我们两家中间共同修建了一座墙头。"

　　李枣刺说："为了两家长期友好，这墙头没有修到头，在房檐下留下了一小段，修建了一个棋盘，供两位前辈休闲时下棋。两位老人去世后，这棋盘也没用了。"

　　张针尖说："可是事情就发生了，李枣刺在这种下一棵葫芦，秧子爬在墙头上，时间长了，葫芦竟然长在我家坛子里，掏也掏不出来。李枣刺想要他的葫芦，可我不想把坛子弄破了，请老爷评评理该怎么办？"

罗士怀说："这件事也来找我评理？既然葫芦长在你家的坛子里，那葫芦就归你张针尖，谁让李枣刺家的葫芦长在你们家的坛子里。"

李枣刺急忙上前说："罗大人，你这样断案不公平，如果我们家的葫芦要占了张针尖家的院内，我无话可说；可是他家坛子放在棋盘的中间，如果把葫芦断给了张针尖，大人你说我亏不亏呀？"

罗士怀说："既然这样，那你们俩谁也不要动它，任它生长，或者把坛子和葫芦同时给毁了。"

罗士怀大人话音刚落，张针尖急忙说："大人，你只能毁掉葫芦，千万不能毁掉我家的坛子，我家的坛子是祖辈流传下来的，是世上独一无二的，就是要了我的命也不能把坛子毁了。"

李枣刺听到张针尖为自己辩护，急忙上前说："罗大人，我家的葫芦更为珍贵，是举世无双的。别人家的葫芦只有一个弧或两个弧，可我们家的葫芦是三个弧，长出来十分好看；但是一棵葫芦秧，只能长出一只葫芦，如果不把坛子打破，时间长了坛子容纳不下葫芦，到时候会挤坏，稀奇的葫芦就要绝种了。"

罗士怀听后摇了摇头，看了看罗鑫鸣，说："这样的案子我可断不了，你们就请站在一旁的罗鑫鸣大人给你们评评理。"

罗鑫鸣看了看罗士怀冷笑一声说："是你在断案子，怎么提起我。这不很简单吗，坛子和葫芦都放在那儿不动，任其生长，等成熟以后，再把葫芦剖开掉取出种子，来年再种不就得了。"

这时张针尖急忙说："大人，万万不可，这葫芦在坛子里生长会把坛子胀破的！"

李枣刺急忙说："大人，万万不可，这葫芦在坛子里，不能自由生长，就不能成熟！"

就这样一个要毁掉坛子，一个要毁掉葫芦，两人又在公堂上纠缠起来。

罗鑫鸣也感到束手无策，他叫了一声："你们先别吵！"公堂上顿时肃静下来。罗鑫鸣来到梁邦风面前低下身子说："邦风，我在门外听到你为娘辩护，讲得十分有道理，现在你对这两个家伙怎么处理呀？"

邦风来到娘的跟前，用手理了理娘的头发说："罗大哥，这案子好破，但我不想帮罗士怀的忙。"

罗鑫鸣急忙问道："为什么？"

梁邦风说："我娘的事还没解决，我怎么有心思问他们俩。"

罗鑫鸣说："小兄弟，你别怕，有大哥给你撑腰，不会当官，如果他不放过你娘，我陪你一同进京，去面见皇上，揪掉他的头，你说好不好？"

梁邦风这才露出一丝微笑，说："只要放了我娘，那当然好。我已经失去了爹和几个哥哥，如果再失去娘，只有我独守青冈城了，现在有你罗大哥在，我什么都不怕了！"

说完，他来到张针尖和李枣刺面前说："罗大哥，对付这俩家伙易如反掌，但是你要给我权！"

这时，罗士怀来到罗鑫鸣面前，说："只要他能断好案子，他要权就给他权。"

罗鑫鸣瞟了一眼罗士怀说："怎么啦，你罗士怀怎么现在这样好说话？假金子受不了火炼。"

围观的老百姓看得津津有味，只见邦风大步来到公堂上，拿起惊堂木，用力向桌子上一拍，大声叫道："来人哪，将张针尖、李枣刺各打四十大板！"

罗士怀和罗鑫鸣急忙上前叫道："邦风，你怎么一上堂就打人？你凭什么打人家，人家可是来评理的！"

邦风轻视地笑了笑说："我打他们俩是有道理的。"

围观的百姓互相嚷嚷："这小孩坐在公堂上，怎么一句话也不问，也不查，也不审，上来就打人，是何道理？"

邦风问道："你们俩可知罪？"

张针尖、李枣刺同时回答："你一上来就打我们，我们不知罪！"

梁邦风说："好，今天我打得让你们口服心服，打板子是因为你们不忠不孝。要知道，你们家的墙头为什么没建实？留个缺口造一棋盘，是你们的前辈为了两家长期友好和睦相处。结果老人一去世，你们俩把老人的心愿就淡化了，还产生摩擦。其实我不用去看，就知道坛子并不是什么珍贵的好坛子。如果是祖上传下来的好坛子，你就根本不可能放在外面的棋盘上，应该把它收藏起来，放在屋内。你家的葫芦也并不是一棵好葫芦，如果十分珍贵，那你为什么不经常去看看，随时修剪藤蔓，为什么让葫芦长在坛子里，这分明是一棵普通的葫芦。我没听说有长三个弧的葫芦，这分明是没事找事。作为邻居理应和睦相处，常言道：远亲不如近邻。不能因为一件小事斤斤计较，你们两家如果再这样下去，那么请问在场的百姓，他们俩该打不该打？"

百姓们纷纷说："有道理，当然该打！"

这时罗鑫鸣看了看罗士怀，罗士怀来到罗鑫鸣面前说："大哥，没想到我们俩审不了的案子，让一个孩子弄得清清楚楚。我们俩身上还真是有些问题，今天的葫芦案说明了一个问题，办事要实事求是。"

罗鑫鸣问道："罗士怀，你看这葫芦案怎么了结?"

罗士怀说："应让他们俩重归于好，和睦相处。"

罗鑫鸣又说："这案子已经真相大白，最后宣判还得你上前。"

罗士怀听后，来到张针尖、李枣刺面前问道："你们俩现在可知罪?"

两人同时跪在地上说："小人知罪，小人错了，小人辜负了前辈的一番心意。我们不该针尖对枣刺，互不相让，我们决定言和，接过前辈的棋盘，重归于好……"

这就是流传民间的针尖对枣刺（枣刺对针尖，孝字为先，各自当谦）。

第八十八章　两岸百姓扬眉吐气
淮河水清春风得意

　　就在这时，差官来报，有人前来求见两位大人。话音刚落，鲁民慧、李阳老人、姚铸金、刘创、朱师贤来到大堂上。鲁民慧首先说："罗大人，今年梁家为了抗击洪水挺身而出，为保大堤舍生忘死，斗胆强行拦劫了几车军粮，才保住大堤的安全，保护了千千万万亩粮田，保护了千万个家庭的平安生活。今年整个焦岗湖畔，以及整个淮北平原的丰收，是梁家用泪水、汗水、生命换来的，大家决定把多余的粮食捐出来，贡献给朝廷，贡献给军队。"

　　罗士怀说："不就是七车粮食吗？"

　　李阳上前说："不，不是七车，有多少车我也数不过来。大人请看！"

　　只见浩浩荡荡的运粮车队，纷纷涌进寿春城。罗鑫鸣自豪地说："这车上一粒粒粮食是一颗颗滚烫的心哪！是焦岗湖畔的春风吹遍了淮北平原，吹遍了整个大地，鼓舞了华夏民族的精神。"

　　微风吹散了何春芝的头发，她暗暗不停流泪的眼睛已经红肿。罗士怀来到何春芝面前，深情地说：“对不起，是我误杀了梁盛堂，又差一点害了你，这都是我的错。”

罗鑫鸣看了看罗士怀说：“知错即改就是好！这是当官的首选条件：一是要心好；二要有才华；三也是最重要的一条，就是不能有一丝私心杂念。”

罗士怀说：“大哥，我真的够丢人的，我要闭门思过，好好想想当官的道理与做人的道理。”

罗鑫鸣来到何春芝的面前说：“请你不要难过，你应该高兴才是呀！你瞧，这么多的粮食是你们梁家用特殊礼物换来的，你们梁家的礼德将在淮河两岸永存。”

梁邦风来到春芝的面前说：“娘，你不要哭，不要难过，因为我们梁家与大家的付出，得到了收获，我们应该高兴才是，我们胜利了。”

罗鑫鸣见邦风能说会道，于是问道：“小兄弟，你长大后准备干什么？”

邦风回答：“当官，当一个特殊的官，专治贪官！这样百姓才有好日子过。”

春芝听邦风所说的话有些过分，于是说：“邦风，咱不要当官，过个平安生活就够了。”

邦风一听很不乐意地说：“娘，你也不知孩儿这几年为什么努力读书，就是因为外公被贪官所害，我从小就暗下决心，不管什么时候也要把玉龙杯的抗灾精神传下去。”

春芝说：“什么精神？与你何干，你一个小孩子家懂什么？”

罗鑫鸣说：“老人家，邦风说得很对。只要邦风有这个信念，以后有机会就成全他，我看邦风以后一定会成为一位赫赫有名的人物。"

何春芝说："我只想让他过个平安生活，不想让他在官场上争斗下去。"

何春芝看了看大家问道："不知邦云、邦雨现在怎么样？"

老李阳回答道："几个孩子想见你，急得都快疯了，为安全起见，我把他们转移了，没让他们进城。现在好啦，一切都好啦！"

何春芝深情地说："感谢各位给我们梁家的恩情。"

大家纷纷说："要说感谢，我们应该感谢你们梁家，是你们梁家的付出，给我们带来了丰收；是你梁家的付出，给我们带来了平安生活。我们永远不会忘记这代人的幸福生活是你们梁家用特殊的礼物换来的！""礼物梁家"从此传开。

何春芝又看了看各位，说："谢谢各位，天色已经不早了，你们回去吧，我想在城内转转。"

何春芝带着儿子邦风向梁家故居走去，远远望去，梁家药铺那几间门面依然存在。娘俩来到门前，春芝将爷爷奶奶的事迹诉说了一番，邦风十分惊奇地看着那几间药铺，就在这时，就听身后有人说："阿弥陀佛！"

春芝回头一看，见静心站在身后，静心说："师父听说你自由了，十分高兴，今天尼姑庵里来了许多人，师父走不开，让我前来接你。"

春芝说："你不用来接我，我也想去看看尼姨。"

说完他们就向尼姑庵走去。

老尼见春芝到来，很亲切……老尼最后说："现在我已年老，还需静心修持。以后这尼姑庵就有静心来住持事务了。"

邦风说："我经常听娘讲，您老人家对我们梁家的关爱，以后我们梁家一定会建造一座更好的尼姑庵来弘扬佛法。"

　　大家听到邦风的一番话，都满意地笑了起来。何春芝说："我和邦风不能在这久留，得尽快赶回青冈城，收拾一下，准备去寻找我那几个儿子。"

　　静心说："有佛加持，吉人自有天相，好人一生平安，我相信梁家一定会得到更好的回报。"

　　何春芝听后很不自然地叹了一口气，告别了尼姑庵。

　　邦风叫道："娘！我看天还早，不如我们娘俩再回到我爷爷开的梁家药铺去看看。"

　　何春芝说："好！"

　　说完梁邦风一边跑一边玩，一不小心将一位老人撞得直打趔趄，只见那老人一愣，吃惊地叫道："你这小孩，怎么长得像梁盛堂啊？"

　　梁邦风急忙上前将老爷爷扶住，何春芝也赶过来，大声叫道："莞公，怎么是你？"

　　莞公将何春芝娘俩带到莞家大院坐下，叹了一口长气说："一言难尽哪！我与恩人梁慷程同关一间大牢，多亏白家少爷白玉奇，因为他在府里当差，才有机会把我们救出。恩人为证明自己的清白，宁死不肯离开牢房。我得知老婆子已死，便和几个孩子离开寿春，之后，被充军到边关，至今才回……"

　　何春芝带着邦风刚想离开寿春城，突然被一个道士挡住去路说："算一卦吧，机会难得。"

　　何春芝说："谢谢你，我这辈子风风雨雨，不用算也知道自己是什么命运。"

　　道士说："人命不由天定，谁也不知是什么样子。碰上我也是机缘，算对了付一文钱，算不对分文不取。"

邦风上前拉住何春芝的手说："娘，咱们算算命转转运吧，这位老人家也是一番好意，我们家再也不能这样下去了。"

何春芝摇了摇头说："算一算当然好，可我身上没有分文。"

邦风说："娘，不要担心，孩儿口袋里有。"

说完他向自己口袋里掏去。突然听到邦风吃惊地说："娘，我口袋里怎么也没有钱了，有可能掉进淮河里去了。"

何春芝问道："装在口袋里怎么会掉进淮河里呢？"

邦风回答："老李家一番好意，怕我发生意外，不让我进入寿春城，就在各个渡口把守，孩儿见母心切，没有办法，只好抱着一棵木头游过淮河。"

何春芝听后一阵心酸，泪水再次滴在邦风的额头上，她说："你小小年纪不会游泳，如果你掉进河里，比摘取我的心还要难受。"

邦风看了看何春芝伤心的样子，强忍着笑道："娘，你怎么又难过了？应该高兴才是，现在我不是好好的吗？不过我们娘俩身上没钱，过河也成了问题。"

在一旁的道士听后哈哈大笑道："没想到我这个神算居然没算到你们娘俩身无分文。那好吧，凭你小小年纪对母亲的一片孝心，我就破例，不但不收算卦钱，还给你们过河钱，这可是自古以来没有的事！"

何春芝与邦风谢道："谢谢您，这怎么是好！"

那道士说："不谢，只要你们有时间到道观敬一点香火就行了。"

道士开始给他们算命，只见他将几个铜钱放在竹筒内，让春芝摇了几下倒出，反复六次。邦风看得出了神，他问道士："你这是干什么？"

道士笑了笑说："我这种方法叫金钱神课，一算就准！"

说完道士又写了几行字，解释道："你们经历了许多大灾难，本来这些灾难是可以避免的，但由于你家有一种神力在支撑着你们。比如说，金、银、铜钱、玉粹、宝贝等，它们就像一种魔力，使你家迸发出一种锐气，引发家庭的灾难，所以说要学会低忍，该放弃的就应该放弃，这样你们以后的日子才会大富大贵。我算的对不对？"

何春芝说："当然很对。我们梁家确实有一种力量在引导我们，可是我一时也想不起来。"

道士听后掏出几文钱向邦风手中一放，说："过河去吧。一时想不出来，回去慢慢想。这是玄机，想起来把它放弃就会平安的。"

等邦风再想问些什么，那道士已经走远了。

何春芝和邦风回到家里，只见邦云、邦雨、朱师道、刘创都在家等候。

邦风在大厅内四处看了看，突然吃惊地叫道："娘，你们快来看，这一段时间家里无人，我们家少了东西。"

何春芝一听急忙问："少了什么？"

邦风回答："外公的玉龙杯。"

何春芝听说是玉龙杯丢了，十分着急，立刻让几个孩子四处寻找，结果一无所获。这时邦风说："娘，我想起来啦。"

何春芝忙问："你想起来什么，是不是你把玉龙杯收起来了，放在哪？"

邦风说："娘，这玉龙杯被盗并非坏事，在寿春城那算命的老道士说过，在我们家有一种力量在引导着我们，就是这玉龙杯。可见这玉龙杯丢掉不见得是坏事。"

何春芝说："这可不行，玉龙杯是你外公留下来的传家之宝，哪能让它丢失了。"

邦风见娘很想把玉龙杯找到，说："娘，正因为是外公留下来的遗物，所以才能让我们继承老人家的遗愿。你想想，我们一家人走的路与外公走的路有什么区别？你千万不要后悔，舍不得它。现在摆在我们面前的事，不是去找玉龙杯，而是尽快找回三个哥哥。"

何春芝听后觉得邦风说得很有道理，于是将邦风紧紧抱在怀里，说："娘就是走遍天涯海角也要把你几个哥哥找到，我们明天就动身……"

何振彪在六安州接到大批粮食，感到很奇怪。见车夫们个个都带着愤怒的表情，便找到顾方达仔细询问情况。顾方达看了看粮食说："大哥，我没想到这伙强盗真讲义气，竟然还给我们数倍的粮食。"

何振彪又问："你不是说那盗贼的父亲已经被杀死，可我一点也搞不懂，究竟是怎么回事？"

顾方达说："振彪大哥，你都搞不懂，我一个粗人又怎么知道是怎么回事。"

何振彪骂道："你这人，我问了你半天等于白问，明天我俩同行到寿春城问个明白。"

第二天他们来到寿春城，见寿春府门紧闭，何振彪向过路人打听情况，问："这府门为何不开？"

过路的说："听说罗大人办错了案子，在闭门思过，三天之内谁也不见。"

何振彪听后点了点头。顾方达说："振彪大哥，不如我们到街上去转转，吃些酒饭再做打算。"

　　何振彪说："也好。"

　　两人来到饭馆旁，何振彪发现其中的一位饭馆老板是自己的大舅，顾方达刚想进入，被何振彪一把拉住，继续往前走去。顾方达问："振彪大哥，你为何不进去？"

　　何振彪说："常言道，娘亲有舅。这舅，唉，不说了……"

　　他们又继续往前走，来到了东门梁慷程的药铺，又来到沙井塘沿尼姑庵，何振彪叹了口气说："方达，你说这人间有没有神灵啊？"

　　顾方达回答："振彪大哥，听说这神灵就是心灵，就是一种精神，你要相信就有，你要是不信就没有。"

　　何振彪笑了笑说："管他有没有，现在也没事，我们到尼姑庵内敬炷香，走吧。"

　　何振彪与顾方达来到了尼姑庵。静心见两人进来，急忙迎了上去说："两位施主请进，有何事相求哇？"

　　顾方达回答："没事就不让敬香啊？"

　　老尼上前说："施主不要烦躁，没事前来烧一把平安香当然更好。"

　　何振彪瞪了顾方达一眼说："你没事，我可事情多得很。"

　　说完点上香插在香炉内，深情地说："求求老神仙显显灵，让我找到多年失散的妹妹吧！"

　　顾方达说："何振彪大哥，你在那儿瞎叨咕什么呀？二十多年了，你那春芝妹妹，说不定已经不在人世了。"

　　何振彪一听十分生气地说："闭上你的嘴！"

　　这时老尼一听"春芝"二字，就急忙上前问道："你是何春芝的三哥何振彪？"

何振彪一听万分惊讶，站起身来连忙施礼说："是呀，我是何振彪，何春芝是我的妹妹。老人家，你知道我妹妹的下落？"

老尼回答："知道，一切我都知道。"

老尼便将何振彪让进客厅，将春芝经历的事诉说了一遍，何振彪听后哽咽地说："妹妹，你受苦了！"

振彪说完急忙起身，要赶往青冈城去寻找妹妹，老尼说："等等，我陪你一起去，我也想到青冈城梁家庵去看看。这孩子昨天才回去。静心，我走后，这尼姑庵内上上下下就由你打理。"

静心说："师傅，希望你早去早回，一路平安。"

老尼、何振彪、顾方达三人渡过淮河，向青冈城快行，他们经过芦苇湖时，听见里面有争斗声，于是决定看个究竟，只见焦际波、康占两个老人在激烈地争斗……

第八十九章　何振彪前往青冈城
喜从天降兄妹相逢

　　何振彪上前将两个老人拉开，但他们还想冲上前去拼个你死我活，老尼上前劝说："你们俩就这样没完没了地争斗下去，何时让我们上路？"

　　何振彪问道："两位老人有何深仇大恨？"

　　焦际波叫道："他康家断子绝孙，还用尽心机把我焦家弄得家破人亡，你们评评理，这个账，我不找他康占算，该找谁算！"

　　康占说："是你焦际波心有邪念，再说脑袋长在你肩膀上，我说什么你就听什么，让你做什么你就做什么，这天下哪有这样的傻子？"

　　焦际波又说："无论你康占怎样狡辩，就是你设下的圈套陷害我焦家和梁家，是梁家给我带来了希望，让我焦际波也能直起腰杆做人。可现在我喊天不灵，叫地不应。我这个糟老头活在世上也没意思，在我临死之前，我一定要把你这个人杀死，我在这渡口等你多日了，今天机会来了，还不过来送死！"

　　这时老尼说："怨怨相报何时了，苦海无边，回头是岸。"

　　这时康占跪在何振彪、老尼、顾方达面前说："救救我吧！今天要不
是遇见你们，我死定了，我对自己做的坏事，感到十分惭愧。诋毁梁家的
一切，并且还对寿春府和六安押送粮草的官兵添油加醋，害得梁家遭受如
此劫难。我在青冈城一带受到了众人的唾骂，现在除了那几亩地以外，已
是一无所有，我只好投奔女儿家。"

　　顾方达听后叫道："怪不得我看你好眼熟，原来是你加害梁盛堂，今
天我就让你死无葬身之地！"

　　说完顾方达举起大刀，何振彪急忙说："不要再胡闹，像他们这样的
就叫恶人必遭恶人磨，让你们互相残杀，自生自灭吧。"

　　康占见何振彪、顾方达见事不管，只好又恳求老尼。老尼看了看康占
又看了看焦际波，说："你们俩都放手吧！放下屠刀，立地成佛吧。知道
悔悟，诚心向善，以后还会受人尊敬。"

　　焦际波听后说："我向来就是争强好胜，万万没想到落到这个地步，
虽然在京城有我的一些亲戚，可现在我也无脸去见他们。也罢，不过在我
出家之前，我把焦家的焦岗湖无条件捐献给焦岗湖畔的老百姓，把我焦家
的万贯家业都捐给穷苦百姓。"

　　老尼说："钱财乃身外之物，生不带来死不带去。你能这样做，证明
你的心是真诚向善的！"

　　这时康占也说："既然你焦际波出家当和尚。我也出家当和尚，康家
刚盖庙宇不久，没想到会是为我自己准备的。"

　　焦际波撇了撇嘴说："你康占要当和尚，我就去做道士，偏不与你
同行。"

　　老尼劝好焦、康两位，就急速与何振彪、顾方达赶到青冈城梁家院门

口。何振彪到了近前，惊奇地发现梁家房舍的造型与自家在黄河岸边的住宅完全相同，何振彪激动万分，正想上前叫门，才发现大门紧锁，于是询问大街上的行人："请问这梁家的人都到哪去了？"

有的说不知道，有的说出门寻找几个儿子去了，今天早晨才离开。何振彪听后十分后悔，认为自己来迟一步。就在这时一位老人上前问道："你们几位从何而来，为什么寻找梁家人？"

何振彪上前说："我是何春芝的哥哥何振彪，我们俩已走散多年，现在我才发现她在这里定居。"

老人家听后说："可惜，他们一家，包括两个女儿，已离开青冈城，去寻找邦天、邦地、邦雷，不知何时才能回来。"

顾方达听后说："这天下这么大，到哪里去寻找，岂不是大海捞针？"

老人家又说："你们不用着急，我这里有梁家的钥匙，你们进去看看，留下地址，等他们回来，我让他们去找你。"

何振彪听后说："这样也好，一旦有时间我就过来。老人家，与你说了这么多的话，也不知您老的尊姓大名。"

老人家说："我叫姚铸金，我儿姚远因为与梁家少爷们相处得很好，所以他们临行前把钥匙交付与我，不管几个孩子谁先回来，让他有个归宿。"

何春芝带着邦风走南闯北，寻找三个儿子，每到一处都令人失望。他们来到广州海边，邦风说："我们已经来到南海，这样寻找何时才是尽头？说不定几个哥哥已在家中，我们不如开始返回。"

何春芝说："邦风，你说得对，这样的事我经历过，在寿春城我在找你爹，你爹也在寻找我，其实不如待在家里等待。"

　　娘俩的谈话惊动了在一旁捡贝壳的老头。老头站起身来问道："听你们俩的口音像是北方人。"

　　何春芝回答："是呀，听你的口音是山东人吧？"

　　那老头听后瞪着双眼问道："你怎么听出我说话是山东口音？"

　　何春芝回答："我也是山东人，老家在黄河岸边花园口。"

　　老人家听后点点头又问："你在花园口是否听说过两位大善人何佳坤、梁慷程？"

　　何春芝、邦风听后异口同声地问道："你是谁？"

　　那老头吃惊地问道："你们俩为何这样吃惊？"

　　何春芝回答："何佳坤是我爹，梁慷程是我公公啊！"

　　那老头感到吃惊，又问："既然何佳坤是你爹，那你是否知道梁慷程在寿春城现在如何？"

　　邦风急忙说："梁慷程是我的爷爷。你是谁，为何对我家这么了解？"

　　老头忘记自己手上的泥土，急忙上前抓住邦风的手说："我梁界线终于见到亲人了，快点跟我回家……"

　　何春芝、邦风跟随梁界线来到离海岸不远的一间小草房，何春芝将家里的遭遇诉说了一遍，问道："不知老人家何时到这个地方，任海风吹，这样艰苦？"

　　梁界线听后委屈地诉说起自己的往事。

　　梁界线说："几十年前，我到滕州召集了许多梁家兄弟，跟随梁山宋江南征北战，舍生忘死，大功即将告成，万万没想到朝中奸臣蔡京带着官兵，从背后屠杀梁山的有功残兵。由于无力抵抗，绝大部分勇士惨遭杀害，幸存者很少。在一次被追杀中，多亏阮家兄弟解救，梁家兄弟千余人，还有一半幸免于难。阮家兄弟见势不妙，就逃往越南大罗（河内）。我梁界线现在虽然有儿有孙，日子过得还可以，但我仍时时刻刻都想念着家乡。"

何春芝说："现在我不知道几个孩子能否找到？"

何振彪为了早日见到妹妹，与顾方达经常往返于六安与青冈城之间。一天他们又来到青冈城梁家大门前，大门依旧紧锁，再次令他们失望。顾方达说："大哥，我们这样往返走下去，没完没了，何时才能找到姐姐？"

何振彪愣了半天说道："方达兄弟，我们今天不走了，就在这住下，等妹妹回来。"

顾方达见何振彪期盼的样子，说："大哥，我们可以在这等，但是六安王身子骨不让我们等。"

何振彪思索了一会，说："兄弟，你回六安，我在这等，如果六安有要事，请你立刻前来向我禀报。"

顾方达说："大哥，你自己在这，这是何苦呢，再说六安王府那些乱七八糟的事我也安排不好，不如大哥你回去，我在这等着。"

何振彪瞪了顾方达一眼，说："你什么时候办成一件顺心的事，让你在这我如何放心，就这样定，你回六安。"

何春芝告别梁界线，带着邦风往回赶。

何振彪自己住在梁家大院，无聊时，就与姚家老爷姚铸金聊聊家常……

一天，顾方达来报："六安王病危，公主让你速回六安！"

何振彪听后立刻返回。

何春芝带着邦风返回寿春。邦风说："娘，我们到了寿春，就像到了家一样，不如再到我们梁家药铺去看看。"就这样，何振彪与何春芝擦肩而过，失去了一次相见的机会。

何春芝与梁邦风来到自家那紧闭的药铺门前，凝视着自己的家，梁邦风说："娘，我长大以后一定振兴梁家家业，把人间传统美德永传后世。"

梁邦风话音刚落，就听身后有人说："是的，以后我一定告知后人，是梁慷程先生开棺救了我母子。"

何春芝、梁邦风回头望去，只见王贵带着夫人和儿子站在身后。何春芝刚想上前问话，就听远远地有人喊道："梁邦风，你回到寿春了，是否重整药铺？"

只见白玉奇带着张针尖、李枣刺来到面前，张针尖红着脸说："前辈的美德不能丢，我们不能辜负先辈为后人造福所付出的心意。"

李枣刺说："是的，我们是邻居，不能星星点点都斤斤计较，应该活得开朗些。现在只要人与人之间一发生矛盾，就说是针尖对枣刺，搞得我们俩也抬不起头，想想自己真丢人。"

这时白玉奇笑了笑说："你们俩不要自卑，以后说不定后人会以你们为荣，争吵和矛盾都会化解。"

梁邦风问道："你们为何也到此处，罗士怀大人现在如何？"

白玉奇回答："我们几个只是巧遇。罗士怀大人是好人，他感到对不起梁家，无事时，就来到这药铺门前看看。你们娘俩是不是想重新把药铺开起来？"

何春芝回答："现在几个孩子还没找到，什么事都不能干。"

白玉奇想了想说："这天下如此辽阔，寻找几个人如同大海捞针。不过你可以去几个重要的地方，比如你的山东老家花园口。"

何春芝因盼子心切，急忙说："是呀，说不定几个孩子就在黄河岸边花园口，或者梁山。邦风，我们立刻返回青冈城，看看他们是否回家，如果他们未归，我们就立即去山东。"

何春芝与邦风回到青冈城，走在大街上被姚家老爷发现，姚老爷急忙追赶，突然听到身后叫道："爹，我回来了，多日不见你，身体如何？"

姚铸金回头见儿子姚远站在身旁，于是父子俩返回姚家。

何春芝与邦风来到自家门前，见大门紧锁，何春芝叹了一口气，说："走！"

邦风问道："到哪去？"

何春芝回答"现在就去山东。"邦风说："娘，我们已经到家了，能不能休息一天？"

何春芝回答："一天？一刻都不能休息，如果我们迟了一步，错过机会怎么办。现在你还小，不懂得做娘的心情。"

梁邦风听后摇了摇头说："那就走吧！"

娘俩来到淮北平原宿州，何春芝说："邦风，娘有些口渴，我们是否找户人家喝口水？"

邦风回答："娘，前方不远就有户人家。"

邦风话音刚落，就听有人喊道："梁邦霞，吃饭了！"

娘俩听后顿时大惊，于是急忙向那喊叫声急步赶去。他们来到跟前，只见一位老人手拉着与邦风年纪相仿的女孩，何春芝上前问道："这女孩名叫梁邦霞？"

一老一少感到很奇怪，那老人反问道："你为何这样问？"

何春芝回答："老人家不要奇怪，天下同名人很多。我曾有一女，与这女孩同名。"

那老人问道："难道你也是姓梁？"

何春芝回答："是呀，我家原从黄河岸边迁往寿春。"

那老人仔细看了看何春芝，惊奇地叫道："何春芝，你一定是何春芝！"

娘俩听后十分吃惊，邦风上前问道："爷爷，你怎么知道我娘叫何春芝？"

老人回答："是她的眉痣告诉了我，春芝，多年前，我在雪地里救过你，你也给我家带来了希望。我曾经到寿春去寻找过你，但不见你的踪影。"

于是两人互相聊起身世……

何春芝带着邦风离开淮北平原，赶到梁山。梁邦风来到梁山脚下，被那美丽的风景所迷住。何春芝说："邦风，不能贪玩，寻找你哥哥要紧。"

于是娘俩上了山，在山上寻找无果。邦风见何春芝那失望的神色，说："娘，不要着急，前面就是梁山寺庙，不如求求菩萨和梁山好汉，就是找不到他们，也求佛祖保佑他们过得幸福平安。"

何春芝听了儿子的话，急忙与邦风进了寺庙……

娘俩从寺庙内出来，梁邦风突然见一位两鬓苍苍的老人坐在寺庙门口，只见他泪汪汪的。梁邦风上前问道："老爷爷为何伤心？"

那老人见有人问他，便迟钝地抬起头来说："你是在问我吗？"

春芝上前回答："是我们问你，你有什么难心事不妨说出来，说不定我们能帮助你。"

那老人看了看何春芝、邦风后，说："谁都帮不上我，因为我是一个罪臣，我比奸臣还要坏！"

梁邦风听后十分好奇地问："啊，这是为什么？老爷爷说给我们听听吧。"

老人说："这梁山一百〇八将是被我所害。"

梁邦风一听大吃一惊问道："你肯定是高俅？"

老人看了看邦风说："你这个孩子也是这样想，高俅比我好得多。我宿某为官多年，在朝中处处小心，一心当个忠臣。我主张招安，没想到梁山英雄一个个死得这样惨。"

梁邦风听后说："高俅比你好多少？"

老人回答："那高俅为人心眼小、胆大，虽然他阴险狡诈，但那是他的资本，他从寿春回来之后就与童贯打了一架。"

梁邦风急忙问道："为什么打架？"

老人回答："童贯为讨好蔡京，把蔡京派兵追杀梁山将士的事嫁祸于高俅。幸运的是蔡京、童贯没有谋反之心。至于高俅，只是他们手中的工具。"

梁邦风听后说："老人家，不要自责，是你圆了梁山英雄的爱国梦，他们的事迹将永传后世。"

老人听了之后精神了许多，并且说："你小小年纪说起话来很像几十年前的仔儿。"

何春芝听后自言自语地说道："仔儿……"

何春芝带着邦风向山下走去，远远听见身后老人的呼喊声："你这孩子有当官之才，以后千万不能为亲戚、朋友、金钱、美色所拖累呀！"

何春芝带梁邦风来到花园口的何家宅，发现孙进成一家人住在里面，何春芝与舅舅亲如一家。但仍然没有找到几个孩子。何春芝将梁邦风带到外公、外婆、舅舅坟前，把他们轰轰烈烈的事迹与邦风诉说一遍……

何春芝和梁邦风返回青冈城。

娘俩来到家门口，发现大门开着，娘俩心中大喜，急忙走进去，发现一个大胡子在院内劈柴，邦风一眼就认出那大胡子就是押送军粮的头领。邦风见了他恨之入骨，于是骂道："是你害得我们家破人亡，现在你又闯进我家，今天我与你拼了！"

说完邦风冲了上去，顾方达见势不妙，急忙叫道："何振彪大哥，救命啊！"

何春芝听到那大胡子呼喊何振彪大哥，似信非信，不相信自己的耳朵。就在这时，从厨房内走出一人惊喜地叫道："春芝妹妹，我是三哥呀！"

何春芝听后十分惊喜，于是像孩子一样扑向哥哥何振彪……

（兄妹相见后，由于何春芝对已故的伤痛念念不忘，最后被三哥何振彪送回山西梁慷程所居的老宅。明朝初期，随着人口大变迁，梁氏先祖再返大江南北。关于玉龙杯的故事相传很多，至今还在流传着。）

附　　录

《力挽风暴》读后感 ｜ 毛　群

　　《力挽风暴》这部系列小说，在我看来，她不仅仅题材新颖，故事情节也十分精彩！

　　我是泪埋书页看完这部作品。书中饱含着亲情、爱情、激情、豪情，具有超强的震撼力和过于悲观的压抑感。武侠、神话、穿越、战争、言情、科幻这样类型的电影、电视剧及书籍，市场上太多太多，像《力挽风暴》这种抗灾题材的小说确实很少见。这部作品展示出古代人轰轰烈烈的个性，情节引人入胜，让人惊叹。我好像不是在看书，好像是在看一部精彩的电视剧！我看这本书之前，对这本书也有所怀疑，一个文化程度不高的人能写出什么？当我看完这部书的首稿后让我惊叹！我认为，作品中那超强的震撼精神，是家庭、社会，乃至世界人类不可缺少的精神文明支柱，也是一本很好的教材！

我让作者谈谈对自己这部作品有什么看法。他说："读者是作者的老师。因为读者能品味出一部作品的好与差。一本书能让读者坚持看完，一部电视剧能让观众不想错过每一集，那就是成功的。我这部作品，历经 8 年创作时间，在 2008 年 10 月就已经完成手稿。我认为自己的作品不是最好的，我能坚持完成创作，这是我的最大的欣慰。"

我听完作者这些话时，不由得对他有所敬佩。他竟然把读者当成老师。我走进他家时，发现他家一贫如洗，几间土坯房歪八斜扭。他的父亲说，不要看这几间老房子不起眼，在抗日战争时期，这里面曾经住过新四军游击队，这是他们经常开会的地方。我听后吃惊地点点头。但我惊奇地发现，桌子上还有几本手稿，一本是以淮上抗日为主题的《淮上游击队》，另一本是神话故事《灵娃飞天》，还有一本是期盼台湾回归的长篇小说《飞越海峡的蝴蝶》。啊，万万没想到，一位农民，竟然能创作这么多长篇。我问他这是否都是用手写的，他说："是的，只要我活着，我不会停笔！"我问他现在如何生活，他叹了口气说："家庭负担很重，我真的很累！白天，我干瓦匠活挥汗如雨。晚上才能静下心与书桌在一起。"是的，这位生活在社会底层的梁金才真的让我刮目相看。祝愿他在文学创作上，再创奇迹！

2014 年 5 月 6 日

一路奔走的农民写书人 | 徐瑞成

　　狄德罗曾言，精神的浩瀚，想象的活跃，心灵的勤奋，就是天才。但农民写书人梁金才（笔名淮上水）不是天才，而是一路奔走的勤勉后生。

　　结识梁金才先生，始于我进宣传部之后。在我眼中，他与文学界那些年高德劭、位尊名隆的朋友相比，更多的则是品学兼治、精进不已。首次读到他的作品是《力挽风暴》，42万字的清样，一口气读完，顿觉构思缜密巧妙，情节百转千回，不失一位擅长章回的农民作家。尤让我感奋不已的是，金才先生每隔数月，便有一部佳作问世。已创作的作品有：抗日题材的长篇小说《淮上游击队》，期盼台湾回归的《飞越海峡的蝴蝶》，五彩神话《灵娃飞天》。现实农村题材小说《村主任》（暂定名），小说刚刚杀青，他便又执笔开始新的创作。

梁金才先生，刚过不惑之年，居则陋室，出则步行，待人真诚，平易豁达，与人交谈，无疾言，无愠色，娓娓道来，话语平静，但终日无倦容。与他相交共处，我得知他有一种凡人鲜有的精神追求，这种追求伴他走过年少，迈过青春，走进壮年，且始终磨灭不息，那就是用一生的拼打成就创作梦想。20多年来，为了改变自己的生存境况，与许多农民一样，他耕过田，种过地，做过瓦匠，当过雇工，含辛茹苦地经营着家庭，培养着孩子；与许多农民不一样的是，即便在最为凄苦无助的时候，他也没有放弃对文学的向往、对写作的追求。写书成为他生命一部分，以至于笔耕不辍，焚膏继晷，兀兀穷年。

因家境贫困，金才先生初二就辍学在家了。但对于不甘现状、奋争拼搏的人而言，世事洞明皆学问，人情练达即文章。梁金才就是不信邪，一边为生计奔忙，一边走访村里的老者，搜集素材，架构框架，然后就开始他的小说创作。每逢晨曦初露，每每寒暑难当，他都要到工地干活；唯有夜幕降临，直至星辰满天，他方能握笔伏案疾书，把自己的欢乐与悲酸，幸福与愤怒，以及对生活的感悟，对命运的叩问，都凝结成文学作品。他一面展示和实现着自己的梦想，一面用阅读和写作倾注着一个意境甚至信仰，怒放穿行，沉醉其中，四溢的感慨，流淌成一段段的文字，呈现给世人品鉴。

一个农民，为了梦想，翻烂了十几本字典，不知道用了多少张稿纸、多少支笔。当梁金才先生把他的每一部小说初稿拿给村里人看，那些真实的背景、清晰的脉络、平白的描述、扣人心弦的情节，得到了村民甚至学者的赞誉。梁金才先生告诉我，他最大的希望就是能够出版这些书，让更多的读者可以了解到人间的真情与博爱。

　　初夏在即，岁月静好。摩挲着金才先生厚重的小说清样，低垂眼帘，嗅吸馨香。我感恩在人生旅途与金才先生相遇成交，此乃我一大至幸。一路奔走，回眸之处，总有金才先生，犹如一抹清明风雅的景致，不近不远，常在常新，我愿见证和典藏这份美好。

　　　　　　　　　　　　（节选自 2013 年 7 月 8 日　《淮南日报》）

　　　　　　　　　　　　　　　　　　2013 年 7 月 8 日

他是社会底层文学创作的后起之秀 ┃袁长礼

乙未之春，毛集实验区文体局工作人员，向我引荐毛集镇梁庵村农民作家梁金才，欲助梁审阅抗日战争题材的长篇小说《淮上游击队》和《力挽风暴》系列小说：《黄河浪沙》《淮河风情》《焦岗湖畔的春风》。当时年过八旬的我，实感心有余而力不足。但由于职业爱好的驱使，加上盛情难却，还是接受了这一任务。

初见梁金才先生，给我第一印象是：他的脸上永远堆满了真诚而坦直的微笑，他心地透明无瑕，又洋溢着热情，加上慢声细语的谈吐，彬彬有礼、和颜悦色、平易近人，一派儒雅的学者风度，令人感到十分亲切。

金才先生，出生在农村，十年动乱时期，父亲残疾，母亲体弱，在靠工分吃饭的年代，初中读了不久而被迫返乡，为全家温饱而劳动。20世纪70年代，责任田到户，他抽出时间闭门自学，为后来文学创作打下基础。随着农村生活条件的好转，他圆了自学成才的梦，从农村走出了一条农民作家成长的康庄大道。

　　看完这几部小说，你可以看到金才先生在漫长而又多彩的生活中，用一部部小说记录了指路明灯的光辉、艰苦奋斗的汗水、获取成功的喜悦、爱国报国的情怀，娓娓读来，像沐浴山间的一泓春水，滋润着我们的心田，洗涤着我们的灵魂；表明了金才先生鲜明的爱憎、坚定的信念和积极向上的人生观。

　　这几部小说，融入了时代主旋律的大合唱，语言明快通俗，力求朗朗上口，引起感情上的强烈共鸣。细读之后，使人觉得金才先生涉猎的知识十分广泛，所以小说读来使人兴趣盎然。作为一个农民作家，写出这样的作品实属不易。

　　金才先生的作品，紧扣着时代的脉搏，表达出真情实感，对人对事敞开心扉，国事家事有感即发，体现出他的一腔爱国之情、报国之志、朋友之诚、同窗之谊。

　　一个人一辈子不可能没有生活中的坎坷、烦恼和忧愁，关键是如何应对，调整心态就是金才先生的座右铭。而这正说明了金才先生是个感情丰富、心地善良、襟怀坦荡的人。他从不避讳家庭的不幸，而愿意直言宣泄自己的情感世界，从热忱的朋友交往和火热的生活、工作中寻得快慰。

　　最后请允许我再为抗灾长篇小说《力挽风暴》点评：她是文学中的一个亮点，也是我们在前进道路中的反光镜。我们今天的幸福生活来之不易，应该珍惜，我相信这部小说会被搬上银幕。

2015 年 8 月 8 日

人 物 表

何佳坤、孙丽萍、梁慷程、何佳莲、梁慷锦、何振汉、何振龙、何振彪、梁盛堂、何春芝、梁盛炯、吴正刚、胡正、仔儿娘、仔儿、张志恒、胖妞、张志如、洪德、梁界线、王乐乐、莞公、宋徽宗、何家老爷、何家老奶奶、张家老爷张天福、张家老奶奶、钱家老爹爹、徐八公、张九公、张天伦、孙纤、王大朋、邱翁、方家老太太、魏家老爷、老尼（尼姨）、小尼姑、六安王、六安公主、梁邦天、梁邦地、梁邦云、梁邦雨、梁邦霞、梁邦雷、梁邦风、鲁民慧、鲁花、焦浩楠、孙进成、李阳老人、李玲、刘创、姚铸金、姚远、魏旺、罗鑫鸣、朱卫民、朱师道、白玉奇、王贵、村妇、陆三、黄七

张志思、孙丽娘、孙进康、钱多、高俅、宋江、戴宗、李逵、鲁智深、花荣、张顺、时迁、静心、张冀中、周正通、赵耀、康山、顾方达、罗士怀、孙进康、张针尖、李枣刺

关世雄、关蹬、潘仁峰、魏管家、焦望江、焦际波、焦际花、康红梅、康占、康心、蔡京、童贯

跋

我写作，我快乐 ｜梁金才

　　近几年来，不仅是中国，全球都在遭受各种自然灾害。我的家乡，淮河岸边，也是饱受洪涝灾害的地方。每隔几年，在汛期，我们都要组织抗洪抢险，国家也会派出大批人民子弟兵前来救援。每当我与爷爷看到战士们奋勇的英姿，我们都不由得心情激动。爷爷那深邃目光凝视着抗洪的英雄们，悠悠地给我们讲述这古老而又遥远的抗洪故事。

　　爷爷说："传说，我们梁家先辈有只玉龙杯，此杯十分神奇。只要是道德高尚的人饮用此杯，将酒倒入杯内，就会神奇地发现，杯里会出现一条小白龙，在杯上来回盘旋，酒味浓香扑鼻；品格低劣的人饮用此杯，不但杯中不会出现白龙，而且杯内的酒会立刻变质，喝起来像马尿。关于玉龙杯的传说很多，许多人都知道它的神奇，却不知道它的来历。现在我告诉你们，此杯是宋朝皇帝宋徽宗赐予我们梁家先辈的，它带着一种思想和无穷的力量，激励着我们奋发向前，定会让我们干出惊天动地的大好事。但是，它也给我梁家先辈带来血腥风雨，让人痛思千年。"

现在，我们在灾难面前什么都不怕，因为我们有强大的祖国，我们的人民有超强的力量！一方有难，八方支援，这充分彰显出中华民族强烈的凝聚力和拼搏精神，而这种精神值得我们推崇和赞赏。

一个国家、一个民族，不管在任何时候，比如在战争、天灾、贫穷饥饿、贪污腐败面前，只有正确的指导思想，才能产生向心力、凝聚力，那么我们就能战胜任何困难！如果一个国家、一个民族，思想不统一，精神不振奋，力量不凝聚，那么这个国家和民族生存是很危险的。我们不难看出在西方一个个国家分裂解体，这是为什么？力挽风暴这个词应用范围很广，不仅仅是刮风下雨，它涉及危险局势和生命财产安全，比如：抗击天灾人祸、反击侵略战争、避免金融风险、预防瘟疫爆发等等。只要我们团结起来，奋勇抗争，就能避免或减少生命财产的损失。有位作家曾经说过："希望一部作品想改变什么，是根本不可能的！"我认为这句话说得有道理。但是，我认为一个国家能有好的领导，能担当，有气魄，出台一项好政策，真的能改善老百姓生活。

在生活中，老人们口中不断地传颂着正能量。每到农闲之时，茶余饭后，老人们都会给晚辈们讲一些抗敌斗争的精彩故事，其中包括玉龙杯的故事。而这些脍炙人口的故事，不同程度地讴歌了古老的华夏民族的优秀传统，所以我下决心把它记下来，让人们都能分享到这喜怒哀乐的故事。这不仅仅是娱乐消遣，更希望读者能够有所体会。

　　然而我知道，对于一个文化水平不高的农民来说，想写本书谈何容易。但在我心中有一种神圣的力量，一直在激励着我。于是我提起笔，开始了我的创作历程。

　　对于一个贫困农民，搞文学创作，真是困难重重。因为家庭经济拮据，就是想解决一张书桌也很困难，只好在小饭桌上写作。为了加快写作的速度，提高写作质量，在休息前我把手电筒、纸笔放在床头，只要一觉醒来就拿起笔写作。我白天参加建筑、农田劳动，晚上才有时间，而雨天是我写作的最好时候。不管遇到什么困难，我都尽力克服，坚持创作！

　　冬天还好，冷了我就坐在被窝里；到了夏季，蚊叮虫咬，奇痒钻心，日子真是难受寂寥。尽管困难很多，但我仍然坚持了多年，不知不觉字典翻烂了一本又一本，终于在2008年完成了这本书的手稿。

　　我的手稿完成后，拿给文学界前辈看，得到他们的首肯。尤其是一段感天动地的神话传说，看起来十分热闹，而意义非同于此。这段神话故事，反映出我们要珍爱自己的家园，珍惜来之不易的美好生活，千万不能忘本！特别是那些养尊处优的人，不能贪图享受，因为洪水天灾还在不断地侵袭我们，我们时时刻刻都要防患于未然。历史上梁氏兄弟的义举证明了什么？证明了人类崇尚光明，对美好生活的向往；证明中华儿女不管在任何条件下，都要统一思想、凝聚力量、创造辉煌，为后代留下宝贵的精神遗产。就像诗歌中写的"大爱无止境，沧海映蓝天。雄心立大志，慷慨为奉献"的中华民族精神。

　　在一次偶然的机会，我认识了在毛集文体局工作的陈士根先生，以及在凤台县工作的从善平老师。他们看了我的作品后赞不绝口，并且都说："这部小说内涵丰厚，有着一种民族精神和无穷力量，是过去、现在直至将来世人所求的精神食粮。"

感谢淮南市委宣传部！

感谢淮南市委宣传部文教卫体科！

感谢淮南市委宣传部文化发展改革办公室！

感谢毛集区工委宣传部！

感谢毛集区文广新体局！

感谢合肥工业大学出版社诸位领导和责任编辑疏利民先生以及特约编辑顾雪寅先生和疏丽云女士。

感谢社会各界人士对《力挽风暴》小说的厚爱。

同时感谢胡苏安、吴波、宋颖春、赵期中、朱家新、孙以明、马继援、朱克云、徐瑞成、刘涛贤、从善平、陈士根、孙全友、梁中胜、毛群等领导和同志们给予我的关心与帮助。

感谢江苏省扬州市邗江黄珏卫生院梁万荣先生和淮南市毛集区退休老干部袁长礼先生对我的无私关怀，是他们，才让我走到了今天！

在这里我还要向我相濡以沫的妻子孙志敏深深地鞠躬，感谢她为我，为家庭付出了太多的牺牲……

写到这里，我又情不自禁地想到了已故的父亲，在他老人家弥留之际还谆谆地教导我："将来一定不要忘记曾经帮助你的人！你难得有这个爱好，不管生活多么困难，一定要坚持创作下去。以后不管你创作什么类型的作品，千万不要忘记，一定要维护公众利益，把咱老百姓记忆中的理性用美好的思路勾画出来，希望能更好地弘扬正能量。你是我的骄傲！"我一边听，一边流泪，并且坚定地答应："好！我一定做到！"我的父亲虽然是平民百姓，但在临走前还关心国家大事。父亲在 2014 年农历十一月二十六日走了，我再也听不到父亲那安慰我的声音。我只能一次次地流泪，回想起父亲的教诲。我决心狠下心来，坚持创作下去，一直到老！

"我爱文学，她是民族的灵魂、精神的缩影、社会的原动力，是社会前进道路上的护栏，是加油站。让我们文学爱好者团结起来，多创作，出好书！为我们的民族、为我们的社会，创造和谐幸福美好的春天，谱写一曲曲新的篇章！"

梁金才

2016 年 3 月 3 日于安徽淮南毛集